Poetik, Exegese und Narrative
Studien zur jüdischen Literatur und Kunst

Poetics, Exegesis and Narrative
Studies in Jewish Literature and Art

Band 12 / Volume 12

Herausgegeben von / edited by
Gerhard Langer, Carol Bakhos, Klaus Davidowicz,
Constanza Cordoni

Die Bände dieser Reihe sind peer-reviewed.

Theresia Dingelmaier

Das Märchen vom Märchen

Eine kultur- und literaturwissenschaftliche
Untersuchung des deutschsprachigen jüdischen
Volks- und Kindermärchens

Mit 13 Abbildungen

V&R unipress

Vienna University Press

Bibliografische Information der Deutschen Nationalbibliothek
Die Deutsche Nationalbibliothek verzeichnet diese Publikation in der Deutschen
Nationalbibliografie; detaillierte bibliografische Daten sind im Internet über
http://dnb.d-nb.de abrufbar.

**Veröffentlichungen der Vienna University Press
erscheinen im Verlag V&R unipress GmbH.**

Gedruckt mit freundlicher Unterstützung der Axel Springer Stiftung und des Rektorats der
Universität Wien.

Dieses Buch ist die leicht überarbeitete Version der im Juni 2018 an der Philologisch-Historischen
Fakultät der Universität Augsburg eingereichten Dissertation »Das Märchen vom Märchen – Eine
kultur- und literaturwissenschaftliche Untersuchung des deutschsprachigen jüdischen Volks- und
Kindermärchens«, die dort mit dem Universitätspreis der Gesellschaft der Freunde der Universität
Augsburg ausgezeichnet wurde.

© 2019, V&R unipress GmbH, Robert-Bosch-Breite 6, D-37079 Göttingen
Alle Rechte vorbehalten. Das Werk und seine Teile sind urheberrechtlich geschützt.
Jede Verwertung in anderen als den gesetzlich zugelassenen Fällen bedarf der vorherigen
schriftlichen Einwilligung des Verlages.

Umschlagabbildung: Illustration zum Märchen »Der goldene Schlüssel« aus dem Buch
»Kleine Märchen« der Künstlerin Tom Seidmann-Freud: Kleine Märchen. Nach H. Ch. Andersen,
R. Bechstein u. den Brüdern Grimm. Mit Bildern von Tom Freud. Ludwigsburg: Hausser 1921.
Quelle: Arbeitsstelle für Kinder- und Jugendmedienforschung, Universität zu Köln.
Druck und Bindung: CPI books GmbH, Birkstraße 10, D-25917 Leck
Printed in the EU.

Vandenhoeck & Ruprecht Verlage | www.vandenhoeck-ruprecht-verlage.com

ISSN 2198-5200
ISBN 978-3-8471-1011-8

Es war einmal ein ewiges Märchen,
alt, grau, taub, blind,
und das Märchen sehnte sich oft.
Dort tief in der letzten Welt-Ecke wohnt es noch,
und Gott besucht es zuweilen, um zu sehen,
ob es noch flattert und sich sehnt.
(Jean Paul, Flegeljahre)

Wir rollen eines der trübsten Kapitel unserer jüdischen Gegenwart auf,
und indem wir die engere Frage nach der jüdischen Jugendliteratur stellen,
richten wir nur einen Spiegel auf,
der alle Strahlen des umfassenderen Problems zu fangen und wiederzugeben
vermag.
(Emil Bernhard Cohn, Jugendschriften)

Inhalt

Auf der Spur von vergessenen Märchen – Gegenstand, Thesen und
Methodik der Untersuchung   11

1. »Assimilation«, »Jüdische Renaissance« und Zionismus –
   Kulturhistorische Kontexte des deutschsprachigen jüdischen
   Märchens   23
   1.1. Von der Haskala zu Reformjudentum und Neo-Orthodoxie   23
   1.2. Postemanzipatorische Renaissancen   30

2. Reflexionen über Funktion und Geschichte der Gattung Märchen im
   deutschen Sprachraum – Gattungshistorische Kontexte des
   deutschsprachigen jüdischen Märchens   55
   2.1. Die »durchausentgegengesetzte Welt der Welt« – Märchen,
        Gattungstheorien und das transkulturelle Potential des Märchens   55
   2.2. Das Märchen als Narrativ des *nation buildings*   69

3. Neu-Konstituierungen jüdischer Volkspoesie im 19. und frühen
   20. Jahrhundert – Die Anfänge des deutschsprachigen jüdischen
   Märchens im deutsch-jüdischen Volksmärchen   107
   3.1. Magie, Zauber und »Märchen« im jüdischen Schrifttum   107
   3.2. »Jüdische (Volks)Literatur« im Zeitalter der *Wissenschaft des
        Judentums* – Zur (Volks)Literarisierung der *Aggada* in
        Sammlungen und Anthologien des 19. Jahrhunderts   115
   3.3. Märchen aus Aschkenas – Die volksliterarische
        deutschsprachig-jüdische Literatur und erste
        Märchensammlungen im 19. Jahrhundert   123
   Exkurs: Märchen im Zeichen der »Mädchen-Emanzipation« –
   Die Kinder- und Jugendmärchen Fanny Lewalds und Hedwig Dohms .   164

3.4. Jüdische Neoromantik im Märchen – Die Wieder- und Neuentdeckung jüdischer Volkspoesie im 20. Jahrhundert: Martin Bubers chassidische Geschichten und Micha Josef Berdyczewskis *Der Born Judas* 173

4. Die deutsch-jüdische Kinder- und Jugendliteratur und der Entwurf eines jüdischen Kunst- und Kindermärchens – eine Diskursanalyse . 199
   4.1. Die Entwicklung der deutsch-jüdischen Kinder- und Jugendliteratur aus dem Geiste zweier Emanzipationsdiskurse .. 200
   4.2. *Wegweiser* für das jüdische Märchen – Die jüdische Jugendschriftenbewegung und ihr Publikationsorgan als Grundsteinlegung für eine jüdische Kindermärchentradition ... 212
   4.3. Antisemitismus und Märchenmode – Die Haltung der jüdischen Literaturpädagogik zum Märchen der Romantik 219
   4.4. »Eine pädagogische Lebensfrage unseres Volkes« – Der Diskurs über das jüdische (Kinder)Märchen und die Entwicklung einer deutschsprachig-jüdischen Märchentheorie 227

5. (Post)Akkulturation, *admonitio judaica* und *nation building* – Das deutschsprachige jüdische Kindermärchen zwischen der Jahrhundertwende und 1945 245
   5.1. Die Systematisierung des Märchenkorpus und die Heterogenität des deutschsprachigen jüdischen kinderliterarischen Subsystems im frühen 20. Jahrhundert 245
   5.2. »Postakkulturierte« Märchen – Transformationen des romantischen Volks-, Kinder- und Kunstmärchens deutschsprachig-jüdischer Autorinnen 258
   5.3. Märchen der *Admonitio Judaica* – Jüdisch-religiöse Kindermärchen 287
   5.4. *Nation Building* im Märchen – Jüdische Kindermärchen im Zeichen des Zionismus 311
   5.5. Märchen im Zeichen der Hoffnung – Jüdische Kinder- und Kunstmärchen als (Über)Lebenshilfe unter nationalsozialistischer Herrschaft 371

Resumée 393

Dank 399

Literaturverzeichnis 401
   I. Quellen 401
        a) Unveröffentlichte Archivalien 401
        b) Veröffentlichte Schriften 402
  II. Forschungsliteratur 416

Abbildungsverzeichnis 441

Personen- und Figurenregister 443

Auf der Spur von vergessenen Märchen – Gegenstand, Thesen und Methodik der Untersuchung

Ausgangslage

> Jedermann kennt die Freude, die schon Kinder im zartesten Alter empfinden, wenn sie eine Erzählung mit: ›Es war einmal‹ beginnen hören, weiss, mit welch gespannter Aufmerksamkeit sie an den Lippen des Erzählers hängen, wenn die lieblichen Phantasiegebilde, die M ä r c h e n , ihnen vorgeführt werden. Wenn nach Goethe das Wunder des Glaubens schönstes Kind bedeutet, so sind auch die Märchen, dem W u n d e r l a n d e entstammend, das Entzücken unserer Kinder. Nun soll hier den j ü d i s c h e n Märchen das Wort geredet werden, Märchen, die der j ü d i s c h e n Gedankenwelt entsprossen und durch die Kunst der Darstellung das Gemüt der jüdischen Kinder fesseln, und auf Grund der gewonnenen Anschauungen die treue Anhänglichkeit an unsere Religion befestigen.[1]

Im September des Jahres 1905 verkündete die Titelseite der Zeitschrift *Wegweiser für die Jugendliteratur* dieses Preisausschreiben, das zur Schaffung einer, dem Anschein nach, neuen deutschsprachigen jüdischen kinderliterarischen Gattung, eines jüdischen Märchens in deutscher Sprache, aufrief. Es markiert den Höhepunkt eines Diskurses, der die Gattung Märchen nicht nur als Lektüre für jüdische Kinder möglich machte, sondern auch ein deutschsprachiges jüdisches Märchen überhaupt theoretisch konstituierte. Ab diesem Zeitpunkt florierte das jüdische Märchen geradezu; bis zur völligen Destruktion des jüdischen Buchwesens durch die Nationalsozialisten im Dezember 1938 entstanden jüdische Märchensammlungen der verschiedensten Formen, religiösen und politischen Strömungen und Inhalte, fast alle waren sie an Kinder oder Heranwachsende gerichtet. Entgegen der Meinung einiger jüdischer Literaturpädagogen der Zeit waren diese Kindermärchen jedoch nicht die ersten jüdischen Märchen in deutscher Sprache. Bereits im 19. Jahrhundert hatten jüdische Autoren und Wissenschaftler im Zuge der *Wissenschaft des Judentums* wie auch einer von Johann Gottfried Herder und den Brüdern Grimm angestoßenen

---

1 Spanier, M.: Preisausschreiben, in: Wegweiser für die Jugendliteratur, 1905, 5, S. 17.

»Volkspoesie-Ära« begonnen, altjüdische Texte und, wie zu zeigen sein wird, auch jüdische Volksmärchen zu »sammeln« und zu verschriftlichen.

Das deutschsprachige jüdische Märchen stellt sowohl als Kinder- und Kunst- als auch als Volksmärchen innerhalb der literaturwissenschaftlichen wie auch kulturgeschichtlichen Forschung einen bislang kaum untersuchten Bereich am Schnittpunkt von jüdischer (Kinder- und Jugend)Literatur, der jüdischen Kulturgeschichte im deutschsprachigen Raum sowie der Geschichte der Gattung Märchen dar. Die Erforschung der deutsch-jüdischen Kinder- und Jugendliteratur insgesamt ist erst vor rund 20 Jahren in den Blickpunkt des literaturwissenschaftlichen Interesses gerückt. Es waren vor allem Gabriele von Glasenapp, Zohar Shavit und Annegret Völpel, die zur Etablierung des Forschungsfeldes beitrugen und einen in Deutschland fast gänzlich vergessenen Bereich der deutsch-jüdischen Kultur neu entdeckten. 1996 erschien sowohl die Abhandlung »Das jüdische Jugendbuch« von Michael Nagel und Gabriele von Glasenapp[2] als auch erstmals eine umfassende bibliographische Aufstellung deutsch-jüdischer Kinder- und Jugendbücher von Hans-Heino Ewers, Zohar Shavit und Annegret Völpel.[3] Letztere ergänzten ihren bibliographischen Überblick 2002 mit einem literaturgeschichtlichen Grundriss über das Thema.[4] Während diese grundlegenden Werke Anstoß für ein bis heute andauerndes Forschungsinteresse an der deutschsprachigen jüdischen Kinder- und Jugendliteratur waren, wurden deutsch-jüdische Märchen und deren Entstehung und Tradition bisher lediglich in diesen Überblickswerken kurz erwähnt oder in einigen wenigen Einzeldarstellungen, wie denen von Dafna Mach zu den Märchen Ludwig Strauß',[5] Gabriele von Glasenapps Darstellung über Siegfried Abeles und die *Sammlung Sippurim*[6] oder auch Rahel Rosa Neubauers Studie zu den Märchen der Prager

---

2 Das jüdische Jugendbuch. Von der Aufklärung bis zum Dritten Reich, hg. v. Gabriele von Glasenapp, Michael Nagel, Stuttgart 1996.
3 Deutsch-jüdische Kinder- und Jugendliteratur von der Haskala bis 1945. Die deutsch- und hebräischsprachigen Schriften des deutschsprachigen Raumes: ein bibliographisches Handbuch, hg. v. Zohar Shavit, Hans-Heino Ewers, Annegret Völpel et al., Stuttgart 1996.
4 Deutsch-jüdische Kinder- und Jugendliteratur. Ein literaturgeschichtlicher Grundriss, hg. v. Annegret Völpel, Zohar Shavit, Ran HaCohen, Stuttgart 2002.
5 Mach, Dafna: Von der deutschen zur jüdisch-hebräischen Kultur: Die *Märchen für Kinder* von Ludwig Strauß, in: Deutsch-jüdische Exil- und Emigrationsliteratur im 20. Jahrhundert, hg. v. Itta Shedletzky, Hans Otto Horch, Tübingen 1993, S. 111–120.
6 Glasenapp, Gabriele von: »Für die jüdische Jugendliteratur neue Wege gehen«. Die Märchenerzählungen des österreichischen Kinderbuchautors Siegfried Abeles, in: Kindheit, Kindheitsliteratur, Kinderliteratur. Studien zur Geschichte der österreichischen Literatur: Festschrift für Ernst Seibert, hg. v. Gunda Mairbäurl, Ernst Seibert, Wien 2010, S. 112–127. Glasenapp, Gabriele von: Popularitätskonzepte jüdischer Folklore. Die Prager Märchen, Sagen und Legenden in der Sammlung *Sippurim*, in: Populäres Judentum. Medien Debatten Lesestoffe, hg. v. Christine Haug, Franziska Mayer, Madleen Podewski, Tübingen 2009, S. 19–45.

Autorin Irma Singer[7], etwas eingehender erläutert. Eine Untersuchung des »Phänomens« jüdisches Märchen aus gattungstheoretischer, kulturgeschichtlicher sowie diskursanalytischer Sicht und insbesondere auch eine umfassende literaturwissenschaftliche Recherche, Rekonstruktion und Analyse der Textbestände fehlte bisher.

Warum entstanden die Märchensammlungen bzw. ein mit Vehemenz geführter Diskurs über das Für und Wider des jüdischen Märchens ausgerechnet zu Beginn des 20. Jahrhunderts? Kann auch bereits vor 1900 von einer jüdischen Märchentradition – inner- oder außerhalb des kinderliterarischen Subsystems – die Rede sein? Letztendlich: Wie ist das Textkorpus deutschsprachiger jüdischer Märchen zu systematisieren und kategorisieren, was macht es im Kern aus? All diese Fragen stehen am Beginn der Beschäftigung mit Texten, die in ihrer Mehrzahl heute nur mehr schwer zugänglich sind. Der Großteil der Autorinnen und Autoren deutschsprachiger jüdischer Märchen, darunter beispielsweise Siegfried Abeles, Ilse Herlinger, Max Nordau, Ludwig Strauß, Irma Singer, Heinrich Reuß, Ilse Rubner, Jacob Levy oder Clara Schott, sind heute wie ihre Werke beinahe unbekannt. Dies gründet zum einen darin, dass diese Märchen als Teil des kinderliterarischen Subsystems – wie Zohar Shavit ausführt – bis 1933 allgemein kaum als erhaltenswürdig galten,[8] zum anderen gingen auch viele der Märchen im Zuge der antisemitischen und zerstörerischen Kulturpolitik der Nationalsozialisten verloren. Viele der Schriftstellerinnen und Schriftsteller starben bis 1945 in Vernichtungslagern. Nur in Bibliotheken, Antiquariaten und Archiven sind nunmehr jene Märchenbücher, die einst sowohl von einem florierenden transkulturellen jüdischen Kulturleben in deutschen und österreichischen Gebieten als auch einem uralten jüdischen Erzählschatz berichteten, auffindbar. In den folgenden Kapiteln sollen sowohl deren Verfasserinnen und Verfasser als auch ihre kulturgeschichtlichen und gattungstheoretischen Hintergründe, ihre Tradition und (trans)kulturellen Verflechtungen, ihre »diskursive Formation«[9] sowie zuletzt ihre literarästhetische, literaturpädagogische, religiöse und kulturelle Heterogenität und Vielfalt in exemplarischen Textanalysen vorgestellt werden.

---

7 Neubauer, Rahel Rosa: »Hedad – auf geht's!«. Die jüdischen Märchen Irma Singers vor dem Hintergrund des Prager Kulturzionismus. Dissertation, Wien 2016.
8 Vgl. Shavit, Zohar: Literatur für jüdische Kinder und Jugendliche im deutschsprachigen Raum. Ein Überblick, in: Deutsch-jüdische Kinder- und Jugendliteratur von der Haskala bis 1945. Die deutsch- und hebräischsprachigen Schriften des deutschsprachigen Raumes: ein bibliographisches Handbuch, hg. v. Zohar Shavit, Hans-Heino Ewers, Annegret Völpel u. a., Stuttgart 1996, S. 53–61, hier: S. 56.
9 Foucault, Michel: Archäologie des Wissens, Frankfurt a. M. 1973, S. 58.

Textkorpus, Methodik und Struktur der Arbeit

Die deutschsprachige jüdische Literatur insgesamt stellt ein Bindeglied zwischen zwei Kulturen und Sprachen, einen kulturellen Zwischenraum und Dialog jenseits von festen nationalen Zuschreibungen dar.[10] Als ein Beitrag zur Erforschung eben jener »German-Jewish-Symbiosis«[11] versteht sich diese Arbeit und widmet sich den deutschsprachigen jüdischen Märchen als Teil des deutsch-jüdischen Dialogs und der transkulturellen Ausformung deutsch- beziehungsweise österreichisch-jüdischen Lebens.[12] Insbesondere die Literatur für Kinder und Jugendliche bietet dazu anhand ihrer inhaltlichen, ästhetischen sowie auch pädagogischen Kategorien und der ihr eigenen Adressatenorientierung[13] neue Möglichkeiten, kulturelles Leben zu erforschen. Nach Annegret Völpel liegt im generellen Charakter der »Kinder- als einer Enkulturationsliteratur« ein großes Potential für »kulturellen Transfer«.[14] Dieses Potential der kinderliterarischen Märchen soll im Folgenden genutzt werden, um transkulturelle Prozesse sicht-

---

10 Vgl. Kilcher, Andreas B.: Einleitung, in: Metzler Lexikon der deutsch-jüdischen Literatur. Jüdische Autorinnen und Autoren deutscher Sprache von der Aufklärung bis zur Gegenwart, hg. v. Andreas B. Kilcher, 2., aktual. und erw. Aufl., Stuttgart 2012, S. VI–XXVII, hier: S. IX.

11 Kauders, Anthony D.: Weimar Jewry, in: Weimar Germany, hg. v. Anthony McElligott, Oxford 2011, S. 234–259, hier: S. 239. Gegen eine solche Auffassung der deutsch-jüdischen Literatur als »Verschmelzung« und »Kultursynthese« könnte Gershom Scholems Erwiderung auf die Aufforderung, einen Beitrag in einer Festschrift, die Margarete Susman und dem »im Kern unzerstörbaren deutsch-jüdischen Gespräch]« gewidmet war, zu schreiben, angeführt werden. Er vertritt darin die These, dass es sich im deutsch-jüdischen Miteinander um eine »Illusion« handelt, er bestreitet, »daß es ein solches deutsch-jüdisches Gespräch in irgendeinem echten Sinne *als historisches Phänomen* je gegeben« habe. »Zu einem Gespräch gehören zwei, die aufeinander hören, die bereit sind, den anderen in dem, was er ist und darstellt, wahrzunehmen und ihm zu erwidern […] Dieses Gespräch erstarb in seinen ersten Anfängen und ist nie zustande gekommen.« Scholem, Gershom: Wider den Mythos vom deutsch-jüdischen Gespräch, in: Gershom Gerhard Scholem: Judaica 2, Frankfurt a. M. 1982, hier: S. 7. Am Beispiel des jüdischen Märchens können m. E. beide Ansichten sichtbar und nachvollziehbar werden.

12 Die gesamte Arbeit wird sich auf jüdische Geschichte und Kultur in deutsch*sprachigen* Gebieten, vor allen Dingen deutschen, aber auch österreichischen Gebieten, nicht aber der Schweiz, konzentrieren. Die Gründe dafür sind einerseits pragmatischer Art – sämtliche aufgefundene Märchentexte stammen aus deutschen, österreichischen oder ehemals preußischen und habsburgischen Gebieten – andererseits liegen sie auch am historischen Sonderstatus der Schweiz. Eine Konzentration auf die im 19. und frühen 20. Jahrhundert deutschen Gebiete, gerade in den Kapiteln 1 und 2, ergab sich aus der Geschichte der Gattung Märchen.

13 Vgl. Ewers, Hans-Heino: Kinder- und Jugendliteratur. Begriffsdefinitionen, in: Kinder- und Jugendliteratur der Gegenwart. Ein Handbuch, hg. v. Günter Lange, Baltmannsweiler 2011, S. 3–12, hier: S. 5ff.

14 Völpel, Annegret: Deutschsprachige jüdische Kinder- und Jugendliteratur der Weimarer Republik, in: Helga Karrenbrock: »Laboratorium Vielseitigkeit« – zur Literatur der Weimarer Republik. Festschrift für Helga Karrenbrock zum 60. Geburtstag, hg. v. Petra Josting, Bielefeld 2005, S. 155–170, hier: S. 155.

bar werden zu lassen. Annegret Völpel spricht sich zwar gegen eine Auffassung der deutsch-jüdischen Kinder- und Jugendliteratur als »›interkulturelle‹ deutsch-jüdische Koexistenz« aus, da »kein Prozeß eines dynamischen und wechselseitigen Aufeinanderbezogenseins der unterschiedlichen kulturellen Kontexte« stattgefunden habe.[15] Im Gegensatz zur Interkulturalität, die das Verschmelzen oder die Interaktion zweier scheinbar abgeschlossener Kulturen beinhaltet, eröffnet der Begriff der Transkulturalität eine über fest abgeschlossene Kulturkreise hinausgehende, hybride Kulturen und Identitäten miteinschließende Perspektive: »Von Transkulturalität hingegen«, so Luisa Conti, »sollte gesprochen werden, wenn sich die Akteure ihrer multiplen kulturellen Zugehörigkeiten bewusst sind, dadurch in der Interaktion bewusst eine neue Kommunikationskultur mit eigenem Sinn- und Bedeutungsgehalt schaffen und deren Potential erkennen.«[16] In Anlehnung an Homi K. Bhabha ergibt sich damit gerade im jüdischen Dialog mit anderen Kulturen eine solche Transkulturalität, ein über die Kulturen Hinauswachsen: »Jewishness – that confuses the boundaries of class and race and represents the ›insider's outsideness‹. Jewishness stands for a form of historical and racial in-betweenness that again resonates with the Benjaminian view of history as a ›view from the outside, on the basis of a specific‹ recognition from within‹.«[17]

Die Frage, was denn »jüdisch«, »das Jüdische«, in der Literatur sei, ist allerdings nicht leicht zu beantworten.[18] Oder wie Lion Feuchtwanger schrieb: »In Worte zu fassen, was ›jüdisch‹ ist, das ›Jüdische‹ wissenschaftlich abzugrenzen, ist unmöglich [...] Ich glaube nicht, dass irgend jemand eine wirkliche, klare

---

15 Völpel, Annegret: Jüdische Kinder- und Jugendliteratur des späten 19. und frühen 20. Jahrhunderts im Zusammenhang der Jugendschriftenbewegung, in: Deutsch-jüdische Kinder- und Jugendliteratur. Ein literaturgeschichtlicher Grundriss, hg. v. Annegret Völpel, Zohar Shavit, Ran HaCohen, Stuttgart 2002, S. 198–270, hier: S. 211.
16 Conti, Luisa: Vom interkulturellen zum transkulturellen Dialog. Ein Perspektivenwechsel, in: Transkulturalität, Transnationalität, Transstaatlichkeit, Translokalität. Theoretische und empirische Begriffsbestimmungen, hg. v. Melanie Hühn, Berlin, Münster 2010, S. 173–190, hier: S. 186. Vgl. auch: Welsch, Wolfgang: Was ist eigentlich Transkulturalität?, in: Hochschule als transkultureller Raum?, hg. v. Lucyna Darowska, Thomas Lüttenberg, Claudia Machold, Bielefeld 2010, S. 39–66.
17 Bhabha, Homi K.: Unpacking My Library Again, in: Journal of the Midwest Modern Language Association 28, 1995, 1, S. 5–18, hier: S. 14.
18 Vgl. Kilcher [Anm. 10], Shedletzky, Itta: Existenz und Tradition. Zur Bestimmung des ›Jüdischen‹ in der deutschsprachigen Literatur, in: Deutsch-jüdische Exil- und Emigrationsliteratur im 20. Jahrhundert, hg. v. Itta Shedletzky, Hans Otto Horch, Tübingen 1993, S. 3–14. Oder auch: Meyer, Thomas: Identitätspolitik. Vom Missbrauch kultureller Unterschiede, 2. Aufl., Frankfurt a. M. 2015. Sowie: Vietor-Engländer, Deborah: What's in a Name? What is Jewishness? New Definitions for Two Generations: Elsa Bernstein, Anna Gmeyner, Ruth Rewald and Others, in: Integration und Ausgrenzung. Studien zur deutsch-jüdischen Literatur- und Kulturgeschichte von der Frühen Neuzeit bis zur Gegenwart, hg. v. Mark H. Gelber, Tübingen 2009, S. 467–481.

Demarkationslinie ziehen kann zwischen dem, was jüdisch ist, und dem, was nicht.«[19] In postemanzipatorischer Zeit, gegen Ende des 19. und im frühen 20. Jahrhundert, wurde die eigene jüdische Identität von vielen deutsch-jüdischen SchriftstellerInnen angesichts des zunehmenden Antisemitismus neu verhandelt. »Jüdisch« in der Literatur sei nach Itta Shedletzky vor allem die »Auseinandersetzung mit Existenz und Tradition, mit Judesein und Judentum.«[20] Infolge der lang andauernden Entfremdung von der eigenen Kultur, die zum Ende des 19. Jahrhunderts auf die von außen aufgezwungene Zuteilung zu eben dieser traf, wuchs die Bereitschaft, diese jüdische Tradition neu zu erkunden und sich neu mit ihr zu identifizieren. Das Resultat ist ein Textkorpus, das sich mit den Wurzeln des Judentums, der Thora oder dem Talmud sowie der jüdischen Geschichte neu auseinandersetzt. Beispiele finden sich nicht nur bei bekannten AutorInnen wie Else Lasker-Schüler, Alfred Döblin oder Lion Feuchtwanger, sondern gerade auch in der zu Beginn des 20. Jahrhunderts erblühenden jüdischen Kinder- und Jugendliteratur und insbesondere dem jüdischen Märchen.

Für die Abgrenzung und Auswahl der hier zu erforschenden Textbestände bedeutet dies, dass die bloße Zugehörigkeit des/r Märchenautors/in zum jüdischen Glauben kein Kriterium darstellen kann und darf. Vielmehr wird bei der Auswahl auf die Verflechtung mit eben jener Tradition und Existenz geachtet, auf Motive aus der Bibel oder dem Talmud, auf jüdische Feiertage oder Bräuche, auf diskursive Einschreibungen. Dies kann beispielsweise die Situierung des Geschehens am Sederabend oder das Vorkommen eines Chanukka-Wunders ebenso sein wie das Zusammentreffen des Märchenhelden mit dem Propheten Elijah. Außerdem kann ein Hinweis auch im Paratext, im Titel des Werkes oder Untertitel, zu finden sein, wenn das Märchen beispielsweise speziell »für jüdische Kinder« geschrieben wurde oder sich sogar »jüdisches Märchen« nennt. Dies darf aber nicht darüber hinwegtäuschen, dass das, was deutsch-jüdische Literatur ausmacht, in jedem Text neu definiert und ausgelegt werden kann und nicht auf das Vorkommen fest abgegrenzter Motive oder Topoi reduziert werden sollte.[21] Die Konstruktion des deutsch-jüdischen Zwischenraums kann auf unterschiedlichste Weisen und in verschiedenartigsten Formen geschehen.

Bei der Recherche und Auswahl des Textkorpus kam sowohl diese Konzeption der jüdischen Literatur als auch ein pragmatischer Ansatz in Gattungsfragen zum Tragen.[22] Auf der Suche nach jüdischen Märchen wurde zunächst und vor

---

19 Feuchtwanger, Lion: Bin ich deutscher oder jüdischer Schriftsteller? 1933, in: Lion Feuchtwanger: Ein Buch nur für meine Freunde, Frankfurt a. M. 1984, S. 362–364, hier: S. 363.
20 Shedletzky [Anm. 18], S. 4.
21 Vgl. Kilcher [Anm. 10], S. XXVI.
22 Eine differenzierte Auseinandersetzung mit der Gattung Märchen findet sich in Kapitel 2.

allen Dingen das »Labeling« als »jüdisches Märchen« beachtet: wenn ein Text als ›Märchen‹ deklariert war, dann wurde er auch, zumindest, in eine erste Analyse aufgenommen. Es soll hier schließlich nicht um die Frage gehen, ob denn die als ›Märchen‹ deklarierten Textbestände auch wirklich von einem strengen gattungstheoretischen Standpunkt her – falls denn ein solcher überhaupt existiert – Märchen sind. Zudem ist die Unterscheidung von Sage, Legende, Mythos und Märchen in der literarischen, vor allem literaturhistorischen Praxis kaum aufrecht zu erhalten, gingen doch auch bereits die Brüder Grimm ebenso wie später der Märchenforscher Max Lüthi in ihren Unterscheidungen von Idealtypen eines Volks- und Kunstmärchens aus, die so kaum vorzufinden sind. Viel wichtiger erscheinen dagegen neben einer Neubeurteilung der Unterscheidung in Volks-, Kunst- und Kindermärchen die in die Gattung Märchen im frühen 19. Jahrhundert von Johann Gottfried Herder und dessen Nachfolgern eingeschriebenen nations-, volks- und identitätsstiftenden Komponenten der Gattung, das *nation building* im Märchen.[23] Diese – so die These – waren für die Blüte des jüdischen Märchens im 20. Jahrhundert von herausragender Bedeutung.

Die vorliegende Darstellung des deutschsprachigen jüdischen Volks- und Kindermärchens möchte im Gesamten nicht nur eine literaturhistorische, sondern auch eine zeithistorisch relevante Antwort auf die Frage nach der Rolle und Funktion der Literatur in einer Gesellschaft und deren kollektiven Sinnwelten geben. Sie versteht sich darin auch als ein Beitrag in der aktuellen Diskussion um das Werden und Entstehen (nationaler) Identitäten und Kulturen innerhalb einer kulturell und religiös heterogenen Gesellschaft. Am Beispiel der deutschsprachigen Judenheit, einer Minderheit in der kulturell christlich geprägten Gesellschaft Mitteleuropas, soll untersucht werden, welche Rolle der Gattung Märchen, insbesondere dem Märchen für Kinder, in der Konstituierung nationaler, religiöser und kultureller Gefüge zukam, welche Funktion es im Emanzipationsdiskurs sowohl der Kindheit gegenüber dem Erwachsensein als auch der jüdischen Kultur gegenüber der deutschen einnahm. Ziel dessen soll nicht nur sein, ein vergessenes und verborgenes Kapitel deutsch-jüdischer Geschichte zu rekonstruieren, sondern auch – wie dies Zohar Shavit für die Erforschung der deutsch-jüdischen Kinder- und Jugendliteratur im Gesamten fordert – »aufzudecken, inwiefern diese Literatur sowohl ihre Funktion im Prozeß der Vermittlung zwischen den beiden Kulturen als auch bei der Schaffung einer modernen jüdischen Kultur im deutschsprachigen Raum erfüllte.«[24]

Eine solch soziokulturelle und kulturhistorische Zielsetzung verlangt nach einer Herangehensweise und literaturwissenschaftlichen Methodik, welche die wichtige Rolle der Literatur, auch und insbesondere der Kinder- und Jugendli-

---

23 Vgl. Kap. 2.2.
24 Shavit [Anm. 8], S. 56.

teratur, beim Prozeß kultureller Identitätsbildung unterstreichen und hervorheben, idealiter die narrativen Mechanismen als Akte kultureller Sinnstiftung offenlegen kann: Eine kulturgeschichtliche Erzähltextanalyse, welche »die herkömmliche textimmanente Analyse der klassischen Narratologie durch kontextorientierte Zugänge« ergänzt und »die Untersuchung partikularer narrativer Phänomene in ihrem jeweiligen kulturellen Kontext in den Vordergrund« rückt.[25] Allein die Tatsache, dass es sich im zu behandelnden Textkorpus um Märchen handelt, die sich, wie die folgenden Ausführungen detailliert zeigen werden, aus unterschiedlichen sozio-kulturellen Quellen speisen, spricht für ein derart kulturwissenschaftliches Vorgehen. Dazu kommt, dass das Textkorpus die Gattungsgeschichte des Märchens im deutschsprachigen Raum genauso verhandelt, wie Tendenzen und Vorlieben des kinder- und jugendliterarischen Subsystems. Weit davon entfernt eine im wörtlichen Sinne »einfache Form«[26] zu sein, erfordert die Erforschung der jüdischen Volks- und Kindermärchen das Bewusstsein, eine historisch gewachsene literarische Gattung vor sich zu haben, die nicht selten zum Leitmedium für ideologische, religiöse, ästhetische und politische Zielsetzungen wurde.

In der Märchenforschung hat dies unter anderen[27] Jack Zipes in den 1970er Jahren unter Rückgriff auf die Kritische Theorie der Frankfurter Schule und Ernst Blochs Utopie-Analyse in *Das Prinzip Hoffnung* entwickelt. Zipes wählte einen Zugang, der in der germanistischen Märchenforschung bisher nur wenig Anwendung gefunden hat – seine Studie *Breaking the Magic Spell* von 1979 bzw. 2002 liegt bis heute nicht in deutscher Sprache vor –, der jedoch erlaubt, die Märchen über eine textimmanente strukturalistische (Vladimir Propp)[28] oder stilistische (Max Lüthi)[29] Analyse hinausgehend, eingebettet in ihrem Entstehungszeitraum zu betrachten, ihren utopisch-fantastischen, wunderbaren Gehalt zu untersuchen und »to comprehend the socio-psychological dynamics behind their allurement«.[30] In Zipes *socio-historic approach* tritt die Fähigkeit des Märchens, kulturelle Identität zu konstruieren, ihre »formative socializing

---

25 Erll, Astrid, Roggendorf, Simone: Kulturgeschichtliche Narratologie: Die Historisierung und Kontextualisierung kultureller Narrative, in: Neue Ansätze in der Erzähltheorie, hg. v. Ansgar Nünning, Vera Nünning, Trier 2002, S. 73–114, hier: S. 78.
26 Jolles, André: Einfache Formen. Legende, Sage, Mythe, Rätsel, Spruch, Kasus, Memorabile, Märchen, Witz, 2. Aufl., Darmstadt 1958.
27 Als weitere Vertreter wären hier auch Ruth Bottigheimer oder Lutz Röhrich zu nennen.
28 Vgl. Propp, Vladimir: Morphologie des Märchens, München 1972.
29 Vgl. Lüthi, Max: Das europäische Volksmärchen. Form und Wesen, 11. Aufl., Tübingen, Basel 2005.
30 Zipes, Jack: Breaking the magic spell. Radical Theories of Folk and Fairy Tales, London 1979, S. XII.

function«,[31] zutage – das literarästhetische und kulturhistorische Potential des Märchens wird aus einer kulturwissenschaftlichen Lesart heraus sichtbar:

> In essence, the meaning of the fairy tales can only be fully grasped if the magic spell of commodity production is broken and if the politics and utopian impulse of the narratives are related to the socio-historical forces which distinguished them.[32]

Doch auch die germanistischen Märchenforscher Volker Klotz und Max Lüthi verweisen auf das soziokulturelle Potential des Märchens. In ihrer Eigenschaft, »ein prägnanteres, schöneres Gegenbild zur Alltagswelt«[33] darzustellen, seien Märchen nicht literarische Ausflüchte aus der realen Welt, sondern vielmehr – in den Worten Max Lüthis als »Seinsdichtung und Seinsollensdichtung in einem«[34] – dichterische Bewältigung der Welt in ihrer reinsten Form.

Diese kulturwissenschaftliche Herangehensweise und Auffassung der Gattung Märchen wird im Folgenden die Grundlage der literaturwissenschaftlichen Untersuchung sein. Sie erlaubt eine Verwebung verschiedenster Analysemuster, die mit Blick auf das Zusammenwirken der unterschiedlichen Bereiche und Fachdisziplinen, welche sich im Forschungsgegenstand deutschsprachiges jüdisches Märchen ineinanderfügen, umso notwendiger erscheint. Historische, biographische und gattungstheoretische Kontextualisierungen werden im angewandten *socio-historic approach* neben Diskursanalysen,[35] literaturhistorische Darstellungen neben enger am Text arbeitenden Textstudien, Bildinterpretationen[36] neben literaturpädagogischen Fragestellungen stehen.

---

31 McCallum, Robin: Approaches to the literary fairy tale, in: The Oxford Companion to Fairy Tales. Second Edition, hg. v. Jack Zipes, Oxford, New York 2015, S. 18–23, hier: S. 20.
32 Zipes [Anm. 30], S. 20.
33 Klotz, Volker: Das europäische Kunstmärchen. Fünfundzwanzig Kapitel seiner Geschichte von der Renaissance bis zur Moderne, 3., überarb. und erw. Aufl, München 2002, S. 5.
34 Lüthi [Anm. 29], S. 82.
35 Als »Diskursanalyse« wird in Anlehnung an Michel Foucaults *Archäologie des Wissens* die Herausarbeitung einer »*diskursiven Formation*« im Sinne seiner »Formation der Gegenstände« verstanden; eine »Aufgabe«, »die Diskurse [...] als Praktiken zu behandeln, die systematisch die Gegenstände bilden, von denen sie sprechen. Zwar bestehen diese Diskurse aus Zeichen; aber sie benutzen diese Zeichen für mehr als nur zur Bezeichnung der Sachen. Dieses mehr macht sie irreduzibel auf das Sprechen und die Sprache. Dieses mehr muß ans Licht bringen und beschreiben.« Foucault [Anm. 9], S. 58, 61, 74.
36 Bereits Walter Benjamin verwies in *Aussicht ins Kinderbuch* auf die Bedeutung von Buchillustrationen bei der Kinderlektüre: »Nicht die Dinge treten dem bildernden Kind aus den Seiten heraus – im Schauen dringt es selber als Gewölk, das mit dem Farbenglanz der Bilderwelt sich sättigt, in sie ein. Es macht vor seinem ausgemalten Buche die Kunst der taoistischen Vollendeten wahr: es meistert die Trugwand der Fläche und zwischen farbigen Geweben, bunten Verschlägen betritt es eine Bühne, wo das Märchen lebt.« Benjamin, Walter: Aussicht ins Kinderbuch, in: Walter Benjamin: [Kleine Prosa, Baudelaire-Übertragungen]. Band IV,2, hg. v. Tilman Rexroth, Rolf Tiedemann, Hermann Schweppenhäuser, Frankfurt a. M. 1972, S. 609–615, hier: S. 609. Bettina Bannasch arbeitet zudem die bedeutsame Rolle bebilderter Bücher im Bereich jüdischer Identitätsbildung im 20. Jahrhun-

Die Geschichte der Judenheit im deutschsprachigen Raum zwischen Emanzipation, Akkulturation, Antisemitismus, jüdischer Renaissance und Zionismus, die (neuen) Emanzipationsdiskurse im frühen 20. Jahrhundert und ebenso die Geschichte, Charakteristik und Konstituierung von Volks-, Kunst- und Kindermärchen im 19. und frühen 20. Jahrhundert und deren volks- und identitätsstiftendes Potential bilden dazu in Kapitel eins und zwei die notwendigen literatur- und kulturhistorischen Kontexte. Darüberhinausgehend wird sich die Arbeit auch der Frage nach den »Vorgängern« der deutschsprachigen jüdischen Kindermärchen widmen und in Kapitel drei unter einem gattungshistorischen Blickwinkel genauer das Verhältnis von jüdischem Schrifttum und Märchen klären. Vor allem aber wird das Kapitel die deutschsprachige jüdische »Volksliteratur«, ja wie zu zeigen sein wird, jüdische Volksmärchen aus dem deutschsprachigen Raum, vorstellen. Im Zentrum der Arbeit steht die kinderliterarische Um- und Ausformung der deutschsprachigen jüdischen Märchenwelt. Diskursanalytisch nähert sich zunächst das vierte Kapitel der theoretischen Fundierung und auch Legitimation eines deutschsprachigen Märchens für jüdische Kinder an. Das fünfte Kapitel schließlich stellt die Autorinnen und Autoren der Kindermärchen vor und systematisiert, kategorisiert und analysiert deren literarische, kulturelle und auch religiöse Bandbreite in Stoffwahl, Stil, Illustrationen, Akkommodation und Einordnung des Märchenwunderbaren.

Im Fokus der anvisierten und auf die kulturellen Kontexte der Märchen ausgeweiteten literatur- und kulturwissenschaftlichen sowie diskursanalytischen Vorgehensweise werden im Gesamten die durchaus disparaten Begriffs-

---

dert heraus: »Der Frage nach der Rezeption des Bildes kommt daher eine prominente Rolle zu, wenn über die Formung von Erinnerung und Individualität – der eigenen wie der fremden – nachgedacht wird. Dabei gilt das eigentliche Interesse dem Vorgang der Verinnerlichung des zunächst ›äußerlich‹ gesehenen Bildes, der mit dem ›geistigen Auge‹ vorgenommenen erinnernden Bildbetrachtung. Entsprechend erweist sich in den erziehungs- und kunstwissenschaftlichen Debatten zu Beginn des 20. Jahrhunderts die Frage nach dem Einsatz von Bildern in der jüdischen Kinder- und Jugendliteratur als entscheidend. In der von Bildeindrücken begleiteten Lektüre soll das Bewusstsein einer Zugehörigkeit zur jüdischen Tradition so eindrücklich hergestellt werden, dass sie als eine ›unmittelbare‹ Erfahrung abgerufen werden und in das kollektive Bewusstsein einer jüdischen Erinnerungsgemeinschaft eingehen kann« – mit den Illustrationen werde ein »Ein-Sehen in eine auch ikonographisch nachvollziehbare jüdische Tradition« erst möglich. Bannasch, Bettina: Sehnsucht »nach der alten großen jüdischen Melodie«. Erinnerung des »Jüdischen« im Kinderbilderbuch um 1900, in: Populäre Konstruktionen von Erinnerung im deutschen Judentum und nach der Emigration, hg. v. Yotam Hotam, Joachim Jacob, Göttingen 2004, S. 55–81, hier: S. 71, 75. In Bezug auf die Interpretation der Märchenillustrationen kristallisieren sich daraus folgende Fragen: Wie wirken die beiden narrativen Ebenen, visuell-narrativ und verbal-narrativ, zusammen? Welche visuell-narrativen und stilistischen Aussagen trifft das Bild über die Entstehungszeit und Wirkungsabsicht? Welche Rolle nimmt das Kind im Bild ein? Dient das Bild als Multiplikator des Märchenwunderbaren und/oder als »bildendes Bild« zu einer jüdischen Identität?

paare bzw. -trios Transkulturalität und *nation building*, Wunderbares und jüdische Religion sowie Volks-, Kunst- und Kindermärchen stehen. Sie werden die Schlüsselbereiche der Analyse der literarischen Texte bilden und zur Beantwortung der zentralen Fragen beitragen: Wie positionieren sich die deutschsprachigen jüdischen Märchen im (trans)kulturellen deutsch-jüdischen Gefüge? Welche Funktion wird ihnen zwischen Emanzipation, Akkulturation, jüdischer Renaissance und politischem Zionismus eingeschrieben und welche zielgruppenspezifischen Wirkungsweisen lassen sich aus ihnen schließen?

1. »Assimilation«, »Jüdische Renaissance« und Zionismus – Kulturhistorische Kontexte des deutschsprachigen jüdischen Märchens

Jüdische Märchen in deutscher Sprache entstanden in einer Zeit, die für die Judenheit in deutschen und österreichischen Gebieten viele Veränderungen mit sich brachte. Eine deutschsprachige, spezifisch jüdische Literatur war erst im Entstehen und gründete sich auf historische Entwicklungen, die ihren Anfang bereits im 18. Jahrhundert nahmen. Ein schlaglichtartiger Blick auf die Geschichte der Juden von der Haskala bis hin zur Shoah soll nun zunächst den Grundstein einer Sichtweise auf die hier im Fokus stehenden Märchen legen, die am Ende ihre bisher unerforschte literarische, kulturelle und historische Bedeutung aufzeigen wird.

1.1. Von der Haskala zu Reformjudentum und Neo-Orthodoxie

Diaspora und *galut* prägten die Geschichte und die Religion des Judentums seit dem ersten Exil des Volkes Israel in Ägypten. Die Erfahrung dreier weiterer Vertreibungen durch Assyrer, Babylonier und Römer in der Folgezeit[37] führten nicht nur in der liturgisch-rabbinischen Auslegung zu einem Entwurf jüdischer Identität, die über die einer Religionsgemeinschaft hinausging und »in eine religiöse, ethnische und nationale Einheit in der geographischen Zerstreuung«[38] mündete. Die Hoffnung auf Rückkehr in das gelobte Land wurde in ein messianisches Zeitalter verschoben; die Geschichte jüdischen Lebens entfaltete sich von da an vor allem außerhalb *Eretz Israels*, unter einer meist nichtjüdischen Mehrheitsgesellschaft.

Ein Dekret Kaiser Konstantins an den Kölner Stadtrat aus dem Jahre 321 n. Chr. enthält das erste Zeichen für jüdisches Leben im heute deutschsprachigen

---
37 Vgl. Mendels, Doron: Diaspora, in: Enzyklopädie jüdischer Geschichte und Kultur. Band 2: Co – Ha, hg. v. Dan Diner, Stuttgart 2012, S. 129–134, hier: S. 129.
38 Goldberg, Sylvie-Anne: Exil, in: Enzyklopädie jüdischer Geschichte und Kultur. Band 2: Co – Ha, hg. v. Dan Diner, Stuttgart 2012, S. 295–304, hier: S. 296.

Gebiet.[39] Ein langer Zeitraum also, in dem »deutsche«,[40] vornehmlich christliche, und jüdische Kultur nebeneinander existierten, interagierten und sich gegenseitig beeinflussen konnten. Dennoch – die jüdische Gemeinschaft, jüdisches Leben, blieb in den deutschsprachigen Gebieten und darüber hinaus durch Jahrhunderte hindurch vor allem ein Fremdkörper. Als »insider's outsideness«, als »form of historical and racial in-betweenness«[41] hat Homi K. Bhabha diese Situation der Juden in und während der Diaspora, der Zerstreutheit des jüdischen Volkes in Ost und West, beschrieben. Trotz zeitweiliger Inschutznahmen durch manche Herrscher[42] blieben Juden in Spätantike, Mittelalter und Neuzeit in Europa gemiedene Außenseiter. Sie wurden verfolgt, dämonisiert, als Sündenböcke gebrandmarkt[43] und in Ghettos von der christlichen Mehrheitsgesellschaft abgeschottet. Erst die Aufklärung im Zeichen Lessings und Dohms auf nicht-jüdischer[44] und die Haskala und ihre Protagonisten, die *Maskilim,* auf jüdischer Seite sollten die Emanzipation der Juden, also die Verbesserung der bürgerlichen und rechtlichen Position der Juden in Europa zwischen 1781 und 1871,[45] in den west- und mitteleuropäischen Gebieten voranbringen und die Möglichkeit neuen Zusammenwachsens und -lebens eröffnen.

Ziel der *Maskilim* um den Berliner Philosophen Moses Mendelssohn war neben der Erlangung der vollen Bürgerrechte unter anderem eine Öffnung zur allgemeinen Bildung jenseits des Talmuds, zu den Ideen der Aufklärung, zur

---

39 Vgl. Breuer, Mordechai: Prolog. Das jüdische Mittelalter, in: Deutsch-jüdische Geschichte in der Neuzeit. Band I: Tradition und Aufklärung 1600–1780, hg. v. Mordechai Breuer, Michael Graetz, München 1996, S. 19–84, hier: S. 19.
40 Subsumiert seien hier jene Völker und Nationsformen, die im Laufe der Zeit die deutsche Sprache herausbilden und benutzen sollten. Natürlich kann bis 1871 noch nicht von einer deutschen Staatsgrenze oder gar einer deutschen Nation ausgegangen werden. Eine Zusammenfassung der Entwicklung und Ausformung Deutschlands im hier diskutierten Zusammenhang bietet: Bergmann, Werner: Deutschland, in: Handbuch des Antisemitismus. Judenfeindschaft in Geschichte und Gegenwart, hg. v. Wolfgang Benz, München 2008, S. 84.
41 Bhabha [Anm. 17], S. 14.
42 Beispielhaft ist in der Geschichte des Heiligen römischen Reiches deutscher Nation die Schutzherrschaft Heinrichs IV, dazu: Bergmann [Anm. 40], S. 85.
43 So etwa während der Kreuzzüge im 11. und 12. Jahrhundert oder im krisen- und pestgeplagten 14. Jahrhundert. Zu Letzterem siehe Graus, František: Pest – Geissler – Judenmorde. Das 14. Jahrhundert als Krisenzeit, Göttingen 1987.
44 Wichtig in diesem Zusammenhang ist neben Lessings dramatischer Bearbeitung des Topos vor allem Dohms Schrift zur bürgerlichen Verbesserung der Juden: Dohm, Christian Wilhelm: Ueber die bürgerliche Verbesserung der Juden, in: Christian Wilhelm von Dohm: Ausgewählte Schriften, hg. v. Heinrich Detering, Detmold 1988, S. 66–88.
45 Katz, Jacob: The Term »Jewish Emancipation«: Its Origin and Historical Impact, in: Zur Assimilation und Emanzipation der Juden. Ausgew. Schriften, hg. v. Jacob Katz, Darmstadt 1982, S. 99–123, hier: S. 100.

Wissenschaft, Philosophie und Literatur Deutschlands und Europas.[46] Oder wie es David Honigmann 1844 nachträglich formulierte:

> Es galt hier die Emancipation des Menschen von den verschiedensten Gewalten, von eignem und fremdem Vorurtheil, von politischer Knechtschaft, religiösen Irrthümern und socialer Erniedrigung – kurz, es galt die Erhebung eines geistig und körperlich Leibeignen in die Sphäre der Menschlichkeit, des Bürgerthums, der vernünftigen Freiheit.[47]

Am Beginn dieser Entwicklung hin zur Emanzipation innerhalb und »Akkulturation«[48] an die christliche Mehrheitsgesellschaft stand die Übersetzung des Pentateuchs durch Moses Mendelssohn und den um ihn gruppierten Kreis Berliner jüdischer Intellektueller. Moses Mendelssohn schrieb am 29. Juni 1779 an August Hennings, »eine bessere Uebersetzung und Erklärung der heiligen Bücher« sei der »erste Schritt zur Cultur, von welcher meine Nation leider! in einer solchen Entfernung gehalten wird, daß man an der Möglichkeit einer Verbesserung beynahe verzweifeln möchte.«[49] Für ihn war diese Übersetzung also mehr als nur eine sprachliche Übertragung, sie war ein Wegbereiter und Ausweg aus der sozialen und kulturellen Abschottung.[50]

---

46 Vgl. Feiner, Shmuel: Haskala, in: Enzyklopädie jüdischer Geschichte und Kultur. Band 2: Co – Ha, hg. v. Dan Diner, Stuttgart 2012, S. 544–554, hier: S. 544. Sowie: Graetz, Michael: Jüdische Aufklärung, in: Deutsch-jüdische Geschichte in der Neuzeit. Band I: Tradition und Aufklärung 1600–1780, hg. v. Mordechai Breuer, Michael Graetz, München 1996, S. 251–358, hier: S. 313.

47 Honigmann, David: Die deutsche Belletristik als Vorkämpferin für die Emancipation der Juden (1844), in: Ghettoliteratur. Eine Dokumentation zur deutsch-jüdischen Literaturgeschichte des 19. und frühen 20. Jahrhunderts, hg. v. Gabriele von Glasenapp, Hans Otto Horch, Tübingen 2005, S. 3–19, hier: S. 5.

48 Michael Brenner schlägt vor, an Stelle des meist pejorativ gebrauchten Begriffes der ›Assimilation‹ den der ›Akkulturation‹ zu setzen. So stünde weniger das lange in der historischen Forschung vorherrschende Bild der mit der Emanzipation einhergehenden Selbstaufgabe des Judentums im Blickpunkt, als vielmehr »der Versuch«, »sowohl an der jüdischen wie auch an der deutschen Kultur und Gesellschaft teilzuhaben.« Brenner, Michael: Einführung, in: Deutsch-jüdische Geschichte in der Neuzeit. Band II Emanzipation und Akkulturation 1780–1871, hg. v. Michael Brenner, Stefi Jersch-Wenzel, Michael A. Meyer, München 1996, S. 9–14, S. 10.

49 Mendelssohn, Moses: Briefwechsel. II,2. Bearbeitet von Alexander Altmann, Stuttgart, Bad Cannstatt 1976, S. 149.

50 Gottfried Mergner sieht in Mendelssohns Übersetzung noch weitere Ziele: »den deutsch sprechenden Juden den Weg zu ihrer eigenen Religion erleichtern« sowie »den christlichen Mitbürgern deutlich machen, daß das Judentum eine zumindest gleichwertige, durch die ihm gelebte Offenbarung, unverzichtbare Antwort auf die Frage nach Gott sei.« Mergner, Gottfried: Jüdische Jugendschriften im Umfeld der deutschen Jugendbewegung vor und nach dem ersten Weltkrieg: Zwischen Diskriminierung und Identitätssuche, in: Jüdisches Kinderleben im Spiegel jüdischer Kinderbücher. Eine Ausstellung der Universitätsbibliothek Oldenburg mit dem Kindheitsmuseum Marburg; Katalog zur 17. Ausstellung der Univer-

Aufschlussreich ist in diesem Brief weiterhin der Passus, mit der Übersetzung wolle er sowohl seiner »Nation« als auch seinen »Kindern«[51] einen Dienst erweisen. Die hochdeutsche Übersetzung in hebräischen Schriftzeichen sollte somit vor allem in der jüngeren und damit auch der zukünftigen Generation ihre Wirkung entfalten, die deutsche Sprache neben dem Hebräischen als Literatursprache etablieren und zum Anstoß für ein neues Kindheits- und Bildungsverständnis werden.[52] Während das voraufklärerische Judentum noch keine Vorstellung von der Kindheit als eigenständiger Lebens- und Bildungsphase gehabt und auch die Lektüre für Kinder am religiösen Kanon ausgerichtet hatte,[53] wurde nun die Notwendigkeit einer an allgemeinen Maßstäben und dem Wesen des Kindes ausgerichteten Bildung gesehen. Dies war den *Maskilim* ein großes Anliegen, da mit einer säkularen und europäischen Bildung, also einer Öffnung der in den jüdischen Schulen *Cheder* und *Jeschiwa* stattfindenden, vornehmlich religiösen Erziehung,[54] auch das Ziel der bürgerlichen Verbesserung der Juden näher rückte[55] und ein Ausweg aus der kulturellen, sozialen und sprachlichen Abgeschiedenheit aufgezeigt war.[56] Die Haskala und ihre Errungenschaften in Sprache, Erziehung und Religion stellen in diesem Sinne nicht nur den Beginn eines zusammenwachsenden deutsch-jüdischen, intellektuellen und kulturellen Lebens dar, sondern auch den einer Literatur für jüdische Kinder in deutscher Sprache.

---

sitätsbibliothek im Rahmen der Oldenburger Kinder- und Jugendbuchmesse 1998, hg. v. Helge-Ulrike Hyams, Oldenburg 1998, S. 81–100, hier: S. 83.
51 Mendelssohn [Anm. 49].
52 Vgl. Graetz [Anm. 46], S. 333. Siehe dazu auch: Behm, Britta L.: Moses Mendelssohn und die Transformation der jüdischen Erziehung in Berlin, Münster, München [u. a.] 2002. Moses Mendelssohn stand außerdem in regem Kontakt mit dem Philanthropen und Pädagogen Johann Bernhard Basedow, wovon beide Seiten in sowohl philosophisch-geistiger als auch gesellschaftlich-politischer Weise profitierten. Mendelssohn spendete zusammen mit den Berliner Juden Geld für Basedows *Philanthropin*, Basedow äußerte sich im Gegenzug dezidiert judenfreundlich und widmete jüdischen Themen eine ganze Tafel seines Elementarwerks. Siehe dazu: Shavit, Zohar: Friedländers »Lesebuch«, in: David Friedländer: Lesebuch für jüdische Kinder, Frankfurt a. M. 1990, S. 9–42, hier: S. 18.
53 Vgl. Völpel, Annegret: Entwicklung der Lehrschriften und Entstehung deutschsprachiger erzählender Kinder- und Jugendliteratur im frühen 19. Jahrhundert, in: Deutsch-jüdische Kinder- und Jugendliteratur. Ein literaturgeschichtlicher Grundriss, hg. v. Annegret Völpel, Zohar Shavit, Ran HaCohen, Stuttgart 2002, S. 85–156, hier: S. 91.
54 Vgl. Meyer, Michael A.: Jüdische Gemeinden im Übergang, in: Deutsch-jüdische Geschichte in der Neuzeit. Band II Emanzipation und Akkulturation 1780–1871, hg. v. Michael Brenner, Stefi Jersch-Wenzel, Michael A. Meyer, München 1996, S. 96–134, S. 118.
55 Vgl. Graetz [Anm. 46].
56 Vgl. Nagel, Michael: Jüdische Lektürepädagogik im deutschsprachigen Raum von der Berliner Haskala bis zur Neo-Orthodoxie: Literarische Programme und Kontroversen für die Jugend einer Minderheit. Teil I, in: Das jüdische Jugendbuch. Von der Aufklärung bis zum Dritten Reich, hg. v. Gabriele von Glasenapp, Michael Nagel, Stuttgart 1996, S. 1–78, hier: S. 3.

In vielen deutschen Städten wurden Schulen aus dem Geist der Haskala-Bewegung heraus gegründet, die sich einer Bildung jenseits des *Cheder,* offen für weltliches wie jüdisches Wissen und der »Integration der jüdischen Kinder selbst in ihre Umwelt«[57] widmeten. Eine davon war die »Jüdische Freyschule« in Berlin. Mitbegründer war Mendelssohns Schüler David Friedländer, der im Jahre 1778 ausgehend von der Notwendigkeit eines an dem neuen philanthropischen und aufklärerischen Gedankengut der Haskala ausgerichteten Lehrmaterials das erste *Lesebuch für Jüdische Kinder* herausgab.[58] Dieses Lesebuch wird von Zohar Shavit und Ran HaCohen als »Wendepunkt in der Geschichte der jüdischen Kinderkultur«[59] betrachtet, da einerseits die allgemein aufklärerischen Errungenschaften für das Wesen der Kinder- und Jugendliteratur darin anklingen[60] und andererseits »zum ersten Mal in der Geschichte der jüdischen Kultur in Europa«[61] ein nicht-religiöses Buch für die Erziehung jüdischer Kinder im Sinne der Haskala existierte.[62] Diese Neuerungen in Erziehung und Bildung

---

57 Meyer [Anm. 54], S. 120.
58 Vgl. Shavit, Zohar, HaCohen, Ran: Kinder- und Jugendliteratur der Haskala und der jüdischen Reformpädagogik seit den 1770er Jahren, in: Deutsch-jüdische Kinder- und Jugendliteratur. Ein literaturgeschichtlicher Grundriss, hg. v. Annegret Völpel, Zohar Shavit, Ran HaCohen, Stuttgart 2002, S. 24–84, hier: S. 24.
59 Ebd., S. 24–84.
60 Vgl. Weinkauff, Gina, Glasenapp, Gabriele von: Kinder- und Jugendliteratur, 2. aktual. Aufl., Paderborn 2014, S. 38f.
61 Shavit, HaCohen [Anm. 58], S. 27.
62 Michael Nagel bemerkt allerdings einschränkend, dass dieses »Lesebuch« von David Friedländer niemals zum Einsatz kam, weder in der Berliner Freyschule noch in anderen von jüdischen Aufklärern gegründeten Schulen. Im Gegensatz zum damaligen philanthropischen Ansatz in der Kinder- und Jugendliteratur, der eine Anpassung an das kindliche Lesealter vorsah, waren die im Lesebuch hauptsächlich enthaltenen Mendelssohnschen Werke nicht adressatenorientiert im Sinne einer kinderliterarischen Akkommodation. Nagel, Michael: Motive der deutschsprachigen jüdischen Kinder- und Jugendliteratur von der Aufklärung bis zum Dritten Reich, in: Zeitschrift für Religions- und Geistesgeschichte 48, 1996, 3, S. 193–214, hier: S. 196. Siehe dazu auch die Einleitung Moritz Sterns zum Lesebuch: Stern bemerkt darin, dass der Inhalt des Lesebuches zwar »ungemein gut gewählt« sei, die Darstellung desselben jedoch »zuweilen über die Fassungskraft der Kinder« hinausginge. Stern, Moritz: [Einleitung], in: Lesebuch für jüdische Kinder. Mit den Beiträgen Moses Mendelssohns, hg. v. David Friedländer, Berlin 1927, S. 5–22, hier: S. 8. Für Nagel stellt das Lesebuch im Gegensatz zur Auffassung Völpels/Shavits eher ein »programmatisches Signal] […] an die interessierte nichtjüdische Umgebung« dar. Nagel [Anm. 62], S. 200. Zwar ist diese Position Nagels m. E. mit Blick auf das Lesebuch allein nachvollziehbar, sieht man dieses aber vor dem Hintergrund der danach entstandenen jüdischen Kinder- und Jugendliteratur des deutschsprachigen Raums, so erkennt man, gerade in den von Mendelssohn verfassten Fabeln und moralischen Erzählungen, eindeutig die Vorreiterstellung und die konzeptuelle Eignung des Lesebuchs für jüdische Kinder – griff die Wahl der Fabel doch explizit eine durch Lessing (wieder) populär gewordene Gattung auf, die im pädagogischen Diskurs der Aufklärung als besonders wertvoll für die Erziehung von Kindern galt. In der Entscheidung für hebräische Fabeln des 12. und 13. Jahrhunderts – und nicht für die von Lessing neu bearbeiteten Aesopschen – kann das Selbstbewusstsein der *Maskilim* gelesen werden, sich

beeinflussten insbesondere die heranwachsende Generation. Ihr wurde zum einen die christliche Kultur und Religion viel vertrauter als ihren Vätern oder Großvätern, zum anderen verfügten sie nur mehr über grundlegende Kenntnisse über das Judentum und seine kulturelle Praxis. Michael A. Meyer spricht hier von einer »Akzentverlagerung« hin zu einem »übergreifenden Selbstverständnis der Kinder als Europäer und Deutsche.«[63]

Die von der Aufklärung angestoßenen Modernisierungen in Erziehung, Sprache, Wirtschaft, Religion und nicht zuletzt staatlichen Bereichen außer- und innerhalb der jüdischen Gesellschaft sowie die im Zuge der jüdischen Aufklärung angeregten Emanzipationsbestrebungen und die damit einsetzende »jüdische Moderne«[64] bewirkten große Umbrüche im deutschen und österreichischen Judentum. Auf staatlicher Ebene steigerte sich diese Bewegung vor allem in den 1780er Jahren zu einer im mitteleuropäischen Raum breitenwirksamen Strömung, die ihre ersten »äußerlichen« Erfolge mit der Einführung der Toleranzpatente Josephs II. im Habsburgerreich 1782 und der rechtlichen Anerkennung durch die Französische Nationalversammlung von 1791 zeigte.[65] Aufgrund der Aufwertung der Stellung des – nun absoluten – Staates im 18. Jahrhundert verloren die jüdischen Gemeinden allerdings auch ihre Selbstverwaltung und Eigenständigkeit, das Rabbinat und damit die Religion an Bedeutung.[66]

In den meisten deutschen Gebieten sollte die rechtliche Gleichstellung der Juden erst mit der österreichischen Dezemberverfassung von 1867 bzw. der Gründung des deutschen Kaiserreichs 1871 Wirklichkeit werden. Eine lange Zeit, in der viele – darunter prominente Beispiele wie Heinrich Heine – am Erfolg der Bestrebungen zweifelten. Es waren vor allem die Jahrzehnte der Restauration nach dem Wiener Kongress von 1815, in denen die Emanzipationsbewegung im deutschsprachigen Gebiet ins Stocken geriet und die Zahl der zum Christentum konvertierenden Juden enorm anstieg. In den Augen vieler konnte nur so der Erwerb der vollen Bürgerrechte und die Hoffnung auf ein gesellschaftlich anerkanntes und gleichgestelltes Leben erreicht werden.

Das 19. Jahrhundert war insgesamt gesehen eine Zeit des Umbruchs für die deutsche Judenheit und für das religiöse Leben in so mancher jüdischer Gemeinde. Wie Almuth Hammer ausführt, war es gerade die Emanzipation, die die

---

im jüdischen Gestus in die deutsche Aufklärungsbewegung und -pädagogik einzuschreiben, im *Lesebuch* ein dezidiert jüdisch-deutsches Zeichen der Aufklärung zu setzen. Siehe zum Lesebuch auch: Shavit [Anm. 52].

63 Meyer [Anm. 54], S. 119.
64 Brenner [Anm. 48], S. 9.
65 Vgl. Brämer, Andreas: Der lange Weg von der Duldung zur Emanzipation (1650–1871), in: Die Geschichte der Juden in Deutschland, hg. v. Arno Herzig, Cay Rademacher, Sonderausg., Hamburg 2013, S. 80–97, hier: S. 82.
66 Vgl. Meyer [Anm. 54], S. 107f.

nationale Einheit des Judentums in der Diaspora infrage stellte, implizierte sie doch ein Bild des Judentums, das auf einem Selbstverständnis einzig als Religion, also der »Dissoziation von ›Konfession‹ und ›Nation‹«[67] basierte. Die Verleihung der Bürgerrechte und die damit einhergehende Eingliederung der Juden in den »Volkskörper« anderer Nationen erschütterte das bis dahin »für das Judentum als Volksreligion« gültige Selbstbild, dem Religion und Nation als »untrennbar gedachte] Einheit«[68] innewohnten. Im Wunsch, eben jene von Homi K. Bhabha angesprochene »inside outsideness«, Fremdheit und Exotismen, abzulegen, sich der christlichen Umgebung weiter zu öffnen, eine bessere Integration, Akkulturation und berufliche sowie politische Entfaltungsmöglichkeiten zu erreichen und damit weitere Konversionen zu verhindern, votierten nun einige für eine Reform der eigenen Religion und Kultur. Gebote und Verbote der *halacha*, der alten Ceremonialgesetze,[69] sollten abgelegt und dem religiösen Leben und Selbstverständnis neue Formen gegeben werden.

Doch nicht alle wollten diesen Weg der Säkularisierung und Privatisierung der Religion beschreiten.[70] Das erste Drittel des 19. Jahrhunderts eröffnete für die Judenheit Europas verschiedene Wege; Auffassungen von Judentum und dem alltäglichen jüdischen Leben differenzierten sich aus. Wie Gabriele von Glasenapp ausführt, trat »an die Stelle der niemals in Frage gestellten *einen* jüdischen Identität« »eine Vielzahl von jüdischen Identitäten; jedem Juden war nun selbst aufgetragen, seinen individuellen Platz innerhalb eines bald kaum noch zu definierenden Spektrums zwischen jüdischer Minderheit und deutscher Mehrheitsgesellschaft zu finden.«[71] Während die einen das Alte reformierend zu erneuern versuchten, bemühten sich andere, eben dieses Alte konservierend oder nur mäßig reformierend zu bewahren. Im Laufe des 19. Jahrhunderts bildeten sich so mehrere unterschiedliche innerjüdische Strömungen heraus, die vom orthodoxen Festhalten an der Tradition bis hin zur radikal-rationalen Reform reichten.[72] Als Gegengewicht, aber auch in gewisser Weise als Umdeu-

---

67 Hammer, Almuth: Erwählung erinnern. Literatur als Medium jüdischen Selbstverständnisses; mit Fallstudien zu Else Lasker-Schüler und Joseph Roth, Göttingen 2004, S. 27.
68 Ebd., S. 26.
69 Vgl. Friedländer, David: Sendschreiben an Seine Hochwürden, Herrn Oberconsistorialrath und Probst Teller zu Berlin, von einigen Hausvätern jüdischer Religion. Berlin 1799, in: David Friedländer: Ausgewählte Werke, hg. v. Uta Lohmann, Köln, Weimar, Wien 2013, S. 185–212; David Friedländer schlägt sogar die »Abwerfung des lästigen Jochs der Ceremonial- und Ritualgesetze« und eine Annäherung oder Verschmelzung mit dem christlichen Protestantismus vor. Ebd., S. 204ff.
70 Vgl. Völpel [Anm. 53], S. 90. Almuth Hammer macht darüber hinaus deutlich, dass eine »Privatisierung« von Religion im Judentum kaum möglich war, da bereits das tägliche Leben durch religiös-rituelle Vorschriften bestimmt war, die kaum mit einem am christlichen Kalender ausgerichteten Wochenverlauf zu vereinbaren waren. Hammer [Anm. 67], S. 28.
71 Glasenapp [Anm. 6], S. 19.
72 Vgl. Meyer, Michael A.: Jüdisches Selbstverständnis, in: Deutsch-jüdische Geschichte in der

tung des um Akkulturation bemühten reformierten Judentums etablierte sich die Neo-Orthodoxie, die maßgeblich von dem Rabbiner Samson Raphael Hirsch geprägt war. Er versuchte seit den 1830er Jahren, eine Rückkehr zum traditionellen Verständnis des Judentums unter Berücksichtigung der Errungenschaften des Aufklärungszeitalters zu erreichen. Sein leitmotivischer Sinnspruch *Tora-im-derech-Erez* beinhaltete ein Lebensprogramm, das die Thora als ständigen Wegweiser und Lebensziel auffasste, das aber auch allgemein aufklärerische Ideale der Humanität und Ethik in sein Erziehungsideal mit einfließen ließ.[73] Denn die Neo-Orthodoxie um Hirsch fühlte sich durchaus auch der Aufklärung und deren Neuerungen verpflichtet[74] und versammelte in sich sowohl moderne als auch traditionelle Sichtweisen.

1.2. Postemanzipatorische Renaissancen

Jüdische Emanzipation und Antisemitismus

Mit der Dezemberverfassung von 1867, nach dem Ende des Deutschen Bundes, gewährte Österreich und kurz darauf auch Ungarn der jüdischen Bevölkerung volle Bürgerrechte. Nachdem dies in einigen deutschen Einzelstaaten und 1869 mit der Gründung des Norddeutschen Bundes auch die deutsche Judenheit teilweise erlangt hatte, wurde die bürgerliche und staatsbürgerliche Gleichstellung mit der Reichsgründung von 1871 schließlich für das gesamte deutsche Reich geltend. Das, wofür viele Juden in den deutschsprachigen Gebieten fast 100 Jahre gekämpft hatten, war – de jure – nun endlich erreicht. Mit der Gründung des Kaiserreichs begann so auf den ersten Blick eine kulturelle Blütezeit, ein »goldenes Zeitalter«[75] und eine »Periode der Konsolidierung«.[76] Religiös besehen verlor das politisch radikale Reformjudentum seine Sprengkraft

---

Neuzeit. Band II Emanzipation und Akkulturation 1780–1871, hg. v. Michael Brenner, Stefi Jersch-Wenzel, Michael A. Meyer, München 1996, S. 135–176, hier: S. 145f.

73 Vgl. Völpel, Annegret: Der Einfluß der Neo-Orthodoxie und des konservativen Judentums auf Lehrschriften und unterhaltende Kinder- und Jugendliteratur, in: Deutsch-jüdische Kinder- und Jugendliteratur. Ein literaturgeschichtlicher Grundriss, hg. v. Annegret Völpel, Zohar Shavit, Ran HaCohen, Stuttgart 2002, S. 157–197, hier: S. 163.

74 Vgl. Glasenapp, Gabriele von: Von der Neo-Orthodoxie bis zum Dritten Reich. Teil II, in: Das jüdische Jugendbuch. Von der Aufklärung bis zum Dritten Reich, hg. v. Gabriele von Glasenapp, Michael Nagel, Stuttgart 1996, S. 79–161, hier: S. 80.

75 Sieg, Ulrich: Das Judentum im Kaiserreich (1871–1918), in: Die Geschichte der Juden in Deutschland, hg. v. Arno Herzig, Cay Rademacher, Sonderausg., Hamburg 2013, S. 122–137, hier: S. 122.

76 Lowenstein, Steven M.: Das religiöse Leben, in: Umstrittene Integration. 1871–1918, hg. v. Steven M. Lowenstein, Paul Mendes-Flohr, Peter Pulzer u.a., München 2000, S. 101–122, hier: S. 101.

und wurde immer mehr zu einem Massenphänomen. Vor allem in den größeren deutschen Städten fanden sich nun fast ausschließlich liberale Gemeinden, während auf dem Land und in katholischen Gebieten die Orthodoxie vorherrschte.[77] Neue Einflüsse kamen zu Beginn der 1880er Jahre aus dem Osten Europas, wo Pogrome gegen die jüdische Bevölkerung diese in großer Zahl in die deutschen Gebiete und oftmals weiter in die neue amerikanische Welt fliehen ließen. Das »Ostjudentum« war viel stärker als die Orthodoxie in Mittel- und Westeuropa vom Chassidismus und damit der mystischen Kabbalah geprägt und bildete einen krassen Kontrapunkt zum von der Haskala rational geprägten, liberal reformierten Judentum in den deutschen und österreichischen Städten.

In kultureller Hinsicht zählten Juden um die Jahrhundertwende und darüber hinaus im Deutschen Reich und in der Habsburgermonarchie zu den führenden Persönlichkeiten; die sich nach Margarete Susman im 19. Jahrhundert vollzogene »äußere und innere Verbürgerlichung der deutschen Juden« war in großen Teilen erfolgreich abgeschlossen.[78] In Wien debattierten im Café Griensteidl Literaten und Kulturschaffende wie Arthur Schnitzler, Hugo von Hofmannsthal oder Karl Kraus; Sigmund Freud entdeckte das Unbewusste und im Prager Kreis wirkten unter anderen Franz Kafka und Max Brod. Ebenso in der Wirtschaft – zu denken sei nur an die Familien Rothschild und Rathenau, an Bismarcks Bankier Gerson Bleichröder oder den Kölner Abraham Oppenheim.[79] Lebten zur Mitte des 19. Jahrhunderts noch rund 50 % der Juden in Deutschland in Armut, so waren es in den 1870er Jahren in manchen Gegenden nur mehr 5 %.[80]

Jedoch existierte diese Blütezeit wie gesagt nur in bestimmten Bereichen des gesellschaftlichen Lebens und erhielt mit dem Ersten Weltkrieg einen jähen Einschnitt. Die Zeit zwischen 1870 und 1918 war für die deutschsprachige Judenheit eine janusköpfige Epoche, die sowohl erfolgreiche Integration als auch radikale Ausgrenzung kannte und nach Robert Weltsch das »Vorspiel zu der großen jüdischen Identitätskrise«[81] des 20. Jahrhunderts, »eine Zeit der inneren Gärung«[82] darstellte. Zwar waren religiös motivierte Beschränkungen der Bürgerrechte spätestens mit der Reichsgründung 1871 weggefallen, jedoch verlangte die Verleihung der Bürgerrechte auch die volle Integration in den Staatskörper, der in der Staatstheorie des 19. Jahrhunderts mit Nationszugehörigkeit gleich-

---

77 Vgl. ebd., S. 101–103.
78 Susman, Margarete: Vom geistigen Anteil der Juden im deutschen Raum, in: Der Morgen. Monatsschrift der Juden in Deutschland, 1935, 3, S. 107–116, hier: S. 111.
79 Vgl. Volkov, Shulamit: Die Juden in Deutschland 1780–1918, 2., verb. Aufl., München 2000, S. 42.
80 Vgl. ebd., S. 43.
81 Weltsch, Robert: Die schleichende Krise der jüdischen Identität, in: Juden im Wilhelminischen Deutschland 1890–1914. Ein Sammelband, hg. v. Werner E. Mosse, Tübingen 1976, S. 689–702, hier: S. 689.
82 Ebd., S. 694.

gesetzt wurde.[83] Damit eröffnete sich eine Problematik auf zwei Ebenen: Zum einen war das Bild des Juden – insbesondere unter völkischen Deutschen – nicht von einer jüdischen Nation loszulösen und »die Juden« damit scheinbar nicht in eine deutsche Nation integrierbar. Zum anderen zerrte das geforderte Aufgehen in einem deutschen bzw. österreichisch-ungarischen Nationalkörper an der lange Zeit als gültig angesehenen jüdischen Selbstauffassung mehr als eine Religion, auch ein Volk, eine Nation zu sein. Dies musste nun fast bis zur völligen Selbstverneinung negiert werden.[84]

Der rechtlichen Gleichstellung konnte somit keine soziale, gemeinschaftliche folgen, obwohl aufgrund der konsolidierten Situation eines weitestgehend liberalen Judentums dem religiös motivierten Antijudaismus eigentlich viel Angriffsfläche genommen war. Die Ausgrenzung der Juden lebte dennoch fort, der allgemeine Säkularisierungsprozess wirkte sich dialektisch aus und der lange Zeit religiös fundierte Antijudaismus nahm neue, von der Religion unabhängige Ausprägungen an.[85] Der Publizist Wilhelm Marr propagierte ab 1879 den Begriff des Antisemitismus als neu empordrängenden Judenhass, der sich gegen eben jenes etablierte Judentum richtete.[86] Nicht mehr religiös, sondern meist rassistisch motiviert, traf er dabei keine Randgruppe, sondern eine »religiös besondere Gruppe im Zentrum der Gesellschaft«.[87] Moderne, nur dem Anschein nach wissenschaftliche Theorien zu Rassen und Biologie von Charles Darwin und Ernst Haeckel, die seit der Mitte des 19. Jahrhunderts immer populärer geworden waren, verbanden sich darin mit über lange Zeit tradierter, religiös, wirtschaftlich oder sozial konnotierter Judenfeindschaft zu einem neuen rassistisch begründeten Antisemitismus.[88] Wie Peter Pulzer formuliert, liegt genau darin auch die Tragik der Emanzipationsbewegung. Wollte sie im Sinne Mendelssohns eigentlich Gleichberechtigung und den Ausgang der Juden aus Abschottung und Unmündigkeit erreichen, so wurde sie nun zum Katalysator des modernen Antisemitismus: »Vor der Emanzipation war der Antijudaismus ein Syndrom

---

83 Vgl. ebd., S. 690.
84 Robert Weltsch zitiert hier beispielsweise Gabriel Riesser, der vom »Märchen von einer jüdischen Nationalität« gesprochen habe: Vgl. ebd., S. 691.
85 Vgl. Katz, Jacob: Die Anfänge der Judenemanzipation, in: Zur Assimilation und Emanzipation der Juden. Ausgew. Schriften, hg. v. Jacob Katz, Darmstadt 1982, S. 83–98, hier: S. 97.
86 Vgl. Pulzer, Peter: Die Wiederkehr des alten Hasses, in: Umstrittene Integration. 1871–1918, hg. v. Steven M. Lowenstein, Paul Mendes-Flohr, Peter Pulzer u. a., München 2000, S. 193–248, hier: S. 193.
87 Wyrwa, Ulrich: Moderner Antisemitismus, in: Handbuch des Antisemitismus. Judenfeindschaft in Geschichte und Gegenwart, hg. v. Wolfgang Benz, Berlin 2010, S. 209–214, hier: S. 211.
88 Vgl. Hufenreuter, Gregor: Rassenantisemitismus, in: Handbuch des Antisemitismus. Judenfeindschaft in Geschichte und Gegenwart, hg. v. Wolfgang Benz, Berlin 2010, S. 272–273, hier: S. 272.

von Einstellungen, das lange Zeit inaktiv bleiben konnte. Nach der Emanzipation war der Antisemitismus eine Bewegung mit einem Programm.«[89]

Wie es zur Steigerung und massenhaften Verbreitung dieses zunächst am Rande der Gesellschaft angesiedelten Antisemitismus kam, wird in der Forschung auf mehrere mögliche Gründe zurückgeführt. Nachdem spätestens der »Gründerkrach« von 1873 im Kaiserreich Zweifel am Liberalismus und Kapitalismus hervorgerufen hatte und in diesem Zuge vermeintlich Schuldige in der wirtschaftlich erfolgreichen, liberal-jüdischen Bevölkerung gesucht worden waren, steigerte sich die Zahl antijüdischer Meinungen und Anschauungen sowie antisemitischer Pamphlete und Publikationen vor allem im antiliberalen Lager. Beispielhaft hierfür stehen die Ausführungen des Publizisten Otto Glagau, der den Börsenkrach als Urheber einer nur mehr dahin siechenden Gesellschaft, ohne »Ehrlichkeit und Moralität«, ohne »Tugend und Religion«[90] und die Juden als Urheber eben dieses Börsenkrachs sah: »Alles das sind die unmittelbaren Folgen des Börsen- und Gründungsschwindels, und dieser ist wieder in der Hauptsache das Werk der Juden und Semiten«.[91]

Derartige Anschauungen wurden bald auch von konservativer und vor allem katholischer Seite[92] verlautbart. »Salonfähig«[93] – und damit auch an Universitäten und höheren, gebildeten Gesellschaftsschichten gebilligt – machte jedoch erst der Berliner Historiker Heinrich von Treitschke den Antisemitismus. In Analogie zum Prediger Adolf Stöcker, der nach Walter Boehlich den Antisemitismus »hoffähig« gemacht und ihn im politischen Raum etabliert hatte,[94] propagierte der angesehene Historiker Treitschke in Äußerungen wie »Die Juden sind unser Unglück!«,[95] den Antisemitismus als Allgemeingut.[96] Wichtig war ihm in diesen Veröffentlichungen vor allem die Verbindung von deutscher Na-

---

89 Pulzer [Anm. 86], S. 194. Reinhard Rürup erklärte diesen Umschwung mit einer im deutschen Kaiserreich verpassten Konsolidierungsphase der rechtlichen Emanzipation von 1871, an deren Stelle sich fast umgehend »eine Zeit der Krise, die durch ungeahnte wirtschaftliche, gesellschaftliche und auch politische Erschütterungen gekennzeichnet war«, einstellte. Die mit der rechtlichen Gleichstellung von 1871 scheinbar beantwortete »Judenfrage« wurde danach neu gestellt und wandelte sich von einer emanzipatorischen in eine antisemitische: Rürup, Reinhard: Emanzipation und Krise. Zur Geschichte der »Judenfrage« in Deutschland vor 1890, in: Juden im Wilhelminischen Deutschland 1890-1914. Ein Sammelband, hg. v. Werner E. Mosse, Tübingen 1976, S. 1–56, hier: S. 27.
90 Glagau, Otto: Der Börsen- und Gründungs-Schwindel in Deutschland. Zweiter Theil von »Der Börsen- und Gründungs-Schwindel in Berlin«, Leipzig 1877, S. XVII.
91 Ebd., S. XVIII.
92 Vgl. Pulzer [Anm. 86], S. 198.
93 Sieg [Anm. 75], S. 128.
94 Boehlich, Walter: Nachwort, in: Der Berliner Antisemitismusstreit, hg. v. Walter Boehlich, Frankfurt 1965, S. 237–263, hier: S. 237.
95 Treitschke, Heinrich von: Unsere Aussichten, in: Der Berliner Antisemitismusstreit, hg. v. Walter Boehlich, Frankfurt 1965, S. 5–12, hier: S. 11.
96 Vgl. Boehlich [Anm. 94], S. 238.

tion und Christentum,[97] die dazu führte, dass nationales Empfinden, »Volksgewissen« und eine dezidiert christliche Bildung einen aufklärerisch-rationalen Bildungsbegriff ersetzten und damit dem Antisemitismus im bürgerlichen und studentischen Milieu den Weg ebneten.

Zunächst riefen Treitschkes antisemitische Äußerungen mehrere Entgegnungen hervor. Mit nur wenigen Ausnahmen – darunter am prominentesten die des Althistorikers Theodor Mommsen – stammten diese allerdings fast durchweg von Juden oder konvertierten Christen, darunter Heinrich Graetz, Hermann Cohen oder Ludwig Bamberger. Dass nur wenige nicht-jüdischer Herkunft das Bedürfnis verspürten, sich gegen diese Reden Treitschkes auszusprechen, deutet bereits darauf hin, dass der Antisemitismus seit Anbruch der konservativen Ära im Kaiserreich Eingang in die (bildungs-)bürgerliche Schicht der Gesellschaft gefunden hatte.[98] Zudem wandelte sich Fürst Bismarck, der lange Zeit als führender liberaler Politiker noch von vielen Juden begrüßt worden war, im Bruch mit den Liberalen hin zu einem, der in der Kaiserlichen Botschaft vom 17. November 1881 das »*Christliche* Volksleben«[Herv. T.D.][99] als Fundament der Gesellschaft und seiner Politik ausrief. Wie Bettina Bannasch darlegt, war es gerade diese gezielte »Konstruktion der Zusammengehörigkeit von deutschem Reich und christlichen Werten, von Nationalgefühl und Religionszugehörigkeit«, die »den Antisemitismus zum integrativen Bestandteil der nationalen Ideologie des neuen deutschen Reichs«[100] machte. Gepaart mit einem in der Kaiserzeit an sich schon gesteigerten Nationalismus und den modernen Rassenideen reetablierte diese Rückkehr zum christlichen Bewusstsein nach dem österreichischen Sozialreformer Josef Popper-Lynkeus eine »mittelalterliche« Gesellschaft und führte zur »Verwilderung der Menschen«, ja sogar bis hin zu einer »fortschreitende[n] Bestialisierung der europäischen Bevölkerung«.[101]

Der Antisemitismus hielt Einzug in Vereine, die Politik, in Unternehmen und vor allem in Universitäten.[102] Protagonist war insbesondere jene jüngere Generation, wie der Verein deutscher Studenten oder auch den österreichischen

---

97 Treitschke, Heinrich von: Noch einige Bemerkungen zur Judenfrage, in: Der Berliner Antisemitismusstreit, hg. v. Walter Boehlich, Frankfurt 1965, S. 77–90, hier: S. 87.
98 Vgl. Sieg [Anm. 75], S. 127.
99 Kaiser Wilhelm I., Bismarck, Otto von: Kaiserliche Botschaft vom 17.11.1881, http://germanhistorydocs.ghi-dc.org/pdf/deu/428_Wilhelm%20I_Sozialpolitik_129.pdf, zuletzt geprüft am: 16.11.2015, S. 2.
100 Bannasch, Bettina: Der Traum vom Glauben ohne Aberglauben. Jüdische Perspektiven auf die Gründung des Neuen deutschen Reichs 1870/71, in: Reichsgründung 1871. Ereignis – Beschreibung – Inszenierung, hg. v. Michael Fischer, Münster 2010, S. 59–79, hier: S. 60.
101 Popper-Lynkeus, Josef: Fürst Bismarck und der Antisemitismus, Wien, Leipzig 1925, S. 103.
102 Vgl. Peter Pulzer zeigt auf, inwieweit vor allem an den Universitäten ein althergebrachter Antisemitismus in den Burschenschaften durch einen neuen radikalen im »Verein deutscher Studenten« ersetzt wurde, der von einem »militante[m] Antisemitismus« kaum mehr zu unterscheiden war. Pulzer [Anm. 86], S. 204. Vgl. auch Volkov [Anm. 79], S. 50.

Burschenschaften, die sich an die Zeit vor einer zusammengehörigen deutschen Nation gar nicht mehr erinnern konnten und deren Ziel es war, gegen vermeintlich »undeutsche«, nicht nationale Elemente im Reich vorzugehen – und dies zu einer Zeit, so Peter Pulzer, in der eine Verteidigung gegen feindliche Mächte von außen nicht mehr nötig war.[103] Nur geraume Zeit nach Erreichen der rechtlichen und bürgerlichen Gleichstellung sah sich die Judenheit im deutschen Reich und der Habsburgermonarchie einem Hass gegenüber, der so ausgeprägt und gesellschaftlich akzeptiert war, wie schon lange Zeit nicht mehr. Die Emanzipation schien sich angesichts des modernen Antisemitismus in ihr Gegenteil gewandelt, die Akkulturation vergeblich stattgefunden zu haben.

Jüdische Reaktionen – Centralverein, Zionismus, »Jüdische Renaissance« und »Jüdische Neoromantik«

Konfrontiert mit dem Scheitern jahrhundertelangen Strebens nach Emanzipation gewannen auf jüdischer Seite mit dem Zionismus und der Neo-Orthodoxie neue Strömungen an Einfluss, welche sich nun auf eine dezidiert jüdische Identitätsbehauptung zum Teil spezifisch in Abgrenzung zum »Deutschtum« konzentrierten und dies vor allem an die nachwachsende Generation weitergeben wollten. Auch in der Literatur schlugen sich die Enttäuschung und eine neue, nun jüdische Selbstbehauptung nieder und führten, wie Bettina Bannasch bemerkt, zu einer »neuen literarischen Programmatik«:

> Die neue literarische Programmatik des beginnenden 20. Jahrhunderts fordert den Rückzug in ein spezifisch jüdisches Milieu, in ein Milieu, das der Vergangenheit angehört und das sich in der Gegenwart nun mehr in von Aufklärung und Moderne unberührten Grenzgebieten auffinden lässt. Aus guten Gründen ist in der deutschjüdischen Literatur um 1900 die Zeit der enthusiastischen Opferbereitschaft für das Volk der Dichter und Denker vorbei.[104]

Anfänglich – beim ersten Wieder- bzw. Neuerstarken antisemitischer Anschauungen – verlautete noch der Ruf nach einer noch weiter zu vollendenden »Selbstveredelung« des eigenen jüdischen Daseins, nach weitergehender Assimilation oder noch mehr Zugeständnissen als »Gegenleistung« für die Verleihung der Bürgerrechte, wie beispielsweise die Aufgabe der Beschneidung.[105] Wie Peter Pulzer formuliert, wollten »[j]üdische wie nichtjüdische Gegner des Antisemitismus [...] lange Zeit nicht wahrhaben, daß die Errungenschaften der sechziger und siebziger Jahre nunmehr unwiderruflich rückgängig gemacht

---

103 Pulzer [Anm. 86], S. 205.
104 Bannasch [Anm. 100], S. 79.
105 Pulzer [Anm. 86], S. 213.

wurden.«[106] Erst als die Bewegung des Antisemitismus Mitte der Neunziger Jahre im Deutschen Reich und Österreich ihren ersten Höhepunkt erreicht hatte, begann ein Teil der jüdischen Bevölkerung umzudenken.[107] Im Laufe des 19. Jahrhunderts war die Einstellung und Selbstsicht, das Judentum vornehmlich als Religion und sich selbst als Deutscher jüdischen Glaubens zu begreifen, spätestens mit der rechtlichen Anerkennung in den meisten jüdischen Kreisen zur Gewissheit geworden, man hatte versucht, das »Ideal des ›deutschen Juden‹, an dessen deutschem Nationalgefühl kein Zweifel erlaubt war«,[108] in Vollendung zu erfüllen. Nun allerdings sah man sich zum Teil gezwungen, diese Auffassung zu überdenken und angesichts des Antisemitismus, der Zuwanderung und zunehmenden Beeinflussung durch osteuropäische Juden sowie auch des Verlusts der eigenen Religions- und Nationszugehörigkeit eine neue Identität jenseits der deutschen Nation zu finden.[109]

Nach außen hin äußerte sich das vor allem in der Gründung von oftmals noch den assimilatorischen Gedanken anhängenden, doch ein verstärktes jüdisches Selbstbewusstsein verkündenden Vereinen und Zusammenschlüssen sowie im aufkommenden Zionismus. Beide Bewegungen beriefen sich auf unterschiedliche Art auf eine gemeinsame Abstammung und eine zumindest religiös-ethnische Zusammengehörigkeit. Ein darunter insbesondere in der deutschsprachigen Forschung zur jüdischen Geschichte oftmals vergessener Vorreiter dieser Bewegung war der 1843 von deutschen Emigranten in New York ins Leben gerufene und 1882 nach Deutschland getragene *Unabhängige Orden B'nai B'rith* (auch ›Bnai Brith‹, ›Bne/Bnei Briss/Bnei Briß‹). Dieser in Anlehnung an das Freimaurertum in Logen aufgebaute Verein verstand sich als jüdische Hilfsorganisation und Zusammenschluss zur Stärkung und Verteidigung des Judentums[110] und erreichte während der Weimarer Republik bis zu 15 000 Mitglieder in etwa 100 Logen,[111] darunter waren auch prominente jüdische Gelehrte wie beispielsweise Leo Baeck oder Hermann Cohen. Neben unterschiedlichen karitativen Einrichtungen zählten auch Tätigkeiten auf kultureller Ebene zu den

---

106 Ebd., S. 216.
107 Vgl. Pulzer, Peter: Die Reaktion auf den Antisemitismus, in: Umstrittene Integration. 1871–1918, hg. v. Steven M. Lowenstein, Paul Mendes-Flohr, Peter Pulzer u. a., München 2000, S. 249–277, hier: S. 249.
108 Weltsch [Anm. 81], S. 693.
109 Vgl. Lowenstein, Steven M.: Ideologie und Identität, in: Umstrittene Integration. 1871–1918, hg. v. Steven M. Lowenstein, Paul Mendes-Flohr, Peter Pulzer u. a., München 2000, S. 278–301, hier: S. 278.
110 Die deutschen Logen des Ordens gründeten sich im Gegensatz zu den amerikanischen vor allem zur Abwehr des Antisemitismus.
111 Vgl. Reinke, Andreas: B'nai B'rith, in: Enzyklopädie jüdischer Geschichte und Kultur. Band 1: A-Cl, hg. v. Dan Diner, Darmstadt 2011, S. 365–369, hier: S. 365.

Bemühungen des Ordens.[112] Diese standen ganz im Sinne einer Wiederbelebung und Stärkung der vermeintlich ins Vergessen geratenen jüdischen Identität und Kultur. Die Hamburger Loge initiierte 1898 beispielsweise die »Gesellschaft für jüdische Volkskunde«, die sich der Sammlung jüdischen Volksgutes, darunter auch jüdischen Märchen, widmen sollte.[113] Auch gründete der Unabhängige Orden Bnai Brith – was später noch wichtig werden wird – eine Kommission für Kinder- und Jugendliteratur, die mit der Zeitschrift *Wegweiser für die Jugendliteratur* ein zentrales Publikationsorgan für neu entstehende jüdische Kinder- und Jugendliteratur bildete.

Der dagegen wesentlich bekanntere 1893 gegründete *Centralverein deutscher Staatsbürger jüdischen Glaubens*, kurz CV, war ein Zusammenschluss von Juden, die sich im Sinne des Assimilationsgedankens weiterhin bemühten, die rechtliche und bürgerliche Emanzipation zu vollenden und gegen den Antisemitismus vorzugehen.[114] Der CV, dessen vornehmlich aus dem liberalen, deutschgesinnten und bürgerlichem Milieu stammende Mitgliederzahl innerhalb kürzester Zeit schnell anwuchs,[115] wollte alle Juden repräsentieren, ganz unabhängig von deren politischer oder innerjüdischer Anschauung. Anfänglich stand für die Mitglieder des CVs vor allem die erfolgreiche Integration in, also Akkulturation an die deutsche Gesellschaft im Mittelpunkt. Mit den Jahren, in denen antisemitische Agitationen in Politik und Gesellschaft fortdauerten, ein gleichberechtigter und von gegenseitigem Respekt und Akzeptanz getragener deutsch-jüdischer Dialog jedoch ausblieb,[116] wandelten sich die Bemühungen des Ver-

---

112 Allgemein zum Orden B'nai B'rith in Deutschland vgl.: Reinke, Andreas: »Eine Sammlung des jüdischen Bürgertums«. Der Unabhängige Orden B'nai B'rith in Deutschland, in: Juden, Bürger, Deutsche. Zur Geschichte von Vielfalt und Differenz 1800–1933, hg. v. Andreas Gotzmann, Tübingen 2001, S. 315–340.
113 Das publizistische Organ dieser Gesellschaft, die *Mitteilungen zur Jüdischen Volkskunde*, wurden vom Rabbiner der Wiener Gemeinde, Max Grunwald, herausgegeben, der darin 1898 eine kleine Sammlung von »Märchen und Sagen deutscher Juden« veröffentlichte (Vgl. Kap. 3.3). Die *Mitteilungen* setzten sich zwar insgesamt das Ziel, »die Erkenntnis des inneren Lebens der Juden zu fördern durch 1. eine möglichst vollständige Sammlung aller in Wort und Schrift lebender jüdischer Sagen, Märchen, Volkslieder [...]«, jedoch wurden Märchen außer den genannten und vereinzelten aus dem russischen Raum leider nicht in einer umfangreichen Untersuchung besprochen oder veröffentlicht. Grunwald, Max: Die Gesellschaft für jüdische Volkskunde zu Hamburg E.V., in: Mitteilungen zur Jüdischen Volkskunde 20, 1917, S. 1–2, hier: S. 2.
114 Vgl. Friesel, Evyatar: From self-defense to self-affirmation. The transformation of the German-Jewish »Centralverein«, in: Die kulturelle Seite des Antisemitismus. Zwischen Aufklärung und Shoah, hg. v. Andrea Hoffmann, Tübingen 2006, S. 277–290, hier: S. 277.
115 Vgl. Volkov [Anm. 79], S. 60.
116 Ein Beweis dafür ist beispielsweise die Haltung Theodor Mommsens, der sich zwar im Berliner Antisemitismusstreit gegen Heinrich von Treitschke gestellt hatte, selbst jedoch von Juden die totale Integration und Angleichung an die deutsche Mehrheitsgesellschaft forderte und jüdische Vereine bspw. als »Uebel« bezeichnete; Mommsen, Theodor: Auch

eins. Wichtig wurden in den Jahren vor dem 1. Weltkrieg dezidiert jüdische Werte und Einstellungen sowie ein tieferes jüdisches Selbstwertgefühl, das schließlich in den 1920ern in der Ausrufung des Centralvereins als Schicksalsgemeinschaft durch Ludwig Holländer mündete.[117] Bis hier
Diese Richtungsänderung brachte nicht zuletzt die Konfrontation mit der in Mittel- und Westeuropa seit Mitte der Neunziger Jahre ideologisch lauter werdenden zionistischen Bewegung. Diese, wenngleich auch lange Zeit numerisch eine Minderheit unter den jüdischen Parteien, war eine sehr wirkmächtige Reaktion auf den Antisemitismus dieser Zeit, erste zionistische Regungen in Deutschland gab es aber bereits vorher. Moses Hess beispielsweise prangerte schon in den 1860ern die nutzlosen Akkulturationsversuche an und forderte ein »Nationalitätsrecht«[118] für das jüdische Volk und »die nationale Wiedergeburt Israels«[119]. Auch Leon Pinsker sah sich angesichts der Pogrome in Osteuropa dazu bewogen, in seinem Werk *Autoemanzipation* von 1882 vor dem zunehmenden Antisemitismus zu warnen. Er legt darin dar, dass eine Ebenbürtigkeit der Völker nur in einer *nationalen* Ebenbürtigkeit und diese nur in einer eigenen Nation erreicht werden könne:

> Wir müssen den Beweis führen, daß das Mißgeschick der Juden vor allem in ihrem Mangel an Bedürfnis nach nationaler Selbständigkeit begründet ist, daß dieses Bedürfnis aber notwendig in ihnen geweckt und wachgehalten werden muß, wenn sie nicht einer ewig schmachvollen Existenz preisgegeben sein wollen, mit einem Wort: d a ß s i e e i n e N a t i o n w e r d e n m ü s s e n .[120]

Genau dies griff Theodor Herzl, der »Gründervater« des modernen politischen Zionismus, – wenn auch eine Kenntnis der Texte von Hess oder Pinsker nicht belegt ist – in seinem 1896 erschienen *Der Judenstaat* auf. Die Emanzipation sei, so Herzl, gescheitert, ja sei sogar in ihrer verspäteten Realisierung mit ein Grund für den Antisemitismus.[121] Damit allerdings ebenso dafür, dass die Juden in der Diaspora wieder zusammengefunden und ein National- und Volksgefühl entwickelt hätten:

> So sind und bleiben wir denn, ob wir es wollen oder nicht, eine historische Gruppe von erkennbarer Zusammengehörigkeit. Wir sind ein Volk – der Feind macht uns ohne

---

ein Wort über unser Judenthum, in: Der Berliner Antisemitismusstreit, hg. v. Walter Boehlich, Frankfurt 1965, S. 210–225, hier: S. 224.
117 Vgl. Friesel [Anm. 114], S. 284 f.
118 Hess, Moses: Rom und Jerusalem. Die letzte Nationalitätenfrage. Briefe und Noten, 2. unveränderte Aufl., Leipzig 1899, S. XV.
119 Ebd., S. XVII.
120 Pinsker, Lev: Autoemanzipation. Mahnruf an seine Stammesgenossen von einem russischen Juden. Mit einer Vorbemerkung von Achad Haam, Berlin 1917, S. 11.
121 Vgl. Herzl, Theodor: Der Judenstaat. Versuch einer modernen Lösung der Judenfrage, Zürich 2006, S. 31.

unseren Willen dazu, wie das immer in der Geschichte so war. In der Bedrängnis stehen wir zusammen, und da entdecken wir plötzlich unsere Kraft.[122]

Theodor Herzl[123] sah als einzigen Ausweg und Folge der gescheiterten Akkulturations- und Emanzipationsbestrebungen die Gründung eines »Judenstaates«, der die Freiheit und Zukunft des jüdischen Volkes sichern sollte. Er revitalisierte dabei die mit dem Begriff des Zionismus bereits über Jahrhunderte, seit dem Babylonischen Exil, verbundene Hoffnung, wieder zurück zum Tempelberg, zurück nach Jerusalem zu gehen.[124]

Natürlich stieß sein Vorschlag auf große Gegenwehr, für die Orthodoxen war eine Rückkehr nach Israel nur mit dem Eingreifen Gottes möglich und nicht – wie im Falle Herzls – mit Hilfe eines vom Glauben weitgehend unabhängigen, juristisch und ökonomisch durchdachten Staatsgründungsentwurfs. Auch der Centralverein lehnte bis zur Machtübernahme der Nationalsozialisten 1933 den Zionismus und Herzls Idee eines Judenstaates ab, da ihm der Antisemitismus lange Zeit als heil- und überwindbar galt.[125] Gerade die nationale Idee hinter dem Zionismus musste dem Centralverein, der bis dahin immer noch um »Assimilation« und die Eingliederung der Juden in die deutsche Bürgergemeinschaft als bloße religiöse Gruppierung bemüht war, ein Dorn im Auge sein. Das mit dem Zionismus mitschwingende jüdische Selbstverständnis als Religionsgemeinschaft *und* Nation stand im krassen Gegensatz zu diesen Bestrebungen und

---

122 Ebd., S. 34.
123 Herzl kam 1860 im habsburgischen Budapest zur Welt, liberal und am deutschen Bildungskanon erzogen verfolgte er trotz seiner eigentlichen juristischen Laufbahn lange Zeit den Traum, deutscher Schriftsteller zu werden. Er versuchte sich als Dramenautor und war Auslandskorrespondent der »Neuen Freien Presse« in Paris. Dort wurde er Zeuge der Dreyfus-Affäre, hörte aus erster Hand, wie das Pariser Volk »a mort! a mort les juifs!« skandierte und kam zum Entschluss, dass jegliche Anpassung vergeblich, der Antisemitismus unauslöschbar und die Auswanderung der Juden aus Europa unumgänglich sei.
124 Herzl machte dies jedoch nicht zur alleinigen Prämisse; in seiner Schrift *Der Judenstaat* war auch eine Ansiedlung in Amerika für ihn denkbar.
125 Interessant ist auch das Verhältnis des Ordens Bnai Brith zum Zionismus: Alfred Goldschmidt legt in seinem Bericht aus dem Jahr 1933 dar, dass sich dieses um die Jahrhundertwende allmählich gewandelt habe. Während zunächst (zur Zeit des ersten Zionistenkongresses 1897) noch eine entschiedene Ablehnung des Zionismus innerhalb der Logen stattfand (der Zionismus und damit die Auffassung des Judentums als Nation widersprach den Assimilations- und Integrationsgedanken der Loge) und jegliche zionistische Diskussion innerhalb der Logen verboten war, entspannte sich das Verhältnis ab 1903 zunehmend. Immer mehr »Logen-Brüder« nahmen an Zionistenkongressen und -versammlungen teil, schließlich einigte man sich auf gegenseitige Toleranz des Neutralitätsstandpunkts auf Ordens- und nicht zwingend einen nationalistischen Standpunkt auf zionistischer Seite. Goldschmidt, Alfred: Der Deutsche Distrikt des Ordens Bne Briss, in: Zum 50jährigen Bestehen des Ordens Bne Briss in Deutschland. Mit einer Einleitung von Leo Baeck, hg. v. Independent Order of B'nai B'rith, Frankfurt a. M. 1933, S. 1–118, hier: S. 97–99.

wurde deshalb von einem Großteil der jüdischen Bevölkerung im deutschen und österreichischen Kaiserreich abgelehnt. Dazu kam, dass Herzls Plan von den Antisemiten begrüßt und Herzl gar als »Ehrenantisemit« von ihnen scheinbar »ausgezeichnet« wurde.[126] Herzl dagegen hoffte, dass der Antisemitismus mit der Gründung eines jüdischen Staates verstummen würde. Kritisch zu sehen ist allerdings, dass er dabei zum Teil eine Art Selbstverleugnung gerade in Bezug auf die ärmere jüdische Bevölkerungsschicht aufzeigte und er dem Antisemitismus eine dynamisierende Funktion zuwies.[127]

Obgleich Herzls Plan, der vorsah unter Führung der zu gründenden *Society of Jews* und der *Jewish Company* eine nach finanziellen Gruppen geordnete Abwanderung der Juden in den neuen Staat einzuleiten, nicht in allen Einzelheiten durchgeführt wurde und er die bis heute im Nahost-Konflikt kulminierenden Folgen der jüdischen Staatengründung für und mit der palästinensisch-arabischen Bevölkerung überhaupt nicht bedacht hatte, so war mit der Einberufung des ersten Zionistenkongresses 1897 in Basel der erste Schritt hin zur Staatengründung getan und mit der Balfour-Deklaration Großbritanniens 1917 der Grundstein gelegt.[128] Innerhalb der zionistischen Bewegung selbst blieb Herzl aber Zeit seines Lebens stark umstritten. Martin Buber beispielsweise warf ihm einen »Mangel an Judentum« vor,[129] war Herzls Zionismus im Gegensatz zu dem Kultur-Zionismus seines entschiedensten Gegners Achad Ha'ams oder Martin Bubers doch rein politischer Natur. Herzls Verdienst lag vor allen Dingen darin, einen realistischen und realpolitischen Plan zur Durchführung der Staatengründung vorgelegt zu haben.[130]

Die Kulturzionisten um Martin Buber dagegen versuchten fernab politisch-juristischer Fragen zur Nationengründung den jüdisch-nationalen Geist wiederzubeleben und dies in Form einer Rückbesinnung auf das »authentische jüdische Volk, das der im Entstehen begriffenen jüdischen Nation als Vorbild dienen konnte.«[131] Ziel war kein »Judenstaat«, sondern ein jüdischer Staat,[132] und dies nicht im religiösen, sondern im kulturellen Sinne. Für Buber sollte der Zionismus weniger national-emanzipatorisch,[133] vielmehr religiös-revivalis-

---

126 Dethloff, Klaus: Theodor Herzl oder Der Moses des Fin de siècle, Wien 1986, S. 43.
127 Vgl. Bodenheimer, Alfred: Jüdische (Un-)Heilsvisionen. Theodor Herzls *Judenstaat* und *Die Protokolle der Weisen von Zion*, in: Alfred Bodenheimer: In den Himmel gebissen. Aufsätze zur europäisch-jüdischen Literatur, München 2011, S. 42–51, hier: S. 49.
128 Vgl. Dethloff [Anm. 126], S. 33.
129 Ebd., S. 49.
130 Vgl. Lowenstein [Anm. 109], S. 289.
131 Ebd., S. 292.
132 Vgl. Brenner, Michael: Politischer Zionismus und Kulturzionismus, 2008, http://www.bpb.de/internationales/asien/israel/44945/politischer-und-kulturzionismus, zuletzt geprüft am: 02.12.2015.
133 Vgl. Talabardon, Susanne: Einleitung, in: Martin Buber: Werkausgabe. Band 17: Chassi-

tisch wirken und eine Rückkehr des jüdischen Volks zu einem spirituell verstandenen jüdischen Leben zur Folge haben. Ein Impulsgeber und Schlüsseltext des kulturell verstandenen Zionismus war Bubers 1901 erschienener Text *Die jüdische Renaissance*. In diesem zeigt er eine Verbindung zwischen den um 1900 florierenden nationalen Strömungen und der jüdischen Erneuerungsbewegung auf, wendet Goethes Weltliteratur-Vorstellung in eine Herdersche Gemeinschaft von Nationallitertaturen um und ordnet so die jüdisch-zionistische Bewegung – auch rhetorisch – ein in den scheinbar so verheißungsvollen (völkischen) Nationalismus des beginnenden 20. Jahrhunderts:

> Es ist eine Selbstbesinnung der Völkerseelen. Man will die unbewusste Entwicklung der nationalen Psyche bewusst machen; man will die spezifischen Eigenschaften eines Blutstammes gleichsam verdichten und schöpferisch verwerten; man will die Volksinstinkte dadurch produktiver machen, dass man ihre Art verkündet. Hier werden nationale Kulturen angestrebt. Goethe's Traum einer Weltliteratur nimmt neue Formen an: nur wenn jedes Volk aus seinem Wesen herausspricht, mehrt es den gemeinsamen Schatz [...] Jener Teil des jüdischen Stammes, der sich als jüdisches Volk fühlt, ist in diese neue Entwicklung hineingestellt und wird von ihr durchglüht wie die anderen Gruppen [...] Das Wort ›Auferstehung‹ drängt sich auf die Lippen: ein Erwachen, das ein Wunder ist. [...] Dem jüdischen Volke steht eine Auferstehung von halbem Leben zu ganzem bevor.[134]

Eine dezidert »Jüdische Renaissance« gestaltet sich nach Martin Buber in der Überwindung von »Ghetto und Golus«,[135] also von geistiger Unfreiheit, religiöser und spiritueller Leere sowie nationaler Heimatlosigkeit. Im Zentrum dessen solle dabei »ein Neuschaffen aus uraltem Material« stehen,[136] eine Auferstehung, ja Renaissance des Jüdischen aus ihren Quellen heraus, gleichsam zu etwas Eigenständigem, Neuem fließend. 1901 wurde unter der Herausgeberschaft Bubers die Zeitschrift *Ost West* gegründet, die sich in ihrem Programm

---

dismus II – Theoretische Schriften, hg. v. Susanne Talabardon, Gütersloh 2016, S. 11–40, hier: S. 20.
134 Buber, Martin: Jüdische Renaissance, in: Ost und West, 1901, 1, S. 7–10, hier: S. 7. In der Blutstamm-Rhetorik eine allzu starke Analogie zu rassistisch-völkisch deutschen Ausführungen zu sehen ist aber fehlgeleitet, hatte Buber in seiner jüdisch-nationalen, neoromantischen Wiederentdeckung doch auch immer eine allgemein humanistische, dialogische und europäische Sichtweise im Sinn: Vgl. George L. Mosse: »Small wonder that even the vocabulary of the Volkish renaissance made its appearance here. Buber was apt, in his early lectures (1909–11), to equate the historically and intuitively centered growth of the Volk with the instincts of its ›blood‹. But this rhetoric, as well as Robert Weltsch's call that every Jew must become a ›little Fichte‹, can be misleading if viewed in terms of narrow and aggressive nationalism. Both Buber and Weltsch looked upon the Volk as a stepping stone to a general European culture.« Mosse, George L.: Germans and Jews, New York 1970, S. 89.
135 Buber [Anm. 134], S. 9.
136 Ebd.

dem Kulturzionismus verschrieb und Bubers Idee der »Jüdischen Renaissance« zu ihrem Programm machte:

> In unseren Tagen vollzieht sich eine bemerkenswerte Umwandlung. Aus dem Gewirr der von aussen hereingetragenen Tendenzen, die das verflossene Jahrhundert hindurch das Judentum erfüllten, hebt sich ein lange übersehenes Element, die spezifisch-jüdische Kulturnuance, immer deutlicher hervor und fordert sein Recht auf Entwickelung. Das altjüdische Leben, das lange verschmäht und erniedrigt gewesen, erhebt sich, hüllt sich in die Gewänder der neuen Zeit und steigt langsamen, aber sicheren Schrittes die Stufen zum Throne empor. Noch zeugen erst vereinzelte Werke von der verjüngten Schöpferkraft, aber jeder Tag bringt uns neue Zeichen ihres Wirkens auf allen Gebieten.[137]

Gerade außerhalb der politischen Sphäre erstarkte so ein neues jüdisches Selbstbewusstsein, das unter Rückgriff auf die Tradition,[138] das »altjüdische Leben«, eine moderne jüdische Kultur, »Gewänder der neuen Zeit«, als Ausdruck eines neuen Selbstwertgefühls, »die Stufen zum Throne«, erschaffen wollte.[139] Bubers früher Text *Die jüdische Renaissance* wurde jedoch eigentlich erst später, mit seiner Entdeckung, Neubewertung und Neuerzählung der chassidischen Legenden, Sagen und Lehren mit Inhalt gefüllt. Das »urjüdische Material« wurde dabei in der jüdischen Kultur und Mystik Osteuropas, dem Chassidismus, und der hebräischen Sprache situiert und die Haskala sowie insbesondere der Chassidismus als wichtigste Voraussetzungen für die »Jüdische Renaissance«

---

137 Buber, Martin, Bernfeld, Siegfried, u. a.: Ost und West, in: Ost und West. Illustrierte Monatsschrift für Modernes Judentum, 1901, 1, S. 1–4, hier: S. 1.
138 Die Frage nach einer genauen Bestimmung von Tradition beantwortet bspw. Shulamit Volkov: »Für unsere Zwecke ist Tradition demnach ein Sammelbegriff für den gesamten symbolischen, schriftlichen und institutionellen Apparat, mit dem eine Gruppe die Erinnerung an ihre gemeinsame Vergangenheit, an ihre Werte, ihren Charakter und ihre ererbte Eigenart bewahrt oder zu bewahren versucht«. Volkov, Shulamit: Die Erfindung einer Tradition. Zur Entstehung des modernen Judentums in Deutschland, in: Historische Zeitschrift 253, 1991, 3, S. 603–628, hier: S. 604. Siehe dazu auch: Ben-Amos, Dan: The Seven Strands of *Tradition*. Varieties in its meaning in American Folklore Studies, in: Journal of Folklore Research 21, 1984, 2, S. 97–131.
139 Eine ablehnende Haltung zwischen politischem und Kulturzionismus war jedoch durchaus gegenseitig. Max Nordau, einer der führenden Zionisten und Freund Herzls und auch einer der Autoren jüdischer Kindermärchen, spricht dem Begriff der »Jüdischen Renaissance« in einem Aufsatz beispielsweise jegliche Wirksamkeit ab: »Eine jüdische Renaissance in diesem Sinne gibt es nicht und kann es nicht geben. Wir Zionisten müssen uns immer gegenwaertig halten, dass unzaehlige Todfeinde jede unserer Aeusserungen und Bewegungen mit aeusserstem Übelwollen belauern. Wir dürfen nichts behaupten, was nicht die schaerfste Nachprüfung und gehaessigste Kritik vertraegt. Die Phrase von der jüdischen Renaissance aber würde bei unseren Gegnern nur Hohn erregen; denn sie ist mit Tatsachen nicht zu erweisen. Sie ist entweder eine Selbsttaeuschung oder eine von guter Absicht eingegebene Aufschneiderei, deren der Zionismus und deren das Judentum nicht bedarf.« Nordau, Max: Aufsatz über »Jüdische Renaissance«, 23.11.1910, National Library Jerusalem ARC. Ms. Var. 350 11 33, S. 1–4, hier: S. 1.

eingesetzt.[140] So schreibt Hans Kohn, ein Mitglied des von Martin Buber stark beeinflussten zionistischen Prager Vereins »Bar Kochba«:

> Es weisen manche Anzeichen darauf hin, daß in unseren Tagen eine Wende eintritt, nicht nur für das Judentum, sondern für die Menschheit, die sich – am äußerlichsten – im Okzident im Kampfe gegen die mechanisierende, entseelende, entgöttlichende Zweckhaftigkeit, im Orient im Wiedererwachen der alten Kulturkreise und in den Versuchen Europas, den Gehalt Asiens in sich aufzunehmen, manifestiert.[141]

Auffällig ist hier die starke Analogie sowohl zur Jenaer Frühromantik als auch zu der auf nationale Identitätskonstruktion konzentrierten Heidelberger Romantik der Grimms, Arnims und Brentanos. August Wilhelm und Friedrich Schlegel, Ludwig Tieck, Novalis, sie alle hatten eine entgöttlichte, entzauberte, nur der Vernunft dienende Weltsicht der Aufklärung kritisiert, die durch das Phantastische, das Wunderbare und auch die Rückkehr der Religion, der Götter, abgelöst werden sollte. Während sich die Romantik zu Beginn des 19. Jahrhunderts aber, verkürzt gesagt, an vergangenen Zeiten, einer zum Ideal stilisierten Natur und Poesie und dem Phantastischen orientiert hatte, richteten sich jüdische Kulturzionisten wie Hans Kohn und Martin Buber zu Beginn des 20. Jahrhunderts nach einem räumlich wie zeitlich als »ursprünglich« verstandenen Osten: zu den wunderhaften Erzählungen und der Mystik der *Chassidim*.

Dieser »Orientalismus«, die Abkehr vom Vernunftdenken und die Hinwendung zu Mystik sowie phantastischer und märchenhafter Poesie führten um und nach 1900 im gesamten deutschsprachigen Raum zu einer ganz eigentümlichen neu- bzw. neoromantischen Strömung. Unter Neo- oder mit Eugen Diederichs, ihrem zu Beginn des 20. Jahrhunderts wichtigsten Verfechter gesprochen, Neuromantik kann nach Maria-Christina Boerner eine »gegennaturalistische Tendenz« in der deutschsprachigen Literatur »zwischen 1890 und 1920« verstanden werden, »die in Auseinandersetzung mit der historischen Romantik [...] auf deren Stoffe und Motive zurückgreift, sich dabei aber sowohl der unterschiedlichen modernen Stilformen des Fin de Siècle (insbes. des Jugendstils) als auch traditioneller Ausdrucksformen bedient.«[142] Das Wiederaufgreifen und

---

140 Vgl. Kap. 3.4. Unter jüdischer Mystik wird hier mit Gershom Scholem der Versuch verstanden, »die religiösen Werte des Judentums selbst als mystische Werte zu verstehen. Sie versenkt sich in die Vorstellung des lebendigen Gottes, der sich in Schöpfung, Offenbarung und Erlösung manifestiert, und sie treibt diese ihre Versenkung so weit, daß ihr aus diesem Bezirk des lebendigen Gottes eine ganze Welt göttlichen Lebens ersteht, die im geheimen in allem Seienden gegenwärtig ist und wirkt.« Scholem, Gershom: Die jüdische Mystik. In ihren Hauptströmungen, Frankfurt a. M. 2004, S. 11 f. Wobei Mystik ganz allgemein in den Worten Thomas von Aquins als »cognitio dei experimentalis«, als »durch lebendige Erfahrung gewonnenes Wissen von Gott« aufgefasst wird. Zitiert nach: ebd., S. 4.
141 Kohn, Hans: Geleitwort, in: Vom Judentum. Ein Sammelbuch, hg. v. Verein Jüdischer Hochschüler Bar Kochba in Prag, 2. Aufl., Leipzig 1913, S. V–IX, hier: S. VI.
142 Boerner, Maria-Christina: Neuromantik, in: Metzler Lexikon Literatur. Begriffe und Defi-

Transformieren romantischer Erzählformen und -intentionen wurde jedoch nicht nur von deutsch-völkischer Seite, sondern, wie Hans Kohn und Martin Buber, Chaim Nachman Bialik und Micha Josef Berdyczewski zeigen, auch von jüdischer Seite im Zeichen eines neuen jüdischen Selbstbehauptungswillens aufgegriffen. Beeinflusst von der deutsch-völkischen Bewegung habe insbesondere die junge jüdische Generation, so George L. Mosse in seiner wegweisenden Studie zu *Germans and Jews*, eine national-jüdische Folklore vorangetrieben: »All over Europe the young generation felt the urge to break with the bourgeois world, to revitalize a culture which seemed to have lost its vitality«.[143] Diese junge Generation, denen auch Martin Buber und Hans Kohn zuzurechnen sind, begründete im Zeichen neoromantischer und jungbündisch-völkischer Bestrebungen eine neue jüdische Volksbewegung und Rückbesinnung im Kulturzionismus, eine »jüdische Neoromantik«,[144] deren Wesenskern jedoch nicht völkisch, sondern mystisch-religiös bestimmt war.

Obgleich im vorhergehenden Jahrhundert die Auseinandersetzung mit und Reflexion der eigenen jüdischen Identität, vor allem im gebildeten Milieu, mehr und mehr zurückgegangen war, wurde sie in diesem Zuge gerade aufgrund der permanenten Zuschreibung zum Judentum von außen wieder verstärkt unternommen.[145] Ab dem späten 19. Jahrhundert entstanden nicht mehr nur im

---

nitionen, hg. v. Günther Schweikle, Dieter Burdorf, Irmgard Schweikle u. a., 3. völlig neu bearb. Aufl., Stuttgart 2010, S. 541. Hingewiesen sei hier nur allgemein auf die in der Forschung herrschende begriffliche Unklarheit sowie den ungeklärten Status des neoromantischen Konstrukts. Als Beweis für die Annahme einer Wiederbelebung der Romantik (nicht im Sinne einer bis in die Moderne anhaltenden Makroepoche der Romantik) kann aber auch die in Kap. 3.4. dargestellte Märchenmode im frühen 20. Jahrhundert gelten.

143 Mosse [Anm. 134], S. 78 f.

144 Eine Vereinnahmung neoromantischer Strömungen durch das völkisch-deutsche und nationalsozialistische Lager ließe demnach außer Acht, dass sich auch jüdisch-zionistische Intellektuelle im ersten Drittel des 20. Jahrhunderts auf das romantische Zeitalter, auf die Wiederbelebung des Wunderbaren beriefen. Die von Paul Tillich in den 1930er Jahren verfasste These des Nationalsozialismus als »politische Romantik« wird daher weder der Romantik des 19. Jahrhunderts noch den neoromantischen Strömungen des 20. Jahrhunderts gerecht und belegt die vereinfachende Instrumentalisierung deutschen Kulturguts durch die Nationalsozialisten. Vgl. Safranski, Rüdiger: Romantik. Eine deutsche Affäre, München 2007, S. 348 ff. Brenner, Michael: Jüdische Kultur in der Weimarer Republik, München 2000, S. 36, 60 f. Siehe zur jüdischen Neoromantik auch Kap. 3.4.

145 Nicht nur der grassierende Antisemitismus trübte das lange Zeit optimistische Bild der Judenheit in Deutschland zu Beginn des 20. Jahrhunderts. Auch die Wahrnehmung, dass die rechtlich schon längst erwirkte Gleichstellung immer noch auf sich warten ließ, wie ein Artikel aus dem Jahre 1901 im *Israelitischen Familienblatt*, die nach eigenen Angaben die damals »verbreitetste israelitische Zeitschrift Europa's« und das jüdische Äquivalent zur deutschen »Gartenlaube« war, belegt: »Jüdischerseits ist man in letzter Zeit mit vollstem Rechte bestrebt, die auf dem Papiere seit Jahrzehnten gewährleistete, aber nur theilweise erfüllte Emanzipation in eine volle und ganze zu verwandeln, und aus der papierenen staatlichen Gleichberechtigung die folgerichtigen, praktisch verwirklichten Konsequenzen zu ziehen.« aus: Schrattenholz, Josef: Die Emanzipationsfrage, in: Israelitisches Famili-

zionistischen und kulturzionistischen Milieu immer mehr Werke, die sich mit dieser »Existenz ohne Tradition«, dem »Judesein, das keinen eigentlichen Sinn und Identitätswert mehr«[146] hatte, auseinandersetzten. Dabei ist zu beobachten, wie sich in der jüdischen Beschäftigung mit der eigenen Identität langsam ein Paradigmenwechsel vollzog. War das 19. Jahrhundert für den Großteil der Judenheit in den deutschsprachigen Gebieten eine Zeit der Säkularisierung und Akkulturation an die christliche Gesellschaft gewesen, so widmete man sich nun wieder der Beschäftigung mit den eigenen Wurzeln. Beispielhaft dafür steht ein Gedicht beziehungsweise die letzte Strophe des Gedichts des Jung-Wiener Autors Richard Beer-Hofmann:

> Schläfst du, Mirjam? – Mirjam mein Kind,
> Ufer nur sind wir, und tief in uns rinnt
> Blut von Gewes'nen, zu Kommenden rollt's,
> Blut uns'rer Väter, voll Unruh und Stolz.
> In uns sind alle. Wer fühlt sich allein?
> Du bist ihr Leben – ihr Leben ist dein –
> Mirjam, mein Leben – mein Kind, schlaf ein![147]

Beer-Hofmann verwebt Schicksal und Zukunft der lyrischen Adressatin Mirjam – seiner Tochter – mit dem ihrer und seiner Vorfahren, »Blut von Gewes'nen, zu Kommenden rollt's«, und eröffnet so eine Verbindung, die lange Zeit geleugnet oder nicht wahrgenommen wurde: die scheinbar unauslöschbare Verbindung und Einigkeit innerhalb des Judentums. Interessant dabei ist, dass er dies erst in der vierten Strophe unternimmt, die vorangegangenen Strophen beschreiben die menschliche Grundstimmung der Einsamkeit zum Ende des 19. Jahrhunderts. Tod und Vergänglichkeit prägen zunächst die Stimmung des auf den ersten Blick so einfachen und volksliedhaft-neuromantischen (Kinder-)Schlafliedes.[148] Die vierte Strophe markiert dann einen programmatisch zu verstehenden Bruch, die Hinwendung zu und Auseinandersetzung mit der jüdischen Existenz und Ahnenschaft bildet die Antwort auf und den Ausweg aus Tod, Krise und Verfall. Bereits seine Zeitgenossen rezipierten das Gedicht als offenes Bekenntnis Richard Beer-Hofmanns zum Judentum und als Zeugnis eines neuen jüdischen Selbstbewusstseins und Selbstbehauptungswillen.[149]

---

enblatt 4, 1901, 32, S. 1–2, S. 1. Interessanterweise setzt sich hier mit Josef Schrattenholz ein christlicher Gelehrter für die Rechte der Juden ein.
146 Shedletzky [Anm. 18], S. 4.
147 Beer-Hofmann, Richard: Schlaflied für Mirjam, in: Ost und West II, 1902, 4, S. 239–240, hier: S. 240.
148 Vgl. Eberhardt, Sören: Geburt zum Tod – Leben durch das Judentum. Zu Beer-Hofmanns *Schlaflied für Mirjam*, in: Richard Beer-Hofmann (1866–1945). Studien zu seinem Werk, hg. v. Norbert Otto Eke, Günter Helmes, Würzburg 1993, S. 99–115, hier: S. 101ff.
149 Vgl. Völpel, Annegret: Beer-Hofmann, Richard: Schlaflied für Mirjam, in: Deutsch-jüdische Kinder- und Jugendliteratur von der Haskala bis 1945. Die deutsch- und hebräisch-

Beer-Hofmann war mit diesem Wandel in seiner Anschauung und seinem Werk kein Einzelfall. Auch Walter Benjamin, der – liberal erzogen – lange Zeit vom Judentum nur den »Antisemitismus und eine unbestimmte Pietät« kannte,[150] bekennt sich einige Jahre später, in einem Brief an den Zionisten (und Märchenautor) Ludwig Strauß aus dem Jahr 1912, ganz deutlich zum Judentum, »Ich bin Jude und wenn ich als bewußter Mensch lebe, lebe ich als bewußter Jude«, und auch zum Kulturzionismus.[151] Ebenso forderte im gleichen Jahr der Publizist Moritz Goldstein, »sich laut und rücksichtslos, ich möchte beinahe sagen schamlos als Juden [zu] bekennen«.[152] Die »Schlüsselgestalt« dieser »jüdischen Renaissance« war wie angesprochen Martin Buber,[153] der in seinem gleichnamigen Aufsatz zum »Kampf gegen die armselige Episode ›Assimilation‹«, gegen »Ghetto und Golus« und gegen die »äussere Knechtung der Wirtsvölker«[154] aufgerufen hatte. Zentral war ihm und anderen, die nun ein »wiedererwachendes« Judentum proklamierten, die Betätigung in neuen Feldern, wie zum einen die körperliche Entfaltung – Buber spricht beispielsweise von »der Muskelanspannung, des Aufschauens, der Erhebung«[155] – zum anderen aber auch in den bildenden Künsten und der Belletristik.[156] Es sollte nun eine *jüdische* Literatur und Kunst – darunter auch das jüdische Märchen – entstehen, die sowohl das jüdische Selbstwertgefühl als auch die Verwurzelung in der Religions- und Schicksalsgemeinschaft stärken sollten.

Ab Beginn des 20. Jahrhunderts wuchs unter den in Deutschland und Österreich lebenden Juden so der Wunsch, ihre eigene jüdische Kultur, Tradition und Identität in Mythologie, Mystik und Religion wiederzuentdecken, sie mit neuem Sinn zu füllen, ihr in Kunst und Literatur neuen Ausdruck zu verleihen und damit Wege aus der antisemitischen Umgebung im Inneren oder Äußeren zu suchen.

---

sprachigen Schriften des deutschsprachigen Raumes: ein bibliographisches Handbuch, hg. v. Zohar Shavit, Hans-Heino Ewers, Annegret Völpel u. a., Stuttgart 1996, S. 137, hier: S. 138.
150 Benjamin, Walter: Brief an Ludwig Strauss. Berlin 10.10.1912, in: Walter Benjamin: Gesammelte Briefe. Band I: 1910–1918, hg. v. Christoph Gödde, Henri Lonitz, Frankfurt a. M. 1995, S. 69–73, hier: S. 69.
151 Ebd., S. 71.
152 Goldstein, Moritz: Deutsch-jüdischer Parnass, in: Kunstwart 25, 1912, 11, S. 281–294, hier: S. 292.
153 Sieg [Anm. 75], S. 131. Eine ausführlichere Untersuchung von Bubers Rolle als Kulturzionist und »Neoromantiker« findet sich in Kap. 3.4.
154 Buber [Anm. 134], S. 9.
155 Ebd., S. 7.
156 Vgl. Mendes-Flohr, Paul: Neue Richtungen im jüdischen Denken, in: Umstrittene Integration. 1871–1918, hg. v. Steven M. Lowenstein, Paul Mendes-Flohr, Peter Pulzer u. a., München 2000, S. 333–355, hier: S. 334.

»Religiöse Erziehung« und »Erneuerung des Judentums«[157]

> Lautlos hat der Verzicht auf Land und Staatlichkeit ihr Volk durchdrungen. –
> Die Rückwertsbewegung, sie ist im Gange.[158]

Der erste Weltkrieg brachte insbesondere dem liberalen und um Integration bemühten Judentum in den beiden Kaiserreichen neue Hoffnung. Hoffnung, dass der Krieg die bislang nur theoretisch erreichte Gleichberechtigung auch innerhalb der gesellschaftlichen Sphäre durchsetzen könnte und Hoffnung, ihre »deutsche Gesinnung« auf dem Schlachtfeld unter Beweis stellen zu können.[159] In seinen Memoiren *Die Welt von Gestern* beschreibt Stefan Zweig diese erwartungsschwangere Stimmung in Wien am Vorabend des Krieges folgendermaßen:

> Wie nie fühlten die Tausende und Hunderttausende Menschen, was sie besser im Frieden hätten fühlen sollen: daß sie zusammengehörten [...]. Alle Unterschiede der Stände, der Sprachen, der Klassen, der Religionen waren überflutet für diesen einen Augenblick von dem strömenden Gefühl der Brüderlichkeit. Fremde sprachen sich an auf der Straße, Menschen, die sich jahrelang auswichen, schüttelten einander die Hände, überall sah man belebte Gesichter. Jeder einzelne erlebte eine Steigerung seines Ichs, er war nicht mehr der isolierte Mensch von früher, er war eingetan in eine Masse, er war Volk.[160]

Allerdings war diese Hoffnung verfrüht, der Rausch und Taumel trügerisch, in den Worten Zweigs »kindlich-naiv«.[161] Bereits 1916 brachte die sogenannte. »Judenzählung« des deutschen Kriegsministeriums eine herbe Enttäuschung, die Bemessung des jüdischen Kriegseinsatzes wurde als Demütigung verstanden[162] und beendete die Hoffnung auf bürgerliche Gleichheit endgültig. Dies war

---

157 »Religiöse Erziehung« ist das Stichwort Franz Rosenzweigs in seinem Brief »Zeit ist's...«: Rosenzweig, Franz: Zeit ist's. Gedanken über das jüdische Bildungsproblem des Augenblicks. Brief an Hermann Cohen (1917), in: Franz Rosenzweig: Kleinere Schriften, hg. v. Edith Rosenzweig, Berlin 1937, S. 56–78. Mit »Erneuerung des Judentums« ist Martin Bubers dritte »Rede über das Judentum« von 1911 überschrieben. Er bezieht sich dabei wiederum auf Moritz Lazarus und seine Schrift »Die Erneuerung des Judentums. Ein Aufruf« aus dem Jahr 1909. Buber, Martin: 3. Rede: Die Erneuerung des Judentums, in: Martin Buber: Werkausgabe. Frühe jüdische Schriften 1900–1922, hg. v. Barbara Schäfer, Gütersloh 2007, S. 238–256.
158 Döblin, Alfred: Reise in Polen, Olten, Freiburg im Breisgau 1968, S. 71.
159 Pulzer, Peter: Der erste Weltkrieg, in: Umstrittene Integration. 1871–1918, hg. v. Steven M. Lowenstein, Paul Mendes-Flohr, Peter Pulzer u. a., München 2000, S. 356–380, hier: S. 358.
160 Zweig, Stefan: Die Welt von gestern. Erinnerungen eines Europäers, ungekürzte Ausg., 40. Aufl., Frankfurt a. M. 2013, S. 256.
161 Ebd., S. 257.
162 Arnold Zweig beispielsweise schrieb in seinem Werk »Judenzählung vor Verdun« die Enttäuschung und Empörung über diese Zählung der deutschen Heeresführung nieder.

jedoch nur der Anfang eines nun radikaler werdenden Antisemitismus.[163] Je unwahrscheinlicher ein deutscher Sieg wurde, desto gezielter wurden die Angriffe auf scheinbare Sündenböcke und »Verräter«, völlig ungeachtet dessen, dass auf jüdischer Seite rund 12 000 Männer ihr Leben für das Deutsche Reich verloren hatten. Peter Pulzer resümiert die Situation nach Kriegsende in Deutschland und Österreich: »1918 konnte sich kaum noch ein Jude, ob orthodox, liberal oder zionistisch, darüber täuschen, woher der Wind jetzt wehte […] Alldeutsche und Antisemiten mußten nicht auf den Waffenstillstand […] warten, um zu wissen, wem sie die Schuld an der Katastrophe zuschieben sollten.«[164]

Mehr als zwiespältig war somit die Lage der Judenheit in der Weimarer Republik zwischen 1918 und der Machtübernahme durch die Nationalsozialisten 1933. Während sie die neue Republik und den mit ihr verbundenen demokratisch-liberalen Geist – die Weimarer Verfassung tilgte die letzten Reste diskriminierender Paragraphen – unterstützten und begrüßten, waren sie dennoch von den stärker werdenden reaktionären rechten Kräften in ihrem Status bedroht.[165] Auch kulturell und religiös bietet sich ein differenziertes und äußerst heterogenes Bild des Weimarer Judentums. Die Mehrzahl der Juden in Deutschland war Mitglied im gemäßigt liberalen Centralverein, oder nun auch in der wachsenden zionistischen Vereinigung. Nur eine Minderheit hielt an orthodoxen Ritualen und Traditionen fest,[166] für die meisten war die jüdische Identität immer noch ein »Judesein ohne Judentum«.

Einen Gegenpol bildete die seit 1919 in einem Verband zusammengeschlossene ostjüdische Gemeinde, für die eine orthodoxe Lebensweise und traditionelle Religionsausübung immer noch maßgeblich war. Dieser Gegensatz zwischen dem chassidisch geprägten osteuropäischen und dem akkulturierten deutschen Judentum, zwischen einem noch in alter Tradition verharrenden und einem längst säkularisierten und sich selbst fremd gewordenen Judentum, war so stark, dass Alfred Döblin in seiner *Schicksalsreise* retrospektiv über die Weimarer Zeit bemerkte, »ich kannte eigentlich Juden nicht«.[167] Die ihm in

---

163 Vgl. Jensen, Uffa, Schüler-Springorum, Stefanie: Einführung: Gefühle gegen Juden. Die Emotionsgeschichte des modernen Antisemitismus, in: Geschichte und Gesellschaft 39, 2013, 4, S. 413–442, hier: S. 424.
164 Pulzer [Anm. 159], S. 379.
165 Mendes-Flohr, Paul: Einführung, in: Deutsch-Jüdische Geschichte in der Neuzeit. Band IV: Aufbruch und Zerstörung 1918–1945, hg. v. Avraham Barkai, Paul Mendes-Flohr, München 1997, S. 9–14, hier: S. 9.
166 Heinsohn, Kirsten: Juden in der Weimarer Republik, in: Die Geschichte der Juden in Deutschland, hg. v. Arno Herzig, Cay Rademacher, Sonderausg., Hamburg 2013, S. 170–179, hier: S. 174.
167 Döblin, Alfred: Schicksalsreise, in: Alfred Döblin: Autobiographische Schriften und letzte Aufzeichnungen, hg. v. Edgar Pässler, Olten 1977, S. 103–426, hier: S. 211.

seiner *Reise in Polen* begegnende ostjüdische Bevölkerung erschien ihm »exotisch«, »schwärmerisch«, »romantisch« und »mittelalterlich«, aber dennoch »stolz«.[168] Zu der Fremdartigkeit der ostjüdischen Lebensweise trug sicherlich auch bei, dass für die säkularisierte und akkulturierte, oftmals auch konvertierte deutsche Judenheit im Chassidismus eben jene Sphäre des Wunderbaren und Zauberhaften enthalten war, die Kulturzionisten wie Martin Buber neu zu entdecken suchten. Für »moderne« Juden wie Döblin wirkte die chassidische ostjüdische Lebensweise wie aus der Zeit, in die des Mittelalters und der Romantik, gefallen:

> Die Juden schleppen Mittelalterliches mit sich fort. Sie haben ihre Thora, ein einziges Buch, aber Magisches und Zauberglaube laufen anonym nebenher. [...] Den jüdischen Führern, den geistlichen Fürsten wird hinterrücks vom Volk diese illegitime Zaubergabe beigelegt. Besonders lebhaft von dem Augenblick an, wo der mystische Chassidismus die Magie neu gebiert.[169]

Die hier bereits anklingende Vermischung aus Fremdheit und Anziehung bzw. Sehnsucht nach einem verloren geglaubten mystisch-lebendigen Judentum im Zeichen jüdischer Neoromantik zeigt jedoch bereits an, dass jene starken Unterschiede zu schmelzen begannen. Wie Michael Brenner ausführt, fragten sich »viele deutsche Juden, die ständig an ihr Jüdischsein erinnert wurden, [...] immer öfter, ›warum und wozu‹ sie Juden waren.«[170] Das Bedürfnis, dieses »Jüdischsein« mit neuen Inhalten und Sinn zu füllen und sich tiefergehend mit der eigenen jüdischen Tradition und Herkunft auseinander zu setzen, führte schließlich zu einer Erneuerung jüdischer Tradition und Kultur in der Weimarer Republik und zur Suche nach neuen Ausdrucksformen.

Führend in dieser Bewegung waren vor allem Hermann Cohen, Franz Rosenzweig und Martin Buber. Buber, der bereits zu Beginn des 20. Jahrhunderts 23-jährig die »Jüdische Renaissance« ausgerufen hatte und in den von ihm herausgegebenen Zeitschriften *Der Jude* und *Ost und West* im Sinne des Kulturzionismus religiös-revitalisierend agierte, entdeckte für das emanzipiert-säkulare deutsche Judentum nun eben jene fremdgewordene osteuropäische jüdische Mentalität und insbesondere die damit verbundene Mystik des Chassidismus neu. Buber wollte eine »Erneuerung des Judentums«, die Schaffung eines »absoluten«[171] jüdischen Lebens und ein »positives Volksbewußtsein«.[172] Das jüdische Volk sollte »den Grund seines Ichs«, das »persönliche Gedächtnis«,

---

168 Döblin [Anm. 158], S. 102f.
169 Ebd., S. 110.
170 Brenner [Anm. 144], S. 81.
171 Buber [Anm. 157], S. 253.
172 Ebd.

gleichsam seine »Substanz«[173] ausbilden. Mit diesen Worten konstituierte Buber in seinen *Drei Reden über das Judentum* ein völlig neues jüdisches Selbstverständnis. Ein Selbstverständnis nämlich, dem es vor allen Dingen um die Erkenntnis und die Bejahung des eigenen jüdischen Kerns ging, der Eingliederung der jüdischen Jugend in den jüdischen Volksgedanken, der mehr als nur Geschichte, nämlich Identität und Zukunft sein sollte.[174] Im Gegensatz zu Theodor Herzl zielte Buber nicht auf eine räumliche Separierung und Überwindung der Diaspora ab, sondern eine innerlich-geistige Bejahung des Jude-Seins.[175] Der Chassidismus, eine im 18. Jahrhundert unter den osteuropäischen Juden verbreitete mystische Strömung auf Basis der jüdischen Kabbala, und das Ostjudentum eröffneten nach Buber den Weg dazu und lieferten die volkstümliche Ursprünglichkeit und Tradition, die ein solches Volksbewusstsein erst möglich machten. Die jüdische Mystik des Chassidismus war für ihn »die wunderbare Blüthe eines uralten Baumes«,[176] die er in seinen in den Jahren ab 1906 veröffentlichen chassidischen Legenden und Erzählungen auch im säkularen deutschen Judentum verbreiten wollte.[177] Zentral für Bubers Wirken war dabei jedoch, dass er den Zugang zum Chassidismus allein mithilfe der von ihm gesammelten, bearbeiteten und übersetzten Legenden eröffnen wollte und nicht über theoretische Schilderungen oder Studien.[178] In den von ihm zwischen 1906 und 1949 veröffentlichten Legenden läge nach Buber »der Traum und die Sehnsucht eines Volkes«[179] und somit auch das geeignete Instrument, um die von der eigenen jüdischen Identität entfremdeten und entzweiten Westjuden wieder zu einem jüdischen Volk im Geiste zusammenzuführen. Buber brachte in der Betonung eines neu erwachenden jüdischen Selbstbewusstseins und Volksgedankens so zwei Stränge der jüdischen Erneuerung, die seit dem 18. Jahrhundert verfolgte Emanzipation nach außen und die im 20. Jahrhundert neu proklamierte religiöse Erneuerung nach innen, erstmals zusammen.

---

173 Buber, Martin: Drei Reden über das Judentum, 3. und 4. Tausend, Frankfurt a. M. 1916, S. 20ff.
174 Vgl. ebd., S. 29.
175 Vgl. ebd., S. 26f.
176 Buber, Martin: Die jüdische Mystik, in: Martin Buber: Werkausgabe. 2.1 Mythos und Mystik. Frühe Religionswissenschaftliche Schriften, hg. v. David Groiser, Gütersloh 2013, S. 114–123, hier: S. 114.
177 Zu Bubers Sammlertätigkeit und chassidischen Legenden siehe später auch Kap. 3.4.
178 Ein Umstand, aufgrund dessen er in den Nachkriegsjahren stark von Gershom Scholem angegriffen wurde, basiere dieser Zugang zum Chassidismus doch auf vielen subjektiven Interpretationen Bubers. Vgl. dazu: Shedletzky, Itta: Einleitung, in: Gershom Scholem: Briefe I. 1914–1947, hg. v. Itta Shedletzky, München 1994, S. VII–XV, hier: S. XIff. Davidowicz, Klaus Samuel: Gershom Scholem und Martin Buber. Die Geschichte eines Missverständnisses, Neukirchen 1995.
179 Buber, Martin: Die Legende des Baal-Schem, Frankfurt a. M. 1908, S. I.

Eng mit Bubers Wirken verbunden war Franz Rosenzweig.[180] Er konzentrierte sich, wie auch Buber ab den 1920er Jahren, in seinem Bemühen um eine religiöse Erneuerung auf die pädagogische Umsetzung derselben, er sah sich selbst aber keiner zionistischen Richtung zugehörig, vielmehr als gläubig-liberaler Jude an. In dem mit einem Psalm betitelten Brief an Hermann Cohen *Zeit ist's...* aus dem Jahr 1917 konstatierte er, um die alte jüdische Tradition wiederzubeleben, müssten die meist kaum mehr mit der eigenen Religion und Kultur vertrauten Juden erst in die »eigene jüdische Sphäre« eingeführt werden.[181] Dazu sei es notwendig, wieder das Hebräische als ureigene Sprache des Gebets zu etablieren: »Der Deutsche, auch der Deutsche im Juden, kann und wird die Bibel deutsch – lutersch, herdersch, mendelsohnsch – lesen; der Jude kann sie einzig hebräisch verstehen.«[182] Rosenzweig lieferte in diesem Brief ein »revivalistisches Manifest, das die deutschen Juden zur Umkehr in die jüdische und hebräische Bildungs- und Lebenssphäre«[183] und zu einer intensiveren, zeitgenössischen Interpretation des Judentums aufrief, und verlieh einem neuen Sprachnationalismus im Zeichen der jüdischen Neoromantik Ausdruck, in die auch Rosenzweigs und Bubers Bibelübersetzung einzuordnen ist.[184]

Als Mittel zu einer »Erneuerung des Judentums« und »religiösen Erziehung« sah Rosenzweig nicht nur die frühe kindliche Bildung in jüdischer Religion an jüdischen sowie deutschen Schulen an, sondern auch die erneute (religiöse) Bildung Erwachsener. Das vermeintlich spezifisch jüdische Stichwort des lebenslangen Lernens wurde so mit neuem Inhalt gefüllt.[185] 1920 gründete er in diesem Sinne das *Freie Jüdische Lehrhaus*, das u. a. Martin Buber, Bertha Pappenheim und Gershom Scholem zu seinen Lehrern zählte. Daneben sollte sich auch die 1919 von Leopold Landau eröffnete *Akademie der Wissenschaft des Judentums* in den Worten ihres Gründers der »Erkenntnis des Wesens und des Schicksals des Judentums«[186] widmen.

In einigen Bereichen zeigten die Bemühungen Bubers, Rosenzweigs und anderen somit Erfolg, die »jüdische Renaissance«, die »Erneuerung des Juden-

---

180 Gemeinsamkeiten und Unterschiede im Wirken Bubers und Rosenzweigs zeigt Daniel Krochmalnik auf: Krochmalnik, Daniel: Buber und Rosenzweig als Erzieher, in: Dialog, Frieden, Menschlichkeit. Beiträge zum Denken Martin Bubers, hg. v. Wolfgang Krone, Thomas Reichert, Meike Siegfried, Berlin 2011, S. 185–210.
181 Rosenzweig [Anm. 157], S. 57.
182 Ebd., S. 58. 1925 erschien in diesem Sinne der erste Band der Bibelübersetzung von Rosenzweig und Buber.
183 Krochmalnik [Anm. 180], S. 186.
184 Vgl. Brenner [Anm. 144], S. 119.
185 Vgl. Bannasch [Anm. 36], S. 62.
186 Zitiert nach Schapkow, Carsten: Jüdische Autoren und Weimarer Kultur, in: Realistisches Schreiben in der Weimarer Republik, hg. v. Sabine Kyora, Stefan Neuhaus, Würzburg 2006, S. 99–110, hier: S. 105. Interessanterweise war auch die »Akademie für die Wissenschaft des Judentums« hauptsächlich von dem Orden Bnai Brith finanziert. Reinke [Anm. 112], S. 328.

tums«, wurde zum Teil Wirklichkeit. Auch Schalom Ben-Chorin, der in *Jenseits von Orthodoxie und Liberalismus* eine Bestandsaufnahme des Judentums zur Mitte der 30er Jahre unternommen hatte, bewertet diese neue kulturzionistische Strömung darin – anders als die »verklosterte« Orthodoxie[187] und die »geschichtliche Karikatur«[188] Liberalismus – als besonders für den jungen jüdischen Menschen überaus einflussreich und positiv[189]:

> Drei Denker des modernen Judentums haben vielen von diesen neuen Israel-Menschen den Weg gewiesen: Martin Buber, Franz Rosenzweig und Max Brod. In den religiösen Bekenntnisbüchern dieser Schriftsteller [...] gewinnt dieses ›neue Denken‹ (Franz Rosenzweig) Gestalt. Eine Evolution der jüdischen Frömmigkeit bahnt sich an. [...] Ihr Standort ist – unausgesprochen, aber in Wirklichkeit – *jenseits von Orthodoxie und Liberalismus*.[190]

Die *Wissenschaft des Judentums*, wie sie im 19. Jahrhundert entstanden war, wurde in der Weimarer Republik an deutschen Universitäten darüber hinaus weiter entwickelt, jüdische Zeitschriften und Vereine florierten und auch die Zahl der Kinder, die wieder an jüdischen Schulen unterrichtet wurden, wuchs.[191]

Insbesondere in der jüngeren Generation zeigten sich so die Auswirkungen religiöser Erziehung und jüdischer Erneuerung. Noch vor 1914 waren parallel und in Abgrenzung zur deutschen, oftmals exklusiv-antisemitischen Jugendbewegung, jüdische Jugendbünde entstanden. Diese widmeten sich neben den für die allgemeine Jugendbewegung typischen naturnahen und neo-romantischen Aktivitäten verstärkt der Wiederentdeckung der eigenen jüdischen Identität.[192] Als geistige Referenz diente dabei Martin Buber, »seine Romantik und sein] Ruf nach Ursprünglichkeit«.[193]

---

187 Ben-Chorin, Schalom: Jenseits von Orthodoxie und Liberalismus. Versuch über die jüdische Glaubenslage der Gegenwart, 3. Aufl., Tübingen 1991, S. 5.
188 Ebd., S. 7.
189 Ben-Chorin konstatiert für die jüdische Jugend angesichts deren Ablehnung von allzu befehlender Orthodoxie und eines den Zeitumständen unangemessenen Liberalismus eine »Flucht vor Gott«, die nur durch das neue Denken Bubers, Rosenzweigs und Brods aufgehalten werden könne. Im rein politischen Zionismus sieht er eine gefährliche Nähe zum europäischen Nationalismus, der entgegen der jüdischen Erkenntnislehre zur einzigen Maxime erhoben würde; ebd., S. 6–8.
190 Ebd., S. 9.
191 Mendes-Flohr, Paul: Jüdisches Kultur- und Geistesleben, in: Deutsch-Jüdische Geschichte in der Neuzeit. Band IV: Aufbruch und Zerstörung 1918–1945, hg. v. Avraham Barkai, Paul Mendes-Flohr, München 1997, S. 125–153, hier: S. 125.
192 Ebd., S. 134. Gottfried Mergner unterstreicht für die Zeit nach dem 1. Weltkrieg dabei den Einfluss der antisemitischen Ausrichtung der deutschen, völkisch-christlichen Jugendbewegung, wie sie sich in der Freideutschen Jugend oder dem Wandervogel manifestierten, auf die Entwicklung einer dezidiert jüdischen Kinder- und Jugendliteratur. Indem die junge deutsch-jüdische Generation des frühen 20. Jahrhunderts, wie beispielsweise Siegfried Bernfeld und Martin Buber, den Ausschluss aus einem gemeinsam-deutschen Zugehörig-

Einen weiteren Ausdruck und Erfolg fand diese »Erneuerung« des Judentums seit Beginn des 20. Jahrhunderts in einer neuen deutschsprachigen jüdischen Literatur, die sich zur Zeit der Weimarer Republik nicht mehr länger der von Moritz Goldstein in seinem *deutsch-jüdischen Parnass* kritisierten Auseinandersetzung mit dem »geistigen Besitz eines Volkes, das uns die Berechtigung und die Fähigkeit dazu abspricht«[194] widmete, sondern nun bei einigen AutorInnen das ganz eigene »Jüdische« ins Zentrum ihres Wirkens stellte. Dies geschah auf völlig unterschiedliche Weise, Else Lasker-Schüler malte beispielsweise eine ins Exotisch-Ferne driftende jüdisch-orientalische Tradition in ihren Werken oder verarbeitete wie auch Hedwig Caspari biblische Motive in ihren Gedichten.[195] Lion Feuchtwanger spiegelte in *Jud Süß* sowie der Josephus-Trilogie gegenwärtige Auseinandersetzungen in der jüdischen Historie, Martin Buber und Micha Josef Berdyczewski entdeckten die jüdische Sagen- und »Volksliteratur«[196] neu und der neuhebräische Schriftsteller Chaim Nachman Bialik forderte die »Rückführung der europäisch-jüdischen Diaspora-Literatur in ›ihre Urheimat‹ des hebräischen Buches.«[197] Interessant an all diesen Beispielen ist, dass der Ort

---

    keitsgefühl in der zunehmend antisemitischen Jugendbewegung und dann spätestens nach der Enttäuschung im 1. Weltkrieg miterleben musste, konzentrierte sie sich fortan auf die Herausarbeitung eines dezidiert jüdischen Identitätsentwurfs, der so auch in der Kinder- und Jugendlektüre transportiert werden sollte: Mergner [Anm. 50]. Die Jüdische Jugendbewegung sollte – so Norbert Regensburger im *Wegweiser für die Jugendliteratur* 1909 – »vor allen Dingen, den jungen Menschen daran« erinnern, »dass er Jude sei und dass eben dieses sein Judentum in ihm einen gewaltigen Komplex von Gedanken und Empfindungen, Pflichten und Hoffnungen wachrufen müsse [...] Der innere Feind, der bekämpft werden muss, ist der Indifferentismus, der nicht selten zu einer Art jüdischen Antisemitismus wird.« Regensburger, N[orbert]: Was sollen und wollen die jüdischen Jugendvereine, in: Wegweiser für die Jugendliteratur 5, 1909, 3, S. 19–20, hier: S. 19.

193 Brenner [Anm. 144], S. 59.
194 Goldstein [Anm. 152], S. 283.
195 Biblische Personen und Motive greift Else Lasker-Schüler in den »Hebräischen Balladen«, Hedwig Caspari in ihrer Gedichtsammlung »Elohim« auf. In ihren Prosawerken kreierte Lasker-Schüler eine ganz eigene mythisch-orientalische, jüdisch-arabische poetische Welt, so etwa in *Der Prinz von Theben* oder *Die Nächte Tino von Bagdads*. Bereits ihren Zeitgenossen galt sie so laut Alfred Bodenheimer und Andreas Kilcher als »Inbegriff einer ›jüdischen Dichterin‹« (Bodenheimer, Alfred, Kilcher, Andreas B.: Else Lasker-Schüler, in: Metzler Lexikon der deutsch-jüdischen Literatur. Jüdische Autorinnen und Autoren deutscher Sprache von der Aufklärung bis zur Gegenwart, hg. v. Andreas B. Kilcher, 2., aktual. und erw. Aufl., Stuttgart 2012, S. 327–331.)
196 Zum Wesen, Charakter und Genese dieser jüdischen »Volksliteratur« vgl. Kap. 3.4.
197 Kilcher, Andreas B.: Jüdische Renaissance und Kulturzionismus, in: Handbuch der deutsch-jüdischen Literatur, hg. v. Hans Otto Horch, Berlin 2015, S. 99–121, hier: S. 103. Natürlich spiegelt dies nicht ein Gesamtbild der Literatur jüdischer AutorInnen vor 1933 wider. Einige Autoren wie bspw. Arnold Zweig versuchten immer wieder, eine Identität als Jude und Deutscher bzw. Europäer zu finden. Auch waren viele AutorInnen im Berliner oder Prager Kreis zwar jüdischer Herkunft, thematisierten dies in ihrem Werk aber nur »zwischen den Zeilen« oder gar nicht, zum Teil, wie im Falle Franz Kafkas, wehrten sich sogar orthodox jüdische Kreise vehement dagegen, dass dessen Literatur als »jüdisch« verstanden

des Jüdischen dabei nicht im deutsch-jüdisch-akkulturierten Kontext, sondern meist in einer fernen, historischen, biblischen oder gar phantastischen Sphäre zu finden ist.[198] Dass das »Jüdische« als literarischer Topos nicht mit der Darstellung der zeitgenössischen Gesellschaft und Kultur in Einklang zu bringen war, kann als Beleg dafür gelesen werden, dass die Ausformung dezidert (deutsch-)jüdischer Identitäten erst im Werden begriffen und die »eigene jüdische Sphäre« somit scheinbar nicht real geworden war, beziehungsweise einer deutsch-jüdischen Identität auf künstlerischer Ebene bereits zu diesem Zeitpunkt jegliche Existenzmöglichkeit abgesprochen wurde.

Nicht nur die deutschsprachige jüdische Literatur konzentrierte sich so auf die Betonung des spezifisch Jüdischen, auch wurde sowohl in der *Allgemeinen Zeitung des Judenthums* (AZJ) als auch in orthodoxen und zionistischen Zeitschriften die ostjüdische Literatur, jiddisch und hebräischsprachige Texte neu entdeckt.[199] Während also zumindest dem reformierten Judentum seit der Haskala allein die hochdeutsche Sprache als anerkannte Literatursprache galt, so führte die religiöse Erneuerungsbewegung um Martin Buber dazu, dass in den ursprünglichen Sprachen der Juden auch das Ursprünglich-Jüdische gesehen wurde.

Insgesamt gesehen war die Zeit der Weimarer Republik für die Judenheit in den deutschsprachigen Gebieten mit all ihrer Heterogenität in religiösen, nationalen und kulturellen Fragen eine für lange Zeit letzte glänzende Episode jüdischer Kulturtätigkeit in Deutschland. Mit der Machtübernahme der Nationalsozialisten 1933, dem darauf folgenden sukzessiven Ausschluss der Juden aus allen künstlerischen Bereichen, den Nürnberger Gesetzen von 1935 und der daraus resultierenden Enteignung und Entrechtung, der pogromartigen Verfolgung seit 1938 und schließlich der systematischen Vernichtung der europäischen Juden in den Konzentrations- und Vernichtungslagern war jüdische Kultur, jüdisches Leben und jüdische Kunst auf grausamste Art und Weise in vielen europäischen Ländern fast gänzlich ausgelöscht.

---

werden könnte. Siehe dazu auch: Voigts, Manfred: Berliner Moderne – Expressionismus und Judentum, in: Handbuch der deutsch-jüdischen Literatur, hg. v. Hans Otto Horch, Berlin 2015, S. 283–295.
198 Vgl. Schapkow [Anm. 186], S. 106.
199 Vgl. Glasenapp [Anm. 74], S. 121.

2. Reflexionen über Funktion und Geschichte der Gattung Märchen im deutschen Sprachraum – Gattungshistorische Kontexte des deutschsprachigen jüdischen Märchens

2.1. Die »durchausentgegengesetzte Welt der Welt« – Märchen, Gattungstheorien und das transkulturelle Potential des Märchens

Der im Deutschen einzigartige Begriff des Märchens,[200] etymologisch betrachtet das Diminutiv von mhd. ›mære‹, also ›kurze Erzählung‹,[201] wurde von mehreren Schriftstellern um 1800, Johann Wolfgang von Goethe, Johann Gottfried Herder, Christoph Martin Wieland, Ludwig Tieck, Clemens Brentano und Novalis geprägt.[202] Schon früh fand durch die Bestimmungen Herders und der Brüder Grimm eine Art Spaltung der Gattung in ein als volkstümlich, anonym, alt und ursprünglich-einfach geltendes »Volksmärchen« und ein diesen Ansprüchen nicht gerecht werdendes »Kunstmärchen« individueller Prägung statt.[203] Dessen und der vielen weiteren Untergattungen des Märchens[204] ungeachtet, lohnt es

---

200 Im Italienischen, ›favola‹, ›conti‹, Französischen, ›contes de fées‹, und im Englischen, ›fairy tales‹, existiert kein vergleichbarer Begriff. Zum Märchen-Begriff in jüdischer Tradition und im Hebräischen vgl. Kap. 3.1: Magie, Zauber und »Märchen« im Jüdischen Schrifttum – Über die Haltung des Judentums zum Wunderbaren.
201 Lüthi, Max, Rölleke, Heinz: Märchen, 10., aktual. Aufl., Stuttgart 2004, S. 1.
202 Vgl. Bausinger, Hermann: Märchen, in: Enzyklopädie des Märchens. Handwörterbuch zur historischen und vergleichenden Erzählforschung, hg. v. Rolf Wilhelm Brednich, Berlin, New York 1999, S. 250–274, hier: S. 251.
203 Vgl. Grätz, Manfred: Kunstmärchen, in: Enzyklopädie des Märchens. Handwörterbuch zur historischen und vergleichenden Erzählforschung, hg. v. Rolf Wilhelm Brednich, Berlin, New York 1996, S. 611–622, hier: S. 613. Zur Problematik der Begrifflichkeiten s. u. a. Neuhaus, Stefan: Märchen, Tübingen [u. a.] 2005; Wührl, Paul-Wolfgang: Das deutsche Kunstmärchen. Geschichte, Botschaft und Erzählstrukturen, 3., etwas erg. Aufl., Baltmannsweiler 2012. Der Begriff »Kunstmärchen« wurde allerdings erst im 20. Jahrhundert von Hermann Todsen und Richard Benz etabliert.
204 In der Märchenforschung werden, je nach Herangehensweise, weitere Untergliederungen vorgeschlagen in bspw. Zaubermärchen, Buchmärchen, Wirklichkeitsmärchen, Märchennovelle, Natur- oder Tiermärchen usw. All diese Begrifflichkeiten sind jedoch meist nur mit Blick auf motivische oder gattungstypologische Fragen sinnvoll.

sich für die Erforschung der deutschsprachig-jüdischen Märchentradition, zunächst allgemein nach den der Gattung des Märchens zugeschriebenen Besonderheiten zu suchen, um dann im Folgenden auf die auch für das jüdische Märchen relevante Trennung in Volks- und Kunstmärchen einzugehen.

Die Gattung Märchen ist ein internationales Phänomen und nach Meinung philologischer und volkskundlicher Forscher zu unterschiedlichen Zeiten, in verschiedenen Ländern, in verschiedenen Sprachen und in verschiedenen Erzählstilen, in schriftlicher oder auch oral-narrativer Tradition entstanden. Wo jedoch genau die Ursprünge der Gattung liegen, ist in der Forschung umstritten.[205] Zum ersten Mal findet sich das motivisch einleitende und oftmals als Gattungskonstitutum angesehene »Es war einmal« bei Apuleius. In seinem im 2. Jhd. n. Chr. entstandenen Werk *Metamorphoses* wird die Binnenerzählung *Psyche et Cupido* von den drei Worten »Erant in quadam«, ›Es waren einmal‹, angeführt. Diese lokal und zeitlich, »in quadam«, unbestimmte Eingangsformel avancierte im Laufe der Jahrhunderte zum typisierten Märchenbeginn und ist an sich Zeichen einer unbestimmten, nah und fern zugleich liegenden Erzählwelt. In der Märchenforschung sind solch frühe Bestimmungen allerdings relativ umstritten, handele es sich bei *Psyche et Cupido* doch vielmehr um eine der römisch-antiken Götter- und Sagenwelt entsprungene mythische Erzählung als um ein per definitionem eindimensionales, nicht-religiöses Märchen.[206] Andererseits verwiesen bereits die Brüder Jacob und Wilhelm Grimm in einer Vorrede zu den *Kinder- und Hausmärchen* auf den sehr alten und transnationalen Charakter der literarischen Gattung: »Gewiß ist auch, daß sich die Märchen in dem Fortgange der Zeit beständig neu erzeugt, eben darum aber muß ihr Grund sehr alt sein.«[207] Den Grimms zufolge fänden sich Märchen in allen Teilen der Welt, in Afrika, dem antiken Griechenland, Skandinavien, Großbritannien, Frankreich, Spanien, Italien und natürlich den deutschen Gebieten;[208] einen eindeutigen Ursprungsort stellten jedoch auch sie nicht fest.

Unumstritten ist die große Bedeutung, welche die frühen venezianischen und neapolitanischen Märchensammlungen Giovanni Francesco Straparolas und Giambattista Basiles aus dem 16. und 17. Jahrhundert auf die weitere Entwicklung der Gattung in Europa hatten.[209] Unter ihnen finden sich Motivkomplexe,

---

205 Zu großen Teilen liegt dies auch an der angenommenen fluktuierenden mündlichen Tradition der Märchen, für die es natürlich keine exakten Beweise gibt. Die Bestimmung des Ursprungs in Antike, Mittelalter oder Neuzeit hängt darüber hinaus eng mit der Abgrenzung der Gattungen Mythos und Märchen bzw. Legende, Sage und Märchen sowie auch der Gewichtung und Haltung zu der Kategorie des Mündlichen zusammen.
206 Vgl. Lüthi, Rölleke [Anm. 201], S. 40 ff.
207 Brüder Grimm: Vorrede zu den Kinder- und Hausmärchen. 1812, in: Romantik I, hg. v. Hans-Jürgen Schmitt, Stuttgart 2008, S. 134–144, hier: S. 140.
208 Vgl. ebd., S. 141.
209 Vgl. Lüthi, Rölleke [Anm. 201], S. 47 ff.

die sich später im 17. und 18. Jahrhundert bei Perrault in Frankreich, im 19. Jahrhundert bei den Grimms bis auch heutzutage in Disney-Verfilmungen wiederfinden.[210] Ähnlich wie die in den Hafen- und Handelsstädten Venedig und Neapel getauschten und verkauften Waren gelangten die Märchen von dort – oral oder schriftlich – über Kaufleute und Handelswege weiter in den Westen und Norden Europas.[211] In Frankreich veröffentlichte am Ende des 17. Jahrhunderts der Altertumsforscher Charles Perrault unter dem Namen seines Sohnes die Sammlung *Contes de ma mère l'oye*, die eine regelrechte Märchenmode in Frankreich und Deutschland nach sich ziehen und die europäische Märchenproduktion neu anstoßen sollte.[212] Die Nachfolger Perraults in Frankreich waren dabei vornehmlich adelige Frauen, die zunächst für ein weiblich-aristokratisches Publikum Märchen schrieben. Zentral waren diesen französischen Märchen des 18. Jahrhunderts Perraults, der Comtesse d'Aulnoy oder der Madame de Villeneuve zum einen das oftmals auf die Figur der Fee verlagerte Wunderbare zum anderen ein der höfisch-prunkvollen Welt à la Louis XIV angepasster Märchenstil. Dieser war darin weniger kindlich-einfach, vielmehr verspielt-ironisch und mit einer Lehre versehen; im Vorwort zu seinen Märchen führt Perrault an, dass im Märchen langweilige moralische Botschaften unterhaltsam mitgeteilt werden könnten.[213] Neue Impulse erhielt das französische und europäische Märchen durch die erste Übersetzung der *Geschichten aus 1001 Nacht* ins Französische von Jean Antoine Galland in den Jahren 1704 bis 1712,[214] welche

---

210 Vgl. beispielsweise Basiles Märchen *Sole, luna e talia*, das sich als *La belle au bois dormant* bei Perrault, als *Dornröschen* bei den Grimms und schließlich als *Sleeping beauty* bei Walt Disney wiederfindet. Antti Aarne, Stith Thompson und zuletzt Hans-Jörg Uther stellen in ihrem Typenkatalog die Tradierung bestimmter Märchenmotive bzw. die Einteilung der Märchen in Motivkomplexe vollständig dar: Uther, Hans-Jörg: The types of international folktales a classification and bibliography; based on the system of Antti Aarne and Stith Thompson. Part I: Animal Tales, Tales of Magic, Religious Tales, and Realistic Tales, with an Introduction, Helsinki 2004.
211 Vgl. Richter, Dieter: Der Weg über die Alpen. Zur Geschichte der Aufnahme italienischer Märchen in Deutschland und deutscher Märchen in Italien, in: Studi Germanici, 2012, 1, S. 41–56, hier: S. 42.
212 In den deutschen Gebieten tat sich vor allem Christoph Martin Wieland mit Märchen hervor, die denen aus Frankreich nachempfunden waren, vgl. bspw.: Wieland, Christoph Martin: Dschinnistan oder auserlesene Feen- und Geistermärchen. Herausgegeben von Siegfried Mauermann, in: Christoph Martin Wieland: Gesammelte Schriften, hg. v. Fritz Homeyer, Bd. 1,18, Hildesheim 1987.
213 Vgl. Oesterle, Günter: Einheit in der Differenz. Kunstmärchen versus Volksmärchen in der Romantik, in: Romantik. Jahresgabe, hg. v. Ortsvereinigung Hamburg der Goethe-Gesellschaft in Weimar, Wettin Dößel 2009, S. 9–22, hier: S. 13.
214 Wissenswert ist dabei, dass es sich keineswegs wirklich um die *Geschichten aus 1001 Nacht* handelte, sondern zunächst nur um die Geschichten aus den ersten 282 Nächten. Erst vor kurzem wurde durch die Übersetzungen der Orientalistin Claudia Ott auch das Ende der Geschichte um Scheherazade und den König Schahriyar in deutscher Übersetzung be-

nach einer etwas verzögerten breitenwirksamen Rezeption orientalische Topoi in die bereits vorhandene europäische Märchentradition transportierte.[215]

Die Märchenlandschaft in den deutschen Gebieten bestand so im 18. Jahrhundert vorwiegend aus Übersetzungen französischer oder orientalischer Märchen und Bearbeitungen der italienischen. Erst Johann Gottfried Herders neu gefasster Volks(literatur)begriff und die Wiederentdeckung des Märchens bei Wieland und Goethe bereiteten den Weg für eine neue, deutschsprachige Märchentradition in der Romantik.

In der Frühphase der Epoche wurde zunächst versucht, die Wesenszüge und Eigenarten des Märchens genauer zu fassen. Novalis, eigentlich Friedrich von Hardenberg, gelang dabei eine epochenüberspannende Charakterisierung. Er umschrieb das Märchen als eine unserer Welt »durchausentgegengesetzte Welt«:

> In einem ächten Märchen muß alles wunderbar – geheimnißvoll und unzusammenhängend seyn – alles belebt. Jedes auf eine andre Art. Die ganze Natur muß auf eine wunderliche Art mit der ganzen Geisterwelt vermischt seyn. Die Zeit der allg[emeinen] Anarchie – Gesetzlosigkeit – Freiheit – der *Naturstand* der *Natur* – die Zeit vor der *Welt* (Staat). [...] Die Welt des Märchens ist die *durchausentgegengesetzte* Welt der Welt der Wahrheit (Geschichte) – und eben darum ihr so *durchaus ähnlich*[216] [Herv. i. Orig.].

In diesem Zitat klingen bereits viele bis heute wichtige Definitionsmerkmale des Märchens an: das Wunderbare, das Belebte, die Freiheit von Gesetzen der nichtfiktiven Welt sowie auch deren beider komplexe Verbindung. Auf Novalis' Definitionsversuch aufbauend versuchte im 20. Jahrhundert der Schweizer Märchenforscher Max Lüthi sich der Wesensart des Märchens anzunähern. Er beschreibt in seiner einschlägigen Untersuchung zum europäischen Volksmärchen dieses als etwas, in dem alles verbunden, alles gleich, zeitlos, geschichtslos und völlig frei sei. Die Märchenwelt sei gleichsam Gegenwelt, Nicht-Welt und das Völlig-Andere zur Wirklichkeit des Lesers bzw. Hörers und könne so gedacht immer als ein probates Mittel dienen, nicht (nur) der außerfiktionalen Wirklichkeit zu entfliehen, sondern anhand ihres idealen Gegenbildes Kritik an den Verhältnissen zu üben und Auswege und Lösungen zu finden. Oder wie es Jens Tismar und Mathias Mayer nun für das Kunstmärchen ausdrücken:

> mit einer durch die Reflexion hindurch wiedererlangten Unschuld zu imaginieren und die Entzweiung der Welt als wenigstens partiell aufhebbar vorzustellen, ohne zu ver-

---

kannt, allerdings ist es sehr wahrscheinlich, dass es sich dabei nicht um einen Teil des Originalmanuskripts handelt.
215 Vgl. bspw. die orientalischen Märchen-Almanache Wilhelm Hauffs oder Christoph Martin Wielands.
216 Novalis: Das Allgemeine Brouillon. Materialien zur Enzyklopädistik 1798/99, in: Novalis: Schriften. Die Werke Friedrich von Hardenbergs, hg. v. Richard Samuel, Darmstadt 1983, S. 207–478, hier: S. 280.

gessen, daß diese Vorstellung Literatur ist. Politik, Utopie, Philosophie und literarische Selbstreflexion gehen eine spezifische Synthese ein.[217]

Christoph Martin Wieland, der mit seinem Rittermärchen *Biribinker* und den darauffolgenden Versmärchen *Idris und Zenide, Wintermärchen, Oberon* oder *Dschinnistan oder auserlesene Feen- und Geistermärchen* einen wichtigen Beitrag zur Herausbildung der Gattung schuf,[218] führte im Vorwort zu Letzterem in Erweiterung dazu aus, dass im Märchen zwei sich eigentlich widersprechende Neigungen, der menschliche »Hang zum Wunderbaren« und »die Liebe zum Wahren« zusammenfielen, dass aber eben dies den »sonderbaren Reitz« des Märchens bilde.[219] Das Märchen stelle also nicht nur etwas völlig anderes, eine Gegenwelt und zugleich einen wunderbar-phantastischen Spiegel realer Umstände dar, sondern schaffe in der genannten wunderbaren Dimension eine Verbindung zur Leserwirklichkeit. Bei Wieland klingt dabei bereits auch an, was im 20. Jahrhundert von André Jolles spezifiziert wurde. Die Charakteristika des Märchens ergänzte dieser um eine dem Märchen innewohnende »naive Moral«,[220] welche wiederum ein Hinweis darauf ist, dass Märchen von Beginn an das Ursprüngliche, das Kindliche im Menschen und der Menschheitsgeschichte ansprachen, ohne jedoch von vornherein originäre oder intendierte Kinder- oder Jugendliteratur zu sein.[221] Märchen sollten vielmehr zunächst einerseits Literatur für alle, eine Volksliteratur sein und begründen, andererseits auch

---

217 Mayer, Mathias, Tismar, Jens: Kunstmärchen, 3., völlig neu bearbeitete Aufl., Stuttgart, Weimar 1997, S. 55.
218 Vgl. ebd., S. 35–41.
219 Wieland [Anm. 212], S. 6. Zur Märchenauffassung Christoph Martin Wielands vgl. Arendt, Dieter: Christoph Martin Wielands Märchen ›Pervonte oder die Wünsche‹ oder: Ein Aufklärer und Didaktiker als Märchenerzähler, in: Orbis Litterarum 57, 2002, 2, S. 81–102.
220 Jolles [Anm. 26], S. 240. Jolles merkt an, dass er sich damit an Schillers Begriff des Naiven anlehnen möchte, wenn dieser von naiver Dichtung schreibt. Eine naive Moral in den Texten fiele mit unserem Empfinden von »›gut‹ und ›gerecht‹« (S. 241) zusammen. André Jolles selbst trat 1933, drei Jahre nach Erscheinen seiner Untersuchung zu den »einfachen Formen« in die NSDAP ein und blieb bis zu seinem Tod 1946 ein überzeugter Nationalsozialist.
221 Die *Kinder- und Hausmärchen* bilden dabei einen Präzedenzfall. Einerseits sollten sie keineswegs nur Kinder ansprechen, sondern vielmehr als Ausweis einer mythischen Ursprünglichkeit des Volkes dienen, andererseits schrieben Jacob und Wilhelm Grimm in ihrem Vorwort zu den *Kinder- und Hausmärchen*: »Darum geht innerlich durch diese Dichtungen jene Reinheit, um derentwillen uns Kinder so wunderbar und selig erscheinen […] Das ist der Grund, warum wir durch unsere Sammlung nicht bloß der Geschichte der Poesie und Mythologie einen Dienst erweisen wollten, sondern es zugleich Absicht war, dass die Poesie selbst, die darin lebendig ist, wirke und erfreue, wen sie erfreuen kann, also auch, dass es als ein Erziehungsbuch diene.« Brüder Grimm: Kinder- und Hausmärchen. Band 1. Märchen Nr. 1–86, Stuttgart 2010, S. 16.

Experimentierfeld neuer literarischer Ideale der Romantik in Abgrenzung zur »entzauberten« Welt der Aufklärung.[222]

Im Zentrum all dieser Annäherungsversuche an die Gattung Märchen steht und stand dabei immer die Kategorie des Wunderbaren als Märchenhaftes per se.[223] Das Wunderbare ist das Unglaublich-Magische, Überweltliche und Phantastische, das zentrale Merkmal und Charakteristikum des Märchens sowie Ursprung des eigentümlichen Reizes. Als »immanente, nicht notwendigerweise religiöse Transzendenz«[224] trägt es zur besonderen Dualität zwischen der textlichen Wunderwelt des Märchens und der Realität des Lesers bei, es stellt jedoch im Text – und dies ist zur Abgrenzung von benachbarten Genres besonders wichtig – keinen Bruch mit der dargestellten Wirklichkeit dar, sondern ist vielmehr – wie Max Lüthi anmerkt – ein »durchdringendes Wesenselement«, die »Lebensluft des Märchens«.[225] Das Wunderbare ist dem Märchen selbstverständlich, es wird nicht bestaunt oder nur geglaubt, es ist ihm geradezu »natürlich«, Teil seiner Welt und seines Wesens.

Der Platz des Wunderbaren kann dabei mannigfaltig besetzt sein, mit beispielsweise übernatürlichen Figuren, wie der Hexe, die Prinzen verhext,[226] den Feen – die vor allem bei den märchenschreibenden Damen des 18. Jahrhunderts wie der Comtesse d'Aulnoy, Marie-Jeanne L'Heriter de Villandon oder der Comtesse de Murat Zauber wirkten – oder sprechenden, magischen Tieren oder Dingen.[227] Das Wunderbare kann aber auch einfach magisches Geschehen, Übernatürliches, den Gesetzen der realen Welt Widersprechendes, sein. Zu denken sei hier an Wundergaben oder rätselhafte oder übernatürliche Ge-

---

222 Vgl. dazu Ludwig Tieck: »daß der Dichter nicht unsre Gutmüthigkeit in Anspruch nimmt, sondern die Phantasie, selbst wider unsern Willen, so spannt, daß wir die Regeln der Aesthetik, mit allen Begriffen unsers aufgeklärteren Jahrhunderts vergessen, und uns ganz dem schönen Wahnsinn des Dichters überlassen; daß sich die Seele, nach dem Rausch, willig der Bezauberung von neuem hingiebt, und die spielende Phantasie durch keine plötzliche und widrige Ueberraschung aus ihren Träumen geweckt wird.« Tieck, Ludwig: Ueber Shakspeare's Behandlung des Wunderbaren, in: Ludwig Tieck: Sämmtliche Werke. 9. Band: Der Sturm. Ein Schauspiel von Shakspear für das Theater bearbeitet, Berlin, Leipzig 1799, S. 1–44, hier: S. 1 f.
223 Außerachtgelassen wird aufgrund dieses Gattungskonstitutums der in der Forschung immer noch häufig anzutreffende Begriff »Zaubermärchen«. Zu sehr erweckt dieser m. E. den Eindruck, dass es auch Märchen ohne Zauber, ohne Wunderbares gäbe, wobei letzteres aber doch überhaupt erst die Voraussetzung der Märchendimension ist.
224 Neuhaus [Anm. 203], S. 374. Siehe zur Verwicklung von Religion und Wunderbarem die folgenden Ausführungen zur Differenzierung von Legende und Märchen.
225 Lüthi, Max, Röhrich, Lutz: Es war einmal… Vom Wesen des Volksmärchens, 8., neu bearbeitete Aufl., Göttingen 1998, S. 51.
226 Siehe bspw. das Kinder- und Hausmärchen (KHM) 1, »Der Froschkönig oder der eiserne Heinrich«: Brüder Grimm [Anm. 221], S. 32. Oder auch KHM 11, »Brüderchen und Schwesterchen«: ebd., S. 78.
227 Vgl. u. a. KHM 17, »Die weiße Schlange«, KHM 24, »Frau Holle«, KHM 26, »Rotkäppchen«.

Die »durchausentgegengesetzte Welt der Welt«   **61**

schehnisse, die im Märchen völlig selbstverständlich passieren. Tote Menschen erwachen wieder zum Leben,[228] Herzen werden durch Steine ersetzt,[229] Schlangen werden zu Brücken[230] und Söhne werden zu Raben.[231] Urheber dieses Wunderbaren ist die Märchenwelt eo ipso. Sie beherbergt das Wunderbare. Wunder, Magie, Übernatürliches passieren meist, ohne dass sie von einer näher genannten höheren Macht »gewirkt« werden. Somit ist – eigentlich – keine religiöse Bindung oder Motivation des Wundergeschehens notwendig.[232]

Sind die wesentlichen Züge des Märchens bestimmt, führt dies zur Frage nach der Abgrenzbarkeit der Gattung Märchen von anderen ihr verwandten und ebenfalls aus einer angenommenen mündlichen Tradition entstandenen Gattungen wie der Legende, der Sage und dem Mythos.[233] Schon die Brüder Grimm versuchten dazu im Vorwort zu ihren *Deutschen Sagen* das Märchen als eine diesen anderen Gattungen entgegengesetzte, abgesonderte Gattung genauer zu fassen:

> Das Märchen ist poetischer, die Sage historischer; jenes stehet beinahe nur in sich selber fest, in seiner angeborenen Blüte und Vollendung; die Sage, von geringern Mannigfaltigkeit der Farbe, hat noch das Besondere, daß sie an etwas Bekannten und Bewußtem hafte, an einem Ort oder einem durch die Geschichte gesicherten Namen.[234]

---

228 KHM 46, »Fitchers Vogel«: ebd., S. 228.
229 Vgl. Hauffs Märchen »Das kalte Herz«: Hauff, Wilhelm: Sämtliche Märchen, hg. v. Hans-Heino Ewers, Stuttgart 2010, S. 408 f.
230 Vgl. Goethes Horen-Märchen: Goethe, Johann Wolfgang: Unterhaltungen deutscher Ausgewanderten, hg. v. Leif Ludwig Albertsen, Stuttgart 2012, S. 103.
231 KHM 25, »Die sieben Raben«: Brüder Grimm [Anm. 221], S. 148.
232 Die Rolle der Religion ist im Hinblick auf die jüdische Märchentradition von zentraler Bedeutung und sollte nicht vorschnell als etwas dem Märchen Fremdes abgetan werden. Sowohl die nichtjüdische Märchentradition als auch die jüdische baut zu großen Teilen auf religiösem Erzählmaterial auf. Vgl. zur jüdischen Märchentradition Kap. 3.3., zur nichtjüdischen die folgenden Ausführungen sowie: Pecher, Claudia Maria: »Ein Grundton von Religion« in den »Kinder- und Hausmärchen« der Brüder Grimm. Historisches Substrat oder Signum einer romantischen Gattung?, in: Märchen – (k)ein romantischer Mythos? Zur Poetologie und Komparatistik von Märchen, hg. v. Claudia Maria Pecher, 1., neue Ausg., Baltmannsweiler 2013, S. 95–121.
233 Der Versuch soll hier aufgrund der Ausgangsfrage nach Existenz und Entwicklung einer deutsch-jüdischen *Märchen*tradition im Bewusstsein unternommen werden, dass es zum einen in der Volksliteraturforschung durchaus viele und überzeugende Stimmen, allen voran die Stith Thompsons, gibt, die eine Unterscheidbarkeit volksliterarischer Gattungen, zu denen das Märchen, die Sage und der Mythos zählen, an sich verneinen. Zum anderen muss bei einer gattungstypologischen Unterscheidung auch mitbedacht werden, dass es sich bei den Vergleichsparametern meist um angenommene Idealtypen handelt. Vgl. zur Gattungsproblematik allgemein: Honko, Lauri: Gattungsprobleme, in: Enzyklopädie des Märchens. Handwörterbuch zur historischen und vergleichenden Erzählforschung, hg. v. Rolf Wilhelm Brednich, Hermann Bausinger, Wolfgang Brückner u. a., Berlin, New York 1987, S. 744–769.
234 Grimm, Jacob, Grimm, Wilhelm: Vorrede, in: Deutsche Sagen. Herausgegeben von den

Hier klingen bereits die später von Max Lüthi genauer bestimmten stilistischen Eigenschaften des europäischen Volksmärchens, die Eindimensionalität, Flächenhaftigkeit, Wirklichkeitsferne, abstrakter Stil, Isolation und Allverbundenheit, Sublimation und Welthaltigkeit, an.[235] Während die Sage den Grimms zufolge historisch und lokal genau verortbar sei, schwebt das Märchen, Lüthis Auffassung folgend, frei in Zeit und Ort, ist unserer Wirklichkeit maximal entfernt und anders-dimensional, aufgrund ihrer Allgemeinheit und Allverbundenheit aber auch zugleich nah und eine Gattung, die Welt darstell- und bewältigbar macht. Sagen dagegen »schildern ein außerordentliches historisches oder numinoses Ereignis, das als tatsächlich Geschehenes erzählt wird.«[236] Letzteres – ein gewisser Anspruch an Faktizität – unterscheidet die Sage nun auch vom Kunstmärchen, dass zwar in manchen Ausführungen, beispielsweise Hoffmanns *Goldenem Topf*, ebenfalls lokal und zeitlich fixiert vorkommt, jedoch keinerlei Anspruch auf Glaubwürdigkeit einfordert. Damit verbunden ist auch die Stellung des Wunderbaren. Während dieses im Märchen die »Lebensluft«, ein alles durchdringendes Wesensmerkmal ist, so ist das Wunderbare in der Sage als phantastisches, erstaunendes, unnormales Geschehen »in die Realität eingebunden«.[237]

Märchen und Mythos lassen sich demgegenüber nicht so leicht gegeneinander abgrenzen. Als Beispiel kann hier ein Zitat aus Wielands *Dschinnistan* dienen:

> Götter und Halbgötter in Menschengestalt, Genien und Feen, Zauberer und Zauberinnen, Zentauren und Zyklopen, Riesen und Zwerge, spielen die erste Rolle in den ältesten Zeiten der Nazionen: jede hat ihre Mythologie, ihren Vorrath uralter Mährchen, die mit ihrer eigenen Vorstellungs- und Lebens-Weise, mit ihrer Geschichte, Religion, klimatischen, sittlichen und bürgerlichen Verfassung so stark verwebt ist, daß keine Zeitfolge sie ganz daraus vertilgen kann.[238]

Mythologie und »Mährchen« werden hier synonym gebraucht. Wielands Gedanken konnten jedoch auch von der neueren Forschung nicht widerlegt wer-

---

Brüdern Grimm, hg. v. Heinz Rölleke, Ausgabe auf der Grundlage der 1. Aufl., Frankfurt a. M. 1994, S. 11–24, hier: S. 11.
235 Vgl. Lüthi [Anm. 29], S. 8–75. Lüthis Bestimmung des Märchens widmet sich dabei vor allen Dingen dem Versuch, das Märchen in seinem nur ihm eigenen Stil zu fassen. Andere Definitionen, von denen die Märchenforschung nach Lüthi mittlerweile relativ abgekommen ist, versuchten dies über Märchenmotivik oder Märchenstruktur. All diese Definitionsversuche beziehen sich meist aber auf ein besser zu verallgemeinerndes Volksmärchen. Das Kunstmärchen als ein das Volksmärchen einerseits modifizierendes, andererseits aktualisierendes Metamärchen entzieht sich solchen Bestimmungen oftmals.
236 Pöge-Alder, Kathrin: Märchenforschung. Theorien, Methoden, Interpretationen, Tübingen 2007, S. 33.
237 Ebd.
238 Wieland [Anm. 212], S. 6.

den. Märchen sind Mythos und die Mythologie zugleich Märchen. Die Mythos- und Märchenforschung ist sich mittlerweile relativ einig in der Darstellung eines gemeinsamen, längeren Entstehungsprozesses, aus dem sich allmählich zwei unterschiedliche Gattungen, die des Märchens und die des Mythos, herausgebildet hätten. Der dänische Volkskundler Bengt Holbek bemerkte dazu:

> We believe that a development may have taken place along the following lines: as myths became transformed into organized religion at the higher levels of society, they also became transformed at the lower levels, but into fairy tales [...] the symbolic elements of the ancient tribal myths were retained, and many sequences of events as well, but they were re-interpreted, transposed into a different code, to serve the needs and express the views of those who formed the lowest level of the complex cultures which came into being in the Near East several millennia ago.[239]

Das Märchen war – so gedacht – schon immer im Mythos präsent, bzw. bildete mit ihm zusammen nach John Stephens sog. Metanarrative, die dann – je nach historischem und sozialem Kontext – in Märchen oder Mythen ausgeformt werden konnten.[240] In der Antike etablierten sich so griechische und römische Mythologeme, Götter- und Heldenerzählungen, die einerseits stark in der antiken römischen bzw. griechischen religiös-theologischen, andererseits auch einer aristokratisch-patriarchalischen Weltsicht verhaftet waren.[241] »Märchen und Mythos sind in vielem verwandt«, konstatiert auch Almut-Barbara Renger, »in entscheidender Hinsicht« seien sie »aber verschieden«.[242] Während sich das Märchen, wie es seit dem 16. und 17. Jahrhundert in schriftlicher Überlieferung auftrat, dabei immer mehr von dieser theologisch-religiösen Weltsicht entfernte und sich zu einer historisch losgelösten Erzählung säkular-wunderbaren Geschehens formte, kann mit Udo Reinhardt für den antiken Mythos als literarische Gattung sowohl dessen Fixierung auf die antike Zeit- und Örtlichkeit als auch die Zuweisung der wunderbaren Ebene auf einen »göttlichen Schicksalsplan« angeführt werden.[243] »Als narrative Gegenentwürfe – dort von menschlichem Glück, hier von übermenschlicher Größe« kämen Märchen und Mythos »je nach der sozialen und politischen Gesamtlage einer Gesellschaft unterschiedlichen Bedürfnissen nach«.[244]

---

239 Holbek, Bengt: Interpretation of fairy tales. Danish folklore in a European perspective, Helsinki 1987, S. 606.
240 Vgl. Stephens, John: myth/mythology and fairy tales, in: The Oxford Companion to Fairy Tales. Second Edition, hg. v. Jack Zipes, Oxford, New York 2015, S. 402–406, hier: S. 404.
241 Vgl. Reinhardt, Udo: Mythen – Sagen – Märchen. Eine Einführung mit exemplarischen Motivreihen, Freiburg i. Br. 2012, S. 20.
242 Renger, Almut-Barbara: Zwischen Märchen und Mythos. Die Abenteuer des Odysseus und andere Geschichten von Homer bis Walter Benjamin: eine gattungstheoretische Studie, Stuttgart 2006, S. XVII.
243 Reinhardt [Anm. 241], S. 18.
244 Renger [Anm. 242], S. 385.

Mit zunehmender Ausweitung des Mythos-Begriffs in ein allgemeineres Verständnis im Sinne einer »Erzählung, die einen nicht beweisbaren, kollektiv wirksamen Sinn stiftet«,[245] gestaltet sich jedoch auch der Versuch, eine genaue Gattungsdifferenzierung vorzunehmen, immer schwieriger, ist nicht mehr nur das Märchen im Mythos präsent, sondern können Märchen, nun wieder Wieland aufgreifend, gleichzeitig auch immer Mythos werden. Als gesichert gilt, dass das angesprochene mythologische Kunstmärchen Apuleius', *Amor und Psyche*, als »Einstieg zur europäischen Märchentradition«[246] und gleichzeitig einem gattungsübergreifenden gegenseitigen Austausch gelten kann. Während sich das Märchen aber immer dezidiert literarisch verankerte, mutierte der Begriff Mythos im Laufe der Zeit zu einem geschichtsphilosophischen und weltanschaulichen Typus.[247] Dieses Verständnis des Mythos wurde allerdings – wie das Zitat Wielands bereits zeigte und in den folgenden Kapiteln ausführlicher erläutert werden soll – insbesondere von Herder und den Romantikern im Sinne des Konzepts des *nation buildings* als »kollektiver Sinn- und Identitätsstiftung«[248] auf das Märchen übertragen.

Für den Kontext des *jüdischen* Märchens erscheint, diese beiden Abgrenzungen ergänzend, vor allen Dingen eine dritte Differenzierung unbedingt notwendig: die von Märchen und Legende. In deren Hintergrund schwingt immer auch die entscheidende Frage nach dem Verhältnis von Märchen und Religion mit, die noch vor einer detaillierten Untersuchung des »Phänomens jüdisches Märchen« beantwortet werden muss. Unter »Legende« werden gemeinhin mehrere Bedeutungen subsumiert. Die Brüder Grimm beschrieben sie als eine »erzählung aus dem leben der heiligen; aus der mittellat. kirchensprache übernommen: *legenda*«, zugleich als einen »höchst ausführlichen bericht]« oder freier als »erzählung« allgemein, »oder endlich auch eine] unbeglaubigte] erzählung«.[249] In Letzterer fallen Legende, Märchen und auch Mythos zusammen, alle drei werden im Alltagsgebrauch als Synonym für ›Lügengeschichte‹, eine unglaubwürdige Erzählung, verwendet. In der Literaturwissenschaft dient die Bezeichnung Legende dagegen meist im ersten Sinne, als Beschreibung einer Heiligenvita, als »eine religiöse Erzählung besonderer Art, die Erzählung von

---

245 Matuschek, Stefan: Mythos, in: Metzler Lexikon Literatur. Begriffe und Definitionen, hg. v. Günther Schweikle, Dieter Burdorf, Irmgard Schweikle u.a., 3. völlig neu bearb. Aufl., Stuttgart 2010, S. 524–525, hier: S. 524. Zur Gattungs- und Definitionsproblematik vgl. Reinhardt [Anm. 241], S. 16 ff.
246 Ebd., S. 15.
247 Vgl. Matuschek [Anm. 245], S. 525.
248 Ebd., S. 524–525.
249 Grimm, Jacob, Grimm, Wilhelm: Deutsches Wörterbuch. 16 Bde. in 32 Teilbänden. Leipzig 1854–1961, Online-Version vom 24.08.2017., http://woerterbuchnetz.de/cgi-bin/WBNetz/wbgui_py?sigle=DWB&mode=Vernetzung&lemid=GL03345#XGL03345.

einem Heiligen«[250], wobei dieser seit Herder (wieder) eine Erbauungsfunktion zugeschrieben wird.[251] Die Legende ist so auf den religiösen Kosmos – eine christliche Einengung wird in der Forschung schon seit Längerem abgelehnt – konzentriert und stellt in summa wunderbares Geschehen als göttlich oder von Heiligen gefügtes metaphysisches Geschehen dar. Auf den ersten Blick erscheint eine Unterscheidung vom Märchen so relativ einfach. Ruth Bottigheimer beispielsweise konstatiert:

> Tales in the Judaeo-Christian community in which saints, angels, or God himself intervene in the lives of human beings are religious tales. In these examples the fantastic, the divine, the magical the miraculous, and the transformative produce examples of awe of the other-worldly, examples of divine power and divine truth rather than the wedding, earthly happiness, and well-being associated with fairy tales.[252]

Religion und Märchenwelt würden sich in einer solchen Sichtweise ausschließen und die Bezeichnung Märchen auf all das religiös gewirkte oder konnotierte Wunderbare nicht zutreffen. Dass hier eine andere Herangehensweise propagiert werden muss, erklärt sich allein aus dem Umstand, dass das Kompositum »jüdisches Märchen«, als ein dem religiös, national oder auch ethnisch verstandenen Judentum zugeordnetes Märchen, eine regelrechte Antithese bilden und dies eine Untersuchung von vornherein ad absurdum führen würde.[253] Ganz allgemein aber auch dadurch, dass in der Märchenforschung eine Grundüberzeugung besteht, dass das Märchen in allen Ausformungen sowohl wegen seiner angenommenen Entstehungsgeschichte, seines eschatologischen Anspruchs als auch seines von Grund auf wunderbaren Charakters »eine fundamentale Affinität zum Religiösen hat.«[254] Auch die Brüder Grimm proklamierten in einem

---

250 Rosenfeld, Hellmut: Legende, 4., verb. und verm. Aufl., Stuttgart 1982, S. 2.
251 Vgl. Herder, Johann Gottfried: Über die Legende, in: Johann Gottfried Herder: Schriften zur Literatur und Philosophie. 1792–1800, hg. v. Hans Dietrich Irmscher, Frankfurt a. M. 1998, S. 173–184, hier: S. 173. Vgl. auch Ecker, Hans-Peter: Legende, in: Enzyklopädie des Märchens. Handwörterbuch zur historischen und vergleichenden Erzählforschung, hg. v. Rolf Wilhelm Brednich, Berlin, New York 1996, S. 855–868, hier: S. 857.
252 Bottigheimer, Ruth B.: Fairy tales. A new history, Albany, N.Y. 2009, S. 5. Als Gattungshybrid wird oftmals der Begriff »Legendenmärchen« vorgeschlagen, der m. E. jedoch wenig zur Klärung oder auch Charakterisierung einer Erzählung beitragen kann.
253 In der näheren Analyse der jüdischen Märchentradition und dann vor allem in der Betrachtung jüdischer Kindermärchen wird klar, dass zwar längst nicht alle jüdischen Märchen auch religiös-jüdische Märchen sind, jedoch baut die gesamte Tradition – so die These – auf das jüdisch-religiöse Schrifttum auf und hat ein beträchtlicher Teil jüdischer Märchen auch einen religiösen Inhalt. Eine genaue Differenzierung der beiden Gattungen Märchen und Legende ist demnach unumgänglich.
254 Frenschkowski, Marco: Religiöse Motive, in: Enzyklopädie des Märchens. Band 11: Prüfung-Schimärenmärchen, hg. v. Rolf Wilhelm Brednich, Kurt Ranke, Berlin [u. a.] 2004, S. 537–551, hier: S. 545. Vgl. auch Pecher [Anm. 232]. Vgl. dazu auch den Aufsatz Fissenebert, Hannah, Sass, Hartmut von: Märchenhafte Aneignung. Das Volksmärchen als Sä-

Brief an Achim von Arnim »die Göttlichkeit der Poesie« und eine Verbindung aus »Glauben und Phantasie«.[255] Es muss also ein Weg gefunden werden, wie ein mit einem bestimmten religiösen System konnotiertes Märchen erklär- und analysierbar wird.

Max Lüthi und Lutz Röhrich schrieben in ihrer vielbeachteten Studie zum Volksmärchen, dass im Märchen »das Wunder nicht mehr angestaunt [wird] wie in der Legende, es ist vielmehr zu einem alles durchdringenden Wesenselement geworden, es gehört zur Lebensluft des Märchens«.[256] Was so auf den ersten Blick als Argument für die Unvereinbarkeit von Religion und Märchen verwendet werden könnte, liefert bei näherer Betrachtung einen ersten Hinweis auf deren Vereinbarkeit. Der Schlüssel dazu liegt dabei in der Stellung und der Behandlung des Wunderbaren in der jeweiligen Erzählung. Nach Johann Gottfried Herder wird das Wunderbare in der Legende nicht nur angestaunt, sondern auch geglaubt. Wie die Sage, so beanspruche auch die Legende eine gewisse Faktizität für sich: »Auch der Legende liegt also Wahrheit zum Grunde; nur ist sie Legendenmäßig eingekleidet und erzählet«.[257] Das Märchenwunderbare dagegen möchte weder geglaubt noch bestaunt werden. Jedoch auch fern davon, als Lügenmär aufzutreten, begegnet es uns als eine »durchausentgegengesetzte Welt der Welt« jenseits von wahr oder falsch, Fakt oder Fiktion. Das Wunderbare ist ihm selbstverständlich und Ausweis seiner Andersweltlichkeit. Wenn nun Religion im Märchen auftritt – und dies ist in den verschiedensten Formen[258] keineswegs nur in den zu besprechenden jüdischen Märchen der Fall, sondern auch in den *Erzählungen aus 1001 Nacht* und den als Idealtypus des deutschen Märchens geltenden grimmschen *Kinder- und Hausmärchen*[259] so schließt diese

---

kularisat und Substitut der Religion, in: Zeitschrift für Kulturphilosophie, 2016, 1, S. 101–121. Die beiden Autoren vertreten darin die These, das Märchen sei einerseits als »Substitut der Religion« zu sehen und habe im 19. Jahrhundert begonnen, »typische Funktionen der Religion« zu übernehmen. Andererseits zeigen sie aber auch auf, dass das Märchen im 19. Jahrhundert einer sukzessiven »Theologisierung« unterworfen worden sei.

255 Steig, Reinhold: Achim von Arnim und Jacob und Wilhelm Grimm, Nachdr. der Ausg. Stuttgart 1904, Bern 1970, S. 254.
256 Lüthi, Röhrich [Anm. 225], S. 51.
257 Herder [Anm. 251], S. 178. Interessanterweise schreibt Herder diesen Legenden eine eben solche identitäts- und kulturstiftende Funktion, *nation building*, zu, wie den alten Volksliedern und -märchen: »Die geheime, innere Denkart der christlich gewordnen Völker, ihren Wahn, Aberglauben, Schwachheiten, kurz den *dunklen Grund ihrer Seele* lernt man aus mancher Legende mehr kennen, als in diesen Zeiten aus ihrer sämtlichen Staatsgeschichte: ebd., S. 179.
258 Märchen können dabei in Religionssysteme als Kultursysteme im Gesamten eingebunden sein, sie können nur einzelne Motive, Figuren oder Textstellen aus religiösen Systemen übernehmen oder auch nur Teile von deren rituellen Ausformungen behandeln.
259 Vgl. bspw. KHM 3 »Marienkind«, KHM 11 »Brüderchen und Schwesterchen«, KHM 31, »Das Mädchen ohne Hände« oder auch die Kinderlegenden der *Kinder- und Hausmärchen*. Claudia Maria Pecher wies dazu nach, dass in der Gesamtschau durchaus ein »Grundton

zwar an ein metaphysisch-wunderbares religiöses System an, enthebt das wunderbare Geschehen aber gleichzeitig der historisch-faktischen Sphäre. Das Märchenwunderbare kann damit in christlicher, jüdischer oder muslimischer Tradition stehen, ohne dabei sogleich als Legende und damit einem Wahrheits- und Credibilitätsnachweis aufzutreten.

In Reflexion über die Gattung Märchen aus literaturwissenschaftlicher Sicht stellt sich zuletzt die Frage, warum das Märchen so lange und in so unterschiedlichen Ausformungen überlebte und transnational und multilingual tradiert wurde, gleichsam was den eigentümlichen Reiz des Märchens ausmacht.[260] Nach Günter Oesterle bestand der Reiz des Märchens und des diesem wesenseigenen Wunderbaren zunächst für die Romantiker und deren poetischer »Kulturrevolution« sowohl darin, »gesellschaftliche Tabus« thematisieren zu können,[261] als auch in der Integration universalpoetischer Vorstellungen sowie auch in neuen poetischen Ausdrucksformen. Christoph Martin Wieland stellte dazu fest:

> Alle Alter, Geschlechter und Stände, junge und alte, hohe und niedrige, gelehrte und ungelehrte, beschäftigte und müßige Personen versammeln sich um den Erzähler wunderbarer Begebenheiten, und hören mit Vergnügen was sie unglaublich finden.[262]

Wieland lokalisierte die Anziehungskraft des Märchens demnach vor allem in seinen wunderbaren Komponenten, im für die Leser und Zuhörer »Unglaublichen« und so in einer über das rationale und natürliche Verständnis hinausgehenden Dimension. Der Mensch sehne sich nach Dingen, die die Grenzen seiner Erfahrungswelt sprengen und diese rückwirkend kritisch beleuchten. Das

---

von Religion« in den *Kinder- und Hausmärchen* der Brüder Grimm, allen voran den Bearbeitungen Wilhelm Grimms, vorhanden sei, der zudem auf einem »wohl komponierte[n] inter- und intratextuelle[n] Referenzsystem« basiere. Unter Zuhilfenahme der Thesen Dietz-Rüdiger Mosers und Olaf Blaschkes Konfessionalisierungsthese für das 19. Jahrhundert legt sie dar, dass nicht nur Gott in den *Kinder- und Hausmärchen* redensartlich erwähnt wird, sondern den Märchen vielmehr eine religiöse Grundstimmung zu eigen ist, die sich vollkommen in die national-biedermeierliche Stimmung des 19. Jahrhundert einpasse. Pecher [Anm. 232], S. 117. Vgl. zum Zusammenhang der *Kinder- und Hausmärchen* und Religion außerdem: Drewermann, Eugen: Märchen und Religion. »Schneeweißchen und Rosenrot« – tiefenpsychologisch gedeutet, in: Märchen, Märchenforschung, Märchendidaktik, hg.v. Günter Lange, Baltmannsweiler 2004, S. 51–91; Schulz, Rudolf: Märchen und Religion, dargestellt am Beispiel KHM 19 »Von dem Fischer un syner Fru«, in: Von der Wirklichkeit der Volksmärchen, hg. v. Jürgen Janning, Baltmannsweiler 2005, S. 52–63. Frenschkowski [Anm. 254].

260 Diese Frage und deren hier vorzunehmende allgemeine Beantwortung ist im Besonderen auch mit Blick auf das jüdische Märchen relevant: Was hat diese Gattung an sich, dass sie im deutschsprachigen Raum trotz der noch zu thematisierenden Vorbehalte auch auf den jüdischen Kulturkreis übertragen wurde bzw. von diesem schon immer gepflegt wurde? Siehe dazu Kap. 4.3. und 4.4.
261 Oesterle [Anm. 213], S. 14.
262 Wieland [Anm. 212], S. 5.

Wunderbare konnte für die Romantiker und deren Umwelt eine ganz neue Dimension sichtbar werden lassen und »einerseits das Faszinosum des Fremden, nie Gesehenen, Exotischen und Seltsamen erfahrbar« machen, andererseits »aber auch etwas zutiefst Erschreckendes, Unheimliches mit sich« führen.[263]

Dieser eigentümliche Reiz des Märchens wird in der Forschung immer wieder für die bis heute andauernde Beliebtheit und Anziehungsraft des Märchens aufgeführt. Max Lüthi zufolge liegt der Märchenzauber vor allen Dingen darin begründet, dass das Märchen uns ein Rätsel bleibe, »weil es wie absichtslos das Wunderbare mit dem Natürlichen, das Nahe mit dem Fernen, Begreifliches mit Unbegreiflichem mischt, so, als ob dies völlig selbstverständlich wäre.«[264] Das Märchen erzeuge in sich unter Rückgriff auf die Leser- und Hörerwirklichkeit eine Art wunderbar durchwirktes Geschehen, in dem diese Art »Wunder« plötzlich völlig natürlich scheint. Obwohl somit noch die vertraute Welt dargestellt wird, wird diese gleichsam in ihr Gegenteil verkehrt, idealisiert und in ihren Extremen gespiegelt.

Ein weiterer Grund für die Jahrhunderte andauernde Beliebtheit von Märchen in vielen Ländern und Kulturen der Welt ist deren Wandel- und Übertragbarkeit. Wie Ernst Bloch 1930 feststellte, gelänge es dem Märchen aufgrund des beschriebenen eigentümlichen Reizes, auch in modernen Zeiten und den unterschiedlichsten Kulturen Anklang zu finden. Es bleibe nicht auf seine jeweilige Ursprungszeit, etwa das ausgehende 18. und frühe 19. Jahrhundert, und ebenso wenig auf den europäischen Raum beschränkt, sondern ließe sich vielmehr beispielsweise auch auf das Hollywood des 20. und 21. Jahrhunderts übertragen. Der eigentümliche Zauber des Märchens funktioniere und funktionierte in der Vergangenheit nach Bloch überall dort, wo Hoffnung auf persönliches und zukünftiges Glück existiere und ist, und war, somit ubiquitär.[265] Fernab von nationalen oder ideologischen Zuschreibungen kann dem Märchen demnach eine gewisse Anziehungskraft zugeschrieben werden, die weder veraltet noch abflaut, sich weder auf bestimmte Alter noch Kulturen begrenzt und weder leicht zu fassen, noch leicht zu kreieren ist. Das Märchen kann und konnte sich vielmehr in veränderten historischen und kulturellen Bedingungen neu erfinden und neu entstehen.

---

263 Oesterle [Anm. 213], S. 16.
264 Lüthi [Anm. 29], S. 6.
265 Vgl. Bloch, Ernst: Das Märchen geht selber in der Zeit. (1930), in: Ernst Bloch: Literarische Aufsätze, Frankfurt a. M. 1977, S. 196–199.

2.2. Das Märchen als Narrativ des *nation buildings*

Nach 1945, im Zuge einer zunehmend vielfältigeren und kritischeren Märchenforschung, rückte in Ergänzung zu engen Gattungsdefinitionen vermehrt das sozio- und kulturhistorische Potential des Märchens in den Fokus der Betrachtungen. Einerseits betonten Forscher wie Max Lüthi oder Volker Klotz zwar immer noch das gesellschaftlich wichtige Potential und die hohe dichterische Form des Märchens, andererseits wurde in neueren Forschungen nicht zu Unrecht die These vertreten, dass Märchen in Deutschland seit den Brüdern Jacob und Wilhelm Grimm untrennbar mit Nationalismus, Antijudaismus und »Deutschtum« verbunden seien. Während Volker Klotz so in der Einleitung zu seinem Überblickswerk zum Kunstmärchen am Beispiel der *Geschichten aus Tausend und einer Nacht* und deren Erzählerin Scheherazade – die mit ihren Erzählungen den eigenen und den Tod vieler anderer Frauen zu verhindern verstand – auf das positive soziale und gesellschaftlich relevante Potential verweist[266] und Max Lüthi das europäische Volksmärchen als eine »hohe Kunstform«, in der sich trotz Eindimensionalität, Abstraktheit, Isoliertheit und Sublimation dennoch die ganze Welt spiegele,[267] ansieht, existieren auch Thesen wie die der amerikanischen Forscher Robert Darnton und John Ellis, die besagen, dass insbesondere die Grimms in einer nationalen Tradition stünden, die die Deutschen so empfänglich für den Faschismus gemacht hätte.[268]

Beide Thesen zusammengedacht lenken den Fokus auf die Frage, ob das Märchen ein soziokulturell einflussreiches Instrument des im Folgenden näher zu erläuternden Konzepts des *nation buildings* war, ein sowohl auf nicht-jüdischer als auch jüdischer Seite kulturelles Identitäts- und Nationalgefühl stiftendes literarisches Phänomen im 19. und 20. Jahrhundert.

Nation building und »Volk« im 19. Jahrhundert – Terminologische Bestimmungen

> unter wunder verstehe ich hier die ferne, worin für jedes volk der anfang seiner gesetze und lieder tritt.[269]

---

266 Vgl. Klotz [Anm. 33], S. 3.
267 Vgl. Lüthi [Anm. 29], S. 74.
268 Vgl. Zipes, Jack: The Grimms and the German Obsession with Fairy Tales, in: Fairy tales and society. Illusion, allusion, and paradigm, hg. v. Ruth B. Bottigheimer, Philadelphia 1986, S. 271–285, hier: S. 272.
269 Grimm, Jacob: Poesie im Recht, in: Jacob Grimm: Kleinere Schriften. VI: Recensionen und vermischte Aufsätze, Hildesheim 1965, S. 152–191, hier: S. 154.

Vor Beginn moderner Nationalstaatlichkeit basierten Herrschaftsbereiche meist auf personalen (Regentengeschlechter wie die Habsburger) oder religiösen (Gottesgnadentum) Legitimationen, nicht auf dem Selbstbestimmungsrecht oder der Nationalität des Volkes.[270] Die Entwicklung der Nationen als gewolltes »Nation-Sein« war erst ein Produkt des ausgehenden 18. Jahrhunderts.[271] Auf dem in dieser »Sattelzeit«[272] entstandenen Bewusstsein, eine amerikanische, französische oder auch deutsche Nation zu sein – und damit zunächst rein auf einer Art vorgestellten Zusammengehörigkeit –, gründeten sich wiederum erste Parlamente und Verfassungen. Die frühen Nationen, genauer das Nationalgefühl, war ein imaginatives Produkt. Zu diesem Schluss kamen Nationalismusforscher wie Ernest Gellner und Benedict Anderson, die in den 1980er und 90er Jahren den Übergang von Feudalgesellschaften zu nationalen Staaten untersuchten und feststellten, dass eine Nation »eine vorgestellte politische Gemeinschaft – vorgestellt als begrenzt und souverän«[273] sei.

Benedict Anderson begreift dieses Vorgestellt-Sein – im Original spricht er von *imagined communities* – noch positiver als die ihm vorausgehende Studie Ernest Gellners als Vorstellen im Sinne von Kreieren.[274] Das gedankliche Konstrukt geht dabei über in die Tat, die Idee in das Produkt. Ernest Gellners Verdienst liegt dagegen darin, erarbeitet zu haben, dass für diesen Akt der Nationen-Vorstellung weder geographische noch ethnische Abgrenzungen eine Rolle spielten, sondern das ausschlaggebende Kriterium vielmehr die Kultur war:

> der wichtige, identitätsstiftende Teil einer Ausbildung oder Erziehung [liegt] nicht in der besonderen Fertigkeit, sondern in den gemeinsamen allgemeinen Fertigkeiten […], die von einer gemeinsamen Hochkultur abhängen, die eine ›Nation‹ definiert.[275]

---

270 Vgl. Hippler, Jochen: Gewaltkonflikte, Konfliktprävention und Nationenbildung – Hintergründe eines politischen Konzepts, in: Nation-Building. Ein Schlüsselkonzept für friedliche Konfliktbearbeitung?, hg. v. Jochen Hippler, Bonn 2004, S. 14–30, hier: S. 24.
271 Vgl. Anderson, Benedict: Die Erfindung der Nation. Zur Karriere eines folgenreichen Konzepts, 2., um ein Nachwort von Thomas Mergel erw. Aufl. der Neuausgabe 1996, Frankfurt a. M. 2005, S. 14.
272 Koselleck, Reinhart: Einleitung, in: Geschichtliche Grundbegriffe. Historisches Lexikon zur politisch-sozialen Sprache in Deutschland, hg. v. Otto Brunner, Werner Conze, Reinhart Koselleck, Stuttgart 1972, S. XIII–XXVII.
273 Anderson [Anm. 271], S. 15.
274 Vgl. ebd., S. 16.
275 Gellner, Ernest: Nationalismus und Moderne, Berlin 1991, S. 207. Auch Thomas Nipperdey hat diesen Gedanken bereits einige Jahre vorher ähnlich formuliert: »Alle Kultur ist national und ist national zu verstehen; und: Eine Nation ist definiert durch die Gemeinsamkeit ihrer Kultur.« Nipperdey, Thomas: Auf der Suche nach der Identität: Romantischer Nationalismus, in: Thomas Nipperdey: Nachdenken über die deutsche Geschichte. Essays, München 1986, S. 110–125, hier: S. 110.

Der Nationalismus, eine nach Gellner die Nationen festigende und hervorbringende Kraft,[276] sei folglich auch nichts anderes als »die allgemeine Durchsetzung einer Hochkultur in einer Gesellschaft«.[277] Andersons These der *imagined communities* führt somit zur nächsten These, dass Nationen und das Bewusstsein, eine Nation, ein Volk zu sein, erst mit Hilfe einer von Intellektuellen definierten (Hoch)Kultur entworfen werden musste.[278]

Genau dieser Gedankengang steht im Zentrum des Konzepts des *nation buildings*,[279] das als Akt der kulturellen Etablierung und Imagination einer mehrheitlich akzeptierten Kultur sowie als kollektive Identitäts- und Sinnstiftung, ja als Entdeckung »kollektive[r] Individualität«,[280] und damit einhergehend als sozialer Prozess der In- oder Exklusion und Akkulturation hin zu einem Nationen- und Staatskörper verstanden werden kann.[281]

Das Heilige römische Reich deutscher Nation war um 1800 das Gegenbild einer solch als geschlossene Gesellschaft vorgestellten Nation. Es war zersplittert, in viele territoriale, sprachliche, religiöse und ethnische Einzelgruppen. Die Philosophen Jean-Luc Nancy und Philippe Lacou-Labarthe beschreiben in ihrer Untersuchung zum »Nazi-Mythos« diesen Zustand als »identitätslos«[282] und das Heilige römische Reich deutscher Nation insgesamt als ein Reich ohne »Sub-

---

276 Vgl. Gellner [Anm. 275], S. 87.
277 Ebd., S. 89.
278 »Kultur«, das ist bei Gellner und Anderson neben der Sprache auch die Literatur und Philosophie, die mit Hilfe des Buchdrucks erst nationenübergreifend verbreitet werden konnte. Elias Canetti führte darüber hinaus in *Masse und Macht* aus, dass besondere Symbole als Kulturgut das Nationalgefühl bilden und stärken würden, im Falle der Deutschen sei dies der Wald: »Das Massensymbol der Deutschen war das *Heer*. Aber das Heer war mehr als das Heer: es war der marschierende Wald. In keinem modernen Lande der Welt ist das Waldgefühl so lebendig geblieben wie in Deutschland.« Canetti, Elias: Masse und Macht, Frankfurt a. M. 1992, S. 190. Nicht zufällig ist der Wald somit Schauplatz zahlreicher deutscher Märchen, vom grimmschen *Hänsel und Gretel* bis hin zu Hauffs Schwarzwald-Märchen.
279 Vgl. Graubner, Hans: Epos, Volksepos, Menschheitsepos – Zum Epos-Konzept bei Herder, in: Nationalepen zwischen Fakten und Fiktionen. Beiträge zum komparatistischen Symposium, 6. bis 8. Mai 2010 an der Univ. Tartu, hg. v. Heinrich Detering, Tartu 2011, S. 73–92, hier: S. 74.
280 Nipperdey [Anm. 275], S. 113.
281 Diese kulturgeschichtliche Bestimmung des *nation buildings* lässt natürlich viele Aspekte eines politikwissenschaftlichen und zeitgeschichtlichen *nation building*-Diskurses außer Acht, wie er bspw. bei Jochen Hippler etabliert wird: Nation-Building. Ein Schlüsselkonzept für friedliche Konfliktbearbeitung?, hg. v. Jochen Hippler, Bonn 2004. Im Kontext des politischen Zionismus überlagerten sich m. E. in den zionistischen Kindermärchen beide Lesarten. Die zum Teil politisch aktiven AutorInnen versuchten innerhalb der nachwachsenden jüdischen Generation sowohl eine kollektive jüdische Identität als auch ein ganz real umsetzbares politisches Konstrukt im Staat Israel zu propagieren. Vgl. dazu Kap. 5.4.
282 Lacoue-Labarthe, Philippe, Nancy, Jean-Luc: Der Nazi-Mythos, in: Das Vergessen(e). Anamnesen des Undarstellbaren, hg. v. Elisabeth Weber, Georg Christoph Tholen, Wien 1997, S. 158–190, hier: S. 174.

jekt«.²⁸³ Als dieses seelenlos gewordene Reichskonstrukt in den Koalitionskriegen von 1806 in sich zusammenbrach und Napoleon die Souveränität der deutschen Einzelstaaten unter französische Herrschaft zu stellen drohte, erwuchs in den deutschen Gebieten die Notwendigkeit und überhaupt erst ein Bewusstsein dafür, eine nationale Gemeinschaft, eine Nation, ein Volk zu werden oder unter französischer, englischer oder habsburgischer Hegemonie unterzugehen.

Im Fahrwasser dieser – vorgestellten – nationalen Konstruktion wandelte sich der Begriff des »Volkes« nach Heinrich Detering »von einer sozialen zur nationalen Kategorie«²⁸⁴ und etablierte sich, so Reinhart Koselleck, zu einem neuen Leitbegriff.²⁸⁵ »›Volk‹ w[urde] gleichsam ein spezifisch deutscher Kompensationsbegriff, der einlösen sollte, was der französische Nachbar mit ›nation‹ nicht nur auf den Begriff gebracht hatte, sondern auch verwirklicht zu haben schien.«²⁸⁶ Volk ist und war demnach ein Begriff, der das deutsche Streben nach nationaler Zusammengehörigkeit und zugleich Ziel und Mittel der Nationenwerdung in sich vereinte. In der Berufung auf ein Volk, auf einen Ursprung, eine gemeinsame Identität, öffnete sich die Perspektive auf Einheit und Subjektwerdung, wurde eine deutsche, in sich geschlossene Nation zumindest gedanklich erstmals möglich. Eine solche deutsche »Volkskultur« musste allerdings erst geschaffen werden. Nationen entstehen eben nicht »naturwüchsig aus ›Völkern‹, die es schon immer gab«, sondern »wurden politisch, kulturell und wirtschaftlich geschaffen, und zwar von oben, von fortschrittlichen Eliten, die Öffentlichkeiten bildeten, Märkte vereinheitlichten, Verfassungen und Bürgerliche Gesetzbücher durch setzten, Eisenbahnen bauten und Generationenverträge formulierten.«²⁸⁷ Teil jener Nationen bildenden Eliten – und das soll in den folgenden Ausführungen gezeigt werden – waren die Autorinnen und Autoren sogenannter Volks- und Kunstmärchen des 18., 19. sowie, für den deutschjüdischen Kontext, auch des 20. Jahrhunderts.

---

283 Ebd. Lacou-Labarthe und Nancy ziehen in ihrem Aufsatz eine Entwicklungslinie von dieser deutschen Identitätslosigkeit hin zum folgenschweren Potential der Nazi-Ideologie. Der »Nazi-Mythos« wird von ihnen als Ende einer Suche nach den so lange Zeit nicht vorhandenen deutschen »Identifizierungsmitteln« interpretiert.
284 Detering, Heinrich: Das Nationalepos im Kinderzimmer. Die »Kinder- und Hausmärchen« der Brüder Grimm, in: Nationalepen zwischen Fakten und Fiktionen. Beiträge zum komparatistischen Symposium, 6. bis 8. Mai 2010 an der Univ. Tartu, hg. v. Heinrich Detering, Tartu 2011, S. 114–126, hier: S. 122.
285 Koselleck, Reinhart, [u. a.]: Volk, Nation, Nationalismus, Masse, in: Geschichtliche Grundbegriffe. Historisches Lexikon zur politisch-sozialen Sprache in Deutschland, hg. v. Otto Brunner, Werner Conze, Reinhart Koselleck, Stuttgart 1992, S. 141–432, hier: S. 149.
286 Ebd.
287 Seibt, Gustav: Big History. Globalgeschichte versus Globalisierung, in: Süddeutsche Zeitung Digital, 24. 04. 2017.

Zur Konstruktion von Volk und Nation aus dem Geiste der (»Ebräischen«) Volkspoesie bei Johann Gottfried Herder

> Wären die deutschen Völker in einem einigen Geiste verbunden, sie bedürften dieser gedruckten Sammlung nicht, die mündliche Ueberlieferung machte sie überflüssig; aber eben jetzt, wo der Rhein einen schönen Theil unsres alten Landes los löst vom alten Stamme, andere Gegenden in kurzsichtiger Klugheit sich vereinzeln, da wird es nothwendig, das zu bewahren und aufmunternd auf das zu wirken, was noch übrig ist, es in Lebensluft zu erhalten und zu verbinden.[288]

1805, mitten im dritten Koalitionskrieg gegen das napoleonische Frankreich, erschien im *Kaiserlich-privilegierten Reichs-Anzeiger* diese »Aufforderung« Achim von Arnims, ihn und Gleichgesinnte in der Unternehmung zu unterstützen, »Melodien, Zeichnungen, besonders Nachstiche alter Holzschnitte und Landschaften, alte mündlich überlieferte Sagen und Mährchen« zu sammeln, »recht viele Fäden dem großen Gewebe wieder anzuknüpfen, worin unsere Geschichte sich darstellt, und an dem wir wacker fortzuarbeiten angestellt sind.«[289] Arnim war in diesem Wunsch nach einer wiederbelebten deutschen Volks- und Nationalpoesie nicht der erste. Johann Gottfried Herder hatte in den 1770er Jahren bereits alte deutsche Volkslieder gesammelt und herausgegeben und wollte damit »Deutsche[n] Vaterlandsgeist« »unter Asch und Moder«[290] freilegen. Nach Hermann Bausinger war dies jedoch mehr als nur die Wiederentdeckung eines alten Erzählgutes. Die »namenlose Vielfalt der mündlichen Überlieferung« wurde nicht nur benannt, sondern »auf eine andere Ebene transportiert und damit verwandelt«.[291] Alte Lieder, Geschichten und Sagen aus »dem Volk« sollten einen genuinen »Volkscharakter« sowohl aufzeigen als auch ausbilden helfen und wurden dazu nicht nur »gesammelt«, sondern vielmehr (neu) geschrieben.

Johann Gottfried Herders Schriften und die Zeit des ausgehenden 18. Jahrhunderts, die Zeit der Staatsgründungen und politischen Umbrüche,[292] prägten

---

288 Arnim, Achim von: Aufforderung, in: Kaiserlich privilegierter Reichs-Anzeiger, 1805, 339, S. 4305–4306, hier: S. 4305.
289 Ebd., S. 4306.
290 Herder, Johann Gottfried: Vorrede: Alte Volkslieder. 1774, in: Johann Gottfried Herder: Volkslieder – Übertragungen – Dichtungen, hg. v. Ulrich Gaier, Frankfurt a. M. 1990, S. 15–68, hier: S. 17.
291 Bausinger, Hermann: Formen der »Volkspoesie«, 2. verb. und verm. Aufl., Berlin 1980, S. 12.
292 Zu denken sei hier an die vom »Volk« ausgehenden Nationsgründungen in den Vereinigten Staaten von Amerika 1776 und Frankreich 1789 sowie auch an die Schriften Gottfried August Bürgers und der Sturm und Drang Periode. In der Nationalismus- und Herderforschung wird zudem die These »Von Herder zu Hitler« vertreten, die in Herder den Begründer nicht nur des Nationengedankens, sondern eines Nationalismus sieht, der dann unter nationalsozialistischer Herrschaft pervertiert wurde. Siehe dazu: Hárs, Endre: Her-

die Begriffe von Nation, Volk und Kultur für die nachfolgenden Jahrhunderte und festigten die Vorstellung »von der Nation als eines literarischen und kulturellen Subjekts«.[293] Herder legte mit seiner neuen Auffassung dessen, was Kultur und Volk zu sein habe,[294] den Grundstein für »die Entstehung des Nationalen im modernen Sinne«.[295] Arnim, Brentano, die Brüder Grimm, sie alle griffen im 19. Jahrhundert das auf, was Herder als das »Volk«, als »Volkspoesie« im 18. Jahrhundert bezeichnete.

Für den »präromantischen«[296] Denker – und Zeitgenossen Moses Mendelssohns und Gotthold Ephraim Lessings – Herder waren dabei Poesie und Sprache zentrale Konstituenten des Volks,[297] in ihnen zeigte »die *ganze Seele* der Nation sich am freiesten« [Herv. i. Orig.].[298] In seinen *Briefen zur Beförderung der Humanität* wird die Poesie als die »Blüte des menschlichen Geistes, der menschlichen Sitten«[299] dargestellt. Das »Volk« war für Herder dagegen ein wilder, lebendiger, freiwirkender, sozusagen idealisierter Naturzustand der menschlichen Gesellschaft. Frei, unverbildet und doch aufs Höchste human; »Vernunft, reine Humanität, Einfalt, Treue und Wahrheit«[300] werden in den Briefen als höchste Tugenden genannt. Herder entdeckte in Rezeption Lessings und Rousseaus die Hochschätzung der Einfachheit unverbildeter Menschen und

---

    der und die Erfindung des Nationalen, 2008, http://www.kakanien-revisited.at/beitr/theorie/EHars3.pdf, zuletzt geprüft am: 03.08.2016, S. 7.
293 Frank, Armin Paul: Zum Begriff der Nationalliteratur in Herders abweichender Antwort auf Lowth, in: Urpoesie und Morgenland. Johann Gottfried Herders »Vom Geist der Ebräischen Poesie«, hg. v. Daniel Weidner 2008, S. 299–326, hier: S. 299.
294 Nach Wolfgang Welsch ist »Der Herdersche Kulturbegriff […] durch drei Momente charakterisiert: durch die ethnische Fundierung, die soziale Homogenisierung und durch die Abgrenzung nach außen«. Welsch, Wolfgang: Transkulturalität. Zur veränderten Verfaßtheit heutiger Kulturen, in: Zeitschrift für Kultur-Austausch, 1995, 1, S. 39–44, hier: S. 39.
295 Hárs [Anm. 292], S. 10. Auf Herders Konzept der Volkserziehung durch Volkspoesie folgten zwei Jahre nach dem Zusammenbruch des Heiligen römischen Reiches deutscher Nation Johann Gottlieb Fichtes *Reden an die deutsche Nation*, in denen dieser an Herder anschließend, dessen Auffassung von Volk und Völkern jedoch nochmal in den Nationen-Begriff steigernd, eine neue »Nationalerziehung« forderte, in der »die Deutschen zu einer Gesamtheit« gebildet werden sollen, »die in allen ihren einzelnen Gliedern getrieben und belebt sei durch dieselbe Eine Angelegenheit« – die Einheit der Deutschen als Nationalkörper, in dem statt dem freien Willen nur mehr das nationale, kollektive Interesse bestehen könne. Fichte, Johann Gottlieb: Erste Rede, in: Johann Gottlieb Fichte: Reden an die deutsche Nation, hg. v. Fritz Medicus, Hamburg 1955, S. 11–26, hier: S. 23 ff. Deutlicher als bei Herder wird hier eine nationalsozialistische Volks-Rhetorik vorweggenommen.
296 Knodt, Eva M.: »Negative Philosophie« und dialogische Kritik. Zur Struktur poetischer Theorie bei Lessing und Herder, Tübingen 1988, S. 1.
297 Vgl. Koselleck, [u. a.] [Anm. 285], S. 317.
298 Herder, Johann Gottfried: Briefe zur Beförderung der Humanität, hg. v. Hans Dietrich Irmscher, Frankfurt a. M. 1991, 88. Brief, S. 495.
299 Ebd., S. 494.
300 Ebd., 106. Brief, S. 571.

deren Denkweise des gesunden Menschenverstandes. Das Volk erwuchs für ihn geradezu aus dem natürlichen Menschen.[301]

Volkslied, Volkspoesie und Naturpoesie waren in den Augen Herders Dichtungen, diesen natürlichen Menschen, den freien und doch in sich einigen Körper eines Volks (wieder) zu beleben, »Menschen zu ihrer Menschheit, zum Volk zurückzuführen oder sie in ihrer Zugehörigkeit zu stärken.«[302] »Nation« stellt Herder in den *Briefen zur Beförderung der Humanität* als ein dem Menschen innigen »Wahn« dar, als etwas Ansteckendes, eine »Originalpoesie] seines Wesens«.[303] Die von ihm gesammelten alten Volkslieder sollten diese Originalpoesie wieder entdecken helfen, sollten der »Erziehung des Volks und der Kinder« hin zu einer »Seele des Volks« dienen.[304] Volkspoesie sollte Vaterlandsgefühle hervorrufen, erst wenn »*jede menschliche Seele* [...] *Seele des Volks*« [Herv. i. Orig.] sei, wäre (wieder) ein »erleuchtetes Jahrhundert« angebrochen.[305]

Volkspoesie erscheint bei Herder also nicht (nur) als Literatur, die aus dem Volk kommt und ein als ursprünglich und frei idealisiertes »Volk« abbildet, sondern eröffnet vielmehr eine utopisch-kritische Dimension. Das Herdersche Volkspoesie-Konzept meint mehr als nur ein Ausstellungsprodukt wahrer Einfachheit. Volkspoesie sollte ein Instrument sein, die ursprüngliche Volksseele erst wieder herzustellen, »die Leser im emphatischen anthropologischen Sinne Herders zum Volk« zu machen,[306] ein »zeitloses Agens, das alle wahre Poesie durchdringt«.[307]

Die Vorstellung von Volksliteratur als eine aus alten Zeiten mündlich überlieferte Literatur aus dem »einfachen« Volk erscheint so beinahe – wie dies Hermann Bausinger in seiner Studie *Formen der Volkspoesie* bereits 1980 benannte – als »spätes Faktum, als Erfindung«.[308] Auch die amerikanische Mär-

---

301 Vgl. Gaier, Ulrich: Herders Volksbegriff und seine Rezeption, in: Herder im Spiegel der Zeiten. Verwerfungen der Rezeptionsgeschichte und Chancen einer Relektüre, hg. v. Tilman Borsche, München 2006, S. 32–57, hier: S. 36.
302 Ebd.
303 Herder [Anm. 298], 46. Brief, S. 247, 248.
304 Herder [Anm. 290], S. 24.
305 Ebd., S. 24f. Armin Paul Frank stellt dazu fest, dass Herder die Anregung zu seiner Volksliedersammlung von englischen Dichtern übernommen hatte, die sich nach der Zusammenführung Großbritanniens im Jahre 1707 darum bemüht hatten, nationale Identität in alten Dichtungen zu suchen. Neu bei Herder sei aber, »dass er Poesie als Menschheitsgabe zu dokumentieren suchte«, also nicht auf einer Alleinstellung der etwa deutschen Tradition bestand, sondern Volks- bzw. Nationalliteratur in seinem späteren Werk *Ideen einer Philosophie der Geschichte der Menschheit* auf alle – sprachlich-kulturell gedachten – Nationen ausweitete. Frank [Anm. 293], S. 305.
306 Gaier [Anm. 301], S. 35.
307 Bausinger [Anm. 291], S. 15.
308 Ebd., S. 11.

chenforscherin Ruth Bottigheimer stützt diese These. Sie stellt die mündliche Überlieferung und die kreative Tätigkeit eines illiteraten, nicht näher bestimmten Volkes an sich in Frage und damit auch die Behauptung, es handele sich bei den Lieder-, Sagen- oder Märchensammlungen um ein schon lange Zeit mündlich im Volk tradiertes Erzählgut:

> It may therefore surprise readers that folk invention and transmission of fairy tales has no basis in verifiable fact. Literary analysis undermines it, literary history rejects it, social history repudiates it, and publishing history (whether of manuscripts or of books) contradicts it.[309]

In der Vorrede zu seiner Volksliedersammlung von 1774 spricht Herder demgegenüber allerdings von »*rohe*[n] *Gesänge*[n] *eines rohen Volks*« und »*Märchen der Grundsuppe einer Nation*«[310]. Nach Heinz Rölleke mischten sich in seiner Vorstellung von Volksliteratur so Anakreontik, primitive Kunst und mittelalterliche Heldenepen zur Nationalliteratur.[311] Volkspoesie, das war für Herder nämlich auch »gleichsam selbst Stamm und Mark der Nation«, ja der »*Körper der Nation*« [Herv. i. Orig.].[312] Sie war für ihn aber nicht auf historisch-mündliche Überlieferung begrenzt, sondern fasste in sich ein Konglomerat aus Texten, in das auch Werke von Goethe und Shakespeare Eingang fanden.

Interessant ist dabei, dass der Terminus »Nation« bei Herder, wie später bei Ernest Gellner, dezidiert nicht politisch, staatlich, geographisch oder ethnisch, sondern kulturell und sprachlich, »überkreuz naturhistorisch] und kulturtheoretisch]«[313] gedacht wird. Die Deutschen hätten diesen einen Volkskörper, einen Volkscharakter, ein kulturell verstandenes Vaterland im Gegensatz zu anderen Völkern wie den Briten oder Franzosen noch nicht, da sie sich zu sehr um Nachahmung der französischen Sitten als um ihr eigenes sprachlich-nationales Erbe gekümmert hätten.[314] Herder verlangt daher die Emanzipation von

---

309 Bottigheimer [Anm. 252], S. 1.
310 Herder [Anm. 290], S. 17. Im hier eigentlich zur Untersuchung stehenden Zusammenhang jüdischen *nation building*s ist interessant, dass rund 100 Jahre später, auf dem V. Zionistenkongress in Basel, auch Martin Buber die Bedeutung des Volksliedes für die Bildung eines nationalen Körpers unterstreicht: Das Volkslied sei »in seiner schlichten, kargen Art [...] ein vollwertiges Zeugnis des Innenlebens einer grossen, gefangenen Nation«. Buber, Martin: Referat über »Jüdische Kunst«, in: Stenographisches Protokoll der Verhandlungen des V. Zionisten-Kongresses in Basel. 26., 27., 28., 29. und 30. December 1901, Wien 1901, S. 151–170, hier: S. 165.
311 Vgl. Rölleke, Heinz: Grimms Märchen. Entstehungs- und Druckgeschichte, in: Jacob Grimm, Wilhelm Grimm: Kinder- und Hausmärchen, gesammelt durch die Brüder Grimm. Vollständige Ausgabe auf der Grundlage der dritten Auflage (1837), hg. v. Heinz Rölleke, Frankfurt a. M. 2007, S. 1151–1168, hier: S. 1151.
312 Herder [Anm. 290], S. 19.
313 Hárs [Anm. 292], S. 9.
314 Vgl. Herder [Anm. 290], S. 20. Auch Philippe Lacou-Labarthe und Jean-Luc Nancy sehen in

der französischen Kulturhegemonie hin zu einer eigenständigen deutschen Volkspoesie, die jede Nation als sozusagen Nationalpoesie hervorbringen könne und solle.[315]

In den dargestellten Ausführungen schuf Herder bekanntermaßen den Grundstein der deutschsprachigen Volkspoesie- und -märchentradition. Darüber hinaus eröffnet die weitere Untersuchung des Herderschen Volks- und Naturpoesie-Konzepts – und dies wird in allzu einseitigen Konzentrationen auf Herders Nationalismus oftmals übersehen – jedoch auch in Hinblick auf die Erforschung des deutsch-jüdischen Dialogs wichtige Erkenntnisse. Naturpoesie in ihrem Idealzustand fand Johann Gottfried Herder in seiner Schrift *Vom Geist der Ebräischen Poesie* nämlich in der alttestamentarischen hebräischen Dichtung des Tanachs. Sie wurde zum Modell seiner idealen Volkspoesie-Vorstellung, da sie in Herders Augen eine »kindliche] schöne] Naturpoesie«[316], die älteste und ursprünglichste Dichtung der Menschheit verkörperte:

> Nicht nur der erste kurze Bericht von der Schöpfung, sondern auch alle Ebräische Loblieder auf dieselbe, ja die meisten Namen der schönen Gegenstände, die wir jetzt vor und um uns sehen, sind wie im Anblick dieser Dinge selbst gebildet worden: dies gab also die älteste Naturpoesie der Schöpfung.[317]

Diese Tatsache ist von nicht zu unterschätzender Wichtigkeit in unserem Zusammenhang, ist sie doch ein gewichtiges Argument gegen die These, jüdische AutorInnen hätten im 20. Jahrhundert das Volksliteraturkonzept und damit auch die Gattung Märchen von der schon lange bestehenden deutschen gleichsam adaptiert. Wie Herder aufzeigt, sei es gerade die jüdische Erzähltradition, in der seit mehr als tausend Jahren eine ursprünglich-einfache Naturpoesie – als Schrift Gottes und zugleich des diesem ebenbildlich gedachten

---

dieser Nachahmung das »Drama Deutschlands«. Lacoue-Labarthe, Nancy [Anm. 282], S. 174.
315 Vgl. Herder, Johann Gottfried: Vom Geist der Ebräischen Poesie. Eine Anleitung für die Liebhaber derselben, und der ältesten Geschichte des menschlichen Geistes, Deßau 1782, S. 107. Herder [Anm. 298], S. 575. Wolfgang Welsch sieht in diesem Verständnis Herders ein Modell von Kultur, das der »Kugeln oder autonome[n] Inseln« entspräche, ein Kulturmodell, das jedoch in Wirklichkeit so niemals aufträte. Welsch plädiert stattdessen für sein Modell der Transkultur. Welsch [Anm. 294], S. 39 ff.
316 Herder [Anm. 315], S. 39.
317 Ebd., S. 38 f. Wissenswert ist weiterhin, dass Herder von jüdischer Seite verstärkt im frühen 20. Jahrhundert rezipiert wurde. 1897 erschien ein Auszug von Herders *Vom Geist der Ebräischen Poesie* in der *Jüdischen Universal-Bibliothek* und 1919 plante Ludwig Strauß, einer der hier zu behandelnden Märchenautoren, ebenfalls einen Auszug daraus in einer neu zu entstehenden jüdischen Reihe zu veröffentlichen, wozu es allerdings vor allem aufgrund der Kritik Gershom Scholems an Herders ästhetischer Betrachtungsweise niemals kam. Siehe dazu: Weidner, Daniel: Einleitung: Lektüren im Geist der Ebräischen Poesie, in: Urpoesie und Morgenland. Johann Gottfried Herders »Vom Geist der Ebräischen Poesie«, hg. v. Daniel Weidner 2008, S. 9–21, hier: S. 20.

Menschen – im Zentrum der Kultur stünde.[318] Mit dem Begriff der »Naturpoesie« meint Herder darin »die schöne Auslegerin der Natur Gottes«,[319] sie eröffne die Möglichkeit, »die Schöpfung und mich zu sehen, sie in rechter Ordnung und Beziehung zu betrachten, überall höchste Liebe, Weisheit und Allmacht zu erblicken«,[320] also eine Welt zu zeigen, wie sie in ihrer Ursprünglichkeit war und wieder sein könnte, ja sollte.

Beinahe zeitgleich zu Mendelssohns Pentateuch-Übersetzung, welche die mitteleuropäische Judenheit in das Denk- und Sprachsystem der deutschen Mehrheitsgesellschaft einführen sollte, lenkte Herder damit – entgegengesetzt und parallel dazu – den Blick der Deutschen auf die zentrale Schrift der Juden. Herder war sich dabei bis zur Veröffentlichung nicht ganz über den Charakter seiner Schrift im Klaren. Zweimal änderte er den Titel ab, vom ursprünglichen »Ebräischen« zu »Biblischen« und wieder zurück zu »Ebräischen«.[321] Herders letztendlicher Entschluss für das »Ebräische« kann jedoch als Zeichen dafür interpretiert werden, dass er den Ursprung dieser Volkspoesie bewusst in der jüdischen Tradition, der ältesten der monotheistischen Weltreligionen und Ursprung des Christentums und des Islams sehen wollte, als religions- und volksübergreifende, synkretistische Volks- und Naturpoesie sozusagen. Seine Darstellung der hebräischen Poesie erweckt das Bild einer Volkspoesie, die zwischen religiösem Ideal, orientalistisch-morgenländischem Ursprünglichkeitsbild und sprachlicher Vollkommenheit osziliert. Im Zusammendenken von jüdischem und zugleich christlichem Ursprung eröffnet Herder dabei eine transkulturelle Dimension seiner Naturpoesieauffassung, die in seinen *Ideen zur Philosophie der Geschichte der Menschheit* in ein »terraweite[s] System]«[322] von Nationalliteraturen mündete. Dieses System sollte nur kurze Zeit später von Johann Wolfgang von Goethe in das bekanntere Konzept der »Weltliteratur« ausgeweitet werden und findet sich – der zentralen These folgend – so auch in deutsch-jüdischen Sagen-, Märchen- und Legendensammlungen des 19. und frühen 20. Jahrhunderts.

---

318 Wie Kap. 4 zeigen wird, teilten diese Vorstellung auch deutsch-jüdische AutorInnen des 19. Jahrhunderts und belebten in zusammengestellten Anthologien diese jüdische Volkspoesie neu.
319 Herder [Anm. 315], S. 110.
320 Ebd., S. 109f.
321 Weidner [Anm. 317], S. 16.
322 Frank [Anm. 293], S. 315.

Nation building im Volks- und Kunstmärchen des 19. Jahrhunderts

Wie das Zitat Arnims zu Beginn des vorhergehenden Kapitels zeigte, verunsicherte die politische Lage Europas des frühen 19. Jahrhunderts die deutsche Bevölkerung. Der Zusammenbruch des Heiligen römischen Reiches deutscher Nation 1806, die bedrohte Identität und Selbstständigkeit der deutschen Kleinstaaten und Napoleons Streben nach einer Neuordnung des europäischen Staatengefüges unter französischer Herrschaft führten zum Erwachen des »romantischen Nationalismus«[323] und zum allgemeinen Wunsch nach einem neuen nationalliterarischen Bindeglied. Die staatenübergreifende, universalistische Vernunftorientierung im Zeichen der Aufklärung wich in diesem Zuge einem partikularen »Diskurs nationaler Rückbesinnung als Strategie der Selbstbehauptung«[324] und damit einhergehend wurde die lange Zeit vorherrschende rational-utilitaristische literarische Produktion und Rezeption von einer zunehmend muttersprachlich-heimatorientierten abgelöst; volkstümliche Texte rückten zunehmend in den Fokus des literarischen Marktes. Die Romantik stand so von Anfang an im Zeichen einer neuentdeckten deutsch-nationalen Literatur, wobei mit Wolfgang Frühwald angemerkt werden muss, dass »nicht Geschichte und Tradition« die neuen Bezugspunkte waren, »sondern Erinnerung und Gedächtnis«, der »lange verschüttete] Kontinent der *anamnesis* und der *memoria*«.[325] Man erinnerte sich alter Mythen, Heldensagen und Lieder, wobei das Mittelalter als ursprünglich-christliches Zeitalter scheinbar »reinen Deutschtums« als Referenzzeit diente.[326]

Nach Hans Richard Brittnacher und Markus May seien es dabei vor allem die aus der fehlenden politisch-nationalen Einheit resultierenden »Entfremdungs- und Entzweiungserfahrungen«[327] gewesen, die zu einer »*restitutio* vergangener

---

323 Nipperdey [Anm. 275]. Zur Begriffs- und Forschungsgeschichte des romantischen Nationalismus siehe: Ries, Klaus: »Romantischer Nationalismus«. Anmerkungen zu einem vernachlässigten Idealtypus, in: Romantik und Revolution. Zum politischen Reformpotential einer unpolitischen Bewegung, hg. v. Klaus Ries, Heidelberg 2012, S. 221–246.
324 Steinlein, Rüdiger: Das Volksmärchen als Medium nationaler Geistesbildung in der literaturpädagogischen Diskussion des 19. Jahrhunderts, in: Kinder- und Jugendliteraturforschung 1999/2000, hg. v. Hans-Heino Ewers, Ulrich Nassen, Karin Richter u. a., Stuttgart, Weimar 2000, S. 11–25, hier: S. 14.
325 Frühwald, Wolfgang: Das Gedächtnis der Frömmigkeit. Religion, Kirche und Literatur in Deutschland vom Barock bis zur Gegenwart, Frankfurt a. M. 2008, S. 139.
326 Um nur einige Beispiele zu nennen: Ludwig Tiecks *Der blonde Eckbert*, Novalis' *Heinrich von Ofterdingen*, Adelbert von Chamissos *Peter Schlemihls wundersame Geschichte*, Arnims *Isabella von Ägypten*, Eichendorffs *Marmorbild* oder auch Kleists *Käthchen von Heilbronn*.
327 Brittnacher, Hans Richard, May, Markus: Romantik. Deutschland, in: Phantastik. Ein interdisziplinäres Handbuch, hg. v. Hans Richard Brittnacher, Markus May, Stuttgart, Weimar 2013, S. 59–66, hier: S. 59.

Einheit«[328] geführt hätten. Die dargestellte Herdersche Neubelebung alter Lieder und Sagen kann als eben solche *restitutio* angesehen werden; als ein Versuch, aus den vielen einzeln existierenden Teilen deutscher Identität wieder eine Nation und eine Nationalität zu machen. Herders Liedersammlung war dabei erst der Anfang. Nachdem dieser das alte Liedgut dem grauen Limbus des Vergessens entrissen hatte, griffen die Heidelberger Romantiker um Brentano, Arnim und den Brüdern Grimm Herders Forderungen auf und begannen, altes und nun dezidiert »deutsches« Lieder- und auch Erzählgut zu »sammeln«, die Tradition durch *commemoratio* zu sichern.[329] Zwischen Napoleons Machtübernahme 1806 und dessen Niederlage 1813/14 entstanden so neben einer Herder folgenden und von Schiller, Novalis, Fichte und den Brüdern Schlegel geführten »Nationaldebatte«[330] frei nach dem erst später von Jacob Grimm geäußerten Bon Mot, »Ein Volk ist der Inbegriff von Menschen, welche dieselbe Sprache reden«,[331] sowohl die akribische Erforschung deutscher Sprache im grimmschen *Deutschen Wörterbuch* als auch weitere, tiefer in den scheinbar »urwüchsigen« Volksgeist eintauchende Sammlungen vorgeblich deutscher National- und Volksliteratur; Joseph Görres' *Teutsche Volksbücher,* Johann Christoph Nachtigals *Volcks-Sagen,* Achim von Arnims und Clemens Brentanos *Des Knaben Wunderhorn* sowie die *Deutschen Sagen, Altdeutschen Wälder, Deutsche Mythologie* und die *Kinder- und Hausmärchen* der Brüder Grimm, die sich nicht mehr nur auf Erzählungen, sondern gar die Systematisierung und Vereinheitlichung der deutschen Sprache, die Darstellung der deutschen Geschichte und Kultur und des deutschen »Volksgeistes«[332] an sich, erstreckten.

Volk, das war für die Frühromantiker wie Novalis noch »eine Idee« und ein Versprechen; ein Volk zu werden »das höchste Ziel«.[333] Die Volksdichtung und allen voran das Volksmärchen war das Hilfsmittel der »Hochromantiker« Achim von Arnim, Clemens Brentano und Jacob und Wilhelm Grimm dies zu errei-

---

328 Ebd.
329 Schäfer-Hartmann, Günter: Die Grimmsche Weltanschauung. Deutsche Literaturhistoriographie im 19. Jahrhundert als »wahre« Geschichtsschreibung, in: Brüder Grimm Gedenken, hg. v. Berthold Friemel, Marburg, Stuttgart 2012, S. 273–294, hier: S. 276.
330 Vgl. Höfer, Hannes: Deutscher Universalismus. Zur mythologisierenden Konstruktion des Nationalen in der Literatur um 1800, Heidelberg 2015.
331 Jacob Grimm auf der Frankfurter Germanistenversammlung von 1846, zit. nach: Habermas, Jürgen: Die postnationale Konstellation. Politische Essays, Frankfurt a. M. 1998, S. 20.
332 Vgl. Grimm, Jacob, Grimm, Wilhelm: Vorrede: in: Jacob Grimm, Wilhelm Grimm: Kinder- und Hausmärchen, gesammelt durch die Brüder Grimm. Vollständige Ausgabe auf der Grundlage der dritten Auflage (1837), hg. v. Heinz Rölleke, Frankfurt a. M. 2007, S. 12–22, hier: S. 20.
333 Novalis: Blüthenstaub, in: Novalis: Schriften. Die Werke Friedrich von Hardenbergs, hg. v. Richard Samuel, Hans-Joachim Mähl, Gerhard Schulz, Stuttgart, Berlin, Köln, Mainz 1981, S. 413–471, hier: S. 432.

chen.³³⁴ In der Vorrede zur Großen Ausgabe der Kinder- und Hausmärchen schreiben die Brüder Grimm in diesem Sinne auch von der »Volksdichtung« als natürlich »sättigend[es]« und »sänftigend[es]« Volksgut und von den hessischen MärchenerzählerInnen als eines jener »Völker] unseres Vaterlandes«, das »am meisten wie die alten Wohnsitze so auch die Eigentümlichkeiten ihres Wesens durch die Veränderungen der Zeit festgehalten habe«.³³⁵ In den Märchen und deren »natürliche[m] Fortbilden« zeige sich der »Geist des Volkes«.³³⁶ Das Märchen verband für die »Hochromantiker« vordergründig jene volkstümliche Einfachheit der mythischen Urzeiten mit einem von Herder definierten ursprünglich-reinen und auch phantastisch-kindlichen Wesen;³³⁷ Märchen wurden als »Resultat des Volksglaubens« angesehen, als Resultat »seiner sinnlichen Vorstellungskräfte, wo man träumt, weil man nicht weiß, glaubt, weil man nicht siehet, und also wahrlich! ein großer Gegenstand für den Geschichtsschreiber der Menschheit, für den Poetiker und Philosophen«.³³⁸ Denn in Märchen und Volksliedern liege, so weiter Herder, die »*ganze, treue Naturgeschichte* der Völker«.³³⁹ Nach Rüdiger Steinlein galt das Märchen somit ab dem späten 18. Jahrhundert nicht mehr länger als eine schädliche, dem rationalistisch-aufklärerischen Verdikt abträgliche Erzählung, sondern gewann vor allem durch die neuen, Herder folgenden, »phantasiepädagogischen Argumente] und Konzepte]«³⁴⁰ an Zuspruch. Als sowohl »elementar-volkstümlich« als auch »national hochsignifikant« gelang es den Romantikern so, die »Geburt eines gemeinschaftlichen Nationalgefühls aus dem Geiste des deutschen Volksmärchens« auszulösen.³⁴¹

Herausragendes Beispiel dieser zugleich »national hochsignifikanten« wie auch nationalpädagogisch aufgeladenen Märchen sind die *Kinder- und Hausmärchen* der Brüder Grimm. Zwar weisen Jacob und Wilhelm Grimm in der Vorrede und ihrem Kommentarteil zu den Märchen immer wieder darauf hin, dass der Ursprung des Märchens in der griechischen Antike zu suchen und die Verbreitung der Gattung sehr multinational sei,³⁴² dennoch versuchten sie, ihre

---

334 Zur politischen Einflussnahme dieser Generation an Germanisten und der Problematik einer solchen »rückwärtsgewandte[n] Idee des Volksgeistes« vgl. Habermas [Anm. 331], S. 17, 23 ff.
335 Grimm, Grimm [Anm. 332], S. 17.
336 Ebd., S. 20.
337 Vgl. die Vorrede zu den »Kinder- und Hausmärchen« (1819): »Darum geht innerlich durch diese Dichtungen jene Reinheit, um derentwillen uns Kinder so wunderbar und selig erscheinen«, in: Brüder Grimm [Anm. 221], S. 16.
338 Herder [Anm. 290], S. 50.
339 Ebd., S. 62.
340 Steinlein [Anm. 324], S. 11.
341 Ebd., S. 20.
342 Vgl. Brüder Grimm [Anm. 207], S. 140.

Märchensammlung als dezidiert deutsch darzustellen und verwischten ihre der französischen Tradition entstammenden Hauptquellen[343] – eine sich Heinz Rölleke folgend ab der Drucklegung des zweiten Bandes, also nach der Völkerschlacht von Leipzig 1813, noch verstärkende Tendenz.[344] Im Vorwort der ersten Ausgabe schrieben die Brüder Grimm dazu:

> in diesen Volks-Märchen liegt lauter urdeutscher Mythus, den man für verloren gehalten, und wir sind fest überzeugt, will man noch jetzt in allen gesegneten Theilen unseres Vaterlandes suchen, es werden auf diesem Wege ungeachtete Schätze sich in ungeglaubte verwandeln und die Wissenschaft von dem Ursprung unserer Poesie gründen helfen.[345]

Jacob und Wilhelm Grimm sammelten Märchen, brachten sie in eine vorgeblich ursprünglich-reine, volksliterarisch-einfache Form und erklärten sie zum »Ursprung unserer Poesie« und damit für sakrosankt und deutsches National- und Kulturgut.[346] Im Vorwort der Ausgabe von 1819 weisen sie darauf hin, dass darin nun »manches einfacher und reiner erzählt« werde und das, »was verdächtig schien, d.h. was etwa hätte fremden Ursprungs oder durch Zusätze verfälscht sein können«, »alles ausgeschieden« sei.[347] Die *Kinder- und Hausmärchen* sollten demnach zunehmend deutsch und weniger international, vor allen Dingen we-

---

343 Beiträgerinnen des ersten Bandes waren vor allem die Geschwister Hassenpflug, drei nach Heinz Röllekes umfangreichen Studien ganz im französischen Geist erzogene Schwestern, die in ihrer Kindheit vor allem die Perraultschen und andere französische Feenmärchen gehört hatten. Ergänzt wurden diese Märchen ab dem zweiten Band von den Beiträgen Dorothea Viehmanns, die ebenfalls einer hugenottischen Familie entstammte. Vgl. dazu: Rölleke, Heinz: Grimms Märchen und ihre Quellen. Die literarischen Vorlagen der Grimmschen Märchen synoptisch vorgestellt und kommentiert, 2., verb. Aufl., Trier 2004; Rölleke, Heinz: Die Brüder Grimm als Märchen- und Sagensammler in der Napoleonischen Zeit, in: Napoleon und die Romantik. Impulse und Wirkungen, hg.v. Andrea Pühringer, Marburg 2016, S. 121–132. Neueste Märchenforschungen legen sogar nahe, eine lokale Gebundenheit gattungstheoretisch auszuschließen, so beispielsweise Sabine Wienker-Piepho: »Man kann Märchen nicht lokalisieren. Sagen sehr wohl, Märchen nicht.«: Wienker-Piepho, Sabine, Billerbeck, Liane von: »Das Lieblingsmärchen gibt Ihre gesamte Psyche preis«. Sabine Wienker-Piepho im Gespräch mit Liane von Billerbeck. Interview, 2017, http://www.deutschlandfunkkultur.de/sabine-wienker-piepho-ueber-maerchen-das-lieblingsmaerchen.1008.de.html?dram:article_id=401473, zuletzt geprüft am: 28.11.2017.
344 Vgl. Rölleke [Anm. 343], S. 126f. Heinrich Detering sieht hierin den Zwistreit zwischen den Philologen Grimm einer- und den im Geiste ihrer Zeit national verpflichteten Dichtern Grimm andererseits: Detering [Anm. 284], S. 122.
345 Brüder Grimm: Kinder- und Hausmärchen gesammelt durch die Brüder Grimm, Berlin 1812/15, S. VII f.
346 Rüdiger Steinlein umschreibt die vor allem von Wilhelm Grimm vorgenommene Stilisierung und Redigierung als »Familiarisierung« im Sinne der bürgerlich-biedermeierlichen Lebensweise. Steinlein, Rüdiger: Märchen als poetische Erziehungsform. Zum kinderliterarischen Status der Grimmschen ›Kinder- und Hausmärchen‹, in: Zeitschrift für Germanistik V, 1995, 2, S. 301–316, hier S. 306ff.
347 Grimm, Grimm [Anm. 332], S. 17f.

niger französisch,[348] werden und von dort stammen, wo »in den altberühmten Gegenden deutscher Freiheit« sich die Sagen und Märchen besonders »schön« und »reich« erhalten hätten.[349] Die Bemühungen der Brüder Grimm um das Auffinden und die Edierung mundartlicher Märchen wie *Van den Fischer un siine Fru*, *De Gaudeif un sein Meester* oder *De wilde Mann* sind ein Ausdruck dieses *nation buildings*. Nach Jessica Weidenhöffer sei dieser wohl überlegte Auswahlprozess als Identitäts- und sozialer Konvergenzstiftungsakt anzusehen, mit dem sich die Brüder Grimm in den zeitgenössischen Diskurs um Volk und nationale Identität eingeordnet hätten.[350] In einem triadischen Modell aus Finden, Entfalten und Verschriftlichen gelang es insbesondere Wilhelm Grimm, einen einzigartigen Märchenton und eine Märchenmoral zu erschaffen, die das »Einfachere, Reinere, und doch in sich Vollkommnere«[351] unterstreichen sollten,[352] und damit eine bis heute wirkmächtige vorgeblich deutsche Volksmärchentradition und Mythologie etablierten.[353] Die Eröffnung der Märchensammlung bildet ganz in diesem Sinne nicht das volksmärchentypische »Es war einmal«, sondern eine Rückbesinnungsaufforderung in ein reines und unschuldiges Reich der Phantasie: »In den alten Zeiten, wo das Wünschen noch geholfen hat […]«.[354] Das Märchen »Der Froschkönig«, dem dieser Anfang

---

348 Die unter Napoleon nach der Kulturhegemonie greifende und die deutsche »Nationalkultur« damit scheinbar bedrohende französische Kultur sollte im Laufe der Auflagen der KHM immer weiter zurückgedrängt werden. Zu sehen ist dies vor allen Dingen auch am Wegfall von als dezidiert französisch markierten, bis dahin aber sehr beliebten Märchen wie dem *Blaubart*.
349 Grimm, Jacob, Grimm, Wilhelm: Kinder- und Hausmärchen, gesammelt durch die Brüder Grimm. Vollständige Ausgabe auf der Grundlage der dritten Auflage (1837), hg. v. Heinz Rölleke, Frankfurt a. M. 2007, S. 15. Heinz Rölleke betont dabei jedoch, dass die Arbeit von Jacob und Wilhelm Grimm, die sich auch auf die Anfänge von *Des Knaben Wunderhorn* erstreckte, nicht im modernen Sinne national- oder gar nationalistisch deutsch war. In ihren umfangreichen Studien, nicht zuletzt in ihrer Märchenforschung, zeigten sich ihre »Bemühungen um und ihre Hochachtung für andere Kulturen«. Rölleke [Anm. 343], S. 124.
350 Weidenhöffer, Jessica: Die Kinder- und Volks(?)märchen der Brüder Grimm. Märchen und nationale Identität in deutschsprachigen Diskursen des 19. Jahrhunderts, in: Literaturlinguistik. Philologische Brückenschläge, hg. v. Jochen A. Bär, Jana-Katharina Mende, Pamela Steen, Frankfurt a. M. 2015, S. 339–370, hier: S. 351.
351 Grimm, Grimm [Anm. 349], S. 18.
352 Vgl. Detering [Anm. 284], S. 123.
353 Vgl. Oesterle, Günter: Mythen und Mystifikationen oder das Spiel von simulatio und dissimulatio in den *Kinder- und Hausmärchen* der Brüder Grimm, in: Märchen, Mythen und Moderne. 200 Jahre Kinder- und Hausmärchen der Brüder Grimm, hg. v. Claudia Brinker-von der Heyde, Holger Ehrhardt, Hans-Heino Ewers u. a., Frankfurt a. M. 2015, S. 155–165, hier: S. 159ff. Rölleke [Anm. 311], S. 1159.
354 Grimm, Jacob, Grimm, Wilhelm: Der Froschkönig oder der Eiserne Heinrich, in: Jacob Grimm, Wilhelm Grimm: Kinder- und Hausmärchen, gesammelt durch die Brüder Grimm. Vollständige Ausgabe auf der Grundlage der dritten Auflage (1837), hg. v. Heinz Rölleke, Frankfurt a. M. 2007, S. 23–26, hier: S. 23.

entstammt, sei noch dazu – so die Grimms im Kommentarteil – eines der ältesten Märchen in Deutschland und in vielerlei Hinsicht »volksmäßig«.[355]

Ergebnis der grimmschen Bearbeitung der von ihnen aufgefundenen Märchenstoffe waren im Vergleich zu den französischen und deutschen Vorgängern darüber hinaus nicht nur eine volksliterarische Anonymisierung, eine stilistische Ikonisierung,[356] eine syntaktische und rhetorische Vereinfachung und strukturale Vereinheitlichung,[357] sondern auch eine »Theologisierung« und »Rückwendung zum Religiösen«.[358] Zwar wurde das Märchen auch in der Forschung lange Zeit als dem eher archaisch-heidnischen germanischen Zeitalter zugehörig angesehen, jedoch eröffnet sich in einer detaillierteren Analyse des grimmschen Märchens – wie bereits weiter oben angesprochen – die Einsicht, dass die in der Romantik erstrebte *restitutio* nicht nur eine neue Besinnung auf das (Deutsch)-Nationale, sondern auch eine »konfessionelle und religiöse Renaissance« mit sich brachte.[359] *Nation building* und Rekonfessionalisierung gingen neueren Studien wie der von Olaf Blaschke zufolge Hand in Hand und stellten die neue »nationale« Volksliteratur, darunter die Märchen, unter ein dezidiert christliches Vorzeichen.[360]

Das grimmsche Volksmärchen als scheinbar uralte deutsche Volksliteratur wurde so in der Folgezeit in Anschluss an Herder als »*Märchen der Grundsuppe einer Nation*«[361] rezipiert, dabei jedoch ebenso als eine zentrale Konstituente des auch konfessionell gedachten *nation buildings* sowie ein Medium für deutschnationales Identitäts- und Zusammengehörigkeitsgefühl in den deutschen Ge-

---

355 Grimm, Grimm [Anm. 349], S. 865f. Interessant ist, dass gerade der Frosch, der magische Protagonist dieses so ursprünglich deutschen Märchens, als wunderbare Helferfigur ein Wesen aus der talmudisch-jüdischen Tradition ist.
356 Vgl. Weidenhöffer [Anm. 350], S. 353f., 358. Nach Jessica Weidenhöffers literaturlinguistischer Analyse verliehen die Grimms durch die Zuschreibung der »Volksmärcheneigenschaften ›Mündlichkeit‹ und ›Verfasseranonymität‹« sowie die Anwendung des Konzepts der »Umgangssprache« dem Volk eine Stimme und das Bewusstsein, Teil des deutschen Volkes zu sein. Ebd., S. 364.
357 Vgl. Propp [Anm. 28]; Lüthi, Röhrich [Anm. 225], S. 47.
358 Fissenebert, Sass [Anm. 254], S. 119.
359 Blaschke, Olaf: Das 16. Jahrhundert und das 19. Jahrhundert: Zwei konfessionelle Zeitalter? Ein Vergleich, in: »Das Wichtigste ist der Mensch«. Festschrift für Klaus Gerteis zum 60. Geburtstag, hg. v. Klaus Gerteis, Angela Giebmeyer, Helga Schnabel-Schüle, Mainz 2000, S. 117–138, hier: S. 123.
360 Vgl. ebd., S. 133.: »Im 19. Jahrhundert spätestens ist die enge Verzahnung von Konfession, Staat und Nationalismus nicht mehr zu übersehen. Jede Konfession favorisierte dabei ihre eigene als ›gedachte Nation‹«. Ähnlich äußerte sich bereits 1844 der jüdische Gelehrte David Honigmann: »Die Literatur aber wühlte sich damals [= nach 1815] in die alte untergegangene Herrlichkeit des deutschen Geistes hinein; sie floh das Tageslicht und lebte wie eine Eule unter Ruinen, sie restaurierte auch das Mittelalter in ihren Poesien, und war katholisch. Das war die Romantik.« Honigmann [Anm. 47], S. 10.
361 Herder [Anm. 290], S. 17.

bieten des 19. Jahrhunderts vorgestellt.³⁶² Dazu kam, dass die Gattung Märchen zunehmend als Kinderliteratur aufgenommen wurde und so insbesondere die nachwachsende Generation, also die Zukunft, nachhaltig prägte. In den gesammelten und mit Bedacht ausgewählten Volksmärchen spiegelte sich nunmehr die Geschichte des deutschen Volkes, wurde eine Nation für die noch junge Generation greif-, erfahr- und realisierbar.³⁶³ Und dies nicht nur in den grimmschen *Kinder- und Hausmärchen*. Detlef Kremer und Andreas Kilcher halten in ihrer Studie zur deutschen Romantik fest, dass alle zu Beginn des 19. Jahrhunderts entstandenen Volksmärchen-Sammlungen, ob von Musäus,³⁶⁴ Naubert, Brentano, den Grimms oder Bechstein, »in unterschiedlicher Weise an der Mythisierung der kulturellen Tradition des deutschen Volkes interessiert«³⁶⁵ gewesen seien.

Ein Versuch zur Neubewertung von Volks- und Kunstmärchen im Lichte des *nation buildings*

Die im Vorangehenden gewonnene Erkenntnis, dass Märchen bewusst *für* ein Volk bearbeitet und ausgesucht wurden und der Begriff »Volksmärchen« weniger als Ausweis der Herkunft der Texte als vielmehr deren Wirkungsziel bzw.

---

362 Vgl. Detering, Heinrich, Hoffmann, Torsten, Pasewalck, Silke u. a.: Nationalepen zwischen Fakten und Fiktionen. Zur Einführung, in: Nationalepen zwischen Fakten und Fiktionen. Beiträge zum komparatistischen Symposium, 6. bis 8. Mai 2010 an der Univ. Tartu, hg. v. Heinrich Detering, Tartu 2011, S. 9–19., hier: S. 9.

363 Zur Gleichsetzung von Volksliteratur und Geschichtsschreibung bei den Brüdern Grimm vgl. Schäfer-Hartmann [Anm. 329]. Jack Zipes führt dabei an, dass der grimmsche Nationalismus noch nicht im heutigen, negativ behafteten Sinne bewertet werden dürfe: »The Grimms were indeed nationalistic but not in the negative sense in which we tend to use the term today [...]. They also felt that they were part of the nascent national bourgeoisie seeking to establish its own German identity in a manner more democratic than that allowed by the aristocratic rulers who governed«. Zipes [Anm. 268], S. 273.

364 Johann Karl August Musäus' zwischen 1782 und 1786 erschienene Märchensammlung *Volksmärchen der Deutschen* bildete den Auftakt deutscher Volksmärchensammlungen und eine wichtige Quelle für die später folgenden Volks- und Kunstmärchen. Bereits er legte in seinem Vorwort Wert darauf, dass es sich bei den von ihm zusammengetragenen »Volksmärchen« um »vaterländische Originale« handelte, in denen sich »der Nationalcharakter veroffenbare«. Letzterer zeige sich – im Falle der Deutschen – in »Anordnung, und Übereinstimmung und handfeste[r] Komposition«. Auch findet sich bei Musäus bereits die Mythologisierung der Märchen: »Übrigens ist keins dieser Märchen von eigner oder ausländischer Erfindung, sondern, soviel ich weiß, sind sie insgesamt einheimische Produkte, die sich seit mancher Generation, bereits von Urvätern auf Enkel und Nachkommen durch mündliche Tradition fortgepflanzt haben.« Musäus, Johann Karl August: Volksmärchen der Deutschen, München 1976, S. 11 f.

365 Kremer, Detlef, Kilcher, Andreas B.: Romantik. Lehrbuch Germanistik, 4., aktual. Aufl., Stuttgart, Weimar 2015, S. 26.

Adressierung gelten kann, legt nahe, die bis heute gängige Bezeichnung »Volksmärchen« und damit zusammenhängend auch die in der Märchenforschung weithin aufrecht erhaltene Unterscheidung in Volks- und Kunstmärchen neu zu überdenken. Dabei wird davon ausgegangen, dass nicht die begriffliche Unterscheidung an sich überholt ist, sondern vielmehr die Argumentationen dahinter. Zur später vorzunehmenden Klassifizierung der jüdischen Märchen ist dies von entscheidender Bedeutung, wurde im Diskurs über ein jüdisches Märchen doch immer wieder moniert, dass es gerade kein jüdisches Volksmärchen gäbe.

Anfänglich ging die Unterscheidung in Volks- und Kunstmärchen zurück auf eine Auseinandersetzung über Natur- und Kunstpoesie zwischen Jacob Grimm und Achim von Arnim aus den Jahren 1811 bis 1813. In deren Vorgeschichte veröffentlichte Jacob Grimm in der von Achim von Arnim herausgegebenen *Zeitung für Einsiedler* einige »Gedanken«, in welchen er das Gegensatzpaar Natur- und Kunstpoesie erstmals umriss:

> Man streite und bestimme, wie man wolle, ewig gegründet, unter allen Völker- und Länderschaften ist ein Unterschied zwischen Natur und Kunstpoesie (epischer und dramatischer, Poesie der Ungebildeten und Gebildeten) und hat die Bedeutung, daß in der epischen die Thaten und Geschichten gleichsam einen Laut von sich geben, welcher forthallen muß, und das ganze Volk durchzieht, unwillkürlich und ohne Anstrengung, so treu, so rein, so unschuldig werden sie behalten, allein um ihrer selbst willen, ein gemeinsames, theures Gut gebend, dessen ein jedweder Theil habe. Dahingegen die Kunstpoesie gerade das sagen will, daß ein menschliches Gemüth sein Inneres blos gebe, seine Meinung und Erfahrung von dem Treiben des Lebens in die Welt gieße, welche es nicht überall begreifen wird, oder auch, ohne daß es von ihr begriffen seyn wollte. So innerlich verschieden also die beiden erscheinen, so nothwendig sind sie auch in der Zeit abgesondert, und können nicht gleichzeitig seyn, nichts ist verkehrter geblieben, als die Anmaßung epische Gedichte dichten oder gar erdichten zu wollen, als welche sich nur selbst zu dichten vermögen.[366]

Im Zentrum dieser Unterscheidung steht so vor allen Dingen die Autorschaft eines angenommenen anonymen (nationalen) Kollektivs in der Naturpoesie gegen die eines individuellen Subjekts in der Kunstpoesie, dessen literarische Produktion niemals den auch literarästhetisch verstandenen Wert der Kollektiv-Produktion erreichen könne. Dabei schimmert auch die Annahme eines Degenerationsprozesses zwischen einer ahistorisch-verklärten Vergangenheit und einer historischen Gegenwart durch, deren poetischer Gehalt nur in der Bewahrung und Sammlung erhalten werden könne.[367] Ausgehend von einem be-

---

366 Grimm, Jacob: Gedanken: wie sich die Sagen zur Poesie und Geschichte verhalten, in: Zeitung für Einsiedler, 1808, 19, S. 152.
367 Vgl. Reiling, Jesko: Natur- und Kunstpoesie. Zum Fortleben zweier poetologischer Kategorien in der Literaturgeschichtsschreibung nach den Grimms, in: Märchen, Mythen und

reits im Zusatz zu diesen »Gedanken« veröffentlichten Einspruch Arnims auf Grimms These entwickelte sich in der Folgezeit ein Briefwechsel über die genauere Bestimmung beider Konstrukte. In einem Brief vom 20. Mai 1811 an Achim von Arnim erläutert Jacob Grimm in diesem Sinne: »Ich sehe also in der Kunstpoesie [...] eine Zubereitung, in der Naturpoesie ein Sichvonselbstmachen [...] Wenn ich also sage, daß die Kunstpoesie die der Natur aus sich selbst herzustellen sucht, ohne sie zu erreichen, so glaube ich recht zu sagen.«[368] Dabei sei die Poesie insgesamt das, »was rein aus dem Gemüth ins Wort kommt«, sie entspringe

> also immerfort aus natürlichem Trieb und angeboren Vermögen diesen zu fassen, – die Volkspoesie tritt aus dem Gemüth des Ganzen hervor; was ich unter Kunstpoesie meine, aus dem des Einzelnen. [...] Ich glaube, spüre und traue, daß etwas Göttliches in uns ist, das von Gott ausgegangen ist und uns wieder zu ihm führt [...] Die alten Menschen sind größer, reiner und heiliger gewesen, als wir, es hat in ihnen und über sie noch der Schein des göttlichen Ausgangs geleuchtet [...] So ist mir nun die alte, epische Poesie = Sagen-, Mythengeschichte reiner und besser, ich will nicht sagen, lieber und näher, als unsere witzige, d.h. wissende, feine und zusammengesetzte [...] Die alte Poesie ist unschuldig und weiß von nichts; sie will nicht lehren [...] die alte Poesie ist ganz wie die alte Sprache einfach und nur in sich selber reich [...] die alte Poesie hat eine innerlich hervorgehende Form von ewiger Gültigkeit; die künstliche übergeht das Geheimnis derselben und braucht sie zuletzt gar nicht mehr.[369]

Die Brüder Grimm lösten die Naturpoesie von ihrem bei Herder noch ausdrücklich alttestamentarisch-religiösen Gehalt, jedoch versahen sie sie hier mit einem geradezu »mystische[n] Entstehungsgeheimnis«.[370] Dem Volksmärchen, das im Briefwechsel als Teil dieser Naturpoesie ausgewiesen wird,[371] wohne demzufolge noch ein alter göttlicher Kern inne, der so in von Individuen geschaffenen poetischen Werken nicht mehr erreicht werden könne. Jacob Grimm sicht in alten Märchen und Sagen eine Apotheose der Literatur insgesamt, eine zugleich einfache und unerreichbar vollkommene Poesie. In der Vorrede der *Kinder- und Hausmärchen* sprechen die Brüder Grimm beispielsweise von der »Mannigfaltigkeit der Natur«, das »Einfachere, Reinere, und doch in sich Vollkommnere«[372] würde sich in den Volksmärchen widerspiegeln.

In der (germanistischen) Märchenforschung wurde diese grimmsche Unterteilung in Volks- und Kunstliteratur bzw. Volks- und Kunstmärchen zu un-

---

Moderne. 200 Jahre Kinder- und Hausmärchen der Brüder Grimm, hg. v. Claudia Brinker-von der Heyde, Holger Ehrhardt, Hans-Heino Ewers, Frankfurt 2015, S. 767–779, hier: S. 769.
368 Steig [Anm. 255], S. 118.
369 Ebd., S. 116–118.
370 Gaier [Anm. 301], S. 55.
371 Vgl. Brief Jacob Grimm an Arnim vom 28.1.1813, Steig [Anm. 255], S. 269–271.
372 Grimm, Grimm [Anm. 332], S. 18.

terschiedlichsten Zeiten bis heute mehr oder weniger beibehalten.³⁷³ Das Volksmärchen als Naturpoesie wird auch heutzutage gemeinhin neben einigen gemeinsamen Aspekten wie der dem Märchen selbstverständlichen wunderbaren Dimension als ort- und zeitloses einsträngiges Geschehen mit stereotypen Figuren, das meist in einem glücklichen Ende mündet, definiert. Im Gegensatz dazu wird das Kunstmärchen als diesem nachfolgende und »gemachte« Kunstpoesie, in der sowohl Ort, Zeit und Figuren als auch die Handlung von einem/r namentlich bekannten AutorIn individuell gestaltet, literarisiert und psychologisiert sind, angesehen.³⁷⁴

Schon unter den Zeitgenossen der Brüder Grimm traf deren Auffassung von Naturpoesie und Volksmärchen allerdings nicht nur auf Zustimmung.³⁷⁵ Arnim erwiderte in einem Brief vom 14. Juli 1811, dass »eben weil es keinen Moment ohne Geschichte gibt als den absolut ersten der Schöpfung«, »keine absolute Naturpoesie vorhanden« sein könne: »es ist immer nur ein Unterschied von mehr oder weniger in der Entwicklung beider«.³⁷⁶ Des Weiteren übte auch August Wilhelm Schlegel, einer der Vertreter des frühromantischen Jenaer Kreises, zu dem auch Novalis, Ludwig Tieck und sein Bruder Friedrich Schlegel gehörten, in einer Rezension der *Altdeutschen Wälder* starke Kritik an Grimms gedanklichem Naturpoesie-Gebilde:

> Soll man daraus schließen, das, was unsere Bewunderung verdient, sei von selbst und gleichsam zufällig entstanden? Jede Wirkung zeugt von einer verwandten Ursache: das Erhabene und Schöne kann nur ein Werk ausgezeichneter Geister sein. So verschieden auch andere Zeitalter von dem unsrigen sein mochten, so glichen sie sich ohne Zweifel

---

373 Zu sehen ist dies vor allem daran, dass Grundlagenwerke zur Gattungsgeschichte des Märchens wie die von Volker Klotz, Max Lüthi, Mayer und Tismar oder auch der Enzyklopädie des Märchens immer noch an der Unterscheidung festhalten und diese bereits in ihrer Titelgebung weiter manifestieren.
374 Vgl. Neuhaus [Anm. 203], S. 9. Mayer, Mathias: Natürliche und künstliche Nachtigall. Zum Verhältnis von Volks- und Kunstmärchen, in: Märchenwelten. Das Volksmärchen aus der Sicht verschiedener Fachdisziplinen, hg. v. Kurt Franz, 2., erg. Aufl., Baltmannsweiler 2008, S. 33–45, hier: S. 33.
375 Auch in neueren Abhandlungen, vor allem in denen zum Kunstmärchen, wird die grimmsche Unterscheidung in Natur- und Kunstpoesie mittlerweile abgelehnt. Siehe dazu bspw. Mathias Mayer und Jens Tismar: »Die Bezeichnung ›Kunstmärchen‹ enthält – wenn sie es auch suggeriert – keine literarische Wertung, sondern hebt allein das Moment des Gemachten heraus im Unterschied zu jenem vermeintlichen ›Sichvonselbstmachen‹, das Jacob Grimm in einem Brief an Achim von Arnim als Kriterium der sogenannten ›Naturpoesie‹ in Anspruch genommen hat und damit das Bild vom Märchen insgesamt maßgeblich indoktrinierte« Mayer, Tismar [Anm. 217], S. 1.
376 Steig [Anm. 255], S. 134. Vgl. zum Briefwechsel und der Kontroverse über Natur- und Kunstpoesie auch: Thalheim, Hans-Günther: Natur- und Kunstpoesie. Eine Kontroverse zwischen Jacob Grimm und Achim von Arnim über die Aneignung älterer, besonders volkspoetischer Literatur, in: Weimarer Beiträge 32, 1986, II, S. 1829–1849.

doch alle darin, daß unter der Menge der Sterblichen immer nur wenige mit überlegenen Seelenkräften begabt waren.[377]

Für August Wilhelm Schlegel war Volksliteratur als »volksmäßige Dichtung« zwar auch »Gesammteigenthum der Zeiten und Völker«, jedoch hieße das noch lange nicht, dass diese jene Geschichten auch gemeinsam hervorgebracht hätten.[378] »Eigenschaften und Handlungen einzelner Menschen« seien die Urheber der Volks- bzw. Naturpoesie, nicht Zeitalter oder Völker.[379] Wie Arnim argumentiert er also auf Basis einer nicht zu negierenden individuellen Schöpfung jeglicher Literatur und Poesie. Schlegel geht aber noch weiter, nicht nur dekonstruiert er die grimmsche Naturpoesievorstellung einer sich quasi von selbstmachenden Literatur, sondern setzt sich auch mit den Gründen und Funktionen einer solchen Auffassung auseinander. Scheinbar ursprüngliche Sagen eines Volkes aus grauer Vorzeit, Mythen und Märchen hätten durchaus »politische] Zwecke [...], zu deren Behuf manche Heldendichtungen, wo nicht zuerst ersonnen, so doch erneuert und in Umlauf gebracht worden sind«.[380] Dazu passend stellen auch Wolfgang Frühwald und Hermann Bausinger fest, dass es im Entwurf einer alten und volksliterarischen Naturpoesie zu Beginn des 19. Jahrhunderts in den gerade besetzten deutschen Gebieten nicht nur auf poetologische Entwürfe, sondern eben auch jenes deutsche *nation building* angekommen sei:[381]

> Die Brüder Grimm haben von der Wiederherstellung des verlorenen Paradieses durch historische Forschung geträumt und an eine kollektiv geschaffene Naturpoesie geglaubt, die den Abglanz dieses Paradieses, der Einheit und der Harmonie des Menschen mit der Natur, noch ahnen lasse.[382]

Was so mit dem Begriff der Naturpoesie eigentlich vermittelt werden sollte, war weniger oder zumindest hintergründig der Glaube an eine kollektive und uralte Autorschaft, als vielmehr das in den Erzählungen, Sagen und Märchen enthaltene Potential, deutsche Kultur und Identität zu tradieren und eine deutsche Nation neu möglich zu machen. Dies beachtend legen sowohl Herders Volkspoesieauffassung als auch deren Transformation im »Naturpoesie«-Konzept der Brüder Grimm im Gesamten besehen nahe, dass es sich bei der Betitelung als »Volksmärchen« nicht unbedingt um mutwillige Vortäuschung »echter«, alter

---

377 Schlegel, August Wilhelm: Altdeutsche Wälder, herausg. durch die Brüder Grimm, in: August Wilhelm Schlegel: Sämtliche Werke. XII: Vermischte und kritische Schriften, hg. v. Eduard Böcking, Hildesheim, New York 1971, S. 383–426, hier: S. 385.
378 Ebd.
379 Ebd.
380 Ebd., S. 388.
381 Nach Hermann Bausinger war für Jacob und Wilhelm Grimm Volkspoesie gleich Naturpoesie und diese wieder gleich Nationalpoesie. Bausinger [Anm. 291], S. 12.
382 Frühwald [Anm. 325], S. 136.

Literatur aus dem Volk handelt, sondern wie im Herder-Exkurs ausgeführt, um einen ideellen Begriff mit utopisch-zukunftweisender Dimension. Volksmärchen sollten also weniger als Literatur *aus* dem Volk, sondern vielmehr als Literatur *für* das Volk aufgefasst werden. Der Volksmärchenbegriff wäre damit allein durch die »diskursive Zuschreibung zu diesem Genre«[383] sowohl von Produzenten wie auch von Rezipienten-Seite legitimiert.

Als Beleg dieser These kann nochmals auf den Briefwechsel zwischen den Brüdern Grimm und Achim von Arnim eingegangen werden. Am 28. Januar 1813 antwortete Wilhelm Grimm auf eben jenen Vorwurf, »Naturpoesie« sei an sich unmöglich, da jede Verschriftlichung immer eine individuelle Zutat bedeute, dass zwar wahrlich »ein gewisses Fortbilden und eigener Einfluß gar nicht zu vermeiden« sei, dass es allerdings die Pflicht eines Dichters sei, diese Fortbildung so gering wie möglich zu halten, da »in der Sitte und dem lebendigen Gesetz [...] die Nationalität eines Volks« beruhe und Letztere davon Schaden nehmen könne.[384] Wahre Nationalität könne nur aus wahrer Volkspoesie als »nationale Dichtung«[385] hervorgehen und damit ist diese für Wilhelm und Jacob Grimm das zentrale Element zum *nation building* einer nations- und nationalitätslos gewordenen deutschen Nation.

Darüber hinaus ist es spätestens seit den Erkenntnissen Heinz Röllekes Allgemeinkonsens, dass es sich bei der »Annahme der Brüder Grimm, die Volksmärchen bewahrten mythische Reste einer untergegangenen germanischen Großmythe«[386] oder seien Ausweis eines dezidiert deutschen »Volkseigentums« um einen Fehler handelt. Ebenso bewiesen ist, dass die den grimmschen »Volksmärchen« eigene Einfachheit vor allen Dingen der »poetischen Artistik« Wilhelm Grimms zu verdanken ist.[387] Die anglo-amerikanische Märchenforschung trug in den letzten Jahrzehnten zudem zur Relativierung der Annahme einer mündlichen Volksmärchentradition bei: Wie Ruth Bottigheimer polemisch konstatiert, könne »the existence of oral fairy tales [...] among *any* folk before the nineteenth century [not be demonstrated«.[388] Bereits bei den frühen europäischen Märchensammlungen Basiles und Straparolas ist – dies unterstreichend – umstritten, ob diese Ausweis der in ganz Europa existierenden mündlichen Märchentradition im Sinne des »Volks«-Märchenbegriffs oder nicht vielmehr literarisch-intertextuelle Adaptionen der schriftlich fixierten Texte an sich seien.[389]

---

383 Weidenhöffer [Anm. 350], S. 364.
384 Steig [Anm. 255], S. 267f.
385 Ebd., S. 268.
386 Oesterle [Anm. 213], S. 19. Vgl. dazu auch: Rölleke [Anm. 343].
387 Oesterle [Anm. 213], S. 20.
388 Bottigheimer [Anm. 252], S. 7.
389 Vgl. auch hierzu die Forschungen von u. a. Heinz Rölleke oder Ruth Bottigheimer, die dieser

Die von Jakob Grimm und Achim von Arnim geführte Kontroverse über Volks- und Kunstmärchen kann damit einerseits in ihrem literatur- und gattungshistorischen Wert relativiert werden. Andererseits jedoch macht sie aus kulturwissenschaftlicher Sicht auf die in die Volkspoesie im Allgemeinen und das Volksmärchen im Besonderen eingeschriebene Instrumentalisierung zum *nation building* sowie die Apotheose des Volks zu Beginn des 19. Jahrhunderts aufmerksam. Die Verwerfung einer allzu starken Trennung der beiden Märchenspielarten, vor allen Dingen der Trennung in ein vorgeblich »echtes« Volks- und ein »künstlich gemachtes« Kunstmärchen, erscheint jedoch dennoch notwendig, um einer neuen Betrachtung von Volks- und Kunstmärchen den Weg zu ebnen, ohne die Begriffe an sich ad acta zu legen. Zu widerlegen wären dazu zunächst Aussagen wie die von Stefan Neuhaus, dass es überhaupt keine »Volksmärchen« gäbe und dies aus der Annahme heraus, dass diese immer bearbeitet und somit in gewisser Weise auch immer *Kunst*märchen seien. Es gibt meines Erachtens nach – und wie die vorhergehenden Ausführungen gezeigt haben – durchaus »Volksmärchen«. Das »ebenso langlebige wie unangemessene Klischee« von »›Authentizität‹ vs. ›Fälschung‹«[390] muss zwar widerlegt werden, jedoch unter der neuen Voraussetzung, dass Volksliteratur, das Volksmärchen, ein Produkt von Nationenbildungsprozessen ist, also nicht nur als Abbildung von, sondern immer auch als zeitgenössische Aufforderung zur Bildung eines intakten Volkskörpers, zum *nation building,* aufgefasst werden kann.

Basierend auf der These, dass seit Herder in den ideell zu fassenden Begriff der Volksliteratur und damit auch des Volksmärchens, immer ein gewisses Maß an Bearbeitungs- und Zukunftspotential eingeschrieben war, kann dann ein neues Argument für den Volksmärchen-Begriff und die Unterscheidung in Volks- und Kunstmärchen ausgearbeitet werden. Die Begrifflichkeit »Volksmärchen« beriefe sich so gedacht nicht auf eine Herkunft oder den volksnahen Stil der Erzählstoffe, sondern vielmehr, in der Vermittlung eines als »Nationalgut« verstandenen Erzählschatzes, auf eine darin enthaltene Option auf *folk* bzw. *nation building.* Das Kunstmärchen als »Metamärchen«[391] wiederum würde dann versuchen, auf Basis der bekannten Motive und des Gattungskonstitutums des Wunderbaren, neue literarische Konstrukte auszubilden, die aber nicht mehr für sich beanspruchen, »Naturpoesie« zu sein und so auch einen indivi-

---

Frage v. a. bei den Brüdern Grimm nachgegangen sind und feststellten, dass es im Gegensatz zu der von den Grimms propagierten mündlichen Tradition vielmehr die Existenz schriftlich fixierter Märchen und im 18. und 19. Jahrhundert sehr bekannter Märchen war, welche die sog. »urdeutschen« Märchen inspirierte: Rölleke [Anm. 343]. Bottigheimer [Anm. 252], S. 7.
390 Detering, Hoffmann, Pasewalck u. a. [Anm. 362], S. 10.
391 Mayer, Tismar [Anm. 217], S. 6.

duellen Schöpfer nennen.[392] In ihrer Motivik und dem Rückgriff auf die Gattung Märchen schreiben sie sich aber dennoch ein in genau diese Volkspoesietradition als Narrativ des *nation buildings* und sind somit nicht deren Gegenspieler, sondern vielmehr ein modifizierter, literarisierter und aktualisierter Vermittler derselben;[393] eine Art »Transliterarisierung«[394] des Volksmärchens. Auch »Kunstmärchen« – und nicht zu vergessen Kindermärchen – können in dieser Auffassung »Volksliteratur«, also Märchen im Zeichen des *nation buildings*, sein.

Neben den Vertretern der philologischen Volksliteraturforschung, also jener, die wie Joseph Görres oder den Brüdern Grimm alte Texte sammelten und neu edierten, stehen in dieser Tradition jene, die eine allzu konstruierte »Naturpoesie« ablehnten und statt dessen auf individuelle Neudichtungen im Geiste der mittelalterlichen und frühneuzeitlichen Volksliteratur unter Verwendung von deren Motiven, Sprache und Tradition setzten.[395] Dazu gehören beispielsweise Achim von Arnims *Isabella von Ägypten*,[396] Clemens Brentanos Märchen sowie auch Adelbert von Chamissos *Peter Schlemihls wundersame Geschichte*,[397] Ludwig Tiecks *Phantasus*-Märchen oder E.T.A. Hoffmanns Schauer- und Wahnsinnsmärchen.[398] In Auseinandersetzung mit europäischen Volkmärchensammlungen, Sagen und Volksbüchern eigneten sich diese Autoren nach Volker Klotz die Volksliteratur schreibend an,

> um ihrerseits zu wirken. Wer ihre Werke aufmerksam betrachtet, noch dazu in geschichtlicher Abfolge, findet bald heraus, daß auch ihnen das Volksmärchen mehr ist

---

392 Mathias Mayer geht hier von einer »verlorenen Natürlichkeit« des Kunstmärchens aus, auf die angesichts der dargestellten Vorbehalte gegen die Naturpoesie-Vorstellung verzichtet worden wäre. Mayer [Anm. 374], S. 35.
393 Vgl. dazu Paul-Wolfgang Wührl: »Das Kunstmärchen ist das Resultat einer produktiv-artistischen Weiterentwicklung der ›einfachen Form‹ des Volksmärchens durch Psychologisierung der Figurenzeichnung und Literarisierung des Erzählstils. Wührl [Anm. 203], S. 3.
394 Zum Begriff der Transliterarisierung im Märchen vgl. Harries, Elizabeth Wanning: Twice upon a time. Women writers and the history of the fairy tale, 2nd ed., Princeton, N.J., Woodstock 2003, S. 135 ff.
395 Vgl. Braun, Peter: Reiseschatten. Peter Schlemihls wundersame Geschichte von Adelbert von Chamisso, in: Schwellentexte der Weltliteratur, hg. v. Reingard M. Nischik, Caroline Rosenthal, Konstanz 2002, S. 143–164, hier: S. 147.
396 Arnim verwendet in seiner komplex gebauten, stilistisch übervollen Erzählung mehrere volksliterarische Motive wie die Alraunen-Sage, das Märchen des Bärenhäuters und auch die Prager jüdische Sage des Golems.
397 *Peter Schlemihl* baut insbesondere in seinen phantastischen Motiven auf aus volksliterarischen Stoffen Bekanntes. Intertextuell verweist er dabei u. a. auf die Volksbücher der Nibelungensage, den Simplicissimus, den Fortunatus und auch die Faust-Sage.
398 Vgl. bspw. Hoffmanns *Die Elixiere des Teufels, Ritter Gluck, Der goldene Topf, Der Sandmann, Prinzessin Brambilla* oder *Klein Zaches*. In mannigfaltiger Weise wird dort auf bekannte Volksliteratur- und (Ammen-)Märchenstoffe verwiesen.

als nur eine archaische Attraktion. Mehr als eine überlebte, schön primitive Hohlform […] Die meisten Kunstmärchendichter, selbst wenn sie es ironisieren, haben das Volksmärchen durchaus ernst genommen als etwas, das noch lange nicht erledigt ist. Ernst genug, um ihm von sich aus je neue poetische Gegenbilder abzugewinnen, die der eigenen Alltagswelt antworten. Mit Ansprüchen, Zusprüchen, Einsprüchen.[399]

Das Volksmärchen ist als eine für einen Volkskörper bestimmte Gattung wunderbaren Geschehens Erzählschatz und -fundus des Kunstmärchens. Während das Volksmärchen aber bewusst ahistorisch konstruiert ist, sei sich das Kunstmärchen, so Mathias Mayer, »der Geschichtlichkeit seiner Gattung bewusst« und begreife sich selbst »immer als Teil einer schon existierenden Textkette«.[400] Es baue nach Volker Klotz als »literarische, geschichtlich und individuell geprägte Abwandlung«[401] des Volksmärchens auf dieses auf, erneuere und aktualisiere es zugleich:

> Das Gemeinsame der Kunstmärchen liegt im Volksmärchen, auf das sie sich durchweg beziehen, allerdings von Fall zu Fall auf unterschiedliche Weise und in unterschiedlichem Maß. […] Die Vielfalt der Kunstmärchen hat ihren Hauptnenner nicht in sich, sondern außer sich. Sie hat ihn nicht in einem eigenen, selbstentwickelten Merkmalbestand, sondern in einem Orientierungsmuster, das vor und jenseits der eigenen Gattungsgeschichte besteht.[402]

Dieser Auffassung liegt jedoch keineswegs zugrunde, dass das Kunstmärchen als eine Art »Märchen 2. Klasse« oder gar »unechtes« Märchen neben dem Volksmärchen steht. Es geht vielmehr um eine angenommene, bereits seit Langem bestehende Märchentradition, welche seit Herder national überformt und zur »Volksliteratur« bzw. zum »Volksmärchen« erklärt worden war und in der Folgezeit – dieser engen nationalen Bestimmung enthoben – aktualisiert und in neuen literarischen Formen verarbeitet wurde. Nur das Volksmärchen als Volksliteratur zu begreifen, griffe demnach zu kurz. Auch Neudichtungen können in Tradition einer bestimmten Volksliteratur stehen und damit auch als Instrumente des *nation buildings* verstanden werden.

Von der Volks- zur Kinderliteratur – Zur »Akkommodation« des Märchens im 19. und 20. Jahrhundert

Wie die Entwicklungspsychologin Charlotte Bühler in ihrer für die Märchen- und Literaturpädagogik wegweisenden Studie *Das Märchen und die Phantasie*

---

399 Klotz [Anm. 33], S. 5.
400 Mayer [Anm. 374], S. 33 f.
401 Klotz [Anm. 33], S. 2.
402 Ebd., S. 8.

des Kindes schrieb, müsse »man sich freilich vor der Übertreibung hüten, alles Märchenhafte schon als solches auch für kindlich zu erachten, denn das Märchen ist von Haus aus nicht so sehr Literatur des Kindes wie vielmehr des Volkes.«[403] Überhaupt könne – so auch der Märchenforscher Rüdiger Steinlein – von einem kinderliterarischen Märchen vor den Grimms kaum die Rede sein,[404] obgleich es im Laufe seiner Entwicklung in Europa seit dem 16. Jahrhundert immer stärker als Kinderliteratur wahrgenommen worden sei.[405] Die italienischen Märchen Straparolas und Basiles beispielsweise sind voll von Menschenfressern, sexuellem Missbrauch und Morden und auch die höfisch überformten französischen Märchen des 18. Jahrhunderts sind bis Perrault, und auch da, kaum »kindgemäß« angelegt.[406] Märchen waren von sich aus im europäischen Raum zunächst keine Kinder- sondern, und dies auch nur in bestimmten Fällen, Volksliteratur. Zur Kontextualisierung der deutsch-jüdischen Kindermärchentradition stellt sich also die Frage, wann das Märchen im deutschsprachigen Raum eigentlich zur Kinderliteratur bzw. zu *der* kinderliterarischen Gattung schlechthin wurde.

Bühlers Märchenauffassung entsprach zunächst der eigentliche Entwurf der *Kinder- und Hausmärchen*.[407] In einem Brief vom 28.1.1813 an Achim von Arnim schrieb Jacob Grimm:

> Sind denn diese Kindermärchen *für Kinder* erdacht und erfunden? ich glaube dies so wenig, als ich die allgemeinere Frage nicht bejahen werde: ob man überhaupt für Kinder etwas eigenes einrichten müsse? Was wir an offenbarten und traditionellen

---

403 Bühler, Charlotte: Das Märchen und die Phantasie des Kindes, 2., unveränd., mit einem Nachtr. vers. Aufl., Leipzig 1925, S. 1.
404 Vgl. Steinlein [Anm. 346], S. 302.
405 Vgl. auch: Blum, Lothar: Märchen, in: Metzler Lexikon Literatur. Begriffe und Definitionen, hg. v. Günther Schweikle, Dieter Burdorf, Irmgard Schweikle u. a., 3. völlig neu bearb. Aufl., Stuttgart 2010, S. 472–474, hier: S. 473.
406 Vgl. Wienker-Piepho, Sabine: »Kindertümlichkeit« – Idee der Romantik oder märchentheoretisches Konzept?, in: Märchenkinder – Kindermärchen. Forschungsberichte aus der Welt der Märchen, hg. v. Thomas Bücksteeg, Heinrich Dickerhoff, München 1999, S. 78–97, hier: S. 80. Zum Begriff der »Kindgemäßheit« vgl. Ewers, Hans-Heino: Literatur für Kinder und Jugendliche. Eine Einführung in Grundbegriffe der Kinder- und Jugendliteraturforschung, 2., überarb. und aktual. Aufl., Paderborn 2012, S. 169. Der Begriff der »Kindgemäßheit« erscheint trotz seiner historischen Implikationen für die Untersuchung der Geschichte des Märchens unumgänglich. Er wird hier jedoch nur im objektiven, von Hans-Heino Ewers definierten Sinn, als Textverständlichkeit einer- und Textattraktivität andererseits verwendet.
407 Heinz Rölleke stellte außerdem fest, dass auch der Titel der *Kinder- und Hausmärchen* marktbezogenen Überlegungen des Verlegers Georg Andreas Reimer folgte und nicht den ursprünglichen Wünschen insbesondere Jacob Grimms entsprach, für den zunächst das philologische und kulturhistorische Potential der Märchen im Mittelpunkt stand.

Lehren und Vorschriften besitzen, das ertragen Alte wie Junge, und was diese daran nicht begreifen, über das gleitet ihr Gemüth weg, bis daß sie es lernen.[408]

Jacob Grimm vertritt in diesem Zitat – in erstaunlicher Analogie zu Heinrich Wolgast[409] – jene kinderliteraturpädagogische Strömung zu Beginn des 19. Jahrhunderts, die der Meinung war, dass es überhaupt keine originäre Kinderliteratur geben solle bzw. brauche. Viel eher käme als solche lediglich die »altüberlieferte], wahrhaft kindgemäße] Volkspoesie« in Betracht.[410]

Zur gleichen Zeit aber wurde die Kindheit, so Heinrich Detering, »in Deutschland mit der Frühromantik zum Traumbild und, eben *als* Traumbild, zur geschichts- und kulturphilosophischen Leitmetapher.«[411] Volk und Kind wurden in dieser Weise aufs engste gekoppelt[412] und das Kind als »der wahre, nämlich ursprünglich-unschuldige Mensch« aufgefasst. »Es repräsentier[te] eben deshalb das erste Zeitalter der Menschheitsgeschichte«[413] und damit den ursprünglichen Volksgedanken – »Kind« wurde zur Synekdoche für »Volk«.

In Bezug auf die Volksliteratur und das Volksmärchen bedeutet dies, dass zwar nicht alles Märchenhafte dem kindlichen Erfahrungshorizont entspricht,[414] dass aber das Märchen als Volksliteratur immer einen Entwurf des Kindlichen in sich trägt. Wenn beispielsweise die *Kinder- und Hausmärchen* in der Vorrede der zweiten Auflage von 1819 und der Großen Ausgabe von 1837 ein »Erziehungsbuch«[415] sein möchten, so war damit zu diesem Zeitpunkt zwar auch »Erziehung« im aufklärerischen Sinne von Pädagogik und Literatur zur Belehrung und Bildung von Kindern gedacht. Jedoch vermutlich ebenso, und dies schildert den ursprünglichen Gedanken der Brüder Grimm in der ersten Auflage, dass es ein Buch zur Erziehung des *Volkes* und der Darstellung eines idealisiert-kindlichen

---

408 Steig [Anm. 255], S. 269–270.
409 Vgl. zu Heinrich Wolgast und der Jugendschriftenbewegung im Allgemeinen Kap. 4.1: Die Entwicklung der deutsch-jüdischen Kinder- und Jugendliteratur aus dem Geiste zweier Emanzipationsbewegungen.
410 Ewers, Hans-Heino: Eine folgenreiche, aber fragwürdige Verurteilung aller »spezifischen Jugendliteratur«. Anmerkungen zu Heinrich Wolgasts Schrift *Das Elend unserer Jugendliteratur* von 1896, in: Theorien der Jugendlektüre. Beiträge zur Kinder- und Jugendliteraturkritik seit Heinrich Wolgast, hg. v. Bernd Dolle-Weinkauff, Weinheim, München 1996, S. 9–25, hier: S. 24.
411 Detering [Anm. 284], S. 120.
412 Vgl. Wienker-Piepho [Anm. 406], S. 93.
413 Detering [Anm. 284], S. 120.
414 Die Frage nach der Kindgemäßheit, also nach Textattraktivität, -verständlichkeit und Eignung des Märchens kann m. E. immer nur aus einer historischen und entwicklungspsychologischen, also adressatenspezifischen Eingrenzung heraus beantwortet werden. Eine allgemeine Behauptung zur Kindgemäßheit des Märchens ist daher an sich kaum möglich. Vgl. auch: Scherf, Walter: Kindermärchen, in: Enzyklopädie des Märchens. Handwörterbuch zur historischen und vergleichenden Erzählforschung, hg. v. Kurt Ranke, Rolf Wilhelm Brednich, Berlin [u. a.] 1993.
415 Grimm, Grimm [Anm. 332], S. 13.

Gesellschaftszustandes, ein Instrument des *nation buildings* sein sollte. Volks- und Kinderliteratur bzw. Volks- und Kind*heits*literatur gehen im Märchen damit eine enge Symbiose ein.

Nichtsdestotrotz entwickelte sich das Märchen im Laufe des 19. und 20. Jahrhunderts immer mehr zu einer nicht nur intendierten und faktischen, sondern, nun als Kinder- und Kunstmärchen, auch originären Kinderliteratur.[416] Im zitierten Brief schrieb schon Jacob Grimm: »Das Märchenbuch ist mir daher gar nicht für Kinder geschrieben, aber es kommt ihnen recht erwünscht und das freut mich sehr«.[417] Die Entdeckung der Märchensammlung durch den im bürgerlichen Zeitalter neu gewachsenen kinderliterarischen Markt war genau genommen der Startschuss des Siegeszugs der *Kinder- und Hausmärchen*. Erst mit Erscheinen der von Ludwig Emil Grimm illustrierten »Kleinen Ausgabe« im Jahr 1825, die von Beginn an als Kinderlektüre intendiert und von Wilhelm Grimm dementsprechend bearbeitet und ausgewählt worden war, wurde die Sammlung einem größeren Leserkreis bekannt.[418] Mit den steigenden Auflagen nahm die Adressatenorientierung und »Akkommodation«[419] an eine jüngere Leserschaft zu, allerdings ebenso, wie weiter oben ausgeführt, auch die »Bereinigung« von scheinbar »undeutschen« Märchen. Mit Blick auf die grimmschen *Kinder- und Hausmärchen* lässt sich also die Hypothese stellen, dass Volksliterarisierung und kinderliterarische Akkommodation im 19. Jahrhundert Hand in Hand gingen. Die Tatsache, dass Märchen spätestens seit der restaurativen Biedermeierzeit zunehmend als Kinderliteratur rezipiert und geschaffen wurden,[420] war für deren *nation building* demnach kein Hindernis. Die zunehmend kinderliterarische Adressatenorientierung der deutschsprachigen Märchen

---

416 Zu deren Unterscheidung vgl. Hans Heino Ewers' Grundlagenwerk *Literatur für Kinder und Jugendliche:* Ewers, der eine feste und immer anwendbare Definition von dem, was Kinder- und Jugendliteratur sei, für unmöglich hält, führt darin mehrere mögliche Korpusbestimmungen kinder- bzw. jugendliterarischer Texte an und unterscheidet zwischen der faktischen Kinder- und Jugendliteratur als einer Literatur, die von Kindern und Jugendlichen gelesen wird, der intendierten Kinder- und Jugendliteratur als einer Literatur, die Kinder und Jugendliche lesen sollen und die als geeignet für sie erachtet wird, sowie zuletzt der originären Kinder- und Jugendliteratur als einer Literatur, die »von Beginn an als potentielle Kinder- und Jugendlektüre« vorgesehen (S. 19) und von dem/r Autor/in für Kinder oder Jugendliche geschaffen worden war. Ewers [Anm. 406], S. 13–28.
417 Steig [Anm. 255], S. 271.
418 Vgl. Rölleke [Anm. 311], S. 1164.
419 Unter Akkommodation versteht Hans-Heino Ewers die »im kinder- und jugendliterarischen Kontext« auftretende »Operation«, »die entweder eine Veränderung erwachsenenliterarischer Werke oder eine Modifikation der in der erwachsenenliterarischen Kommunikation angewandten Symbolregister und Verknüpfungsregeln beinhaltet und mit dem Ziel unternommen wird, überall dort eine Kind- und Jugendgemäßheit herzustellen, wo sie nicht schon gegeben war.« Ewers [Anm. 406], S. 171.
420 Vgl. Rölleke [Anm. 311], S. 1167.

gleichsam als kulturhistorischen Bedeutungsverlust zu sehen, wäre nicht zuletzt deshalb weit verfehlt.

Im Subsystem der deutschsprachigen Kinder- und Jugendliteratur läutete die mit den Grimms beginnende kinderliterarische Märchenmode ein neues Zeitalter ein; im Mittelpunkt stand nun nicht mehr wie zu Aufklärungszeiten der pädagogische Gehalt der Kinder- bzw. Jugendliteratur, sondern der poetische.[421] Mit den grimmschen *Kinder- und Hausmärchen* sei, so Hans-Heino Ewers, »die Anerkennung der Bedeutung poetischer Sprache auch auf dem kinderliterarischen Teil des intermediären kulturellen Feldes entscheidend gefördert« worden.[422] In diesem neuen bürgerlich-kinderliterarischen Markt wurden so im Laufe des 19. Jahrhunderts in zunehmender Auflagenzahl bereits bestehende Märchen im Sinne der Akkommodation kindgerecht umgeformt und neue originäre Kindermärchen geschaffen. Neben die *Kinder- und Hausmärchen* gesellten sich dabei zunächst die *Kinder-Mährchen* E.T.A. Hoffmanns,[423] Karl Wilhelm Salice-Contessas und Friedrich de la Motte Fouqués sowie einige Zeit später Clemens Brentanos *Rheinmärchen* und Ludwig Bechsteins reichhaltig illustriertes *Deutsches Märchenbuch*, schließlich auch die von Ludwig Richter illustrierten Märchen des Dänen Hans Christian Andersen.

Es war insbesondere Letzterer, Hans Christian Andersen, der den weiteren Weg des Märchens von der Volks- zur Kinderliteratur, vom Volks- zum Kinder- und Kunstmärchen ebnete und die Gattung mit einer graphischen wie auch literarischen Realitäts- und Naturzuwendung sowie einer verstärkten »Kindertümlichkeit«[424] und »Kindgemäßheit« im Sinne einer auf die AdressatInnen bzw. LeserInnen abgestimmten Textattraktivität und Textverständlichkeit versah. In seiner Autobiographie aus dem Jahre 1847 legt er dar, wie er im Kindesalter volksliterarische Märchen und Märchenstoffe kennenlernte, die er in eigenen frühen Märchen wie beispielsweise *Das Feuerzeug* verarbeitete. Doch sah er seine und die Aufgabe aller MärchenerzählerInnen in zunehmendem Maße darin, nicht mehr (nur) volksliterarisch für Erwachsene, sondern nun auch originär für Kinder zu erzählen, beziehungsweise eben diese Grenzziehung zwischen Erwachsenen- und Kinderliteratur nach und nach verschwinden zu lassen:

---

421 Vgl. Steinlein [Anm. 346], S. 304.
422 Ebd., S. 311.
423 E.T.A. Hoffmanns Beitrag *Nußknacker und Mausekönig* war dabei nicht so sehr für die Entwicklung des Märchens für Kinder relevant, sondern vielmehr für die im deutschen Sprachraum vornehmlich im 20. Jahrhundert aufkommende phantastische Kinder- und Jugendliteratur und All-Age Literatur. Vgl. Rauch, Marja: E.T.A. Hoffmanns *Nußknacker und Mausekönig* – ein Kindermärchen?, in: »Klassiker« der internationalen Jugendliteratur. Kulturelle und epochenspezifische Diskurse aus Sicht der Fachdisziplinen, hg. v. Anita Schilcher, Claudia Maria Pecher, Baltmannsweiler 2013, S. 157–176.
424 Vgl. Wienker-Piepho [Anm. 406], S. 93.

In meiner zunehmenden Hinneigung zum Märchen folgte ich deshalb meinem Triebe, die meisten selbst zu erfinden [...] Ich hatte meine Erzählung ganz in der Sprache und mit den Ausdrücken zu Papier gebracht , in denen ich selbst mündlich den Kleinen erzählt hatte, und war zu der Erkenntnis gelangt, daß die verschiedensten Alter darauf eingingen [...] Die Märchen wurden eine Lectüre für Kinder und Erwachsene, und das ist sicher eine schwierige Aufgabe für Den, der Märchen schreiben will.[425]

Trotz oder gerade aufgrund dieses angestrebten »Cross-writing[s]«[426] rückte im Vergleich zu den vorhandenen Märchensammlungen französischer oder deutscher Tradition nicht nur das Kind als Rezipient in den Fokus, sondern auch neue, kindgemäße Erzählformen des Märchens. Andersen, ein nach Heinrich Detering »früh entlaufenes Kind« der Romantiker,[427] hatte sich zunächst an deren Volks- und Nationalpoesiefundus orientiert; eine Art »Nationalromantik« und damit das Märchen als Narrativ des *nation buildings* lehnte er jedoch ab und wandte sich nach und nach einem Schreiben für Kinder und deren Kindheit zu.[428] Seine auch heute noch bekanntesten Märchen wie *Die kleine Meerjungfrau* oder *Das missratene Entchen* sind als Produkt dieser Entwicklung Kinder- und auch Kunstmärchen, die im Gegensatz zu den grimmschen *Kinder- und Haus-*

---

425 Andersen, Hans Christian: Das Märchen meines Lebens, in: Hans Christian Andersen: Reiseskizzen und Märchen meines Lebens, Leipzig 1853, S. 213–357, hier: S. 306.
426 Anz, Heinrich: »Aber das ist ja gar kein Märchen!« Überlegungen zu Hans Christian Andersens Märchenpoetik, in: Hans Christian Andersen zum 200. Geburtstag. »Mein Leben ist ein schönes Märchen, so reich und glücklich!«, hg. v. Svenja Blume, Sebastian Kürschner, Hamburg 2005, S. 35–56, hier: S. 38. Vgl. auch: Nix, Angelika: Märchen, für Kinder erzählt? Warum Hans Christian Andersen der »König unter den Kinderbuchautoren« wurde, obwohl er es nicht sein wollte, in: Hans Christian Andersen zum 200. Geburtstag. »Mein Leben ist ein schönes Märchen, so reich und glücklich!«, hg. v. Svenja Blume, Sebastian Kürschner, Hamburg 2005, S. 57–72.
427 Detering, Heinrich: Nachwort, in: Hans Christian Andersen: Märchen und Geschichten, hg. v. Heinrich Detering, Stuttgart 2012, S. 498–508, hier: S. 501. Zur gegenseitigen Beeinflussung der Grimms und Andersens vgl. Dollerup, Cay: Das Miteinander der Märchen. Wie Grimms und Andersens Märchen einander dienlich waren, in: Sinn und Form 58, 2006, 1, S. 95–105, hier: S. 100. Zur Beeinflussung Andersens durch Musäus und Hoffmann vgl. Sørensen, Bengt Algot: Der Märchenstil H. C. Andersens im Lichte deutscher Märchendichtung, in: Orbis Litterarum 60, 2005, 6, S. 432–448.
428 Festgehalten werden muss, dass Andersen mit seiner Ablehnung einer national aufgeladenen Kinderliteratur im Bereich der Gattung Märchen eine Ausnahme bildete, bzw. unterschied ihn das von deutschsprachigen Märchensammlungen des 19. Jahrhunderts, deren Kern die Verbindung von »bürgerliche[m] Nationalbewusstsein und bürgerliche[m] Familiensinn« war. Vgl. Karrenbrock, Helga: Märchen, in: Die Kinder- und Jugendliteratur in der Zeit der Weimarer Republik. Teil 1, hg. v. Norbert Hopster, Frankfurt a. M. 2012, S. 359–384, hier: S. 359. Wie die Brüder Grimm zeigen, dürfen im Kontext deutschsprachiger Märchen die beiden Begriffe Volks- und Kindermärchen insgesamt nicht antithetisch verstanden werden. Auch, oder besser: gerade das Kindermärchen konnte Literatur für das »Volk« im Sinne einer national oder ethnisch verstandenen Identität oder einem Kollektiv sein, auch wenn es als Kunstmärchen in den meisten Fällen neu erdacht, literarisiert und einem bestimmten Autor zugeschrieben worden war.

märchen weniger in einem pädagogischen, dem Kind zugewandten Gestus, als vielmehr aus Kindessicht und Position geschrieben sind.[429] Der Beginn der *Kleinen Meerjungfrau* lautet beispielsweise:

> Weit draußen im Meer ist das Wasser so blau wie die Blätter der herrlichsten Kornblume, und so klar wie das reinste Glas, aber es ist sehr tief, tiefer als irgendein Ankertau reicht, viele Kirchtürme müsste man aufeinanderstellen, um vom Grund bis übers Wasser hinauszukommen. Dort unten wohnen die Meerleute.[430]

Zwar blieb das im (Volks)Märchenwunderbaren enthaltene utopische Potential einer bürgerlich-biedermeierlichen Rückwendung in Märchen wie dem *Zinnsoldaten* oder *Das Mädchen mit den Schwefelhölzern* erhalten, Andersen verstand es aber, die typischen »Charakteristika von Alltagsprosa und Volksmärchen«[431] zu verschmelzen und über den Rückwendungstopos hinaus einen Schritt in Richtung Moderne zu machen. Mit seinen Märchen gelang es ihm, den Übergang des Märchens der Romantik zum Märchen der Jahrhundertwende und damit vom Volks- zum Kindermärchen zu vollziehen.

Die so herausgebildeten (unterschiedlichen) Konstituierungen des Kindermärchens bei den Grimms und Andersen wurden in der Folgezeit zwar immer wieder verändert, im Großen und Ganzen aber bis heute beibehalten. Als Kindermärchen wird, nach aktueller Forschungsmeinung, ein Märchen für, über oder von Kindern verstanden,[432] wobei vor allem die ersten beiden Bedeutungen, »für Kinder« und »über Kinder«, wie bereits bei Joachim Heinrich Campe als »Mährchen für Kinder«[433] subsumiert werden. Dieses kann aber wieder differenziert werden in originäre Kindermärchen, also jene, die speziell für kindliche AdressatInnen geschaffen worden waren, intendierte Kindermärchen als Märchen, die Kinder lesen sollten, und faktische Kindermärchen als die Märchen, die von Kindern gelesen werden, ganz unabhängig von der Intention der er-

---

429 Vgl. Detering [Anm. 427], S. 499.
430 Andersen, Hans Christian: Die kleine Meerjungfrau, in: Hans Christian Andersen: Märchen und Geschichten, hg. v. Heinrich Detering, Stuttgart 2012, S. 56–82, hier: S. 56. Als kindgemäße Erzählform und kindliche Sprache können hier beispielsweise die Verwendung von Vergleichen mit Gegenständen aus dem kindlichen Alltag (Kornblume, Glas), Wiederholungen und Klimax (»tief, tiefer«), der Verzicht auf Abstraktes und Zahlen (»viele Kirchtürme müsste man aufeinanderstellen«) sowie die Thematik der animistischen Naturauffassung (»Meerleute«) herangezogen werden.
431 Wilkending, Gisela: Vom letzten Drittel des 19. Jahrhunderts bis zum Ersten Weltkrieg, in: Geschichte der deutschen Kinder- und Jugendliteratur, hg. v. Otto Brunken, Reiner Wild, 3., vollständig überarb. und erw. Aufl., Stuttgart 2008, S. 171–240, hier: S. 191.
432 Vgl. Solms, Wilhelm: Was sind Kindermärchen?, in: Märchenkinder – Kindermärchen. Forschungsberichte aus der Welt der Märchen, hg. v. Thomas Bücksteeg, Heinrich Dickerhoff, München 1999, S. 98–102, hier: S. 99.
433 Campe, Joachim Heinrich: Wörterbuch der Deutschen Sprache. Zweiter Teil: F-K, Braunschweig 1808, S. 929.

wachsenen AutorInnen oder PädagogInnen. Wenn sich das Märchen im deutschen Sprachraum im Laufe des 19. Jahrhunderts vom Volks- zum Kindermärchen wandelte, so ist demnach vor allen Dingen gemeint, dass eine neue Adressaten- bzw. Leser- oder Hörergruppe in den Fokus der Gattung trat.

Eine bei Andersen gut wahrzunehmende Folge, jedoch nicht Voraussetzung der Entwicklung vom Volks- zu einem solchen Kindermärchen, war die zunehmende »Kindgemäßheit« des Märchens und damit die Einschreibung der AdressatInnen in den eigentlichen Text, auf stilistischer, sprachlicher und inhaltlicher Ebene. Als kindgemäße literarische Gattung wandelte sich das Märchen in der zweiten Hälfte des 19. Jahrhunderts in Bezug auf Themen und den Modus des Erzählens: es entstanden mit dem Erfahrungshorizont von Kindern vereinbare Ding-, Tier- und Naturmärchen, die von einer dem kindlichen Wortschatz und der kindlichen Perspektive angenäherten meist auktorialen Erzählfigur vermittelt wurden. In dieser naturnahen Ausrichtung geriet das Märchen allerdings zunehmend in den Einflussbereich des realistischen Erzählens. Es verlor darin aber als phantastisch-wunderbare, nicht-realistische Gattung allmählich seine prominente Stellung.[434] Die große Märchenepoche war, so der allgemeine Forschungskonsens, spätestens mit Erscheinen der realistischen Märchen Gottfried Kellers und insbesondere Theodor Storms in den 1860ern zu Ende. Sichtet man die germanistische Märchenforschung, so gab es danach zumindest im kinderliterarischen Bereich für sehr lange Zeit keine bedeutende Märchenproduktion mehr.[435]

Interessanterweise ging mit dem Stillstand in Form und Inhalt aber ein Aufschwung in quantitativer Hinsicht einher. Hermann Prahn, der sich gegen Ende des 19. Jahrhunderts der Gattung des Märchens in der *Jugendschriften-Warte* annahm, stellte fest, dass die Zahl der seit dem 19. Jahrhundert bestehenden Märchenbücher alljährlich durch Neuerscheinungen vergrößert wurde.[436] Diese seien entweder Zusammenstellungen älterer, bekannter Märchen oder Neudichtungen. Das Urteil Prahns über diese Neuerscheinungen fällt allerdings überaus negativ aus:

---

434 Vgl. Köbler, Verena: Literarische Märchen für Kinder, in: Handbuch zur Kinder- und Jugendliteratur. Von 1850 bis 1900, hg. v. Otto Brunken, Stuttgart, Weimar, S. 355–371, hier: S. 355.
435 Vgl. Ewers, Hans-Heino: Erfahrung schrieb's und reicht's der Jugend. Geschichte der deutschen Kinder- und Jugendliteratur vom 18. bis zum 20. Jahrhundert: gesammelte Beiträge aus drei Jahrzehnten, Frankfurt a. M. 2010, S. 178. Wobei hier die Vermutung naheliegt, dass allein der Eingang des Märchens in das kinderliterarische Subsystem als qualitative »Verlusterscheinung« wahrgenommen wurde. Eine auf den Maximen der Kinderliteraturforschung basierende und damit den neuen Manifestationen des Märchens als Kindermärchen gerecht werdende Untersuchung der Märchen aus der zweiten Hälfte des 19. Jahrhunderts steht meiner Meinung nach allerdings noch aus.
436 Vgl. Prahn, Hermann: Ueber Märchenbücher, in: Jugendschriften-Warte, 1893, 2, S. 5.

Und doch kann der Jugendfreund von der Legion der Märchenbücher nur wenige empfehlen, einmal weil die Auswahl schlecht getroffen, da nicht jedes Volksmärchen für Kinder geeignet ist, und dann weil die Verfasser vieles andere, nur keine Märchen bringen.[437]

Mitverantwortlich für diesen quantitativen Aufschwung des Märchens waren im deutschsprachigen Raum ab 1871 ein gesteigertes nationales Bewusstsein und eine verstärkte Hinwendung zur »Funktionstrias Gedächtnispflege, Weckung von Nationalgefühl und Einheitsstiftung«.[438] Das Märchen wurde von einer nationalistisch orientierten Literaturpädagogik in der Verschränkung »Märchen – Kind – Volk« neu entdeckt und mit dem Ziel nationaler Identitätsbildung bei jungen Zuhörer- und LeserInnen eingesetzt.[439] Der deutsche Schriftsteller und Pädagoge Bogumil Goltz beispielsweise schrieb dazu in seinen *Vorlesungen* 1869, dass das Märchen »auf ein ideales Reich, dem die Form oft nur andeutungsweise und bildlich entspricht«, verweise und es den »Glaube[n] an eine sittliche Welt-Ordnung« verkünde.[440] Das Märchen als Volksmärchen wurde nun selbst zur »Volks-Seele« der deutschen Nation und deren Idealen:

> Wir werden sehen und beherzigen, wie sich die deutsche Cultur-Geschichte, die deutsche Volks-Seele und der deutsche Verstand eben im deutschen Märchen offenbaren [...] Jede Falte und jeder Winkel des Märchen-Herzens athmet Menschen-Liebe, Religion und Gerechtigkeit. Im deutschen Märchen sind Natur-Liebe und Gottesfurcht, Heimweh und Wanderlust, Kleinmuth und Trotz auf eigne Kraft, Einfalt und Grübelei, Herzens-Sorge und leichter Sinn zu einer Lebens-Weise, zu einer Glaubenskraft versöhnt, die uns mit Adams-Kräften anhaucht und auf Engelsflügeln durch alle Welt-Reiche führt.[441]

Zeittypisch wurde das Märchen dabei in eine Art »nationalistische Grundstimmung« des Kaiserreichs eingebettet und das »deutsche Märchen« als Summum Bonum über die anderer Kulturen und Völker gestellt. In seiner Funktion als Kinderliteratur und -lektüre sollte das Märchen, so noch einmal Goltz, auf bestmögliche, nämlich das Nationalgefühl fördernde Weise, »die ersten Gedanken und Kräfte des Herzens aufwachen und wachsen« lassen.[442] Wie Goltz zeigt, bildeten dazu weiterhin die bereits bekannten romantischen und

---

437 Ebd.
438 Köbler, Verena: Bearbeitungen volksliterarischer Genres und populärer Lesestoffe für Kinder, für die Jugend und für ›Jugend und Volk‹, in: Handbuch zur Kinder- und Jugendliteratur. Von 1850 bis 1900, hg. v. Otto Brunken, Stuttgart, Weimar, S. 726–743, hier: S. 727.
439 Vgl. Karrenbrock [Anm. 428], S. 359.
440 Goltz, Bogumil: Das deutsche Volksmärchen und sein Humor, in: Bogumil Goltz: Vorlesungen, Bd. 2, Berlin 1869, S. 219.
441 Ebd., S. 229 u. 232. Vgl. dazu auch: Steinlein [Anm. 324], S. 20f.
442 Goltz [Anm. 440], S. 223.

biedermeierlichen Märchensammlungen von den Brüdern Grimm, Bechstein, Hauff und auch Andersen die Basis.[443] Sie wurden meist nur neu illustriert und für die heterogener gewordene alphabetisierte Gesellschaft in unterschiedlichen Ausgaben herausgegeben.[444]

Als Kinderliteratur der Kaiserzeit fungierte das Märchen in Form etablierter Volksmärchensammlungen weiterhin als »kulturelles Erbe des gesamten Volks«.[445] Es war darüber hinaus aber auch ›gemeinsamer Nenner‹ mehrerer ansonsten als »zerklüftet«[446] zu bezeichnenden literaturpädagogischen Strömungen zwischen 1870 und 1918. Neben einer national ausgerichteten Lektürepädagogik, wie sie Bogumil Goltz vertrat, propagierten sowohl die Jugendschriften- und Kunsterziehungsbewegung als auch von der Entwicklungspsychologie beeinflusste neuromantische Kinderliteraturauffassungen die Gattung des Märchens.[447] Für Heinrich Wolgast, die Gallionsfigur der Jugendschriftenbewegung, beispielsweise waren die grimmschen *Kinder- und Hausmärchen* neben nationalen oder lokalen Heldensagen die beste Literatur für Jugendliche, da mit ihnen das »nationale Wesen« am besten gelehrt und erzogen werden könne[448] und die »Märchendichtungen« von Hauff, Andersen und den Grimms »das im eigentlichen Sinne Kindliche« ansprächen.[449] Auch die *Jugendschriften-Warte*, in der zuvor der quantitative An- und qualitative Abstieg des Märchens kritisiert worden war, stand der Gattung des Märchens im Allgemeinen sehr positiv gegenüber:

> Wir haben also die Märchen sorgfältig gesichtet, als einen vorzüglichen Lesestoff erkannt, der jedem deutschen Kinde in die Hand gegeben werden müßte. Denn das Kind,

---

443 Wie Hans-Heino Ewers in Anlehnung an Klaus-Ulrich Pech aufzeigt, kann das Märchen dabei exemplarisch für das kinder- und jugendliterarische System insgesamt gelten, denn die Umrisse, die dieses von der Romantik bis in die biedermeierliche Restaurationszeit angenommen hat, wurden so bis weit ins 20. Jahrhundert beibehalten. Zum Teil könne dem Kinder- Jugendliteratursektor auch heutzutage noch eine gewisse ›Biedermeierlichkeit‹ zugeschrieben werden. Ewers [Anm. 435], S. 166.
444 Vgl. Köbler [Anm. 438], S. 732 f.
445 Karrenbrock [Anm. 428], S. 359.
446 Ewers [Anm. 435], S. 163.
447 Vgl. zu den unterschiedlichen Kinderliteraturströmungen des Zeitraums: ebd., S. 166 f. Wie später im Zusammenhang der jüdischen Kinder- und Jugendliteratur noch genauer erläutert wird, handelt es sich bei der neuromantischen Literatur »vom Kinde aus« um die literaturpädagogische Übernahme der Theorien Ellen Keys, Maria Montessoris oder auch Charlotte Bühlers.
448 Wolgast, Heinrich: Grossbuch oder nationale Dichtung? Erstmals erschienen im Dresdner Anzeiger, Monatsbeilage 1901, 48, in: Heinrich Wolgast: Vom Kinderbuch. Gesammelte Aufsätze, Leipzig, Berlin 1905, S. 60–67, hier: S. 66.
449 Wolgast, Heinrich: Das Elend unserer Jugendliteratur. Ein Beitrag zur künstlerischen Erziehung der Jugend, 7. Aufl., Worms 1951, S. 252. Rüdiger Steinlein stellt dazu fest, dass bei Wolgast die »Wertschätzung« der *Kinder- und Hausmärchen* »einen ihrer Höhepunkte« erreicht habe. Steinlein [Anm. 346], S. 301.

das sich in die Märchen versenkt, bleibt länger kindlich, und die bleibende Frucht davon ist der poetische Sinn, die begeisterungsfähige ideale Gesinnung, ein Trost und eine Erbebung [sic!] für jene Tage, wo das Kind, aus seinem Paradiese vertrieben, im Schweiße seines Angesichts das Brot der Erkenntnis essen muß.[450]

Dieser Aspekt der besonderen »Passung« von Märchen, Kind und Volk findet sich auch in Charlotte Bühlers entwicklungspsychologisch angelegter Studie *Das Märchen und die Phantasie des Kindes* aus dem Jahr 1918. Neu an Bühlers die gesamte Weimarer Zeit prägender Märchenforschung war die Annahme, dass das Märchen über eine angenommene Volkstümlichkeit hinaus dem kindlichen Wesen in besonderer Art entspräche und so als Lektüre für Kinder eher geeignet sei, als andere volksliterarische Gattungen:

Was gibt dem Märchen eine so besondere Stellung in aller Literatur, was macht das Märchen zur Literatur des Kindes? Nicht allein seine Volkstümlichkeit. Diese haftet auch der Sage, dem Volkslied und mancher Anekdote an, ohne daß diese darum Eingang in die Kinderstube fänden. (...) In der Tat, diese naive Verkettung des Alltäglichen, ja Profanen, mit dem Außerordentlichen und Wunderbaren ist eine nur dem Volksmärchen anhaftende Eigentümlichkeit, die eine einzigartige Einfalt bekundet. Eine solche Anschauungsweise muß der kindlichen Auffassung vom Leben sehr nahe kommen. Profanes und Heiliges nimmt es ohne Unterscheidung unbefangen und mit Unschuld hin, Wirklichkeit und Wunder sind ihm noch nicht durch eine unüberbrückbare Kluft getrennt. Dem Kinde mag die Märchenwelt in eben dem Maße natürlich sein als sie dem Erwachsenen unwirklich ist.[451]

Sowohl die Ablehnung der »spezifischen« Kinder- und Jugendliteratur im Zuge der Jugendschriftenbewegung als auch das Aufkommen entwicklungspsychologischer Literaturpädagogik unterstützte damit die Perpetuierung der romantischen und biedermeierlichen Märchentradition und läutete eine regelrechte »Märchenmode«[452] im ersten Drittel des 20. Jahrhunderts ein. Neben den immer wieder neu aufgelegten »Klassikern« und Märchen aus »fremden« Kulturen entstanden so neue, originäre Kindermärchen, und dies – hier verknüpft sich die allgemeinere Gattungsbetrachtung mit dem speziellen Untersuchungsgegenstand – nicht zuletzt im deutschsprachigen jüdischen Kulturkreis. Da dieser in den folgenden Kapiteln einer detaillierteren Analyse unterzogen wird, sollen hier nur kurz die wesentlichen Züge der »Märchenmode« von der Jahrhundertwende bis zum Ende der Weimarer Republik skizziert werden, um die jüdische Kindermärchenproduktion und deren transkulturelles Potential im Sinne des *socio-historic approachs* im Folgenden kontextualisieren zu können.

---

450 Prahn, Hermann: Ueber Märchenbücher. (Schluß), in: Jugendschriften-Warte, 1893, 4, S. 13.
451 Bühler [Anm. 403], S. 11.
452 Karrenbrock [Anm. 428], S. 361. Nach Karrenbrock war das Märchen »im ersten Drittel des 20. Jahrhunderts die verbreitetste kinderliterarische Gattung«.

Als Kinder- und zugleich Volksmärchen wurde das Märchen ab 1900 verstärkt von politischen Strömungen instrumentalisiert, jedoch auf gänzlich unterschiedliche Weise. Während in der Jugendbewegung weiterhin auf *nation building* und das volksliterarische Potential der Märchen, allen voran das der *Kinder- und Hausmärchen*, gesetzt wurde,[453] bemühte man sich im politisch linken Lager um neue proletarische (Kinder-)Märchen, die das Ziel der sozialen Emanzipation unterstützten, dabei jedoch oftmals die Grenzen der Gattung sprengten.[454] Auch diese Kindermärchen, etwa die von Hermynia zur Mühlen, rekurrieren auf den Volksmärchenfundus, sie etablieren in ihrer sozialkritischen Aussage jedoch einen neuen Volksbegriff im Sinne des Proletariats.

Neben diesen eher politischen Märchen erlangten ab 1900 vor allen Dingen naturmystische Märchen und Tiermärchen wie Waldemar Bonsels *Biene Maja*, Gerdt von Bassewitz' *Peterchens Mondfahrt* oder Paula Dehmels Märchen bemerkenswerte Popularität.[455] Auch sie sind meist eher am Rande der Gattung Märchen anzusiedeln, handeln sie doch nicht von einer »durchausentgegengesetzten« wunderbaren Welt, sondern einem animistischen, anthropomorphisierten und dem kindlichen Weltbild nachempfundenen Naturweltverständnis.[456] Doch hatten auch Natur- und Tiermärchen eine lange volksliterarische Tradition. Bereits Äsop dichtete im 6. Jahrhundert v. Chr. Tierfabeln und im jüdischen Talmud und Midrasch finden sich mehrere Erzählungen von sprechenden oder wundertätigen Tieren.[457] Um die Jahrhundertwende wurden im Sinne einer im Fahrwasser der Reformpädagogik und der Entwicklungspsychologie entstandenen Literatur »vom Kinde aus« aber meist keine phantastischen Anderswelten evoziert, sondern die »Idee einer mystischen Vereinigung aller Lebenden in einem künftigen Reich« vorgestellt.[458]

Die dargestellte »Märchenmode«, aber auch »jene deutsch-völkische Ideologie, die bereits die gesamte wilhelminische Ära prägte«,[459] hielt über den

---

453 Vgl.: Lorenzen, Malte: »Denkt an die Arbeit der Brüder Grimm« – Die Jugendbewegung und das Märchen, in: Märchen, Mythen und Moderne. 200 Jahre Kinder- und Hausmärchen der Brüder Grimm, hg. v. Claudia Brinker-von der Heyde, Holger Ehrhardt, Hans-Heino Ewers, Frankfurt 2015, S. 813–824.

454 Vgl. Dolle-Weinkauff, Bernd: Mit Grimm in den Klassenkampf. Zur Rezeption der *KHM* im ›Proletarischen Märchen‹ des frühen 20. Jahrhunderts, in: Märchen, Mythen und Moderne. 200 Jahre Kinder- und Hausmärchen der Brüder Grimm, hg. v. Claudia Brinker-von der Heyde, Holger Ehrhardt, Hans-Heino Ewers, Frankfurt 2015, S. 825–836, hier: S. 827.

455 Weniger bekannt, dafür ein hierzu passendes Beispiel deutsch-jüdischer Tier- und Naturmärchen, sind Max Nordaus *Märchen* für seine Tochter Maxa, die in Kap. 5.4. näher betrachtet werden.

456 Vgl. Karrenbrock, Helga: Märchenkinder – Zeitgenossen. Untersuchungen zur Kinderliteratur der Weimarer Republik, Stuttgart 1995, S. 58.

457 Kanner, Israel Zwi: Jüdische Märchen, Frankfurt a. M. 1977, S. 177 ff.

458 Ewers [Anm. 435], S. 181.

459 Stark, Roland: Die Fortsetzung der Kinder- und Jugendliteratur aus der Zeit vor 1918/19 in

1. Weltkrieg und in der Weimarer Zeit an. Märchen waren weiterhin *die* kinderliterarische Gattung und auf dem Buchmarkt der Weimarer Zeit omnipräsent.[460] Sie dienten, der einschlägigen Studie Helga Karrenbrocks zufolge, in der Weimarer Republik als »Wiege der Kindertümlichkeit« und zugleich »›Schatzhaus‹ des nationalen Kulturerbes, dessen sich der expressionistische Dichter-Seher ebenso selbstverständlich bediente wie der völkisch-nationale Autor der späteren Weimarer Republik.«[461] Diese Heterogenität und Pluralität des Märchens findet sich auch in den deutschsprachig-jüdischen Kindermärchen, die vermehrt in eben dieser Zeit der Märchenmode, zwischen 1900 und 1933 entstanden sind. In den folgenden Kapiteln wird nun zu überprüfen sein, inwieweit sich diese deutschsprachige jüdische Märchentradition ebenfalls auf *nation building* und Kindertümlichkeit berief und um welche Märchen es sich im Genauen handelt. Darüber hinaus steht über allem die Frage, ob denn von einer deutsch oder österreichisch-jüdischen, also transkulturellen, Märchenmode gesprochen werden kann oder ob es vielmehr eine jüdische Märchentradition im deutschsprachigen Raum war. Die vorangehend erfolgten Reflexionen zur deutschsprachigen Märchentradition bilden dazu nun eine Vergleichsfolie.

---

    die Zeit der Weimarer Republik, in: Die Kinder- und Jugendliteratur in der Zeit der Weimarer Republik. Teil 2, hg. v. Norbert Hopster, Frankfurt a. M. 2012, S. 919–937, hier: S. 924.
460 Karrenbrock [Anm. 428], S. 362.
461 Ebd., S. 363. Karrenbrocks Studie bietet darauffolgend eine detaillierte Auflistung der wichtigsten Märchen und Tendenzen der Märchenmode, die hier allerdings nicht mehr von Relevanz sind. Vgl. auch: Karrenbrock [Anm. 456].

3. Neu-Konstituierungen jüdischer Volkspoesie im 19. und frühen 20. Jahrhundert – Die Anfänge des deutschsprachigen jüdischen Märchens im deutsch-jüdischen Volksmärchen

3.1. Magie, Zauber und »Märchen« im jüdischen Schrifttum

Der in Kapitel 2.1. dargestellten Gattungsdefinition des Märchens entsprechende Texte kommen in den aus biblischer Zeit stammenden Textbeständen des jüdischen Schrifttums im Sinne von Zauber- oder Volksmärchen aufgrund des Wahrheitsanspruchs der religiös-sakralen Texte nicht vor.[462] Einschränkend muss allerdings bemerkt werden, dass es begriffsgeschichtlich betrachtet – wie auch im Französischen und englischen Sprachraum – im Hebräischen keinen dem deutschen ›Märchen‹ exakt entsprechenden Ausdruck gibt. In Übersetzungen, beispielsweise der *Kinder- und Hausmärchen*, wird meist der Begriff ›Aggada‹, »הדגא« verwendet.[463] Jene Gattungsbezeichnung also, die für die nichthalachischen, nichtgesetzlichen Erzählungen der Kommentartexte zur hebräischen Bibel verfasst sind. Daneben wird manchmal auch der Begriff ›Maasija‹ oder ›Maassim‹ gebraucht, der – so Israel Zwi Kanner – den Erbauungscharakter der Geschichten etwas mehr unterstreicht.[464] Märchen- und

---

[462] Eli Yassif stellt an dieser Stelle die These vor, dass einige biblische Handlungen, bspw. die um König David, ursprünglich einen viel märchenhafteren Charakter gehabt haben könnten, dieser jedoch zugunsten eines realistischen kanonischen Bibeltexts gestrichen wurde. Yassif, Eli: The Hebrew folktale. History, genre, meaning, Bloomington, Ind. 1999, S. 64. In diesem Punkt soll hier aber dem Kabbalah-Diktum gefolgt werden: »Wehe dem Menschen, der behauptet, daß die Bibel Märchen erzählt«, aus: Kanner [Anm. 457], Titelblatt.

[463] Weitere anzutreffende Begriffe für ›Märchen‹ aus der jüdischen Überlieferung sind nach meinen Recherchen ›Sippure‹ (~›Erzählung‹) und ›Maasse‹ (~›Geschichte‹).

[464] Israel Zwi Kanner war Dozent für Volkskunde und deutsche Sprache in Tel Aviv und machte in der Fischer-Reihe »Märchen der Welt« in den 1970er Jahren das jüdische Märchen erstmals in deutscher Sprache für die Öffentlichkeit zugänglich. Seine Zusammenstellung umfasst biblische, talmudische, midraschische und chassidische Erzählungen; sie ist jedoch aus gattungstheoretischer Sicht wenig differenziert. Zudem handelt es sich bei den von ihm zusammengetragenen »Märchen« um Übersetzungen der insbesondere hebräischsprachigen Texte und damit weniger um hier im Zentrum stehende Ausweise einer deutsch-jüdischen Märchentradition: ebd., S. 11.

allgemeinere Volksliteraturbegrifflichkeit fallen bei beiden jedoch in einem zusammen; eine normative Unterscheidung zwischen Geschichte oder Erzählung, Märchen, Sage und Legende ist damit in den hebräischen Ursprungstexten meist nicht möglich.

Auf der Suche nach frühen Spuren jüdischer Märchen und damit auch auf der Suche nach Magie und Wunderbarem im jüdischen Schrifttum lässt sich zunächst eine Art »märchenhafter Charakter« einiger Texte feststellen. In den Apokrypha beispielsweise, den Texten aus der zweiten Tempelperiode, die keinen Eingang in die Thora gefunden hatten, insbesondere dem Buch Tobit oder dem Buch der Weisheit Salomos, sehen Forscher wie Eli Yassif »one of the first examples in world literature of a fairytale«:[465]

> Am gleichen Tag geschah es Sara, der Tochter Raguëls, in Ekbatana in Medien, daß sie von einer der Mägde ihres Vaters Schmähungen anhören mußte. Denn sie (Sara) war sieben Männern zur Frau gegeben worden, aber der Dämon Aschmodai tötete sie jedesmal, bevor sie mit ihr so geschlafen hatten, wie es mit Frauen üblich ist. Und es sprach die Magd zu ihr: Du bist es, die die Männer ermordet! (Tob 3,7–8)

Wie die zitierte Stelle belegt, begegnen uns in diesen frühen apokryphen Texten wundersame Wesen wie hier beispielsweise der Dämon und Geisterfürst Aschmodai.[466] Dieser ist, wie andere wunderbare Figuren, Ausweis des in den religiösen monotheistischen Text eingegangenen dämonischen Volksaberglau-

---

465 Yassif [Anm. 462], S. 65.
466 Siegfried Abeles zeichnet dessen Herkunftsgeschichte aus der altiranischen Sagenwelt nach, auch der Name Aschmodai, bzw. *Aeshma* deutet auf einen persischen Ursprung hin. Abeles, Siegfried: Altjüdische Märchenmotive, in: Jüdischer Nationalkalender, 1921, S. 121–133, hier: S. 129. Aschmodai oder auch Asmodai, Asmodäus und Ashmedai, ist nach Gerhard Langer die Personifikation von Gier, Rausch, Mord und Zorn. Er nimmt innerhalb des rabbinischen Schrifttums allerdings eine ambivalente Rolle als zwar Dämon, aber doch Schriftgelehrter und Gefangener König Salomos ein. Eine größere Rolle spielt Aschmodai in den Kindermärchen, bspw. in Heinrich Loewes *Eine Fahrt ins Geisterland*. Die Figur des Dämons allgemein stammt aus antik-griechischer Zeit. Der *daimon* hatte seinen Platz bei Homer und den Platonikern zwischen Menschen und Göttern, er war bei den griechischen Philosophen ein übernatürliches Wesen positiver sowie negativer Gestalt. Der Name *daimon*, oder im Persischen *daeva*, verweist bereits entfernt an die ursprüngliche Verwandtschaft mit Gottheiten und ist ähnlich zu lat. *deus, divinus*. Vgl. Petzoldt, Leander: Das Universum der Dämonen. Dämonologien und dämonologische Konzepte vom ausgehenden Mittelalter bis zur frühen Neuzeit, in: Leander Petzoldt: Tradition im Wandel. Studien zur Volkskultur und Volksdichtung, Frankfurt a. M. 2002, S. 9–31, hier: S. 11. Auch in Augustinus' *Gottesstaat* bis hin zu spätmittelalterlichen und frühneuzeitlichen Theologen sind die Dämonen fester Bestandteil der diesseitigen Welt. Als »luftige«, geisterartige Wesen schreibt Augustinus ihnen jedoch ein eindeutig malevolentes Wirken zu: »Sie ebnen nicht den Weg zu Gott, sondern hindern uns, auf ihm zu wandeln.« Augustinus, Aurelius: Vom Gottesstaat (De civitate Dei). Vollständige Ausgabe in einem Band. Buch 1 bis 10, Buch 11 bis 22. Eingeleitet und kommentiert von Carl Andresen, München 2007, S. 454.

bens.[467] Struktur und Motive[468] der Erzählung belegen darüber hinaus ihre Verwandtschaft bzw. Vorgängerschaft zu traditionellen Volksmärchen – »Was noch gestern apokryph war, wird heute Volksbestand«,[469] so einer der berühmtesten Sammler jüdischer Volksliteratur Micha Josef Berdyczewski. Doch nicht nur in Apokrypha, sondern auch in den lange mündlich überlieferten rabbinischen Schriften des Talmud und Midrasch begegnen uns solcherart Geschichten und Sagen über Dämonen, Hexen, menschliche Wundertäter, Spuk und unheimlich-phantastische Begebenheiten relativ oft. Dies ist angesichts des rabbinischen Bemühens um eine strikt monotheistische Ausrichtung, die Wunder(bares) eigentlich nur mehr in Verbindung mit göttlicher Kraft anerkannte, umso erstaunlicher. Der Einfall des Übernatürlichen in ein meist alltägliches Setting, zum Beispiel während des Einkaufs oder beim Gebet, bewirkt dabei aber weniger den Eindruck eines märchenhaft-wunderbaren Charakters, sondern unterstreicht vielmehr den phantastisch-unheimlichen und abergläubischen Ton in den Volkserzählungen, der in mittelalterlichen diasporischen Texten noch durch Einflüsse der nicht-jüdischen Mehrheitskulturen angereichert wurde.[470]

Generell stellt sich am Beginn der Untersuchung einer jüdischen (Volks)-Märchentradition angesichts dieser nur auszughaften Befunde die Frage, welche Rolle das Wunderbare in der Kultur- und Literaturgeschichte des Judentums spielte. Für den Kontext der deutsch-jüdischen Märchen ist dies insofern relevant, da eine in der Tradition angenommene ablehnende Haltung gegen das

---

467 Tob. 8,1 ff. Im Volksaberglauben beansprucht Aschmodai Bräute in der Hochzeitsnacht für sich und kann erst durch den religiös-magischen Helfer Rafael und dessen Ratschlag, den Dämon mit Fischinnereien in der Hochzeitsnacht zu vertreiben, in die ägyptische Wüste verbannt werden. Vgl. dazu den Kommentar in der Ausgabe Schüngel-Straumann, Helen, Zenger, Erich: Tobit. Übersetzt und ausgelegt, Freiburg im Breisgau [u.a.] 2000, S. 133f. Sowie auch: Ego, Beate: »Denn er liebt sie« (Tob 6,15 Ms. 319). Zur Rolle des Dämons Asmodäus in der Tobit-Erzählung, in: Die Dämonen – Demons. Die Dämonologie der israelitisch-jüdischen und frühchristlichen Literatur im Kontext ihrer Umwelt, hg. v. Armin Lange, Hermann Lichtenberger, K.F. Diethard Römheld, Tübingen 2003, S. 309–317.
468 Bspw. die gefährliche Hochzeitsnacht, das Auftreten des Dämons und die Zahlensymbolik in den sieben toten Ehemännern. Nur die Tatsache, dass Rafael, ein Engel Gottes und damit das wunderbare Geschehen, Teil des monotheistischen Weltbildes ist, widerspricht zeitgenössischen Volksmärchen-Definitionen, wie der von Max Lüthi und bindet das Wunderbare in die religiös-diesseitige Dimension ein. In Schlüsselstellen wie dieser wurde in frühen jüdischen Texten somit »die Legitimität magischen Handelns in der JHWH-Religion« verhandelt: Ego, Beate: Die Vertreibung des Dämons Asmodäus. »Magie« in der Tobiterzählung, in: Zauber und Magie im antiken Palästina und seiner Umwelt. Kolloquium des Deutschen Vereins zur Erforschung Palästinas, 14.-16.11.2014, hg. v. Jens Kamlah, Mainz 2017, S. 381–408, hier: S. 381.
469 Bin Gorion, Micha Josef: Vorbemerkungen des Sammlers, in: Micha Josef Bin Gorion: Der Born Judas. Zweiter Teil, hg. v. Emanuel Bin Gorion, Frankfurt a. M. 1973, S. 7–10, hier: S. 8.
470 Vgl. Yassif [Anm. 462], S. 144 ff.

Märchen noch im 20. Jahrhundert als Argument contra das (Kinder)Märchen von einigen Pädagogen vorgebracht wurde.[471] Zunächst erscheint es zu diesem Zweck sinnvoll, ein Vergleichsinstrumentarium und -system zu etablieren, um die verschiedenen Arten des (Märchen)-Wunderbaren im Kontext des Religiösen abgrenzen zu können: Es soll hier zwischen dem monotheistisch gewirkten Wunder, also der *magia metaphysica* oder theosophischen Magie, und der damit verbundenen Theurgie, also jener aus einer engen Verbindung zur Gottheit entstehenden magischen Kompetenz, als *magia licita* und der Magie im Sinne »illegitimer Machtausübung gegenüber der Gottheit«[472] und der Dämonologie als *magia illicita* unterschieden werden.[473]

In Bezug auf die Haltung des jüdisch-sakralen Schrifttums zur Magie lässt sich einerseits sagen, dass sich die Thora basierend auf mannigfaltigen Magie-Verboten »prinzipiell abweisend«[474] zur Magie verhält. So weisen zahlreiche

---

471 Vgl. Herzberg, I[saak]: Warum gibt es keine jüdischen Märchen?, in: Wegweiser für die Jugendliteratur, 1905, 2, S. 5–6. Vgl. Kap. 4.4.
472 Becker, Michael: Wunder und Wundertäter im frührabbinischen Judentum. Studien zum Phänomen und seiner Überlieferung im Horizont von Magie und Dämonismus, Tübingen 2002, S. 59.
473 Die Begrifflichkeiten entstammen dem Spätmittelalter, als Abhandlungen über Magie und Religion wie beispielsweise die Werke von Paracelsus, Agrippa von Nettesheim oder auch Martin Luther vermehrt auftraten, vgl. Büttner, Daniel, Zum Felde, Albert: Magiologia seu Disputatio de Magia Licita et Illicita. Quam Favente S. Sancta Trinitate, Hamburgi 1693. Vgl. Schmitt, Rüdiger: The Problem of Magic and Monotheism in the Book of Leviticus, in: Journal of Hebrew Scriptures 8, 2008, 11, S. 1–12, hier S. 7f. Die Unterscheidung von *magia licita* und *illicita* erscheint zur Analyse und Charakterisierung des im jüdischen religiösen Schrifttum anzutreffenden Wunderbaren als sehr hilfreich, auch wenn sie eigentlich auf eine christlich-religiöse Weltsicht verweist. Bereits Aurelius Augustinus befasste sich in seinem *Gottesstaat* mit der Unterscheidung von Religion und Magie, von gutem und schlechtem Wunderbarem. Er verwirft jedoch jegliches, nicht von Gott stammendes übernatürliches Wirken, auch die Theurgie, als Satanswerk und verdammt damit sämtliche *artes magicae*. Augustinus [Anm. 466], S. 482. Neuere Forschungen zum Verhältnis von Magie und Religion sind dagegen um mehr Objektivität in Bezug auf die Wertung wunderbaren Geschehens bemüht. Vgl. Leander Petzoldt: »Ob man nun Magie als spezifische Art von Religion betrachtet [...] oder Magie durch ›magische Weltsicht‹ ersetzt, die zudem nur auf primitive Gesellschaften beschränkt ist, [...] so bleibt doch das entscheidende Phänomen bestehen, daß es vor und in den sogenannten Hochreligionen Formen gibt, die von den Religionen nicht akzeptiert werden, Formen, die auch unabhängig von religiösen Bezügen als magisch bezeichnet werden müssen.« Petzoldt, Leander: Magie und Religion. Überlegungen zur Geschichte und Theorie der Magie, in: Leander Petzoldt: Tradition im Wandel. Studien zur Volkskultur und Volksdichtung, Frankfurt a. M. 2002, S. 285–301, hier: S. 295f.
474 Siegert, Folker: Einleitung in die hellenistisch-jüdische Literatur. Apokrypha, Pseudepigrapha und Fragmente verlorener Autorenwerke, Berlin, Boston 2016, S. 523. Wobei angemerkt werden muss, dass neuere Forschungen zunehmend ergeben, dass die Eindämmung von magischem Geschehen innerhalb der Thora auch überlieferungsgeschichtliche und redaktionelle Ursachen hatte: Vgl. Schmitt, Rüdiger: Magie im Alten Testament, Münster 2004, S. 211ff.

Textstellen der Thora auf Magieverbote hin, beispielsweise Ex 22,17: »Eine Zauberin sollst du nicht leben lassen« oder Lev 19,26: »Esset nicht bei Blute. Treibet nicht Zeichendeuterei und verdeckte Künste« sowie auch: Dtn 18,10: »Es soll nicht unter dir gefunden werden jemand, der seinen Sohn oder seine Tochter durchs Feuer führt, Wahrsagerei, verdeckte Künste und Zeichendeuterei und Zauberei treibt«.[475] *Magia licita* wäre demnach nur das von Gott kommende Wunderbare im Sinne der *magia metaphysica*. Das Verhältnis der *Nevi'im* (Buch der Propheten), insbesondere darin die Erzählzyklen um Salomo und Elijah,[476] der apokryphen und der rabbinischen Literatur gestaltet sich andererseits jedoch wesentlich ambivalenter. Dies aus dem Grund, dass sich der monotheistische Glaube noch lange Zeit nach Verschriftlichung der Thora gegen den gängigen – und aus Mangel an naturwissenschaftlichen Erklärungen für viele Phänomene des Lebens florierenden – magisch-dämonisch durchwirkten Volksglauben durchsetzen musste, der sich noch aus griechisch-hellenistischer Zeit erhalten hatte.[477] Einer aktuellen Untersuchung Rüdiger Schmitts zufolge dürfe an sich im frühen jüdischen Schrifttum nicht so stark zwischen Religion und Magie unterschieden werden: Magie sei »eben keine periphere Praxis« und stünde »nicht im Gegensatz zu ›der Religion‹«, sie sei vielmehr ein »integraler Bestandteil und Ausdruck des religiösen Symbolsystems«.[478] Die Sicht auf die Welt war in antiker und auch mittelalterlicher Zeit animistisch geprägt, das Nichtsichtbare, Unerklärliche wurde mit Übernatürlichem in Verbindung gebracht.[479]

In der *Aggada* reagieren Talmud und Midrasch auf dieses frühe magisch und mantisch durchwirkte Zeitalter und ver- bzw. behandeln den Wunderglauben. Auf der einen Seite positionieren sie sich dabei klar gegen Magisches und

---

475 Die Tora. Die Fünf Bücher Mose und die Prophetenlesungen (hebräisch-deutsch). In der revidierten Übersetzung von Rabbiner Ludwig Philippson, hg. v. Walter Homolka, Hanna Liss, Rüdiger Liwak, Freiburg im Breisgau 2015. Vgl. Becker [Anm. 472], S. 88.; Yassif [Anm. 462], S. 144f.
476 Zu den magisch-durchwirkten Erzählzyklen um Salomo, insbesondere dem Traktat Gittin 68 a-b aus dem Babylonischen Talmud und der darin erzählten Handlung um Salomo, den Dämonenfürsten Aschmodai und den Tempelbau von Jerusalem mit Hilfe des Zauberwurms Shamir, ist die Forschungslage relativ umfangreich: Vgl. bspw. Langer, Gerhard: Solomon in Rabbinic Literature, in: The figure of Solomon in Jewish, Christian and Islamic Tradition, hg. v. Joseph Verheyden, Leiden 2012, S. 127–142. Davis, Joseph M.: Solomon and Ashmedai (*bGittin* 68a-b), King Hiram, and Procopius: Exegesis and Folklore, in: The Jewish Quarterly Review 4, 2016, 106, S. 577–585. Kalmin, Richard: Migrating Tales. The Talmud's narratives and their historical context, Oakland 2014, S. 95–129.
477 Vgl. Becker [Anm. 472], S. 65.
478 Schmitt, Rüdiger: Magie und rituelles Heilen im Alten Testament, in: Zauber und Magie im antiken Palästina und seiner Umwelt. Kolloquium des Deutschen Vereins zur Erforschung Palästinas, 14.-16. 11. 2014, hg. v. Jens Kamlah, Mainz 2017, S. 183–198, hier: S. 184.
479 Vgl. Schmitt [Anm. 474], S. 6ff.

Wunderbares als nicht-metaphysisches Wunderbares. Nach Eli Yassif wiesen die aggadischen Sagen beispielsweise »the many magic beliefs scattered in the rabbinic literature as pagan rites«, als fremdreligiös und damit als Einfluss anderer Völker und heidnisch aus:

> their attitude towards them is always critical and disapproving. Here again we have the familiar dichotomy between ›the folk‹ who, believing in the world of magic and demonology, act accordingly, and the sages who report, rationally analyze, and criticize these beliefs.[480]

Zahlreiche talmudische und midraschische Texte drehen sich um phantastisches Geschehen und bestärken das Bild einer von Dämonen bevölkerten Welt,[481] gegen die oftmals ein ungetrübter jüdischer Glaube und individuelle Tugend als Gegenmittel eingesetzt werden. Magie wird so zwar verhandelt, jedoch als *magia illicita* gekennzeichnet und verurteilt.[482] Auf der anderen Seite jedoch begegnen uns in den apokryphen Schriften des deuterokanonischen Buchs Tobit, der »weisen Magie« König Salomos im Buch der Weisheit, den Prophetengeschichten, dem *Sefer Ha-Razim* (›Buch der Geschehnisse‹) und talmudischen und midraschischen Texten immer wieder wundertätige Menschen und Rabbis als Theurgen, Engel und sogar Dämonen, deren Einsatz nicht nur, aber auch dem Wohl des jüdischen Volkes dient.[483] Magie wird dabei aus einem intensiven Thorastudium der Rabbis heraus erklärt,[484] in eine zum Teil durch Engel als Mittlerwesen zu Gott gebahnte direkte Verbindung zu JHWE gestellt oder aber auch zur Demonstration der Allmacht jüdischen Glaubens in der Beschwörung und Bemächtigung dämonischer Wesen eingesetzt[485] – so beispielsweise, wenn sich König Salomo im Babylonischen Talmud des Dämons Aschmodai und des Zauberwurms Schamir bedient, um den Tempel in Jerusalem zu erbauen.[486] Die

---

480 Yassif [Anm. 462], S. 145. Vgl. auch: Becker [Anm. 472], S. 81 ff.
481 Gideon Bohak liefert eine ausführliche Beschreibung und Aufzählung dämonischer (und magischer) Vorkommnisse in Talmud und Midrasch seit der Spätantike: Vgl. Bohak, Gideon: Conceptualizing Demons in Late Antique Judaism, in: Demons and Illness from Antiquity to the Early-Modern Period, hg. v. Siam Bhayro, Catherine Rider, Leiden, Boston 2017, S. 111–133.
482 Leander Petzoldt belegt, dass dies eine Handlungsweise aller Religionen sei: »Gerade weil Religion und Magie in einem engen genetischen Zusammenhang stehen […], weil auch Affinitäten auf der mentalen Ebene unübersehbar sind, muß jede höher entwickelte Religion Magie als feindlich begreifen.« Petzoldt [Anm. 473], S. 296.
483 Vgl. Becker [Anm. 472]. Sowie auch: Fröhlich, Ida: Demons and Illness in Second Temple Judaism: Theory and Practice, in: Demons and Illness from Antiquity to the Early-Modern Period, hg. v. Siam Bhayro, Catherine Rider, Leiden, Boston 2017, S. 81–96, hier: S. 85.
484 In diesem Falle verwischt die Grenze zwischen Magie und Mystik sehr stark, wie später auch der Chassidismus zeigen sollte.
485 Vgl. ebd., S. 155 f.
486 König Salomo macht sich darin Aschmodai mithilfe von Wein gefügig und hält ihn gefangen, damit dieser ihm den Aufenthaltsort des Zauberwurms Schamir, der allein fähig ist,

beiden Konzepte des metaphysischen Wunderbaren einer- und des menschlichen »Zauberns« andererseits überlagern sich dabei, der Prophet wird zum Magier[487] und das Konzept der *magia licita* ausgeweitet.

Eine Sonderrolle kommt in diesem Zusammenhang dem Propheten Elijah (~ ›JHWE allein ist Gott‹) zu, der im Tanach und danach insbesondere in chassidischen Überlieferungen als Wundertäter und sogar *deus ex machina* auftritt.[488] Er gebietet über den Regen, vermehrt Lebensmittel, kann Feuer erzeugen und geht am Ende lebendig in den Himmel ein.[489] Elijahs Wundertätigkeit findet in Teilen zwar aus »eigener Machtvollkommenheit oder paranormaler Begabung« statt,[490] ist im Großen und Ganzen gesehen jedoch immer auf JHWE zurückzuführen und damit *magia licita*. In jüdisch-rabbinischer Tradition verlagerte sich die Bedeutung Elijahs auf seine Himmelfahrt und seine vorausgesagte zukünftige Wiederkehr vor dem Weltgericht in Mal 3,23. Elijah wurde damit zu einem wichtigen Mittler zwischen dem Volk Israel und Gott, er allein weiß über die Ankunft des Messias Bescheid und kann die soziale Ordnung wiederherstellen helfen. Bei Beschneidungen und am Sederabend wird für ihn deshalb ein ritueller Platz bzw. ein eigener Becher freigehalten. Im Buch der Propheten Mal 3,23-24 tritt zudem seine besondere Bedeutung für Kinder hervor:

> Bevor aber der Tag des Herrn kommt, der große und furchtbare Tag, seht, da sende ich zu euch den Propheten Elija. Er wird das Herz der Väter wieder den Kindern zuwenden und das Herz der Kinder ihren Vätern, damit ich nicht kommen und das Land dem Untergang weihen muss.

Dies bildet den Grund für die prominente Rolle Elijahs als magische Helferfigur in zahlreichen jüdischen Kindermärchen. Seine Wundertätigkeit ist *magia licita* und sein Auftreten ist stark an jüdische Heilsvisionen gebunden.[491]

---

den Tempel Jerusalems zu errichten, mitteilt. Aschmodai war vom Leviathan, dem König des Meeres, anvertraut worden, dass der Zauberwurm im Besitz eines Berghahns sei, der daraufhin von Salomo ebenfalls überlistet wird. Schamir kommt in Salomos Besitz und der Tempel wird errichtet. Vgl. Langer, Gerhard: Solomon in Rabbinic Literature, in: The figure of Solomon in Jewish, Christian and Islamic Tradition, hg. v. Joseph Verheyden, Leiden 2012, S. 127-142, hier: S. 135. Dieser Erzählzyklus aus dem Babylonischen Talmud, Traktat Gittin 68a-b, findet sich später auch wieder im Ma'assebuch, Nr. 104: »Salomo und Aschmodai«, in der *Sammlung Sippurim*, in Berdyczewskis *Born Judas* sowie auch in kinderliterarischen Märchenbearbeitungen bspw. von Heinrich Reuß.

487 Vgl. dazu: Pietsch, Michael: Der Prophet als Magier. Magie und Ritual in den Elischaerzählungen, in: Zauber und Magie im antiken Palästina und seiner Umwelt. Kolloquium des Deutschen Vereins zur Erforschung Palästinas, 14.-16.11.2014, hg. v. Jens Kamlah, Mainz 2017, S. 343-380.
488 Kanner [Anm. 457], S. 16.
489 1 Kön 17-19, 2 Kön 1-2.
490 Schmitt [Anm. 474], S. 290.
491 Vgl. Kap. 5.3 und 5.4.

Im Mittelalter bildeten diese magisch durchwirkten Erzählungen der rabbinischen Zeit die Basis für weitere Ausschmückungen durch Wanderprediger, besonders im aschkenasischen Raum. Wie Israel Zwi Kanner feststellt, waren diese vor allem am Sabbat und anderen Feiertagen unterwegs,[492] worin ein Grund für die Vielzahl an Feiertags-Märchen bzw. die Thematisierung bestimmter religiöser Tage zu suchen ist – ein Topos, der auch in den jüdischen Kindermärchen des 20. Jahrhunderts in großer Zahl erhalten blieb.[493] Zu den Dämonen gesellten sich aus der deutschen Volkstradition nun noch Drachen, Vampire, Wiedergänger und Werwölfe; die Geschichten jedoch verloren dadurch oftmals ihren jüdischen Gehalt und wurden zu Volkserzählungen für den gesamten mitteleuropäischen Raum.[494]

In der Behandlung der Frage nach Magie im jüdischen Schrifttum muss zuletzt unterschieden werden zwischen magischem Geschehen, das im Heiligen Land Israel angesiedelt, jedoch als »Verunreinigendes« verboten war,[495] und Wunderbarem in der Diaspora, das in zahlreichen Textbeispielen als *magia licita* belegt werden kann. Zu denken sei beispielsweise an all die wundertätigen Rabbis wie Rabbi Akiba, Rabbi Löw oder Rabbi Israel ben Eli'eser, den Baal-Schem Tov.

Abschließend muss entgegen all dieser magischen Verwicklungen und weit über das metaphysische Wunderbare hinausgehenden übernatürlichen Vorkommnisse im jüdischen Schrifttum angemerkt werden, dass in der öffentlichen Wahrnehmung keine Märchen, sondern Sagen und Legenden überliefert wurden. Der Wiener Pädagoge und Autor mehrerer Kindermärchen Siegfried Abeles stellte dies zur Zeit der »jüdischen Märchenmode« 1921 sehr klar: »Fast alle Völker, unter welchen Juden während der Zerstreuung lebten, lieferten Sagen- und Märchenmotive zu diesen Legenden. Solche – nicht Märchen – sind geworden.«[496] Das Wunderbare bildet in den jüdisch-aggadischen Texten nicht die »Atemluft« der Erzählung, sie ist nichts Selbstverständliches, sondern versucht immer, ver*wunder*tes Staunen hervorzurufen[497] – eine Tatsache, die der volksmärchenhaften Eindimensionalität und Einfachheit stark widerspricht. Eli Yassifs These der frühen Märchen in Apokrypha erscheint daher etwas gewagt, wenngleich objektiv gattungstheoretisch betrachtet durchaus nachvollziehbar.

---

492 Kanner [Anm. 457], S. 14.
493 Vgl. bspw. Mehler, Frieda: Feiertags-Märchen. Zeichnungen von Dodo Bürgner, 2. Aufl., Berlin 1937. Sowie auch die Chanukka- und Pessach- bzw. Sederabendmärchen bei u. a. Ilse Herlinger und Siegfried Abeles sowie Jacob Levys Rosch-ha-Schana Märchen »An den drei Eichen«.
494 Vgl. Yassif [Anm. 462], S. 352.
495 Vgl. Siegert [Anm. 474], S. 524.
496 Abeles [Anm. 466], S. 131.
497 Ebd.

3.2. »Jüdische (Volks)Literatur« im Zeitalter der *Wissenschaft des Judentums* – Zur (Volks)Literarisierung der *Aggada* in Sammlungen und Anthologien des 19. Jahrhunderts

> Es ist [...] durchaus kein Zufall, daß keine literarische Gattung in dem großen und weit verzweigten jüdischen Schrifttum eine solche Kontinuität aufzuweisen hat, wie gerade die volkstümliche Erzählung. Zwischen dem Schrifttum der frühesten Zeit, der klassischen Zeit der Agada, und dem der späteren Jahrhunderte ist keine Lücke vorhanden, ist kein Vakuum wahrzunehmen. Die vielen literarischen Momente dieser langen Zeit in ihrer bunten Mannigfaltigkeit bestätigen uns dieses Gesetz der Kontinuität.[498]

Die in den nächsten Kapiteln folgenden Untersuchungen werden zeigen, dass die vermehrt im frühen 20. Jahrhundert entstandenen jüdischen Kindermärchen kein – wie in der bisherigen Forschung evoziert – singuläres Phänomen waren, sondern auf eine lange Tradition jüdischer Volkspoesie, ja »Volksmärchen« aufbauen konnten, auf jüdisch-folkloristische und religiöse Texte und Sammlungen, die im 19. und beginnenden 20. Jahrhundert im Zuge der *Wissenschaft des Judentums* neu entdeckt und bearbeitet worden waren. In Verbindung mit den im vorangegangenen Kapitel ausgeführten Charakteristika und Ausformungen der Gattung Märchen im seit der Haskala auch von Juden rezipierten deutschsprachigen Literaturdiskurs trug die Etablierung und Literarisierung dieser jüdischen Volksliteratur – so die hier zugrundeliegende Hypothese – mit zur Entstehung des jüdischen Kindermärchens im frühen 20. Jahrhundert bei. Eine kind- oder jugendspezifische Adressatenorientierung fand in diesen volksliterarischen Sammlungen zwar nicht oft statt,[499] jedoch sind diese Anthologien und Texte aufgrund ihrer Stoffwahl, ihrer Nähe zum phantastisch oder auch religiösen Wunderbaren und der – obgleich noch mehrdeutigen und meist vagen – Zuschreibung der Gattungsbezeichnung »Märchen« zu jüdischen Texten neben der jüdischen Jugendschriftenfrage und der Märchenmode der Neoromantik eine wichtige Basis für die Entwicklung und Entstehung deutsch-jüdischer Märchen für Kinder sowie auch Impulsgeber für den literaturtheoretisch ausschlaggebenden Diskurs über Möglichkeiten und Formen eines jüdischen Märchens (für Kinder).

Auf dem Weg dorthin war die im Zuge der *Wissenschaft des Judentums* vollzogene Etablierung des erstmals auch säkular verstandenen Begriffs der »jüdischen Literatur« ein erster wichtiger Schritt, dessen Ausformulierung für die darauf aufbauende Erforschung jüdischer Volksliteratur von erheblicher

---

498 Meitlis, Jakob: Das Ma'assebuch, seine Entstehung und Quellengeschichte, zugleich ein Beitrag zur Einführung in die altjiddische Agada, hg. v. Jakob Meitlis, Berlin 1933, S. 8.
499 Vgl. Völpel [Anm. 53], S. 97.

Bedeutung war.⁵⁰⁰ Der Blick jüdischer Forscher und auch der jüdischen Öffentlichkeit wandte sich im modernen historisch-philologisch ausgerichteten Paradigma der *Wissenschaft des Judentums* der jüdischen Geschichte und der jüdischen Literatur unter neuem Vorzeichen zu. Ihre Protagonisten versuchten, das Erbe der Haskala, das optimistische Vernunftdenken und Humanitätsideal Moses Mendelssohns nun mit dem mit Herder und Fichte neu aufgekommenen nationalen Partikularismus des 19. Jahrhunderts in Verbindung zu bringen.⁵⁰¹

Einer der dabei wirkmächtigsten Texte zur Etablierung eines neuen Verständnisses von jüdischer Literatur war Moritz Steinschneiders Artikel in der *Allgemeinen Encyklopädie der Wissenschaften und Künste* von Johann Samuel Ersch und Johann Gottfried Gruber. Darin bezeichnet Steinschneider, einer der »Väter« der *Wissenschaft des Judentums*, die jüdische Literatur als »Alles, was Juden von den ältesten Zeiten an bis auf die Gegenwart, ohne Rücksicht auf Inhalt, Sprache und Vaterland, geschrieben haben,«⁵⁰² wobei sie dabei einerseits als transkulturelles Konglomerat »allen irgendwie zugänglichen literarischen Entwicklungen der Länder und Völker sich anschließt, andererseits eigenthümliche Literaturkreise schafft, für die keine entsprechende Terminologie von anderswoher zu nehmen ist«.⁵⁰³ Steinschneider hat in dieser Weise in seinem insgesamt umfangreichen publizistischen und bibliographischen Werk die jüdische Literatur als Teil einer »europäischen und orientalischen Gesamtkultur« etabliert und im Aufzeigen der hohen Integrationsleistung jüdischer Texte deren transkulturelles Potential herausgearbeitet,⁵⁰⁴ ohne dabei einen spezifisch jüdischen »Textkern« zu vernachlässigen.

Ähnlich äußerte sich ein weiterer Protagonist der Wissenschaft des Judentums, Leopold Zunz, der als Erster die von den *Maskilim* verurteilte rabbinische, neuhebräische Literatur restituierte und ›jüdische Literatur‹ im Gesamten positiv bewertete.⁵⁰⁵ ›Jüdische Literatur‹ wurde bei Zunz aus ihrer langen und vielseitigen Geschichte her betrachtet – sowohl Israel als auch die Diaspora miteinbeziehend:

---

500 Vgl. Kilcher, Andreas B.: Judentum, in: Handbuch Literatur und Religion, hg. v. Daniel Weidner, Stuttgart 2016, S. 92–100, hier: S. 92.
501 Meyer, Michael A.: Die Anfänge des modernen Judentums. Jüdische Identität in Deutschland 1749–1824, München 2011, S. 167f.
502 Steinschneider, Moritz: Jüdische Literatur, in: Allgemeine Encyclopädie der Wissenschaften und Künste in alphabetischer Folge von genannten Schriftstellern bearbeitet und herausgegeben, hg. v. J[ohann] S[amuel] Ersch, J[ohann] G[ottfried] Gruber, Leipzig 1850, S. 357–471, hier: S. 357.
503 Ebd., S. 357f.
504 Vgl. Sabel, Johannes: Die Geburt der Literatur aus der Aggada. Formationen eines deutschjüdischen Literaturparadigmas, Tübingen 2010, S. 69.
505 Vgl. Meyer [Anm. 501], S. 185f.

Eine solche von der Weltgeschichte anerkannte historische Besonderheit sind die Juden, nach Volksthum und Bekenntniss ein Ganzes, dessen Richtungen von einheitlichen, mit ihren Wurzeln in das tiefste Alterthum hineinragenden, Gesetzen gelenkt werden, und dessen geistige Erzeugnisse, bereits über zwei Jahrtausende, eine Lebensfaser unzerreissbar durchzieht. Dies die Berechtigung zur Existenz, die Begründung der Eigenthümlichkeit einer *jüdischen Literatur*. Aber sie ist auch aufs Innigste mit der Cultur der Alten, dem Ursprung und Fortgang des Christenthums, der wissenschaftlichen Thätigkeit des Mittelalters verflochten, und indem sie in die geistigen Richtungen von Vor- und Mitwelt eingreift, Kämpfe und Leiden theilend, wird sie zugleich eine Ergänzung der allgemeinen Literatur, aber mit eigenem Organismus, der nach allgemeinen Gesetzen erkannt, das Allgemeine wiederum erkennen hilft.[506]

Steinschneider und Zunz legen in ihren Definitionen jüdischer Literatur in Analogie zu Goethes Begriff der »Weltliteratur«[507] und in Auseinandersetzung mit Herders Volksliteraturen-Konzept die jüdische Literatur als eine von vielen Weltliteraturen, gleichsam als transkulturelles, mehrsprachiges und pluralisti-

---

506 Zunz, Leopold: Die Jüdische Literatur (1845), in: [Leopold] Zunz: Gesammelte Schriften. Erster Band, hg. v. Curatorium der ›Zunzstiftung‹, Berlin 1875, S. 41–59, hier: S. 42.
507 Für Goethe, der den Begriff der »Weltliteratur« in seinen späten Schaffensjahren etabliert hat, war diese ein Konstrukt jenseits von Nationalliteraturen. Sie war etwas Zukünftiges, noch Unerreichtes, in dem sich Literatur – ähnlich der später bei Sartre entworfenen *littérature engagée* – um die Welt, um die »Menschheit jenseits der Grenzen der Nationalität«, bewegt. Vgl. Borchmeyer, Dieter: Globalisierung und Weltliteratur – Goethes Altersfuturismus, in: Liber Amicorum. Katharina Mommsen zum 85. Geburtstag, hg. v. Andreas Remmel, Paul Remmel, Bonn 2010, S. 79–91, hier: S. 80. Goethe war darüber hinaus überzeugt, »es bilde sich eine allgemeine Weltliteratur, worin uns Deutschen eine ehrenvolle Rolle vorbehalten ist […] Ich sehe so viele Jahre als ein Mitarbeitender zurück und beobachte, wie sich, wo nicht aus widerstreitenden, doch heterogenen Elementen eine deutsche Literatur zusammenstellt, die eigentlich nur dadurch eins wird, daß sie in einer Sprache verfasst ist, welche aus ganz verschiedenen Anlagen und Talenten, Sinnen und Tun, Urteilen und Beginnen nach und nach das Innere des Volks zutage fordert.« Goethe, Johann Wolfgang: Allgemeine Betrachtungen zur Weltliteratur. 1827–30, in: Johann Wolfgang Goethe: Gedenkausgabe der Werke, Briefe und Gespräche. Schriften zur Literatur, Zürich 1964, S. 908–909. Vgl. hierzu auch Dieter Borchmeyer: »Für Goethe ist ›Weltliteratur‹ die ›unausbleibliche Konsequenz aus dem immer unaufhaltsamer sich entwickelnden Internationalismus des Handels, ›der sich immer vermehrenden Schnelligkeit des Verkehrs, der Technik und der Kommunikationsmedien, zumal der Zeitschriften […]. Deutlich ist hier wie immer, dass Weltliteratur für Goethe noch nichts *Erreichtes* ist, dass sie nicht nur die Vertrautheit des Gebildeten mit der Tradition fremdsprachiger Poesie meint – sie gab es schon seit Jahrhunderten –, also weder die Gesamtheit noch den kanonischen Höhenkamm der Nationalliteraturen bezeichnet, in welchem Sinne Goethes Begriff oft mißverstanden wird. Seine ›Statuierung der Weltliteratur‹ ist weder eine kumulative noch qualitative Bestandsaufnahme, sondern Ankündigung eines ›Gehofften‹, die Utopie einer erst in Ansätzen vorhandenen, noch zu ›bildenden‹ gemeinsamen nationenübergreifenden Literatur – die modern gesagt aus der Interaktion der Literaturproduzenten hervorgeht und ein neues Ethos weltweiten gesellschaftlichen Zusammenwirkens fördert.« Borchmeyer [Anm. 507], S. 81.

sches Geflecht dar.[508] Jüdische Literatur erscheint nun als mehr als »nur« die rabbinische hebräische Literatur, sondern nun neu als all jene von jüdischen AutorInnen stammenden Texte, »unabhängig von deren religiösen oder weltlichen Gegenständen«:[509]

> Man erkenne und ehre in der jüdischen Literatur eine organische geistige Thätigkeit, die den Weltrichtungen folgend auch dem Gesammt-Interesse dient, die vorzugsweise sittlich und ernst auch durch ihr Ringen Theilnahme einflösst. Dieses stets unbeschützte Schrifftthum [...] hat eine Geschichte, eine Philosophie, eine Poesie, die es anderen Literaturen ebenbürtig machen.[510]

Andreas Kilcher vertritt auf dieser Basis die These, dass sich eine solche Auffassung zugleich gegen das Nationalliteraturen-Konzept von Romantikern wie Herder, Arnim oder den Grimms stellte[511] und so zu einem Medium entwickelte, »in which the Self and the Other are exposed to a mediating encounter and merge« – ein Bhabasches »hybrides« Konstrukt.[512] Einschränkend muss zu Kilcher allerdings bemerkt werden, dass von beiden, sowohl Steinschneider als auch Zunz, neben der transkulturellen Verflechtung wie dargelegt ebenso stark ein dezidiert jüdisches Eigenes, eine Art Rückbesinnung auf den »jüdischen Kern«, betont wird, das im Zuge einer allzu euphorischen transkulturellen Sichtweise leicht aus dem Blickfeld zu geraten droht. Darüber hinaus fanden sich auch im weiteren Wirkkreis von Zunz und Steinschneider Positionen, die noch deutlicher auf eine pränational-partikulare, exklusive Sichtweise Wert legten und, ähnlich wie später der Zionismus, im Judentum vor allen Dingen eine eigene Nationalität betonten und forderten.[513] In diesem Sinne führt Joel List, ebenso wie Zunz ein Mitglied des *Vereins für Cultur und Wissenschaft der Juden*, aus:

> Uns aber muß nichts so sehr am Herzen liegen, als die Integrität der Nation, und um diese zu erhalten, dürfen wir keines [sic!] Opfer scheuen, wenn es uns anders ein Ernst um die Sache ist. [...] Als Juden muß uns auch unser nationaler Wert über alles gehen, sonst ist es nicht ein Pfifferling wert, daß wir uns so nennen lassen.[514]

---

508 Kilcher, Andreas B.: ›Jewish Literature‹ and ›World Literature‹. Wissenschaft des Judentums and its Concept of Literature, in: Modern Judaism and historical consciousness. Identities, encounters, perspectives, hg. v. Andreas Gotzmann, Christian Wiese, Leiden, Boston 2007, S. 299–328, hier: S. 302f.
509 Völpel [Anm. 53], S. 128.
510 Zunz, [Leopold]: Gesammelte Schriften. Erster Band, hg. v. Curatorium der ›Zunzstiftung‹, Berlin 1875, S. 21.
511 Kilcher [Anm. 10], S. IX.
512 Kilcher [Anm. 508], S. 304.
513 Meyer [Anm. 501], S. 189.
514 Zit. nach: Ucko, Siegfried: Geistesgeschichtliche Grundlagen der Wissenschaft des Judentums. Motive des Kulturvereins vom Jahre 1819, in: Zeitschrift für die Geschichte der

Der transkulturellen Literaturauffassung gesellte sich somit bereits in der ersten Hälfte des 19. Jahrhunderts eine auch im weitesten Sinne des Wortes »national«[515] ausgerichtete bei, die später von den Zionisten wieder aufgegriffen werden sollte. Leon Pinsker beispielsweise, ein Wegbereiter des Zionismus im 19. Jahrhundert, schrieb in seinem 1882 erschienenen wegweisenden Werk *Autoemancipation*, dass das Scheitern der Judenfrage mit an einer fehlenden nationalen Volkstümlichkeit des jüdischen Volkes liege: »Für eine jüdische Nationalität fehlt es den Juden an einer gewissen, jeder anderen Nation innewohnenden charakteristischen Volkstümlichkeit, welche durch das Zusammenwohnen auf einem Staatsgebiete bedingt ist.«[516]

Die von Andreas Kilcher für das frühe 20. Jahrhundert festgestellte Ausdifferenzierung jüdischer Literatur in ein assimilatives, ein kulturzionistisches und ein diasporisches, transkulturelles Literaturmodell kann demnach in anfänglichen, etwas modifizierten Zügen bereits für das 19. Jahrhundert geltend gemacht werden. Neben der von der Haskala angestoßenen Akkulturationsbewegung zeigen sich in Steinschneider, (Zunz) und List in der Hinwendung zur Geschichte und Literatur des Judentums als jüdische Volksüberlieferung weitere Auffassungen von jüdischer Literatur, die – und dies soll in den folgenden Kapiteln untersucht und belegt werden – für die Genese des jüdischen Märchens den Weg bereiteten. Einerseits wollte man der »deutschen Nationalliteratur« Herders und Fichtes, vor allem dann unter dem Einfluss des »post-emanzipatorischen Antisemitismus«[517] gegen Ende des 19. Jahrhunderts eine jüdisch-nationale Literatur entgegenstellen, andererseits wurde weiterhin der transkulturelle Charakter einer in der Diaspora, und damit von pluralen Kulturen geprägten, transnationalen Literatur betont.[518]

Die Belege für jüdische »Märchen«, die in den folgenden Teilkapiteln aufgeführt werden, sind Ausweis dieser heterogenen Ausdifferenzierung jüdischer Literatur im 19. Jahrhundert, denn sowohl die Rückbesinnung auf ein »ureigenes« Textkorpus als auch die transkulturelle Verschmelzung mit anderen europäischen Märchenformen und -motiven finden sich darin wieder. Wie Ga-

---

Juden in Deutschland V, 1935, 1, S. 1–34, hier: S. 11. Siehe dazu auch: Meyer [Anm. 501], S. 189.

515 Natürlich kann von »Nationalismus«, wenn überhaupt, erst im Zusammenhang des Zionismus die Rede sein und trifft ein Begriff wie *nation building* auf die Vertreter der *Wissenschaft des Judentums* noch nicht zu. Dennoch klingt hier m. E. ein Vorläufer zionistischer Positionen an, der sich, wenn auch weniger auf eine jüdische Nation, so doch auf die Genese eines jüdischen Volkstums richtet.
516 Pinsker [Anm. 120], S. 10.
517 Kilcher [Anm. 197], S. 99.
518 Vgl. auch Roemer, Nils: Outside and Inside the Nations. Changing Borders in the Study of the Jewish Past during the Nineteenth Century, in: Modern Judaism and historical consciousness. Identities, encounters, perspectives, hg. v. Andreas Gotzmann, Christian Wiese, Leiden, Boston 2007, S. 28–53, hier: S. 29.

briele von Glasenapp anmerkt, waren mit der Etablierung jüdischer Volksliteratur nämlich gleich mehrere Ziele verbunden. Zum einen wollte man damit die literarischen Diskurse des 19. Jahrhunderts und damit die Volkspoesie-Mode« der Romantik und der nachfolgenden Zeit im Zuge der Akkulturationsbestrebungen aufgreifen. Des Weiteren bildeten die als »urjüdisches« Erzählmaterial etablierten, nun nur neu in die deutsche Sprache übersetzten aggadischen Texte eine Brücke zwischen jüdischer und deutscher Tradition und nicht zuletzt konnten die neu entstehenden Anthologien im Zeitalter wachsender Akkulturation und Assimilation als Ausweis neu erlebten jüdischen Selbstbewusstseins dienen.[519]

Das Spektrum der im 19. und frühen 20. Jahrhundert entstandenen jüdischen »Märchen« reicht dementsprechend von volksliterarischen jüdischen Legendenmärchen aus biblischer Zeit über rabbinische Wundergeschichten, Salon-, Feen und Kunstmärchen sowie wieder ganz eigene Akzente setzende »Ghettomärchen« bis hin zu Bubers chassidischen, mystischen Legenden. Sie alle aber bilden die Basis und Tradition eines nicht minder vielgestaltigen jüdischen Kindermärchens, das ab 1900 in allen Regionen und Strömungen des deutschsprachigen Judentums entstanden ist.

Mit der Begründung und Definition der ›jüdischen Literatur‹ im deutschsprachigen Raum stießen die Vertreter der *Wissenschaft des Judentums* die Erforschung der jüdischen, i. e. der hebräischen und zum Teil auch jiddischen und judeo-spanischen Volksliteratur, an, die im 20. Jahrhundert mit den Bemühungen von Martin Buber und Gershom Scholem noch um die jüdische Mystik in chassidischen Erzählungen erweitert werden sollte.[520] Zu bedenken ist dabei, dass es sich bei ›jüdischer Volksliteratur‹ – ungeachtet des bereits an sich äußerst umstrittenen Begriffs der Volksliteratur – um ein nur schwer zu fassendes Konstrukt handelt. Jene Texte, die hier als jüdische Volksliteratur bezeichnet werden, sind, mit Ausnahme von leichter zu definierenden mittelalterlichen Korpora, Texte aus der hebräischen Bibel, aus Talmud und Midrasch,[521] die in antik-biblischer und rabbinischer Zeit[522] geschaffen worden waren und zu-

---

519 Vgl. Glasenapp [Anm. 6], S. 21f.
520 Vgl. Ben-Amos, Dan: Foreword, in: Eli Yassif: The Hebrew folktale. History, genre, meaning, Bloomington, Ind. 1999, S. VII–XVIII, hier: S. IX.
521 Nach Martin Buber handelt es sich bspw. bei den Midraschim, diesen »keinem andern Schrifttum vergleichbaren, an Sagen, Sprüchen und edlen Gleichnissen überreichen Bücher der Bibeldeutung« um ein Werk, in dem »sich, zerstreut in tausend Fragmenten, eine zweite Bibel, die Bibel des Exils« befinde. Aus: Buber, Martin: Mein Weg zum Chassidismus, in: Martin Buber: Werkausgabe. Band 17: Chassidismus II – Theoretische Schriften, hg. v. Susanne Talabardon, Gütersloh 2016, S. 41–52, hier: S. 45.
522 Vgl. dazu Alon, Alexander: Deutsch-jüdische Literatur und die aggadische Erzählliteratur, in: Handbuch der deutsch-jüdischen Literatur, hg. v. Hans Otto Horch, Berlin 2015, S. 463–478, hier: S. 464ff.

sammen mit jiddischsprachigen und damit explizit deutsch-jüdischen Erzählungen aus dem osteuropäischen Raum im 19. Jahrhundert im Zuge einer durch Johann Gottfried Herder und die Heidelberger Romantiker angestoßenen »Volkspoesie-Mode« auf jüdischer Seite neu entdeckt, nacherzählt und zum Teil wissenschaftlich ediert wurden.[523] Eli Yassif, der mit *The Hebrew Folktale* ein Standardwerk zur Hebräischen Volkserzählung[524] geschaffen hat, erläutert die Probleme einer einheitlichen Definition dessen, was »jüdische Volksliteratur« sei, folgendermaßen:

> The folktale was preserved as part of a sacred and normative cultural canon in two main periods in the history of Jewish literature: the biblical and the rabbinic periods. This hinders any description of the folktale in these periods, for neither the Bible, the Talmud, nor the Midrash are folk literature. They do not meet its basic conditions, and the circumstances of their emergence are so complex that it is impossible to identify in these works, even dimly, the motives of their compilers and authors.[525]

Im deutschsprachigen Raum hatte Johann Gottfried Herder nicht nur für das Konstrukt der deutschen Volksliteratur Zentrales geleistet, sondern in seinen Schriften *Vom Geist der Ebräischen Poesie, Älteste Urkunde des Menschengeschlechts* und auch den *Blättern der Vorzeit*[526] Volksliteratur im Gesamten auf eben jene jüdisch-volksliterarischen, aggadischen, Texte zurückgeführt,[527] die

---

523 Eine gesonderte Untersuchung der deutschsprachigen jüdischen Volksliteratur, wie sie insbesondere im 19. Jahrhundert gesammelt und herausgegeben wurde, liegt meines Wissens leider noch nicht vor, kann und soll hier jedoch auch nicht geleistet werden. Da der Zusammenhang mit den jüdischen Kindermärchen des 20. Jahrhunderts zwar durchaus besteht, jedoch diese wiederum eine ganz eigene Ausformung und Tradition bilden, sollen im Folgenden nur diejenigen folkloristischen Sammlungen untersucht werden, die entweder für die Gattung des jüdischen (Kinder)-Märchens oder auch die deutsch-jüdische Kinder- und Jugendliteratur von besonderer Bedeutung bzw. Beeinflussung waren. Zur jüdischen Volksliteratur i. A. siehe u. a.: Schwarzbaum, Haim: Studies in Jewish and World Folklore, Berlin 1968.; Yassif [Anm. 462]. Tales from Eastern Europe, hg. v. Dan Ben-Amos, Dov Noy, Ellen Frankel, Philadelphia 2007. Glasenapp [Anm. 6], S. 20f. Alon [Anm. 522].
524 Yassif geht in seiner Einleitung auch auf die Abgrenzung von ›Hebrew‹ und ›Jewish Folktale‹ ein, negiert eine eindeutige Differenz jedoch, da sich die hebräischsprachigen Erzählungen in anderen von Juden gesprochenen Sprachen erhalten und weiterentwickelt, sich beide Sprachen gegenseitig beeinflusst hätten. Vgl. Yassif [Anm. 462], S. 5.
525 Ebd., S. 3.
526 1781 in mehreren Schritten entstanden. Jüdische Dichtungen und Fabeln als Jüdische »Paramythien«, sind zusammengefasst als »Dichtungen aus der Morgenländischen Sage«: Herder, Johann Gottfried: Blätter der Vorzeit. Dichtungen aus der Morgenländischen Sage ‹Auswahl›, in: Johann Gottfried Herder: Volkslieder – Übertragungen – Dichtungen, hg. v. Ulrich Gaier, Frankfurt a. M. 1990, S. 725–741. Herder verbindet hier jüdische Sagen mit Geschichten aus der Kindheit, man müsse »Kind« werden und höre »in ihnen sodann eine fortgesetzte Sage seiner Kindheit«: ebd., S. 726. Herder schließt hier an Vorstellungen an, nach denen das Judentum als kindliches Stadium galt, deren Weiterentwicklung dann im Christentum erfolgen sollte.
527 Glasenapp, Gabriele von: From Text to Edition. Process of Scholarly Thinking in German-

seit der Aufklärung eher in Vergessenheit geraten waren. Biblische und rabbinische Texte wurden damit als Dokumente der jüdischen Geschichte, Tradition und Kultur in den deutschsprachigen Gebieten in der auf die Haskala folgenden Zeit erstmals im Zuge der *Wissenschaft des Judentums* nicht nur als religiöse Texte, sondern auch historische und poetische Quellen untersucht und gelesen[528] und damit auch im Zuge neuer nationaler Bemühungen des 19. Jahrhunderts als Instrument jüdischen *nation buildings* überhaupt erst in Betracht gezogen. Ein Multiplikator dieses von Herder angestoßenen Interesses an talmudischen und midraschischen Sagen, an alten »Volks«-Erzählungen insgesamt, war nach Gabriele von Glasenapp die für Wissenschaftler aufbereitete Erstausgabe der grimmschen *Kinder- und Hausmärchen* – auch wenn dies so kaum je benannt wurde,[529] wollten sich jüdische Editoren verständlicherweise doch nicht allzu sehr den in weiten Teilen antijüdischen Romantikern annähern.

Im Fokus dieser Verbindung aus philologischer Editionspraxis und neu entdecktem volksliterarischen Interesse der deutschsprachigen Judenheit stand die jüdische Volkserzählung im Textkorpus der *Aggada* (aram. ›Erzählung‹; hebr. ›Haggada‹),[530] also jene die Thorah kommentierenden Texte des Midrasch (hebr. ›Forschung‹, ›Deutung‹) und des Talmuds (hebr. ›Belehrung‹, ›Studium‹), die von nichtgesetzlichem, narrativem, eher poetischem und moralischem und allegorischem Charakter sind.[531] ›Aggada‹ und ›Haggada‹ werden dabei oftmals synonym verwendet, im Kern beider Wörter stecken nach Gerhard Langer die Bedeutungen »Überzeugen und Unterhalten«,[532] also sowohl religiöse Lehre als auch eine freiere, literarische Auffassung und Auslegung der religiösen Schrif-

---

Jewish Literature in the Early Nineteenth Century, in: Modern Judaism and historical consciousness. Identities, encounters, perspectives, hg. v. Andreas Gotzmann, Christian Wiese, Leiden, Boston 2007, S. 368–390, hier: S. 372.
528 Vgl. ebd., S. 373.
529 Vgl. ebd., S. 375.
530 Wie genau die Textgattung *Aggada* zu übersetzen ist, ist umstritten. Die Autorin und Übersetzerin Mirjam Pressler beispielsweise setzte in ihrer Übersetzung von Amos Oz *Pit'om be-omek ha-ja'ar. Aggada* den Titel *Plötzlich tief im Wald. Ein Märchen*. ›Aggada‹ wird hier also mit ›Märchen‹ übersetzt, eine Bedeutung, die ihr genauso eigen ist wie das neutralere »Erzählung« oder »Legende«. Das hebräische Wort ›Haggada‹ ist zwar von der eigentlichen Bedeutung dem aramäischen ›Aggada‹ entsprechend, jedoch semantisch mittlerweile meist auf die Pessach-Haggada bezogen, das Werk, das oftmals reich verziert und für Kinder bearbeitet am Sederabend vor Pessach die rituellen Gebete, Lieder und Erzählungen aus dem Buch Exodus enthält.
531 Zur Schwierigkeit der Charakterisierung von *Aggada* vgl. Alon [Anm. 522], S. 465.: »Die Aggada existiert nicht per se; jegliches Verständnis von Aggada muss diskursiv bleiben.« Vgl. auch Sabel [Anm. 504], S. 1. Zur Einteilung jüdischen Schrifttums und der Unterscheidung von Midrasch und Talmud vgl. außerdem: Nachama, Andreas, Homolka, Walter, Bomhoff, Hartmut u. a.: Basiswissen Judentum, Freiburg [u. a.] 2015, S. 72–97. Stemberger, Günter: Einleitung in Talmud und Midrasch, 9., vollst. neubearb. Aufl., München 2011. Kilcher [Anm. 500].
532 Langer, Gerhard: Midrasch, Tübingen 2016, S. 208.

ten. Im Mittelalter hatten Talmud und Midrasch den Status eines »cultural canon in Jewish societies« erhalten,[533] die *Wissenschaft des Judentums* modifizierte nun das »Konzept Aggada« hin zu einem »integrativ-universale[n] Traditionselement«[534] und rückte es in den Untersuchungsbereich der Ästhetik. Je nach Anschauung diente sie dabei als Ausweis jüdischen Universalismus oder jüdischen Partikularismus,[535] wobei die Kategorien Mündlichkeit und Schriftlichkeit in aggadischen Überlieferungen schon immer nah, scheinbar oszillierend, beieinander gelegen waren. Im Gegensatz zur von Herder und den Romantikern proklamierten ursprünglichen mündlichen Tradition, besann sich die in der Diaspora lebende Judenheit aber im Sinne des *am ha sefer*, des ›Volks des Buches‹,[536] auf deren schriftliche Tradierung und mit Heines Metapher »ein Buch ist ihr Vaterland«[537] auf die Konstituierung des jüdischen Volks aus der jüdischen Literatur.

3.3. Märchen aus Aschkenas – Die volksliterarische deutschsprachig-jüdische Literatur und erste Märchensammlungen im 19. Jahrhundert

Unter dem Eindruck dieser in der *Wissenschaft des Judentums* erfolgten (Neu)-Bestimmung der jüdischen (Volks-)Literatur und des neu erkannten jüdischen »Volkstums-Bewusstseins« begannen jüdische Philologen und Volkskundler, die volksliterarischen Bestandteile aggadischer und mittelalterlicher Texte aus dem Hebräischen und Jiddischen, insbesondere auch aus dem mittel- und osteuropäischen Raum neu zu übersetzen und neu aufzubereiten. 1820 erschien die erste von jüdischen Wissenschaftlern herausgegebene Neuausgabe jüdischer Legenden in hochdeutscher Sprache, die von Wilhelm Becker übersetzten *Sagen der Hebräer* von Hyman Hurwitz, auf die in nur kurzer Zeit viele andere folgten. Unter anderem Wolf Pascheles' *Sammlung Sippurim*, das 1842 erstmals er-

---

533 Ben-Amos [Anm. 520], S. XI.
534 Sabel [Anm. 504], S. 39.
535 Ebd., S. 90ff.
536 Kilcher [Anm. 500], S. 92.
537 Heine, Heinrich: Ludwig Börne. Eine Denkschrift, in: Heinrich Heine: Ludwig Börne. Eine Denkschrift und Kleinere politische Schriften, hg. v. Helmut Koopmann, Hamburg 1978, S. 9–132, hier: S. 38. Vgl. zu dieser Thematik auch: Steiner, George: Our Homeland, the Text, in: Salmagundi, 1985, 66, S. 4–25. Wobei Steiners Argumentation, angepasst an das ausgehende 20. Jahrhundert, natürlich insgesamt eine etwas andere Richtung im Sinne einer Heimat der modernen kosmopolitischen jüdischen Existenz im Buch nimmt: »But when the text *is* the homeland, even when it is rooted only in the exact remembrance and seeking of a handful of wanderers, nomads of the world, it cannot be extinguished.« Ebd., S. 24f.

schienene *Buch der Sagen und Legenden jüdischer Vorzeit* Abraham Tendlaus,[538] Meyer Kaiserlings sephardische Sagensammlungen, die auch für jüdische Heranwachsende empfohlene Sammlung Bernhard Kuttners, *Jüdische Sagen und Legenden für Jung und Alt wiedererzählt*, sowie Neuausgaben des jiddischen *Ma'assebuchs* (hebr. *Sefer ha-Maasse*, ›Buch der Geschehnisse‹) und Ludwig Philippsons *Jüdische Mährlein*. All diesen Anthologien jüdischen volksliterarischen Schrifttums ging es nach Alexander Alon dabei nicht um bloße Dokumentation, »sondern eine ›Aktualisierung‹ des Versammelten«; »Vermeintlich verschüttete Traditionslinien« sollten »wiederbelebt und die Sammlungen selbst als Weiterführung jüdischer Tradition präsentiert werden«.[539] Aya Elyada folgert in einer aktuellen Studie zu Abraham Tendlau sogar, dass der Wiederentdeckung dieser altjüdischen Schriften »the ambition of Jewish scholars to create a distinctive German-Jewish subculture« zugrunde gelegen habe, »one that sought to link the Jewish past with the German present, and to enable nineteenth-century acculturates German Jews to retain their strong sense of belonging to the Jewish community and its heritage.«[540]

Von besonderem Interesse ist für den Kontext des jüdischen Kindermärchens neben jenen Texten, die im 19. Jahrhundert bereits dezidiert als »Märchen« ausgewiesen wurden, die nachträgliche Adressatenzuschreibung für jüdische Kinder und Jugendliche. Natürlich kann die Zugehörigkeit zum Korpus der originären Kinder- oder Jugendliteratur in den meisten Fällen ausgeschlossen werden, obwohl auch hier Abraham Tendlau eine Ausnahme bildet, da er im Vorwort und gleichzeitig der Rahmenebene zu *Fellmeiers Abende* eine ausdrücklich an Kinder gerichtete mündliche Erzählsituation evoziert. Nichtsdestotrotz gehörten aggadische Texte zur frühesten jüdischen Kinder- und Jugendliteratur überhaupt, finden sich von Moses Mendelssohn verfasste Fabeln und moralische Erzählungen aus dem Talmud doch bereits im ersten deutschsprachig-jüdischen kinderliterarischen Werk, dem *Lesebuch für jüdische Kinder* von David Friedländer, wieder.[541] Aggadische Texte erfuhren insgesamt besehen

---

538 Vgl. Glasenapp [Anm. 527], S. 379f. Tendlau ist dabei auch der erste, der seiner Sammlung einen wissenschaftlichen Apparat zur Herkunft der Erzählstoffe zur Seite stellt, jedoch enthält seine Sammlung keine als Märchen ausgewiesenen Erzählungen und wird daher nicht gesondert behandelt. Tendlau, Abraham M[oses]: Das Buch der Sagen und Legenden jüdischer Vorzeit. Nach den Quellen bearbeitet nebst Anmerkungen und Erläuterungen, Stuttgart 1842, S. 241ff.
539 Alon [Anm. 522], S. 466. Zur jüdischen Tradition s. Ben-Amos [Anm. 138]; Volkov [Anm. 138].
540 Elyada, Aya: Bridges to a bygone Jewish past? Abraham Tendlau and the rewriting of Yiddish folktales in nineteenth-century Germany, in: Journal of Modern Jewish Studies 16, 2017, 3, S. 419–436, hier: S. 421.
541 Vgl. Lesebuch für jüdische Kinder. Mit den Beiträgen Moses Mendelssohns. Wieder aufgefunden und mit einer Einleitung versehen von Moritz Stern, hg. v. David Friedländer,

in den Neubearbeitungen des 19. und 20. Jahrhunderts oftmals eine nachträgliche Adressatenorientierung, so beispielsweise beim Literaturpädagogen und Publizisten Elias Gut, für den altbiblische Stoffe und Erzählungen aus Talmud und Midrasch »wahre Kabinettstücke kindlicher und volksthümlicher Erzählungskunst« darstellten.[542] Sie können damit je nach Bearbeitung zum Korpus der intendierten Kinder- und Jugendliteratur gezählt werden oder ganz allgemein als doppeladressierte Texte gelten. Die Doppeladressierung war nach Annegret Völpel gerade im 19. Jahrhundert ein beliebtes Vorgehen, so u. a. auch bei Karl Emil Franzos, Simon Krämer, Ludwig Philippson oder Berthold Auerbach, was zum einen am »All-Age«-Charakter volksliterarischer Stoffe insgesamt hing, zum anderen aber auch daran, dass eine unterhaltende jüdische Kinder- und Jugendliteratur im deutschsprachigen Raum erst im Entstehen begriffen war.[543]

Im 19. Jahrhundert war die beliebteste Gattung volksliterarischer All-Age- oder Kinder- und Jugendliteratur im deutschsprachigen Raum seit den Romantikern das Märchen. Die Existenz eines *jüdischen* Märchens im 19. Jahrhundert ist jedoch noch nicht belegt worden und wurde um 1900 sogar vielfach verneint.[544] Erst nach 1900 kam in der deutsch-jüdischen Publizistik eine verstärkte, auch theoretisch basierte, Auseinandersetzung mit der Gattung auf und in diesem Zuge auch die Frage, wie sich die soeben dargestellte jüdische Volksliteratur zum jüdischen Märchen verhielte. So untersuchte Siegfried Abeles, der bereits weiter oben zitierte Wiener Pädagoge und Märchenautor, in einer 1921 erschienenen Abhandlung »altjüdische Märchenmotive«. Er weist dabei die

---

Berlin 1927. Vollends im frühen 20. Jahrhundert fanden Sagen und Legenden der *Aggada* Eingang in kinderliterarische Bearbeitungen. So beispielsweise im *Wegweiser* 1/2 von 1912: »Die lebende Insel. Ein talmudisches Schiffermärchen«, bei dem es sich um eine Bearbeitung aus Baba Bathra 73, einem Mischna-Trakt, von Max Weinberg handelt. Oder auch *Wegweiser* 5, 1912: »Die Königstochter und der Weise. Aus dem Talmud« übersetzt von Max Weinberg.

542 Gut, E[lias]: Unsere Stellung zu den Jugendschriften-Bestrebungen. Referat, gehalten in der Nebenversammlung des 5. Lehrerverbandstages von E. Gut, Frankfurt a. M., in: Blätter für Erziehung und Unterricht. Beilage zum Israelitischen Familienblatt 13, 1911, 30, S. 9–10, S. 9.
543 Vgl. Völpel [Anm. 53], S. 99.
544 Vgl. Kap. 4.4. Vereinzelt finden sich auch Spuren bereits älterer jüdischer Märchenzeugnisse: In der Oktoberausgabe der Zeitschrift *Der Morgen* aus dem Jahr 1937 berichtet Erich Loewenthal über eine Märchennovelle zweier deutsch-jüdischer Autorinnen, die bereits um 1700 entstanden sein soll. Deren Teile bestünden aus zwei bekannten jüdischen Märchenmotiven, die bereits im *Ma'assebuch* und später auch wieder in Bin Gorions *Born Judas* enthalten seien. Auffällig ist dabei, dass der Autor Loewenthal zwar die Beschreibung der Erzählung als Märchen mit dem Attribut ›Märchennovelle‹ etwas relativiert, jedoch dem Umstand, dass in der Erzählung kein wunderbares oder auf irgendwelche Art übernatürliches Geschehen vorkommt, keinerlei Bedeutung beimisst. Loewenthal, Erich: Eine Märchennovelle zweier jüdisch-deutscher Erzählerinnen, in: Der Morgen. Monatsschrift der Juden in Deutschland 13, 1937, 7, S. 302–305.

Bibel, »das älteste Dokument unseres Schrifttums«, als »ein tief im Volke wurzelndes Buch« mit »Spuren echter Volkspoesie, zu der vor allem das Märchen gehört«, aus.⁵⁴⁵ Einen märchenhaften Charakter sieht er in der Bibel vor allen Dingen an der »Verlebendigung« von natürlichen und abstrakten Dingen, an Märchenmotiven, die dann in Talmud und Midrasch und zum Teil auch in den Psalmen zu Märchen ausgearbeitet worden wären,⁵⁴⁶ »wenn auch nirgend in der Bibel ein Märchen erzählt wird«.⁵⁴⁷ Abeles' Haltung zur Interpretation biblischer Erzählstoffe als Märchen ist demzufolge recht ambivalent. Zwar lieferten Thora, Talmud und Midrasch einen umfangreichen volksliterarischen Märchenfundus, ein dezidiertes »Märchen« sei, so Abeles, darin allerdings nie enthalten.

Von großem Einfluss für spätere jüdische volks- und kinderliterarische Sammlungen seien jedoch die um die »Haupthelden« der hebräischen Bibel gruppierten Sagenkreise, allen voran der des Propheten Elijah:

> Elia lebt und wandelt, ein ewiger Jude höherer Art, oft auf Erden [...] Elia schützt sein Volk, bewahrt Wöchnerin und Kindlein vor der mörderischen Lilith, wohnt als ›Engel des Bundes‹ jedem Beschneidungsakte bei, ist Helfer in Not und Gefahr. Insbesondere hilft er Armen und solchen, die verzweifelnd vor dem Zwang zu einer Sünde stehen. Ein anderer Prometheus, zeigt er den Frommen, die er mit seinem Besuch beehrt, himmlische Geheimnisse, ist Lehrer und Beschützer hervorragender Kabbalisten und wurde einstmals im Himmel, zur Strafe für den Verrat eines Geheimnisses, sechzigmal mit Feuerruten geschlagen. Sein Werk wird er dereinst krönen, da er den Messias bringen wird.⁵⁴⁸

Insgesamt besehen waren nach Siegfried Abeles in Thora, Talmud und Midrasch »Jüdischer Stoff aus jüdischem Geiste [...] in Fülle« vorhanden, nur die Ausformulierung in jüdische Kindermärchen, die vermutlich im Mündlichen seit jeher geschehen sei, wäre noch nicht vollzogen worden.⁵⁴⁹ Abeles' Urteil trifft jedoch nicht vollständig zu, da basierend auf den phantastisch ausgerichteten aggadischen Erzählstoffen bereits im 19. Jahrhundert jüdische Märchen, sogar dezidiert jüdische Volksmärchen entstanden waren. Die bekanntesten darunter, die bereits als Lektüre für jüdische Kinder Verwendung gefunden hatten und die Gattung des jüdischen Märchens prägten, sollen im Folgenden, bevor es an die Analyse des originären deutsch-jüdischen Kindermärchens geht, vorgestellt werden.⁵⁵⁰

---

545 Abeles [Anm. 466], S. 122.
546 Ebd., S. 125 ff.
547 Ebd., S. 123.
548 Ebd., S. 128.
549 Ebd., S. 132 f.
550 Für Kinder bestimmte Zusammenstellungen aggadischer Erzählungen waren im 19. Jahrhundert im Zuge einer von der Romantik angestoßenen ersten Folklore-Mode relativ

Der Beginn deutsch-jüdischer Volksliteratur im *Ma'assebuch*

Am Beginn der Verschriftlichung jüdischer Volksliteratur im deutschsprachigen Raum in der Neuzeit, nach Ulf Diederichs sogar am »Beginn allen jüdischen Erzählens in der Neuzeit«[551] und somit auch des jüdischen Kindermärchens, steht die 1602 anonym erschienene altjiddische Erzähl-, Märchen- und Geschichtensammlung *Mayse Bukh*.[552] Sie enthält in der populärsten Amsterdamer Buchausgabe von 1723 254 talmudische, midraschische und hebräisch-mittelalterliche rabbinische Schriften, insbesondere mittelalterliche Exempla,[553] sowie einzelne ursprünglich hebräische Erzählungen aus dem 16. Jahrhundert, zu deren zentralen Figuren der aus biblischer Zeit bekannte Prophet Elijah, König Salomo und insbesondere talmudische Wunderrabbis wie Rabbi Chanina oder Rabbi Akiba zählen.[554] Die erste in Basel bei Konrad Waldkirch, einem Christen, gedruckte Auflage von 1602 war von Ya'akov bar Avraham aus Mezritsh zusammengestellt worden. Dieser streicht in seinem Vorwort die große Bedeutung und weite Verbreitung jiddischer Texte hervor und beschreibt die im *Ma'assebuch* gesammelten Geschichten als »Midraschim, Ma'assim und Aggadot«, also als nicht-heilige narrative Genres aus dem jüdischen Schrifttum, die jedoch keine bloße Unterhaltungs-, sondern vielmehr eine Belehrungsfunktion erfüllen sollten.[555]

Das *Ma'assebuch*, wie es uns heute auch neu übersetzt in hochdeutscher Sprache vorliegt, ist in drei Teile gegliedert, wobei der erste vornehmlich der biblischen Geschichte und Zeit in Israel, der zweite den nun im deutschsprachigen Galuth lebenden und wirkenden Wunderrabbis des Mittelalters und der

---

zahlreich, am bekanntesten darunter Tendlaus Buch der Sagen und Legenden Jüdischer Vorzeit. Siehe für weitere Beispiele: Völpel [Anm. 53], S. 97f.
551 Diederichs, Ulf: Vorwort, in: Das Ma'assebuch. Altjiddische Erzaehlkunst, hg.v. Ulf Diederichs, München 2003, S. 7–11, hier: S. 7.
552 Auch ›Maisebuch‹, ›Maese-buch‹, ›Maase bukh‹ oder ›Maasebuch‹, im Folgenden der maßgeblichen Amsterdamer Ausgabe folgend, die in Jiddisch, aber in hebräischer Schrift verfasst ist, als *Ma'assebuch* bezeichnet, übersetzt etwa ›Buch der Geschichten‹. Vgl. Starck-Adler, Astrid: Mayse-Bukh and Metamorphosis, in: Bulletin du Centre de recherche français à Jérusalem 8, 2001, S. 156–172.
553 Vgl. Diederichs, Ulf: Nachwort, in: Das Ma'assebuch. Altjiddische Erzaehlkunst, hg.v. Ulf Diederichs, München 2003, S. 793–805, hier: S. 795.
554 Vergleichbar ist dem *Ma'assebuch* die 1696 entstandene Sammlung *Ma'asse nissim*, die Wunder- und Volksgeschichten der Wormser Judengemeinde beinhaltet. Insbesondere Max Grunwald führte sie in seiner Zusammenstellung jüdischer Volksmärchen und -sagen an. Vgl. dazu: Reuter, Fritz, Schäfer, Ulrike: Wundergeschichten aus Warmaisa. Juspa Schammes, seine Ma'asseh nissim und das jüdische Worms im 17. Jahrhundert, Worms 2005.
555 Vgl. Rasumny, Wiebke: Poetics of old yiddish literature: The case of the *Maysebukh*, in: Report of the Oxford Centre for Hebrew and Jewish Studies 2011/12, S. 125–132, hier: S. 127–130.

dritte den mittelalterlichen und verheißenden chassidischen Geschichten aus der Diaspora und moralisch-märchenhaften Exempla gewidmet ist.[556] Die Legenden und Erzählungen sind dabei – so Jakob Meitlis in der 1933 erschienenen ersten Studie zum *Ma'assebuch* – »von Hause aus religiös orientiert«[557] und verfolgten damit eine bewusste Abgrenzung von profanen Volksliteratursammlungen der nichtjüdischen Mehrheitsgesellschaft.[558] Dennoch sahen sowohl Jakob Meitlis als auch der Volkskundler, Zionist und Londoner Oberrabbiner Moses Gaster das *Ma'assebuch* als dezidiertes Volksbuch an.[559] Nach Moses Gaster

> wendeten sich die Juden [im Ma'assebuch] ihrer eigenen Vergangenheit zu. Für sie war die Kette niemals unterbrochen; und darum ließen sie sich von ihren eigenen Ahnen, den großen Forschern und Tatmenschen alle Zeitalter erzählen, vom Mittelalter bis in die ältesten Zeiten hinein. Sie alle gehörten ja zu ihrer eigenen Geschichte, waren Fleisch von ihrem Fleisch und Blut von ihrem Blut. Für den Juden gehörten Rabbi Akiba und Maimonides in seine eigene nationale Ruhmeshalle. Alle die Weisen aus talmudischer Zeit oder selbst aus der Zeit, da der Tempel noch stand, jeder Rabbi aus Worms oder Köln, sie alle sind ein Teil dieser jüdischen Geschichte.[560]

Vergleichbar ist das *Ma'assebuch* in seiner belehrenden Exempelhaftigkeit in etwa mit den in christlicher Tradition wesentlich bekannteren *Gesta Romanorum*, doch war das *Ma'assebuch* bereits viel mehr Volksliteratur und wirkte zunächst in oraler, später auch in schriftlicher Tradierung insbesondere auf die (kinder- und jugendliterarische) jüdische Folklore des 19. und frühen 20. Jahrhunderts.[561] Nachdem das *Ma'assebuch* Mitte des 18. Jahrhunderts nach dem Aufkommen der Haskala und zunehmendem Ostjiddisch beinah in Vergessenheit geraten war, waren es die Volksliteraturforscher des 19. und frühen 20. Jahrhunderts, welche die meist nur mehr mündlich erhaltenen Erzählungen wieder ins literarische Bewusstsein hoben. 1882 erschien eine erste auszugshafte deutschsprachige Übersetzung durch Max Grünbaum, bekannter und einschlägiger waren dann jedoch die ausführlicheren Übersetzungen im frühen 20. Jahrhundert, 1929 von Bertha Pappenheim, 1934 Moses Gasters englischsprachige Ausgabe und im gleichen Jahr veröffentlichte auch Ludwig Strauß,

---

556 Vgl. Diederichs [Anm. 553], S. 798.
557 Meitlis [Anm. 498], S. 4f.
558 Vgl. ebd., S. 6.
559 Vgl. ebd., S. 7.
560 Gaster, Moses: Geleitwort, in: Jakob Meitlis: Das Ma'assebuch, seine Entstehung und Quellengeschichte, zugleich ein Beitrag zur Einführung in die altjiddische Agada, hg. v. Jakob Meitlis, Berlin 1933, S. IX–XIV, hier: S. XII. Gasters Zitat ist dabei deutlich von nationalistisch aufgeladener Rhetorik der 1930er Jahre geprägt und spiegelt die Tendenz jüdischer Gelehrter dieser Zeit wieder, der deutsch-national ausgerichteten Volkskunde eine national-jüdische an die Seite zu stellen.
561 Vgl. Völpel [Anm. 53], S. 97.

Germanist und Autor jüdischer Kindermärchen, 21 Texte aus dem *Ma'assebuch*.[562]

Als das *Ma'assebuch* am Beginn des 17. Jahrhunderts in Altjiddisch und einer als »Weiberteitsch« benannten Drucktype gesetzt erschien,[563] läutete dies einen volksliterarischen Paradigmenwechsel ein.[564] Die im dreigeteilten Werk enthaltenen volksliterarischen Erzählungen sind der Kompositionszeit, dem umbruchsatten 16. Jahrhundert, entsprechend gestaltet und verhandeln neue Frauen-, Männer- und Familienbilder jüdischen Zusammenlebens zwischen der Vergangenheit in Israel, dem Mittelalter und der Zukunft in der Diaspora.[565] Wie Astrid Starck-Adler anmerkt, beruht es

> als komplexes, mehrschichtiges und vieldeutiges Werk [...] auf einem interessanten Widerspruch: es will die heiligen Texte der Gelehrten-, also Männerwelt, in einer ›unheiligen‹ Sprache, der jiddischen Umgangssprache, an Frauen übermitteln, was einer ›unerhörten Begebenheit‹ entspricht [...] es wird eine religiöse Kultur geschaffen, die sich nicht mehr nur an die Elite der Gebildeten wendet, sondern nun Mann und Frau aus dem Volk mit einbezieht.[566]

Diese auch sprachlich vollzogene erstmalige Öffnung traditionellen religiösen Schrifttums im *Ma'assebuch* hin zur nicht-gelehrten, hebräisch-unkundigen und weiblichen Welt kann,[567] um noch einen Schritt weiter zu gehen, als Grundstock für die Doppeladressierung und Übersetzung jüdischen Schrifttums in deutsch-jüdische Volks- und nun eben auch *Kinder*literatur im 19. Jahrhundert angesehen werden. Die im *Ma'assebuch* enthaltenen *Aggadot* und mittelalterlichen Schriften wurden in der volksliterarischen Orientierung des 19. Jahrhunderts zu einem Allgemeinschatz, der einem alle Geschlechter,

---

562 Vgl. Strauß, Ludwig: Geschichtenbuch. Aus dem jüdisch-deutschen Maaßebuch ausgewählt und übertragen, Berlin 1934.
563 Vgl. Diederichs [Anm. 553], S. 795.
564 Jakob Meitlis bemerkt dazu, dass das Erscheinen des *Ma'assebuchs* mit dem Auftreten der ersten deutschen Volksbücher im 16. Jahrhundert zusammen gefallen sei und sich die altjiddischen Geschichten am »deutschen Vorbild« orientiert hätten. Meitlis [Anm. 498], S. 3f. Eine nähere Untersuchung des *Ma'assebuchs* und der jüdischen volksliterarischen Stoffe insgesamt weist aber darauf hin, dass auch die deutsche Volksliteratur von der altjüdischen beeinflusst wurde.
565 Vgl. Starck-Adler, Astrid: La Littérature yiddish au XVIe siècle et le premier recueil de contes, Eyn shön Mayse bukh, ›Un beau livre d'histoires‹, in: Recherches Germaniques 38, 2008, S. 103–117, hier: S. 110ff. und Diederichs [Anm. 553], S. 798.
566 Starck-Adler, Astrid: Das ›Maysebukh‹ (1602). Die Frau und die jiddische Literatur im europäischen Kontext, in: »Germanistik im Konflikt der Kulturen«. Band 2: Jiddische Sprache und Literatur in Geschichte und Gegenwart, hg. v. Steffen Krogh, Simon Neuberg, Gilles Rozier u.a., Bern, Berlin, Bruxelles op. 2007, S. 13–18, hier: S. 17f.
567 Vgl. zur Gleichsetzung des Jiddischen mit Weiblicher Sprache u.a. ebd. Vgl. dazu außerdem Gaster [Anm. 560], S. XIII.

Alter und Bildungsstadien umfassenden jüdischen Volk zur Verfügung gestellt werden konnte und sollte.

Um deklarierte »Märchen« handelt es sich bei den *ma'assim* (›Geschichten‹ im Gegensatz zu *maysele* ›Märchen‹) des *Ma'assebuchs* zwar (noch) nicht,[568] jedoch behandeln einige wie beispielsweise Nr. 143 »Rabbi Chanina und der Frosch« oder Nr. 194 »Vom Sohn, der des Vaters Letzten Willen befolgte, und von König Leviathan« Erzählmaterial, das in späteren jüdischen wie auch nichtjüdischen Anthologien und Märchenausgaben bereits als »Märchen« ausgewiesen wurde.[569] Zudem sind die Struktur und die Motivik vieler der *ma'assim* als mindestens »märchenhaft« zu bezeichnen. Moses Gaster bemerkt dazu, dass »unsere gesamte zivilisierte Welt durch diese Legenden und Märchen, von denen viele auch der modernsten europäischen Literatur zugrunde liegen, zusammen[ge]halten« würden.[570] Für ihn ist das *Ma'assebuch* ein jüdisches »Volksbuch«, dessen orientalische und auch abendländische »Märchen« sich aufgrund der transnationalen diasporischen Verbreitung der Judenheit in alle Himmelsrichtungen verteilen konnten.[571]

Außerdem beeinflussten die Erzählungen des *Ma'assebuchs* wiederum Stil und Motivik späterer jüdischer und auch nichtjüdischer Volks- und Kindermärchen. So entbehren die *ma'assim* beispielsweise einer genauen Orts- oder Zeitangabe und führen formelhaft, scheinbar in einem ewigen Erzählfluss begriffen, in die einzelnen Wundergeschichten ein. Die immer gleiche Eingangsformel »Die Geschichte geschah«[572] macht sie als Pendant zum deutschen »Es war einmal« zu einer lüthischen abstrakten, gleichsam allverbundenen, das – nicht nur metaphysisch motivierte – Wunderbare als Selbstverständlichkeit akzeptierenden Geschichte:[573]

> Die Geschichte geschah. Ein Mann hat sich nachts in einem großen Wald verirrt, und der Mond (*lew'ne*) hat hell geschienen. Da ist ihm einer begegnet, von dem er gut wußte, daß er lange schon gestorben war. Und wie er ihn sah, da wollte er weglaufen. Da schrie der Tote (*péjger*): ›Fürchte dich nicht, ich werde dir nichts tun‹, und gab sich ihm zu erkennen. Da sagte der Mann zu dem Toten. ›Du bist schon so lange tot, wo kommst

---

568 Am ehesten könnten die Geschichten Nr. 143 und 194 als Märchen im Sinne heutiger Märchenforschung bezeichnet werden.
569 Weitere Märchenmotive führt Jakob Meitlis in seiner Studie zum *Ma'assebuch* detailliert auf: Vgl. Meitlis [Anm. 498], S. 112–120.
570 Gaster [Anm. 560], S. XI.
571 Vgl. ebd., S. XII.
572 In früheren Übersetzungen findet sich auch das etwas weniger aussagekräftige »Es ist geschehen«, dennoch steht auch hier eine historische Faktizität im Mittelpunkt.
573 Das Wunderbare ist im *Ma'assebuch* allerdings noch immer *magia licita*, also von Gott oder einem seiner Helfer gewirkt, geht jedoch dabei bereits häufig über auf später säkular auftretende magische Helferfiguren wie beispielsweise den magischen Frosch, Fisch oder Zauberer.

du jetzunder (auf einmal) her?‹ Da antwortete der Tote: ›Ich will es dir sagen. Dieweil ich dem Soundso (plóni) das Feld mit Gewalt genommen habe, habe ich keine Ruhe (menúche) mehr, denn man jagt mich die ganze Nacht um das Feld herum.[574]

Allerdings beruft sich eben diese Eingangsformel im »geschah« auch stärker als das »Es war einmal« auf eine gewisse Faktizität, die auch durch die Konzentration auf biblische Gestalten oder genau benannte und historisch verortbare Rabbis und deren Taten unterstrichen wird. Diese Faktizität lässt neben der Zuweisung des Wunderbaren zu einem eindeutig religiösen Ursprung die Gattungszuordnung zwischen Märchen, Sage und Legende im *Ma'assebuch* verschwimmen. Eine an fast jede Geschichte angehängte Moral weist die Geschichten darüber hinaus als exempelhafte Erbauungsliteratur aus. Zusammenfassend kann mit Jakob Meitlis festgestellt werden, dass im *Ma'assebuch* ein »Durcheinander der Gattungen« herrscht, in dem Legende neben Märchen neben Schwank und Moralerzählung steht.[575] Jakob Meitlis und Ulf Diederichs, der mit seiner kommentierten Neuausgabe des *Ma'assebuchs* heutzutage als Entdecker der altjiddischen Erzählkunst gilt, beschreiben das *Ma'assebuch* nichtsdestotrotz als »Welt voll phantastischer Wunder«, »bunte Pracht orientalischer Märchen«[576] und »talmudisch gewebten Märchenteppich«.[577] Es ist darin ein Produkt aus mannigfaltigen altjüdischen Erzählsträngen und europäischen und orientalischen Märchenmotiven, das dann wiederum den Untergrund für das neu entstehende jüdische Volksmärchen im 19. und 20. Jahrhundert bilden sollte.

Das *Ma'assebuch* war nicht nur sehr populär – im Laufe der Zeit erfuhr es rund 34 Neuauflagen –[578] sondern diente als »product of European literature«[579] als vielfacher Bezugsrahmen für die im 19. und auch 20. Jahrhundert publizierten Anthologien und Zusammenstellungen jüdischer Volksliteratur sowie auch der deutschsprachigen Volksliteraturtradition. Im *Ma'assebuch* als »bridge between East and West«[580] und zugleich »bridge between past and present«[581] lassen sich die ersten Verwicklungen und das Ineinandergreifen von jüdischer

---

574 »Von dem Toten, der seines Unrechts wegen keine Ruhe fand«, in: Das Ma'assebuch. Altjiddische Erzaehlkunst. Vollständige Ausgabe ins Hochdeutsche übertragen, kommentiert und hg. v. Ulf Diederichs, München 2003, S. 788.
575 Meitlis [Anm. 498], S. 19.
576 Ebd., S. 8.
577 Diederichs [Anm. 553], S. 793.
578 Ben-Amos, Dan, Frankel, Ellen: Introduction to Volume 2, in: Tales from Eastern Europe, hg. v. Dan Ben-Amos, Dov Noy, Ellen Frankel, Philadelphia 2007, S. XVII–XXX, hier: S. XXII.
579 Starck-Adler [Anm. 552].
580 Elyada [Anm. 540], S. 419.
581 Ebd., S. 420.

und deutscher bzw. europäischer Erzähltradition nachspüren.[582] Wie Jakob Meitlis ausführt, habe das *Ma'assebuch* – wie es insgesamt für die deutschjüdische Volksliteratur späterer Zeit bestimmend sein sollte – zwei Konstitutiven: die jüdische *Aggada* einer- und die »abendländische Sagen- und Märchenwelt andererseits«.[583]

Als ein abschließendes Beispiel kann hier die *Ma'assim* Nr. 143, »Rabbi Chanina und der Frosch«, dienen. Die Geschichte ist in zwei Handlungsstränge geteilt, in deren erstem von Rabbi Chaninas Gelübde seinem sterbenden Vater gegenüber erzählt wird, das ihn dazu bringt, eine Dose mit einem Frosch (in der Originalhandschrift war es noch ein Skorpion) zu kaufen. Dieser Frosch bringt Rabbi Chanina im Gegenzug für dessen aufopferungsvolle Fürsorge unter anderem die Sprache der Tiere bei, mit deren Hilfe er schwierige Prüfungen bestehen kann. Nachdem sich im zweiten Handlungsstrang ein durch ein einzelnes goldenes Haar in Verlangen entbrannter König eine Braut auserkoren hat, muss der für seine Wundertaten berühmte Rabbi Chanina diese auffinden. Die Prinzessin aber, einmal gefunden, stellt Rabbi Chanina wiederum zwei schwierige Aufgaben,[584] die er jedoch mithilfe mehrerer tierisch-magischer Helfer bestehen und die Prinzessin zum König führen kann. Dort rettet die Prinzessin wiederum Chanina das Leben, gemeinsam überlisten sie den König und können am Ende selbst den Thron des Königreichs besteigen.[585] Motive der Geschichte bzw. die Erzählung selbst sollten später sowohl in Tendlaus *Fellmeiers Abende,* in Bin Gorions *Born Judas* und in die Sammlungen Grunwalds und Grünbaums[586] als auch in die *Kinder- und Hausmärchen* der Brüder Grimm aufgenommen werden. So lassen sich motivische Parallelen zu KHM 1 »Der Froschkönig«, KHM 6 »Der treue Johannes«, KHM 29 »Der Teufel mit den drei goldenen Haaren«, KHM 191 »Das Meerhäschen«, KHM 126 »Treu und Untreu« und KHM 62 »Die Bienenkönigin« finden. Jacob Grimm selbst führte in den Anmerkungen zu Letzterem die gesamte Handlung des Märchens »Rabbi Chanina und der Frosch« auf und belegt deren Verwandtschaft mit europäischen und deutschsprachigen Texten.[587] Darüber hinaus ist die Geschichte in einigen Motiven auch Straparolas *Das Märchen von Livoret,* der Tristan-Sage (goldenes Haar) als auch einigen französischen Feen-Märchen verwandt. Die Konstruktion eines »Ursprungstextes« und damit die Beantwortung der Frage, welcher Kultur,

---

582 Zur christlichen Rezeption des *Ma'assebuchs* vgl.: Riemer, Nathanel: Unbekannte Bearbeitungen des Maassebuches, in: Jiddistik-Mitteilungen 38, 2007, 2, S. 1–23.
583 Meitlis [Anm. 498], S. 8.
584 Eine davon spielt mit dem Motiv des Rings des Polykrates, das einige Zeit später auch von Friedrich Schiller aufgegriffen werden sollte.
585 »Rabbi Chanina und der Frosch«: [Anm. 574], S. 349 ff.
586 Vgl. ebd., S. 359.
587 Vgl. Grimm, Grimm [Anm. 349], S. 971 f.

welcher Sprache oder welcher Gegend das Märchen nun eigentlich entstamme, ist dabei kaum möglich. Nichtsdestotrotz wird die enge Verwebung europäischer, deutscher und jüdischer Volkspoesie bereits zu diesem frühen Zeitpunkt im *Ma'assebuch* erkennbar.

Erste deutschsprachig-jüdische Volks- und Kindermärchen in Pascheles' Sammlung *Sippurim* und Tendlaus *Fellmeiers Abende*

In den 1830er und 40er Jahren erschienen wie oben genannt die ersten Anthologien jüdischer Volksliteratur in Form von Neubearbeitungen biblischer, talmudischer, midraschischer und mittelalterlich-rabbinischer Geschichten. Im Gegensatz zur nichtjüdischen literarischen Mode, die seit der Romantik von immer neuen Auflagen berühmter Märchensammlungen von Musäus, Bechstein, den Grimms oder den Märchenausgaben des Verlegers Bertuch geprägt war, trat ein jüdisches Volksmärchen darin allerdings bislang kaum in Erscheinung. Die *Aggada* wurde in den Neubearbeitungen zwar literarisiert,[588] blieb ihrem religiösen Kontext jedoch verhaftet und daher immer mehr Legende und Sage als ein per definitionem wunderbar-phantastisches Märchen.[589] Im Gegensatz zu Legende und Sage wies das Märchen der deutsch-romantischen Tradition eine wunderbare Dimension auf, die jenem Konzept von *magia licita* im Sinne einer von Gott direkt oder indirekt bewirkten übernatürlichen Macht widersprach, entfiel darin doch meist der religiöse Ursprung des Wunderbaren. Die jüdische Volksliteratur des 19. Jahrhunderts hatte sich zu dieser Zeit zwar einerseits bereits weit vom Zauberei-Verbot der Thora entfernt, sie hielt sich andererseits im Großen und Ganzen jedoch meist immer noch an ein metaphysisch gewirktes Wunderbares. Die Fragen, ob auch ein im religiösen Sinne als *magia licita* geltendes Wunderbares zu einem Märchenwunderbaren werden könne, bzw. ob jüdische Literatur auch ein Wunderbares als *magia illicita*, also als wenn nicht gegen Gott, so doch nicht *von* Gott gewirktes Wunderbares, enthalten dürfe, blieben damit zunächst unangetastet.

Im Laufe der 1840er Jahre vollzog sich jedoch, und dies erscheint von großer Wichtigkeit, im Zuge der Etablierung deutsch-jüdischer Kinder- und Jugendliteratur und des wachsenden Einflusses des ostjüdischen Kulturkreises sowie auch der Annäherung an die deutsch-romantische Märchentradition ein erstes Umdenken. Sowohl die Erstausgabe von Wolf Pascheles' beliebter *Gallerie*

---

588 So am prominentesten in Abraham Tendlaus *Buch der Sagen und Legenden jüdischer Vorzeit*: Vgl. Sabel [Anm. 504], S. 194.
589 Vgl. hierzu auch die Diskursanalyse in Kap. 4 und die dort dokumentierten Argumente gegen ein jüdisches Märchen.

Sipurim. Eine Sammlung jüdischer Sagen, Märchen und Geschichten aus dem Jahr 1847 als auch Abraham Tendlaus *Fellmeiers Abende. Mährchen und Geschichten aus grauer Vorzeit* von 1856 enthalten den Titeln zufolge die ersten im deutsch-jüdischen Kontext als »Märchen« bezeichnete Texte, die dennoch auf den Erzählfundus jüdischer Volksliteratur zurückgreifen.

Wolf Pascheles' *Gallerie Sipurim*[590] gilt dabei als eine der bekanntesten und bedeutendsten Sammlungen jüdischer Volksliteratur. Im Laufe der Zeit erschienen – nach Wolf Pascheles' Tod unter der Herausgeberschaft seines Sohnes Jakob Pascheles und dessen Schwager Jakob B. Brandeis – sieben Bände der ›Sippurim‹, die bis ins 20. Jahrhundert hinein Neuauflagen und Übersetzungen erfuhren.[591] Die Sammlungen sind dabei Kompilationen altjüdischer, talmudischer, midraschischer, aber auch neuzeitlicher Geschichten und Chroniken, die von mehreren zeitgenössischen Autoren neu bearbeitet worden waren.[592] Ausschlaggebend für den »epochenübergreifende[n], transnationale[n]«[593] Erfolg war die Erweiterung jüdischer Volksliteratur in der Hinzuziehung des Prager Sagenkreises, allen voran die Erzählungen um Rabbi Löw und dessen Erschaffung des Golem sowie die neue literarisierte Darstellungsform der historisch-volksliterarischen Stoffe.[594]

Die Gattungsbezeichnung »Märchen« findet sich nur im allerersten Band der ersten Sammlung *Gallerie der Sipurim. Eine Sammlung jüdischer Sagen, Märchen und Geschichten, als ein Beitrag zur Völkerkunde*. In den folgenden Bänden und Ausgaben wurde das ›Märchen‹ gestrichen, die Bände zwei bis sieben erschienen unter dem Titel *Sippurim: Sammlung jüdischer Volkssagen, Erzählungen, Mythen, Chroniken, Denkwürdigkeiten u. Biographien berühmter Juden aller Jahrhunderte, bes. d. Mittelalters*. Bemerkenswert ist dabei, dass in der Neuauflage des ersten Bandes unter neuem Titel inhaltlich nichts geändert wurde, weder kamen neue nun eventuell eher historisch ausgerichtete Geschichten hinzu, noch wurden vermeintliche »Märchentexte« getilgt. Die Streichung der Gattungsbezeichnung im Untertitel hing demnach nicht mit inhalt-

---

590 Ruth Kestenberg-Gladstein bemerkt, dass Pascheles' anfängliche Schreibweise der Sippurim mit nur einem »p« eigentlich falsch gewesen sei, dieser Fehler wurde in den folgenden Ausgaben jedoch behoben. Kestenberg-Gladstein, Ruth: Wolf Pascheles (1814–1857), in: Ruth Kestenberg-Gladstein: Heraus aus der »Gasse«. Neuere Geschichte der Juden in den Böhmischen Ländern, hg. v. Dorothea Kuhrau-Neumärker, Münster, Hamburg 2002, S. 14–24, hier: S. 17.
591 Vgl. Glasenapp [Anm. 6], S. 23 ff.
592 In die erste Sammlung fanden beispielsweise Leopold Weisels Geschichten aus der in Prag verlegten Zeitschrift *Das wohlfeilste Panorama des Universums zur erheiternden Belehrung für Jedermann und alle Länder* sowie Bearbeitungen des Schriftstellers Meir Letteris Eingang.
593 Ebd., S. 25.
594 Vgl. Sabel [Anm. 504], S. 199.

lichen Abweichungen, sondern der Gattung und vermutlich deren allzu phantastischem, nicht-religiösem Nimbus zusammen. Jedoch muss angemerkt werden, dass sich die Gattungsbezeichnungen sowohl in der ersten Auflage als auch in den späteren meist nur im Untertitel der Sammlung finden und nicht bei den einzelnen Geschichten selbst. Welche Texte im ersten Band der ersten Sammlung daher als »Märchen« galten oder ob nicht etwa in den Gattungsbezeichnungen »Sagen, Märchen und Geschichten« versucht wurde, dem heterogenen Charakter der jüdischen Volkserzählung gerecht zu werden, kann nachträglich nicht mehr mit Sicherheit bestimmt werden. Für Letzteres spräche aber Pascheles' Vorwort zum zweiten Band der ersten Auflage, in dem er darlegt, dass in den *Sippurim* nichts ausgelassen werden dürfe, »was das Judenthum und seine Verhältnisse in der Vergangenheit betrifft, also Erzählungen, Sagen, Biographien, selbst Mährchen und Legenden«. Es solle »ein wahres Buch fürs Volk, eine Art poetische[r] Hausschatz des Judenthums, ein Spiegelbild der Vergangenheit« sein.[595] Das Märchen fand demnach, wenn auch sehr zögerlich, ab Mitte des 19. Jahrhunderts Eingang in den jüdischen Kulturkreis – in den Worten Herders – in die »Grundsuppe der Nation«.

Zudem fällt hier eine gewisse Analogie zu der auch immer wieder auf das »Volk« verweisenden Vorrede der Brüder Grimm auf.[596] Stärker noch als Pascheles selbst äußert sich jedoch einer der Autoren der Sammlung, Leopold Weisel. Im kurzen Vorwort zu seinen in der *Sippurim* enthaltenen »Sagen der Prager Juden« schreibt er: »›Ich habe viele Jahre hier gelebt, und viel Gutes von den gastfreundlichen Bewohnern genossen. Alle die folgenden Sagen habe ich aus dem Munde der Alten gehört – und übergebe sie dem geneigten Leser ganz treu so, wie ich sie empfangen habe«[597]. Im Vergleich dazu aus der Vorrede der

---

595 Sippurim: eine Sammlung jüdischer Volkssagen, Erzählungen, Mythen, Chroniken, Denkwürdigkeiten und Biographien berühmter Juden aller Jahrhunderte, insbesondere des Mittelalters. Unter Mitwirkung rühmlich bekannter Schriftsteller. Zweite Sammlung, hg. v. Wolf Pascheles, Prag 1853, o. S. Daraus zu folgern, dass Pascheles und mit ihm andere Sammler und Editoren des 19. Jahrhunderts noch kein Bewusstsein für gattungskonventionelle Unterscheidungen gehabt habe, ginge m. E. aber zu weit. Die genaue Untersuchung einer Märchentradition zeigt auf, dass gerade der Umgang mit der Gattung »Märchen« von großer Vorsicht und Überlegung gekennzeichnet war und ein Bewusstsein für die Implikationen der Gattung damit durchaus vorhanden war. Natürlich können jedoch keine Gattungsdefinitionen und -abgrenzungen im heutigen Sinne vorausgesetzt werden. Vgl. dazu: Glasenapp [Anm. 6], 27, Fußnote 20. Sabel merkt zudem an, dass in dieser Inhaltsbeschreibung Leopold Zunz' Definition der *Aggada* durchscheine: Sabel [Anm. 504], S. 200.
596 »In diesen Volks-Märchen liegt lauter urdeutscher Mythus, den man für verloren gehalten, und wir sind fest überzeugt, will man noch jetzt in allen gesegneten Theilen unseres Vaterlandes suchen, es werden auf diesem Wege ungeachtete Schätze sich in ungeglaube verwandeln und die Wissenschaft von dem Ursprung unserer Poesie gründen helfen.« Brüder Grimm [Anm. 345], S. VII f.
597 Weisel, L[eopold]: Sagen der Prager Juden, in: Gallerie der Sipurim. Eine Sammlung jü-

Brüder Grimm der Großen Ausgabe: »Was die Weise betrifft, in der wir gesammelt haben, so ist es uns zuerst auf Treue und Wahrheit angekommen. Wir haben nämlich aus eigenen Mitteln nichts hinzugesetzt, keinen Umstand und Zug der Sage selbst verschönert, sondern ihren Inhalt so wiedergegeben, wie wir ihn empfangen«[598]. Gabriele von Glasenapp merkt dazu an, dass Leopold Weisel im Vorwort zu seinen Geschichten ganz eindeutig das Vorwort der *Kinder- und Hausmärchen* der Brüder Grimm zitiert, dies jedoch mit keinem Wort thematisiert, also noch keine bewusste Rezeption bzw. Bezugnahme der deutsch-romantischen Märchentradition gezeigt worden sei.[599] Einschränkend kann die Analogie der beiden Vorreden jedoch auch dahingehend gedeutet werden, dass hier einem neuen jüdischen Selbstbewusstsein und Verständnis im Aufzeigen einer der deutschen Tradition ebenbürtigen, ebenso alten wie volksmäßig-ursprünglichen jüdischen Volksmärchentradition Ausdruck verliehen wurde.

Pascheles' *Gallerie der Sipurim* dient damit zwar als Ausweis der Bemühungen um die (Neu)Entdeckung jüdischer Volksliteratur und deren Popularität ab der Mitte des 19. Jahrhunderts, kann auf den ersten Blick jedoch nur wenige Rückschlüsse über das jüdische Märchen im Engeren liefern. Die Vermutung liegt nahe, dass die Verwendung der generell mit Wunder, Magie und eventuell auch dem »Deutschtum« konnotierten Gattung immer noch sehr zaghaft stattfand und dies eine nach Gabriele von Glasenapp regelrechte »Vermeidungsstrategie« einer als »»kontaminiert«« wahrgenommenen literarischen Gattung ausbildete.[600] Die Gründe dafür sind vielfältig und reichen von der Beibehaltung religiös-motiviertem oder historischem Wundergeschehens, der Einhaltung der *magia licita* und damit der Bevorzugung von Sage und Legende, über die Konzentration auf eine dezidiert jüdische Volksliteraturtradition bis hin zum im deutschen Märchen häufig anzutreffenden Antijudaismus. In den Texten ist aber noch ein weiterer Grund anzutreffen, nämlich die Unvereinbarkeit eines phantastisch-märchenhaften Geschehens mit dem Zeitalter der jüdischen Aufklärung. Leopold Weisel führt in diesem Sinne in seinem Erzählzyklus über die Prager Juden, Rabbi Löw und den Golem aus,[601] dass zwar »fast jeder Grabstein in dem großen alten Friedhofe« in Prag »Stoff zu irgendeinem

---

discher Sagen, Märchen und Geschichten, als ein Beitrag zur Völkerkunde, hg. v. Wolf] [Pascheles, Prag 1847, S. 50–81, hier: S. 50 f.

598 Grimm, Grimm [Anm. 332], S. 18.
599 Glasenapp, Gabriele von: »Das Buch, das wir sind?«. Zur jüdischen Rezeption der Grimm'schen Kinder und Hausmärchen, in: Märchen – (k)ein romantischer Mythos? Zur Poetologie und Komparatistik von Märchen, hg. v. Claudia Maria Pecher, 1., neue Ausg., Baltmannsweiler 2013, S. 183–210, hier: S. 187.
600 Ebd., S. 189. Vgl. dazu auch Kap. 4.3.
601 Zur Golems-Sage als Volksliteratur und in der jüdischen Erzähltradition siehe: Glasenapp [Anm. 6], S. 31 ff.

schauerlichen Mährchen« biete,[602] dass jedoch »In unserer aufgeklärten Zeit, wo man alles Wunderbare leugnet oder natürlich aufzuklären sich bemühet,« »auch die Sage vom Rabbi Löw natürlich erklärt« werden müsse[603] und das Märchen damit – wie auch bei Kant – keinen Platz in der aufgeklärten, hier jüdischen, Literatur habe.

Dass das Märchen im Titel der ersten Sammlung und im Vorwort zur zweiten dennoch heraufbeschworen wurde, hat wiederum ebenfalls mehrere Gründe. Zum einen verstand Pascheles seine Sammlung von Beginn an als ein »volkstümliches Familienbuch«[604], als zumindest doppeladressiert, also sowohl an Erwachsene wie auch an Kinder gerichtet. Im Vorwort der zweiten Sammlung spricht er in diesem Sinne davon, dass die Geschichten gerade »unsern Kindern als erhabenes Muster«[605] dienen sollten und warb auch in Ankündigungen in Zeitschriften mit dem Mehrwert für die jüdische Jugend.[606] Das Märchen war zu diesem Zeitpunkt insbesondere durch den großen Erfolg der *Kinder- und Hausmärchen* als beliebte kinderliterarische Gattung etabliert und konnte damit gleich im Titel auf diese AdressatInnen und KaufinteressentInnen abzielen. Zum anderen jedoch sprechen auch textimmanente Gründe für die Verwendung der Gattungsbezeichnung »Märchen«. Die in der *Gallerie*, später der *Sammlung Sippurim* zusammengetragenen Texte waren im Laufe der Editionsgeschichte einigem Wandel unterworfen. Dominierten zunächst noch kürzere, volksliterarische Sagen und Legenden, so wurden diese in den späteren Sammlungen zunehmend von längeren biografischen und historischen Erzählungen abgelöst und damit auch ein in den frühen Sammlungen eventuell noch vorhandener »Märchencharakter« der Erzählungen gestrichen.

Der Begriff ›Sippurim‹ bezeichnet zunächst, so nachzulesen im *Jüdischen Lexikon* von 1930, an sich bereits »Wundergeschichten und legendäre] Biographien der hervorragenden Meister, wie sie in volkstümlichen Schriften […] niedergelegt sind«.[607] Auch das Motto der Sammlung, ein Zitat aus Goethes Faust I, »Das Wunder ist des Glaubens liebstes Kind«, unterstreicht den wun-

---

602 Weisel [Anm. 597], S. 50. Gabriele von Glasenapp bemerkt dazu, dass Weisel in diesem Wortlaut an die Golems-Sage Franz Klutschaks anschließt: Glasenapp [Anm. 6], S. 34.
603 Weisel [Anm. 597], S. 52.
604 Völpel, Annegret: Sippurim, in: Deutsch-jüdische Kinder- und Jugendliteratur von der Haskala bis 1945. Die deutsch- und hebräischsprachigen Schriften des deutschsprachigen Raumes: ein bibliographisches Handbuch, hg. v. Zohar Shavit, Hans-Heino Ewers, Annegret Völpel u. a., Stuttgart 1996, S. 949–950, hier: S. 950.
605 Pascheles [Anm. 595], o. S. Darüber hinaus wurde die *Sammlung Sippurim* auch in der AZJ des Jahres 1858, Heft 28 ausdrücklich für Schulbibliotheken empfohlen.
606 Vgl. Glasenapp [Anm. 6], S. 26.
607 Müller, Ernst: Sippurim, in: Jüdisches Lexikon. Ein enzyklopädisches Handbuch des jüdischen Wissens in vier Bänden, hg. v. Georg Herlitz, Bruno Kirschner, Berlin 1930, S. 445–446.

derbaren und zugleich religiösen Gegenstand der darauffolgenden Geschichten.[608] Den Auftakt der Sammlung bilden dann zwei aggadische Erzählungen, »Die Eishöhle« und »Aschmodai«, letztere unter der Autorennennung Joachim Rosenauers. Beide schließen an die biblisch-jüdische Volksliteraturtradition an und stellen damit eine Verbindungslinie zur seit antiker Zeit existierenden jüdisch-aggadischen Volksliteratur her. Die Handlungen spielen im Personenkreis König Salomos, das wunderbare Geschehen ist von Gott, bzw. seinem Mittler Nathan oder den aus den Apokryphen bekannten Dämonen Asasel und Aschmodai gewirkt. Die Sage um Aschmodai ist dabei dem Babylonischen Talmud, Gittin 68a-b, entnommen und auch bereits im *Ma'assebuch* bearbeitet worden. Beide Erzählkreise sind jedoch stark ausgearbeitet, mehrsträngig und mit einer ausgeprägten Erzählerfigur versehen und am ehesten als literarisierte biblische Sagen zu beschreiben. Darauffolgend widmen sich mehrere historisch-phantastisch zu bezeichnende Geschichten von Leopold Weisel dem mittelalterlichen Wunderrabbi und Gelehrten Rabbi Schlomo ben Jizchak, kurz Raschi, und dessen Taten in Frankreich, Worms und Prag sowie auch den sephardischen »Wundertätern« Maimonides und Salomon, dem Dichter. Märchenhafter wird es dann in Leopold Weisels Sagenkreis der Prager Juden, vor allem in der als Kunstmärchen zu bezeichnenden Geschichte »Die goldene Gasse«. Das Märchen wird als Erzählung aus dem Volk ausgewiesen und in grimmscher Manier eine gewisse Treue der mündlichen Überlieferung gegenüber evoziert: »Auch diese Sage könnten die Aufgeklärten sehr leicht natürlich erklären: [...] – Aber das Volk erzählt sie einmal so, und ich durfte sie nicht anders geben.«[609] Hier dominiert im Gegensatz zur vorhergehenden Darstellung der Golemssage die das Wunderbare als Wesensmerkmal zulassende volksliterarische Darstellungsform; die phantastisch-märchenhafte Dimension wird nicht ironisch gebrochen. Die Handlung des Märchens ist in zwei Teile gegliedert. Der erste dient als Prolog und stellt die unglückliche Liebe der Rabbinertochter Hannina zum aus der Moldau entsteigenden, grün gekleideten Jüngling dar,[610] der zwar ihre Liebe erwidert, jedoch von ihrem Vater aufgrund seines mangelnden jüdischen Glaubens und seiner Abkunft von Lilith, und damit seines nur halbmenschlichen naturgeisterhaften Wesens, abgelehnt wird: »Du wirst nicht folgen, aus-

---

608 Ungewiss bleibt, ob Pascheles der durchaus religionskritische Kontext des Faust-Zitats bewusst war und er das Zitat deshalb ausgewählt hat, oder ob das Zitat das Bild des wunderbaren Geschehens, das überhaupt nur im Kontext des Religiösen möglich sei, aufzeigt. Zu Pascheles Vorwort und sonstigen Äußerungen über seine Sammlung passt jedoch eher Letzteres.
609 Weisel [Anm. 597], S. 62.
610 Das grüne Kleid erinnert zunächst an die Figur des Teufels aus der deutschsprachigen Volkserzählung, wie sie etwa in *Die schwarze Spinne* von Jeremias Gotthelf literarisiert vorkommt. Genauso kann ein grünes Gewand aber für das hybride Wesen des Flussprinzen zwischen Mensch und Element stehen.

geartetes Kind, der Lilith und des Satans Brut!«[611] Der Prolog endet mit dem Weggang des Jünglings und dem scheinbaren Freitod Hanninas in der Moldau. Im zweiten Teil wird zunächst das »normale« jüdische Leben in Prag geschildert, bis Schiffre, die Tante Hanninas und Hebamme, plötzlich vom Jüngling aus dem ersten Teil aufgesucht wird. Er bittet sie, ihm in dessen Palastreich zu folgen, um Hannina bei der Geburt zu helfen. Dort angekommen erzählt Hannina, wie es ihr nach dem Sprung in den Fluss ergangen war. Sie sei nicht gestorben, sondern habe mit ihrem »Gang ins Wasser« den Jüngling erlöst. Dieser war vom Wassergeist Dagon – einer aus der hebräischen Bibel bekannten dämonischen Figur[612] – verbannt worden, unter den Menschen zu weilen, obwohl er selbst ein Naturgeist und König der Flüsse Moldau und Elbe war. Nach seiner Erlösung bat er Hannina seine Frau zu werden. Seither lebe sie als Königin im Wasserpalast und streife nur ab und an als schwarze Katze unter den Menschen umher. Hannina bringt unter Anwesenheit Schiffres einen Sohn zur Welt, wofür Schiffre vom Flusskönig belohnt wird. Sie muss jedoch erst seine Prüfung bestehen und – dem Ratschlag Hanninas folgend – alle Reichtümer ausschlagen und stattdessen Kohlen mit nach Hause nehmen. Unter den Menschen angekommen erweisen sich diese als reine Goldklumpen und sind fortan verantwortlich für die Namensgebung der »goldenen Gasse« in Prag.

Die Handlung des Märchens ist voll mit (Märchen)Motiven der jüdischen und nichtjüdischen Erzähltradition. Dagon und Lilith und deren Kinder entstammen der biblischen und aggadischen Tradition,[613] die Umwandlung von wertlosem Material in Gold und vice versa, die Erlösung des verfluchten Helden durch die Liebe der Frau sowie das Motiv der Mahrtenehe, also der Vereinigung eines Menschen mit einem Naturgeist, sind dagegen im 19. Jahrhundert in der gesamten europäischen Märchentradition, von Rumpelstilzchen bis Undine, anzutreffen. Die Einbettung dieser Märchenmotive in ein dezidiert jüdisches und zeitgenössisch-alltägliches Setting, die Schilderung der Trauer des Rabbis sowie des Geschwätzes von Schiffres Ehemann, lassen die gesamte Handlung zu einem Märchen der ironisch-gesellschaftskritischen romantischen Tradition verschwimmen, das sich damit als jüdisches Kunstmärchen in die nichtjüdische

---

611 Ebd., S. 54.
612 Vgl. 1 Sam 5, 1–17 und Ri 16, 23ff.
613 Im Alten Testament kommt Lilith nur an einer Stelle, in einer Vision des Propheten Jesaja (Jes 34,14), und dort nur schemenhaft vor. Deutlicher dämonenhaft-gefährlich und verführerisch erscheint sie im talmudisch-rabbinischen Schrifttum, bspw. im Babylonsichen Talmud Traktat Erubin 18 b oder Sabbat 151 b. Vgl. Hurwitz, Siegmund: Lilith die erste Eva. Eine Studie über dunkle Aspekte des Weiblichen, 2. Aufl., Zürich 1983. Van der Toorn, Karel: The theology of demons in Mesopotamia and Israel. Popular Belief and Scholarly Speculation, in: Die Dämonen Demons. Die Dämonologie der israelitisch-jüdischen und frühchristlichen Literatur im Kontext ihrer Umwelt, hg. v. Armin Lange, Hermann Lichtenberger, K.F. Diethard Römheld, Tübingen 2003, S. 61–83, hier: S. 70ff.

romantische und biedermeierliche Erzähltradition einschreibt.[614] Hervorgehoben werden sollte in Hinblick auf Akkulturation und transkulturelle Annäherung auch die besondere Darstellung des Flusskönigs:

> die Geister sind weder Juden noch Türken, sie haben weder Kirchen noch Synagogen, weder Rabbi noch Priester; der Schöpfer aller Wesen ist ihr Gott, die Welt ist ihr Tempel, die Natur ihre Religion. – Uebrigens, sag ich dir, ist es ein herrliches Völkchen, es kennt von allen den Dingen, die den schwachen Erdensöhnen das kurze Leben verbittern, kein Einziges. Hier gibts weder Neid noch Habsucht, weder Ehrgeiz noch Rache; Verleumdung, Betrug, Ränke, Heuchelei sind hier unbekannte Namen. Es lebte sich gut, sehr gut unter den Geistern, wenn nicht die Langeweile und das ewige Einerlei wäre.[615]

Wie auch der wundertätige Frosch Rabbi Chaninas im *Ma'assebuch* so ist auch hier der Naturgeist durchaus positiv besetzt, wenngleich auch etwas ambivalenter. Seine Religionszugehörigkeit könnte am ehesten als transreligiös beschrieben werden, nicht jüdisch, christlich oder muslimisch, nur dem einen Gott und der Natur ergeben. Die Mahrtenehe Hanninas aber ist damit durchaus legitimiert, was den Eindruck verstärkt, dass nicht nur dem Judentum, sondern allen (monotheistischen) Religionen – ganz in Lessings aufklärerischer Manier – die Daseinsberechtigung zugesprochen und gegen allzu harte Abgrenzungsversuche angeschrieben wird. Die romantisch-wunderbare Märchenwelt geht in Weisels Erzählung somit Hand in Hand mit einer aufklärerischen Sichtweise des Reformjudentums.

Die *Gallerie Sippurim* enthält über den Prager Sagenkreis hinaus noch weitere historische Sagen, biblische Legenden und sogar Dokumentationen jüdischen Lebens aus mehreren Gegenden der jüdischen Diaspora, so in Wilhelm Wolfners »Die Juden in Nürnbergs Vorzeit« und »Die Juden in Böhmens Vorzeit«. Die Aufnahme des sephardischen und vor allem böhmischen Kulturraums hatte eine Erweiterung und auch einen enormen Zugewinn des deutschsprachigen jüdischen volksliterarischen Erzählschatzes zur Folge, der besonders in Form der Golemssage bis ins 20. und 21. Jahrhundert hinein fortlebte. Neu war in der *Gallerie Sippurim* im Gegensatz zu anderen in der ersten Hälfte des 19. Jahrhunderts erschienenen Anthologien jüdischen Erzählguts dabei, dass diese alte Volksliteratur von »mehreren isr. Gelehrten« literarisiert erzählt wurde. Nach Johannes Sabel stand in dieser Erzählform nicht mehr nur der Stoff an sich im Mittelpunkt, sondern dessen Darstellung unter der Maßgabe »zeitgenössischen literarischen Könnens«.[616] Neue Genres und Gattungen aus dem nichtjüdischen zeitgenössischen literarischen Markt wie das Kunstmärchen oder die historische

---

614 Vgl. Glasenapp [Anm. 6], S. 37.
615 Weisel [Anm. 597], S. 58f.
616 Sabel [Anm. 504], S. 200.

Chronik fanden so Eingang in die jüdische Erzähltradition und öffneten diese für neue Adressatenschichten, im Falle der *Sammlung Sippurim* für die heranwachsende, jugendliche Generation.

Neben der *Sammlung Sippurim* waren in der ersten Hälfte des 19. Jahrhunderts insbesondere die Werke Abraham Moses Tendlaus, Folklorist und Historiker aus Frankfurt am Main, bedeutsam für die Entdeckung (deutsch-)jüdischer Volksliteratur. Er veröffentlichte 1842 sein wegweisendes *Buch der Sagen und Legenden jüdischer Vorzeit*, in dem er die Grenzen jüdischer Volksliteratur, so die israelische Historikerin Aya Elyada, neu definierte und nicht nur biblische, talmudische und midraschische Erzählungen als Quellen verwendete, sondern mit dem *Ma'assebuch* und den *Sefer mayse nisim* auch mittelalterliche und frühneuzeitliche Stoffe aus der Zeit der Diaspora.[617] Tendlau gilt damit als Entdecker einer dezidert *deutsch*-jüdischen, also deutschsprachigen oder jiddischen, Vergangenheit und Erzähltradition,[618] die jedoch nicht nur als Ausdruck eines leeren Erinnerungsgestus angesehen werden sollte, sondern – wie auch Herder und die Grimms zeigen – als *anamnesis* und *memoria* mit einem deutlichen Gegenwartsbezug einher kam. Parallel zu denen Weisels zeigen die Werke Tendlaus, dass in der Wiederentdeckung der deutsch-jüdischen literarischen Vergangenheit zur Mitte des 19. Jahrhunderts eine Position im Ringen um Emanzipation und Akkulturation bezogen werden und in ihr einem neuen jüdischen Selbst-, Traditions- und Volksbewusstsein innerhalb der nicht-jüdischen Mehrheitsgesellschaft Ausdruck verliehen werden sollte.

14 Jahre nach der Erstausgabe seines großen Erfolges *Das Buch der Sagen und Legenden* enthält Tendlaus Märchensammlung *Fellmeiers Abende* (1856) »Mährchen- und Geschichten aus grauer Vorzeit«, aus eben jenem grauen Limbus des Vergessens, aus dem bereits Herder die deutschen Volkslieder hervorgeholt hatte.[619] Aber auch Tendlau vermeidet in der Dopplung »Märchen und Geschichten« eine eindeutige Gattungszuordnung. Er greift zwar einerseits die im deutschsprachigen Raum zunehmend florierende Gattung Märchen sowie – so die These – deren kultur-, identität- und nationalitätstiftendes Potential auf, umgeht im Zusatz »und Geschichten« jedoch eine absolute Identifikation der jüdischen Volksliteratur mit dieser »belasteten«, scheinbar dezidiert »deutschen« Gattung. Nichtsdestotrotz findet sich in Tendlaus *Fellmeiers Abende* die

---

617 Elyada [Anm. 540], S. 422.
618 Ebd., S. 424.
619 Interessanterweise lässt sich im Vergleich der beiden Werke Tendlaus eine erste Parallele zu den *Kinder- und Hausmärchen* der Brüder Grimm ziehen. Auch Tendlau gab seiner ersten Sammlung jüdischer Sagen und Legenden einen umfassenden wissenschaftlichen Apparat bei, in dem er seine Quellen und die Herkunft der Stoffe mitteilte. Im Zuge einer neuen Adressatenorientierung fiel dieser in der zweiten Sammlung, ähnlich der grimmschen Kleinen Ausgabe von 1825, jedoch weg. Vgl. dazu auch: ebd., S. 427.

Bezeichnung ›Märchen‹ an so prominenter Stelle wie in deutsch-jüdischer Literatur niemals zuvor, enthält der Text doch »*Mährchen* und Geschichten« [Herv. T.D.]. Ein weiterer Schritt hin zum deutsch-jüdischen (Kinder-)Märchen war damit getan.

Die Anbindung an die deutschsprachige Märchentradition wird im Vorwort Tendlaus fortgeführt. Intertextuell setzt sich der Erzähler darin mit der Gattungstradition des Märchens in Gefolgschaft Herders und der Grimms auseinander, die Akzente werden jedoch hin zu einer deutsch-*jüdischen*, im Speziellen aschkenasischen, Märchentradition verschoben. So habe die Erzählinstanz die »Mährchen und Geschichten« beispielsweise selbst als Kind einst von eben jenem titelgebenden »Fellmeier«, einem fahrenden Händler und Erzähler, gehört.[620] Im Gegensatz zu den Brüdern Grimm unterbricht Tendlau an dieser Stelle aber die Evokation einer rein mündlichen Tradierung der Märchen und weist auf »die gar seltnen und mitunter schweren Bücher und Büchlein« hin, denen die Geschichten des Fellmeier »zum Theil« entstammten.[621] Damit verlegt er den Schwerpunkt weg von der mündlichen Tradierung, hin zu einer stärkeren Text und Buch-Fixierung der in der Diaspora lebenden Juden. Heines »ein Buch ist ihr Vaterland«,[622] das dieser zu Beginn der 1840er Jahre prägte, schwingt in dieser Auffassung eines jüdischen *nation buildings* aus dem Buche heraus mit. Ein *nation building* im Sinne einer kollektiven kulturell-nationalen Identitätskonstruktion musste in einer solchen Auffassung weniger auf mündliche Ursprünglichkeit setzen, als auf die Einbeziehung des auf die Einheit der Juden verweisenden Buches der Bücher.

Die zweite Besonderheit und Neuerung Tendlaus ist die Adressierung seiner »Mährchen und Geschichten«: Die primären AdressatInnen dieser Erzählungen sind – und dies ist angesichts der eigentlich noch gar nicht wirklich existierenden unterhaltenden jüdischen Kinder- und Jugendliteratur besonders bemerkenswert – insbesondere Kinder:

> Jeden Abend, besonders am Samstag-Abend, saß der muntere Kreis der kleinen Zuhörer und Zuhörerinnen um den schon ziemlich bejahrten, gutmüthigen Mann und horchte auf den gemüthlichen Erzähler, und da war denn der jetzige Nacherzähler keiner der Letzten, und Manches, was er seitdem wieder erzählt hat, klingt ihm noch nach aus jener glücklichen Zeit [...] Mögen nun auch die jüngeren Zuhörer und Leser eben so aufmerksam sein, als der jetzige Erzähler war, und eben so viel Unterhaltung und Belehrung darin finden, als er darin gefunden hat.[623]

---

620 Der alte Fellmeier könnte so bspw. als Analogie der »Alten Marie«, die von den Brüdern Grimm als Quelle vieler Märchen genannt wurde, gelesen werden.
621 Tendlau, Abraham: Fellmeiers Abende. Mährchen und Geschichten aus grauer Vorzeit, Frankfurt a. M. 1856, S. VI.
622 Heine [Anm. 537], S. 38. Vgl. zu dieser Thematik auch: Steiner [Anm. 537].
623 Tendlau [Anm. 621], S. V f.

Die kindliche Adressatengruppe wird in der Widmung, das frei nach dem Buch der Sprüche »Junge Herzen anzuregen Und des Knaben Witz zu pflegen. Auch Erwachs'ne mögen's hören Und gewinnen manche Lehren« lautet,[624] erweitert. Kinder und ebenso Erwachsene sollen sich an den Märchen erfreuen; Kinder in die wunderbare Welt jüdischer Volkskultur und -literatur eingeführt und Erwachsene »with the lost world of their childhood«[625] wieder verbunden werden. Demzufolge ist Tendlaus Sammlung auch über Elyadas Schlussfolgerung hinausgehend mehr als ein »active medium of nostalgia«,[626] sie ist gerade als eines der ersten Dokumente deutsch-jüdischer Kinder- und Jugendliteratur ein Medium deutsch-jüdischen *nation buildings,* ein Akt der *memoria,* der mit einem Zukunftsauftrag einer ging.

Als Tendlaus Quellen werden von der neueren Forschung sowohl das *Ma'assebuch* als auch das *Sefer mayse nisim,* eine Zusammenstellung von 25 phantastischen mittelalterlichen Erzählungen in jiddischer Sprache aus dem ausgehenden 17. Jahrhundert, angegeben.[627] Das auf die Zukunft gerichtete Potential des All-Age-Textes wurde damit noch erweitert: Indem Tendlau – in seinem *Buch der Sagen und Legenden* als einer der ersten – jiddische Texte ins deutsche, hebräische Drucktypen in lateinische übersetzte, entledigte er sie nicht nur des derzeit ungeliebten ostjüdischen »Jargons«, er machte darüber hinaus diese ostjüdische, ursprünglich-wunderbar wirkende Welt nicht nur für die moderne, reformierte deutsch-jüdische, sondern auch die nichtjüdische deutsche Mehrheitsgesellschaft zugänglich.[628] Tendlaus Sammlung verweist darin auf den Einfluss der Emanzipations- und Akkulturationsbewegung, an deren Beginn mit Mendelssohn und Lessing ein beiderseitiges »Aufeinanderzugehen« in kultureller und sprachlicher Hinsicht stehen musste.

Zunächst, in Titel und Vorwort, wird in Tendlaus *Fellmeiers Abende* nicht sofort ersichtlich, dass es sich um »Mährchen und Geschichten« aus dem jüdischen Kulturkreis handelt. Den Auftakt der Sammlung bildet dann allerdings eben jener Erzählkreis um »Meister Hunna«, der als »Rabbi Chanina und der Frosch« bereits aus dem *Ma'assebuch* und Pascheles' *Sippurim* bekannt war und – wie in den vorhergehenden Kapiteln gezeigt wurde – an die talmudischen Exempla genauso wie die deutschsprachige und europäische Märchentradition anschließt. Viele von Tendlaus Märchen und Geschichten sind in Palästina und an jüdischen Feiertagen situiert. Einige geben die wunderbaren Taten und Erlebnisse um biblische Helden wie David, Joseph und Salomo oder wundertätige Rabbis wieder, andere orientieren sich in ihrer Motivik und Anlage eher an der

---

624 Ebd., S. XI.
625 Elyada [Anm. 540], S. 425.
626 Ebd., S. 426.
627 Ebd., S. 420.
628 Vgl. ebd., S. 427f.

europäischen Märchentradition. Im Märchen »Die sieben Künste« beispielsweise dreht sich die Handlung wie in Grimms »Die sieben Raben« um sieben Söhne, die – wie in Basiles »Der Floh« – nach den sieben Wochentagen benannt sind.[629]

Tendlaus Märchen weisen, wie bereits Pascheles' *Sippurim* und später auch Berdyczewskis *Born Judas,* eine gekonnte Vermengung deutscher, jüdischer und auch arabischer Volksmärchenmotive auf. Anders als das *Ma'assebuch* verwendet Tendlau überwiegend das volksmärchenhafte »Es war einmal« als Einstieg in seine Erzählungen und schreibt sich so auf den ersten Blick erkennbar in die deutschsprachige Märchentradition in Gefolgschaft der Brüder Grimm ein. Dabei steht die Herkunft der Märchen aus dem jüdischen Kulturkreis zu keiner Zeit in Frage. Das Märchen »Der gute Mann und sein böses Weib« beispielsweise stellt, in Anlehnung an die Erzählung 228 aus dem *Ma'assebuch,*[630] weitere wunderbare Geschehnisse um Rabbi Chanina ben Dosa, einen der Tannaiten der Mischna-Zeit, hier »Meister Dosa«, vor. Meister Dosa zieht als verarmter jüdischer Gelehrter mit seinen Schülern in der Welt umher und findet dabei ein magisches »Ringlein«, das ihm volksmärchenhaft jeden Wunsch erfüllt. Nach seiner Heimkehr wird Meister Dosa dieses Ringlein jedoch zum Verhängnis, da seine »böse Frau« ihn damit in formelhafter Reimform in einen Werwolf verwandelt:

> Ringlein Ringlein, steh' mir bei,
> daß mein Mann ein Währwolf sei!
> Daß er rasch von dannen eile,
> Wild im wilden Wald verweile![631]

Die Wunderrabbi-Erzählung des ersten Teils wird nun von einem volksmärchenhaften Handlungsverlauf abgelöst. Der Rabbi-Werwolf treibt fortan im Wald sein Unwesen, erlegt Mensch und Tier und soll auf Geheiß des Königs gefangen werden. Zur Belohnung stellt dieser sogar seine Tochter, die Prinzessin, und das Königreich in Aussicht. Als zweiter magischer Märchenheld tritt nun der Kämmerer des Königs auf, dem es mit der geistigen Unterstützung Gottes sowohl gelingt, den Wolf zu zähmen und zurück ins Reich zu bringen als auch die Belohnung des Königs, das Königreich und die Prinzessin, zu gewinnen. In den letzten beiden Teilen des Märchens wird Meister Dosa durch den König und das Ringlein erlöst und seine Frau von ihm zur Strafe in eine Eselin verwandelt.

Das Motiv des alle Wünsche erfüllenden Zauberringleins, das hier prominent vorkommt, ist nicht nur aus den Geschichten aus 1001 Nacht und Basiles *Der*

---

629 Tendlau [Anm. 621], S. 16ff.
630 Vgl. die Geschichte »Vom Rabbi, den seine Frau in einen reissenden Werwolf verwandelt hat«: [Anm. 574], S. 700ff.
631 Tendlau [Anm. 621], S. 38.

Hahnenstein bzw. Brentanos *Gockel, Hinkel und Gackeleia* bekannt, sondern entstammt eigentlich dem Apokryph *Testament des Salomos*, also einem jüdisch-christlichen Schrifttum aus dem 1. Jahrhundert n. Chr.[632] Der Ring wird Salomo darin vom Erzengel Michael übergeben, um damit Dämonen besiegen und Jerusalem erbauen zu können. In der jüdischen Volks- und Kindermärchentradition wird dieser Ring nun wieder aufgegriffen und als wunderbares Requisit und magisches Motiv neu eingesetzt.[633] Der Werwolf hingegen war seit dem Mittelalter ein in der europäischen und arabischen Volksliteratur sehr beliebtes Motiv, zu dessen Verwandlung, so die Grimms in ihrem Wörterbuch, oftmals eben jener Zauberring nötig war.[634] Jüdische, deutsche, europäische und arabische Märchenmotive sind damit in Tendlaus früher jüdischer »Märchen«sammlung aufs Engste verwoben.

Magisch-realistische Märchen-Alternativen – Ludwig Philippsons *Jüdische Mährlein*

Die *Wissenschaft des Judentums* bildete den Ausgangspunkt für die ab Mitte des 19. Jahrhunderts auch wissenschaftlich tiefergehende Beschäftigung mit jüdischer Geschichte, jüdischer Tradition und Identität und damit auch, wie dargestellt, der jüdischen Volksliteratur. Diese wurde im Laufe des 19. Jahrhunderts zunehmend einer »einfachen« und allzu volksnahen Überlieferung enthoben, wie sie beispielsweise das *Ma'assebuch* implizierte, und Gegenstand wissenschaftlicher Beschäftigung. Jüdische Volkspoesie wurde so zu einem Mittel der Rückbesinnung im Zeichen der jüdischen Emanzipation.

Ludwig Philippson, der Herausgeber der *Allgemeinen Zeitung des Judentums*, Gründer des *Instituts zur Förderung der israelitischen Literatur* und »einer der wichtigsten ›Journalisten‹ und Propagatoren des gemäßigt reformorientierten Judentums«,[635] gehörte zu diesen Entdeckern und Wegbereitern der jüdischen Volkspoesie und veröffentlichte in dem von ihm herausgegebenen *Saron* ab Mitte des 19. Jahrhunderts gesammelte »Jüdische Mährlein«.[636] In seinem um-

---

632 Busch, Peter: Das Testament Salomos. Die älteste christliche Dämonologie, kommentiert und in deutscher Erstübersetzung, Berlin, New York 2006, S. 11.
633 Auch in Brentanos *Gockel, Hinkel und Gackeleia* wird der Ring als Salomos Ring beschrieben, das Märchen insgesamt enthält im Auftreten jüdischer Widersacher jedoch eine antijüdische Dimension.
634 Grimm, Grimm [Anm. 249].
635 Horch, Hans Otto: ›Auf der Zinne der Zeit‹. Ludwig Philippson (1811–1889) – der Journalist des Reformjudentums. Aus Anlaß seines 100. Todestages am 29. Dezember 1989, in: Bulletin des Leo Baeck Instituts 86, 1990, S. 5–21, hier: S. 6.
636 Philippson, Ludwig: Jüdische Mährlein, in: Ludwig Philippson: Saron. Erster Theil: Novellenbuch, Leipzig 1856, S. 359–440.

fangreichen publizistischen und schriftstellerischen Œuvre favorisierte und empfahl Philippson eigentlich eher das heroisch-historische Genre.[637] Die Darstellung jüdischer Geschichte und Tradition stand dabei im Sinne des Reformjudentums im Zeichen der aufgeklärten Vernunft, der Haskala sowie der *Wissenschaft des Judentums* und deren neuem Begriff jüdischer Historie. Nach diesem sollten, so Shulamit Volkov, bisher allzu phantastisch-mystische und ahistorische Geschichten aus dem jüdischen Mittelalter aus Darstellungen der jüdischen Vergangenheit gestrichen und stattdessen das biblische Zeitalter und deren Heroen betont werden.[638] Jüdisches Zusammengehörigkeitsgefühl sollte so mit dem Ziel der Emanzipation gestärkt und gleichzeitig das Judentum als moderne Konfession und gleichsam moderne Kultur etabliert werden:

> Die Erfindung der Tradition war das einzige, jedoch äußerst wichtige jüdische ›Projekt der Moderne‹. Es bedeutete die Schaffung einer kohärenten jüdischen Geschichte, die Formulierung moderner jüdischer Ethik und das Wiederaufleben jüdischer Literatur. Dieses dreifache Bestreben offenbarte sich in der ›großen‹ wie in der ›kleinen‹ Tradition.[639]

Philippsons schriftstellerisches Schaffen und seine »Jüdischen Mährlein« im Besonderen widmeten sich vor allem Letzterer, der »kleinen Tradition«. Nach Shulamit Volkov ging es Philippson nämlich immer schon um den »durchschnittlichen deutschen Jude[n]«[640] und dessen Einbindung in jüdische Tradition und Geschichte.[641] Ein Mittel dazu war für Philippson neben dem historischen Roman der Rückgriff auf jüdische Volksliteratur.

---

637 Nach Annegret Völpel gelang es Ludwig Philippson den historischen Roman überhaupt erst als Jugendlektüre zu etablieren: Völpel [Anm. 53], S. 129.
638 Vgl. Volkov [Anm. 138], S. 613f.
639 Ebd., S. 628.
640 Ebd., S. 622.
641 Verwandt ist Philippsons Mährlein darin das 1860 einzeln in einer Festgabe erschienene Märchen *Das graue Männchen* von H. Neubürger. Zur Mitte des 19. Jahrhunderts, als gerade zum ersten Mal jüdische Märchen in den Sammlungen von Pascheles und Tendlau aufgetaucht waren und einige Bekanntheit errungen hatten, stellte diese im Untertitel als »Märchen« ausgewiesene Erzählung einen absoluten Einzelfall dar. Der Fokus des Märchens liegt jedoch weniger als in kurzen Volksmärchen auf dem wunderbaren Geschehen, als vielmehr auf den daraus resultierenden Folgen. Es geht nämlich um einen verarmten Händler, Schmuel, der durch einen Handel mit einem wunderbaren Märchenhelfer, dem titelgebenden grauen Männchen, zu unerwartetem Reichtum kommt. Von Schmuels Kindern jedoch wird dieser Reichtum missbraucht, was am Ende zur Bestrafung des Sohnes durch das graue Männchen und den Entzug des Reichtums sowie die Wiederverarmung von Schmuels Geschlecht führt. Basis für das wunderbare Märchenglück ist dabei ein frommes und gottesfürchtiges Leben, das allerdings angesichts eines selbstverständlich gewordenen Reichtums in zweiter Generation nicht aufrechterhalten wird. Die pädagogisch wirkende und auf die kapitalistisch-akkulturierte jüdische Gesellschaft des 19. Jahrhunderts abzielende Entziehung des Reichtums steht am Ende im Mittelpunkt und lässt das Märchen weniger wunderbar-utopische Geschichte sein als vielmehr eine lehrhafte Parabel über

Seine *Jüdischen Mährlein* bilden in seinem Gesamtwerk dabei eine gewisse Ausnahme, da sie sich jenen der Aufklärung entsprechenden, um Phantastisches und Mystisches »bereinigten« Wundergeschichten widersetzen. Die von ihm gesammelten »Mährlein« sind zwar immer noch keine ausgewiesenen »Märchen«[642] und auch keine rein wunderbar durchwirkten einfachen Erzählungen, sie sind aber doch weniger historische, vielmehr volksliterarische und magisch-realistische Geschichten, in denen moralische Aspekte, jüdisches Brauchtum und Topoi der Volkserzählung miteinander verschmelzen.

Die im *Saron* als »Jüdische Mährlein« bezeichneten zehn Geschichten sind von unterschiedlicher Gestalt und Inhalt. Ihre Figuren zeichnen sich im Gegensatz zu Pascheles' oder Tendlaus Sammlungen und dem *Ma'assebuch* weniger als Wunderrabbis (Ausnahme Nr. 5 »Die Vergeltung«) als vielmehr »normale« Personen des Alltags aus, die durch Wundergeschehen, oftmals Geistererscheinungen, entweder ihr finanzielles und persönliches Glück finden oder auch aufgrund ihrer moralischen Verwerflichkeit ins Unglück gestürzt werden. Alle Mährlein sind jüdischen Inhalts, behandeln also Berufe, Geschehnisse, Bräuche und Feiertage aus dem jüdischen Alltag. Nur das erste, »Der Mann mit dem steinernen Herzen« erinnert stark an Wilhelm Hauffs »Das kalte Herz«.

Philippson wollte mit den von ihm im *Saron* gesammelten Geschichten und Mährlein,

> die unerschöpflichen Schätze aus den Tiefen der Geschichte des Judenthums [...] heben und daraus edle psychologische Gemälde [...] bilden, an welchen die Eigenthümlichkeiten des jüdischen Stammes in Charakter und Geschichte, in Beruf und Erfüllung das Colorit ausmachen.[643]

Hier klingt bereits an, was auch der Titel nochmals bestätigt: Es ging Philippson nicht darum, die Gattung des jüdischen Märchens zu begründen, sondern vielmehr jüdische »Volksliteratur« zu erzählen, um damit die »jüdische Tradition«, jüdisches Bewusstsein im Zeichen der Emanzipation zu stärken. Wie Shulamit Volkov in Anlehnung an Jürgen Habermas anmerkt, war »die Erfindung einer Tradition das umfassendste, vielleicht sogar das hervorragendste, kollektive jüdische ›Projekt der Moderne‹«,[644] das innerhalb des kulturellen

---

falsche und richtige jüdische Lebensführung im 19. Jahrhundert: Neubürger, H.: Das graue Männchen. Ein Mährchen, in: Album Anhaltischer Schriftsteller. Eine Festgabe, hg. v. Friedrich Gehricke, Deßau 1860, S. 137–167.

642 Ein Umstand, der im Nachhinein nochmals im Zuge des Märchendiskurses jüdischer Literaturpädagogen im *Wegweiser für die Jugendliteratur* Erwähnung fand: Im Heft 6 des Jahres 1905 weist Herzberg-Bromberg darauf hin, dass »Philippsons ›Jüdische Märlein‹ nicht Märchen, sondern kleine Erzählungen bedeuten.« [Herzberg-Bromberg]: Notizen, in: Wegweiser für die Jugendliteratur, 1905, 6, S. 24.

643 Philippson, Ludwig: Saron. Erster Theil: Novellenbuch, 2 Bände, 2., gänzl. umgest. u. verm. Ausg., Leipzig 1856, S. V f.

644 Volkov [Anm. 138], S. 606.

Systems der Judenheit im deutschsprachigen Mitteleuropa seit Ende des 18. Jahrhunderts unternommen worden sei. Die anscheinend immer noch belastete Gattungsbezeichnung »Märchen« wurde, zumindest vom öffentlichkeitswirksamen Verleger Ludwig Philippson, deshalb bewusst umgangen und stattdessen das unbestimmtere »Mährlein« als Äquivalenzform zum jiddischen »Maysele« ausgewählt. Diese Gattungsbezeichnung evozierte zwar eine Nähe zum vor allem im Mittelstand populären Märchen, erlaubte aber dennoch die Freiheit eines historischen und insbesondere jüdischen Erzählens frei von antijüdischen oder allzu deutschnationalen Bezugnahmen. Die von ihm wiedergegebenen Erzählungen sind zwar von wunderbarem Geschehen durchzogen, jedoch immer mit einem historischen und auch psychologisch nachvollziehbaren Hintergrund versehen.

Märchen aus einer vergangenen Zeit – Leopold Komperts und Samuel Taubers *Ghetto-Märchen*

Außerhalb der kinder- und jugendliteraturhistorischen Forschung waren jüdische Märchen in deutscher Sprache bisher meist nur in Form sog. »Ghettomärchen« bekannt, also als Märchen, die von jenen Autoren geschrieben worden waren, die auch die Ghettogeschichte im deutschsprachigen Raum im 19. Jahrhundert populär gemacht hatten. Dank der umfassenden Forschungsarbeit von Gabriele von Glasenapp und Hans Otto Horch sind diese Ghettogeschichten mittlerweile sehr gut aufbereitet und auch die Ghettomärchen bereits in den Grundlagenwerken erwähnt. Eine Einzeluntersuchung der Ghettomärchen in Bezug auf ihre Gattungsbezeichnung steht dabei jedoch noch aus. Es ist somit nun zu untersuchen, inwieweit sich diese Ghettomärchen von den Ghettogeschichten unterscheiden, was – bzw. ob – sie etwas im Kern zum Märchen macht und welchen Platz das Wunderbare in ihnen einnimmt. Darüber hinaus stellt sich auch die Frage nach der Fortführung der jüdischen Volksliteratur- und -märchentradition, der Tradierung des altjüdischen aggadischen und jiddischen Schrifttums in den Ghettomärchen.

Im Schlusssatz seiner 1871 erschienenen »Literaturbilder« *Unter Palmen* charakterisierte der Literaturhistoriker Gustav Karpeles die Ghettogeschichte wie folgt:

> So hoffen wir denn von Kompert und anderen begabten und berufenen Dichtern auch noch fernerhin gleich liebliche und anmuthige Darstellungen des jüdischen Volkslebens zu erhalten, damit, wenn einst jene Ghettowelt in lichtvollen, freien Tagen vollständig verschwunden, sie in der Poesie fortleben wird, erinnernd an eine traurige,

düstere Vergangenheit und mahnend an eine große und freudige Zukunft allgemeiner Menschen- und Völkerverbrüderung![645]

Gabriele von Glasenapp sieht in einer solchen Auffassung eine binäre Sicht auf die Vergangenheit im jüdischen Ghetto und eine für die Gattung Ghettogeschichte charakteristische »Polarisierung«:[646] Die Ghettoliteratur zeichnet sich nämlich einerseits durch den Versuch der Abgrenzung von der düsteren Epoche des Ghettos aus, andererseits wurde jedoch gerade in dieser scheinbar so düsteren Vergangenheit ein gewichtiger Teil der eigenen jüdischen Identität gesehen, den es zu wahren und schätzen galt. Das Ghetto als präemanzipatorisches Phänomen wird in den Texten sowohl zum Sehnsuchtsort jüdischer Einheit und Ursprünglichkeit als auch zum bereits überwundenen Ort eines in Gesetzen und Ausgrenzung erstarrten jüdischen Lebens stilisiert.

Nicht nur eigene Erfahrungen und naturrealistische Schilderungen fanden so in den Ghettogeschichten ihre literarische Verarbeitung, sondern auch die im Ghetto und bereits zuvor entstandenen angesprochenen hebräisch-, jiddisch- und deutschsprachigen volksliterarisch-jüdischen Wundergeschichten. Sie wurden von den Ghettoschriftstellern Leopold Kompert und Josef Samuel Tauber unter einer neugeschaffenen Gattungsbezeichnung, eben jener »Ghettomärchen«, wiederentdeckt und neu erzählt. Auch in diesen »Märchen« findet sich die angesprochene Polarität der Ghettogeschichte, wobei das Ghetto als eine der modernen jüdischen Lebenswelt »durchausentgegengesetzten Welt« zum Ort wunderbaren Geschehens wird. Charakteristikum des spezifischen *Ghetto*märchens ist dabei, dass dies sowohl mit einem (volks)märchenhaft-utopischen Rückbesinnungstopos, genauso aber mit einem eher dystopisch-abgrenzenden Charakter einherkommen kann. Zum jüdischen Volksmärchen als Ausdruck eines gemeinschaftlichen Ursprungs gesellte sich mit dem Ghettomärchen vor allem im Reformjudentum eine Art Antimärchen, das so vorher und auch danach keine Entsprechung hatte.

Als ausgewiesene »Ghettomärchen« liegen insgesamt nur drei Sammlungen vor: Leopold Komperts *Märchen aus dem Ghetto*, in Teilen bereits 1847 in den *Sonntagsblättern*, in Gänze dann 1848 in seiner Geschichtensammlung *Aus dem Ghetto* erschienen,[647] Josef Samuel Taubers *Die letzten Juden. Verschollene*

---

645 Karpeles, Gustav: Unter Palmen. Literaturbilder, Berlin 1871, S. 172.
646 Glasenapp, Gabriele, von: Aus der Judengasse. Zur Entstehung und Ausprägung deutschsprachiger Ghettoliteratur im 19. Jahrhundert, Tübingen 1996, S. 255.
647 Die ersten sechs Märchen der Sammlung sind bereits 1847 in den *Sonntagsblättern* von Ludwig August Frankl unter dem Titel »Legenden aus dem Ghetto«, weitere vier in derselben Zeitung im März 1848 erschienen: Kompert, Leopold: Legenden aus dem Ghetto, in: Sonntagsblätter 6, 5.9.1847, S. 455–458. Kompert, Leopold: Aus dem Ghetto, in: Sonntagsblätter 7, 12.3.1848, S. 124–126. In den *Sonntagsblättern* findet sich auch Komperts »Mährchen von der Zerstörung Jerusalems«, das eine fiktive historische Darstellung der

Ghettomärchen aus dem Jahr 1853, aus der zwei Märchen 1895 in der Reihe »Jüdische Universalbibliothek« posthum neu herausgegeben worden waren,[648] sowie Komperts *Märchen in der »Gasse«. Vergessene Geschichten*, die drei ab Januar 1862 in der von ihm mitherausgegebenen Wochenschrift *Die Neuzeit* publizierte Märchen umfassen.[649]

Josef Samuel Tauber schrieb unter Pseudonym, sein Geburtsname ist jedoch nicht bekannt.[650] Er lebte von 1822 bis 1879 in Wien und war Schriftsteller, Vielreisender und Redakteur bei mehreren österreichischen Zeitschriften. Religiös bemühte sich der Kenner klassischer Literatur und Weggenosse Heines und Varnhagen von Enses nach einem Besuch des Prager Ghettos im Sinne des Reformjudentums um den Auszug der Juden aus den dortigen erstarrten sozialen Verhältnissen.

Taubers »Märchen« wurden bereits von Gabriele von Glasenapp in ihrer einschlägigen Studie zur Ghettogeschichte analysiert. Sie kommt auf das Ergebnis, dass Tauber die Gattungsbezeichnung »Märchen« nur benutze, um sie auf »völlig märchenferne Inhalte«[651] anzuwenden und sie als Lehrstücke und »Träger für reformatorisches Gedankengut«[652] einzusetzen. Dies bestätigend sprechen zunächst bereits formale Aspekte für eine nicht adäquate Anwendung der Gattungsbezeichnung: Taubers Märchen sind relativ lang, verzichten fast immer auf einen formelhaften Eingang,[653] sie sind meist örtlich und zeitlich

---

Zerstörung Jerusalems durch den Kaiser von Rom liefert, aber keine Elemente wunderbarer Geschehnisse enthält: Kompert, Leopold: Aus dem Ghetto. Mährchen von der Zerstörung Jerusalems, in: Sonntagsblätter 6, 19. 9. 1847, S. 486–489.

648 Vgl. Tauber, Josef Samuel: Der Traum ein Leben. Verschollene Ghetto-Märchen, Prag [ca. 1895]. Die Titelwahl stellt hierbei eine Referenz auf Calderon de la Barcas Drama über Schicksal und freie Bestimmung *La vida es sueño* aus dem 17. Jahrhundert dar.

649 Kompert, Leopold: Das Märchen in der »Gasse«. Vergessene Geschichten. [Vorwort, I. Unberufen], in: Die Neuzeit. Wochenschrift für politische, religiöse und Cultur-Interessen 2, 3. 1. 1862, 1, S. 6–8; Kompert, Leopold: Das Mährchen in der »Gasse«. Vergessene Geschichten. II. Die zersprungene Glocke, in: Die Neuzeit. Wochenschrift für politische, religiöse und Cultur-Interessen 2, 17. 1. 1862, S. 31–32; Kompert, Leopold: Das Mährchen in der »Gasse«. Vergessene Geschichten. III. Der Witz einer Mutter, in: Die Neuzeit. Wochenschrift für politische, religiöse und Cultur-Interessen 2, 24. 1. 1862, S. 44–45.

650 Glasenapp, Gabriele von, Horch, Hans Otto: Ghettoliteratur. Eine Dokumentation zur deutsch-jüdischen Literaturgeschichte des 19. und frühen 20. Jahrhunderts. Teil II: Autoren und Werke der Ghettoliteratur, Tübingen 2005, S. 1068.

651 Glasenapp, Gabriele, von [Anm. 646], S. 123.

652 Ebd., S. 125.

653 Ausnahmen bilden das erste Märchen »Die Raben« und auch »Ein Schneiderlein, das weder lesen noch schreiben kann«. »Die Raben« beginnt, ganz volksmärchenhaft, mit »Einmal und einmal lebten zwei junge Männer...«, das dritte Märchen vom Schneiderlein mit einem Vorwort von sprechenden Tieren. In beiden Märchen jedoch wird dieser märchenhafte Eingang sehr bald von realistischem Geschehen abgelöst, die Anfänge bleiben reine Märchenfassade. Tauber, Josef Samuel: Die letzten Juden. Verschollene Ghetto-Märchen. Erster Theil, Leipzig 1853, S. 3; 191 ff.

fixiert und weisen zum Teil ausdifferenzierte Figurentypen auf. Dass sie auch wenig mit einem Kunstmärchen gemein haben, zeigt sich zudem in der Positionierung des Wunderbaren. Es ist meist nur ein Nebenaspekt der Handlung, die sich um das Geschwätz, die Geldgier, Intrigen und Eheplanung im jüdischen Ghetto, also Taubers Kritik an den dortigen Verhältnissen, dreht. Zudem ist das Wunderbare auch nicht immer magischer Helfer, sondern oftmals sogar negativ besetzt, so beispielsweise in Taubers Ghetto-Märchen »Rabbi Bezalel«, das von der Geschichte des Prager Rabbis Löw handelt. Während in Weisels Version in der *Sammlung Sippurim* noch die zauberhaften Komponenten der Geschichte in den Mittelpunkt rückten, steht bei Tauber am Ende der Geschichte sowie seiner Märchensammlung insgesamt die völlige Absage an das Wunderbare: Rabbi Löws Zauber erweckt keinen helfenden, sondern einen mordenden Golem zum Leben – das Wunderbare wird zum Ursprung des Leids und ein Antagonist des reformorientierten neuen Judentums. Rabbi Löw, so lautet es dort, »übte keine Wunder mehr«.[654]

Obwohl somit ein eigentlich volksliterarischer und volksmärchenhafter Stoff bearbeitet wird, bieten Taubers Märchen für die Untersuchung einer jüdischen Volksmärchentradition kaum neue Erkenntnisse, versucht er doch, gerade das Märchenhafte an den Geschichten zu eliminieren. Es bleibt die Frage, warum Josef Samuel Tauber, ein Wiener Gelehrter und Anhänger des Reformjudentums, aber dennoch gerade »Märchen« geschrieben hat. Erste Hinweise darauf liefert das poetologisch angelegte Märchen »Mein Freund August«. Dort berichtet die autodiegetische Erzählinstanz, dass sein Freund August »entschieden gegen die Herausgabe dieser Märchen, welche nicht nur die Gebrechen und Fehler der Juden laut tadeln, sondern diese Gebrechen auch vor den Augen aller lesenden Christen lächerlich machen sollten«, war.[655] Der Titel verweise, so die Erzählinstanz, jedoch auf den Umstand, dass das Zeitalter der gesetzestreuen, patriarchalen und orthodoxen Ghettobewohner nun vorbei und die Zeit eines modernen, reformorientierten Judentums angebrochen sei. Tauber liefert sodann sogar eine Rechtfertigung seiner Gattungswahl:

> Diese Erzählungen sind auch keine Märchen, meinte nach zugestehendem Schweigen mein Freund August. Jede Erzählung, in welcher das Natürliche mit dem Wunderbaren verbunden erscheint, ist ein Märchen, entgegnete ich. Das Wunderbare soll aber vorherrschend sein – rief mein Freund – der Hintergrund eines Märchens muß nebelhaft und duftig erscheinen, das Stückchen reelle Erde darin muß von einem Blumenregen so überschüttet sein, daß man es kaum bemerkt. Auch bringst du Märchen aus uralten Tagen, ohne jene Zeit getreu zu schildern. Weil ich diese alte Zeit nur als Spiegel

---

654 Tauber, Josef Samuel: Die letzten Juden. Verschollene Ghetto-Märchen. Zweiter Theil, Leipzig 1853, S. 288.
655 Ebd., S. 7.

gebrauche, um der unseren ihre Fehler und Schwächen zu zeigen. Und dein Zweck? Ich will Gutes! Wer hatte je einen bessern Zweck? Ein Märchen muß endlich voll Poesie sein, du bringst Prosa – viel zu viel nacktes wirkliches Leben. Weil ich aufs wirkliche Leben wirken will; dieses Buch ist nur der Anfang von meinem Feldzuge gegen das morsche gebrechliche – Gegen das Judenthum! unterbrach mich mein Freund heftig.[656]

Anders als herkömmliche Märchendefinitionen es nahelegen, gehe es ihm nicht darum, der Welt entrückte zauberhafte Blumengärten und magische Poesie zu bieten, sondern in den Begegnungen des Realen und des Phantastischen ein Spiegelbild der zeitgenössischen Verhältnisse heraufzubeschwören, die wiederum auf der extradiegetischen Ebene von Einfluss sein sollten. Taubers Konstrukt eines »Märchens« erinnert so, wenn überhaupt, an die phantastische Erzählung, weniger an eindimensional wunderbare Märchengeschichten. August wirft dem Ich-Erzähler und Alter Ego Taubers darüber hinaus vor, »Daguerreotypen«, also Fotografien und damit rein realistische Abbildungen anstelle von »Märchen« zu liefern.[657] Der Ich-Erzähler entgegnet jedoch abermals, er wolle nur »die Lüge des heutigen Judenthums aufdecken und hoffe dadurch dem Judenthume zu nützen«.[658] Die Figuren, die er in seinen Märchen vorführe, seien nämlich »die letzten Typen des Ghettos – es sind die letzten orthodoxen Fanatiker, mit der starren Unbeugsamkeit, mit der unverhohlenen Geldgier, mit der rührenden Liebe für ihre Familie – es sind die letzten Juden«.[659]

Insgesamt besehen dient in Taubers »Märchen« die Gattungsbezeichnung zur Vorführung eines überwundenen und zu überwindenden Status Quo: des jüdischen Ghetto-Lebens. Das Märchen wird in der programmatisch gezielten Verneinung des positiv besetzten Wunderbaren zur Antithese seiner selbst. Nicht eine wunderbare Ursprünglichkeit wird dort vorgeführt, sondern nur die Vorspiegelung dessen im Ghetto-Judentum. Taubers Märchen sind damit Kritik, aufklärerisches Märchen und Anti-Märchen im Dienste des Reformjudentums zugleich. In Tradition der Kunstmärchen greift er volksliterarische, wunderbare Stoffe auf und schafft daraus eine neue sozialpolitisch ausgerichtete literarische Form. Ein Spezifikum Taubers, das ihn von den romantischen Kunstmärchen unterscheidet, ist jedoch seine Wendung des Märchenhaften in ein Antimär-

---

656 Ebd., S. 9.
657 Ebd., S. 11.
658 Ebd., S. 12.
659 Ebd., S. 22. Den Einwand Augusts griff auch Ludwig Philippson in der *Allgemeinen Zeitung des Judenthums* auf und wandte ihn gegen Taubers »Märchen«, die, so Philippson, wie »die ganz gewöhnlichen modernen deutschen Novellen, in welche altes jüdisches Märchen hineingeflickt ist« seien. Vgl. Philippson, Ludwig: Die letzten Juden. Verschollene Ghetto-Märchen (1853), in: Ghettoliteratur. Eine Dokumentation zur deutsch-jüdischen Literaturgeschichte des 19. und frühen 20. Jahrhunderts, hg. v. Gabriele von Glasenapp, Hans Otto Horch, Tübingen 2005, S. 657–658, hier: S. 658.

chenhaftes: das Märchen und mit ihm ein spezifischer Rück- und Hinwegbesinnungstopos wird zur Kritik seiner selbst.

Ganz anders gestalten sich dagegen die Ghettomärchen Leopold Komperts, der insgesamt zu den bedeutendsten Vertretern der Ghettoliteratur im 19. Jahrhundert zählt.[660] Er war zunächst Redakteur, hatte daneben auch Anstellungen u. a. als Erzieher und war ab 1876 Landesschulrat der jüdischen Gemeinde von Österreich. Ab 1850 lebte er als freier Schriftsteller in Wien. Seine Ghettoerzählungen im Allgemeinen zeichnen sich nach Gabriele von Glasenapp durch »Reminiszenzen an die eigene Kindheit« und einen »versöhnlichen Tenor« aus,[661] der zwar nicht immer frei von Kritik an den bestehenden Verhältnissen war, jedoch meist kein Interesse an den innerjüdischen Ausdifferenzierungen in ein orthodoxes Judenthum auf der einen und ein reformiertes Judentum auf der anderen Seite zeigte.

Im Gesamten gesehen lässt sich diese Haltung auch auf seine »Märchen« übertragen. Kompert griff, wie auch Tauber, auf jüdisches volksliterarisches Erzählgut zurück, jedoch grenzte er sich darin nicht von der Tradition ab, sondern versuchte – wie auch die Autoren deutsch-romantischer Volksmärchen – viel eher, den im Ghetto verloren geglaubten, doch auch für die moderne Judenheit bedeutsamen Erzählschatz neu zu heben. In einem Kommentar zur Erstveröffentlichung in den *Sonntagsblättern* schrieb er zur Herkunft der von ihm erzählten Märchen:

> Die hier mitgetheilten Mährchen machen keineswegs Anspruch auf Erfindung und Neuheit – im Ghetto kennt sie jedes Kind. Sie dürfen jedoch von Manchem nicht gekannt sein, nur mit beitragen, die Art und Weise, wie sich das Volk sein bedeutendstes politisches Ereignis in kleineren Nebenbeziehungen auflöst, oder wie auch im Ghetto der Aberglaube, das furchtsam-eigenthümliche Kind der Phantasie, sein luftiges Haus hat, anschaulich zu machen.[662]

Keine neugeschaffenen Kunstmärchen, sondern jüdische Ghetto- und Volksmärchen wurden so neu erzählt und damit eine Brücke zu einer verblassten und scheinbar vergessenen Zeit geschlagen. Als Quellen dienten ihm talmudische und midraschische Sagen und Legenden, die im *Ma'assebuch* und im *Tsena u-R'ena* von Rabbi Jakob ben Isaak Aschkenasi von Janow bereits verschriftlicht worden waren.[663] Dass die Leserschaft Komperts erst wieder an diese Welt der *Aggada* und des Ghettos herangeführt werden musste, davon zeugen bereits auf paratextueller Ebene einige Begriffserläuterungen. »Ka-

---

660 Glasenapp, Horch [Anm. 650], S. 951.
661 Glasenapp, Gabriele, von [Anm. 646], S. 111.
662 Kompert [Anm. 647], S. 455.
663 Vgl. Wittemann, M. Theresia: Draussen vor dem Ghetto. Leopold Kompert und die »Schilderung jüdischen Volkslebens« in Böhmen und Mähren, Tübingen 1998, S. 99.

disch nachsagen«[664], »Tuck«, »Szeder«[665], »Schofer«, »Mallech«, »Sched«[666] oder »Hagadah«[667] mussten der modernen jüdischen Leserschaft erst wieder erklärt werden, das Ghettojudentum und dessen jüdisches Brauchtum erwachten aber gerade in ihnen zu neuem Leben.[668] Die »Mährchen aus dem Ghetto« aus Komperts viel besprochener Sammlung *Aus dem Ghetto* sind so, wie es Emil Lehmann in seiner Rezension der Erstausgabe ausdrückte, »ganz in dem naiven Tone geschrieben, in welchem sie eben ein ›Alt Babele‹ ihren Enkeln erzählen würde.«[669] Kompert erschuf nämlich einen mit jiddischen Ausdrücken durchsetzten volksliterarisch-mündlichen Erzählton, mit dem er in Analogie zur mundartlichen Stilisierung, wie sie auch von Wilhelm Grimm betrieben wurde, versuchte, die Herkunft der Märchen aus dem jüdischen Ghetto, einer Welt, in der man sich noch vor Geistern, den *Schedim*, in Acht nehmen musste und das Gemeindeleben von Wunderbarem geprägt war, zu unterstreichen.

In zwölf kurzen »Mährchen aus dem Ghetto« ließ Kompert die Zauber- und Wunderwelt des voraufklärerischen Judentums mit all seinen dem Wunder begegnenden Rabbis, Geistererscheinungen, Feiertagswundern und abergläubischen Riten für die postemanzipatorisch-aufgeklärte Gesellschaft wieder auferstehen. Wunderbares tritt darin im engen Kreis der Familie und Gemeinde auf: Tote suchen als Geister nach Erlösung im rituellen Bad oder dem Nachsagen des Kadischs, der Messias erscheint am Sederabend, Bücher mit dem Namen Gottes verselbstständigen sich und der Geldsegen kommt über die Ärmsten der Gemeinde. Das jüdische Ghettomärchen – und dies unterscheidet es auch von anderen jüdischen Volksmärchen – verzichtet damit auf das Motiv des Auszugs und der Wanderung und ist topographisch fest an den Raum der jüdischen Gemeinde im Ghetto gebunden. Der Ursprung des Ghettomärchen-Wunderbaren liegt innerhalb dieses Raums in der Befolgung der rituellen Gesetze, wie beispielsweise das Umlegen der Tefillin, das Nachsagen des Kadischs, das Bad im »Tuck« oder die Feier am Sederabend, sowie auch einer moralischen Güte und dem Glauben an alte Bräuche und Riten. In dem Märchen »Noch etwas vom Segen« beispielsweise begegnet Jokew Kozanda, einem verarmten Händler, kurz vor Beginn des »Schabbes« ein magischer Helfer in Gestalt eines Bauern, der ihm

---

664 Kompert, Leopold: Mährchen aus dem Ghetto, in: Leopold Kompert: Aus dem Ghetto. Geschichten, Leipzig 1850, S. 351–370, hier: S. 356.
665 Ebd., S. 358.
666 Ebd., S. 363.
667 Ebd., S. 359.
668 Eine Methode, die später auch in den deutsch-jüdischen Kindermärchen gleich mehrerer AutorInnen anzutreffen ist.
669 Lehmann, Emil: Aus dem Ghetto. Geschichten (1848), in: Ghettoliteratur. Eine Dokumentation zur deutsch-jüdischen Literaturgeschichte des 19. und frühen 20. Jahrhunderts, hg. v. Gabriele von Glasenapp, Hans Otto Horch, Tübingen 2005, S. 549–552, hier: S. 551.

zunächst scheinbar nur einige Waren abkauft. Von da an haben Jokew und seine Frau Selde jedoch immer genug Geld, um herrliche Sabbatfeiern auszurichten. Sie leben bis zu ihrem Lebensende in Wohlstand und Glück. Nur von diesem unerwarteten »Segen« sprechen darf Jokew nicht, denn wie gleich zu Beginn des Märchens erzählt wird, lauere »hinter jedem Segen [...] ein böser Sched (Geist), der im Augenblick des Aussprechens seinen giftigen Hauch darüber bläst«.[670] Als Quelle des Wunderbaren ließe sich so weniger die göttliche Kraft oder die Magie von Zauberrabbis, als vielmehr die Frömmigkeit der jüdischen Ghettobewohner und deren Hochhaltung alter Glaubenspraktiken an sich identifizieren. Die Märchenhelden und -heldinnen sind jedoch mit Ausnahme der Wunderrabbis keine der Legende angehörigen Heiligen, sondern alltägliche, oftmals namenlose Figuren wie »Alt-Babele«, »das Kind« oder »Braut und Bräutigam« und damit jüdisch-volksmärchenhafte Typen.

In ähnlicher Weise gestalten sich auch die zwölf Jahre später erschienenen *Märchen in der Gasse* Komperts. Anders als noch in *Aus dem Ghetto* stellt er diesen jedoch ein kurzes Vorwort voran:

> Ein altes Büchelchen liegt vor mir, grau und vergilbt sind seine Blätter, und der Duft, der daraus hervorsteigt ist der eines modrigen Papieres, das vielleicht vor zweihundert Jahren mit Druckerschwärze in Berührung kam. Das Büchelchen ist ein altes Erbstück aus dem Nachlasse meiner Großmutter; als sie starb, nahm man es ihr aus den erstarrten Fingern; sie hatte noch am letzten Tage ihres Daseins Trost und Erheiterung darin gesucht und gefunden. Im sogenannten ›Weiberdeutsch‹ gedruckt, enthält das Büchelchen ›allerlei Geschichten‹, traurige und lustige Mährchen, und namentlich einen Schatz an jenen tiefinnigen und tiefsinnigen Legenden, wie sie sich seit zwei tausend Jahren in den ›Gassen‹ und Häusern unseres Volkes angesammelt haben [...] Es wird vielleicht in manchem Gemüthe eine Saite anschlagen, die seit den ersten Tagen der Kindheit nicht mehr getönt hat, und vor manchem Auge wird wieder die Gestalt einer geliebten Mutter oder die Züge einer vergessenen Großmutter auftauchen. Ja, wir behaupten sogar, die meisten dieser Geschichten werden wie alte, doch längst nicht gesehene Bekannte Jeden anmuthen, der eben nicht taub geworden ist für die Stimmen – seiner Kindheit![671]

Kompert weist so deutlicher als zuvor auf seine schriftlichen Quellen, hier das in ›Weiberdeutsch‹ gehaltene *Ma'assebuch* hin, beruft sich aber darin auch auf jenen über tausende von Jahren mündlich tradierten »Schatz«, der in den Gassen des Ghettos konserviert worden sei. Bemerkenswert ist zudem Komperts erneuter Verweis auf die Rolle der Kindheit. Die Märchen können, wie auch die *Kinder- und Hausmärchen* der Brüder Grimm, als Instrumente angesehen werden, sowohl die eigene, individuelle Kindheit des/r Lesenden als auch die Kindheit des jüdischen Volkes, also dessen Ursprung, im Gesamten neu zu

---
670 Kompert [Anm. 664], S. 363.
671 Kompert [Anm. 649], S. 6f.

entdecken. Das Ghettomärchen wird bei Kompert so zu einem Weg der Rück- und Neubesinnung auf die eigene jüdische Identität und damit auch zu einem frühen Werkzeug jüdischen *nation buildings*.

Das erste auf dieses programmatische Vorwort folgende *Märchen in der »Gasse«*, »Unberufen«, handelt von einer alten, reichen aber alleinstehenden und daher böswilligen Frau, die die schönste Tochter des Rabbi mit dem bösen Blick belegt, diesen jedoch auf dem Sterbebett wieder bereut, dem Mädchen all ihren Reichtum hinterlässt und damit den Fluch, der das Mädchen beinah getötet hätte, wieder bannen kann. Die kurze Erzählung ist ein Sittengemälde nachbarschaftlicher Interaktion. Eine kinderreiche und gesegnete Familie lebt neben einer alten Frau, die weder die jugendliche Frische der Tochter noch den Zusammenhalt und die Geborgenheit der Großfamilie besitzt. Das einzige Kind, das es wagt, ihr »Gut Schabbes« zu wünschen, macht ihr dies wohl noch bewusster, daher belegt sie es mit einem Blick, »der in blinder Wuth Menschen, Hab und Gut in Asche legt«.[672] Märchenhaft hat dieser »böse Blick« auch physische Folgen, das Mädchen bricht kurze Zeit später blass und krank in sich zusammen. Im Gegensatz zu den religiösen Vorlagen handelt es sich hierbei eindeutig um *magia illicita*, ein nicht von Gott gewirktes, schadvolles Wunderbares; ein Hinweis auf die Anreicherung der volksliterarischen schriftlichen Überlieferung mit mündlichen eher abergläubischen Wundererzählungen aus dem jüdischen Ghetto.

Typisch für Komperts Märchen ist neben der topographischen Einengung und der mündlichen Erzähltradition auch die enge Verzahnung von wunderbarem Geschehen und dem für die kleine, oftmals dörfliche Gemeinde so bestimmenden Rhythmus des Lebens, wie sie im zweiten Märchen aus der »Judengasse« auftritt. Ähnlich zu den Märchen »Der Aufgerufene«, »Das ungesegnete Kind«, »Amen sagen« sowie »Die Betende« der ersten Sammlung, *Aus dem Ghetto*, geschieht das Übernatürliche darin genau im Augenblick des Todes: Die Judenheit Regensburgs wird von einem bösartigen Torwächter geplagt, der immer, wenn ein Jude zum »guten Ort« getragen wird, die Glocke in einem Turm läutet. Als nun der von seinen Schülern geliebte und fromme Rabbi Juda im Sterben liegt, stürzt dieser Turm aber mitsamt der Glocke und dem Torwächter in sich zusammen. Weder zu Rabbi Judas noch irgendeines anderen Regensburger Juden Begräbnis wurde von da an die Glocke geläutet. Diese auch im *Ma'assebuch* enthaltene Erzählung rekurriert auf das interreligiöse Miteinander in der Stadt Regensburg und auf die Benachteiligung, Ausgrenzung und Schikane, unter der die im Ghetto lebenden Regensburger Juden zu leiden hatten.[673] Das Wunderbare wird hier vom Rabbi bzw. einer nicht genannten, vermutlich

---

672 Ebd., S. 7.
673 Vgl. [Anm. 574], S. 497f.

religiösen, Macht gewirkt, dient jedoch ganz eindeutig der Unterstützung der frommen Juden.

Im dritten, dem Stoffe nach auch dem *Ma'assebuch* entstammenden Märchen,[674] tritt das Wunderbare ebenfalls wieder am Ende eines Lebens auf, jedoch hier in Personifikation des Todes. Eine Mutter, deren Tochter im Sterben liegt, geht mit dem Tod einen Handel ein, dass er ihre Tochter mitnehmen dürfe, aber erst, wenn sie »in der goldenen Hochzeitshaube« geheiratet habe.[675] Als der Tod in Gestalt eines Bettlers am Tag der Hochzeit erneut erscheint, verlangt der Tod abermals nach der Seele der Tochter. Die Mutter allerdings beeindruckt den Tod mit dem Argument, ihre eigene Seele sei genauso gut und er solle sie an Stelle ihrer Tochter mitnehmen, so sehr, dass er ihr und ihrer Tochter wider Erwarten ein langes Leben bis zur Heirat der Urenkelin verspricht. Das Wunderbare in Gestalt oder dem Moment des Todes ist hier wiederum wie auch in Talmud und Midrasch religiös konnotiert und damit *magia licita:* »der Herr der Scheuer ist … Gott! das Stroh, das er geborgt hat, ist die Seele deiner Tochter, und nun fordert er sie durch mich zurück, denn ich bin der Tod!«.[676] In den Ghettomärchen mischen sich nun also die unterschiedlichen Auffassungen des Wunderbaren, mal entstammt es einer religiösen individuellen Frömmigkeit, mal wird es direkt oder indirekt von Gott gewirkt und in einigen Fällen ist es eine negativ besetzte menschliche Zauberei.

Zusammenfassend schreiben so auch die Ghettomärchen von Tauber und Kompert die jüdische Volksmärchentradition auf ihre jeweils eigene Weise und in spezifischer Ausprägung des aschkenasischen Ghettojudentums fort. Wie bereits in der *Sammlung Sippurim* und Tendlaus und Philippsons Märchen dient das aggadische und spezifisch ostjüdische Erzählgut als Quelle der jüdischen Märchen. Neu ist neben Taubers Antimärchen jedoch die Einengung auf die Topographie und Sprache des Ghettos sowie dessen Instrumentalisierung als märchenhafte Gegenwelt der modernen deutschsprachig-jüdischen Gesellschaft und Inspirationsquelle für eine wunderbar-ursprüngliche deutsch-jüdische Identität.

---

674 Vgl. ebd., S. 546 ff. Wie Ulf Diederichs bemerkt, entstammt der Stoff ursprünglich dem antiken Alkestis-Mythos sowie dem rabbinischen Exemplum Nr. 139. Kompert wandelte die Protagonistin jedoch von der Braut, die für ihren Mann stirbt, in eine Mutter, die für ihre Tochter sterben würde, um.
675 Kompert [Anm. 649], S. 44.
676 Ebd., S. 45.

Das jüdische (Volks)Märchen und die jüdische Volkskunde bei Max Grunwald

Die in den vorhergehend besprochenen Märchensammlungen verwendete und neuerzählte jüdische Volksliteratur und diese ersten jüdischen Märchen selbst wurden – im Gegensatz zur aktuellen Forschungslücke auf diesem Gebiet – bereits im fortgeschrittenen 19. Jahrhundert zum Forschungsfeld der noch jungen jüdischen Volkskunde. Der Hamburger, später Wiener Rabbiner, Folklorist und Philosoph Max Grunwald gründete 1898 mit Unterstützung des Ordens Bnai Brith in Hamburg die »Gesellschaft für jüdische Volkskunde« und gab von 1898 bis 1929 die *Mitteilungen der Gesellschaft für jüdische Volkskunde* heraus.[677] Zu deren weiteren Mitgliedern zählten so bekannte Personen wie der Londoner Oberrabbiner, polyglotte Folklorist und Übersetzer des *Ma'assebuchs* Moses Gaster, der ebenfalls Beiträge zur Märchenforschung lieferte,[678] der Zionist Max I. Bodenheimer und auch der Ehrenpräsident der Alliance Israélite Universelle Zadoc Kahn.[679] An der Mitgliederliste aber auch am Programm der *Gesellschaft für jüdische Volkskunde* ist erkennbar, wie eng die Verzahnung mit Positionen und Figuren des Zionismus war und damit auch, wie sich die jüdische Volksliteraturforschung nun immer mehr einer auch nationalen Komponente zuwandte. Moses Gaster ermöglichte Theodor Herzl die Einreise nach London, Max I. Bodenheimer war neben Herzl und Max Nordau einer der Führer der deutschen Zionistenbewegung und laut Christoph Daxelmüller, einem Erforscher der jüdischen Volkskunde in Deutschland, reagierte die *Gesellschaft für jüdische Volkskunde* insgesamt »auf die kontemporäre Identitätskrise eines durch Assimilation und Antisemitismus orientierungslos gewordenen jüdischen Bürgertums im Westen«.[680] Diese zionistische Ausrichtung war jedoch auch der Grundstein für die mangelnde Verbreitung und Rezeption ihrer Errungenschaften, konnte eine auf das Judentum als jüdisches Volk ausgerichtete

---

677 Zu Grunwald vgl. Daxelmüller, Christoph: Grunwald, Max, in: Enzyklopädie des Märchens. Handwörterbuch zur historischen und vergleichenden Erzählforschung, hg. v. Kurt Ranke, Rolf Wilhelm Brednich, Hermann Bausinger u. a., Berlin 1990, S. 271–273. Sowie auch Schrire, Dani: Anthropologie, Europäische Ethnologie, Folklore-Studien: Max Grunwald und die vielen historischen Bedeutungen der Volkskunde, in: Zeitschrift für Volkskunde 109, 2013, S. 29–54.
678 Gaster, Moses: Beiträge zur vergleichenden Sagen- und Märchenkunde. Einleitung, in: Monatsschrift für Geschichte und Wissenschaft des Judentums, 1880, 1, S. 35–40. Zu Gaster vgl. Daxelmüller, Christoph: Gaster, Moses, in: Enzyklopädie des Märchens. Handwörterbuch zur historischen und vergleichenden Erzählforschung, hg. v. Rolf Wilhelm Brednich, Hermann Bausinger, Wolfgang Brückner u. a., Berlin, New York 1987, S. 735–739.
679 Daxelmüller, Christoph: Volkskunde – eine antisemitische Wissenschaft?, in: Judentum, Antisemitismus und deutschsprachige Literatur vom Ersten Weltkrieg bis 1933/1938. Judentum, Antisemitismus und deutschsprachige Literatur, hg. v. Hans Otto Horch, Horst Denkler, Tübingen 1993, S. 190–226, hier: S. 198.
680 Ebd., S. 190–226.

Wissenschaft dem akkulturierten Judentum à la *Centralverein* in Zeiten des anschwellenden Antisemitismus nur ein Dorn im Auge sein.[681]

Max Grunwald gilt als »Vater« der jüdischen Volkskunde in Deutschland und darüber hinaus.[682] In der Einleitung zu den neu gegründeten *Mitteilungen der Gesellschaft für jüdische Volkskunde* begann er zunächst damit, das jüdische Volk fernab antisemitisch-rassistischer Zuschreibungen von außen neu zu bestimmen und ein jüdisches Volkstum zu fordern, wie es lange Zeit in Vergessenheit geraten sei:[683]

> Der Lebenskern Israels, seine Seele, die in innigem Bunde mit seiner Lehre um Israels Besitz die Grenzen zieht, offenbart sich uns hier als ein unzerstörbares Etwas, das wir Volkstum nennen würden, wenn nicht ein abenteuerliches Spiel der Phantasie hinter solchem Worte Deckung suchte, ein Etwas, auf das wir die Bezeichnung ›Rasse‹ übertragen könnten, wenn es nicht gerade am schlagendsten den Trugbegriff widerlegte, für den man jenes Wort geprägt hat.[684]

Nach Dani Schrire sei es Max Grunwald im Laufe seiner Zeit als Herausgeber der *Mitteilungen* gelungen, eine Vorstellung vom jüdischen Volk zu prägen, die zwar einerseits auf die Heterogenität, Transkulturalität und Mannigfaltigkeit der »zeitgenössischen und regionalen Lebensformen« verwies, andererseits »aber gleichzeitig mithilfe der Texte über ein von vergangenen Zeiten unberührtes Judentum als etwas Einzigartiges« gelten konnte.[685]

Mit dieser Neubestimmung des jüdischen Volks als transkulturelle, religiöse Gemeinschaft und dem zunehmenden Bedeutungsgewinn des Zionismus rückte zur Jahrhundertwende der Volksbegriff insgesamt in den Mittelpunkt – und damit auch der der jüdischen Volksliteratur und des jüdischen (Volks)Märchens. Im Bemühen, jenen jüdischen Volkskern zu fassen, gelang es Grunwald zusammen mit anderen Volkskundlern, alte biblische, mittelalterliche und jiddische Erzählungen und Märchen populär zu machen. Die Bedingungen, denen sich die jüdische Volkskunde am Ende des 19. Jahrhunderts ausgesetzt sah, waren jedoch wieder gänzlich andere als die zur Zeit der ersten deutschsprachigen Übersetzungen durch Pascheles und Tendlau.[686] Auch wenn Grunwald selbst eine national ausgerichtete Volkskunde ablehnte,[687] war angesichts des postemanzipatorischen Antisemitismus den Neuausgaben der jüdischen Volksmärchen nun eine national-jüdische Komponente, ein jüdisches *nation*

---

681 Vgl. ebd., S. 200f.
682 Vgl. Schrire [Anm. 677], S. 35.
683 Vgl. Grunwald, Max: Einleitung, in: Mitteilungen der Gesellschaft für jüdische Volkskunde, 1898, 1, S. 3–15, hier: S. 3.
684 Ebd., S. 4. Vgl. dazu auch: Schrire [Anm. 677], S. 38.
685 Ebd., S. 41f.
686 Vgl. Elyada [Anm. 540], S. 430f.
687 Vgl. Schrire [Anm. 677], S. 42f.

building im Sinne jüdischer Selbstbehauptung, viel stärker eingeschrieben als den Sammlungen aus der Mitte des 19. Jahrhunderts.

Grunwalds Forschungsinteresse beschränkte sich dahingegen anfangs entsprechend seiner Auffassung des jüdischen Volks nicht auf nationale oder sprachgeographische und nicht einmal auf literarische Grenzen; einer seiner Schwerpunkte war beispielsweise die Erzählkultur der sephardischen Juden und in seinen *Monistischen Märchen* lieferte er keine literarischen Texte, sondern eine apologetische Studie der Theorien Darwins, Haeckels und Marx'.[688] Am Beginn seiner Beschäftigung mit jüdischer Folklore stand aber dennoch im zweiten Heft der *Mitteilungen* eine Sammlung *deutsch-jüdischer* Märchen und Sagen.[689] Dieser vorangestellt ist bemerkenswerterweise ein Zitat aus den *Deutschen Sagen* der Brüder Grimm, das zusammen mit dem deutlichen Titel *Märchen und Sagen der deutschen Juden* von Anfang an, viel stärker als dies in den bisherigen jüdischen Märchensammlungen der Fall war, einerseits die transkulturelle Verflechtung der *deutsch-jüdischen* Märchen und Sagen herausstellt, andererseits jedoch auch die Frage nach der Stellung der deutschjüdischen Märchentradition gerade in Abgrenzung zur nichtjüdisch-deutschsprachigen aufwirft.

Der Volksliteratur kam nach Grunwald im jüdischen Kulturkreis schon immer eine hervorgehobene Bedeutung in Identitäts- und Volksbildung zu. Die »Unterweisung durch Unterhaltung, Erziehen durch Erzählen« als »Muster aller Volkserziehung« sei bereits »lange vor Lessing […] in jüdischen Kreisen« etabliert gewesen.[690] Entgegen einer einseitigen Beanspruchung der deutschsprachigen Erzählkultur durch die nichtjüdische Mehrheitsgesellschaft, eröffnet Grunwald so eine uralte mündliche, volksliterarische Erzähltradition, die – angereichert mit orientalischen und okzidentalen Erzählstoffen – wiederum zu einer spezifisch deutschsprachig-jüdischen Märchen- und Sagenkultur angewachsen sei. Im jüdischen Erzählfundus konnte sich aufgrund der weiten und jahrhundertelangen Zerstreuung der Juden in Ost und West und deren Position

---

688 Vgl. Daxelmüller [Anm. 677], S. 272. Aufgrund der Beschaffenheit der *Monistischen Märchen*, außer ihrem Titel keinerlei Hinweise auf die Gattung Märchen zu geben, wird an dieser Stelle auch auf eine nähere Betrachtung verzichtet. Von Bedeutung sind diese aber dennoch insbesondere im Kontext der deutsch-jüdischen Kinder- und Jugendliteratur, sollten sie doch gerade für die jüdische Jugend »zwischen Judentum und Naturwissenschaft eine Brücke« finden und »einen Beitrag liefern, der unserer Jugend zur Einführung in ein wichtiges Gebiet der Apologetik willkommene Dienste leisten könnte. Sollten meine Worte auch nur einer jugendlichen Seele ihre religiösen Zweifel zu beheben behilflich sein, ihr Zweck wäre erreicht und mir eine herzliche Freude bereitet.« Grunwald, Max: Monistische Märchen. Aus einem Briefwechsel, Berlin, Wien 1921, S. 9.
689 Grunwald, Max: Märchen und Sagen deutscher Juden, in: Mitteilungen der Gesellschaft für jüdische Volkskunde, 1898, 2, S. 1–4, 63–76.
690 Ebd., S. 1.

als »Hauptvermittler zwischen den Arabern u. dem Occident«[691] ein umfangreicher Schatz an Stoffen, Motiven und Figuren sammeln, der letztendlich zur spezifisch transkulturell-jüdischen Form gefunden habe:

> Wer als Kaufmann oder fahrender Schüler fast beständig unterwegs war, wer anderen Völkern fremde Geistesschätze, und ganz besonders ferne Märchenwelten, erschliessen konnte, wer an der Volksdichtung der Zeitgenossen regen, thätigen Anteil nahm, der hatte wohl auch zu Haus den Seinen etwas zu erzählen, der wusste wohl auch hier in der Kinderstube Orient und Occident, die alte und die neue Heimat zu verschmelzen, der besass wohl auch Sinn für die alte Sanges- und Sagenwelt der Väter.[692]

Dass dabei insbesondere auch ein gegenseitiger Austausch zwischen deutscher und jüdischer Märchen- und Sagentradition stattgefunden habe, erscheint Grunwald nur folgerichtig. Wie sich die Sprache im Jiddischen aus deutschen und jüdischen Versatzstücken gespeist habe und im Gegenzug wiederum die deutsche Sprache beeinflusst habe,[693] so seien auch die deutschen und deutsch-jüdischen Sagen und Märchen einander »nachgebildet oder als beachtenswerte Ergänzungen an die Seite« gestellt.[694] Am deutlichsten zeige sich das am Beispiel des *Ma'assebuchs*, das ihm zusammen mit den zeitgleich entstandenen Wormser *Ma'asse Nissim* als Primärquelle seiner 28 Märchen und Sagen diente.[695]

Das Vorwort und der ausführliche Kommentar mit Vermerken der intertextuellen Verwandtschaften und narrativen Verflechtungen zwischen deutscher und jüdischer Märchentradition[696] weisen insgesamt darauf hin, dass im Zentrum von Grunwalds Beschäftigung mit den Märchen deutscher Juden weniger seine eigene literarästhetische Bearbeitung oder ein literaturpädagogischer Anspruch als vielmehr eine wissenschaftliche und motivgeschichtliche Untersuchung stand. Wie er in einem 1932 veröffentlichten Aufsatz, »Zur vergleichenden Märchenkunde«, schrieb, ging es ihm nämlich auch darum, aufzuzeigen, inwiefern das Judentum nicht nur zur Verbreitung der Märchen zwischen Ost und West beigetragen habe, sondern auch, dass es durchaus einigen An-

---

691 Ebd., S. 63.
692 Ebd., S. 3.
693 Zur von den Grimms stilisierten Volksmärchensprache äußert sich Grunwald wie folgt: »Jedenfalls klingt die Sprache unserer Märchen mindestens ebenso rein u. deutsch wie das Kauderwelsch der Gelehrten im 17. u. 18. und manches ›Gebildeten‹ im 19. Jahrhundert. Man braucht Gri[mm] nur aufzuschlagen, um auf Schritt u. Tritt ähnlichen Wortbildungen u. Redewendungen zu begegnen«; ebd., S. 64.
694 Ebd., S. 4. In einem ausführlichen Kommentar weist Grunwald zahlreiche Beispiele für diese gegenseitige Beeinflussung nach, vgl.: ebd., S. 67.
695 Nach Angaben in Heft 1 der *Mitteilungen* verwendete er eine 1709 im schlesischen Dyhrenfurt gedruckte Ausgabe des *Ma'assebuchs* und eine 1702 in Frankfurt gedruckte Ausgabe der Wormser Sammlung.
696 Vgl. ebd., S. 63ff.

spruch »als Quelle dieser Erzeugnisse und Lieblinge des Volksgeistes erheben darf«.[697]

Wie Pascheles, Tendlau und Philippson umgeht jedoch auch Grunwald in seiner Zusammenstellung von 1898 eine gattungstheoretische Unterscheidung, »Märchen, Sagen und Geschichte« gehen für ihn »Hand in Hand«,[698] auch wenn er doch auf einen spezifischen »Märchenton« der Texte verweist. Stilistisch und strukturell handelt es sich bei Grunwalds Auswahl durchaus überwiegend um Märchen, genauer gesagt um jüdische Volksmärchen, wie sie bereits im *Ma'assebuch* aufbauend auf Talmud, Midrasch und der mündlichen Erzähltradition des Exils verschriftlicht worden waren. Zwar fehlen dessen formelhafter Eingang, jedoch sind die Figuren der kurzen Texte, sofern es sich nicht um prominente religiöse Gestalten wie den Propheten Elia (»Der rechte Eidam«), die Königin von Saba (»Die Königin von Saba«) oder bekannte Wunderrabbis (Chanina in »Die dankbaren Tiere«, Rabbi Jehuda in »Der grünende Stab« oder auch Nachmanides in »Der Wolkenritt nach Worms«) handelt, typisiert; der Märchenheld ist so in vielen Fällen einfach als »ein frommer Mann«[699] betitelt. Überhaupt kommt der Frömmigkeit in Grunwalds Auswahl und Bearbeitung wie auch in den Sammlungen zuvor eine hohe Bedeutung zu. Im Märchen Nr. 15, »Die Sabbatfeier« beispielsweise, harrt ein frommer junger Mann, um den Sabbat einzuhalten, in einem dunklen Wald aus. Als ihm ein wilder Bär begegnet, tut dieser »dem Frommen« jedoch nichts,[700] reißt aber zwei andere Wanderer, die trotz des Ruhegebots am Sabbat gewandert waren, in Stücke. Die Einhaltung der Gesetze und der treue Glauben an Gott sind somit Ursprung des Märchenwunderbaren. Ein rein menschlicher Zauber, wie er beispielsweise im Märchen Nr. 20, »Der ungeschickte Hexenmeister« auftritt, wird, wie auch in Komperts Ghettomärchen, dagegen als *magia illicita* und »Hexerei« gebrandmarkt und der Zauberer dafür bestraft.[701] Das deutsch-jüdische Volksmärchen am Ende des 19. Jahrhunderts hält sich damit weiterhin an das in der Thora ausgesprochene Magieverbot.

Neu in Grunwalds Zusammenstellung ist hingegen, dass dem spezifisch deutsch-jüdischen Erzählstoff mehr Gewicht verliehen wird. Bereits im Vorwort verwies er auf die »Beziehungen zur deutschen Volksdichtung«, die sich in einem kaleidoskophaften Durcheinandermischen von Motiven, Stoffen und Figuren zeige.[702] In den Texten selbst trifft man in diesem Sinne auf die drei Wormser

---

697 Grunwald, Max: Zur vergleichenden Märchenkunde, in: Monatsschrift für Geschichte und Wissenschaft des Judentums 76, 1932, 1, S. 16–33, hier: S. 19.
698 Grunwald [Anm. 689], S. 2.
699 Vgl. Nr. 3, 6, 8, 11, 14, 15, 16 und 23.
700 Ebd., S. 25.
701 Ebd., S. 29.
702 Ebd., S. 4.

Brüder Gunter, Gernot und Giselher (»Die drei Waffenschmeide«) auf das goldene Haar Isoldes (»Die dankbaren Tiere«), auf die Alraunwurzel (»Die Zauberwurzel«) und eine magische Gans (»Die verhexte Gans«), ebenso aber auch auf Wunderlampen (»Die Wunderlampe«), Rabbis (»Der Wunschring«), Kabbalisten (»Der Wolkenritt von Worms nach Spanien«) und böse *Schedim* (»Der getreue Lautenschläger«). Wie auch in den vorhergehenden Sammlungen werden so altjüdisches Erzählgut der *Aggada* mit Texten aus der Diaspora, hier speziell aus den Judengassen in Worms und Mainz, angereichert und bereits bekannte jüdische Märchenstoffe, wie die von Rabbi Chaninas Zauberfrosch, den Abenteuern des verwunschenen Rabbi-Werwolfs oder auch dem Sagenkreis um den Wasserkönig in Prags goldener Gasse neu erzählt. Grunwalds Verdienst ist vor allen Dingen im Anhang begründet, in welchem er die Entstehung der Texte nachverfolgt und auf die vielen Gemeinsamkeiten mit den Sagen und Märchen der Brüder Grimm hinweist.[703] Wie an Märchen Nr. 13, »Die Vögel des Himmels werden es verraten«, ersichtlich wird, setzte er sich darüber hinaus aber auch mit den darin enthaltenen antijudaistischen Textstellen auseinander, beispielsweise in KHM 115, »Die klare Sonne bringt es an den Tag«. Dessen Stoff wird in Grunwalds Sammlung neu erzählt und der Jude, der im Märchen von einem Räuber unschuldig erschlagen wird, findet posthum durch die Aufdeckung des Mordes im Gesang der Vögel Gerechtigkeit.[704] Der Mörder ist bei Grunwald anders als bei den Grimms, die einen mordenden Schneidergesellen in den Mittelpunkt ihrer Handlung stellen, von Beginn an negativ gezeichnet und es ist ihm, wiederum abweichend zur grimmschen Version, kein relativ erfülltes Leben bis zur Aufdeckung beschieden.[705] In Zeiten des postemanzipatorischen Antisemitismus reagiert so auch das deutsch-jüdische Volksmärchen auf das zwischen den beiden Kulturen stehende Übel. Grunwald versuchte dabei, im Gegensatz zur nichtjüdischen deutschen Volkskunde, im Sinne einer völkerübergreifenden Humanität und Moral gegen Antijudaismus und Antisemitismus anzuschreiben.

---

703 Vgl. ebd., S. 63 ff.
704 Vgl. ebd., S. 21.
705 Grunwald folgt hier einer von den Grimms abgeänderten Version der Geschichte, wie sie bereits von Hulderich Wolgemuth 1623 mitgeteilt wurde. Vgl. Grimm, Grimm [Anm. 349], S. 1058.

Exkurs: Märchen im Zeichen der »Mädchen-Emanzipation« – Die Kinder- und Jugendmärchen Fanny Lewalds und Hedwig Dohms

Möchte man möglichst alle Aspekte des deutschsprachig-jüdischen Märchens, wie es zwischen der Haskala und 1945 auftrat, erfassen, so muss zum Abschluss des Zeitraums 19. Jahrhundert auch auf die Märchen von Fanny Lewald und Hedwig Dohm eingegangen werden. Diese in der Forschung bisher kaum wahrgenommenen[706] Kunstmärchen schreiben sich zwar nur bedingt in den deutsch-jüdischen Diskurs[707] – und noch weniger in die deutsch-jüdische Volksmärchentradition des 19. Jahrhunderts – dafür aber umso deutlicher in andere Emanzipationsbestrebungen der Zeit, der der Frau und der des Kindes bzw. Mädchens, ein.[708] Sie stellen damit einen ebenso bedeutsamen Untersuchungsgegenstand für die Erforschung deutsch-jüdischer Kultur- und Literaturgeschichte dar. Hedwig Dohm und Fanny Lewald stehen als Autor*innen* von Märchen zum einen in einer langen Tradition (kunst)märchenschreibender Frauen, von den französischen Salondamen und deren Preziösenkultur[709] über Katharina die Große und Benedikte Naubert bis hin zu Marie von Ebner-Eschenbach und Gisela und Bettina von Arnim, zum anderen auch am Beginn einer neuen Generation von Märchenautorinnen aus dem akkulturiert-liberalen deutsch- und österreichisch-jüdischen Kulturkreis im ausgehenden 19. und

---

706 Grundlegendes hat hierzu Shawn C. Jarvis geleistet: Im Reich der Wünsche. Die schönsten Märchen deutscher Dichterinnen, hg. v. Shawn C. Jarvis, München 2012.
707 Nicht nur biographisch, sondern auch textimmanent weisen beide Märchen Bezüge oder zumindest Verbindungen zur jüdischen Emanzipation auf: Fanny Lewald in der Erwähnung des jüdischen Philosophen Spinoza, der bereits für die *maskilim* der Aufklärungszeit eine wichtige Bezugsfigur war, und Hedwig Dohm im Verweis auf die Hinwendung zur Landwirtschaft; einer bis ins 20. Jahrhundert weder für bürgerliche Frauen noch Juden leicht zugänglichen Tätigkeit, die nun vor allem im zionistischen Diskurs immer mehr an Gewicht gewann.
708 Bemerkenswerterweise hat eine weitere im Kreis der Frauenemanzipation tätige deutschjüdische Autorin und Publizistin, Bertha Pappenheim, das *Ma'assebuch*, jenen Fundus jüdischer Volksmärchen, ins Deutsche übersetzt.
709 Märchenschreibende Frauen etablierten im 17. Jahrhundert die Märchenkultur in Frankreich. In der Forschung wird geschätzt, dass rund zwei Drittel der in dieser Zeit entstandenen Märchen von Frauen stammten. Frauen wie Comtesse d'Aulnoy, Marie-Jeanne L'Heriter de Villandon oder Charlotte Gaumont de La Force setzten damit den Grundstein der europäischen Märchenmode des 19. und 20. Jahrhunderts, schließlich hielt sich auch Charles Perrault, der Autor der *Contes de ma mère l'oye* und damit auch des Erzählfundus der Brüder Grimm, oftmals in deren Salons und Zirkeln auf. Vgl. Harries [Anm. 394], S. 17. Kroll, Renate: Autorin, weibliche Autorschaft, Frauenliteratur. Betrachtungen zu schreibenden und »geschriebenen« Frauen, in: Genderstudies in den Geisteswissenschaften. Beiträge aus den Literatur-, Film- und Sprachwissenschaften, hg. v. Corinna Schlicht, Duisburg 2012, S. 39–53.

beginnenden 20. Jahrhundert.[710] Für all diese Schriftstellerinnen war das Märchen eine Schreibform und Schreibstrategie der Emanzipation und Ausdruck eines neuen weiblichen Selbstverständnisses.[711]

Fanny Lewald, geboren 1811 in Königsberg, gilt als erfolgreiche und »berühmteste deutsche Romanautorin des 19. Jahrhunderts«.[712] Aufgewachsen in einer kinderreichen jüdischen Familie, sah sie schon bald die Schattenseiten einer Existenz als Jüdin und Frau des – im doppelten Sinne – präemanzipatorischen 19. Jahrhunderts. In ihren beiden bekanntesten Romanen *Clementine* und *Jenny* griff sie diese Erfahrungen auf und prangerte darin u. a. das Eherecht und die Situation von Frauen und Juden in der Gesellschaft an,[713] womit sie nach Jeannine Blackwell sogar die politisch- und sozialkritische Erzählung des 20. Jahrhunderts vorweg genommen habe.[714] Begonnen hatte diese Karriere jedoch mit einer phantastischen, jugendliterarischen Erzählung – Fanny Lewalds »Modernem Märchen«. Wie sie in ihrer Autobiographie schrieb, wurde sie nach dessen Druck 1841 in der Zeitschrift ihres Großcousins August Lewald, *Europa*, von ihrer Umwelt und auch sich selbst erstmals als Schriftstellerin wahrgenommen,[715] innerhalb ihres Œuvres blieb das Märchen jedoch ein Einzelfall. Hinsichtlich der Gattung gelang Fanny Lewald in ihrer »modernen« Umsetzung aber eine bisher kaum beachtete Aktualisierung des Märchens im Sinne eines feministischen Jugendmärchens.

In ihrer autobiographischen Aufzeichnung *Meine Lebensgeschichte* schrieb sie, das Märchen »verdankte einem Gespräche seine Entstehung«, in dem »von

---

710 Vgl. Kap. 5.2 Vgl. Blackwell, Jeannine: The Historical Context of German Women's Fairy Tales, in: The queen's mirror. Fairy tales by German women 1780–1900, hg. v. Shawn C. Jarvis, Lincoln 2001, S. 1–9, hier: S. 3.
711 Vgl. dazu: The queen's mirror. Fairy tales by German women 1780–1900, hg. v. Shawn C. Jarvis, Lincoln 2001. Wie schwer es für viele Frauen zunächst war, sich als schreibende Frau überhaupt zu etablieren, zeigt Renate Kroll auf: »Der Autorin in der Vergangenheit fällt ein Selbstverständnis als Autorin nicht zu. Um zur Feder zu greifen, muss sie innere Widerstände aufgeben, Ängste und (zum Teil obsessive) Vorstellungen von der eigenen Minderwertigkeit überwinden, gegen ungeschriebene Gesetze angehen, um in den Literaturbetrieb, in männliche Netzwerke, einzudringen.« Den Beginn weiblicher Autorschaft bildeten daher oftmals »kleine Gattungen«, die in einem intimeren Rahmen Verbreitung finden konnten und »der vermeintlichen Natürlichkeit des weiblichen Wesens entgegenkamen«, wie das Schreiben für Kinder im Märchen. Kroll [Anm. 709], S. 42 f.
712 Ujma, Christina: 200 Jahre Fanny Lewald – Leben, Werk und Forschung, in: Fanny Lewald (1811–1889). Studien zu einer großen europäischen Schriftstellerin und Intellektuellen, hg. v. Christina Ujma, Bielefeld 2011, S. 7–35, hier: S. 7.
713 Sie selbst konvertierte wie ihre gesamte Familie 1831 zum Christentum, setzte sich jedoch auch danach mit den Problemen der jüdischen Bevölkerung in Deutschland auseinander und für deren Rechte ein. Vgl. ebd., S. 10.
714 Vgl. Blackwell [Anm. 710], S. 2.
715 Vgl. Lewald, Fanny: Meine Lebensgeschichte. Zweiter Band: Leidensjahre, hg. v. Ulrike Helmer, Frankfurt a. M. 1989, S. 284 ff.

der Seelenwanderung«, einer bereits seit Mitte des 18. Jahrhunderts populären naturphilosophischen und metempsychologischen Denkfigur und Vorstellungsmuster,[716] und der Ähnlichkeit mancher unkultivierter Leute mit Tieren die Rede gewesen sei.[717] Das Märchen handelt in diesem Sinne von einer autodiegetischen weiblichen Erzählfigur, die am Übergang vom »Backfisch«-Alter zur erwachsenen Frau Gefahr läuft, eine amouröse Beziehung mit einem solchen Tier, hier ein Fisch, im Menschen- bzw. Manneskörper einzugehen, von ihrer der wunderbaren Sphäre einsichtigen Großtante jedoch gerettet werden kann.

Graf Salm, der um die Ich-Erzählerin werbende Fisch-Mann mit sprechendem Namen, stellt dabei, denkt man an bekannte Märchen wie Apuleius' *Amor und Psyche*, Leprince de Beaumonts *La Belle et la Bête*, Fouqués *Undine* oder auch Weisels »Goldene Gasse« in der *Sammlung Sippurim*, als Liebhaber in Tiergestalt an sich ein auch in der jüdischen Märchentradition gängiges Märchenmotiv dar.[718] Kunstmärchenhaft wird im Text auch auf diese literarische Tradition intertextuell mit Theodor Körners *Grünem Domino*, Andersens *Meerjungfrau* oder Hoffmanns *Kater Murr* verwiesen.[719] Lewald wandelt das Motiv in ihrem »modernen Märchen« allerdings ab, indem die dem Motiv so zentrale Tieridentität für die meisten Menschen überhaupt nicht sichtbar ist. Die als Männer getarnten Tiere Graf Salm, Assessor Hecht und auch der bereits ihre Großtante Renate umwerbende »Obrist Belaigle«[720] bergen zudem ein schlimmes Schicksal für junge Frauen: Graf Salm und Assessor Hecht werden zwar als »wunderhübsch«, jedoch »eiskalte« Lebewesen beschrieben[721], die wie der Adler-Mann »Belaigle« nicht fähig zu menschlichen Gefühlen sind und die potentielle Ehefrau dadurch in ein schauerliches Schicksal führen können. Dem Volksmärchen entgegen birgt die phantastisch-oszillierende Mensch-Tier-

---

716 Vgl. Hense, Martin, Müller-Tamm, Jutta: Poetik der Seelenwanderung. Zur Einführung, in: Poetik der Seelenwanderung, hg. v. Martin Hense, Jutta Müller-Tamm, Freiburg i. Br. 2014, S. 7–27, hier: S. 7. Auch so bekannte Schriftsteller wie Lessing, Goethe und Novalis haben sich, so Hense und Müller-Tamm, der literarischen Aufarbeitung der Seelenwanderung gewidmet. Für die in einem bildungsbürgerlichen Haushalt aufgewachsene Fanny Lewald dürfte dies somit kein allzu neues Thema gewesen sein.
717 Vgl. Lewald [Anm. 715], S. 281.
718 Vgl. Kawan, Christine Shojaei: Tierbraut, Tierbräutigam, Tierehe, in: Enzyklopädie des Märchens. Handwörterbuch zur historischen und vergleichenden Erzählforschung, hg. v. Rolf Wilhelm Brednich, Berlin [u. a.] 2010, S. 555–565.
719 Lewald, Fanny: Modernes Märchen, in: Im Reich der Wünsche. Die schönsten Märchen deutscher Dichterinnen, hg. v. Shawn C. Jarvis, München 2012, S. 209–222, hier: S. 214; 216f.
720 Sprachlich wechselt Lewald hier zwischen dem Lateinischen, »Salm« für ›Lachs‹, dem Deutschen, »Hecht« und dem Französischen, »Belaigle« als ›bel aigle‹ für ›schöner Adler‹. Alle drei Namen dürften aber dem intendierten bildungsbürgerlichen Leserkreis erschließbar sein und das Namensspiel damit stilistisch aufzuklären gewesen sein.
721 Ebd., S. 213f.

Identität wie auch die wunderbare Dimension an sich, in die das »Sonntagskind« Renate Einsicht hat, damit kein Reich voll wunderbaren Glücks, sondern in Tradition von Basiles *Catenaccio* große Gefahren:

> ›Du, mein teures Kind, mein armes Sonntagskind! Du sollst nicht einem jener Halbmenschen zur Beute werden, du sollst niemals die Welt in jener nackten, eisigen Wirklichkeit kennen lernen, vor der das warme Herz erstarrt‹.[722]

In Lewalds »Modernem Märchen« findet so eine eher kritische Umdeutung der zu Beginn der 1840er Jahre so populären Gattung Märchen zugunsten einer phantastischen Emanzipationserzählung für jugendliche Leserinnen statt: Als eine Art »Märchen im Märchen« wird zunächst von Graf Salm metadiegetisch auf die Seelenwanderung verwiesen; »anders als im Märchen«[723] könne diese, so die Fischseele in Menschengestalt, allerdings nicht mehr in Erwägung gezogen werden. Dass er selbst so auf der intradiegetischen Ebene diese Aussage unterwandert, wirkt sich auf der extradiegetischen Ebene in einem Hinterfragen der Realität und in der Beeinflussung der Leserwirklichkeit aus. Das Tierbräutigam-Motiv, das auf Erlösung des verzauberten Mannes zielend meist aus einem Tier einen schönen Prinzen werden lässt, den die weibliche Hauptperson am Ende heiraten kann, wird umgekehrt. Nicht mehr wird das Tier zum Prinzen, sondern der Prinz zu einem als Mensch getarnten, bösen, kalten und vermutlich tödlichen Tier, das junge Mädchen verführt. Die Umkehrung des Märchenmotivs führt bei Lewald auf der Metaebene zu einer Aufforderung an junge, heiratsfähige Frauen, einen Blick hinter die (männliche) »Maskerade« zu wagen und selbstbestimmt, »emanzipiert« zu sein; sich in den Worten Lewalds, »nicht mehr in die Winkel drängen zu lassen«.[724] Spürbar wird in einer solchen Lesart Fanny Lewalds literarisches »Ideal« George Sand[725] sowie auch ihr später noch stärker hervortretendes Engagement für die Rechte, die Selbstermächtigung und die Emanzipation der Frau in *Clementine* und *Jenny*.[726] Bemerkenswert ist dabei, dass neben der deutlichen Thematisierung der Emanzipation der Frau auch auf die jüdische Emanzipation verwiesen wird. Tante Renate als Alter Ego der Ich-Erzählerin bezieht sich in der Erklärung der phantastischen Seelenwanderung der Tier-Männer auf den »erhabene[n] Spinoza«[727] und dessen Pantheismus, der wiederum, nicht zuletzt durch Berthold Auerbachs literarische Bearbeitung, als

---

722 Ebd., S. 221.
723 Ebd., S. 211.
724 Ebd., S. 213.
725 Lewald [Anm. 715], S. 279.
726 Vgl. Ujma [Anm. 712], S. 7.
727 Lewald [Anm. 719], S. 215.

Wegbereiter der jüdischen Emanzipationsbewegung und »Modellfigur der Emanzipation« gilt.[728]

Erzähl- und gattungstheoretisch betrachtet handelt es sich bei Lewalds »Modernem Märchen« aufgrund des plötzlichen Einfalls des Wunderbaren und seiner Bewertung allerdings eher um eine phantastische Erzählung als um ein Märchen. Fanny Lewald selbst plädierte demgegenüber aber unter Rückgriff auf *Die Geschichten aus 1001 Nacht*, Musäus und E.T.A. Hoffmann für einen neuen Märchenbegriff:

> Er [= Ihr Vater] verwies mich in bezug auf das Märchen auf meine Lieblingsmärchen, die der tausendundeinen Nacht und auf Musäus Volksmärchen, vergaß aber, daß Callot-Hoffmann die Zügellosigkeit und Willkür der Phantastik in die Gegenwart übertragen hatte und daß die Berechtigung dies zu tun, für das Märchen von dem Augenblicke an vorhanden war, in welchem jemand sich die Gegenwart mit phantastischer Willkür belebt und zerstört vorstellen konnte.[729]

Als für die Frauen- und jüdische Emanzipation engagierte Schriftstellerin wollte sie so »neben der Phantasie auch den Verstand und die Vernunft« gebrauchen und kein der außerfiktionalen Wirklichkeit »durchausentgegengesetztes«, sondern ein dieser eingeflochtenes und im Sinne der Frauenemanzipation soziokulturell engagiertes Märchen schaffen.

Eine Nachfahrin im Geiste Fanny Lewalds war die 1831 geborene Marianne Adelaide Hedwig Jülich, später – nach ihrer Heirat mit dem *Kladderadatsch*-Redakteur Ernst Dohm – Hedwig Dohm, die durch die in ihren Werken entworfene feministisch ausgerichtete Gesellschaftskritik zu einer der »stärksten Wortführerinnen« der »deutschen Frauenbewegung im Kaiserreich«[730] geworden war. Hedwig Dohm stammte ähnlich wie Fanny Lewald aus einer kinderreichen Familie deutsch-jüdischen Ursprungs, ihr Vater war aber bereits vor ihrer Geburt zum protestantischen Glauben konvertiert. Angriffspunkte von Hedwig Dohms sozialer und kultureller Kritik waren zunächst die geschlechtsspezifisch unterschiedliche Erziehung von Jungen und Mädchen sowie der auf die »Toilette« und das Erziehungswesen begrenzte mögliche Erfahrungshorizont von Frauen.[731] In Romanen, Essays, Novellen, Lustspielen und eben auch Märchen setzte sie sich von Beginn ihrer schriftstellerischen Karriere an mit Themen der Frauen- sowie auch der Judenemanzipation auseinander und dies nach dem Tod ihres Mannes auch zunehmend politisch und essayistisch.

---

728 Schapkow, Carsten: »Die Freiheit zu philosophieren«. Jüdische Identität in der Moderne im Spiegel der Rezeption Baruch de Spinozas in der deutschsprachigen Literatur, Bielefeld 2001, S. 92.
729 Lewald [Anm. 715], S. 282.
730 Pailer, Gaby: Hedwig Dohm, Hannover 2011, S. 7.
731 Ebd., S. 13.

Wie im Falle Lewalds bildete das Märchen dabei den Beginn ihrer schriftstellerischen Karriere. In einem Brief an Anna Papritz vom 11. Dezember 1902 schrieb sie dazu, dass »Mährchen und Mährchengedichte«, die sie in der Kinderzeitung im Winckelmann-Verlag veröffentlicht habe, ihre »Erstlingsarbeit« gewesen seien.[732] Welche Märchen sie genau damit meinte, ist nicht mehr mit Sicherheit nachzuvollziehen. Sowohl ihr Märchen »Blumenduft« als auch »Lotte Murrkopf« wurden in der vermutlich 1870 erschienenen Erstauflage des *Märchenstraußes*, gesammelt von Julie Hirschmann, im Winckelmann Verlag veröffentlicht.[733] Aus dem gleichen Jahr und Verlag stammt auch die von »H. Dohm« im vierten Band der illustrierten Kinder-Zeitschrift *Die Lachtaube* herausgegebene phantastische Erzählung »Das zerbrochene Spielzeug«.[734] Alle drei Märchen sind im Gegensatz zu den Angaben Dohms im Brief an Papritz demnach jedoch erst Anfang der 1870er und nicht bereits zu Beginn der 60er Jahre erschienen – wobei diese Differenz auch an der ungenauen Datierung der Veröffentlichung liegen kann.

In ihrem autobiographisch stilisierten Roman *Schicksale einer Seele* spricht die Erzählerin davon, bereits im Alter von sechs Jahren »viele Märchen« gekannt zu haben, wobei insbesondere »die unkindlichsten, gar nicht für Kinder geschriebenen Märchen«,[735] »in denen Stimmung vorherrschend war, wo eine geheimnisvolle Psyche in nebelzarten Dämmerungen leise ihre Flügel regt und in endlose Fernen hinausträumt«,[736] am stärksten auf sie eingewirkt hätten. Überträgt man diese Aussage auf die Autorin Hedwig Dohm, so kann man daraus schließen, dass auch ihre eigenen Märchen eine utopische Dimension beinhalten sollten, ein in diesem Sinne über die eigenen persönlichen Grenzen Hinaus-Träumen.[737] Das 1870 im *Märchenstrauß* von Julie Hirschmann er-

---

732 Dohm, Hedwig: Briefe aus dem Krähwinkel, hg. v. Nikola Müller, Isabel Rohner, Berlin 2009, S. 80f.
733 Die einzige zugängliche Ausgabe des *Märchenstraußes* war die Stereotyp-Auflage von ca. 1890, beide Märchen finden sich darin wieder: Märchenstrauß. Eine Sammlung von schönen Märchen, Sagen und Schwänken. Mit 4 Bildern in Farbdruck von Ludwig Burger, hg. v. J[ulie] Hirschmann, Stereotyp-Aufl. [1890].
734 Dohm, H[edwig]: Das zerbrochene Spielzeug, in: Die Lachtaube. Illustrierte Kinder-Zeitung 4, 1870, 19, S. 146–148. Das Märchen »Das zerbrochene Spielzeug« ist, vergleichbar mit »Lotte Murrkopf«, eher pädagogisch ausgerichtet und handelt von einem Jungen, dessen von ihm stiefmütterlich und grausam behandeltes Spielzeug zum Leben erwacht, ihm einen gehörigen Schrecken einjagt und schließlich von ihm wieder mit Respekt und Liebe behandelt wird.
735 Dohm, Hedwig: Schicksale einer Seele. Roman. Mit einem Nachwort von Ruth-Ellen Boetcher Joeres, München 1988, S. 12.
736 Ebd., S. 13. Ersichtlich wird diese Auffassung in dem Märchen »Das zerbrochene Spielzeug«, das in seiner gesamten Anlage an E.T.A. Hoffmanns »Nußknacker und Mausekönig« erinnert: Dohm [Anm. 734].
737 In ihrem Märchen »Lotte Murrkopf« zeigt sie allerdings die Grenzen und negativen Seiten einer solch utopischen Lebensauffassung auf. Darin führt sie eine kindliche Protagonistin

schienene Märchen »Blumenduft« von Hedwig Dohm setzt diesen Vorsatz in geschriebene Tat um: Es handelt von Lila, der gelangweilten Prinzessin eines frucht- und leblosen Landes und Tochter eines garstigen Königs, die eines Tages auf den Gärtner Egbert und dessen blühenden Garten trifft. Lila verliebt sich in Egbert und die ihn umgebende blühende Natur, wird jedoch auf Befehl des Königs von ihnen getrennt und im Schloss eingesperrt. Als Lila droht, in der artifiziellen Umgebung des Schlosses zu sterben, kann ihr allein Egbert mithilfe eines wundersam hergestellten Rosenöls das Leben retten. Doch der König willigt auch danach nicht in eine Heirat ein. Erst das Eingreifen der Blumengeister und Egberts mithilfe des Blumenöls gewonnener Reichtum können ihn umstimmen. Lila heiratet Egbert und regiert mit ihm am Ende in einem neuen Blumenschloss das Reich, der König aber stirbt verbittert und einsam.

Das Märchen »Blumenduft« verweist auf zahlreiche andere Märchen der europäischen Tradition: Lila und Egberts Namen erinnern an die Protagonisten zweier sehr bekannter deutschsprachiger Märchen, Ludwig Tiecks *Blonden Eckbert* und die Lilie aus Goethes »Märchen« in den *Wahlverwandtschaften*. Die Beschreibung des leblosen Königsschlosses und seiner artifiziellen Ausstattung ist zudem angelehnt an Andersens *Nachtigall* und die helfenden Feen im Blumengarten entstammen wiederum den *contes de fées* französischer Salonmärchen. Dohm schreibt sich damit ganz gezielt in die europäische Märchentradition ein. Sie setzt jedoch durchaus, wie auch Fanny Lewald, neue und eigene Akzente. Anders als Goethes Lilie ist Dohms Lila nämlich nicht nur eine passivschöne Prinzessin, die auf ihre (männliche) Erlöserfigur wartet, sondern ein Mädchen, das aus ihrer gewohnten Umgebung ausbrechen möchte, sich von der artifiziellen Welt des Hofes abwendet und in die zwar arbeitsreiche, jedoch umso erfüllendere Welt der Landwirtschaft und Gärtnerei flieht:

> Während sie mit Egbert spielte, lagen die Hofdamen unter einem Baume und schlummerten. Aber Lila spielte nicht immer, sie arbeitete auch, so dass ihr die hellen Schweißtropfen von der weißen Stirne rannen, gemeinschaftlich mit Egbert, begoss die Blumen, grub, hackte und rupfte Unkraut aus, sie kletterte mit einer großmächtigen

---

vor, die vor lauter Unzufriedenheit ein »recht mürrisches, neidisches, verdrießliches Kind« war. Als diese durch Zufall einen Goldkäfer rettet, entpuppt sich dieser als magischer Helfer und eröffnet ihr die Erfüllung ihrer langgehegten utopischen Wünsche. Als Adler kann sie nun durch die Lüfte fliegen, als Goldfisch durch die Meere tauchen und als Reh das zauberhafte Waldleben genießen. Doch all dies reicht Lotte nicht aus, sie möchte alles zugleich haben, fliegen, schwimmen und laufen können, wie kein Geschöpf der Welt das kann. Als Strafe für ihre Unzufriedenheit verwandelt sie der Goldkäfer so am Ende in eine Gans, die zwar schwimmen, laufen und fliegen kann, jedoch alles nur in sehr beschränktem Ausmaß: Dohm, Hedwig: Lotte Murrkopf, in: Der Märchen-Wundergarten. Eine Sammlung enthaltend die schönsten Märchen aus aller Welt, hg. v. Ernst Berger, Berlin 1892, S. 76–79.

Schere auf die höchsten Bäume, schnitt die trockenen Zweige weg, sammelte das Obst.[738]

Bemerkenswert ist dieser Passus zum einen angesichts der im deutsch-jüdischen Emanzipationsdiskurs von Autoren wie Leopold Kompert immer wieder geforderten Hinwendung der jüdischen Bevölkerung zur Landwirtschaft.[739] Zum anderen beinhaltet die Textstelle darüber hinaus eine Aufforderung dezidiert an Frauen, sich die »weißen« Hände zu beschmutzen und nicht im »leblosen« Nichtstun der höheren Gesellschaft zu verharren. Auch Mädchen und Frauen sollten in körperlicher Arbeit eine Erfüllung sehen. Es ist dabei, im Gegensatz beispielsweise zu den hausfräulichen Arbeiten in »Frau Holle« aus den *Kinder- und Hausmärchen*[740] eine schweißtreibende, körperliche und schmutzige Arbeit im Freien, welche die Prinzessin leistet. Dohm zeichnet in diesem dezidiert an eine kindliche Leser- und Hörerschaft[741] gerichteten Märchen damit ein neues Frauenbild, das, natürlich nur in ersten Zügen, versucht, aus den ihr auferlegten gesellschaftlichen Zwängen, hier dem trostlosen Leben bei Hofe, auszubrechen und ihr Glück in einem naturverbundenen und arbeitsreichen Leben zu suchen. Nicht Reichtum und ein durch Heirat erlangter hoher sozialer Status sind hier, obgleich von beiden Protagonisten am Ende gewonnen, der Weg zum Glück, sondern das gemeinsame, selbstbestimmte Leben in und mit der Natur. Zur Untermauerung dieser These lässt sich auch die von Susanne Balmer für Hedwig Dohms Roman *Christa Ruland* gezogene Schlussfolgerung übertragen, laut der Hedwig Dohms Frauenfiguren das seit antiken Zeiten aufrechterhaltene »Bild der ›weiblichen‹, sesshaften Pflanze«[742] aufgreifen, es jedoch im Sinne der Emanzipationsbewegung umdeuten. Es gehe in der Personifikation der Frau als Pflanze – wie sie überaus prominent in Dohms Märchen »Blumenduft« in der Beschreibung der weiblichen Protagonistin Lila nicht nur onomatopoetisch, sondern gleich zu Beginn des Texts als »eine zarte Pflanze« und »Blume, die den

---

738 Dohm, Hedwig: Blumenduft, in: Im Reich der Wünsche. Die schönsten Märchen deutscher Dichterinnen, hg. v. Shawn C. Jarvis, München 2012, S. 263–274, hier: S. 266.
739 Vgl. Glasenapp, Gabriele, von [Anm. 646], S. 103. Dohm [Anm. 44].
740 Die beiden Stiefschwestern müssen darin spinnen, Brot backen, am Apfelbaum rütteln und natürlich das Bett der Frau Holle aufschütteln. Vgl. Grimm, Jacob, Grimm, Wilhelm: Frau Holle, in: Jacob Grimm, Wilhelm Grimm: Kinder- und Hausmärchen, gesammelt durch die Brüder Grimm. Vollständige Ausgabe auf der Grundlage der dritten Auflage (1837), hg. v. Heinz Rölleke, Frankfurt a. M. 2007, S. 128–130.
741 Dohm beginnt ihr Märchen mit einer kurzen Leser- bzw. Höreransprache, die das Märchen als originäre Kinderliteratur ausweist: »Willst du wissen, mein Kind, wie es zuerst gekommen, dass man das feine Öl aus den Blättern und Kelchen der Blumen herausgepresst? So höre!« Dohm [Anm. 738], S. 263.
742 Balmer, Susanne: Der weibliche Körper als Pflanze: Evolution und weibliche Individuation bei Gabriele Reuter und Hedwig Dohm, in: Organismus und Gesellschaft. Der Körper in der deutschsprachigen Literatur des Realismus (1830–1930), hg. v. Christiane Arndt, Silke Brodersen, Bielefeld 2011, S. 153–178, hier: S. 157.

Liebreiz aller übrigen Blumen in sich vereinigte«[743] vollzogen wird – nicht mehr um eine »Dichotomie der Geschlechter«,[744] in der der passiven, sesshaften Pflanzen-Frau der umherziehende und errettende Jäger-Mann entgegengestellt würde, sondern eine im Sinne der Emanzipation vollzogene »›natürliche‹ historische Entwicklung«[745] der Frau als Naturwesen hin zu einem selbstbestimmten und starken Menschen: »Nicht das Naturgegebene des weiblichen Entwicklungsprozesses wird ausgedrückt, sondern [...] eine gezielte De-essenzialisierung bürgerlicher Weiblichkeit. Die Vorstellung der Frau als Gattungswesen wird als gesellschaftliche Normierung entlarvt.«[746]

Im Vergleich mit ihren literarischen Vorbildern wertet Hedwig Dohm zuletzt auch die Sphäre des Naturhaft-Wunderbaren um: War in Ludwig Tiecks *Der Blonde Eckbert* die »Waldeinsamkeit« noch eine zwar wundersam-phantastische und weibliche (Alte und Berta), aber ebenso bedrohliche und Verderben bringende Sphäre,[747] zieht Hedwig Dohms »Egbert« aus der wundersam-natürlichen magischen Dimension seines von Feen und Blumengeistern bevölkerten Gartens gerade die Inspiration und die Mittel, das glückliche Märchenende herbeizuführen. In Tradition von Andersens *Nachtigall* liegt damit gerade in der natürlichen Verortung des wunderbaren Geschehens das wahre Märchenwunder. Einschränkend muss allerdings bemerkt werden, dass Dohm in ihrem Märchen »Blumenduft« trotz der zu Beginn unterstrichenen emanzipatorischen Aussagen die weibliche Protagonistin Lila unter der Gewalt ihres Vaters verstummen lässt. Es liegt letztendlich doch wieder am männlichen Märchenhelden Egbert, die Pflanzen-Frau Lila aus ihrer Not zu erretten und zur Frau zu nehmen. Ein wahrhaft selbstbestimmtes Leben ist aufgrund der gesellschaftlichen Zwänge damit auch im Märchen noch nicht vollends möglich.

Zusammen besehen liegen uns mit Fanny Lewalds »Modernem Märchen« und Hedwig Dohms »Blumenduft« zwei dezidiert kinder- bzw. jugendliterarische Märchentexte vor, die sich zur Mitte des 19. Jahrhunderts in einen größeren soziokulturellen Diskurs um die Emanzipation der Frau beziehungsweise hier im Speziellen von Mädchen eingeschrieben haben. In den be- und geschriebenen weiblichen Märchenheldinnen werden den noch jungen Leser*innen* »neue

---

743 Dohm [Anm. 738], S. 263. Auch Lilas verstorbene Mutter sucht den grimmigen König in Gestalt einer Pflanze, als Vergissmeinnicht, heim und bringt ihn zusammen mit anderen Pflanzen und Naturphänomenen dazu, in die Heirat von Egbert und Lila einzuwilligen.
744 Balmer [Anm. 742], S. 157.
745 Vgl. ebd., S. 170.
746 Ebd., S. 176. Eine Randnotiz wert ist in diesem Zusammenhang, dass das Märchen 2013 von der von Alice Schwarzer herausgegeben Zeitschrift *Emma* neu online publiziert wurde: Dohm, Hedwig: Blumenduft, https://www.emma.de/artikel/hedwig-dohm-blumenduft-1870-313075, zuletzt geprüft am: 15.01.2018.
747 Vgl. Tieck, Ludwig: Der blonde Eckbert, in: Ludwig Tieck: Phantasus, hg. v. Manfred Frank, Frankfurt a. M. 1985, S. 126–148.

Freiheiten und Entwicklungsmöglichkeiten«[748] jenseits der bekannten (Märchen-)Rollenmuster aufgezeigt und ein erstes und anfängliches Mädchen-*empowerment*, wenngleich auch innerhalb der engen Grenzen der bürgerlichen Gesellschaft, in der deutschsprachigen Kinder- und Jugendliteratur vorgestellt. Für beide Autorinnen bildete die Gattung Märchen den Einstieg in ein erfolgreiches schriftstellerisches Schaffen, eine »Schreibstrategie, um sich selbst zu autorisieren«[749] und einen Ausgangspunkt ihrer Gesellschaftskritik. Auch in diesem Zusammenhang war es lohnend, die Märchen, hier nun in Form des Kindermärchens, auf deren soziokulturellen und zeittypischen Gehalt hin zu hinterfragen. Vermutlich gerade aufgrund der Tatsache, dass sie an die nachwachsende, zukünftige Generation gerichtet waren, transportieren sie innerhalb ihrer wunderbaren Dimension Aufforderungen und Beispiele für ein gerechteres, freieres und gleichberechtigteres Leben.

3.4. Jüdische Neoromantik im Märchen – Die Wieder- und Neuentdeckung jüdischer Volkspoesie im 20. Jahrhundert: Martin Bubers chassidische Geschichten und Micha Josef Berdyczewskis *Der Born Judas*[750]

Jüdische (National)Mystik und Märchen – Sammeln und Neuerzählen im Zeichen jüdischen *nation buildings* in Martin Bubers *Geschichten des Rabbi Nachman*

Im Gegensatz zum 19. Jahrhundert, dem Zeitalter jüdischer Emanzipation, galt zu Beginn des 20. Jahrhunderts, wie in den vorhergehenden Kapiteln bereits näher erläutert, die Emanzipation im Zeichen von Assimilation und Akkulturation in weiten Teilen der jüdischen Bevölkerung als gescheitert. Auf die Verleihung der Bürgerrechte war nicht wie erhofft eine vollständige Anerkennung und der Eingang der deutschsprachigen Judenheit in eine »deutsche Volksgemeinschaft« erfolgt, sondern vielmehr eine erneute und nun rassisch gewendete Ausgrenzung, ein »post-emanzipatorischer Antisemitismus«. Die (kultur)zio-

---

748 Kroll [Anm. 709], S. 45.
749 Ebd., S. 44.
750 Neben Buber und Berdyczewski wäre eigentlich auch Jizchak Leib Perez (1852–1915) zu stellen, dessen jiddische Märchen und Sagen in Übersetzung sich großer Beliebtheit bei jungen und älteren Lesern erfreuten und der genauso wie die oben genannten ein wichtiger Beiträger der jüdischen Folklore und Neoromantik zu Beginn des 20. Jahrhunderts war. Aufgrund der hier getroffenen Korpus-Auswahl ausschließlich deutschsprachiger Texte werden die jiddischsprachigen Märchen leider nicht behandelt. Siehe dazu: Völpel [Anm. 15], S. 241.

nistische Idee, wie sie bereits in der jüdischen Volkskunde angeklungen war, wollte dem eine neue nationaljüdische Komponente entgegensetzen, neues jüdisches Selbstbewusstsein und eine neue, nun auch nationale jüdische Identität im Zeichen der »Jüdischen Renaissance« und jüdischen Neoromantik bilden. Es wurde also versucht, ein »Volk« unter jüdischem Vorzeichen zu etablieren beziehungsweise zu erziehen und dies nicht nur in politischer Hinsicht, sondern auch in kultureller. Martin Buber sprach dazu in einer Rede auf dem fünften Zionistenkongress in Basel 1901 vom »wunderbare[n] Keimen einer neuen jüdischen Volkscultur«[751] und davon, dass »[d]as, worin sich eigentlich das Wesen einer Nation am vollsten und am reinsten ausspricht, das heilige Wort der Volksseele, das künstlerische Schaffen«, den Juden in der Diaspora bis dahin verwehrt geblieben sei.

Wie bereits zur Zeit der Romantik Herder, Arnim, Brentano, die Grimms oder Musäus das *nation building* der Deutschen mithilfe neu entdeckter und neuerzählter Literatur und Kunst einleiten und ausbilden wollten, so griffen nun, zu Beginn des 20. Jahrhunderts, auch Martin Buber und ihm gleichgesinnte jüdische Intellektuelle der demokratisch-zionistischen und kulturzionistischen Fraktion wie Achad Ha'am oder Nathan Birnbaum auf jene jüdische (Volks)literatur zurück, wie sie im 19. Jahrhundert etabliert und für das deutschsprachige Judentum entdeckt worden war. Buber wollte diese wiederentdeckte volksliterarische Kunst jedoch nicht im Zeichen einer »eigenthümlichen Ghetto-Sentimentalität«[752] verstanden wissen, sondern würdigte durchaus die Errungenschaften der Emanzipationsbewegung; erst der »Eintritt der Juden in die abendländische Civilisation« sei es gewesen, der die Bewusstwerdung und das neue Selbstvertrauen im Zionismus ermöglicht habe.[753] Eine neue Volkskunst, sei, so Buber, »der schönste Weg unseres Volkes zu sich selbst«, gleichsam ein »grosse[r] Erzieher« zu »wahrem Judenthum«.[754]

Für Buber handelte es sich dabei jedoch (noch) nicht um eine dezidiert kindliche Erziehung, sondern ganz allgemein um eine Art »Volkserziehung«. Seine »Volkskunst«, die von ihm neuentdeckte und neuerzählte chassidische Volksliteratur, war so auch keine originäre Kinder- und Jugendliteratur, wenngleich er auch in *Mein Weg zum Chassidismus* in Bezug auf einen ersten Entwurf zu den Geschichten des Rabbi Nachman schrieb: »wenn ich dabei an Leser dachte, so waren es keine andern als Kinder«.[755] Die von ihm nacherzählten

---

751 Buber [Anm. 310], S. 151.
752 Ebd., S. 153.
753 Ebd., S. 151–170.
754 Ebd., S. 156.
755 Buber [Anm. 521], S. 48. Diese frühe Form der Geschichte wird von ihm im weiteren Verlauf jedoch verworfen und – dem Text zufolge – allzu Märchenhaftes und Kinderliterarisches getilgt.

chassidischen Legenden sollten darüber hinausgehend, ähnlich wie Pascheles' *Sammlung Sippurim* und Komperts Ghettomärchen, als volkstümliche und ursprüngliche, eine an alle Altersgruppen gerichtete Literatur vom Ursprung des Judentums rezipiert werden.[756]

Zum Charakter der neuen zionistischen jüdischen Volksdichtung äußert sich Buber zu Beginn des 20. Jahrhunderts noch ambivalent. Denn während für Achad Ha'am und Birnbaum eine jüdische Nationalliteratur nur als Literatur in hebräischer Sprache denkbar war und der Zionismus damit vor allen Dingen das Ziel hatte, eine Hebraisierung hervorzurufen, tat sich Martin Buber mit einer solchen Absage an das Deutsche schwer. Auf dem Zionistenkongress in Basel formulierte er, dass sich in der »Dreiteilung« der jüdischen Sprache in Hebräisch, Jargon (Jiddisch) und die westeuropäischen Sprachen, hier deutsch, zwar »die ganze Zerrissenheit des heutigen Judenthums«, seine »Zerspaltung der Seele«, widerspiegele, nichtsdestotrotz stünde diese Dreiteilung aber auch für einen »Reichtum der Wanderschaft«.[757] Die Dichtung in nichtjüdischer Sprache, also weder hebräisch noch jiddisch, gestaltet sich für Buber dialektisch, einerseits als »etwas Anormales, Tragisches, beinahe für eine Krankheit«, andererseits würde in diesem krankhaften Stadium auch so viel »zaubervolle Schönheit« sichtbar, dass er die jüdische Dichtung in deutscher Sprache als eine »den anderen Formen ebenbürtige Macht ansieht«.[758] Buber ruft – Schiller gleich – zu einer »Aesthetische[n] Erziehung des Volkes«[759] auf, es geht ihm, nun ungleich Schiller, jedoch weniger um eine klassizistische Werteerziehung, als vielmehr die Nationenwerdung des jüdischen Volkes, ein jüdisches *nation building*.

Martin Buber selbst fand in den auf diese Rede vor dem Zionistenkongress folgenden Jahren ursprünglich-jüdische Dichtung in Ergänzung zu den bisher

---

756 Vergleichen kann man hier die Sammeltätigkeit der Brüder Grimm, die zwar ihre *Kinder- und Hausmärchen* auch als Erziehungsbuch verstanden wissen wollten, jedoch dies nicht unbedingt im Sinne kindlicher Erziehung, sondern vielmehr im Sinne einer Volkserziehung. Einerseits hin zu einem – im romantischen Sinne – neuen, ursprünglichen und in sich einigen Menschen, andererseits hin zu einem deutschen Volkskörper. Bubers frühe chassidische Erzählungen wurden in der Folgezeit von der jüdischen Kinder- und Jugendliteraturpädagogik rezipiert, empfohlen und so zur intendierten Kinder- und Jugendliteratur gemacht. Vgl. Gut, E[lias]: Verzeichnis jüdischer Jugendschriften, in: Jüdische Schulzeitung. Monatsschrift für Pädagogik und Schulpolitik 5, 1929, 6, S. 1–5, hier: S. 2.
757 Buber [Anm. 310], S. 166.
758 Ebd., S. 151–170. Später sollte er diese Sprachauffassung noch weiter umdeuten. Mit Franz Rosenzweig zusammen begann er das Großprojekt einer Neu-Übersetzung der hebräischen Bibel. In ihrer Übersetzung des Alten Testaments wollten Buber und Rosenzweig dabei die deutsche Sprache hebraisierend umdeuten, ein »Urdeutsch« erfinden, das einerseits den deutschen Juden ihr »Judesein« wieder nahebringen, andererseits auch einen neuen Dialog zwischen Deutschen und Juden im Zeichen der Sprache stiften sollte.
759 Ebd., S. 167.

entstandenen Sammlungen Pascheles', Tendlaus, Komperts und Grunwalds im Chassidismus. Diese als »*revivalist movement*«[760] bezeichnete Strömung, die sich – als quasi Gegenbewegung zur Akkulturation westeuropäischer Juden – in Osteuropa im 18. und 19. Jahrhundert entwickelt und verbreitet hatte, war eine Art (mystischer) religiöser Erneuerungsbewegung,[761] die in der zweiten Hälfte durch Rabbi Israel ben Eli'eser (1700–1760) begründet worden war. Ben Eli'eser, auch Ba'al Schem Tov genannt – ein Beiname, der bereits die enge Verbindung von Magie und Religion in der Person des Baal-Schem kenntlich macht[762] – war für seine Wundertätigkeit und spirituelle Führerschaft bekannt.[763] Beides zusammen führte zu seiner großen Strahlkraft und begründete die Strömung des Chassidismus. Es ging darin vor allen Dingen um die Wiederbelebung jüdischen Lebens sowohl in den Eliten als auch im einfachen Volk; darum, den »›Juden der Gesetzesära‹« zu überwinden und einen neuen, befreiten, »›Judentypus‹«, einen neuen jüdischen Menschen zu initiieren[764] – in den Worten Gershom Scholems »die Wiedergeburt eines neuen Mythos in der Welt des Chassidismus«.[765] Im Zentrum standen dabei meist wundertätige *Zaddikim*, wundertätige Rabbis, die diese neue Mystik verkündeten.

Für Martin Buber war der Chassidismus in den Entstehungsjahren der *Chassidischen Legenden* eine »mystische ›Seelenströmung‹, die eine umfassende Anleitung zur Ekstase vermittelte und letztlich einen neuen, den Gefahren der passiven Erstarrung und der resignativen Assimilation entronnenen jüdischen Menschen hervorzubringen geeignet« war.[766] Buber, der sich selbst einmal als polnischen Juden bezeichnen sollte und 1878 eigentlich in Wien geboren worden war, kam bereits 1881, nach der Scheidung seiner Eltern, nach Lemberg und wurde dort von seinen Großeltern väterlicherseits, Salomon und Adele Buber, erzogen. Dies ist von Bedeutung, da Salomon Buber nicht nur ein erfolgreicher und wohlhabender Geschäftsmann, sondern auch ein ausgewiesener Kenner talmudischer und midraschischer Schriften, der volksliterarischen *Aggada*, und ein Erforscher des Chassidismus, der volkstümlichen ostjüdischen Mystik, war.[767] Salomon Buber bewunderte und erforschte die jüdische Haskala, er war

---

760 Talabardon [Anm. 133], S. 12. Vgl. zur Geschichte des Chassidsmus: Talabardon, Susanne: Chassidismus, Tübingen 2016.
761 Vgl. Pourshirazi, Katja: Martin Bubers literarisches Werk zum Chassidismus. Eine textlinguistische Analyse, Frankfurt a. M., New York 2008, S. 54f.
762 Vgl. Scholem [Anm. 140], S. 383.
763 Pourshirazi [Anm. 761], S. 57.
764 Talabardon [Anm. 133], S. 21. Vgl. auch: Buber, Martin: Werkausgabe. Band 8: Schriften zu Jugend, Erziehung und Bildung, hg. v. Juliane Jacobi, Gütersloh 2005, S. 33.
765 Scholem [Anm. 140], S. 383.
766 Talabardon [Anm. 133], S. 21.
767 Vgl. Wehr, Gerhard: Martin Buber. Leben – Werk – Wirkung, 1., überarb. und erw. Aufl., Gütersloh 2010, S. 18.

jedoch auch einer der führenden Midraschgelehrten und sammelte in seinem Wohnort Lemberg Geschichten und Sagen über wundertätige chassidische Rabbis. Diese chassidisch-volksliterarischen Texte wurden nun zum »Sagenrohstoff« für die Legendensammlungen des Enkels Martin Buber, der nach der Scheidung und dem Fortgang seiner Mutter den Großteil seiner Kindheit und Jugend in Lemberg verbrachte.

Im Gegensatz zu seinem Großvater sah sich Martin Buber in jenen ersten Jahren seiner Beschäftigung mit jüdischer Mystik jedoch weniger als Schriftgelehrten, vielmehr als Schriftsteller an und arbeitete die in seiner Kindheit erkundeten und als Erwachsener gesammelten Stoffe aus Erzählungen der Chassidim nach seinem Gutdünken um. Sein Hauptanliegen war dabei »die Schaffung einer modernen jüdischen Kunst von europäischem Format«,[768] wie sie sich innerhalb der jüdischen Renaissance zeigte. Er war – und dies unterscheidet ihn nun deutlich von jenen volksliterarischen Sammlungen des 19. Jahrhunderts – besonders am mystischen Moment der chassidischen Geschichten interessiert, was sich nicht nur an seiner Bearbeitung des jüdischen Sagen- und Legendenstoffes, sondern auch an seiner Beschäftigung mit dem *Mabinogion*, einer alten keltisch-walisischen Sagensammlung, und den spätmittelalterlichen Philosophen Jakob Böhme und Meister Eckhart zeigte. Letztere Beschäftigung ist umso interessanter, bedenkt man, dass Meister Eckhart und sein Werk zur gleichen Zeit zunehmend von arisch-völkisch-nationalen Stimmen für sich eingenommen wurde.[769]

Martin Bubers chassidisches Werk schreibt sich damit in vielfältiger Hinsicht ein in die Suche westlicher Staaten nach einer neuen Identität und Gemeinschaft im Mythos und im Mystischen im frühen 20. Jahrhundert im Zuge der Neoromantik. Paul Mendes-Flohr stellt dazu fest, dass um 1900 eine zunehmend als dekadent und leer, als Dienerin der entseelten Vernunft wahrgenommene westliche Kultur einer neuen Sehnsucht nach dem ursprünglich erhaltenen Osten und Orient und dessen Kultur und Religion weichen sollte.[770] Was sich bei

---

[768] Lappin, Eleonore: Der Jude 1916–1928. Jüdische Moderne zwischen Universalismus und Partikularismus, Tübingen 2000, S. 342.

[769] Philippe Lacou-Labarthe und Jean-Luc Nancy zeigen dies in ihrer Studie zum Mythos des Nationalsozialismus am Beispiel Alfred Rosenbergs auf. An Rosenberg weisen sie nach, dass der mittelalterliche Mystiker Meister Eckhart überhaupt erst die »moderne Möglichkeit des Mythos« geliefert habe: Lacoue-Labarthe, Nancy [Anm. 282], S. 187. George L. Mosse unterstreicht außerdem die Analogie zwischen Martin Bubers Wiederentdeckung des Chassidismus und der germanistisch-völkischen Forschung zur mittelalterlichen Mystik: »Yet the similarity between Buber's rediscovery of the Hasidism and the contemporary German revival of mystics like Meister Eckhart and Jacob Böhme is too striking to be ignored.« Mosse [Anm. 134], S. 85.

[770] Vgl. Mendes-Flohr, Paul: Fin de Siècle Orientalism, the Ostjuden and the Aesthetics of Jewish Self-Affirmation, in: Divided passions. Jewish intellectuals and the experience of

vielen Künstlern in orientalistischen Phantasmen oder einer Hinwendung zum Islam äußerte,[771] das fand das assimilierte, westliche und sich scheinbar selbst entfremdete Judentum im Ostjudentum. Für Martin Buber war der Chassidismus Quelle und Inspiration eines neuen jüdischen Menschen, die chassidischen Texte hatten für ihn einen »zwar rohen und ungelenken, aber volkstümlich lebendigen Ton«.[772] So konstatiert auch George L. Mosse, dass Buber dem Chassidismus eine enorme Bedeutung für den modernen jüdischen Menschen zugewiesen habe:

> for he believed that a peaceful and genuine relationship of the individual to the Volk could be maintained only if there were an unbroken growth of Volk feeling, in which the individual did not have to choose between his inner self and his environment.[773]

In dieser Hinwendung und Aufwertung der ostjüdischen Mystik transferierte Buber nicht nur das alte, antisemitische Stereotyp der »Juden als Orientalen«

---

modernity, hg. v. Paul R. Mendes-Flohr, Detroit 1991, S. 77–132, hier: S. 77ff. Über das Orientale hinaus suchte in der Folgezeit gerade das deutsch-nationale Lager auch in Mittelalter und urgermanischen Stoffen und Überlieferungen nach nationaler Identität und unverdorbener Ursprünglichkeit. Beide Richtungen zusammen flossen im deutschsprachigen Raum im frühen 20. Jahrhundert zu einer ganz eigentümlichen neu- oder neoromantischen Strömung zusammen, die dann auch das deutschsprachige Judentum, allen voran Martin Buber, deutlich beeinflusste. In seinen *Drei Reden über das Judentum* beispielsweise oder auch seinem Aufsatz zur »Jüdischen Renaissance« wird seine Aufnahme völkischer Rhetorik, einer Art Blut- und Boden-Motivik, deutlich, wenngleich diese später im Zeichen eines neuen Humanismus gebrochen werden sollte.

771 Vgl. bspw. die Bilder Paul Klees, Eugène Delacroix' oder Wassily Kandinskys, die Gedichte von Else Lasker-Schüler oder auch die Person Omar Raschid Beys, eigentlich Friedrich Arndt-Kürnberg, der, übergetreten zum Islam, nur mehr in Beduinenkleidung auftrat.

772 Buber, Martin: Der Chassidismus und der abendländische Mensch, in: Martin Buber: Werkausgabe. Band 17: Chassidismus II – Theoretische Schriften, hg. v. Susanne Talabardon, Gütersloh 2016, S. 304–314, hier: S. 304. Auch Novalis hat bereits um die Jahrhundertwende 1800 die enge Verbindung von Poesie und Mystik aufgezeigt: »Der Sinn für Poësie hat viel mit dem Sinn für Mystizism gemein. Er ist der Sinn der das Eigenthümliche, Personelle, Unbekannte, Geheimnißvolle, zu *Offenbarende*, das Nothwendigzufällige. Er stellt das Undarstellbare dar. Er sieht das Unsichtbare, fühlt das Unfühlbare etc. Kritik der Poësie ist Unding. Schwer schon ist zu entscheiden, doch einzig mögliche Entscheidung, ob etwas Poësie sey, oder nicht. Der Dichter ist wahrhaft sinnberaubt – dafür kommt alles in ihm vor. Er stellt im eigentlichsten Sinn Subj[ect] Obj[ect] vor – *Gemüth und Welt*. Daher die Unendlichkeit eines guten Gedichts, die Ewigkeit. Der Sinn für P[oësie] hat nahe Verwandtschaft mit dem Sinn der Weissagung und dem religiösen, dem Sehersinn überhaupt. Der Dichter ordnet, vereinigt, wählt, erfindet – und es ist ihm selbst unbegreiflich, warum gerade so und nicht anders.« Novalis: Fragmente und Studien 1799–1800, in: Novalis: Schriften. Die Werke Friedrich von Hardenbergs, hg. v. Richard Samuel, Darmstadt 1983, S. 556–696, hier: S. 685f. Vgl. auch: Clemens Pornschlegel, der ein »Nahverhältnis zwischen Literatur und Religion« bis in unser 21. Jahrhundert fortzeichnet: Pornschlegel, Clemens: Allegorien des Unendlichen. Hyperchristen II: zum religiösen Engagement in der literarischen Moderne: Kleist, Schlegel, Eichendorff, Hugo Ball, Wien, Berlin 2017, S. 270ff.

773 Mosse [Anm. 134], S. 85f.

(Treitschke) ins Positive[774] und wendete den Hass auf das Ostjudentum in sein Gegenteil, sondern er kreierte auch eine Art »Nationalmystik«,[775] die sich in eine im deutschsprachigen Raum umsichgreifende neoromantische Strömung eingliederte.[776] So wie die Brüder Grimm und Herder nach einer unverstellten Seele des Volkes in Liedern und Märchen suchten, so wandten sich nun im 20. Jahrhundert die Zionisten der Erstellung von Anthologien alter Texte zu – jedoch unter etwas anderem Vorzeichen als die deutschen Romantiker und auch die ersten jüdischen Volkspoesiesammler Tendlau, Pascheles und Philippson. Martin Bubers jüdische Volksliteratur hatte einerseits im Gegensatz zur deutschen Romantik und Neoromantik im Sinne Eugen Diederichs einen ausdrücklich religiösen Charakter und schrieb sich so ein in die lange Tradition jüdischer Volksliteratur im Sinne der *Aggada*.[777] Die allgemeine Wiederentdeckung romantischer Motive – im ethnographisch-sozialen wie auch im literarischen Bereich – und deren Aufgreifen und Transformation in der jüdischen Neoromantik erlaubte den zeitgenössischen jüdischen Lesern darüber hinaus nun eine positive Relektüre der einst als Wunder- und Aberglaube verunglimpften chassidischen Texte im Besonderen sowie der Märchentexte im Allgemeinen.[778] In Abgrenzung zur jüdischen Volksliteratur des 19. Jahrhunderts war die neue Volksliteratur im Zeichen des Zionismus wiederum auch angereichert mit einem gewissen nationalmystisch-jüdischen Gehalt, den das akkulturationsbegeisterte 19. Jahrhundert so noch nicht kannte.

Der Chassidismus, diese dem modernen, westlichen Menschen und insbesondere der assimilierten Judenheit fremde mystische Ursprünglichkeit des Ostens, wurde für Martin Buber so zu einem erstrebenswerten Ideal, das es neu zu entdecken galt.[779] In seinem 1917 veröffentlichten Aufsatz *Mein Weg zum*

---

774 Vgl. Mendes-Flohr [Anm. 770], S. 83.
775 Dubbels, Elke: Figuren des Messianischen in Schriften deutsch-jüdischer Intellektueller 1900–1933, Berlin [u. a.] 2011, S. 89.
776 Vgl. Urban, Martina: Aesthetics of renewal, Chicago 2008, S. 37.
777 Vgl. ebd. Martina Urban fasst Bubers chassidische Geschichten zusammen mit Berdyczewski und Max Grunwald unter »jüdische Folklore« zusammen. Meines Erachtens nach ist dies so aber nicht zutreffend. Sowohl Bubers Quellen als auch seine Motivation unterscheiden ihn wie gezeigt wird zu sehr von volkskundlich »folkloristisch« orientierten Schriftstellern wie Max Grunwald oder Micha Josef Berdyczewski, zudem wollte er selbst seine Texte gerade nicht als »folkloristisch« verstanden wissen.
778 Wegweisend für diese neoromantische Strömung waren Jung-Wiener Autoren wie Hermann Bahr und Hugo von Hofmannsthal, die im Zuge einer allgemeinen Kulturkritik und Décadenceerfahrung neue traumhaft-phantastische, märchenhafte und psychologisierte Literatur, Ästhetizismus und Empfindsamkeit propagierten. Vgl. hierzu auch: Lappin [Anm. 768], S. 343.: »Was noch vor kurzem als finsterer Obskurantismus primitiver Ostjuden verschrien war, erschien nun als durchseelte Mystik, als Volksliteratur von europäischem Format«.
779 Verglichen mit Buber versuchten galizische Ghettoautoren wie Leopold Kompert ausgehend von ihrer »ostjüdischen« Identität die Übergangszeit der Haskala hin zur deutschen

Chassidismus legt Buber in diesem Sinne dar, dass sich für ihn »Nirgends in den letzten Jahrhunderten [...] die Seelenkraft des Judentums so kundgegeben« habe wie im Chassidismus.[780] Nachdem er 14-jährig zu seinem Vater gezogen war und sich dort zunehmend der jüdischen Lebensweise entfremdet hatte – in seinen Worten »wie ohne Judentum, so auch ohne Menschlichkeit und ohne die Gegenwart des Göttlichen«[781] gelebt hatte – brachte ihn der Zionismus Theodor Herzls wieder »zurück« in den jüdischen Kulturkreis und zu einer »erneute[n] Einwurzelung in die Gemeinschaft«.[782] Doch erst in der Lektüre der Schriften des Baal-Schem Tov sei er (wieder) auf seine »chassidische Seele«, »Urjüdisches« und »Urmenschliches« gestoßen.[783] Er sah in diesen chassidischen Texten seine Berufung, sie den Menschen näher zu bringen, um in der Judenheit des Exils wahres jüdisches Leben, das »Judentum als Religiosität« zu verbreiten und auch, um wie er später in anderen Texten ausführlicher beschrieb, die Judenheit zu einem Volk zu erziehen.[784] »Für Buber konnte die Wiedergeburt des Judentums nur die Rückkehr zu den alten, volkstümlichen Traditionen bedeuten. Vom Kulturzionismus ausgehend sah er den Chassidismus als den entscheidenden Punkt in dieser Wiedergeburt«.[785]

1906 erschien die erste Sammlung chassidischer Legendenmärchen, *Die Geschichten des Rabbi Nachman*, 1908 mit den *Legenden des Baal-Schem* das zweite Buch. Diese beiden Werke bilden die neoromantische Sammel- und Schriftstellertätigkeit Martin Bubers ab[786] und schreiben sich ein in eine nach Gershom Scholem gegen Ende des 19. Jahrhunderts aufgekommene »neue Welle jüdi-

---

Aufklärung darzustellen. Karl Emil Franzos beispielsweise entwarf in seiner Darstellung des Judenghettos Osteuropas und der chassidischen Gemeinden ein dem westlichen Juden diametral entgegengesetztes Bild, er stellte den Chassidismus jedoch als »Hauptgegner deutscher Kultur« und damit das Ostjudentum als ein fremdes Anderes dar (und beschrieb das westlich assimilierte Judentum sozusagen – wenn auch als hybriden – Teil der westeuropäischen Gesellschaft. Glasenapp, Gabriele, von [Anm. 646], S. 109 ff; 198 f.

780 Buber [Anm. 521], S. 42.
781 Ebd., S. 46.
782 Ebd.
783 Ebd., S. 47. Martin Buber kann damit als Beweis dafür gelten, dass auch die deutsche Judenheit eine völkisch-nationale Strömung kannte. Diese wurde bei Buber jedoch weniger rassisch gewendet als vielmehr in seinen späteren Werken in einem dialogischen Prinzip allgemeiner Humanität aufgelöst.
784 Vgl. Buber, Martin: Volkserziehung als unsere Aufgabe, in: Martin Buber: Werkausgabe. Band 8: Schriften zu Jugend, Erziehung und Bildung, hg. v. Juliane Jacobi, Gütersloh 2005, S. 155–164.
785 Livnat, Andrea: Martin Buber und der Chassidismus. Zu Martin Bubers Verständnis des Chassidismus und seiner Kontroverse mit Gershom Scholem..., 2015, http://www.hagalil.com/2015/06/martin-buber/print/, zuletzt geprüft am: 08.12.2015.
786 Vgl. Mendes-Flohr, Paul: Vorbemerkung, in: Martin Buber: Werkausgabe. Band 18.1: Chassidismus III. Die Erzählungen der Chassidim, hg. v. Ran HaCohen, Paul Mendes-Flohr, Bernd Witte, Gütersloh 2015, [S. 11–12]. Vgl. auch Livnat [Anm. 785].

schen Nationalismus« und »romantische[r] Impuls[e]«.[787] Darauf folgte, nach einer längeren Schaffenspause, eine während bzw. nach dem ersten Weltkrieg fortgeführte zweite Bearbeitungsphase chassidischer Stoffe, der die umfangreiche Sammlung *Die Erzählungen der Chassidim* entsprang. Letztere weist nach Paul Mendes-Flohr und Ran HaCohen jedoch nicht mehr das Streben des noch jüngeren Bubers nach Schaffung einer Nationalmystik, einer National- und Volksliteratur auf, sondern entstammte vielmehr seinem zur Zeit des ersten Weltkrieges gewachsenen Dialogprinzip und dem Wunsch nach einer neuen menschlichen und jüdischen Gemeinschaft im Chassidismus. Seine frühen Sammlungen erschienen ihm zu dieser Zeit als allzu freimütige Bearbeitungen, die *Erzählungen der Chassidim* entsprachen so auch einem strengeren und weniger literarisierten Sammelbedürfnis.[788]

Hinsichtlich der Untersuchung der jüdischen Märchentradition kommt Martin Buber und insbesondere diesen von ihm nachträglich distanzierten frühen chassidischen Werken eine nicht geringe Rolle zu. Die chassidischen Texte, die er in der ersten Bearbeitungsphase übersetzte, stellten für ihn in *Mein Weg zum Chassidismus* noch ein »Geheimnisland« dar.[789] Die *Sippure Ma'asijot* des Nachman von Brazlaw, die 1815 postum erschienen waren und die Vorlage für seine Geschichten des Rabbi Nachman bildeten,[790] schwebten ihm als »reine Märchen«[791], als »im wahrsten Sinne jüdische Märchen«,[792] vor, die »aus dem

---

787 Scholem, Gershom: Martin Bubers Deutung des Chassidismus, in: Gershom Scholem: Judaica I, Frankfurt a. M. 1981, S. 165–206, hier: S. 166.
788 HaCohen, Ran: Einleitung, in: Martin Buber: Werkausgabe. Band 18.1: Chassidismus III. Die Erzählungen der Chassidim, hg. v. Ran HaCohen, Paul Mendes-Flohr, Bernd Witte, Gütersloh 2015, S. 15–35, hier: S. 16. Bubers Umgang mit den chassidischen Quellen blieb auch in der Folgezeit umstritten, einer seiner prominentesten Kritiker war dabei Gershom Scholem, der Bubers Werk 1962 einer ausführlichen Kritik unterzog und nachwies, dass es sich bei Bubers Bild des Chassidismus weniger um die Lehren der Zaddikim handelte als vielmehr um Bubers eigene Religionsphilosophie. Vgl. zur Buber-Scholem-Kontroverse: Scholem [Anm. 787]. Pourshirazi [Anm. 761]. Davidowicz, Klaus Samuel: Gershom Scholem und Martin Buber. Die Geschichte eines Missverständnisses, Neukirchen 1995.
789 Buber [Anm. 521], S. 47.
790 Vgl. ebd., S. 48. Zu verweisen wäre hier auf die gerade im Entstehen begriffene kommentierte Werkausgabe zu Martin Bubers frühen Chassidischen Schriften: Flohr, Paul-Mendes und Bernd Witte: Martin Buber Werkausgabe. Band 16: Chassidismus I. Gütersloher Verlagshaus. Gershom Scholem verwies 1962 in seiner Replik in der *Neuen Zürcher Zeitung* außerdem darauf, dass diese im 18. und 19. Jahrhundert entstandenen chassidischen Quellentexte selbst wiederum auf »Legenden viel älterer Herkunft und aus anderen Kreisen eingeschmolzen und auf die großen Persönlichkeiten des Chassidismus übertragen wurden«. Scholem [Anm. 787], S. 176. Noch dazu ist mit Scholem zu beachten, dass Buber damit einen zweiten wichtigen Teil chassidischer Texte völlig außen vor ließ und damit zur Verbreitung eines eindimensional populärmystischen Bildes des Chassidismus beigetragen hat.
791 Buber [Anm. 521], S. 48.

Niederschlag mystischen Erlebens und dem Gespinst einer konstruktiven Phantasie gewoben« worden seien.[793] In gleich mehreren Texten weist er die von ihm vorgefundene ältere ostjüdisch-mystische und chassidische Literatur – zwar nicht nur, aber auch – als Märchen aus. Martin Buber war damit, im Gegensatz zu vielen seiner Zeitgenossen, von der Existenz einer »wenn auch spärliche[n] Märchentradition«[794] im Jüdischen überzeugt.

In einem Artikel im *Generalanzeiger für die gesamten Interessen des Judentums* von 1905, also ebenfalls aus seiner frühen, neoromantischen Sammelphase, führt er in einer Replik auf Moritz de Jonges Aussage, es gäbe keine jüdischen Märchen, aus, dass zwar die Deutschen das »Volke der schönsten und echtesten Märchen«[795] seien, diesen das Judentum aber in kaum etwas nachstehen würde. Auch dort träfen »ein mächtiges transzendentales Bedürfnis« und ein »ausgeprägte[r] Sinn für das bildhafte Geschehnis«[796] aufeinander. Den ersten Beweis für die Existenz des jüdischen Märchens sieht Buber demnach – und dies entspricht den bisher in dieser Abhandlung gewonnenen Erkenntnissen – in der aggadischen und midraschischen Literatur sowie der daran anschließenden Maasse-Literatur.[797] Doch vor allem die um 1800 von Rabbi Nachman erzählten Geschichten stellen nun für Buber die »erste jüdische eigentliche Märchensammlung«[798] dar. Die *Geschichten des Rabbi Nachman* seien dabei zwar »künstlerische Schöpfungen eines Einzelnen«,[799] jedoch zeige »ihre Einheit, ihre Besonderheit und ihre starke Bedingtheit durch die Art und das Schicksal des Volkes, aus dem sie heraufwuchs[en]«[800] auf, dass die von ihm nacherzählten Geschichten der jüdischen Mystik auch Volksliteratur, Volksmärchen seien und der erzählende Zaddik gleichsam die »Seele des Volkes« erfasse.[801] Hierin greift Buber sowohl auf Goethes programmatisches *Märchen* zurück und lässt seine

---

792 Buber, Martin: Jüdische Märchen, in: General-Anzeiger für die gesamten Interessen des Judentums 4, 1905, 35, S. 5.
793 Buber [Anm. 521], S. 48.
794 Buber [Anm. 792].
795 Ebd.
796 Ebd.
797 Ebd.
798 Ebd. Von einer umfassenden Textanalyse wird in diesem Kapitel allerdings abgesehen, tituliert Buber seine eigenen Nacherzählungen doch niemals als »Märchen«. Wichtig erscheinen hier vor allem die Frage nach Bubers Märchenauffassung und seine Gründe, sich im öffentlichen Diskurs für das jüdische Märchen auszusprechen.
799 Ebd.
800 Buber, Martin: Die Geschichten des Rabbi Nachman. Ihm nacherzählt von Martin Buber, Frankfurt a. M. 1906, S. 5.
801 Ebd., S. 21. Vgl. hierzu auch Lutz, Violet: Romancing the Baal Shem tov. Martin Buber's appropriation of hasidism in his two early hasidic books, Die Geschichten des Rabbi Nachman (1906) and Die Legende des Baalschem (1908) 2006, S. 28.

literarisierten Kunstmärchen wie aus dem Volk erwachsen erscheinen,[802] als auch ein gängiges Motiv der Vorreden der Brüder Grimm zu ihren *Kinder- und Hausmärchen* auf.[803] Denn im Vorwort zu den Geschichten hebt Buber die Autoproduktion, eine Art ungewolltes Sich-von-Selbst-Machen im Sinne von Jakob Grimms Naturpoesie aus dem Zaddik und zugleich aus dem Volk heraus, hervor:

> Er wollte eine mystische Idee oder eine Lebenswahrheit in das Herz der Schüler pflanzen. Aber ohne daß er es im Sinne hatte, gestaltete sich die Erzählung in seinem Munde, wuchs über den Zweck hinaus und trieb ihr Blütengeranke, bis sie keine Lehre mehr war, sondern ein Märchen oder eine Legende.[804]

Märchen erscheinen so als quasi von selbst entstandene Hypotexte, weniger als Kunstprodukte. Diesen Gedanken greift Buber auch in den *Legenden des Baal-Schem* auf. Er selbst stilisiert sich darin in der Nach- und Neuerzählung der Texte zu einem Teil, einem »Ring zwischen Ringen«, einer lang gehegten jüdischen volksliterarischen Erzähltradition:

> Ich habe sie [=die Legenden] aus den Volksbüchern, aus Heften und Flugblättern empfangen, zuweilen auch aus lebendigem Munde [...] Ich habe sie empfangen und neu erzählt. Ich habe sie nicht übertragen, wie irgend ein Stück Literatur, ich habe sie nicht bearbeitet, wie irgend einen Fabelstoff, ich habe sie neu erzählt als ein Nachgeborener. Ich trage in mir das Blut und den Geist derer, die sie schufen, und aus Blut und Geist ist sie in mir neu geworden. Ich stehe in der Kette der Erzähler, ein Ring zwischen Ringen, ich sage noch einmal die alte Geschichte, und wenn sie neu klingt, so schlief das Neue in ihr schon damals, als sie zum ersten Mal gesagt wurde.[805]

Martin Buber wollte in seinen beiden ersten Veröffentlichungen chassidischer Schriften altes Erzählgut neu erzählen, jedoch nicht nur in der Umformung alten Erzählstoffes, sondern auch in dem Bewusstsein, als Erzähler selbst in einer alten Tradition zu stehen und daher uralte Stoffe, wenngleich ungehört, wiederzugeben. Buber erschuf also wie einige Editoren und Übersetzer im 19. Jahrhundert deutschsprachige jüdische, im Speziellen chassidische Volksliteratur neu und stilisierte sich darüber hinaus aufgrund der Tatsache, dass er sich selbst in einem (neo)romantischen Sinne als Volkserzähler verstand, als Stimme und Geist chassidischer Mystik.

Als Eigenheit jener jüdisch-mystischen Volksliteraturtradition und des Mär-

---

802 Auch Goethe verwendete in zweien seiner drei Märchen, *Der neue Paris* und *Die neue Melusine*, altes, tradiertes Material und formte daraus neue, programmatische Kunstmärchen. Sein drittes Märchen, *Das Märchen*, tritt schließlich als Allegorie der gesamten Gattung in Erscheinung. Vgl. Klotz [Anm. 33], S. 115.
803 Vgl. Lutz [Anm. 801], S. 17 ff.
804 Buber [Anm. 800], S. 41.
805 Buber [Anm. 179], S. II.

chens im Speziellen sieht Buber dabei das Pathos an. Denn in den mystischen Erzählungen, den Märchen, würde sich »die wunderbare Blüte eines uralten Baumes, deren Farbe fast allzu grell, deren Duft fast allzu üppig wirkt, und die doch eines der wenigen Gewächse innerer Seelenweisheit und gesammelter Ekstase ist«, ausbreiten.[806] Diese Üppigkeit zeige sich vor allem im pathetischen Erzählgestus als dezidiert jüdische Eigenheit und rhetorisches Merkmal jüdischen Erzählens:

> Es [=Pathos] ist ein eingeborenes Eigentum, das sich einst mit allen anderen Qualitäten des Stammes aus dessen Orte und dessen Geschicken heraus gebildet hat. Will man es immerhin umschreiben, so darf man es vielleicht als das Wollen des Unmöglichen bezeichnen.[807]

Im Gegensatz zu der im deutschsprachigen romantischen Volksmärchen von Jakob Grimm mit Vehemenz proklamierten Einfachheit setzt Buber für die jüdische »Volksmärchentradition« somit eine pathetische Erzählweise an und verleiht ihr darin einen spezifisch jüdischen Charakter. Denn nicht Lüthis abstrakte und sublime Einfachheit ist bei Buber die Voraussetzung für wunderbares Geschehen, sondern gerade das Ausschweifend-Pathetische: »So wird die Seele, die in den wirklichen Dingen keinen Boden finden kann, von ihrer Leere und Unfruchtbarkeit erlöst, indem sie in dem Unmöglichen Wurzel schlägt.«[808]

In Bubers Märchenbegriff kommen so unterschiedliche Gattungskonstituenten zusammen. Er sieht das Märchen zum einen – obgleich einer bestimmten Person, der des Rabbi Nachman, zugeschrieben – als an sich ursprüngliche Dichtung aus dem Volk, als Volksliteratur an. Zum anderen sind Märchen für ihn auch immer Erzählungen wunderbarer Begebenheiten, die von einem pathetischen Erzählgestus getragen werden. Einschränkend muss bemerkt werden, dass es sich bei Bubers Märchenauffassung, wieder ähnlich zu den Märchensammlern des 19. Jahrhunderts, natürlich weniger um eine insgesamt formale Gattungsdefinition handelt – zu synonym setzt er die Gattung Märchen mit der Geschichte, der Erzählung, oder auch der Mystik – , als vielmehr, wie dies Elke Dubbels ausführt, eine »kulturpolitische Geste«.[809] Er schreibt den Märchen von Beginn an eine eigentümliche Wirkung zu, eine Art Erweckungserlebnis jüdischen Lebens in der jüdischen Märchenmystik und somit auch eine Möglichkeit jüdischer Identitätsstiftung und *nation buildings* im Zeichen der jüdischen Neoromantik. Buber zeigt auf, dass – in Analogie zur Identitätssuche der Deutschen im 19. Jahrhundert – auch unter Rückgriff auf das scheinbar so ur-

---

806 Buber [Anm. 800], S. 5.
807 Ebd., S. 7.
808 Ebd., S. 8. Dubbels [Anm. 775], S. 92 ff.
809 Ebd., S. 91.

sprüngliche, wahrhaftige und phantasiereiche Märchen versucht wurde, ein neues jüdisches Volk zu erziehen.

Darüber hinaus ist das Märchen bei Martin Buber eng verbunden, ja sogar synonym gesetzt, mit jüdischer Mystik und handelt damit von der *cognitio dei experimentalis*, der erfahrungshaften Erkenntnis Gottes. Die von den *Zaddikim* überlieferten Geschichten beschreibt er nicht ganz eindeutig als »Mysterium« und »Märchen«, er selbst gebe beispielsweise in den *Legenden des Baal-Schem* jedoch »jüdischen Mythos« wieder. Die Judenheit ist nach Buber, »vielleicht das einzige Volk, das nie aufgehört hat, Mythos zu erzeugen«.[810] Der ursprüngliche Mythos, von Gott gegeben und zugleich in ihm kulminierend, habe – immer im Kampf mit der Religion als Gesetz – in Kabbala und *Aggada*, der jüdischen Sage, fortgelebt und erlebte dann im ostjüdischen Phänomen des Chassidismus seine Wiedergeburt.[811] Die von ihm neuerzählten chassidischen Legenden werden somit als ursprünglichste jüdische Volksliteratur schlechthin ausgewiesen, als jüdischer Mythos, der in einer Tradition mit den frühesten religiösen und göttlichen Offenbarungen stünde.

Diese in Bubers frühen chassidischen Schriften anzutreffende enge Überlagerung der Gattungsbezeichnungen Märchen, Mythos und Geschichte lassen die Schlussfolgerung zu, dass für Buber eine religiöse Dimension ein Gattungskonstituens des jüdischen Märchens darstellt.

Verwunderlich erscheint jedoch, warum Martin Buber keine der Erzählungen in seinen Neuausgaben als »Märchen« deklariert. Im Vorwort zu den *Geschichten des Rabbi Nachman* beschreibt er den Entstehungsvorgang noch folgendermaßen: »Rabbi Nachman fand eine wenn auch spärliche Tradition jüdischer Volksmärchen vor. Aber er ist der erste und bisher einzige wirkliche Märchendichter unter den Juden.«[812] Dies impliziert, dass Buber die zahlreichen von ihm ebenfalls im Laufe der nächsten 20 Jahre neu veröffentlichten übrigen chassidischen Erzählungen und Überlieferungen nicht mehr als der Gattung Märchen zugehörig ansah – diejenigen, die Rabbi Nachman zugeschrieben worden waren, jedoch durchaus. Er selbst untertitelte seine Nacherzählungen immer als »Geschichten«, nicht als Märchen. Andererseits wiederum wurden seine *Geschichten des Rabbi Nachman* in der jüdischen Öffentlichkeit durchaus als Märchensammlung gelesen, wie die am Ende des Bandes versammelten Rezensionen zeigen.[813] Die *Kölnische Zeitung* schreibt da beispielsweise:

> Es lebt und webt gar seltsam in diesen Märchen; es flüstert, es rauscht und raunt, die Blätter singen und die Bäume klingen, des Waldes Getier spricht seine geheimnisvolle

---

810 Buber [Anm. 179], S. III.
811 Ebd., S. V.
812 Buber [Anm. 800], S. 41.
813 Vgl. ebd.

Sprache, und ein Tönen, himmelhoch und abgrundtief zugleich, geht um in dieser wunderbaren Welt.[814]

Weiter schreibt Leon Kellner in der Zeitschrift *Ost und West*:

> Ein neuer Märchenhort tut sich vor uns auf, nicht für Kinder an Jahren, sondern für Männer, die im Alter noch nicht die Sehnsucht nach der Traumwelt der ersten Lebensjahre verloren haben, ein Märchenhort von einer Herrlichkeit, einer seelischen Schönheit, neben der alle Pracht der indischen, persischen und arabischen Phantasie wie der Morgenstern vor der Sonne verblaßt.[815]

Und die *Breslauer Morgenzeitung* verkündet abschließend: »Einige der Erzählungen dürfen sich wohl an die Seite der besten Märchen stellen, die wir in der Literatur aller Völker finden.«[816]

Nichtsdestotrotz hat Buber in dem zwei Jahre nach den *Geschichten des Rabbi Nachmann* entstandenen Vorwort zu den *Legenden des Baal-Schem* die Gattung des Märchens nicht mehr explizit hervorgehoben oder gar als seine bevorzugte Gattung erwähnt. Dies liegt vermutlich auch an der Tatsache, dass sich Buber von einem allzu »schöpferischen«, »literaturhaften« Umgang mit den von ihm vorgefundenen chassidischen Urmaterial verabschiedet hatte und nun die religionsphilosophische Seite der Legenden betonte.[817] Die von ihm erzählten Geschichten sind Mythos, sind Legende und Sage, die zwar als dezidiert ursprünglich und volksnah, jedoch als ebenso religiös angesehen werden. Als Ausweis dienen die *Geschichten des Rabbi Nachman*, die zwar alle ort- und zeitlos mit meist überindividuellen Figuren versehen sind und oftmals sogar die als gattungstypisch angesehene Eingangsformel »Es war einmal«[818] aufweisen, an sich jedoch keine allumfassende wunderbare Dimension vorstellen. Sie dienen dagegen eher als Parabeln auf den wahren Glauben, moralisch richtiges Handeln, Bescheidenheit und die religiöse Lehre. Eine Ausnahme bildet »Die Geschichte von dem Königssohn und dem Sohn der Magd«.[819] Sie weist als einzige der in den *Geschichten des Rabbi Nachman* versammelten Erzählungen eine ausgestaltete wunderbar-märchenhafte Dimension auf, das vorkommende Wunderbare wird nicht von Gott gewirkt, sondern entstammt in Form von Waldgeistern, sprechenden Tieren, Mondphantasien und verzauberten Menschen einer eher naturmagischen Sphäre.[820] Nichtsdestotrotz – denn dass eine

---

814 Zitiert nach: ebd.
815 Kellner, Leon: Der chassidische Ossian, in: Ost und West. Illustrierte Monatsschrift für Modernes Judentum VII, 1907, 2, S. 111–114, hier: S. 112.
816 Breslauer Morgenzeitung, zit. nach: Buber [Anm. 800].
817 Vgl. Lappin [Anm. 768], S. 344.
818 Buber [Anm. 800], S. 55.
819 Ebd., S. 83 ff.
820 Hier kann vielleicht der Einfluss von Paula Buber gesehen werden, die in eigenen Werken wie *Die unechten Kinder Adams* zahlreiche naturmagische Motive einsetzte. Vgl. die im

fehlende Gattungszugehörigkeit im definitorischen Sinne kein Ausschlusskriterium darstellt, bewiesen bereits die deutsch-jüdischen Volksmärchen des 19. Jahrhunderts – stellt sich die Frage, warum die Geschichten, wenn ihre Hypotexte von Buber doch bereits im Vorwort und auch anderen Veröffentlichungen als »jüdische Märchen« ausgewiesen worden sind, nicht als Märchen bezeichnet wurden. Ein möglicher Grund wäre der Zweck, den Buber in der Neuerzählung chassidischer Legenden verfolgte, nämlich die religiöse Erneuerung des jüdischen Volkes im Sinne der »Jüdischen Renaissance« und der jüdischen Neoromantik. Eine Bezeichnung als »Märchen« wäre diesem angesichts der lange gehegten Vorurteile gegen ein jüdisches Märchen vermutlich nicht gerecht geworden, zumindest nicht im erwachsenenliterarischen Feld. Buber wollte zudem die *Geschichten des Rabbi Nachman* gerade nicht als märchenhafte Folklore verstanden wissen, sondern schrieb ihnen einen mystisch-revivalistischen Zweck zu. Es kann wohl angenommen werden, dass eine Klassifizierung als Märchen zu dieser Zeit nicht die religiös-mystische Ernsthaftigkeit vermitteln hätte können, mit der Buber seine Texte verstanden wissen wollte, zumal gerade zu dieser Zeit die Diskussion über die Gattung eines jüdischen Märchens in der jüdischen Publizistik neu aufgekommen war.[821] Dass er nämlich eigentlich durchaus von der Existenz des jüdischen Märchens, gerade in diesen ursprünglichen Erzählungen, überzeugt war, davon berichtet seine mit Vehemenz und Nachdruck geführte Diskussion im *Generalanzeiger für die gesamten Interessen des Judentums*.

Volksgeschichten »von Geschlecht zu Geschlecht fortgepflanzt« – Jüdische Märchen in Micha Josef Berdyczewskis *Born Judas*

Micha Josef Berdyczewski (1865–1921), später bekannt unter seinem Pseudonym Micha Josef Bin Gorion, war ein Weggefährte Martin Bubers und ebenso wie dieser ein Repräsentant der im Zeichen eines neuen jüdischen Nationalismus und neoromantischer Impulse stehenden »zweiten« jüdischen volksliterarischen Sammlertätigkeit.[822] Auch er war Herausgeber sehr bedeutender jüdischer Anthologien und zählt heute zu den bekanntesten Sammlern und Verfassern jüdischer Volksliteratur sowie der Wiederentdeckung der jüdischen

---

Entstehen begriffene Arbeit von Katharina Baur: *Das Kunstwerk Leben zu gestalten – Leben und Werk Paula Bubers* (AT).
821 Vgl. Kap. 4.4.
822 Vgl. Scholem [Anm. 787], S. 166. Berdyczewski wurde nach einer Phase der Zusammenarbeit jedoch auch zu einem von Martin Bubers Kritikern, zu frei erschien ihm doch Bubers Editionspraxis. Vgl. Urban [Anm. 776], S. 59.

Folklore und der chassidischen Legende.[823] Geboren in Medshibosh, dort wo einst der Baal-Schem gewirkt hatte,[824] lebte er ab 1890 in Breslau, Bern und Berlin und verfasste neben Kurzgeschichten und Romanen auch fünf Anthologien, von denen drei auf Hebräisch und zwei, *Die Sagen der Juden* und *Der Born Judas* mithilfe der Übersetzungstätigkeit seiner Frau Rachel, auf Deutsch erschienen sind.[825]

Die Gattung der Anthologie war im frühen 20. Jahrhundert – spätestens seit Hugo von Hofmannsthal – in Deutschland eng mit nationaler Identitätsbildung, dem *nation building*, verknüpft.[826] Berdyczewski griff diese nationalliterarische Erzählgattung auf und stellte die von ihm gefundenen »Schätze der Vergangenheit«,[827] altes jüdisches Erzählmaterial, in neuem, nationalliterarischem Licht vor. In dieser Verbindung gelang es ihm nach Daniel Hoffmann und Elijahu Tarantul eine neue Textgattung zu gestalten, die aus der Symbiose von religiösem Schrifttum und »profaner Weltliteratur« zu einer »jüdischen Nationalliteratur« erwuchs.[828] In Fortschreibung der Sammlungen jüdischer Volksliteratur des 19. Jahrhunderts und deutsch-romantischer Märchen- und Sagensammlungen ist auch Berdyczewskis *Born Judas* als ein Instrument, »das die rettende Dokumentierung einer reichen Volksliteratur anstrebte«,[829] zu sehen. Gleichzeitig äußerte sich in diesem »approach of embracing Western culture and aesthetics as a means of promoting Jewish national revival »[830] Berdyczewskis transkulturelle Symbiose von Ost und West in Tradition von Leopold Zunz' Entwurf der

---

823 Vgl. Völpel [Anm. 15], S. 239f. Scholem [Anm. 787], S. 166. Auch das Urteil seiner Zeitgenossen fiel durchweg positiv aus, so meinte bspw. Moritz Heimann, Berdyczewski sei derjenige gewesen, der wie auch Buber den jüdischen Volksgeist durch die Neu-Entdeckung ostjüdischen, volksliterarischen Schrifttums im frühen 20. Jahrhundert erweckte. Vgl. Hoffmann, Daniel: Heimann, Moritz, in: Deutsch-jüdische Literatur. 120 Porträts, hg. v. Andreas B. Kilcher, Stuttgart 2006, S. 84–87, hier: S. 86.
824 Vgl. Hoffmann, Daniel, Tarantul, Elijahu: Ost-West-Passagen der Tradition. Micha Josef Bin Gorion und Samuel Joseph Agnon, in: Handbuch zur deutsch-jüdischen Literatur des 20. Jahrhunderts, hg. v. Daniel Hoffmann, Paderborn 2002, S. 55–78, hier: S. 57.
825 Sein bekanntestes hebräisches Werk ist die Anthologie *Sefer Hasidim,* in der er – bereits vor Buber – chassidische Legenden gesammelt hatte und – nach Gershom Scholem – auch zu einer Quelle Bubers wurde; ebd., S. 58. Zu Berdyczewskis Anthologie-Begriff vgl. auch: Sabel [Anm. 504], S. 222ff.
826 Vgl. Hoffmann, Tarantul [Anm. 824], S. 61f.
827 Ebd., S. 62.
828 Ebd., S. 63.
829 Völpel, Annegret: Bin Gorion, Micha Josef [d.i. Berdyczewski, Micha Josef] / Ramberg, Rahel (Übers.). Der Born Judas, in: Deutsch-jüdische Kinder- und Jugendliteratur von der Haskala bis 1945. Die deutsch- und hebräischsprachigen Schriften des deutschsprachigen Raumes: ein bibliographisches Handbuch, hg. v. Zohar Shavit, Hans-Heino Ewers, Annegret Völpel u. a., Stuttgart 1996, S. 157–159, hier: S. 157.
830 Stahl, Neta: Jewish Writers and Nationalist Theology at the Fin-de-Siècle, in: Reading the Abrahamic faiths. Rethinking Religion and Literature, hg. v. Emma Mason, London 2015, S. 75–85, hier: S. 80.

jüdischen Literatur als Weltliteratur und den Märchensammlungen von Pascheles, Philippson und Grunwald.

Nach Zipora Kagan war dabei eine »toladatische« Herangehensweise[831] bestimmend für Berdyczewskis Sammeltätigkeit und Herausgeberschaft:

> By *toladatic* [...] Berdyczewski meant a historically dynamic rather than static memory, namely the summation of all deeds, desires, feelings, and visions that had accumulated over generations in the life of the Jewish people, a nation that Berdyczewski called a toladatic folk.[832]

Berdyczewski verstand seine Zugehörigkeit zum und den Zusammenhalt des Judentums als historisch gewachsen, das jüdische Volk definierte sich nach ihm gerade durch seine Geschichte und deren Überlieferungen. Seine Zusammenstellung von lange überliefertem jüdischem Textmaterial versteht sich somit als eine Art Selbstfindung in Tradition der Gebrüder Grimm,[833] als jüdisches Volks- und Nationalgut, und entfaltet ebenso wie deren *Deutsche Sagen* oder den *Kinder- und Hausmärchen* ein hohes Identifikationspotential und damit auch jüdisches *nation building* im Sinne eines neuen Volksbewusstseins.

Zeitgleich zu Bubers Arbeit an den chassidischen Geschichten – und der Veröffentlichung des Preisausschreibens für jüdische Märchen im *Wegweiser* – begann Berdyczewski 1905 aggadische und andere jüdisch-volkstümliche Texte zu sammeln, zusammenzustellen und neu zu edieren.[834] Er war dabei nicht nur Sammler, sondern auch Verfasser neuer Geschichten aus altem Material, jedoch machte er seinen Editionsvorgang – im Gegensatz zu Martin Buber – transparent, indem er seinen Werken in Tradition Max Grunwalds und der Brüder Grimm ein Quellen- und Herkunftsverzeichnis beifügte. Ähnlich wie Johann Gottfried Herder und Jakob und Wilhelm Grimm für die deutsche Literatur entwickelte sich Micha Josef Berdyczewski so zu einem Urheber einer neuen jüdischen Volksliteratur, welche die *toladati* des jüdischen Volkes, deren Vergangenheit und Charakter, widerzuspiegeln versuchte.

Der *Born Judas,* dasjenige von Berdyczewskis Werken, das jüdische Märchen enthält, ist eine Zusammenstellung einer Vielzahl hebräischer Quellen aus der rabbinischen Literatur von der nachtalmudischen Zeit des Mittelalters bis zum Chassidismus der Neuzeit, wobei laut Ulf Diederichs rund ein Fünftel der Erzählungen der altjiddischen Erzählsammlung *Ma'assebuch* und deren Überset-

---

831 Kagan, Zipora: Homo Anthologicus. Micha Joseph Berdyczewski and the Anthological Genre, in: Prooftexts 19, 1999, 1, S. 41–57, hier: S. 42. Herstammend vom hebräischen Wort תולדותי, das ~ ›Meine Geschichte‹ bedeutet.
832 Ebd.
833 Vgl. Völpel [Anm. 15], S. 241.
834 Vgl. Kagan [Anm. 831], S. 43. Zu Berdyczewskis Anverwandlung aggadischer Erzählstoffe vgl. Sabel [Anm. 504], S. 224 ff.

zung von Moritz Gaster entstammen.⁸³⁵ Das Manuskript wurde von seiner Frau Rachel systematisiert, übersetzt und schließlich in sechs Bänden zwischen 1916 und 1923 herausgegeben.⁸³⁶ Emanuel Bin Gorion, Berdyczewskis Sohn und ebenfalls Erforscher jüdischer Volksliteratur, überarbeitete diese Sammlung zusammen mit seiner Mutter nach dem Tod Micha Josef Berdyczewskis zu Beginn der 30er Jahre in einem Band und gab sie dann nochmals in einer zweibändigen Neuausgabe Ende der 1950er und 70er Jahre heraus. Von großem Wert ist dabei der von Micha Josef Berdyczewski angelegte – im Vergleich zu dem von Max Grunwald wesentlich umfangreichere – wissenschaftliche Apparat zu den einzelnen Erzählungen, der über Herkunft und motivgeschichtliche Verwandtschaften der jüdischen Märchen mit orientalischen oder abendländischen aufklärt.⁸³⁷

Nach Zipora Kagan war der *Born Judas*, wie auch die Sammlung *Die Sagen der Juden*, ein Akt »of recovery and restoration«, ein Versuch, »to return the treasures of aggadah to the Jewish people.«⁸³⁸ Daneben kann das Werk jedoch weitergehend als Ausdruck eines neu gewachsenen jüdischen Selbstbildes, das der Welt in einer Zeit neuerwachten neoromantischen Nationalismus eine gleichwertige jüdische Sagen-, Legenden- und Märchensammlung präsentieren wollte, gedeutet werden. Im Vorwort des *Born Judas* führt Berdyczewski in diesem Sinne aus:

> Es soll der Versuch gemacht werden, den bekannten großen Märchen- und Legendensammlungen, wie *Der Weise und der Tor, Tausendundeine Nacht, Gesta Romanorum*, eine neue Sammlung, die ihr eigenes Bild hat und die anderen ergänzen dürfte, anzugliedern. […] Es sollen hier nicht bloß literarische Dokumente gegeben werden, sondern Volksgeschichten, die sich von Geschlecht zu Geschlecht fortgepflanzt haben, in allen Fährnissen des Lebens erzählt wurden und zur Erhaltung des Volkstums in gleichem Maße beigetragen haben wie Lehre und Gesetz, Synagoge und Kultus.⁸³⁹

Berdyczewski wollte also ein »Standardwerk« jüdischer Volksliteratur und -geschichte schaffen und damit auch die jüdische Literatur der Diaspora als eine von vielen europäischen Nationalliteraturen etablieren. Neu ist dabei der nun auch explizit als hybrid ausgewiesene Exilcharakter dieser jüdischen Erzäh-

---

835 Das von Berdyczewski verwendete Quellenmaterial wurde von ihm klar nachvollziehbar und ausführlich in einem Anhang beigefügt, vgl.: Bin Gorion, Micha Josef, Bin Gorion, Emanuel: Quellenangaben und Anmerkungen, in: Micha Josef Bin Gorion: Der Born Judas. Zweiter Teil, hg. v. Emanuel Bin Gorion, Frankfurt a. M. 1973, S. 535–632. Vgl. [Anm. 574], S. 819.
836 Vgl. Neuhaus, Stefan: Micha Josef Berdyczewski, in: Kindler Kompakt: Märchen, hg. v. Stefan Neuhaus, Heidelberg 2017, S. 165–166, hier: S. 165.
837 Vgl. Bin Gorion, Bin Gorion [Anm. 835].
838 Kagan [Anm. 831], S. 47.
839 Der Born Judas. Erster Band. Von Liebe und Treue. Gesammelt von Micha Josef Bin Gorion, übertragen von Rahel Ramberg, hg. v. Micha Josef Bin Gorion, 3. Aufl., Leipzig 1924, S. 11 f.

lungen, denn die jüdische Volksliteratur – so Berdyczewski – sei insgesamt besehen »ein Erzeugnis der Diaspora«[840]:

> Die uralten Traditionen und Gegensätze, die auf heimatlichem Boden entstanden sind, wirken zwar weiter fort; es kommen aber die Wechselbeziehungen zu den Wirtsvölkern hinzu. Trotz aller Abgeschlossenheit fand ein stetes Nehmen und Geben statt; und so manches Dunkle, ja Verschollene anderer Volksliteraturen ließe sich im hebräischen Märchen neubeleuchtet wiederfinden.[841]

Berdyczewskis *Born Judas* – insbesondere, wie noch herausgearbeitet werden soll, die von ihm zusammengetragenen jüdischen Märchen – sind damit Ausdruck und Beweis einer neu verstandenen explizit deutsch- und europäisch-jüdischen Volksliteratur. In Abgrenzung zur romantisch-deutschen Nationalliteratur tritt diese darin nicht nur als israelisch-hebräisch und rabbinisch, sondern als transkulturell gewachsenes, pluralistisches und symbiotisches Produkt zweier oder gar mehrerer Kulturen in jüdischem Gewand auf. Aufgrund der langen Zeit im Galuth, der Zeit der Diaspora, ist eine symbiotische Beziehung zwischen Juden und anderen Völkern und Kulturen entstanden. Diese, so beschreibt dies Emanuel Bin Gorion, habe die überwiegend aus Quellen des hebräischen Mittelalters und der Neuzeit entstammenden volksliterarischen Texte des *Born Judas* zu einem »Bindeglied zwischen Ost und West« gemacht.[842] In den Märchen und Geschichten eröffneten sich nun die »verschüttete[n] Wechselbeziehungen zwischen der hebräischen und der morgen- und abendländischen Überlieferung«.[843]

Innerhalb der deutsch-jüdischen Literaturgeschichte waren bereits ab den 1830er Jahren verstärkte Bemühungen zutage getreten, den florierenden nationalen Volksliteraturformen, allen voran den Werken Herders und denen der Brüder Grimm, eine ebensolche jüdische Volksliteratur an die Seite zu stellen.[844] Diese als »jüdische Folklore« bezeichnete Epoche wurde nun zu Beginn des 20. Jahrhundert wiederentdeckt, aktualisiert[845] und im Zuge der Neoromantik und eines im Zionismus und der jüdischen Renaissance neu gewachsenen jüdischen Nationalgefühls mit neuen Texten gefüllt. Mit Micha Josef Berdyczewski und den Übersetzungen von Jizchak Leib Perez' jiddischen Märchen und Sagen hatte diese zweite Phase jüdischer Folklore im deutschsprachigen Raum ihren Höhepunkt gefunden. Bis in die Weimarer Zeit hinein war sie ein sowohl im religiösen als auch im literarischen Bereich beliebtes Genre, das in der Weimarer

---

840 Ebd., S. 13.
841 Ebd.
842 Bin Gorion, Emanuel: Bin Gorion, Micha Josef, in: Enzyklopädie des Märchens. Band 2: Be-Chri, hg. v. Kurt Ranke, Berlin [u. a.] 1979, S. 384–386, hier: S. 385.
843 Ebd., S. 385.
844 Vgl. Glasenapp [Anm. 6], S. 21. Völpel [Anm. 53], S. 97.
845 Vgl. Völpel [Anm. 15], S. 238.

Republik durch mehrere Übersetzungen hebräischer und jiddischer Quellen, darunter die *Sammlung Sippurim*, das *Ma'assebuch*, oder die *Ssefer ha-ma'asse* noch ausgeweitet wurde.[846]

Diese neuentdeckte jüdische Folklore war bemerkenswerterweise zwar keineswegs ausschließlich, aber doch zu einem wichtigen Teil auch für jüdische Kinder und Jugendliche bestimmt. So fungiert im dieser Folklore angehörigen *Born Judas* – ähnlich wie in Bernhard Kuttners *Jüdische Sagen und Legenden für jung und alt*, Daniel Ehrmanns *Aus Palästina und Babylon* oder Max Weinbergs *Ewige Weisheit* – volksliterarisches Erzählgut als Mittel, die nächste, in einem meist akkulturiert-säkularen Umfeld aufwachsende oder bereits entfremdete Generation mit der jüdischen Sagen-, Erzähl- und Fabuliertradition vertraut zu machen.[847] Wie Micha Josef Berdyczewski schrieb, wandte sich angesichts der »wachsenden Not«, dem zunehmenden Antisemitismus im 19. und 20. Jahrhundert,

> der Sinn von den weltlichen Dingen ab, und man begann dem nachzugehen, was das Herz bewegte. Das Bedürfnis entstand, die Begebenheiten aufzubewahren und den Kindern zu überliefern, was man erlebt und geschaut hatte.[848]

Berdyczewskis Sammlung weist sich darin als, wenn auch nicht originäre, so sicher doch »doppeladressierte« bzw. intendierte Kinder- und Jugendliteratur aus.[849]

Nicht nur, aber sicherlich auch aus dieser kinder- und jugendliterarischen Intendierung heraus, waren innerhalb dieser zweiten jüdischen Folklore, ganz im Sinne einer sich auf die Romantik berufenden Sammel- und Editionspraxis, die aus der mündlichen Überlieferung oder in alten Texten gesammelten und neu bearbeiteten jüdischen Märchen von zentraler Bedeutung.[850] Berdyczewski

---

846 Vgl. Völpel, Annegret: Jüdische Kinder- und Jugendliteratur der Weimarer Republik, in: Deutsch-jüdische Kinder- und Jugendliteratur. Ein literaturgeschichtlicher Grundriss, hg. v. Annegret Völpel, Zohar Shavit, Ran HaCohen, Stuttgart 2002, S. 271–340, hier: S. 290.
847 Vgl. Völpel [Anm. 15], S. 239.
848 Bin Gorion [Anm. 469], S. 9.
849 Vgl. Völpel [Anm. 15], S. 240. Wobei sich 1913 im *Wegweiser für die Jugendliteratur* eine Rezension von Berdyczewskis *Sagen der Juden* findet, die die Eignung für Jugendliche bezweifelt: »Schon der erste Band ist eine wahre Schatzgrube [...] für jeden Juden, der hier eine zweite Bibel wiederfindet, wie sie sein Stamm mit dem Griffel der Phantasie geschrieben hat; für jeden Gebildeten, der am Spiel der Volksphantasie seine Freude findet. Für die Jugend aber ist dieses Buch nicht geeignet und auch nicht bestimmt.« aus: G. W.: Die Sagen der Juden, in: Wegweiser für die Jugendliteratur 9, 1913, 4, S. 32. Nichtsdestotrotz weist auch Berdyczewskis Sohn Emanuel Bin Gorion darauf hin, dass sich am *Born Judas* Kinder »ergötzen« konnten: Bin Gorion, Emanuel: Der Verfasser und sein Werk, in: Micha Josef Bin Gorion: Der Born Judas, hg. v. Emanuel Bin Gorion, Wiesbaden 1959, S. 767–782, hier: S. 782.
850 Im Verhältnis nehmen Märchen in den jüdisch folkloristischen Texten eher einen geringen Teil ein, was zum einen natürlich am insgesamt religiösen Charakter liegt, der an sich

trug einen großen »Märchenschatz« zusammen. Wie die meisten Märchensammler vor ihm, setzte er die Gattungsbezeichnung in seiner noch zu Lebzeiten erschienenen ersten Version des *Born Judas* aber nur sehr vage ein.[851] Erst mit Emanuel Bin Gorions Bearbeitung wurden die Texte neu systematisiert und ein eigenes Kapitel jüdischer Märchen entstand. In den insgesamt neun Büchern der Neuausgabe des *Born Judas* finden sich so neben meist einer bestimmten Epoche der jüdischen Geschichte zugeordneten »Biblischen Mären«, »Historien«, »Legenden«, talmudischen Geschichten und »Volksgeschichten« im fünften Buch »Märchen«,[852] deren Quellen zwar vor allem dem Mittelalter und der nachmittelalterlichen Zeit entstammen, die sich jedoch keiner bestimmten Epochendarstellung jüdischer Geschichte widmen. Die Systematisierung wurde im Vergleich mit der ersten Fassung in der neuen Ausgabe erheblich verändert, nur zehn Märchen werden in beiden Fassungen unter »Märchen« zusammengefasst, sechs Märchen hat Emanuel Bin Gorion neu als »Märchen« tituliert, 15 hat er unter andere Bereiche, bzw. einen Großteil auch nur mehr im zweiten Teil des *Born Judas* gefasst. Diese Neusystematisierung ist in den meisten Fällen sehr verständlich – hat doch bereits Micha Josef Berdyczewski innerhalb seiner »Märchen und Erzählungen« nochmals Unterkategorien wie »Dichtungen und Allegorien« oder »Aus Chroniken und Anderes« geschaffen[853] und damit die Überkategorie »Märchen« noch weiter verschwimmen lassen. Jedoch ist sie in drei Fällen motivisch nicht ganz nachvollziehbar: Nr. 73, »Die Tochter Akiwas«, Nr. 104, »Vom goldenen Tisch« und Nr. 14, »Auf der Meeresinsel«.[854] Zusätzlich zu den Märchen des fünften Buches behandeln nämlich u.a die Nummern 2, 5, 7, 11, 12, 14, 15, 18, 19, 20, 29, 32, 73, 101, 102, 103, 104, 115, 120, 133, 166, 167, 169, 171, 176, 201, 228, 310, 315 und 319 Motivkomplexe, die aus der europäischen Märchentradition bekannt sind. Ein Beispiel: In einem der nachträglich »ausgesonderten« Märchen aus der aggadischen Tradition, »Die Tochter Akiwas« (Nr. 73), soll – ähnlich wie in Grimms »Sneewittchen« – die Tochter Akiwas auf Befehl von dessen neuer, böser Frau getötet werden. Der Beauftragte, hier ein Wäscher, bringt dies jedoch nicht übers Herz und schlägt ihr stattdessen –

---

eigentlich zu einem Ausschluss des Märchenhaft-Wunderbaren führt, zum anderen auch am ambivalenten Status der Gattung Märchen im Judentum.
851 Zwar lautet der Untertitel des gesamten Werkes »Legenden, Märchen und Erzählungen«, jedoch findet sich in keinem der Bände ein eindeutig als »Märchen« bezeichneter Text. Lediglich im ersten Buch der ersten Ausgabe des *Born Judas*, »Von Liebe und Treue«, ist ein Kapitel mit »Märchen und Erzählungen« beschrieben, ein eindeutiges Bekenntnis zur Gattung fand damit auch hier nicht statt.
852 Nach einer Anekdote, die Berdyczewskis Sohn Emanuel Bin Gorion im Nachwort des *Born Judas* erzählt, war die anfängliche Absicht Berdyczewskis, ein sechsbändiges Werk jüdischer Märchen zu schreiben, woraufhin ihm »voreilige Kritiker überhaupt abstritten, daß es so viele jüdische Märchen geben könne«. Aus: ebd., S. 778.
853 Bin Gorion [Anm. 839], S. 8f.
854 Die Nummerierung folgt der Neuausgabe Emanuel Bin Gorions.

ähnlich Grimms »Das Mädchen ohne Hände« – eine Hand und einen Fuß ab. Aufgrund ihrer Güte findet die Tochter dennoch einen treuen und guten Mann, überlebt mithilfe des Wundertäters Elijah eine erneute List der Stiefmutter und findet am Ende geheilt und mit Sohn und Mann vereint ein glückliches Ende.[855] Mit dem Propheten Elijah, *der* magischen Helferfigur, erfährt das Märchen einerseits eine dezidiert jüdische Prägung, durch das Aufgreifen der Märchenmotive ATU 706 und 709 andererseits reiht es sich ein in die europäische Volksmärchentradition.[856] Alle drei Motive, der einfach gehaltene Erzählstil und die Struktur der Erzählung weisen es allerdings als eindeutig jüdisches Märchen aus. Dass Emanuel Bin Gorion »Die Tochter Akiwas« unter der Kategorie »Aus dem Reiche der Mündlichen Lehre«, also jenem Korpus, der sich auf in Talmud und Midrasch überlieferte Stofftraditionen stützt, fasst, deutet darauf hin, dass sich seine Systematisierung mehr nach der Herkunft der jüdischen Stoffe als nach Motivgeschichte und Gattungszugehörigkeit richtet.[857]

Betrachtet man die in der Neuausgabe des *Born Judas* als »Märchen« ausgewiesenen Texte und deren im Anhang aufgeführte Motiv- und Stoffgeschichte genauer, so wird ersichtlich, dass abgesehen von der aus einer jüdisch-muslimischen Erzähltradition stammenden Märchenlegende Nr. 150 und Märchen Nr. 152, das thematisch an eine Erzählung aus der buddhistischen Legendensammlung *Der Weise und der Tor* anschließt,[858] von den 15 Texten insgesamt zehn im ATU-Motivkodex aufgelistete europäische Märchenmotive enthalten. Allen voran das Märchen Nr. 155, »Von dem Frosch, der ein Sohn Adams war«, das bereits im *Ma'assebuch* (Nr. 143) und im Zyklus um »Meister Hunna« in Tendlaus *Fellmeiers Abende* enthalten war und gleich mehrere europäische Märchenmotive aufgreift: Schon die Brüder Grimm verwiesen in ihren Originalanmerkungen zu »Die Bienenkönigin« in ihren *Kinder- und Hausmärchen* wiederum auf die jüdische Stofftradition, hier im Speziellen »das jüdische Maasähbuch«,[859] und eröffneten in diesem Märchen den nun durch Bin Gorion fortgeführten volksliterarischen Dialog und Austausch – oder in den Worten Berdyczewskis: das »stete Nehmen und Geben«, das von beiden Seiten erfolgte. Beim Märchen Nr. 21, »Die Genossin des Meisters« handelt es sich darüber hinaus um ein ursprünglich indisches Märchen.[860] Und im gesamten *Born Judas* finden sich mit den Texten Nummer 3, 13, 14, 31, 59, 72, 116, 150, 167, 282 und 288 Erzählungen, die stoffgeschichtlich der islamisch-arabischen Märchentra-

---

855 Bin Gorion, Micha Josef: Der Born Judas, hg. v. Emanuel Bin Gorion, Wiesbaden 1959, S. 191–196.
856 Vgl. Uther [Anm. 210].
857 Siehe auch Märchen Nr. 104 »Vom goldenen Tisch«.
858 Bin Gorion, Bin Gorion [Anm. 835], S. 559.
859 Grimm, Grimm [Anm. 349], S. 971.
860 Bin Gorion, Bin Gorion [Anm. 835], S. 539.

dition und den *Geschichten aus 1001 Nacht* entspringen. Märchen Nr. 150, das einer aus dem 17. Jahrhundert stammenden hebräischen Geschichtensammlung entlehnte »Die Wiedervereinigung der Getrennten«, greift beispielsweise das von Scheherazade von der 479. Nacht an erzählte Märchen »Die Geschichte von dem Frommen Israeliten, der Weib und Kinder wiederfand« auf.[861] In diesem gelobt ein frommer Mann aus Gottgefallen und um das letzte Gebot seines Vaters zu wahren, nicht zu schwören. Aufgrund dieser Tatsache wird er um sein Hab und Gut gebracht, von seiner Frau und Kindern getrennt, letztendlich jedoch wieder glücklich vereint. Diese Belege motivischer Verwandtschaft sollten zwar einerseits mit Blick auf die Gattungszugehörigkeit zum Märchen nicht überbewertet werden, gilt mit Max Lüthi doch, dass nicht das Motiv, sondern erst dessen Verwendung und Gestaltung das Märchen bestimme.[862] Sie – und insbesondere ihre bewusste Kenntlichmachung im Anhang – lassen aber auf anschauliche Weise das historische, geographische und transkulturelle, ja »toladatische«, Gewachsensein der hier zusammengetragenen jüdischen Märchen im Allgemeinen sichtbar werden.

Die zahlreichen motivischen trans- und interkulturellen Verflechtungen dürfen im Gesamten besehen aber nicht darüber hinwegtäuschen, dass im Kern von Berdyczewskis volksliterarischen Märchen die auch im 19. Jahrhundert tradierten volksliterarischen Figuren, Motive und Handlungsmuster einer über Jahrhunderte in Israel und dem Galuth entstandenen, dezidiert *jüdischen* Erzähltradition stehen, bzw. als solche ausgewiesen werden. Im Sinne seiner »toladatischen« Vorstellung gelingt es Berdyczewski damit, in Zeiten der »Jüdischen Renaissance« und neuen jüdischen Volksbewusstseins im Zeichen des Zionismus, eine dem Vergessen anheimgefallene jüdische Erzählwelt zu Beginn des 20. Jahrhunderts wiederzubeleben. Angesichts der gescheiterten Emanzipation und des grassierenden Antisemitismus erschien es in dieser Zeit wohl umso wichtiger, die eigenen Wurzeln nicht nur in Israel, sondern auch in der Diaspora neu zu erkunden. Das erneute Auftreten des Wundertäters Elijah (Nr. 149, 151 und 163) und anderer aus der Bibel, dem Talmud und der Ma'asseliteratur bekannter Figuren wie Salomo, Aschmodai oder Saul, die Nennung von exotisch-orientalischen Symbolen, wie dem Paradiesapfel aus Märchen Nr. 161 oder jüdischen Feiertagen, ein meist als *magia licita* zu identifizierendes Wunderbares und ein stärker als in den Sammlungen des 19. Jahrhunderts stilisierter biblischer Erzählduktus der Märchen binden diese an die altjüdisch-religiöse Welt Israels und der Bibel zurück. So beispielsweise das den zu Beginn des 3. Kapitels besprochenen Erzählkreis um den Dämon Aschmodai, bzw. hier Asmodäus, aufgreifende Märchen Nr. 153, »Dihon und die Tochter Asmodäus«:

---

861 Ebd., S. 558f.
862 Vgl. Lüthi [Anm. 29], S. 69.

Als es Nacht wurde, übergab der König seine Tochter ihrem Gemahl, wie es in aller Welt Brauch ist, und sie betraten beide das Gemach. Da sprach die Tochter Asmodäus' zu dem Menschen Dihon: Denke nicht von mir, ich sei bloß Geist, denn ich bin in allem wie ein Weib beschaffen. Hüte dich aber zu mir einzugehen, wenn du keinen Gefallen an mir findest. Dihon erwiderte: Ich liebe dich wie meinen Augapfel und werde dich nie verlassen. Darauf sprach die Königstochter: Schwöre es mir. Da leistete Dihon dem Geisterweibe den Schwur. Danach ging er zu ihr ein, und sie gebar von ihm einen Sohn. Dihon beschnitt ihn nach acht Tagen, wie das Gesetz befiehlt, und nannte ihn Salomo, dem König Salomo zu ehren.[863]

Die Erzählung behandelt Motive der mittelalterlichen Geschichte um Dihon und dessen Mahrtenehe in der *Ma'asse Yerushalmi*.[864] Ganz deutlich markieren hier der Dämon Asmodäus als spätantike, talmudische Figur, die Beschreibungen des jüdischen Ritus in der Beschneidung und die Herkunft der gesamten Erzählung aus einer religiös-biblischen Dimension im Verweis auf König Salomo den jüdischen Charakter des Märchens, wenngleich die Struktur der Erzählung mit Dihons dreimaligem Eidbruch auch christliche und europäisch-volksliterarische Topoi behandelt.[865] Die vielen aus der deutschen, arabischen und europäischen Volksliteratur bekannten Motive werden in Berdyczewskis *Born Judas* in der symbiotischen Verbindung mit solcherart jüdischen Elementen zu einem spezifisch diasporisch-jüdischen Volksmärchen, einem »von Geschlecht zu Geschlecht«, in Israel und der ganzen Welt, fortgepflanzten Märchen. Der volksmärchenhaft Raum und Zeit entrückte Gattungsausweis »Es war einmal« evoziert darin letztendlich in der Verbindung mit dieser Rückschau auf ein magisch durchwirktes jüdisches Leben eine der Situation der jüdischen Bevölkerung in Deutschland zu Beginn des 20. Jahrhunderts »durchausentgegengesetzte« wunderbare jüdische Welt.

Entstanden in einer Zeit der »Jüdischen Renaissance« und religiösen Erneuerung des Judentums liegt mit den jüdischen Volksmärchen des *Born Judas,* wie dies Emanuel Bin Gorion beschreibt,[866] eine »schon klassisch gewordene

---

863 Bin Gorion, Micha Josef: Dihon und die Tochter des Asmodäus, in: Micha Josef Bin Gorion: Der Born Judas, hg. v. Emanuel Bin Gorion, Wiesbaden 1959, S. 365–380, hier: S. 373.
864 Vgl. Stern, David: Just Stories. Fictionality and the Ma'aseh, from the Mishnah to Ma'aseh Yerušalmi, in: The faces of Torah. Studies in the texts and contexts of Ancient Judaism in honor of Steven Fraade, hg. v. Tzvi Novick, Mikhal Bar Asher Sigal, Christine Elizabeth Hayes, Göttingen 2017, S. 545–566.
865 Vgl. die dreimalige Verleugnung Jesus durch Petrus. Bin Gorion verweist im Anhang bspw. auf den Eidbruch Jasons oder den in Fouqués *Undine:* Bin Gorion, Bin Gorion [Anm. 835], S. 559.
866 Hier muss angemerkt werden, dass in der vergleichenden Märchenforschung der *Born Judas* im Gesamten als Märchensammlung untersucht wird. Vgl. Neuhaus [Anm. 836].; Bin Gorion [Anm. 842]. Aufgrund der in dieser Arbeit verfolgten pragmatischen Gattungsdefinition, haben allerdings nur die auch wirklich in der Ausgabe von Emanuel Bin Gorion als »Märchen« betitelten Texte, also das fünfte Buch, als solche eine etwas tiefer gehende

Sammlung« vor, die ihren Platz »etwa in der Mitte zwischen den großen orientalischen Denkmälern der Märchenliteratur und den aus mündlicher Überlieferung gewonnenen Schätzen des abendländischen Märchens«[867] gefunden hat. Die Verwendung von europäischen bzw. international-volksmärchenhaften einerseits sowie als dezidiert jüdisch ausgewiesenen Elementen und Motiven andererseits lässt die jüdische Märchentradition dabei nicht nur als eine unter vielen eigenständigen nationalliterarischen Sammlungen erscheinen, sondern als märchenhaft-transkulturelle Brücke zwischen Ost und West.

Untersuchung erfahren, obgleich die Unterschiede zu den anderen erwähnten Texten in manchen Teilen fließend und oftmals auch kaum wahrnehmbar sind.
867 Bin Gorion, Emanuel: Zum Abschluss der Neu-Ausgabe, in: Micha Josef Bin Gorion: Der Born Judas. Zweiter Teil, hg. v. Emanuel Bin Gorion, Frankfurt a. M. 1973, S. 533–534, hier: S. 533.

4. Die deutsch-jüdische Kinder- und Jugendliteratur und der Entwurf eines jüdischen Kunst- und Kindermärchens – eine Diskursanalyse

Die soeben dargestellte jüdische »Volksmärchentradition« lässt sich bis in biblische Zeiten und bis zum Ursprung des jüdischen Schrifttums zurückverfolgen. War die deutschsprachige Märchentradition spätestens seit der insbesondere von Wilhelm Grimm vorangetriebenen Popularisierung und Akkommodation ab der zweiten Ausgabe von 1819 vornehmlich auch an kindlichen LeserInnen ausgerichtet, so lassen sich originäre jüdische *Kinder*märchen bis zum Ende des 19. Jahrhunderts allerdings kaum auffinden. Demgegenüber steht der Befund, dass ab 1905 die Zahl originärer Märchen für jüdische Kinder rasant angestiegen war und bis 1945 mindestens 21 Märchensammlungen, fünf Märchen in Zeitschriften und drei Märchen als Monographien von insgesamt 28 Märchenautorinnen und -autoren erschienen sind.[868]

Um die Motive und Kontexte dieses Wandels erkennen zu können, müssen die zwischen 1880 und 1945 stattfindenden Veränderungen in der jüdischen Kinder- und Jugendliteratur, insbesondere im Verhältnis zur Gattung Märchen, sowie vor allen Dingen der ab 1900 so rege geführte Diskurs für und wider ein jüdisches Märchen für Kinder in den Fokus der Betrachtung rücken. Diese diskursgeschichtlichen Erkenntnisse bilden damit den letzten Kontext der darauffolgenden Darstellung der deutschsprachigen jüdischen Kindermärchen.

---

868 Die Zahl spiegelt nur jene im Kontext dieser Arbeit als »jüdische Kindermärchen« deklarierten, auffindbaren und eingesehenen Werke wieder. Sie kann jedoch aufgrund der nur lückenhaften Überlieferung und Dokumentation jüdischer Kinder- und Jugendliteratur über die NS-Zeit hinweg keinerlei Anspruch auf Vollständigkeit erheben.

4.1. Die Entwicklung der deutsch-jüdischen Kinder- und Jugendliteratur aus dem Geiste zweier Emanzipationsdiskurse

Nach Annegret Völpel kann unter der Bezeichnung deutsch-jüdische Kinder- und Jugendliteratur jene Literatur verstanden werden, die »durch Verfasserintention, verlegerische Präsentation oder Rezeptionsgeschichte an die im deutschsprachigen Raum lebenden jüdischen Kinder und Jugendlichen gerichtet und die zudem geeignet [ist], die Leser in ihrer Zugehörigkeit zur jüdischen Kultur zu bestärken.«[869] Im Gegensatz zur allgemein deutsch-jüdischen Literatur ist demnach weder die Zugehörigkeit des/r Verfassers/in zum jüdischen Kulturkreis noch die Thematisierung jüdischer Stoffe oder Inhalte zwingend notwendig.[870] Allein die Empfehlung für oder die Rezeption von jüdischen Kindern kann ein literarisches Werk als deutsch-jüdische Kinder- oder Jugendliteratur deklarieren. Gabriele von Glasenapp bezeichnete sie jüngst als »Vermittlerliteratur«, »nur die Vermittler, sei es durch den Akt der Empfehlung, sei es durch den Akt der Adressierung einzelner Texte an Kinder und Jugendliche«, würden das Textkorpus konstituieren.[871]

Die Anfänge des jüdischen Jugendbuchs liegen, wie auch die des nichtjüdischen Jugendbuchs im deutschen Sprachraum, am Ende des 18. Jahrhunderts[872] und damit in einer Zeit, da sich die Kinderliteratur in anderen europäischen Ländern bereits in einer »eher fortgeschrittenen Phase«[873] befunden hatte.

---

869 Völpel [Anm. 53], S. 85.
870 Vgl. Glasenapp, Gabriele von: Jüdische Kinder- und Jugendliteratur, in: Die Kinder- und Jugendliteratur in der Zeit der Weimarer Republik. Teil 2, hg. v. Norbert Hopster, Frankfurt a. M. 2012, S. 609–647, hier: S. 610.
871 Glasenapp, Gabriele von: Jüdische Kinder- und Jugendliteratur, in: Handbuch der deutsch-jüdischen Literatur, hg. v. Hans Otto Horch, Berlin 2015, S. 527–538, hier: S. 527.
872 Vgl. Nagel [Anm. 56], S. 1. Simha Goldin zeigt allerdings auf, dass der Definition, also der Adressierung und Intendierung nach, auch in früherer Zeit in Form von Thora-Bearbeitungen, Talmud, Pessach-Haggadahs und *Posskim* bereits Schriften für jüdische Kinder vorhanden waren. Goldin, Simcha: Juden und die Welt der Bücher in den Jahren 1100–1700. »Schriften für Kinder« und »Kinderbücher« bei den Juden in Deutschland, in: Deutsch-jüdische Kinder- und Jugendliteratur. Ein literaturgeschichtlicher Grundriss, hg. v. Annegret Völpel, Zohar Shavit, Ran HaCohen, Stuttgart 2002, S. 6–23, hier: S. 15. Sowie: Goldin, Simha: Near the end of the thirteenth century, a body of literature emerges to help acquaint children with the texts and traditions of Judaism, in: Yale companion to Jewish writing and thought in German culture, 1096–1996, hg. v. Sander L. Gilman, Jack Zipes, New Haven 1997, S. 35–41. Gabriele von Glasenapp konstatiert weiterhin, dass eigentlich bereits in der *Haggada shel-Pessach* aus dem 14. Jahrhundert eine dezidiert auf Kinder gerichtete Adressatenorientierung stattgefunden habe. Glasenapp [Anm. 871], S. 529. Eine originäre, also eine erstmalig und dezidiert für Kinder- und Jugendliche geschaffene jüdische Kinder- und Jugendliteratur bildete sich jedoch erst mit den Errungenschaften der Haskala heraus.
873 Shavit [Anm. 8], S. 58.

Wegweisend waren in diesen Zeiten der Haskala Mendelssohns Pentateuch-Übersetzung, die Entstehung der ersten jüdisch-deutschen Lesebücher und die Öffnung der jüdischen Bildung zur hochdeutschen Sprache. Die im Eingangskapitel dargestellten sozial- und kulturhistorischen Umbrüche auf jüdischer wie auf deutscher Seite sowie auch die Entwicklung der Kinderliteratur im deutschen Sprachraum beeinflussten im folgenden 19. Jahrhundert die Herausbildung unterschiedlicher Positionierungen im jüdischen kinder- und jugendliterarischen Feld.[874] Die nichtjüdische deutschsprachige Literatur für Kinder und Jugendliche[875] wurde gerade vom akkulturierten Judentum gerne gelesen und besprochen.[876] Die jüdische kinderliterarische Produktion betreffend wird der Einfluss der nichtjüdischen Kinder- und Jugendliteratur in der neueren Forschung jedoch stark relativiert, Epochenzuordnungen und Entwicklungsschritte könnten nicht einfach auf den jüdischen Kulturkreis übertragen werden, so Annegret Völpel.[877] In der Untersuchung und Erforschung der deutschsprachigen jüdischen Kinder- und Jugendliteratur – also jener Bücher, die entweder ausdrücklich für jüdische Kinder geschrieben wurden, die sich durch die Wahl jüdischer Stoffe oder Motive auszeichnen oder die der Publikationsweise oder Rezeptionslage nach ein jüdisches Publikum ansprechen – sollte darum darauf

---

874 Annegret Völpel unterstreicht beispielsweise den Einfluss früher kinderliterarischer Schriften des 18. Jahrhunderts von Johannes Hübner oder Joachim Heinrich Campe und deren Modellcharakter für die Protagonisten der Haskala: Völpel, Annegret: Religion, German Jewish Children's and Youth Literature and Modernity, in: Religion, children's literature, and modernity in Western Europe, 1750–2000, hg. v. Jan de Maeyer, Hans-Heino Ewers, Rita Ghesquière, Leuven 2005, S. 108–123, hier: S. 110.
875 Einige jüdische SchriftstellerInnen waren erfolgreiche KinderbuchautorInnen und wurden von jüdischen und nichtjüdischen Kindern und Jugendlichen gleichermaßen rezipiert. Zu denken sei beispielsweise an Else Urys *Nesthäkchen*-Erzählungen oder Felix Saltens *Bambi*. Von der nichtjüdischen Umwelt wurden diese AutorInnen jedoch kaum als jüdische AutorInnen wahrgenommen, obwohl sie durchaus auch dezidiert jüdische Werke und Stellungnahmen veröffentlichten: Vergleiche die Erzählungen *Im Trödelkeller* und *Die erste Lüge* von Else Ury sowie: Salten, Felix: Neue Menschen auf alter Erde. Eine Palästinafahrt, Königstein/Ts. 1986.
876 Vgl. die Ausführungen zur Geschichte der jüdischen Kinder- und Jugendliteratur in der *Jüdischen Schulzeitung* von 1930: Gut, E[lias]: Zur Geschichte der jüdischen Jugendliteratur, in: Jüdische Schulzeitung 6, 1930, 12, S. 2–6, hier: S. 3. Gut führt an, dass viele deutschsprachige Juden in der ersten Hälfte des 19. Jahrhunderts gar keine Notwendigkeit für eine dezidiert jüdische Jugendliteratur gesehen hätten, da ihnen die deutsch-christliche genügt habe.
877 Vgl. Völpel [Anm. 53], S. 87. Bettina Bannasch schlägt in ihrem Aufsatz einen gänzlich anderen Ansatz vor. Sie kritisiert die in der Forschung zur jüdischen Kinder- und Jugendliteratur gängige strikte Teilung in eine jüdische und eine nicht-jüdisch-christliche Tradition und argumentiert mit dem überkonfessionellen Ursprung des Kinder- und Jugendbuches bei Johann Amos Comenius für eine Sichtweise, die über konfessionelle Grenzen hinweggeht: Bannasch [Anm. 36], S. 61.

geachtet werden, dass deren Charakteristika und Ästhetik in ihrer individuellen Entwicklung, ihrer Eigenständig- und Eigengesetzlichkeit[878] betrachtet werden.

Zugleich ist es in diesem Zusammenhang wichtig, die Heterogenität der Judenheit in Deutschland zu bedenken, wurde der Diskurs über eine jüdische Kinder- und Jugendliteratur doch nicht von allen Juden in Deutschland gleichermaßen geführt. Es waren neben dem lange Zeit von der Haskala beeinflussten Reformjudentum vielmehr die religiös traditionelleren, konservativen und neo-orthodoxen Bevölkerungsschichten sowie im 20. Jahrhundert auch die Zionisten, welche die Entstehung und Weiterentwicklung, ja sogar die Funktionalisierung dieser Literatur diskutierten und vorantrieben. Gabriele von Glasenapp und Annegret Völpel legen für die deutschsprachige jüdische Kinder- und Jugendliteratur daher vier verschiedene synchrone Abschnitte in der Zeit zwischen Spätaufklärung und der Jahrhundertwende fest, die allerdings weniger chronologisch aufeinander aufbauende Entwicklungsstufen als vielmehr dia- und synchron verlaufende gruppenspezifische Ausformungen kinderliterarischer Entwürfe sind: »Die Haskala, die Reformpädagogik, die Neo-Orthodoxie und der Zionismus.«[879]

Die mit der Haskala einhergehende Öffnung zur deutschsprachigen Literatur und Erziehung und die damit verbundene Reform der jüdischen Schulen und Lehrbücher war zunächst die Voraussetzung einer jüdischen Kinder- und Jugendliteratur in deutscher Sprache.[880] Die jüdische Kinder- und Jugendliteratur hatte ab diesem Zeitpunkt deutschsprachig und originär zu sein und sollte sowohl die emanzipatorische Entghettoisierung als auch die Vermittlung einer jüdischen Identität unterstützen.[881] Den jüdischen Aufklärern ging es vornehmlich darum, im Zuge einer »Umgestaltung der traditionellen Jugendbildung« die Emanzipation voranzutreiben.[882] Während so bis zur ersten Hälfte des 19. Jahrhunderts im Geiste der jüdischen Aufklärung insbesondere neue jüdische Lehr- und Lesebücher geschaffen worden waren,[883] entstand eine unterhaltende jüdische Kinder- und Jugendliteratur erst ab der Mitte des 19. Jahr-

---

878 Vgl. Glasenapp [Anm. 870], S. 610.
879 Glasenapp, Gabriele von, Völpel, Annegret: Positionen jüdischer Kinder- und Jugendliteraturkritik innerhalb der deutschen Jugendschriftenbewegung, in: Theorien der Jugendlektüre. Beiträge zur Kinder- und Jugendliteraturkritik seit Heinrich Wolgast, hg. v. Bernd Dolle-Weinkauff, Weinheim, München 1996, S. 51–76, hier: S. 52.
880 Vgl. Völpel [Anm. 53], S. 91. Nicht berücksichtigt wird hier die in den deutschsprachigen Gebieten seit dem Mittelalter meist im stark religiösen Kontext noch bis zur Mitte des 19. Jahrhunderts verbreitete hebräischsprachige Literatur für Kinder und Jugendliche, s. dazu: Goldin [Anm. 872]. Shavit, HaCohen [Anm. 58]. Ebensowenig kann die jiddische Literatur aufgrund mangelnder Grundlagenforschung miteinbezogen werden.
881 Vgl. Glasenapp, Völpel [Anm. 879], S. 53.
882 Nagel [Anm. 62], S. 193.
883 Vgl. Völpel [Anm. 53], S. 99.

hunderts.[884] Denn auch nach den Errungenschaften der Haskala verhinderten traditionelle Rollenbilder und Vorstellungen von Kindheit und Bildung im konservativen und orthodoxen Judentum eine breite kinderliterarische, unterhaltende Produktivität, die über jene der reformorientierten Lesebücher hinausgegangen wäre. Die Erziehung der Knaben sah lange Zeit eine im *Cheder* stattfindende Lektüre, die rein religiös-geistliche Stoffe beinhaltete, vor. Die Bildung der Mädchen nahm kaum Form an, lediglich im Hebräischen und ebenfalls in religiösen Schriften wurden sie unterrichtet.[885] Für eine unterhaltende Literatur, die genuin für alle Kinder und Jugendliche gedacht war, fehlte lange Zeit einfach der Sinn für die Notwendigkeit – oder wie dies Emil Bernhard Cohn aus der Retrospektive 1930 umschrieb: »Aber Jugend? Was war Jugend? Was galt sie? Was konnte sie gelten?«[886]

Als erster wortmächtiger Befürworter einer erzählenden, nicht mehr notwendigerweise belehrenden deutsch-jüdischen Kinder- und Jugendliteratur äußerte sich der Rabbiner Abraham Kohn 1839. In der *Wissenschaftlichen Zeitschrift für jüdische Theologie* veröffentlichte er seinen Aufsatz »Die Nothwendigkeit religiöser Volks- und Jugendschriften«, worin er »zur Beförderung ächter Religiosität, zur Weckung und Erzeugung eines bessern Geistes« »unterhaltende] Volks- und Jugendschriften für Israeliten« forderte.[887] Für Kohn bedeutete eine konfessionsspezifische Belletristik für Jugendliche die zeitgemäße Übertragung jüdischer Lektüremuster. Diese sei notwendig, um auch

---

884 Michael Nagel sieht hierin die beiden Richtungen jüdisch-deutscher Kinder- und Jugendliteratur: Einerseits die »religiös-spirituelle«, andererseits die »diesseitig-rationale«. Beide würden sich aber eher ergänzen als sich antagonistisch gegenüberstehen. Nagel [Anm. 56], S. 70.
885 Regina Lilienthal fasst es in ihrem Artikel aus dem Jahr 1908 »Das Kind bei den Juden« folgendermaßen zusammen: »Hat der Knabe aus dem Gebetbuch lesen gelernt, so gelangt er um das fünfte Jahr zum Studium des Pentateuch [...] Nach dem Pentateuch kommt die Gemûri (Talmud) an die Reihe, auf welche andere fromme Bücher folgen [...] Die Mädchen verlieren wenig Zeit mit dem Lernen, es gilt für ausreichend, wenn sie nur hebräisch lesen gelernt haben. Das Studium des Gesetzes, die Kenntnis der heiligen Bücher ist nicht Aufgabe der Frau, und die Mutter bestrebt sich, ihre Tochter zu einem tugendhaften, stillen und frommen Mädchen zu erziehen, würdig eines biedern und gelehrten Mannes.« Lilienthal, Regina: Das Kind bei den Juden, in: Mitteilungen zur Jüdischen Volkskunde 11, 1908, 25, 26, S. 1–24, 41–45, hier: S. 18.
886 Cohn, Emil Bernhard: Jugendschriften, in: Festnummer zum Ordenstage. Das Jüdische Buch, hg. v. Grossloge für Deutschland VIII. U.O.B.B., Berlin 1929, S. 190–192, hier: S. 190. Auch Max Doctor beklagt im *Wegweiser für die Jugendliteratur*, dass die »Pädagogik unserer Alten« den Kindern die Halacha an Stelle der Haggada als Lektüre empfohlen hätte, wäre Letztere doch wesentlich geeigneter für das »kindliche Gemüt« gewesen: Doctor, Max: Ueber die Verwendbarkeit jüdischer Sagenstoffe für die Jugendliteratur, in: Wegweiser für die Jugendliteratur [1], 1905, 4, S. 13–14, hier: S. 13.
887 Kohn, Abraham: Die Nothwendigkeit religiöser Volks- und Jugendschriften, in: Wissenschaftliche Zeitschrift für jüdische Theologie 4, 1839, 1, S. 26–35, hier: S. 26.

kommende Generationen an die jüdische Kultur zu binden.⁸⁸⁸ Bezeichnend für Kohn ist, dass er nicht nur eine dezidert jüdische unterhaltende Jugendliteratur forderte, sondern diese ausdrücklich auch im Sinne der Akkulturationsbemühungen verstanden wissen wollte. »Tüchtige]« und »ehrliche] jüdische] Handwerks- und Ackersleute«⁸⁸⁹ sollten dargestellt und gegen antijüdische Vorurteile angeschrieben werden. Nicht nur die jüdische Bevölkerung sollte so von den neu zu entstehenden Volks- und Jugendschriften profitieren, sondern auch die christliche.⁸⁹⁰ Des Weiteren ist hier besonders bemerkenswert, wie bereits Kohn Jugend- und Volksliteratur miteinander zu mischen versuchte. Es ging ihm weniger um einen erzieherisch pädagogischen Gehalt im Sinne einer Heranwachsenderziehung, sondern vielmehr um die Erziehung des gesamten jüdischen Volkes zu Emanzipation, Zusammenhalt und jüdisch-israelischem Selbstwertgefühl sowie des deutschen Volkes zu mehr Anerkennung und Integration des Jüdischen mit dem Mittel einer unterhaltenden, ursprünglich-einfachen und historisch ausgerichteten Literatur.⁸⁹¹

Es waren in der Folgezeit insbesondere Überlegungen zur Notwendigkeit und Beschaffenheit einer neuen deutsch-jüdischen Literatur für Kinder und Jugendliche in den zeitgenössischen Zeitungen und Zeitschriften, die die Entwicklung der Jugendschriften ab der Mitte des 19. Jahrhunderts, verstärkt allerdings erst im frühen 20. Jahrhundert, weiter vorantrieben.⁸⁹² Erste unterhaltende Werke wurden zunächst in diesen Medien und erst wesentlich später in Buchform publiziert.⁸⁹³ Neben der *Allgemeinen Zeitung des Judentums* für das liberale Judentum ist die Untersuchung neo-orthodoxer Zeitschriften, z.B. Samson Raphael Hirschs *Jeschurun*, der *Laubhütte*, des *Israelit* oder der *Jüdischen Presse*, aufschlussreich.⁸⁹⁴ Diese neo-orthodox ausgerichteten Zeitschriften forderten und empfahlen unterhaltende religiöse und identitätsstiftende Werke für die jüdische Jugend wie beispielsweise die Werke von Samson Raphael

---

888 Vgl. Nagel [Anm. 62], S. 205.
889 Kohn [Anm. 887], S. 32.
890 Vgl. ebd., S. 31.
891 Als erste unterhaltende und auch für die jüdische Jugend geeignete Schriften zählen Simon Krämers Erzählungen und auch die Novellen Ludwig Philippsons in der AZJ.
892 Hans Otto Horch zeichnet in einem schon 1985 erschienenen Aufsatz beispielsweise die in der AZJ geführten Debatten über jüdische Kinder- und Jugendliteratur nach: Horch, Hans Otto: Admonitio Judaica. Jüdische Debatten über Kinder- und Jugendliteratur im 19. und beginnenden 20. Jahrhundert, in: Das Bild des Juden in der Volks- und Jugendliteratur vom 18. Jahrhundert bis 1945, hg. v. Heinrich Pleticha, Würzburg 1985, S. 85–102.
893 Vgl. Völpel [Anm. 53], S. 125.
894 Eine hervorragende Untersuchung zur Kinder- und Jugendliteratur der Neo-Orthodoxie findet sich sowohl in »Das jüdische Jugendbuch« als auch im Überblickswerk von Zohar Shavit und Annegret Völpel. Sie soll deswegen hier nur kurz angedeutet werden. Glasenapp [Anm. 74]. Völpel [Anm. 73].

Hirschs Tochter Sara Hirsch.[895] Sie lehnten zu diesem Zeitpunkt jedoch noch jegliche phantastische Literatur und Märchen ab.[896] Hirsch und der Neo-Orthodoxie ging es vornehmlich »unter der Bedingung einer strikten Wahrung jüdischer Religiosität« um eine »gemäßigte Öffnung zum nichtjüdischen deutschen Bildungskanon« und somit um die orthodoxe »Beibehaltung des religiösen Primats für die gesamte Lebensgestaltung.«[897] Dass dabei der erzieherische Aspekt der Kinder- und Jugendliteratur weit über dem ästhetischen lag, versteht sich fast von selbst.[898]

In der von Ludwig Philippson und seinen Nachfolgern Gustav Karpeles und Ludwig Geiger herausgegebenen *Allgemeinen Zeitung des Judenthums* wurden Fragen zur unterhaltenden Kinder- und Jugendliteratur für eine breitere Leserschaft, vor allem in Form von Empfehlungslisten und Kanonfragen, seit Mitte des 19. Jahrhunderts gestellt und erörtert.[899] Wie auch in der neo-orthodoxen Zeitschrift *Der Israelit* geschah dies in Überlegungen zur Zusammensetzung von Schul- und Jugendbibliotheken. Bei den im ersten Verzeichnis aus dem Jahr 1852 empfohlenen Werke handelte es sich neben Lesebüchern und Andachtsschriften jedoch meist nicht um originäre Kinder- und Jugendliteratur, wenn auch um Literatur jüdischen Inhalts.[900] Wichtig war Philippson und seinen Nachfolgern nach Hans Otto Horch die *admonitio judaica*, also die Erinnerung und Wiederbelebung des spezifisch Jüdischen.[901] Neben historisch-heroischen Werken zur jüdischen Geschichte finden sich, nun neu, mehrere Werke der Ghettoerzählungen Leopold Komperts und Aron Bernsteins. Nach einer originären unterhaltenden Kinder- und Jugendliteratur oder gar jüdischen Märchen sucht man allerdings noch vergeblich.[902] Dieses Fehlen wurde zwar von Lesern kritisch

---

895 Vgl. Glasenapp [Anm. 74], S. 89. Glasenapp betont, dass diese kinderliterarische Diskussion mangels orthodoxen Autoren jedoch relativ gering war. Maßgebend waren dabei die Idealvorstellungen Samson Raphael Hirschs. Ebd., S. 86.
896 Vgl. Hirsch, Samson Raphael: Von dem Zusammenwirken des Hauses und der Schule, in: Einladungsschrift zu der öffentlichen Prüfung der Unterrichtsanstalten der Israelitischen Religions-Gesellschaft (Elementarschule, Realschule 2. D. und höheren Töchterschule) zu Frankfurt am Main welche am 15. 16. 17. September 1874 im Schulgebäude stattfindet, hg. v. Israelitische Religions-Gesellschaft, Frankfurt a. M. 1874, S. 1–19, hier: S. 13.
897 Glasenapp, Völpel [Anm. 879], S. 54.
898 Vgl. Glasenapp [Anm. 74], S. 89.
899 Die Stellungen zur allgemeinen Literatur und zur jüdischen Kinder- und Jugendliteratur in der AZJ hat ausführlich Hans Otto Horch in Horch, Hans Otto: Auf der Suche nach der jüdischen Erzählliteratur. Die Literaturkritik der »Allgemeinen Zeitung des Judentums« (1837–1922), Frankfurt a. M. u. New York 1985 untersucht.
900 Vgl. o. A.: In Sachen der Schullesebibliotheken, in: Allgemeine Zeitung des Judenthums 16, 28. 6. 1852, S. 316–317. Zur Unterscheidung von originärer, intendierter und faktischer Kinder- und Jugendliteratur siehe: Ewers [Anm. 406], S. 13.
901 Horch [Anm. 892], S. 89.
902 Vgl. o. A.: Jüdische Schüler-Bibliothek, in: Allgemeine Zeitung des Judenthums 53, 10.1.

angemerkt, konnte allerdings nicht leicht behoben werden, da – wie die Reaktion der Redaktion der AZJ zeigt – kaum empfehlenswerte jüdische Kinder- oder Jugendschriften vorhanden waren und die Produktion als sehr komplex und anspruchsvoll angesehen wurde.[903]

Erst gegen Ende des 19. Jahrhunderts, als die bürgerliche Gleichstellung der Juden in den deutschsprachigen Gebieten erreicht, die deutsche Sprache die jiddische und hebräische abgelöst hatte und ein neues, auch religiös fundiertes Selbstvertrauen in die eigene jüdische Identität entstanden war, fand auf breiter Basis ein kinderliterarischer Paradigmenwechsel in der jüdischen Gesellschaft statt. Möglich wurde dieser allerdings nur durch das Ineinandergreifen zweier eigentlich sehr unterschiedlicher Emanzipationsbewegungen dieser Zeit, der jüdischen Emanzipation und der »Emanzipation des Kindes«[904]. Denn, so Hans-Heino Ewers, wie sich »Kinderliterarische Paradigmenwechsel [...] in der Regel parallel oder im Gefolge von epochalen Veränderungen der Kindheitsauffassung« vollziehen,[905] so scheinen die sich im letzten Drittel des 19. Jahrhunderts abbildenden neuen pädagogischen Bewegungen auch für die Entstehung jüdischer Kinder- und Jugendliteratur sehr wichtig gewesen zu sein. Erst mit dem Wandel des Kindheitsbildes hin zu einer eigenständigen und wertvollen Lebensphase war die Legitimation einer eigens für Kinder und Jugendliche geschaffenen, unterhaltenden und im Falle des Märchens sogar phantastischen deutschsprachig-jüdischen Literatur gegeben.

Hatten rund 100 Jahre zuvor Rousseau, Herder und schließlich die kulturgeschichtliche Bewegung der Romantik[906] das Bild von Kind und Kindheit stark

---

1889, S. 31. Ähnlich gestaltet sich auch die unter Gustav Karpeles publizierte »Muster-Bibliothek«: o. A.: Eine jüdische Vereins-Bibliothek, in: *Allgemeine Zeitung des Judenthums* 59, 22. 2. 1895, S. 88–89. Dazu: Horch [Anm. 892], S. 92. Dies bestätigt den Befund Gabriele von Glasenapps, dass bis zu Beginn des 20. Jahrhunderts die Zahl der intendierten jüdischen Kinder- und Jugendschriften, also jenen, die aus dem literarischen Gesamtangebot als potentielle Lektüre für Kinder oder Jugendliche in Frage kamen, die Zahl der originär für Kinder und Jugendlichen geschriebenen übertraf: Glasenapp, Gabriele von: Traditionsbewahrung oder Neubeginn? Aspekte jüdischer Jugendliteratur in Deutschland in den Jahren zwischen 1933 und 1942, in: Zwischen Rassenhass und Identitätssuche. Deutsch-jüdische literarische Kultur im nationalsozialistischen Deutschland, hg. v. Kerstin Schoor, Göttingen 2010, S. 171–194, hier: S. 173.

903 Vgl. o. A.: Nachschrift der Redaction, in: Allgemeine Zeitung des Judenthums 53, 4. 4. 1889, S. 210–211.

904 Von einer »Emanzipation« des Kindes zu sprechen, erscheint mit Blick auf die Reformpädagogik aus heutiger Zeit vielleicht verfrüht, aus der Zeit um 1900 betrachtet jedoch m. E., als weit gefasster Begriff (s. u.), durchaus angemessen.

905 Ewers, Hans-Heino: Themen-, Formen- und Funktionswandel der westdeutschen Kinderliteratur seit Ende der 60er, Anfang der 70er Jahre, in: Zeitschrift für Germanistik Neue Folge 5, 1995, 2, S. 257–278.

906 Bedeutsam wurde in der Romantik nun in Abgrenzung und Ergänzung zu Herder und Rousseau eine »neuplatonisch-mystische« Kindheitsauffassung wie sie u. a. Johann Georg Hamann bereits einige Jahre vorher verfasst hatte. Ludwig Tieck, Novalis oder Jean Paul

verändert und – wenn auch auf jüdischer Seite nur begrenzt – eine erste Blüte der kinder- bzw. kindheitsliterarischen Produktion hervorgerufen, so war es nun gegen Ende des 19. Jahrhunderts die internationale Bewegung der Reformpädagogik, welche die Emanzipation des Kindes und damit einhergehend eine Veränderung der Kinder- und Jugendliteratur veranlasste. Für Pädagogen wie Maria Montessori, Berthold Otto oder Ellen Key sollte Erziehung nicht mehr von außen, gleichsam auf das Kind oktroyiert werden, sondern vom Kind selbst aus stattfinden.[907] Das Kind sollte als autonom wahrgenommen und seiner Kindheit gemäß behandelt werden. Für Gisela Wilkending war der Grundsatz der frühen Reformpädagogik um Berthold Otto »der Respekt vor der ›geistigen Welt‹ des Kindes«,[908] also eine Erziehung, die weniger beugen und lenken, vielmehr das Kind in seinen Anlagen unterstützen und wachsen lassen mochte. Ganz in diesem Sinne veröffentlichte Ellen Key 1899 (1902 in deutscher Übersetzung) ihr Werk *Das Jahrhundert des Kindes*, in dem sie dem Titel gemäß voraussagt:

> Dadurch, dass die Menschen all dieses in ganz neuer Weise fühlen werden, da sie es alles im Lichte der Religion der Entwickelung sehen, wird das zwanzigste Jahrhundert das Jahrhundert des Kindes werden. Es wird es in zweifacher Bedeutung: in der, dass die Erwachsenen endlich den Kindersinn verstehen werden, und in der anderen, dass die Einfalt des Kindersinns auch den Erwachsenen bewahrt werden wird. Dann erst kann die alte Gesellschaft sich erneuen.[909]

Für Ellen Key bedeutete erziehen, vor allem nicht-erziehen,[910] der Natur ihren Lauf zu lassen und das Kind als Mensch und Individuum wahrzunehmen und wertzuschätzen:

---

griffen diese auf und deklarierten das Kind zum Wohnort des »göttlichen Kerns«, der puren und reinen Fantasie und Ursprünglichkeit. Das Kind wurde so in diesem ganz und gar nicht pädagogischen, sondern vielmehr metaphysischen Sinne aufgewertet, zu einem für die Erwachsenen unerreichbaren, da verlorenen Ideal erklärt. Diese Sicht auf das Kindliche hatte somit auch keine Kinderliteratur, sondern eine Kind*heits*literatur zur Folge. Siehe dazu: Ewers, Hans-Heino: Romantik, in: Geschichte der deutschen Kinder- und Jugendliteratur, hg. v. Otto Brunken, Reiner Wild, 3., vollständig überarb. und erw. Aufl., Stuttgart 2008, S. 96–130, hier: S. 99.

907 Vgl. Seel, Norbert M., Hanke, Ulrike: Erziehungswissenschaft. Lehrbuch für Bachelor-, Master- und Lehramtsstudierende, Berlin [u.a.] 2015, S. 271.

908 Wilkending, Gisela: Reformpädagogik, ›Altersmundart‹ und Dichtung ›vom Kinde aus‹, in: Theorien der Jugendlektüre. Beiträge zur Kinder- und Jugendliteraturkritik seit Heinrich Wolgast, hg. v. Bernd Dolle-Weinkauff, Weinheim, München 1996, S. 27–49, hier: S. 30.

909 Key, Ellen: Das Jahrhundert des Kindes. Studien von Ellen Key. Autorisierte Übertragung von Francis Maro, 8. Aufl., Berlin 1905, S. 184.

910 Vgl. ebd., S. 112–113. In diesem Zusammenhang sollte jedoch darauf hingewiesen werden, dass in der aktuellen erziehungswissenschaftlichen Forschung die Reformpädagogik und Ellen Key durchaus sehr kritisch gesehen werden und eine damit einhergehende »Emanzipation des Kindes« natürlich nur als ein sehr weit gefasster Begriff angewendet werden kann. Im Zitat klingt bereits eine Seite der Reformpädagogik an, die heutzutage an dem Bild des Kindheitsidylls der Jahrhundertwende rüttelt. Sowohl Ellen Keys als auch Berthold

Aber der einzige richtige Ausgangspunkt bei der Erziehung eines Kindes zu einem sozialen Menschen ist, es als einen solchen zu behandeln, während man gleichzeitig den Mut des Kindes stärkt, ein individueller Mensch zu werden.[911]

Auf jüdischer Seite wurden diese reformpädagogischen Maximen am bekanntesten von Siegfried Bernfeld aufgegriffen und speziell für jüdische Belange modifiziert. In seinem Bericht über das von ihm zwischen 1919 und 1920 geleitete jüdische Kinderheim Baumgarten bekennt sich Bernfeld ganz eindeutig zu den neuen »Erziehungsideen und Unterrichtsgrundsätze[n] Maria Montessoris, Berthold Ottos und Gustav Wynekens«.[912] Er wollte den Kindern, die für ihn nicht kleine Erwachsene, sondern regelrechte »Gegenmenschen« darstellten,[913] ein gänzlich neues Konzept von Schule und Erziehung und damit eine Reintegration in ihre jüdische Identität und deutsche Umwelt bieten. Als Grundsatz der Schule nennt er sowohl eine »unbedingte Liebe und Achtung gegenüber den Kindern« als auch die »rücksichtslose Hemmung aller Macht-, Eitelkeits-, Herrscher-, Erziehergelüste in sich selber«.[914]

Aufschlussreich an Bernfelds Bericht aus dem Jahr 1921 ist die Beschreibung der Kinder – es handelte sich bei Bernfelds Schülern vor allem um dem akkulturierten Judentum des östlichen Raums entstammende jüdische Kinder –, deren Haltung zum Judentum überaus ambivalent war:

> Sie wußten, daß sie Juden sind, und die meisten hatten keine Theorie der Assimilation – aber es war ihnen sehr unangenehm, daß sie Juden sind, daß man sie als solche erkennt. Sie litten darunter, ja es gab welche, die diese Tatsache haßten. Sie fühlten sich wegen ihres Judentums minderwertig gegenüber den anderen; bei manchen war dies fast krankhaft. Nichts war ihnen gefühlsmäßig so problematisch wie dies. Keine Spur von selbstsicherer Verwurzeltheit; sie wollten zwar nicht bewußt und theoretisch Deutsche werden, aber sie zeigten alle Symptome des Ihr-Judentum-Versteckens, alle Symptome des sich Bemühens, zu werden und zu sein wie die anderen [...] Dazu kam noch: sie hatten im Durchschnitt keinerlei jüdische Kenntnisse.[915]

Ottos Erziehungskonzeption waren von sozialdarwinistisch oder gar totalitären Auffassungen geprägt, siehe: ebd., S. 46. oder auch Berthold Otto *Volksorganisches Denken* von 1925.

911 Ebd., S. 121.
912 Bernfeld, Siegfried: Kinderheim Baumgarten. Bericht über einen ernsthaften Versuch mit neuer Erziehung, Berlin 1921, S. 7.
913 Bernfeld, Siegfried: Das jüdische Volk und seine Jugend, Berlin 1919, S. 32. Interessanterweise fällt hier die Analogie zum Märchen als literarische »Gegengattung«, als »durchausentgegengesetzte Welt der Welt« auf. Wie das Märchen, so bildet nach Bernfeld also auch das Kind ein phantastisch-wunderbares Gegenbild zum Erwachsenen und dessen Weltsicht. Vgl. dazu: Bannasch [Anm. 36], S. 63.
914 Bernfeld [Anm. 912], S. 40.
915 Ebd., S. 104.

Auf der einen Seite stellt Bernfeld demnach eine große Ablehnung der eigenen jüdischen Identität unter seinen Schülern fest, auf der anderen Seite jedoch:

> Ich scheine in einem schweren Widerspruch verfangen: und doch so war es. Beides lebte in den Kindern. Jedes in einer anderen Seelenschicht. Tief zu unterst [...] die mit ›früher‹, ›zu Hause‹ [...] zusammenhing: das Jüdische, als das selbstverständlich Bejahte der Zeit, wo noch liebende und geliebte Personen sie umgaben; darüber, [...] das Assimilatorische – um es mit diesem mißdeuteten Wort zu nennen.[916]

Die jüdische Kindheit im deutschen Kaiserreich und der Habsburgermonarchie im frühen 20. Jahrhundert war demnach geprägt von verschiedenen pädagogischen, politischen und religiösen Entwürfen und war ebenso wie ein Großteil des Judentums hin- und hergerissen zwischen Traditionsbewahrung und Eingliederung, zwischen Akkulturation und Emanzipation, zwischen einer jüdischen und einer deutschen oder österreichischen Identität.[917]

Bernfeld erwähnt in seinem aufschlussreichen Bericht einen letzten hier relevanten Umbruch im Feld von Kindheit und Erziehung, wenn er schreibt:

> Wir haben oft, vor allem mit Älteren, über all das gesprochen, was in Geist und Seele des Menschen vorgeht, wenn er denkt, fühlt, will, handelt, träumt. Und dies ist der richtige Weg, um das Verständnis für tausend Dinge und Beziehungen des sozialen, kulturellen, politischen und nationalen Geschehens freizumachen.[918]

Wie dieses Zitat zeigt, orientierte sich Siegfried Bernfeld in seiner Pädagogik an psychoanalytischen Erkenntnissen.[919] Bis heute gilt er als einer der führenden

---

916 Ebd., S. 105.
917 Ähnlich analysiert Bettina Bannasch die *Memoiren einer Großmutter* von Pauline Wengeroff aus den Jahren 1908 bzw. 1910. Deren Enkel forderten, nachdem ihre Elterngeneration sich vom Judentum und der jüdischen Gemeinschaft entfernt hätten, wieder einen Zugang zu eben dieser Gemeinschaft und Pauline Wengeroff schuf diesen durch die narrative Weitergabe der »»alten großen jüdischen Melodie««. Bannasch [Anm. 36], S. 55. Auch die noch zu Zeiten des 2. Weltkriegs entstandenen Zeitzeugenberichte jüdischer Emigranten über ihre Kindheit in Deutschland, die von Ursula Blömer und Detlef Garz ausgewertet wurden, zeigen ein durch und durch heterogenes Bild jüdischer Kindheit in Deutschland vor 1933. Während einige bereits früh den Antisemitismus in Schule und sozialem Verkehr zu spüren bekamen, lebten andere eine gänzlich unbeschwerte Kindheit, in denen ihr Judesein oder die religiöse Ausrichtung kaum Erwähnung findet. In allen Berichten stellt jedoch der 1. Weltkrieg einen Wendepunkt dar, ab dem endgültig eine Trennung zwischen jüdischen und nichtjüdischen Deutschen verlaufen sei: Blömer, Ursula/ Garz, Detlef: Jüdische Kindheit in Deutschland am Ende des 19. und Anfang des 20. Jahrhunderts, in: Jüdisches Kinderleben im Spiegel jüdischer Kinderbücher. Eine Ausstellung der Universitätsbibliothek Oldenburg mit dem Kindheitsmuseum Marburg; Katalog zur 17. Ausstellung der Universitätsbibliothek im Rahmen der Oldenburger Kinder- und Jugendbuchmesse 1998, hg. v. Helge-Ulrike Hyams, Oldenburg 1998, S. 67–80.
918 Bernfeld [Anm. 912], S. 109.
919 Vgl. Steinlein, Rüdiger: Psychoanalytische Ansätze der Jugendliteraturkritik im frühen 20. Jahrhundert, in: Theorien der Jugendlektüre. Beiträge zur Kinder- und Jugendliteraturkritik seit Heinrich Wolgast, hg. v. Bernd Dolle-Weinkauff, Weinheim, München 1996,

Vertreter der in den 1920er und 30er Jahren vollends etablierten Kinder- und Entwicklungspsychologie,[920] die, so die These, ein weiteres Movens für die Emanzipation der Kindheit um 1900 war. Auf Grundlage der von Charles Darwin, G. Stanley Hall und Ernst Haeckel erforschten Evolutionstheorie in der Anthropo- und Ontogenese etablierten unter anderen William Thierry Preyer, William und Clara Stern, Sigmund Freud und Charlotte Bühler die Erforschung der kindlichen Psyche, Sexualität, Intelligenz und Individualität.[921] Kinder sollten in ihrer individuellen Ganzheit wahrgenommen werden: die Kindheit galt nicht mehr länger als statisches Stadium, sondern als kontinuierlicher Reifungs- und Lernprozess mit unterschiedlichen Stufen und Phasen. Die Übertragung dieser Erkenntnisse in pädagogische Prinzipien führte in den 1920er Jahren zu neuen Schul- und Unterrichtsformen, wie am Beispiel Siegfried Bernfelds ersichtlich wurde.

Natürlich ließ ein derartiger soziohistorischer Wandel und Paradigmenwechsel im Diskurs über Kindheit und die Situation des Kindes die Gattungen, Topoi und Darstellungsweisen der nichtjüdischen wie auch der jüdischen Kinder- und Jugendliteratur nicht unberührt.[922] Wenn die Erziehung »vom Kinde aus« stattfinden sollte, so verlangte dies nach einem Wandel der traditionellen Gestaltung kinderliterarischer Werke,[923] die - so der bekannteste Jugendliteraturkritiker der Zeit Heinrich Wolgast in einem Aufsatz von 1901 - bisher viel zu sehr »lediglich auf das roheste Lesebedürfnis der Kinder spekulierend, alle feineren Ansprüche sowohl an den Text wie an die Ausstattung in dem heranwachsenden Geschlecht [ge]tötet« habe.[924] Wolgast, der heute vor allem für seine Jugendliteraturkritik in der von ihm lange Zeit geleiteten *Jugendschriften-Warte* bekannt ist, verlangt in seinem bekanntesten Werk *Das Elend unserer Jugendliteratur* aus dem Jahr 1896, dass die »Dichtkunst [...] nicht das Beförderungsmittel für Wissen und Moral sein« solle, »sie wird erniedrigt, wenn sie in den Dienst fremder Mächte gestellt wird«.[925]

Diese zugespitzt in der Kritik Heinrich Wolgasts herauskristallisierte deutsche Jugendschriftenbewegung war in der Forderung, dass »*Die Jugendschrift in*

S. 127–149, hier: S. 127. Steinlein weist auch Bernfelds Werk *Zur Psychologie der Lektüre* von 1925 als Beispiel einer psychoanalytischen und jugendliterarischen Lektürestudie aus, ebd., S. 131.
920 Vgl. ebd., S. 127.
921 Vgl. Eckardt, Georg: Entwicklungs- und Pädagogische Psychologie. Zentrale Schriften und Persönlichkeiten, Wiesbaden 2013, S. 33–37.
922 Vgl. Ewers [Anm. 905], S. 258.
923 Eine »Literatur der Kindheitsautonomie« entstand aber erst in den Werken Astrid Lindgrens und in Deutschland in den literarischen Umbrüchen der 1970er Jahre mit Michael Endes oder Otfried Preußlers Büchern.
924 Wolgast [Anm. 448], S. 60.
925 Wolgast [Anm. 449], S. 22.

dichterischer Form [...] ein Kunstwerk sein« müsse,[926] Teil der Kunsterziehungsbewegung, wie sie in den 1880er Jahren unter anderen von Julius Langbehn und Alfred Lichtwark formuliert wurde. Diese wiederum berief sich in ihrem »Ideal einer allein durch die Kunst bestimmten Erziehung« und in ihrer »Hinwendung zum Schöpferischen«[927] auf eine gezielt deutsche Tradition aus Sturm und Drang und Romantik und reihte sich so ein in die zeitgenössische deutschnationale Ideologie der Kaiserzeit.[928] Zwar wurde diese dezidiert nationale Auslegung von Kunst und Erziehung in Heinrich Wolgasts Forderung nach einer von jeglicher religiösen oder nationalen Tendenz freien Jugendliteratur zurückgenommen, doch auch seine Verdienste im Bereich der Kinder- und Jugendliteratur sind umstritten. Wenn Wolgast nämlich die Abschaffung der spezifischen Kinder- und Jugendliteratur, also einer Literatur, die mit Blick auf ihre LeserInnen und AdressatInnen geschrieben worden sei, und eine Kinderlektüre überhaupt erst ab einem Alter, in dem wahre Kunst genossen werden könne, fordert, geht er über die Ziele der Kindheitsemanzipation hinaus und verkehrt sie in ihr Gegenteil. Zurecht ist Wolgast deshalb in der heutigen Forschung einiger Kritik ausgesetzt. Hans-Heino Ewers konstatiert sogar, dass – trotz der jugendliteraturgeschichtlichen Bedeutung – »von der Jugendschriftenbewegung nur wenige Impulse auf die Kinderliteraturentwicklung der Zeit aus[gegangen]« seien.[929] Dies verwundert kaum, schwebte Wolgast doch eine Kinder- und Jugendliteratur vor, die weder kinder- oder jugendgemäß noch unterhaltsam, jedoch unbedingt eine »von unsern Dichtern geschaffene Kunst«[930] sein sollte und damit rein nach ästhetischen Werten zu beurteilen sei. Nicht verwunderlich ist so, dass er und andere Pädagogen, die in dem zentralen Organ der Jugendschriftenbewegung, der *Jugendschriften-Warte*, veröffentlichten, selbst Schwierigkeiten hatten, Lektüreempfehlungen auszusprechen, die diese Kriterien erfüllten und dennoch als Kinder- oder Jugendlektüre geeignet waren.[931] Von entscheidender Bedeutung ist daher, dass Wolgast in *Das Elend unserer Jugendliteratur* die Lektüre von »Erzählungen, Märchen, Sagen, Gedichte, kurz Bücher in dichterischer Form«[932] empfahl und damit die Blüte dieser Gattung in den kommenden Jahrzehnten unterstützte.

Noch vor Beginn des 20. Jahrhunderts wurden so die zentralen Aspekte der deutschsprachigen Kinder- und Jugendliteratur neu verhandelt. Das Verständnis von Kindern und Kindheit war nun von größerer Wertschätzung geprägt und

---

926 Ebd., S. 24.
927 Glasenapp [Anm. 74], S. 94.
928 Vgl. ebd., S. 95.
929 Ewers [Anm. 435], S. 172.
930 Wolgast [Anm. 449], S. 224.
931 Vgl. Ewers [Anm. 435], S. 172.
932 Wolgast [Anm. 449], S. 23.

die Kinder- und Jugendliteratur sollte einerseits »vom Kinde aus« dessen Entwicklung widerspiegeln und unterstützen, andererseits im Sinne der Jugendschriftenbewegung höheren ästhetischen Maßstäben genügen. Die Auswertung mehrerer jüdischer Periodika aus dem frühen 20. Jahrhundert wird im Anschluss zeigen, dass diese Parameter auch von Juden in Deutschland diskutiert wurden und sich im Zusammenspiel dieser beiden Emanzipationsbewegungen – der des Kindes und der der »Jüdischen Renaissance« – in der jüdischen Jugendschriftenbewegung sogar die erste Jugendliteraturtheorie der deutschsprachigen Judenheit sowie auch die eines jüdischen Märchens ausgebildet hat. Der gegen Ende des 19. Jahrhunderts geführte allgemeine Diskurs über das, was Kinder- und Jugendliteratur ausmache, trug so mit dazu bei, dass sich erstens ein auf breiter Basis geführter Dialog über eine spezifisch jüdische Kinder- und Jugendliteratur initiierte, zweitens eine neue kinderliterarische Produktionsphase aufseiten der Juden in Deutschland und Österreich anbahnte und sich drittens das im Zuge der jüdischen Jugendschriftenbewegung neu verhandelte jüdische Märchen etablierte.

4.2. *Wegweiser* für das jüdische Märchen – Die jüdische Jugendschriftenbewegung und ihr Publikationsorgan als Grundsteinlegung für eine jüdische Kindermärchentradition

Die nach der Jahrhundertwende kulminierenden, vorher nur einzeln aufgetretenen Diskussionen über die Literaturauswahl und -empfehlung für jüdische Kinder und Jugendliche stellen in der kinderliterarischen Geschichte der deutschsprachigen Judenheit für Annegret Völpel einen »Scheitelpunkt jüdischer Jugendliteraturtheorie« dar.[933] In dem in Auseinandersetzung mit der allgemein deutschen Jugendschriftenbewegung entstandenen Diskurs über jüdische Jugendschriften sollte eine Theorie und ein neues Verständnis davon, was jüdische Kinder- und Jugendliteratur zu sein und zu leisten habe, geschaffen und darüber hinaus auch die Parameter für das jüdische Märchen für Kinder abgesteckt werden.[934]

Der Versuch, die zentralen Stellungnahmen der Hamburger Jugendschriftenbewegung und damit das »Konzept einer literatur-ästhetischen Erziehung«[935] auf die jüdische Literaturauswahl und -produktion zu übertragen, wurde erstmals in der pädagogischen Beilage des *Israelitischen Familienblattes*, den

---

933 Völpel [Anm. 15], S. 203. Siehe zum Thema der jüdischen Jugendschriftenbewegung auch: Glasenapp [Anm. 74]; Glasenapp, Völpel [Anm. 879]; Völpel [Anm. 15].
934 Vgl. Völpel [Anm. 15], S. 203.
935 Glasenapp [Anm. 74], S. 96.

Blättern für Erziehung und Unterricht, von Louis Meyer unternommen. Meyer war der Vorsitzender des Lehrerverbandes Rheinland und Mitglied im Allgemeinen deutschen Lehrerverband.[936] Seine Äußerungen sind Zeugnis darüber, dass die Kontroverse um gute und schlechte Kinder- und Jugendliteratur bereits seit frühen Jahren auch von jüdischer Seite wahrgenommen, rezipiert und fortgeführt wurde. Meyer adaptierte ganz eindeutig die Maximen des Wolgastschen Jugendschriftenentwurfs, »Ich frage zunächst: Sollen wir die Forderung ›Die Jugendschrift in dichterischer Form soll ein Kunstwerk sein‹ zu der unserigen machen? und antworte auf die Frage mit ja«,[937] und erteilte damit – wie auch Wolgast – einer genuin an Kinder und Jugendliche gerichteten Literatur, also der per definitionem »spezifischen« oder originären Kinder- und Jugendliteratur eine Absage: »Wem der Sinn für das Schöne gebildet werden soll, dem muß es dargeboten werden, und er muß es würdigen lernen. Die spezifische Jugendliteratur kann für diesen Zweck aber nicht in Betracht kommen.«[938]

Allerdings machte sich Meyer dieses »Paradoxon«[939], die Krux der Eignung ohne Adressatenorientierung, bewusst und folgerte, dass die nicht spezifische Jugendliteratur in dichterischer Form als Kunstwerk eher ein Ideal als häufig vorkommende Realität auf dem Markt der jüdischen Kinder- und Jugendschriften sei. Wichtig war ihm vor allen Dingen der ästhetische Wert der Jugendschriften: »Wenn Du für die Jugend schreiben willst und bist kein Dichter – so möchte ich das Stormsche Wort abändern – so darfst du nicht für die Jugend schreiben«.[940] Die Ästhetik war für ihn Voraussetzung und Grundlage des großen Potentials der Kinder- und Jugendliteratur für die Erziehung und Bildung, »denn gute, für die Kinder geeignete Bücher, in der richtigen Weise gelesen, bilden den mündlichen und schriftlichen Gedankenausdruck der Kinder,

---

936 Walk, Joseph: Kurzbiographien zur Geschichte der Juden, hg. v. Leo Baeck Institute, Jerusalem, München, London, New York, Paris 1988, S. 265. Gabriele von Glasenapp und Annegret Völpel unterstrichen als erste die Vorreiter-Stellung von Meyers Aufsatz im jüdischen Diskurs. Siehe: Glasenapp, Völpel [Anm. 879], S. 60. Allerdings sehen Glasenapp und Völpel Meyer und auch die Stellungnahmen im *Wegweiser* in Tradition der bereits vor 1890 in der AZJ stattgefundenen Jugendliteraturkritik.
937 Meyer, Louis: Die Jugendschriften-Frage. Fortsetzung [1], in: Blätter für Erziehung und Unterricht. Beilage zum Israelitischen Familienblatt 5, 1902, 20, S. 10.
938 Ebd. Louis Meyer lehnt außerdem, wie auch Wolgast, eine unterhaltende Lektüre bis zum 11. Lebensjahr ab, zu groß sei die Gefahr einer unreflektierten, suchtartigen Lektüre: »Aber m. H., lassen Sie uns an unserem Theile dazu beitragen, daß die Kinder nicht früh mit der Privatlektüre beginnen! [...] Das lesewüthige Kind wird zum Stubenhocker, wird träumerisch und sein Lesen bringt ihm wenig Gewinn.« Meyer, Louis: Die Jugendschriften-Frage, in: Blätter für Erziehung und Unterricht. Beilage zum Israelitischen Familienblatt 5, 1902, 19, S. 10–11, hier: S. 11.
939 Ebd.
940 Meyer, Louis: Die Jugendschriften-Frage. Schluß, in: Blätter für Erziehung und Unterricht. Beilage zum Israelitischen Familienblatt 5, 1902, 23, S. 10.

mehren ihre Kenntnisse und wirken mit an dem erhabenen Werke der Erziehung zum Edlen, Schönen und Wahren.«[941]

Über dieses Plädoyer für die Hamburger Jugendschriftenbewegung hinaus übertrug Louis Meyer diese auf die Belange der spezifisch jüdischen Kinder- und Jugendliteratur. Zunächst sollte dabei die Lektüre jüdischer Kinder und Jugendlicher »nichts enthalten, was dem Werke der Erziehung zu Tugend und Religiosität entgegenarbeitet. [...] Bücher mit aufdringlicher moralischer, religiöser und patriotischer Tendenz«[942] dagegen sollten auch nicht in Empfehlungslisten aufgenommen werden. Zur näheren Erläuterung der jüdischen Auslegung der Jugendschriftenfrage müsste, so Meyer, auch geklärt werden, ob erstens die jüdischen Kinder- und Jugendschriften »Christliches enthalten« dürften und ob zweitens jene Literatur in Frage käme, »in welchen Stellen vorkommen, die das jüdische Gefühl verletzen«, also Bücher mit antisemitischem Gedankengut.[943]

Interessanterweise bejahte Meyer – zumindest für die Zeit, in der es jüdische Jugendschriften noch nicht in ausreichender Zahl gäbe – beides, wobei Letzteres unter stärkeren Einschränkungen.[944] Christliche Bräuche, Feiertage und Symbole begegneten jüdischen Kindern in einem größtenteils christlichen Umfeld in Deutschland sowieso tagtäglich, die Literatur müsste somit nicht das aussparen, was Kindern bereits geläufig wäre. Die Lektüre künstlerisch wertvoller, aber in Teilen antijüdischer Werke, wie beispielsweise Goethes *Faust*, Schillers *die Verschwörung des Fiesco zu Genua* oder der grimmschen Märchen, begründete Meyer mit dem daraus erfolgenden Lehrgehalt für jüdische Kinder und Jugendliche: »Ich halte es für eine unabweisbare Pflicht der jüdischen Schule, mit den Kindern solche Dichterschöpfungen eingehend zu behandeln [...] in Hebbels Erzählungen und Grimms Märchen liegt eine ganze Fülle kulturgeschichtlichen Materials«.[945] Er plädiert dafür, solche Werke in ihrer Vielgestaltigkeit und historischen Verwurzelung, in ihrer Ganzheit, zu betrachten. Zusammengenommen ging es Louis Meyer in seiner Adaption der neuen kinder- und jugendliterarischen Bewegung also vornehmlich darum, künstlerisch wertvolle Bücher zu empfehlen. Die jüdische Kinder- und Jugendliteratur müsse nicht unbedingt dezidiert »jüdisch« sein, womit er ganz eindeutig – im Gegensatz zur bisherigen Debatte über jüdische Kinder- und Jugendliteratur – literarästhetische Belange der religionspädagogischen Intention überordnete.

---

941 Meyer [Anm. 938], S. 10.
942 Meyer [Anm. 940], S. 10.
943 Meyer [Anm. 938], S. 11.
944 Wie Hans Otto Horch und Gabriele von Glasenapp herausarbeiteten, war Meyer in diesem Punkt keine Ausnahme, auch Gustav Karpeles in der AZJ und Hugo Jacobsohn empfahlen ausdrücklich nicht-jüdische Werke. Glasenapp [Anm. 74], S. 97. Horch [Anm. 892], S. 93.
945 Meyer [Anm. 940], S. 10.

Für ihn und die Jugendschriftenbewegung sollte erstmals nicht mehr die *admonitio* und *consolatio judaica* im Mittelpunkt der kinderliterarischen Werke stehen, sondern deren Art der Literarisierung – ihr poetischer Mehrwert.[946]

Dieser Artikel Louis Meyers war der Startschuss einer wenn auch nicht immer streng Wolgastschen,[947] so doch die bisherige jüdische Jugendliteratur erneuernden Strömung. Dabei blieb das Engagement nicht nur auf publizistische Tätigkeiten, wie Empfehlungslisten und einschlägige Essays, begrenzt. Zur praktischen Umsetzung und Erreichung des gesetzten Zieles, künstlerisch wertvolle jüdische Kinder- und Jugendliteratur zu fördern, setzte der Verband jüdischer Lehrer im Jahr 1902 und auch der bereits genannte Orden Bnai Brith im Jahr 1904 in Hannover eine eigens dafür gegründete Jugendschriftenkommissionen unter der Leitung Ismar Elbogens ein.[948] Nach Gustav Karpeles, der Mitglied in Letzterer war, sollte diese den in Folge der Jugendschriftenbewegung festgestellten Mangel der jüdischen Kinder- und Jugendliteratur beheben:

> Vorausgeschickt muß werden, daß eine Jugendliteratur, wie wir sie wünschen und brauchen, bisher fast noch garnicht existiert. Die meisten vorhandenen Bücher lassen an Inhalt oder Form, an Darstellung oder Ausstattung, oft sogar an allem viel zu wünschen übrig. Diesem Uebel soll nun abgeholfen werden. Es kann natürlich keine Literatur geschaffen oder durch Preisausschreiben ins Dasein gerufen werden, wohl aber kann eine Kommission den Weg anzeigen, auf dem eine brauchbare jüdische

---

946 Vgl. zur Umsetzung dessen Kap. 5.2. Die Begriffe der *admonitio* und *consolatio judaica* benutzte Hans Otto Horch für die Beschreibung der Jugendliteraturkritik in der Allgemeinen Zeitung, sie können aber m. E. auch auf die gesamte jüdische Kinder- und Jugendliteraturpraxis, egal ob neo-orthodox oder reformorientiert, vor der Jahrhundertwende angewendet werden.

947 Gabriele von Glasenapp und Annegret Völpel kritisieren zu Recht eine in der Jugendschriftenforschung bisher stattgefundene »Personifizierungstendenz auf Wolgast«. Die Beschäftigung und detaillierte Herausarbeitung einer jüdischen Jugendschriftenbewegung soll dazu dienen, der Konzentration auf Wolgast und den christlichen Kulturkreis entgegenzuwirken. Denn insgesamt gilt – leider – immer noch (rund 20 Jahre nach Erscheinen dieses Artikels): »Die Verdrängung der jüdischen Komponente ist bis heute ein allgemeines Manko der deutschen Literaturgeschichtsschreibung geblieben und bedarf der Korrektur.« Glasenapp, Völpel [Anm. 879], S. 51.

948 Vgl. Goldschmidt [Anm. 125], S. 91. Die führenden Mitglieder der Jugendschriftenkommission der Grossloge für Deutschland VIII des Ordens Bnai Brith waren Elbogen, Adler, Eschelbacher, Fleischhacker, Karpeles, Kaufmann, Lichtenstein, Spanier (Herausgeber des *Wegweisers für die Jugendliteratur*), Wolff und Heinemann. Über die Jugendschriftenkommission des Lehrer-Verbandes berichten die *Blätter für Erziehung und Unterricht*: o. A.: Bericht über die Thätigkeit des Verbandes der jüdischen Lehrervereine im Deutschen Reiche im Jahre 1902, in: Blätter für Erziehung und Unterricht. Beilage zum Israelitischen Familienblatt 6, 1903, 3, S. 11. Die Jugendschriftenkommission des Ordens Bnai Brith rief »nach dem Muster der ›Jugendwarte‹ ein eigenes Organ ›Wegweiser für die Jugendliteratur‹ ins Leben«. Angenommen wird hierbei, dass mit »Jugendwarte«, die Zeitschrift »Jugendschriftenwarte«, dem Publikationsorgan der allgemein deutschen Jugendschriftenbewegung, deren Redakteur lange Zeit Heinrich Wolgast war, gemeint ist.

Jugendliteratur sich zu bewegen hätte; und ebenso kann sie die Mittel angeben, die zur Verbesserung der Jugendliteratur führen können. Zu diesem Zweck soll die alte vorhandene Literatur geprüft, es sollen ihre Vorzüge und ihre Mängel hervorgehoben werden, so daß diese Prüfung die wünschenswerte Methode einer guten Jugendliteratur angeben kann.[949]

Noch vor Ausbruch des ersten Weltkrieges entstand in Auseinandersetzung mit der allgemeinen Jugendschriftenbewegung so eine größere Aufmerksamkeit der jüdischen Öffentlichkeit für Fragen der Jugendlektüre. Zu sehen ist dies neben der Entstehung von Jugendschriftenkommissionen an neuen sich vornehmlich der Jugendschriftenfrage widmenden Publikationsorganen wie dem *Wegweiser für die Jugendliteratur,* den *Blättern für Erziehung und Unterricht* oder der *Jüdischen Schulzeitung* sowie auch an mehreren Preisausschreiben, an Empfehlungslisten in verbreiteten Zeitungen wie der AZJ und einer für das Jahr 1911 geplanten Ausstellung in Frankfurt zu jüdischen Jugendschriften.[950]

Mit dem *Wegweiser für die Jugendliteratur* wurde zudem von der Jugendschriftenkommission der Großloge des Ordens Bnai Brith nach dem Vorbild der *Jugendschriften-Warte* ein sich exklusiv der Jugendschriftenfrage widmendes Publikationsmedium geschaffen, das Zeit seines Erscheinens immer mehr zu *dem* Organ der jüdischen Jugendschriftenbewegung werden und maßgeblich die Entstehung der hier fokussierten Märchen beeinflussen sollte. Der Magdeburger Pädagoge Moritz Spanier, der Herausgeber des *Wegweisers* und Verfasser des einführenden Programms, hatte sich bereits zuvor in den bereits öfter genannten *Blättern für Erziehung und Unterricht* programmatisch zur Jugendschriftenbewegung geäußert.[951] Seine Auffassung einer

---

949 Karpeles, Gustav: Literarische Jahresrevue, in: Jahrbuch für jüdische Geschichte und Literatur 9, 1906, 1, S. 22–58, hier: S. 52. Auch Karpeles beruft sich dabei auf das literaturkritische Vorgehen der Allgemeinen Deutschen Lehrer-Vereinigung und deren Publikationsorgan der *Jugendschriften-Warte* und sieht so die neue deutsch-jüdische Literaturpädagogik als Teil einer größeren allgemein-deutschen Jugendliteraturdiskussion.

950 Vgl. Gut [Anm. 542], S. 10. Leider sind sichere Aussagen über diese Ausstellung aufgrund des nur lückenhaften Erhalts der Zeitschrift *Israelitisches Familienblatt* nicht zu finden, jedoch liefert der *Wegweiser für die Jugendliteratur,* Nr. 2 (1911) einen Hinweis: Dort hält die Redaktion fest, dass in der Zeit vom 26.–29. Dezember der Lehrerverband in der Frankfurt-Loge eine Ausstellung von empfehlenswerten Jugendschriften veranstaltet habe. Diese sei in Jugendschriften jüdischen und nichtjüdischen Inhalts geteilt gewesen. Unter den empfohlenen jüdischen Werken habe sich auch die *Sammlung preisgekrönter Märchen* befunden. Beide Teile der Ausstellung, die von Referaten zur Jugendschriftenfrage von W. Bachrach und Elias Gut – ein Hinweis darauf, dass es sich um die von Gut erwähnte Ausstellung handelt – eröffnet worden war, seien nach den Richtlinien der Jugendschriftenbewegung ausgewählt worden: Die Redaktion: Die Jugendschriftenfrage auf dem 5. Lehrerverbandstage in Frankfurt a. Main, in: Wegweiser für die Jugendliteratur 7, 1911, 2, S. 13–15.

951 Vgl. Spanier, M.: Die praktischen Ergebnisse der kunstpädagogischen Bewegung, in: Blätter für Erziehung und Unterricht. Beilage zum Israelitischen Familienblatt 6, 1903, 25, S. 11–12. Sowie auch: Spanier, Moritz: Die praktischen Ergebnisse der kunstpädagogischen

den Richtlinien der Jugendschriftenbewegung verpflichteten, allerdings – und darin ist ein Unterschied zu Louis Meyer zu sehen – dezidiert jüdischen Ausformung einer Kinder- und Jugendliteratur bildete die Basis des Programms des *Wegweisers*.

Gleich im ersten Heft des *Wegweisers* bekennt sich Moritz Spanier wie auch Louis Meyer vor ihm zu Wolgasts berühmtem Ausspruch, dass die Jugendschrift in dichterischer Form ein Kunstwerk zu sein habe.[952] Allerdings sieht Spanier die Aufgabe der neu zu schaffenden jüdischen Kinder- und Jugendliteratur auch darin,[953] die »Liebe und Begeisterung für unsere Religion und unsere Geschichte«[954] lebendig zu halten, ohne dabei plakativ religiös auf die Leser einzuwirken. Das »jüdische Leben«, »Sabbathe und Feste, religiöse Gebräuche und Sitten im Gotteshause und in der Familie«[955] sollten Eingang in die Lektüre von Kindern und Jugendlichen finden. Spanier versuchte so stärker als Meyer unter Wahrung der neuen Richtlinie des poetischen Wertes eine Theorie dezidiert jüdischer Kinder- und Jugendliteratur zu schaffen und damit die von Wolgast geforderte Freiheit von religiöser Tendenz umzudeuten. Diese sollte sich in den Werken lediglich »nicht aufdrängen«.[956] Eine jüdische Prägung sollten die Texte allerdings sehr wohl enthalten. Er rechtfertigt diese Bestimmung in einem späteren Beitrag von 1907 damit, dass nicht eine »e n g h e r z i g e] Gesinnung, wenn wir einer spezifisch j ü d i s c h e n Jugendschriftenliteratur das Wort reden« ausschlaggebend sei, sondern die Tatsache, dass diese »ein Akt der Selbsterhaltung und des Selbstbewusstseins« sei.[957] Die Modifizierung der allgemein deutschen Jugendschriftenbewegung sei demnach historisch aus der sozialen und kulturellen Sonderstellung der Juden gewachsen und aus Gründen der zunehmenden Assimilations- und Konversionsbewegung angesichts des Antisemitismus notwendig. Die von der allgemeinen Jugendschriftenbewegung eingeforderten ästhetischen Wertmaßstäbe behielten auch für Spanier und die jü-

---

Bewegung. Schluß, in: Blätter für Erziehung und Unterricht. Beilage zum Israelitischen Familienblatt 6, 1903, 26, S. 11–12.
952 Vgl. Spanier, M.: Zur Einführung, in: Wegweiser für die Jugendliteratur, 1905, 1, S. 1–2, hier: S. 1. Die mehrmals in den angesprochenen jüdischen Periodika anzutreffende wörtliche Übernahme des Wolgastschen Diktums widerspricht der in der Forschung geltenden Meinung, die jüdische Jugendschriftenbewegung habe sich nur oberflächlich mit den Thesen Wolgasts auseinander gesetzt: Glasenapp [Anm. 74], S. 96.
953 Spanier widerspricht Wolgast in der Auffassung, dass Jugendliteratur keine spezifische Adressatenorientierung aufweisen dürfe. Spanier spricht sich ganz klar für eine »Kinderkunst« aus, also eine originäre jüdische Kinder- und Jugendliteratur: »Warum sollten für unsere Jugend nicht ähnliche Werke gezeitigt werden können? Ich wage dies zu behaupten, wenn sich auch Stimmen gegen die spezifische ›Kinderkunst‹ erheben.« Spanier [Anm. 952], S. 1.
954 Ebd.
955 Ebd.
956 Ebd.
957 S[panier, Moritz]: Jüdische Jugendschriften, in: Wegweiser für die Jugendliteratur, 1907, 17, S. 65.

dische Jugendschriftenbewegung ihre Geltung, jedoch zeigte Spanier im Umfeld einer neuen Kinder- und Jugendliteraturkritik auf, inwieweit dem gegenüber die *admonitio judaica* immer noch das wichtigste Kriterium für jüdische Literaturpädagogen zu sein habe.

Ähnlich äußerte sich Isaak Herzberg, der sich in verschiedenen Zeitschriften am Diskurs um jüdische Jugendliteratur beteiligte. In einer Rezension zu Karpeles' Neuübersetzung von Jehuda Ben Halevis »Divan« in den *Blättern für Erziehung und Unterricht* aus dem Jahr 1907 fordert er,

> Insbesondere sollten die Herzen unserer Jugend mehr für unsere jüdischen Dichter erwärmt werden. Unsere Kinder müßten mehr wie bisher angefeuert werden, sich an den Schönheiten jüdischer Dichtungen, an denen es wahrlich nicht mangelt, zu ergötzen. Ihr jüdisches Bewußtsein würde dadurch wesentlich gefördert, ihr Interesse für die eigene Literatur gekräftigt werden.[958]

In diesem Plädoyer wirbt Herzberg nicht nur für die Schaffung neuer Kinder- und Jugendliteratur, sondern auch für die Wiederentdeckung alter jüdischer Dichtkunst. Ähnlich wie Wolgast plädiert er damit für eine Jugendlektüre, die die Klassiker aus Lyrik und Prosa sowie altgediente Volksliteratur mit enthält, wenn er auch die neu zu schaffende spezifische jüdische Kinder- und Jugendliteratur nicht im Blick hat. Der Mangel an und die Notwendigkeit einer dezidiert jüdischen und gleichzeitig künstlerisch wertvollen Kinder- und Jugendliteratur wurden in Auseinandersetzung mit der Jugendschriftenbewegung Wolgastscher Prägung demnach frühzeitig erkannt. Im *Wegweiser* wurden in der Folgezeit neue und alte Werke auf die Erfüllung dieser Richtlinien hin überprüft und der Nutzen neuer Gattungen wie der des jüdischen Märchens, der jüdischen Sage für Kinder und Jugendliche oder der jugendliterarischen Biographie diskutiert. Es ging darum, die Ursachen der nur sehr spärlich verlaufenden Produktion jüdischer Kinder- und Jugendschriften zu eruieren.[959]

Diese im *Wegweiser* formulierten unterschiedlichen Stellungnahmen zur Beschaffenheit der (neuen) jüdischen Kinder- und Jugendliteratur ergeben in summa eine theoretische Fundierung der jüdischen Jugendschriftenbewegung. Auf der einen Seite umfasst diese die Adaption der Wolgastschen Überlegungen, die Ablehnung von Tendenz- und »Schundliteratur« und die Förderung von poetischer, künstlerisch wertvoller Literatur, nicht zuletzt die Wiederbelebung des Märchens. Auf der anderen Seite erweitert und modifiziert die jüdische

---

958 Herzberg, I[saak]: Divan des Jehuda Halevi, in: Blätter für Erziehung und Unterricht. Beilage zum Israelitischen Familienblatt 10, 1907, 45, S. 10.

959 Um die Zahl geeigneter jüdischer Kinder- und Jugendschriften zu erhöhen, veröffentlichte der *Wegweiser* im Laufe seines Erscheinens insgesamt drei Preisausschreiben, die zur Schaffung von jüdischen Märchen, von Biographien jüdischer Persönlichkeiten und von Erzählungen oder Novellen, die jüdisches Leben oder jüdische Gestalten schildern, aufriefen: Vgl. Wegweiser 1905,5, Wegweiser 1908,1, Wegweiser 1910,2.

Jugendschriftenbewegung die Wolgastschen Maximen. In der Forderung, dass eine Literatur für jüdische Kinder und Jugendliche keine antijüdischen oder antisemitischen Behauptungen enthalten und darüber hinaus die Identität als Jude oder Jüdin, die Identifizierung mit der jüdischen Geschichte, Tradition und Religion unterstützen müsse, wurde das Diktum »Die Jugendschrift in dichterischer Form muß ein Kunstwerk sein« religiös-kulturell umgedeutet, wenn nicht sogar umgekehrt. Elias Gut fasste dies alles folgendermaßen zusammen:

> Eine echte Jugendschrift soll das Kind unterhalten und in unaufdringlicher Weise belehren und ethisch bereichern. Sie soll das jüdische Bewußtsein stärken, ohne das Kind in einen Gegesatz [sic!] zu seinem Deutschtum zu bringen. Sie soll das Mitgefühl mit unseren ihrer Religion wegen verfolgten Brüdern wachrufen [...] Wie das soziale Gefühl, so muß die Jugendschrift auch den religiösen Sinn der Jugend, die Ehrfurcht vor der Väter Sitte pflegen [...] Ebensowenig aber darf das Buch zum Religionsbuch sich auswachsen.[960]

Zum ersten Mal in der Geschichte der deutschsprachigen jüdischen Kinder- und Jugendliteratur war damit eine theoretische Fundierung derselben als eine an ästhetischen Werten ausgerichtete, transkulturelle Literatur für jüdische Kinder- und Jugendliche herausgearbeitet worden. Die über den jüdischen Kulturkreis hinausgehende Auseinandersetzung mit der allgemeinen Jugendschriftenbewegung, der deutsch-jüdische transkulturelle Dialog sozusagen, war nicht nur für diese Theorie maßgeblich, sondern bildete nach Gabriele von Glasenapp auch »den Ausgangspunkt eines sich langsam formierenden spezifisch jüdischen Bewußtseins auf kinderliterarischer Ebene.«[961] Ohne die erreichte Emanzipation zu gefährden, sollte die jüdische Kinder- und Jugendliteratur im Angesicht der von außen stattfindenden antisemitisch-»ausgrenzenden Fremdheitskonstruktion«[962] immer mehr zum Medium eines neu gefundenen jüdischen Selbstbewusstseins werden. Ein Ergebnis dieses neuen kinderliterarischen Selbstbewusstseins war das neue jüdische Kindermärchen, wie es ab 1900 verstärkt erschienen ist.

4.3. Antisemitismus und Märchenmode – Die Haltung der jüdischen Literaturpädagogik zum Märchen der Romantik

Die Übernahme lektürepädagogischer Überlegungen in der jüdischen Jugendschriftenbewegung führte neben dieser für die deutschsprachige jüdische Kinder- und Jugendliteratur so wichtigen theoretischen Fundierung zunächst auch

---

960 Gut [Anm. 542], S. 10.
961 Glasenapp [Anm. 74], S. 109.
962 Völpel [Anm. 15], S. 211.

zur Übernahme neuer kinder- und jugendliterarischer Empfehlungen. Das Märchen als die sowohl von der Jugendschriftenbewegung als auch von der entwicklungspsychologischen Lektürepädagogik favorisierte kinderliterarische Gattung rückte in den Fokus jüdischer Literaturpädagogen, damit jedoch auch die Epoche der Romantik:

> In jeder Religion gibt es gewisse romantische Elemente, wie sie sich in jedem Menschengemüte regen. Eine jede hat ihren Glaubenstraum, in dem Schein und Sein sich verweben wollen, eine jede ihr Tal der Dämmerung; eine jede weiß um Weltmüdigkeit und Verachtung des Wirklichen. Aber in der einen Religion ist es ein stiller Pfad neben dem Wege, ist es ein begleitender Klang, ein Ton, welcher mitschwingt, in der anderen Religion ist es die Richtung, ist es der beherrschende Grundakkord, der die religiöse Melodie leitet und ihr den Charakter gibt. So scheidet sich, indem dieses oder ein ganz anderes Motiv das bestimmende ist, die romantische Religion deutlich von der klassischen. Und in diesem Sinne darf es gesagt werden: Das Judentum ist die klassische Religion und das Christentum ihm gegenüber die romantische.[963]

Dieses Zitat veranschaulicht, dass für Leo Baeck zwischen dem Judentum als Religion einerseits und der Romantik als Epoche und Weltanschauung andererseits nicht viele Gemeinsamkeiten existierten, ganz im Gegensatz zum Christentum. Doch nicht nur in dieser religiösen und ontologischen, sondern auch einer literaturhistorischen Sichtweise hatten Juden in Deutschland Schwierigkeiten mit der romantischen Epoche. Ludwig Geiger beispielsweise erwähnt in seinem Grundlagenwerk *Die deutsche Literatur und die Juden* im Paragraph »Die Romantiker« zunächst und hauptsächlich deren Antisemitismus, der sich mal mehr, mal weniger stark gezeigt habe.[964] Die Gründe für eine solch distanzierte Rezeption und Haltung über zwei Jahrhunderte hinweg liegen in den in Kapitel 2 geschilderten deutschnationalen und gleichzeitig stark konfessionalisierten und nicht selten antijüdischen Implikationen der romantischen Epoche und deren Protagonisten begründet. Sowohl in politischer und soziohistorischer Hinsicht – zu denken sei nur an die antijüdischen Ausfälle Achim von Arnims vor der *Deutschen Tischgesellschaft* –[965] als auch in literari-

---

963 Baeck, Leo: Romantische Religion, in: Leo Baeck: Aus drei Jahrtausenden 2000, S. 59–129, hier: S. 63.
964 Vgl. Geiger, Ludwig: Die Deutsche Literatur und die Juden, Berlin 1910, S. 21. Demgegenüber stellt Geiger Herder als »Erwecker der hebräischen Literatur unter den Christen nach ihrem poetischen Gehalte und ihrer wissenschaftlichen Bedeutung« dar; ebd., S. 20.
965 Die *Tischgesellschaft* war überhaupt nur für Männer christlicher Religion zugänglich. Ihre Mitglieder, zu denen u.a. Arnim, Brentano, Kleist, Fichte und Schleiermacher gehörten, bemühten sich, das romantische *nation building* exklusiv christlich auszurichten und wehrten sich in der Zeit beginnender jüdischer Emanzipationsbestrebungen gegen jegliche diesbezüglichen Reformen. Vgl. Shooman, Yasemin: Arnim, Achim von, in: Handbuch des Antisemitismus. Judenfeindschaft in Geschichte und Gegenwart, hg. v. Wolfgang Benz, Berlin 2009, S. 35–36. Beutin, Lorenz Gösta: »Vox populi, vox Dei«. Zur romantischen

schen Werken tradierten und beförderten die Autoren der Romantik antijüdische Stereotype und dies verstärkt in der für das romantische *nation building*-Konzept so zentralen Gattung Märchen. Die zu unterstützende und in den Märchen neu zu belebende deutsche Nation sollte, wie auch das »deutsche Volk«, exklusiv deutsch-christlich sein und fremde, als subversiv angesehene Elemente wie »das Jüdische« exkludiert werden. Dies vor allem zur Zeit der Romantik, als die Emanzipationsbestrebungen deutscher Juden frisch erwacht waren. Märchen wie »Der gute Handel« und »Der Jude im Dorn« der Brüder Grimm, Brentanos »Märchen vom Schneider Siebentot« oder »Gockel, Hinkel und Gackeleia« sowie auch noch Wilhelm Hauffs[966] »Abner, der Jude der nichts gesehen hat«, stellen Juden als kapitalistische Einzelgänger und Fremdkörper der Gesellschaft, ja als malevolente Zauberer und Unterwanderer der christlichen Gemeinschaft dar, deren Tod und Schädigung meist nicht nur als notwendig und nebensächlich dargestellt wird, sondern sogar der grausamen Belustigung dienen kann:[967]

> Gleich fing auch der Jude an die Beine zu heben, und in die Höhe zu springen: und je mehr der Knecht strich, desto besser ging der Tanz. Aber die Dörner zerrissen ihm den schäbigen Rock, kämmten ihm den Ziegenbart und stachen und zwickten ihn am ganzen Leib. ›Mein‹, rief der Jude, ›was soll mir das Geigen! laß der Herr das Geigen, ich begehre nicht zu tanzen.‹ Aber der Knecht hörte nicht darauf, und dachte ›du hast die Leute genug geschunden, nun soll dirs die Dornhecke nicht besser machen‹, und fing von neuem an zu geigen, daß der Jude noch höher aufspringen mußte, und die Fetzen von seinem Rock an den Stacheln hängen blieben.[968]

Judenfeindschaft in den Märchen Wilhelm Hauffs, in: Aufklärung, Demokratie und die Veränderung der gesellschaftlichen Verhältnisse. Texte über Literatur und Politik in Erinnerung an Walter Grab (1919–2000), hg. v. Johann Dvořak, Walter Grab, Frankfurt a. M., New York 2011, S. 49–63, hier: S. 54.

966 Hauffs Positionierung in der deutschen Literaturgeschichte bewegt sich zwischen Spätromantik, Biedermeier und Frührealismus. Dieser Stilpluralismus spiegelt sich auch in seinen zum Teil orientalisierenden, zum Teil aber auch stark heimatverbundenen, biedermeierlichen *Märchen-Almanachen*. Seine Darstellung jüdischer Figuren tradiere zwar antijüdische Stereotype, jedoch grenze er sich – so Isabel Enzenbach – zugleich auch von ihnen ab. Vgl. Enzenbach, Isabel: Hauff, Wilhelm, in: Handbuch des Antisemitismus. Judenfeindschaft in Geschichte und Gegenwart, hg. v. Wolfgang Benz, Berlin 2009, S. 338–340.

967 Vgl. Steinlein, Rüdiger: Judenschädigung und -verfolgung als literarischer Lachanlass. Anmerkungen zu einigen Aspekten ihrer komischen Inszenierung in Texten der deutschen Literatur des frühen 19. Jahrhunderts und um 1960. (Brentano – Grimm – Hauff – Bobrowski – Lind), in: Erkundungen. Aufsätze zur deutschen Literatur (1975–2008), hg. v. Rüdiger Steinlein, Heidelberg 2009, S. 335–355.

968 Grimm, Jacob, Grimm, Wilhelm: Der Jude im Dorn, in: Jacob Grimm, Wilhelm Grimm: Kinder- und Hausmärchen, gesammelt durch die Brüder Grimm. Vollständige Ausgabe auf der Grundlage der dritten Auflage (1837), hg. v. Heinz Rölleke, Frankfurt a. M. 2007, S. 466–470, hier: S. 468.

Wie hier im grimmschen Märchen »Der Jude im Dorn«, so bereiteten dergestalte Märchen den Weg von einem religiös konnotierten Antijudaismus hin zu einem modernen biologistisch und rassistisch gewendeten Antisemitismus, unter dem überhaupt keine Ursache für eine »Bestrafung« angeführt werden musste. Die Tatsache des Jüdischseins alleine reichte nun bereits aus. Diese romantischen Märchen trugen damit zur Dämonisierung der Judenheit im 19. und 20. Jahrhundert bei und dies fatalerweise insbesondere unter der kindlichen und jugendlichen Leserschaft.[969] Werner Anders stellt dazu fest, dass es eine »echte Toleranz des jüdischen Mitmenschen« in Deutschland nicht gegeben habe. »Im Gegenteil, die vorherrschende Kinder- und Jugendliteratur machte den Juden zum Freiwild und konnte so zum Nährboden für das werden, was die Vernichtung der europäischen Juden erst ermöglichte.«[970]

Ähnlich hatte sich bereits 1948 Arnold Zweig in einer viel beachteten Besprechung zu eben jenem Märchen »Der Jude im Dorn« geäußert. Die *Kinder- und Hausmärchen*, als Werk, »das, wie die Bibel, in jedem Haus deutscher Zunge zu irgendeiner Zeit zu finden war«, habe »alle aufs tiefste beeinflußt und mitgeformt«.[971] Im Märchen »Der Jude im Dorn« käme die deutsche Untertan-Mentalität im Gewand eines verherrlichten einfachen Knecht-Daseins genauso zur Darstellung wie all das, »was den europäischen Antisemitismus ausmacht«.[972] Recht und Rechtsprechung würden dabei mit dem gleichgesetzt, »was dem (deutschen) Volke nütze«:[973] Am Ende hänge nicht der geizige und hinterlistige Herr, sondern der Jude am Galgen. Zweig stellte so die dezidiert deutsch-antisemitische Wirkungsstruktur des Märchens bloß, in dem das ge-

---

969 Die Erforschung des Zusammenspiels von Märchen und Antijudaismus bzw. Antisemitismus ist bereits relativ umfassend erfolgt und geschieht hier daher nur übersichtshaft. Vgl. zur Thematik allgemein: Helfer, Martha B.: The fairy tale Jew, in: Neulektüren. Festschrift für Gerd Labroisse zum 80. Geburtstag, hg. v. Norbert Otto Eke, Christopher Balme, Gerd Labroisse, Amsterdam [u. a.] 2009, S. 31–42. Zum Antijudaismus der Brüder Grimm: Bockwoldt, Gerd: Das Bild des Juden in den Märchen der Brüder Grimm, in: Zeitschrift für Religions- und Geistesgeschichte 63, 2011, 3, S. 234–249. Zu Clemens Brentano: Solms, Wilhelm: Juden- und Zigeunerbilder in den Märchen und Volksliedtexten Clemens Brentanos, in: Deutsche Romantik. Ästhetik und Rezeption: Beiträge eines internationalen Kolloquiums an der Zereteli-Universität Kutaissi 2006, hg. v. Rainer Hillenbrand, Gertrud M. Rösch, Maja Tscholadse, München 2008, S. 110–118. Zu Wilhelm Hauff: Beutin [Anm. 965].
970 Anders, Werner: Der Jude im Märchen. Vorbemerkungen zu Arnold Zweigs Der Jude im Dorn in: Antisemitismus und Holocaust. Ihre Darstellung und Verarbeitung in der deutschen Kinder- und Jugendliteratur; [Katalog zur Ausstellung im Rahmen der 14. Oldenburger Kinder- und Jugendbuchmesse 1988 im Stadtmuseum Oldenburg …], hg. v. Werner Anders, Oldenburg 1988, S. 29–38, hier: S. 29f.
971 Zweig, Arnold: Der Jude im Dorn, in: Ost und West. Beiträge zu kulturellen und politischen Fragen der Zeit 2, 1948, 11, S. 58–65, hier: S. 58.
972 Ebd., S. 62.
973 Ebd.

gängelte deutsche Volk im Antisemitismus ein »Ventil« für »Haß, Wut und Empörung« gefunden habe.[974]

Für das liberale Judentum des 19. und frühen 20. Jahrhunderts, das sich entweder weiterhin um die Integration und Gleichstellung in der deutsch-christlichen Mehrheitsgesellschaft bemühte oder nun auch neu die »Jüdische Renaissance« unterstützte, stellte die deutsche Märchentradition damit ein mehr als ambivalentes Kulturgut dar. Insbesondere die *Kinder- und Hausmärchen* waren in Kaiserzeit und Weimarer Republik in der nichtjüdischen Mehrheitsgesellschaft mehr und mehr zum deutschen Nationalgut aufgestiegen und nicht nur als Kinderbuch, sondern auch als eine Zusammengehörigkeit stiftende Volkslektüre omnipräsent und überaus populär. Sie beförderten allerdings in den genannten Einzelfällen ebenso den ohnehin anschwellenden Antisemitismus und konnten darüber hinaus die Ausbildung einer selbstbewussten deutsch-jüdischen Identität von jüdischen Kindern und Jugendlichen gefährden. Nicht verwunderlich ist daher, dass – wie Gabriele von Glasenapp in ihrer Untersuchung der jüdischen Rezeption der grimmschen *Kinder- und Hausmärchen* feststellt – das in Deutschland und Europa so erfolgreiche Werk unter Juden im 19. Jahrhundert »ostentativ keine Beachtung«[975] fand und es in dieser Zeit im Diskurs über die jüdische (Kinder- und Jugend)Literatur »non-existent«[976] gewesen ist.

Die im Folgenden in Auszügen dargestellten Befunde zur Rezeption der romantischen Märchen von Seiten der deutschsprachigen und internationalen Judenheit zwischen 1900 und 1938 zeigen dagegen, dass sich diese Haltung im Zuge der im Vorangegangenen geschilderten neuen literaturpädagogischen Bestimmungen grundlegend änderte. Zwar wurden antijüdische Märchen, wie sie von Clemens Brentano, den Brüdern Grimm[977] und in deren Nachfolge auch noch von Wilhelm Hauff verbreitet worden waren, weiterhin abgelehnt und vor deren Lektüre gewarnt. Im *Wegweiser für die Jugendliteratur* wurden die grimmschen Märchen 1910 beispielsweise nur »in Auswahl« empfohlen, da die

---

974 Ebd., S. 59.
975 Glasenapp [Anm. 599], S. 187.
976 Ebd., S. 188.
977 Die diesbezügliche Haltung der Forschung zu den Brüdern Grimm ist allerdings sehr differenziert. Jacob Grimm war 1848 Abgeordneter des Paulskirchen-Parlaments, das die Emanzipationsbestrebungen deutscher Juden unterstützen und deren bürgerliche Gleichstellung garantieren wollte. Es finden sich aber sowohl im Briefwechsel als auch in den *Deutschen Sagen* und den *Kinder- und Hausmärchen* der Brüder Grimm zu damaliger Zeit weit verbreitete antijüdische Stereotype. Vgl. dazu u.a. Ramona Ehret: »Ob diese Geschichten die Ansichten der Grimms darstellten oder nur die der gewöhnlichen Leute, von denen die Stoffe angeblich stammten, ist schwer zu sagen.« Ehret, Ramona: Gebrüder Grimm, in: Handbuch des Antisemitismus. Judenfeindschaft in Geschichte und Gegenwart, hg. v. Wolfgang Benz, Berlin 2009, S. 270–271, hier: S. 271.

Sammlung durch die Märchen »Der gute Handel« und »Der Jude im Dorn« »ein stark antisemitisches Gepräge« besäße.[978] Andererseits wurden aber auch, gerade nach 1900, in der jüdisch-literaturpädagogischen Öffentlichkeit Stimmen laut, die diese offensichtlich judenfeindlichen Textstellen relativierten und zwar mit dem Argument einer ästhetischen, an den neuesten kunsterzieherischen Statuten ausgerichteten Kindererziehung.[979] So weigerte sich beispielsweise der Pädagoge und Lehrer Louis Meyer in seinem Vortrag zur Jugendschriftenfrage ganz in Tradition Wolgasts und dessen Aufwertung der ästhetischen Perspektive, jegliche Literatur als Lektüre für jüdische Kinder zu versperren, welche die Gefühle von Juden verletze, zumindest wenn diese künstlerisch wertvoll sei. Als Beispiel nennt er neben Schillers *Die Verschwörung des Fiesco zu Genua* und Goethes *Faust* eben auch die grimmschen *Kinder- und Hausmärchen*:

> Wenn wir für unsere Kinder Grimms Märchen als Lektüre nicht zulassen wollten, dann dürften Kinder, die eine Stiefmutter haben, sie auch nicht lesen und Bauernkinder ebenfalls nicht. Nein, meine Herren, nicht von der Zinne der Partei aus dürfen wir die Dichterwerke betrachten und unseren Kindern zeigen, sondern von der höheren Warte, von welcher aus der Dichter Welt und Menschen sieht [...] Wir müssen die Kinder darauf hinweisen, daß die Brüder Grimm die Mären und Sagen, die im Munde des Volkes lebten, gesammelt und in vollendet schöner Weise wiedererzählt haben, daß also die Juden in den Kinder- und Hausmärchen so dargestellt sind, wie sie von Alters her in der Vorstellung des deutschen Volkes gelebt haben.[980]

Die Kunsterziehungs- und Jugendschriftenbewegung bewirkte damit unterstützt von neuen literaturpsychologischen Überlegungen wie der von Charlotte Bühler die Öffnung des jüdischen kinderliterarischen Literaturdiskurses für Märchen aus der Zeit der Romantik, besonders jedoch für die Schaffung eines deutsch-jüdischen Kindermärchens. Erstes Anzeichen dafür waren die ab 1900 aufgekommenen Übersetzungen deutscher und europäischer Märchensammlungen ins Hebräische, Jiddische und Russische und die illustrierten Neuausgaben für jüdische Kinder.[981] Während die erste hebräischsprachige Ausgabe der

---

978 O. A.: Nicht empfehlenswert, in: Wegweiser für die Jugendliteratur 6, 1910, 1, S. 8.
979 Vgl. Glasenapp [Anm. 599], S. 194f.
980 Meyer, Louis: Die Jugendschriften-Frage. Fortsetzung [3], in: Blätter für Erziehung und Unterricht. Beilage zum Israelitischen Familienblatt 5, 1902, 22, S. 10. Gabriele von Glasenapp weist allerdings darauf hin, dass Überlegungen dieser Art immer noch kein »Commonsense« waren und die ablehnende Haltung gegenüber den *Kinder- und Hausmärchen* auch im frühen 20. Jahrhundert noch hoch war.
981 Gabriele von Glasenapp führt dazu aus, dass insbesondere Hans Christian Andersens Märchen zunächst mit Vorliebe übersetzt wurden: Glasenapp [Anm. 599], S. 199. Dies erklärt sich auch aus der Tatsache, dass es sich zwar um Märchen, nicht jedoch um dezidiert deutsche oder gar antijüdische Texte handelte. Insgesamt räumt Gabriele von Glasenapp den Märchen-Übersetzungen einen nicht zu vernachlässigenden Stellenwert ein, da sie einen Brückenschlag zwischen deutscher und jüdischer Kultur darstellten und damit das

grimmschen *Kinder- und Hausmärchen* bereits 1897 veröffentlicht wurde, lässt sich der Höhepunkt jüdischer Märchenadoptionen allerdings erst in den 1920er Jahren konstatieren.[982] Die 1921 erschienene Ausgabe *Kleine Märchen*, eine Zusammenstellung von Märchen der Brüder Grimm, Hans Christian Andersens und Ludwig Bechsteins, illustriert von der österreichisch-jüdischen Autorin und Zeichnerin Tom Seidmann-Freud, beispielsweise, erschien nur zwei Jahre später in einer Übersetzung von Chaim Nachman Bialik auf Hebräisch.[983] Ebenfalls in den 1920er Jahren übersetzte Isaac Schreyer die *Kinder- und Hausmärchen* ins Jiddische[984] und empfahl das *Mikra la-No'ar*, ein von Mosche Gordon, Jizchak Lipkin und Daniel Perskin herausgegebenes Verzeichnis hebräischer Bücher, eine von Chajim Ahron Krupnik übersetzte hebräische Ausgabe der grimmschen Märchen für acht- bis neunjährige jüdische Kinder.[985] Ebenso wurden mehrere Märchen Wilhelm Hauffs, »Das kalte Herz«,[986] »Der kleine Muck« sowie »Die Geschichte von Kalif Storch«, also überwiegend seine stoffgeschichtlich »orientalischen« Märchen, in den 1920ern einzeln und als Sammlung von Mose Elijahu Jernensky veröffentlicht und für jüdische Kinder ins Hebräische übertragen.

Die Frage nach der Rezeption romantischer Märchen der in deutschsprachigen Gebieten lebenden Juden lässt sich aufgrund der Tatsache, dass ein Großteil der Kinder und Jugendlichen im frühen 20. Jahrhundert meist deutschsprachig aufgewachsen war, allerdings besser an Empfehlungslisten in jüdisch-literaturpädagogischen Periodika ablesen. Im »ersten Verzeichnis empfehlenswerter Jugendlektüre«, das die Jugendschriftenkommission des Verbandes jüdischer Lehrer im deutschen Kaiserreich Ende 1903 in den *Blättern für Erziehung und Unterricht* herausgegeben hatte, wurden in diesem Sinne je nach Altersstufe unterschiedliche Märchen des deutsch-europäischen Kulturkreises jüdischen Kindern empfohlen. Die Märchen der Brüder Grimm, wenn auch eingeschränkt durch den Hinweis, dass darin »Stellen enthalten sind, die das jüdische Gefühl verletzen können«,[987] werden den 8–10-jährigen, Andersens

---

»Spannungsverhältnis zwischen jüdischer und nichtjüdischer Literatur« entspannten; ebd., S. 203.
982 Vgl. ebd., S. 200.
983 Seidmann-Freud, Tom, Andersen, Hans Christian, Grimm, Jacob u. a.: 'Eśer śīḥōt lī-lādīm, Berlin, Jerusalem 1923.
984 Vgl. Glasenapp [Anm. 599], S. 202.
985 Gabriele von Glasenapp untersuchte außerdem die auch noch nach 1945 stattfindende jüdische Rezeption der grimmschen *Kinder- und Hausmärchen* und stellt dazu fest, dass »seit Gründung des Staates Israel 1948 [...] eine kaum noch zu überschauende Anzahl an hebräischen Übersetzungen von Grimm'schen Märchen erschienen« sei; ebd., S. 183.
986 »Das kalte Herz« wurde sogar 1937 von der jüdischen Reformpädagogin Sophie Friedländer für eine Theateradaption bearbeitet, von einer Schulklasse aufgeführt und illustriert herausgegeben.
987 Jugendschriften-Kommission des Verbandes der jüdischen Lehrer-Vereine im deutschen

Märchen den 10–12-jährigen und die Märchensammlung Wilhelm Hauffs – ebenfalls mit einschränkendem Hinweis – den 13–14-jährigen Jugendlichen zur Lektüre vorgeschlagen. Andere Märchen sind in diesem Verzeichnis nicht enthalten, was auch darauf hinweist, dass es 1903 noch keine (empfehlenswerten) originären Märchen für jüdische Kinder gab bzw. die Vorhandenen kaum bekannt waren. 1916, während des ersten Weltkrieges, gab der Verband jüdischer Lehrervereine nochmals ein Verzeichnis heraus, diesmal bereits bedeutend länger. Wieder finden sich die Märchen Andersens, Grimms, Bechsteins und Hauffs unter den empfohlenen Werken, dieses Mal sogar in noch größerer Zahl. Von den 19 Titeln, die Kindern bis zu acht Jahren empfohlen werden, sind drei Märchenbücher, alle allerdings illustrierte Ausgaben oder Bilderbuchbearbeitungen. In der Gruppierung der 8–10-Jährigen handelt es sich bei 17 von 32 Titeln um Märchensammlungen oder -bearbeitungen, davon sind einige ältere – Grimm, Andersen, Bechstein –, jedoch auch einige zeitgenössische Märchensammlungen. Unter den Empfehlungen für 10–12-jährige Kinder sind »Märchen« mit 13 Titeln ebenfalls sehr zahlreich vertreten, hier nun auch die von Josef Musäus. Jüdische Märchensammlungen dagegen finden sich nur zwei im gesamten Verzeichnis, die Kinderträume von Hermann Schwab und die preisgekrönte Sammlung der Jugendschriftenkommission des Ordens Bnai Brith.[988] Märchensammlungen und -autoren der Romantik wurden daneben auch einzeln in zeitgenössischen Periodika zahlreich erwähnt oder rezensiert. So beispielsweise im *Wegweiser für die Jugendliteratur*[989] und den *Blättern für Erziehung in Unterricht.*[990] Sie waren insgesamt besehen in Kaiserzeit und auch

---

Reiche: Erstes Verzeichnis empfehlenswerter Jugendlektüre, in: Blätter für Erziehung und Unterricht. Beilage zum Israelitischen Familienblatt 6, 1903, 52, S. 9.
988 Vgl. Verband der jüdischen Lehrervereine im deutschen Reiche: Verzeichnis empfehlenswerter Jugendschriften, Hamburg 1916.
989 Im Laufe seines Erscheinens finden sich im *Wegweiser* immer wieder Märchensammlungen aus der Zeit der Romantik, in umfassenderen Empfehlungslisten oder auch kleineren Notizen. Auffallend ist jedoch, dass die Märchen zunehmend in Bearbeitungen, bspw. illustrierten Neuausgaben, oder nur in Teilen und vor allen Dingen ohne Angabe der romantischen Sammler oder Autoren empfohlen wurden. Vgl. o. A.: Notizen allgemeinen Inhalts, in: Wegweiser für die Jugendliteratur 8, 1912, 3, S. 18–19.
990 Die Jugendschriften-Kommission: Besprechungen von Jugendschriften, in: Blätter für Erziehung und Unterricht. Beilage zum Israelitischen Familienblatt 17, 1915, 2, S. 11. Etwas früher, am 12.3.1903, erschien in der *Purim-Beilage* des *Israelitischen Familienblattes*, »Das Märchen von Babele-Bibele« eine Variante der seit Antike und Mittelalter verbreiteten Fabel vom Wolf und dem, bzw. den sieben Geißlein, die auch Eingang in die Märchensammlung der Brüder Grimm und Ludwig Bechsteins gefunden hatte: o. A.: Das Märchen von Babele-Bibele, in: Israelitisches Familienblatt. Purim-Beilage 6, 1903, 11, S. 4. In der Purimsfassung nimmt die Bibel die Rolle der Geißenmutter und Babel die Rolle des Wolfes ein – ob das Wortspiel gewollt war, ist eher unwahrscheinlich, aber es fällt auf, dass hier auch mit dem Jiddischen Wort für Großmutter, »Babele« gespielt wird. Bemerkenswert ist, dass das Märchen weniger eine jüdische Interpretation des alten Stoffes darstellen als vielmehr eine satirische Replik auf den zu dieser Zeit von Friedrich Delitzsch angestoßenen

noch der frühen Weimarer Republik gerade als Lektüre von jüngeren jüdischen Kindern sehr beliebt und wurden trotz ihres zum Teil antijüdischen Inhalts immer wieder empfohlen.

4.4. »Eine pädagogische Lebensfrage unseres Volkes« – Der Diskurs über das jüdische (Kinder)Märchen und die Entwicklung einer deutschsprachig-jüdischen Märchentheorie

Nach bisherigem Forschungsstand brachte die um 1900 aufgekommene jüdische Jugendschriftenbewegung »die literaturtheoretische Anerkennung von *Märchen* und phantastischer Literatur«[991] mit sich. Deutschsprachige jüdische Märchen seien demnach nur als jüdische Kindermärchen und erst im Zuge der jüdischen Jugendschriftenbewegung, angeregt durch einen Diskurs unter deutsch-jüdischen Literaturpädagogen und Lehrern im Zeitraum zwischen 1905 und 1938 und damit in langer Verzögerung zum deutschen Märchen geschaffen worden.[992] Zwar kann die Bedeutung der jüdischen Jugendschriftenbewegung für das jüdische *Kinder*märchen kaum überschätzt werden, ein deutschsprachiges jüdisches Märchen im Allgemeinen jedoch existierte, wie in Kapitel 3 gezeigt werden konnte, in volksliterarischer Form bereits wesentlich früher. Und auch der Märchendiskurs blieb bei Weitem kein rein literatur*pädagogisches* Phänomen. Seit Mitte des 19. Jahrhunderts kann von deutsch-jüdischen Märchen, wenn auch noch keinem originären jüdischen Kindermärchen, gesprochen und auch eine dezidiert deutschsprachige jüdische Volksmärchentradition nachgewiesen werden. Die bisher geltende Annahme der »Traditionslosigkeit des jüdischen Kindermärchens«[993] kann daher – und wie zudem an den Analysen einiger

---

und zwischen Orientalisten, traditionellen Christen und Juden geführten Babel-Bibel-Streit sein wollte. Der Text ist damit nicht nur Ausweis dafür, dass romantisches Märchengut nun zum Erzählrepertoire der Judenheit in Deutschland gehörte und somit gängige Lektüre für Erwachsene und Kinder war, sondern auch dafür, dass sich auf Basis der rezipierten Märchentradition eine ganz neue transkulturelle deutsch-jüdische Märchentradition entwickeln konnte.

991 Völpel [Anm. 15], S. 244.
992 Vgl. ebd., S. 245 ff. Glasenapp [Anm. 599], S. 197. Die »Märchendebatte« jüdischer Literaturpädagogen im *Wegweiser* fand bereits in mehreren Darstellungen zur jüdischen Kinder- und Jugendliteratur Erwähnung, so u. a. bereits in den Grundlagenwerken von Glasenapp und Nagel sowie Shavit und Völpel: Glasenapp [Anm. 74], Völpel [Anm. 15]. Es soll hier versucht werden, die theoretische Fundierung der Gattung »jüdisches Märchen« bzw. »jüdisches Kindermärchen« aufgrund des Diskurses deutlicher herauszuarbeiten sowie wichtige bisher nicht beachtete Stellungnahmen zu ergänzen.
993 Ebd., S. 246.

Kindermärchen wie beispielsweise Heinrich Loewes, Heinrich Reuß' oder Irma Singers ersichtlich werden wird – als irrtümlich widerlegt werden.

Im Zuge der jüdischen Jugendschriftenbewegung, der allgemeinen und von der jüdischen Öffentlichkeit beachteten kinderliterarischen Märchenmode, der Akkommodation des Volksmärchens und der Institutionalisierung und Theoretisierung sowie transkulturellen Ausrichtung der deutschsprachigen jüdischen Kinder- und Jugendliteratur entzündete sich zu Beginn des 20. Jahrhunderts ein neuer, mit Vehemenz geführter Diskurs über das Wesen und überhaupt die Möglichkeit eines jüdischen Märchens. Zunächst ging es dabei ganz allgemein um die Daseinsberechtigung eines jüdischen Märchens: darum, ob es ein jüdisches Märchen – derart als kultursymbiotisches Kompositum des Jüdischen mit einer um 1900 als dezidiert deutsch verstandenen literarischen Gattung – überhaupt geben könne und demnach auch, inwiefern es sich bei den volksliterarischen Texten aus dem 19. Jahrhundert um jüdische Märchen gehandelt habe. Letztendlich also, ob das jüdische Volk ein »Märchenvolk« sein könne. Mit der Verlagerung der Äußerungen von der *Jüdischen Rundschau* und dem *Generalanzeiger für die gesamten Interessen des Judentums* in den *Wegweiser für die Jugendliteratur* und damit in ein dezidiert kinder- und jugendliterarisches Format wuchs sich dieser Diskurs über ein jüdisches Märchen zudem bald zu einem über das jüdische *Kinder*märchen aus.

Im Sinne von Foucaults Bestimmung diskursiver Formationen als »Praktiken«, »die systematisch die Gegenstände bilden, von denen sie sprechen«,[994] war dieser Diskurs die Geburtsstunde des deutschsprachigen jüdischen Kindermärchens und einer gattungstheoretischen Begründung des jüdischen Märchens überhaupt. Erst durch den jüdischen Märchendiskurs im Zuge der jüdischen Jugendschriftenbewegung konnten die größten terminologischen, kulturhistorischen und pädagogischen Bedenken, die Zweifel, ob es ein jüdisches Märchen im Allgemeinen geben könne und ein solches für jüdische Kinder geben solle, zwar nicht vollends, doch zu großen Teilen ausgeräumt und eine Charakterisierung sowie theoretische Fundierung des jüdischen Märchens gefunden werden.

Der Impulsgeber des Diskurses über das jüdische Märchen war 1904 der Zionist und Autor dreier kinderliterarischer Märchen Heinrich Loewe. Sein Artikel »Hänsel und Gretel« aus der von ihm herausgegebenen zionistischen Wochenschrift *Jüdische Rundschau* vom 16. Dezember markiert den Beginn des schnell umsichgreifenden Märchendiskurses, der sich nicht nur – wie bisher angenommen – im schulischen und pädagogischen Umkreis des *Wegweisers für die Jugendliteratur* bewegte, sondern wie angesprochen von Anfang an einen über alle innerjüdischen Ausrichtungen verteilten, wesentlich größeren Wir-

---

994 Foucault [Anm. 9], S. 74.

kungskreis vollzogen hatte und so auch rezipiert wurde: Die Frage nach dem jüdischen Märchen sollte zu Beginn des 20. Jahrhunderts in den Worten Moritz de Jonges »vom staatsmännischen wie vom theologischen Standpunkt aus« die Bedeutung einer »pädagogische[n] Lebensfrage« des jüdischen »Volkes« annehmen.[995] Als solche steht sie am Schnittpunkt von der Emanzipation des Kindes/der Kinderliteratur einer- und der jüdischen »Emanzipation nach der Emanzipation« im Sinne einer Neubestimmung und eines neuen jüdischen Selbstverständnisses andererseits.

Dabei war die Einbettung der Märchen-Frage in einen dezidiert deutsch-jüdischen transkulturellen Rahmen von Anfang an klar gegeben: Bereits Heinrich Loewes Impuls-Artikel lieferte bemerkenswert viele Anknüpfungspunkte an die romantische Märchentradition. Er beginnt mit jener bereits bei Novalis, den Grimms und Herder aufscheinenden »Kindersehnsucht« nach Märchen, aus denen so mancher »sein eigenes Geschick und vielleicht gar das seines Volkes heraus- oder besser hineingelesen« habe.[996] Am Beispiel von »Hänsel und Gretel« und den Märchen Andersens weist er sowohl das im Märchen enthaltene nationen- und volkstiftende Potential im Sinne des *nation buildings* als auch die Verquickung von Kind und Volk, von Kindermärchen und Volksmärchen, nach. Dies bringt ihn dann zu seiner Ausgangsfrage:

> Was hat aber die Judenheit und das Judentum auf diesem Gebiet geleistet? Wir müssen mit Beschämung und tieftraurig eingestehen, dass uns ein Märchenbuch mit jüdischem Milieu fehlt, und dass uns die ganze grosse Jugendliteratur, die wir bei andern Nationen immer weiter wachsen und blühen sehen, vollkommen fehlt.[997]

Er kritisiert, dass an ein »jüdisches Märchenbuch mit Motiven aus der jüdischen Volksseele« überhaupt »nicht zu denken« sei.[998] Er lehnt jedoch auch die »ungesunde] Kost einer falschen Ghettosehnsucht«[999] für die jüdische Jugend des noch jungen 20. Jahrhunderts ab. Dies könnte neben einer – eher unwahrscheinlichen – schlichten Unkenntnis[1000] auch ein Grund dafür sein, dass er mit keinem Wort auf die bis dahin erschienenen, jedoch eben jener »ostjüdischen«

---

995 Jonge, M[oritz] de: Noch einmal: die Märchenreinheit des Judentums!, in: General-Anzeiger für die gesamten Interessen des Judentums 4, 1905, 37, o. S.
996 Loewe, Heinrich: Hänsel und Gretel, in: Jüdische Rundschau IX, 1904, 50, S. 439–440, hier: S. 439.
997 Ebd.
998 Ebd.
999 Ebd.
1000 Aufgrund von Heinrich Loewes volkskundlicher Betätigung, die aus dem im Central Zionist Archive erhaltenen Arbeits- und Forschungsmaterial Loewes ersichtlich wird, erscheint dies jedoch m. E. eher unwahrscheinlich. Zumindest die Werke Max Grunwalds müssten ihm durch dessen fast zeitgleiche rege Betätigung bekannt gewesen sein. Vgl. Loewe, Heinrich: Articles by Heinrich Loewe and notes mainly on questions of the Jewish race, nationality and folklore, A146\88.

Tradition entspringenden Ghetto-Märchen Komperts, die Märchen Tendlaus oder Grunwalds eingeht. Loewe fordert eine Literatur, welche die »Liebe zum Eigenwesen« entfacht, ohne dabei »mechanische Nachahmung fremden Volksgeistes«[1001] zu sein. Er möchte ein eigenständiges Märchen für jüdische Kinder, das der »jüdischen Volksseele« entspringt, also ein neues jüdisches Kindermärchen, das weder zu sehr an der deutschen noch an der ostjüdischen Tradition hängen und ebenso wenig ein ausschließlich kulturneutrales Kunstmärchen darstellen sollte. An Loewe wird damit ersichtlich, wie nun der lange Zeit gehegte Gegensatz vom »Primat der Akkulturation« im Sinne der Gattungsübernahme einer- und dem »Primat der Identitätsbewahrung«[1002] andererseits allmählich schwand und im Märchen erstmals eine Symbiose aus beiden synthetisiert werden konnte.

Heinrich Loewe war mit diesem Artikel der Impulsgeber des jüdischen Märchendiskurses, er war allerdings nicht der erste, der ein jüdisches Kindermärchen gefordert hat. Bereits vor ihm hatte Paula Winkler, die als Katholikin in München aufgewachsen, später zum Judentum übergetreten war und sich mit volks- und naturmagischen Geschichten beschäftigte, in einem Artikel der zionistischen Zeitschrift *Die Welt* zur Schaffung jüdischer Märchen aufgerufen.[1003] Paula Winkler war dabei sicherlich auch von den Überlegungen und Überzeugungen ihres späteren Mannes Martin Buber und dessen in den *Geschichten des Rabbi Nachman* und seinen chassidischen Legenden begründeten neoromantischen jüdischen Volksliteratur geprägt. Es war somit vor allem der (Kultur)Zionismus, in dessen Geist die ersten Überlegungen zu einem dezidiert jüdischen Märchen und zur Notwendigkeit einer eigenen jüdischen Kinder- und Jugendliteratur laut wurden:

> Einen grossen Schatz hat die Mutter an der mächtigen Geschichte, an den uralten Sagen ihres Volkes. Aber ausser der grossen Schwere und Traurigkeit, die den alten Ueberlieferungen anhängt, ist noch dieses: ein Volk hat sie in seinem Alltagsleben, in Noth und Sorgen, in Angst, auf der Flucht und in der Verbannung durch lange Zeiten gewendet, diese alten Blätter und davon ist etwas an ihnen haften geblieben, etwas Unbiegsames und Erstarrtes. Man müsste auswählen, müsste weichere kindlichere Formen finden. Es fehlt an Kinderbüchern, fehlt an Märchen, dieser heiteren lieblichen Gabe, zu dem das jüdische Volk in seinen vielen Nöthen nicht Zeit und Leichtigkeit fand, um es seinen Kindern zu bescheren. Da wäre überhaupt ein weites, glückliches Feld für die jüdische Frau. Sammeln und Ausgestalten von Kindergeschichten, Kind-

---

1001 Ebd.
1002 Gabriele von Glasenapp in einem persönlichen Gespräch am 19. März 2015.
1003 Ich möchte an dieser Stelle Katharina Baur danken, die mich sowohl auf den oben zitierten Artikel hingewiesen als auch mir die Person und das Werk Paula Bubers, geb. Winkler, nähergebracht hat. Verwiesen sei hier auf ihre soeben entstehende Dissertation zu Leben und Werk Paula Bubers *Das Kunstwerk Leben zu gestalten – Leben und Werk Paula Bubers* (AT).

erbildern, einfachen Volksmelodien. Eine grosse, frohe Heimat könnte sie damit ihren heimatlosen Kindern schenken. Dass sie nicht mehr zu Fremden borgen gehen müsste, um ihre Kleinen zu erfreuen und zu lehren.[1004]

Paula Winkler eröffnet hier das Bild einer vergessenen jüdischen Volksliteratur und fordert auf dessen Basis – wie später Loewe – die Umwandlung der »mächtigen Geschichte«, dieser »uralten Sagen«, dieses »grossen Schatzes«, in jüdische Märchen. Diese Märchen sollten sich allerdings frei von Not und Schwere der jüdischen Geschichte »heiter« und »lieblich« gestalten und als Mischform zwischen Volksliteratur einerseits und neu geschaffener Kunstform andererseits stehen. In Abgrenzung zum typisch deutsch-romantischen Ideal der *Kinder- und Hausmärchen*, die von den Brüdern Grimm gesammelt und in ihrer – scheinbar – ursprünglichen Einfachheit veröffentlicht worden waren, sieht Paula Winkler den jüdischen Sagenschatz eher als Stoffsammlung, die, insbesondere von jüdischen Frauen, bearbeitet, von Schwermut bereinigt und kindergerecht aufbereitet werden sollte: »sammeln *und* ausgestalten« lautete ihr Motto. Juden und jüdische Kinder seien »heimatlos« geworden, wüssten nicht mehr wohin sie gehörten. Neben einer politisch gerichteten Kritik am Assimilationsgedanken und der zionistischen Dimension eines neuen jüdischen Staates schwingt in diesen beiden letzten Sätzen des Zitates auch ein Hinweis auf die lange praktizierte Lektüre nicht-jüdischer Kinder- und Jugendliteratur, des »Borgens« von »fremder« Volksliteratur, mit. Paula Winkler wendet sich so gegen die gängige Praxis der Übernahme deutscher Kinder- und Jugendbücher in Empfehlungslisten für jüdische Kinder und fordert, in Tradition Benedikte Nauberts eine speziell von Frauen geschaffene eigene jüdische Volksliteratur- und Märchentradition. Eine solche könne mithelfen, jüdischen Kindern wieder eine »Heimat«, ob nun im Geiste oder ganz real politisch, zu geben. Paula Winklers frühe Äußerungen können somit als vorausweisend für die kommende Märchenproduktion und Märchendiskussion gelten. Sie stellen einen Beweis dafür dar, dass von jüdischer – vor allem der (kultur)zionistischen – Seite unter Rückgriff auf eine alte volksliterarische Tradition und neu zu schaffende Märchen sowohl eine neue jüdische Identität als auch eine jüdische Nation und Nationalität konstruiert werden sollte. In Analogie zum romantischen Volksmärchen sollten in Zeiten jüdischer Renaissance jüdische Märchen ein Mittel des jüdischen *nation buildings* sein.

Paula Winklers Aufruf bildete wie angesprochen lediglich eine Seite der Vorgeschichte eines mit Heinrich Loewes Ausgangsfrage regelrecht »losbrechenden« jüdischen Märchendiskurses. Auf Loewes Argumente und Forderung reagierten seit Beginn des Jahres 1905 in gleich mehreren jüdischen Periodika

---

1004 Winkler, Paula: Die jüdische Frau. II., in: Die Welt 5, 1901, 46, S. 6–7, hier: S. 7.

zahlreiche jüdische Intellektuelle pro oder kontra das jüdische Volks- sowie auch Kindermärchen. Der Diskurs weitete sich zudem über die Grenzen des Zionismus hinaus aus und gelangte in überparteiliche und insbesondere pädagogische Zeitschriften. Dass sein Anfang aber in (kultur)zionistischen Kreisen zu suchen ist, gibt bereits einigen Aufschluss über die Bedeutung der Gattung Märchen in zionistischen Kreisen – dies sollte sich später auch in der Anzahl und der Qualität zionistischer Kindermärchen zeigen.

Die andere Seite der Vorgeschichte des Märchendiskurses bilden die ebenfalls über alle innerjüdischen Strömungen und Jahrhunderte verteilten Vorbehalte gegen ein jüdisches Märchen, wie sie zuerst im Magieverbot der Thora aufschienen. Am Beispiel der oben behandelten volksliterarischen Märchensammlungen wurde zwar aufgezeigt, dass das Märchen als Erwachsenenliteratur, wenn auch keine besonders populäre, so doch wenigstens von den Literaturkritikern in Teilen akzeptierte literarische Gattung war.[1005] Gänzlich anders gestaltete sich jedoch das Verhältnis zum jüdischen Kindermärchen: Insbesondere drei Argumente wurden im kinderliterarischen Bereich bis hinein in die dreißiger Jahre des 20. Jahrhunderts immer wieder gegen das Märchen angeführt: Zum einen widersprach das Märchen einem jüdisch-monotheistischen Weltverständnis. Des Weiteren war es aufgrund der romantisch-antijüdischen Verknüpfung für jüdische Schriftsteller und Pädagogen als Lektüre für Kinder und Jugendliche lange Zeit nicht (über)tragbar und zuletzt sprachen auch die im jüdischen Umfeld viel länger beibehaltenen aufklärerischen lektürepädagogischen Maximen gegen ein jüdisches Märchen für Kinder.

Dabei waren besonders in der Neo-Orthodoxie die Vorbehalte gegen eine phantastisch orientierte Kinderliteratur sehr groß. Deren Begründer und Wortführer Samson Raphael Hirsch hatte sich bereits zur Mitte des 19. Jahrhunderts ablehnend gegen das Märchen gestellt:

> *Chawa, chawa* [vorhergehend definiert Hirsch ›chawa‹ als ›Eva‹, ›die Sprecherin‹, ›die Gedankenspenderin‹] soll die Mutter ihrem Kinde sein, soll sich am liebsten mit ihrem Kinde unterhalten – die Kinder sprechen und hören doch gerne, ihr Ohr ›durftet‹ nach dem unterhaltenden und belehrenden Wort [...] und auf dem Wege dieser Unterhaltung nicht mit Mährchen diesen Durst stillen, – (man verzeihe und in Parenthese diese pädagogische Ketzerei, <u>wir halten ›Mährchen‹ für die ungeeignetste Nahrung für des Kindes Geist und Phantasie.</u> [Herv. T.D.] Wir sind zu kurzsichtig, um es einzusehen, welchen Nutzen es haben dürfte, unsere Kinder von vorhinein mit Vorstellungen über die Welt und die Dinge der Welt zu erfüllen, die der Wirklichkeit so sehr entgegenstehen, von einem Wolf, der die Großmutter auffrißt, und nun mit der Nachthaube bekleidet, zu gleichem Ende der kleinen Enkelin wartet, von dem Kuchenberg, durch den man sich durchessen muß, und wie die beliebten Mährchen-Themate sonst lauten mögen –) also, meinen wir, nicht <u>mit verstandeswidrigen, meist auch belehrungsarmen</u>

1005 Vgl. Völpel [Anm. 15], S. 244.

> Mährchen möge die Mutter ihre Kinder unterhalten, sie braucht wahrlich nicht um Stoff verlegen zu sein, sie bedarf dazu keines *orbis pictus,* die ganze wirkliche Welt ihrer Kleinen, die Kinderstube, das Haus, der Garten, die Stadt und Alles, was in dieser Umgebung der Kleinen für ihre Wahrnehmung sich befindet und begiebt, was sie selber und ihre kleinen und großen Genossen thun und lassen, gewährt einen überreichen, mannigfaltigen Stoff, an welchem die Mutter die entwicklungsbedürftigen Fähigkeiten ihrer Kinder üben und sich als bildendste Lehrmeisterin bewähren kann.[1006]

Hirsch argumentiert hier zum einen als ein der Aufklärung verpflichteter Pädagoge in Kantischen Maximen,[1007] dem die »verstandeswidrigen« Märchen keinerlei Nutzen für die kindliche Erziehung versprechen und für den diese gar eine Gefahr für die zukünftige Entwicklung des Kindes durch Vorgaukeln von Verhältnissen, wie es sie in der Realität nicht gäbe, darstellen. Zum anderen wendet er sich aber auch dezidiert gegen die in »Rotkäppchen«, »Hänsel und Gretel« sowie dem *Orbis Pictus* zitierte deutschsprachige Kinder- und Jugendliteratur der nicht-jüdischen Mehrheitsgesellschaft. Zusammen mit der Forderung, das Leben, die Erziehung und Lektüre des Kindes strikt nach religiösen Maßstäben im Sinne von Hirschs Konzept der *Tora-im-derech-erez* zu bemessen, stellte diese der Aufklärung verpflichtete Haltung gegenüber dem Märchen als Teil einer romantisch-phantastischen Literatur ein gewichtiges Argument gegen die Schaffung von jüdischen Kindermärchen dar, das sich so auch noch im Diskurs nach 1900 immer wieder finden sollte. In einem Artikel Regina Lilienthals über »Das Kind bei den Juden« in den *Mitteilungen zur Jüdischen Volkskunde* aus dem Jahr 1908 wird beispielsweise beschrieben, wie das Hören von Märchen und Gespenster- und Spukgeschichten für die Entwicklung des Kindes hinderlich sei: »Außerdem hört das Kind verschiedene Märchen und

---

1006 Hirsch [Anm. 896], S. 13.
1007 Immanuel Kant argumentierte in seiner *Pädagogik* gegen das Märchen als Kinderliteratur: »Was die Cultur der Einbildungskraft anlangt, so ist folgendes zu merken. Kinder haben eine ungemein starke Einbildungskraft, und sie braucht gar nicht erst durch Märchen mehr gespannt und extendirt zu werden. Sie muß vielmehr gezügelt und unter Regeln gebracht werden«, Kant, Immanuel: AA IX: Logik. Pädagogik. Elektronische Kanttexte, 2008, https://korpora.zim.uni-duisburg-essen.de/Kant/, zuletzt geprüft am: 01.12.2017, S. 476. Darüber hinaus war auch seine Haltung wunderbaren Erzählungen im Allgemeinen gegenüber negativ: »eine Phantasterey, die vermittelst der [...] Erfahrung (seine oder anderer ihre) sich über (den Erfahrungsgebrauch der) Vernunft erheben will. [...] Zu dieser Erfahrung werden Erzählungen Wunderbarer Wirkungen (die allen Erfahrungsgesetzen wiederstreiten) gezählt oder wundersame durch Phantasie vereinigte Begebenheiten als Ursache und Wirkung.) Jene ist Wahnwitz (g Tollheit), diese ist Dummheit. [...] Diesem ist diametraliter die Verleugnung der Vernunft entgegengesetzt in dem, was gantz von der Erfahrung abweicht. Folglich Verläugnung des Erfahrungs- sowohl als transscendentalen Gebrauchs der Vernunft«, Kant, Immanuel: AA XVIII: Handschriftlicher Nachlaß. Metaphysik Zweiter Theil. Elektronische Kanttexte, 2008, https://korpora.zim. uni-duisburg-essen.de/Kant/, zuletzt geprüft am: 01.12.2017, S. 508.

Erzählungen von Gespenstern und Dämonen und vom Jenseits, die seine Phantasie krankhaft erregen und sein Nervensystem erschüttern.«[1008]

Während solchen vor allem im 19. und beginnenden 20. Jahrhundert vorzufindenden, einer Erziehung im Zeichen der Vernunft verpflichteten Argumenten mit der Popularisierung der entwicklungspsychologischen Lektürepädagogik und der »Erziehung vom Kinde aus« à la Charlotte Bühler und Ellen Key beizukommen war,[1009] hielten sich religiöse und aufgrund des romantischen Antisemitismus hervorgerufene gattungsgeschichtliche Vorbehalte gegen die Gattung Märchen wesentlich hartnäckiger. Oftmals vermischten sich in den einzelnen Ausführungen jedoch mehrere Argumente. Erst die gattungstheoretische Fundierung des deutschsprachig-jüdischen Märchens für Kinder im Zuge der jüdischen Jugendschriftenbewegung und das Erscheinen erster originärer Märchenbücher konnte in der jüdischen Öffentlichkeit einen Großteil der Vorbehalte ausräumen. Doch bis dahin wurde in mehreren Zeitungen und Zeitschriften des deutschsprachigen Raumes vehement diskutiert:

Auf das Plädoyer Heinrich Loewes für ein jüdisches Märchenbuch in der *Jüdischen Rundschau* folgend veröffentlichte der Publizist und Jurist Moritz de Jonge[1010] im Berliner *Generalanzeiger für die gesamten Interessen des Judentums* im Januar 1905 einen Grundsatzartikel, in dem er alle drei angesprochenen Argumente gegen ein jüdisches Märchen anführte und in diesem Sinne behauptete, das Judentum könne, ganz entgegen den Forderungen Loewes, »mit Stolz und hoher Freude auf die bedeutsame Tatsache hinweisen, daß [es] keine Märchenbücher kennt!«[1011] Das Märchen war in de Jonges Augen nämlich »die poetisch legalisierte Unwahrheit«, es sei nicht nur »spezifisch antijüdisch« und bringe Kinder zum Lügen, sondern führe darüber hinaus auch dazu, dass diese nicht mehr zwischen religiöser Wahrheit und märchenhafter Unwahrheit unterscheiden könnten.[1012]

In Reaktion auf diese völlige Absage an ein jüdisches Märchen schaltete sich, wie oben bereits angedeutet, Martin Buber, der zu dieser Zeit zusammen mit

---

1008 Lilienthal [Anm. 885], S. 42.
1009 Vgl. Völpel [Anm. 14], S. 164. Und v. a. Steinlein [Anm. 919].
1010 Peter Gay zählt Moritz de Jonge zu einem Vertreter des – umstrittenen Begriffs – »jüdischen Selbsthasses«; bevor er zu einem überzeugten jüdischen Nationalisten und Zionisten wurde, schrieb er für eine antisemitische Zeitung und wollte nach eigenen Aufzeichnungen deutsch sein, »deutsch denken, fühlen, arbeiten.«« Zit. nach: Gay, Peter: Begegnung mit der Moderne. Deutsche Juden in der deutschen Kultur, in: Juden im Wilhelminischen Deutschland 1890–1914. Ein Sammelband, hg. v. Werner E. Mosse, Tübingen 1976, S. 241–312, hier: S. 307. Dieser inneren Zerrissenheit folgten später eine umso entschiedenere Hinwendung zum Zionismus und die Ablehnung allen, was deutsch war, so auch des Märchens.
1011 Jonge, M[oritz] de: Die Märchenreinheit des Judentums, in: General-Anzeiger für die gesamten Interessen des Judentums 4, 1905, 3, o. S.
1012 Ebd.

seiner späteren Frau Paula Winkler an den *Geschichten des Rabbi Nachman*, den von ihm als »Märchen« verstandenen mystischen Erzählungen, arbeitete, in den Diskurs ein. Er erwiderte, dass ein negativer Einfluss des Märchens auf die Entwicklung von Kindern oder gar eines Volks am Beispiel der Deutschen, »dem Volke der schönsten und echtesten Märchen«, widerlegt werden könne, da diesen »zugleich ein stürmisches Streben und Ringen nach Wahrheit und eine stille, starke Einbildungskraft«[1013] innewohnten. Vor allem aber weist er auf »die ganze agadische und midraschische Literatur« hin, die er »keiner anderen Gattung als der des Märchen zuzählen« könne:[1014]

> Man denke etwa an die Erzählung von Salomo und Asmodai. Daran schließt sich dann die spätere ›Maaße‹-Literatur; so häufig hier auch Anlehnungen an deutsche und orientalische Motive zu finden sind, so enthält sie doch auch manche originale Erzählung, die zugleich den echten Märchenton hat. Ich möchte etwa an die Geschichte von Rabbi Chanina und dem Frosch erinnern.[1015]

Buber bestätigt damit die von Pascheles, Tendlau, Kompert und Grunwald bereits im 19. Jahrhundert immer wieder angeführte, neu erzählte und ergänzte deutsch-jüdische Volksmärchentradition und stellt zudem im Fortgang des Artikels mit den *Geschichten des Rabbi Nachman* die in seinen Augen »erste jüdische eigentliche Märchensammlung« als »künstlerische Schöpfungen eines Einzelnen«,[1016] aus und für ein jüdisches Volk vor. Der Diskurs um das jüdische Märchen gewann zur Mitte des Jahres 1905 enormes Gewicht und wurde im weitergehenden »Märchenkrieg«[1017] zwischen de Jonge und Buber zu einer Frage übergreifenden kulturpolitischen und ästhetischen Ausmaßes,[1018] »eine eminent wichtige Volksfrage«[1019] und schließlich auch zur »pädagogische[n] Lebensfrage unseres Volkes«[1020] erhoben. Die eigentliche diskursive Auseinandersetzung verlagerte sich jedoch von einer allgemeinen Gattungsdebatte hin zu einer stärker kinder- und jugendliterarischen Grundsatzfrage und bereitete in dieser Form den Werdegang des jüdischen Märchens vom Volks- zum neuen jüdischen Kunst- und Kindermärchen vor.

Das jüdische Märchen, seine Notwendig- oder Schädlichkeit, wurde nun im *Wegweiser für die Jugendliteratur* am ausführlichsten und differenziertesten

---

1013 Buber [Anm. 792].
1014 Ebd.
1015 Ebd.
1016 Ebd.
1017 Jonge, Moritz de: Und abermals: das Märchen ist antijüdisch, in: General-Anzeiger für die gesamten Interessen des Judentums 4, 1905, 38, o. S.
1018 Vgl. Buber, Martin: Antwort, in: General-Anzeiger für die gesamten Interessen des Judentums 4, 1905, 37, o. S.
1019 Jonge [Anm. 1017].
1020 Jonge [Anm. 995].

besprochen. Zwischen 1905 und 1914 entspann sich ausgehend von den Argumenten Loewes, Bubers und de Jonges ein reger Disput darüber, ob es ein jüdisches Märchen, und hier nun speziell ein Märchen für jüdische Kinder, geben sollte oder nicht:[1021]

Bereits im ersten Heft wurde die Gattung Märchen folgendermaßen thematisiert:

> Als ich vor Jahren auf einer Hallig weilte, erzählte ich einem zehnjährigen Jungen die Geschichte von Hänsel und Gretel. Sie rührte ihn kaum; einen Wald kannte er nicht, einen Baum hatte er nie gesehen. Als ich ihm aber dann das Märchen vom Fischer und seiner Frau erzählte, wie glühte sein Gesicht, wie leuchteten seine Augen! Das Meer war ja seine Heimat. – Und von der Heimat der jüdischen Seele wollen wir unseren Kindern erzählen, von ihren Leiden und Schmerzen, von ihren Festen und Freuden, von ihrer Sehnsucht und ihrer Hoffnung.[1022]

Am Beispiel von zwei Volksmärchen, die auch in der grimmschen Sammlung zu finden sind, zeigte der Autor des Artikels, Jakob Loewenberg, die Notwendigkeit von spezifisch jüdischen Märchen auf. Das Märchen als Gattung per se könne nicht alle Kinder gleichermaßen berühren, wichtig sei – so Loewenberg – dass das Märchen immer auch die »Heimat der jüdischen Seele« anspreche. Da Loewenberg in diesem Artikel eigentlich Abstand von einer dezidiert jüdischen Kinder- und Jugendliteratur nahm und demgegenüber forderte, an der allgemein deutschsprachigen zu partizipieren, ist seine Parteinahme für ein Märchen als »Heimat der jüdischen Seele« umso bedeutsamer.

Im zweiten Heft, das im Mai 1905 erschienen ist, spielte das Märchen bereits eine größere Rolle. Gleich drei Artikel, zwei argumentative und eine aus der *Vossischen Zeitung* übernommene überaus positive Rezension zu Andersens Märchen, befassten sich damit. Zunächst eröffnete Max Doctor, der Rabbiner in Bruchsal und gelegentlich auch selbst Autor von Jugendschriften war, das Thema und bejahte in Anlehnung an die Erkenntnisse der Kunsterziehungs- und Jugendschriftenbewegung die Frage, ob »Märchen die richtige Lektüre für die

---

1021 Gabriele von Glasenapp zeichnete diesen Diskurs bereits in *Das jüdische Jugendbuch* nach: Glasenapp [Anm. 74], S. 106–109. Auch Annegret Völpel, Völpel [Anm. 15], S. 244–247, stellt die grundlegenden Positionen davon vor. Siehe auch: Glasenapp, Völpel [Anm. 879], S. 71–74. Auf Basis dieser Grundlagenforschung soll hier versucht werden, die wichtigsten Dimensionen des Diskurses über das jüdische Märchen zu erfassen, um so die theoretischen Grundlagen und die Erwartungen an die »neue« Gattung herauszufinden. Nur so kann – m. E. – deren literaturgeschichtlicher, gattungstheoretischer und literarästhetischer Wert am Ende objektiv beurteilt werden.
1022 Loewenberg, J[akob]: Ueber jüdische Jugendlektüre, in: Wegweiser für die Jugendliteratur, 1905, 1, S. 2–3, hier: S. 2. Der Artikel wurde kurze Zeit später, am 8. Mai 1905, auch im *Generalanzeiger für die gesamten Interessen des Judentums* abgedruckt und ergänzte dort den oben dargestellten publizistischen Schlagabtausch zwischen Martin Buber und Moritz de Jonge im *Generalanzeiger*.

Kinderseele« seien. In seinem Artikel argumentiert er, dass Märchen – auch wenn in letzter Zeit eher eine realistische Literatur für Kinder verlangt werde – »ein tiefes Volksbedürfnis« befriedigten und schon in frühen Kulturstufen erdacht worden seien. Ein von ihnen ausgehender Schaden für Kinder könnte somit nicht angenommen werden, nur von einer übermäßigen Lektüre von Schauermärchen rät er ab.[1023] Die kindliche Märchenlektüre liefere für ihn darüber hinaus einen »festen Grundstock«, »welcher auch dem gereiften Menschen im Sturm des Seins ein fester Halt werden kann, eine Insel, auf die er aus der materiellen Misere ins Märchenland der Kindheit zu flüchten im Stande ist.«[1024] Auch in der literaturpädagogischen Auseinandersetzung war die volksliterarische Komponente der Gattung Märchen, das mit ihm verbundene Konzept des *nation buildings,* damit von Beginn an von großer Bedeutung.

Doch gab es zunächst noch zahlreiche Gegenstimmen. Am prominentesten – und immer wieder zitiert – war die des Autors, Redakteurs und Religionslehrers Isaak Herzberg.[1025] In seinem Artikel »Warum gibt es keine jüdischen Märchen« schrieb dieser:

> Haben wir dieses [=das Wesen des Märchens] erfasst, so wird uns die Tatsache nicht mehr so ganz befremdend erscheinen, dass das Judentum sich dem Märchen gegenüber gar so ablehnend verhält [...] Das Wesentliche der Märchendichtung ist nun, dass sie den Glauben an zauberische Mächte kultiviert, die in das Walten der ewigen Gottheit eingreifen. Sie erzählt von übernatürlichen Kräften, die, ausserhalb des göttlichen Machtbereichs stehend, hier zum Guten, dort zum Bösen in das Leben des Menschen und dessen Geschick eingreifen. Ja, sie stellt gar oft Begebenheiten in einer Weise dar, als ob alle Bande der Natur gerissen, alle Schranken einer ewigen, vom allmächtigen Weltenschöpfer eingesetzte Ordnung niedergelegt seien.

Außerdem versündige sich das Märchen – ganz im Gegensatz zu Fabel, Legende und Sage – »gegen Vernunft, Verstand und Religion«, es lehne sich »gegen Gott und sein Gesetz auf.«[1026]

Auf Basis eines als *magia illicita* wahrgenommenen Märchenwunderbaren vereint Herzberg damit sowohl aufklärerische als auch religiös-orthodoxe Vor-

---

1023 Doctor, Max: Gedanken über Jugendlektüre, in: Wegweiser für die Jugendliteratur, 1905, 2, S. 5.
1024 Ebd.
1025 Vgl. zu Herzberg: Mache, Beata: Isaak Herzberg – Literatur und Ideologie, 2016, https://phdj.hypotheses.org/404, zuletzt geprüft am: 23.1.2018.
1026 Herzberg [Anm. 471], S. 6. Interessanterweise wurde zum Ende des 19. Jahrhunderts auch in der *Jugendschriften-Warte* eine Diskussion über den Märchenbegriff geführt. Darin bemühte sich insbesondere Hermann Prahn, das Märchen »gegen den alten Vorwurf aufklärerischer Prägung in Schutz zu nehmen, Märchen seien keine geeignete Kinderliteratur, da sich in ihnen die Grenzen zwischen Realität und Phantasie verwischten und auf diese Weise das natürliche Wahrheitsgefühl der Kinder beeinträchtigt werde«, Glasenapp [Anm. 74], S. 106.

behalte in seiner Kritik eines spezifisch jüdischen Märchens[1027] und spricht diesem jegliche Existenzberechtigung ab:

> Darum ist für das Märchen durchaus kein Platz im jüdischen Schrifttum, es sollte und durfte für die Jugend keine belehrende und unterhaltende Lektüre bilden. War nun von jeher das Märchen überhaupt aus der jüdischen Literatur verbannt, so kann von einem eigentlichen ›jüdischen Märchen‹, d. h. Märchen mit jüdischem Milieu, gar keine Rede sein. Ein wirklich ›jüdisches Märchen‹ wäre geradezu widersinnig.[1028]

Isaak Herzberg griff mit seiner Schrift so auch die Argumentation Moritz de Jonges auf und negierte die Existenz jüdischer Märchen bis hinein ins 20. Jahrhundert. Letzteres mit dem Ziel, dem Märchen als Märchen für jüdische Kinder, um das es im *Wegweiser*-Diskurs eigentlich ging, die Existenzberechtigung und traditionelle literaturgeschichtliche Einbindung zu entziehen.

Gegen diese Argumentation Isaak Herzbergs wandte sich im Heft vier des Jahres 1905 wiederum der Beitrag Alex Hirschs, obwohl er zunächst – wie auch Herzberg – das Fehlen von jüdischen Märchen konstatiert und die bis dahin in den Augen Bubers und anderer Folkloristen existierenden Märchen nicht wahrnimmt:

> Die Tatsache kann nicht geleugnet werden: es gibt kein jüdisches Märchen. Keine dieser holden, poesievollen Dichtungen, die sich an das Herz des Kindes wenden, steht auf dem Boden des Judentums oder beschäftigt sich mit spezifisch jüdischen Dingen. – Ist das nicht sonderbar? Das jüdische Volk, das Volk der Denker, hat keine Märchendichtung?[1029]

Gleichwohl nimmt seine Argumentation eine andere Richtung, denn anders als Herzberg sieht Hirsch in den Märchen keine Gefährdung der religiösen oder psychologischen Befindlichkeiten des Kindes:

> Hiergegen [= Herzbergs Argumentation] muss eingewendet werden, dass erstens kein Märchenerzähler den Glauben an zauberische Mächte fordert oder voraussetzt. Das Kind nimmt das Zauberhafte und Mystische als etwas Selbstverständliches hin. Ebenso wenig kann davon die Rede sein, dass diese zauberischen Mächte gewissermassen über der Gottheit stehend in deren Walten eingreifen. [...] Das Märchen will und kann nicht vom Standpunkt des reifen Mannes, sondern nur mit der Kindesseele erfasst werden, es kehrt sich an keine religiösen Dogmen, an keine mathematischen und naturwissenschaftlichen Lehrsätze. Die Märchenwelt ist eine Welt für sich, die von der Wirklichkeit weit entfernt ist und keine Beschränkung kennt.[1030]

1027 Vgl. Glasenapp, Völpel [Anm. 879], S. 72.
1028 Herzberg [Anm. 471], S. 6.
1029 Hirsch, Br. Alex: Das jüdische Märchen, in: Wegweiser für die Jugendliteratur, 1905, 4, S. 14.
1030 Ebd., S. 15.

Auf Basis der entwicklungspsychologischen und reformerzieherischen Lektürepädagogik widerlegte Alex Hirsch darin die so lange Zeit aufrechterhaltenen religiösen und aufklärerischen Vorbehalte gegen das Märchen. Zudem nahm Hirsch auch Märchentheorien der 1960er Jahre vorweg, wie sie u. a. von Max Lüthi beschrieben werden. Die Märchenwelt erschien nun als eine von der Wirklichkeit und auch deren religiöser Sphäre weit entfernte, in Novalis' Worten, »durchausentgegengesetzte Welt«. Das Märchen »verzaubert alle Dinge und Vorgänge dieser Welt. Es erlöst sie von ihrer Schwere, von Verwurzelung und Gebundenheit und verwandelt sie in eine andere, geistnähere Form«.[1031] Dieser moderne Märchenbegriff war sodann die Grundlage für Hirschs Empfehlung des Märchens als Lektüre für jüdische Kinder:

> Das Märchen macht deshalb auf die weiche Seele des Kindes den stärksten Eindruck. Es verklärt mit rosigem Schein manche trübe Stunde im Leben des Kindes. Kein Lehrbuch, keine Form der Erzählung vermag auf sein Gemüt schon im zartesten Alter so tief einzuwirken. Unbewusst werden dem Kinde in dieser schlichten Form die ersten Erziehungsgrundsätze: Gehorsam, Bescheidenheit, Treue und Vaterlandsliebe ins Herz gepflanzt und dies sollte uns wohl ein Wink sein, wie wir auf unsere Jugend im Sinne unserer Religion und unseres Volkstums schon in ihrer frühesten Entwicklung einen Einfluss ausüben könnten, der für uns von weittragendster Bedeutung sein würde.[1032]

In der Ineinssetzung von kindlicher Seele und Märchenwelt steht Hirsch eindeutig in romantischer Tradition. Auch die Brüder Grimm sprachen in ihrer Vorrede davon, dass »innerlich durch diese Dichtungen jene Reinheit, um derentwillen uns Kinder so wunderbar und selig erscheinen,« gehe und dass mit den von ihnen gesammelten Märchen »die Poesie selbst, die darin lebendig ist, wirke und erfreue, wen sie erfreuen kann, also auch, dass es als ein Erziehungsbuch diene.«[1033]

Diese Verbindung von Neoromantik und reformerzieherischer Literaturpädagogik konnte nun endgültig die seit der Aufklärung tradierten Vorbehalte gegen ein jüdisches Märchen ablösen und erlaubte dessen diskursive Festsetzung: Das fünfte Heft des *Wegweisers* eröffnete das in der Einleitung zitierte »Preisausschreiben«, das zur Schaffung von »Märchen, »die der jüdischen Gedankenwelt entsprossen und durch die Kunst der Darstellung das Gemüt der jüdischen Kinder fesseln und auf Grund der gewonnenen Anschauungen die treue Anhänglichkeit an unsere Religion befestigen«, aufrief.[1034] Scheint auf den ersten Blick das Jahr 1905 als Beginn einer möglichen jüdischen Märchentradition im Vergleich zu anderen Kulturen etwas spät, so haben die bisherigen

---

1031 Lüthi [Anm. 29], S. 96.
1032 Hirsch [Anm. 1029], S. 15.
1033 Brüder Grimm [Anm. 221], S. 16.
1034 Spanier [Anm. 1].

Ausführungen bewiesen, dass es sich hierbei um einen Sonderfall des Märchens handeln sollte.[1035] Das jüdische Märchen, das in diesem Preisausschreiben ausgelobt wurde, musste nämlich sowohl »der jüdischen Gedankenwelt« entsprießen, »durch die Kunst der Darstellung das Gemüt der jüdischen Kinder fesseln« als auch »auf Grund der gewonnenen Anschauungen die treue Anhänglichkeit an unsere [die jüdische] Religion befestigen.«[1036] Gabriele von Glasenapp und Annegret Völpel sehen darin drei »idealtypische Komponenten« des neu zu schaffenden jüdischen Märchens: Erstens den »Aspekt intentionaler Kinderliteratur«, zweitens »die Wolgastsche Maxime der Kunstgemäßheit und drittens – und dies unter Abrücken von der Forderung der Tendenzfreiheit – die dezidiert jüdische Prägung im Stofflichen«.[1037]

Martin Buber hatte jedoch in einer Entgegnung auf den Artikel Hirschs noch auf eine vierte – im großen Zusammenhang der deutsch-jüdischen Kulturgeschichte gesehen umso wichtigere – Komponente des jüdischen Märchens hingewiesen: die Einbindung in die jüdische Volksliteratur- bzw. Volksmärchentradition:

> wenn wir das jüdische Märchen nicht hätten, vermöchte keine Kommission der Welt es zu schaffen; man würde nichts zustande bringen, als künstliches, unecht wirkendes Zeug [...] Denn das Kunstmärchen kann nur aus dem Anschluß an eine Tradition entstehen, an deren Anfang das Volksmärchen steht; sonst wird es niemals rein und echt wirken [...] Hätten wir keine solche Tradition, so müßte jedes etwa entstehende ›jüdische‹ Märchen entweder unmärchenhaft oder unjüdisch ausfallen; und dasselbe wird der Fall sein, wenn jemand eines schreiben wollte, ohne die jüdischen Märchen zu kennen. Noch einmal also: Wenn wir das jüdische Märchen nicht hätten, könnte niemand es schaffen. Da wir es haben, kann es ausgestaltet, kann daran weitergebaut werden.[1038]

Erst das jüdische *Volks*märchen, das aus der *Aggada* entstanden, in Mittelalter und Neuzeit in der Diaspora geprägt und erweitert und schließlich im 19. Jahrhundert neu entdeckt worden war, eröffnete somit die Möglichkeit eines neuen jüdischen Kindermärchens, wie es im *Wegweiser* gefordert wurde. Diesen Gedanken griff in einer Nachschrift zum »Preisausschreiben« im *Wegweiser* schließlich auch dessen Herausgeber Moritz Spanier auf und bestätigte Bubers Schlussfolgerung der volksliterarischen Bindung des jüdischen Kinder- und

---

1035 Interessant dabei ist aber doch, dass das Preisausschreiben, also die Aufforderung, jüdische Märchen zu schaffen, genau 100 Jahre nach der »Aufforderung« Achim von Arnims, »alte mündlich überlieferte Sagen und Märchen« zu sammeln und niederzuschreiben, aus dem Jahr 1805 erschien: Arnim [Anm. 288], S. 4306.
1036 Spanier [Anm. 1].
1037 Glasenapp, Völpel [Anm. 879], S. 73.
1038 Buber, Martin: Eingesandt, in: General-Anzeiger für die gesamten Interessen des Judentums 4, 1905, 36, o. S.

Kunstmärchens,[1039] wenn auch anders gewendet: aus rezeptionsästhetischer Sicht:

> Sagen und Fabeln kannte das jüdische Altertum, und es mögen vielleicht auch Märchen existiert haben, aber wir bezweifeln, dass sie von Mund zu Mund fortgepflanzt worden sind. Das charakteristische Merkmal der Märchen besteht eben darin, dass sie ins Volk eindringen, dass das ›Volk‹, die grosse Masse der einheitlich Fühlenden, sein Märchen erfasst, als teures Gut hegt und der Nachwelt treulich überliefert [...] Die Märchen gingen aus der Literatur ins Volk, aus diesem wieder in die Literatur usw. über. So können auch in unseren Tagen echte, den Volkston treffende Märchen geschaffen werden, die diese eben gekennzeichnete Wandlung durchmachen. Wenn wir hier Märchen jüdischen Gepräges das Wort reden, so wollen wir weiter nichts bezwecken, als religiöses Interesse in unseren Kindern früh und tief zu begründen, die Elemente des religiösen Bewusstseins mit jüdischen Anschauungen zu durchtränken, die eine durch nichts zu erschütternde Grundlage bilden sollen. Das ist uns der Kernpunkt in dieser ganzen Frage.[1040]

Die jüdische Volksliteratur bildete für Spanier im Gegensatz zu Buber und Seligmann weniger den »Erzählschatz« der neu zu schaffenden Märchen, als vielmehr deren Ziel und Richtung. Auch im jüdischen Märchen sollte nämlich, wie im Volksmärchen der Romantik, ein Volk, ein Gemeinschafts- und Zusammengehörigkeitsgefühl, konstruiert werden und in die literarische Gattung des Märchens einfließen. Das jüdische Kinder- und Kunstmärchen wurde damit zum Narrativ eines jüdischen *nation buildings*, zum Urheber einer kollektiven jüdischen Identität und sollte wenngleich auch als Kinder- und Kunstmärchen über und für das jüdische Volk die junge Leser- und Zuhörerschaft in der »jüdischen Gedankenwelt« festigen.

Die dargestellte diskursive Fundierung und Charakterisierung des jüdischen Märchens als nun »volksliterarisches«,[1041] originäres, ästhetisch wertvolles Kinder- und Kunstmärchen ließ zwar nicht jede Kritik verstummen[1042] und

---

1039 So auch Seligmann in seinem Artikel im *Wegweiser* Nr. 9. Er beruft sich auf eben jene altjüdischen Sagen, wie sie in der *Aggada*, dem *Ma'assebuch* und auch im *Born Judas* tradiert wurden, wenn er von »alten jüdischen Märchen« schreibt: »Gibt es jüdische Märchen? [...] Ich sollte doch meinen. Ist die Geschichte von Asmodai nicht ein Märchen, so gut wie irgend eines aus 1001 Nacht? Ist die Geschichte von Rabbiner Chanina und dem goldenen Tischlein kein Märchen? Ist die Geschichte von Elia und den zwei Münzen, ebenso wie zahllos andere Geschichten von Elia keine Märchen? Und der siebzigjährige Schlaf des Chonia und die Münchhausiaden des Rabba bar bor Chana?« Dr. Seligmann: Einige Gedanken über alte jüdische Märchen und Sagen und ihre moderne Wiedergabe, in: Wegweiser für die Jugendliteratur, 1906, 9, S. 33–34.
1040 Die Redaktion: Nachschrift der Redaction, in: Wegweiser für die Jugendliteratur, 1905, 5, S. 19.
1041 Volksliterarisch also in jenem Sinne, wie er in Kap. 2.2.4. hervorgehend aus dem Konzept des *nation buildings* für das Kunstmärchen veranschlagt wurde.
1042 Im *Wegweiser* war das Preisausschreiben bei Weitem nicht die letzte Meldung zum jüdi-

konnte das jüdische Märchen auch nicht in den Rang der bekannten romantischen Märchensammlungen heben;[1043] sie führte aber doch in allen innerjüdischen Parteien zur Anerkennung der Gattung Märchen und Schaffung dezidiert neuer jüdischer Märchen für jüdische Kinder. So zeigt sich am Beispiel eines Artikels in der von Samson Raphael Hirsch gegründeten Zeitschrift *Jeschurun* beispielsweise die Änderung der neo-orthodoxen Literaturpädagogik. Jugendbücher sollten demzufolge nun »die Phantasie aus der Tiefe der dichterischen Seele« schöpfen und »der Phantasie Nahrung« geben.[1044] Zwar blieben für den Verfasser Marcus Elias weiterhin Bibel, Midrasch und *Aggada* die vorzuziehenden Kinderlektüren und eine Gleichsetzung dieser mit jüdischen Volksmärchen ausgeschlossen, jedoch empfiehlt er die neuen »Kunstmärchen«, »beispielsweise von Irma Singer« oder das »von der Loge herausgegebene] Märchenbuch.«[1045]

Der Zionismus hatte dagegen nun umso stärkere Beweggründe das Märchen (noch weiter) zu fördern und fordern. Wie der Zionist und Begründer der Bar-Kochba-Organisation Hugo Herrmann in seinem Aufsatz zur Erziehung im Judentum aus dem Jahre 1913 ausführte, seien jüdische Märchen neben einem »Unterricht »im Volkstum«[1046] unerlässlich, um zumindest eine stufenweise Annäherung an eine neue hebräische Identität auch im Galuth zu erreichen:

> Wir werden eine Sammlung von Märchen schaffen, deren erster Gesichtspunkt sein wird, daß sie Kindern erzählt und von ihnen wiedererzählt werden sollen. Es wird nicht leicht sein, den Wettbewerb mit den Brüdern Grimm aufzunehmen; aber wenn wir uns fürchten und uns mißlungener oder halbgelungener Dinge schämen wollen, wird nie etwas werden.[1047]

Bemerkenswert ist dabei Herrmanns In-Konkurrenz-Setzung und zeitgleiche Modellierung mit bzw. der grimmschen *Kinder- und Hausmärchen*. Die deut-

---

schen Märchen. So weist ein Artikel aus Heft acht 1906 daraufhin, dass sogar so viele Beiträge als Antwort auf das Märchen-Preisausschreiben eingesandt worden seien, dass gar nicht alle abgedruckt werden konnten. Ein Umstand, der nur noch mehr verdeutlicht, wie sehr die Frage nach einem jüdischen Märchen den Nerv der Zeit traf: o. A.: Zur Frage jüdischer Märchen, in: Wegweiser für die Jugendliteratur, 1906, 8, S. 29–30.

1043 Noch bis in die 1930er Jahre wurde von jüdischen Pädagogen beklagt, man müsse das deutschromantische Märchen als Lektüre für jüdische Kinder ablösen: Vgl. Sinasohn, Max, in: Israelitisches Familienblatt Nr. 5 (1934), zitiert nach: Weiss, Yfaat: Schicksalsgemeinschaft im Wandel. Jüdische Erziehung im nationalsozialistischen Deutschland 1933–1938, Hamburg 1991, S. 169.

1044 Elias, Marcus: Was geben wir der Jugend zu lesen und was liest sie? Ein Beitrag zur jüdischen Erziehung, in: Jeschurun 17, 1930, 1/2, S. 31–55.

1045 Ebd., S. 47.

1046 Herrmann, Hugo: Erziehung im Judentum, in: Vom Judentum. Ein Sammelbuch, hg. v. Verein Jüdischer Hochschüler Bar Kochba in Prag, 2. Aufl., Leipzig 1913, S. 186–191, hier: S. 189.

1047 Ebd., S. 188.

sche Romantik diente dem Zionismus als Bezugsrahmen, der einerseits ein Vorbild in volksliterarischer und auch nationenbildender Hinsicht war, jedoch ebenso mit ein Grund, warum überhaupt neue jüdische Märchen geschaffen werden sollten. Die Volksliteratur eines anderen »Volks« konnte in den Augen der Zionisten längst nicht mehr die Stelle besetzen, welche die neue jüdische Kinder- und Jugendliteratur und dabei allen voran das jüdische (Kinder-)Märchen wahrnehmen sollte: ein identitätsstiftendes Medium zu sein in religiöser, historischer und nationaler Hinsicht; eine neue, dezidiert jüdische Volks- und zugleich Kinderliteratur.

Zusammengenommen öffnen sich spätestens ab 1905 alle innerjüdischen Parteien in den deutschsprachigen Gebieten im kinderliterarischen Bereich der Gattung Märchen. Möglich war dies aber erst nach der dargestellten diskursiven Herausbildung eines neuen und einzigartigen Märchenbegriffs im deutschsprachig-jüdischen Kulturkreis sowie der zumindest in Teilen erreichten Anerkennung der im 19. Jahrhundert neu entdeckten jüdischen Volksmärchen. Allein die so entstandene theoretische Fundierung des jüdischen Kindermärchens kann für die darauffolgend entstandenen deutschsprachigen jüdischen Kindermärchen als gattungstheoretischer Maßstab dienen.[1048]

1048 Es kann in der Untersuchung des jüdischen Märchens also nicht darum gehen, wie zuletzt von Rahel Rosa Neubauer gefordert, die im deutschsprachigen Raum bisher von der Märchenforschung herausgebildeten Gattungsdefinitionen heranzuziehen und die jüdischen Märchen daran zu messen. Vgl. Neubauer [Anm. 7], S. 135. Vielmehr soll in den folgenden Kapiteln auf Basis der soeben erläuterten Bestimmung des jüdischen Märchens die jeweilige Ausformung, Schwerpunktsetzung und Einbindung in die deutsch-jüdische Kulturgeschichte erforscht werden.

5. (Post)Akkulturation, *admonitio judaica* und *nation building* – Das deutschsprachige jüdische Kindermärchen zwischen der Jahrhundertwende und 1945

5.1. Die Systematisierung des Märchenkorpus und die Heterogenität des deutschsprachigen jüdischen kinderliterarischen Subsystems im frühen 20. Jahrhundert

Im Überblick über die deutsch-jüdischen sozio-historischen Bewegungen im ersten Drittel des 20. Jahrhunderts wurde gezeigt, dass es sich bei diesem Zeitraum um eine janusköpfige Epoche kultureller Blüte einer- und antisemitischer Angriffe von außen andererseits sowie eine in sich heterogene und differenzierte Zusammensetzung aus Orthodoxen, jüdischen Einwanderern aus Osteuropa,[1049] Zionisten und liberalen Juden handelte. Die wirtschaftliche und kulturelle Blüte der jüdischen Gemeinschaft zeigte sich nicht nur in Publizistik und Erwachsenenliteratur, sondern auch die originäre jüdische Kinder- und Jugendliteratur erlebte ab der Jahrhundertwende und insbesondere ab 1918 in den deutschen und österreichischen Gebieten ihre »erste umfassende und moderne Hochblüte«.[1050] Ein Teil dieser kulturellen Blüte waren die in Folge des Diskurses über ein jüdisches (Kinder)Märchen verstärkt ab 1905 entstandenen Märchentexte. Auch

---

[1049] Zwar machte die Gruppe der sog. »Ostjuden« im jüdischen Bevölkerungsteil mit 20 % eine nicht zu vernachlässigende Größe aus, jedoch waren sie aufgrund ihrer Sprache, Westjiddisch, und der hebräischen Schrift vom deutsch-jüdischen Kinder- und Jugendbuchmarkt weitestgehend ausgeschlossen. Vgl.: Völpel [Anm. 846], S. 271.

[1050] Ebd., S. 271–340. Annegret Völpel belegt diese »Hochblüte« vor allem mit der Vielzahl an Neuerscheinungen, der endgültigen Durchsetzung unterhaltender Kinderlektüre und dem Prosperieren jüdischer Kinder- und Jugendbuchverlage: ebd., S. 276. Der Zeitraum zwischen 1918 und 1933 gehört sicherlich zu den am besten erforschten Abschnitten der Geschichte der deutschsprachigen jüdischen Kinder- und Jugendliteratur, vor allem Gabriele von Glasenapp und Annegret Völpel widmeten sich seiner Erforschung in mehreren Publikationen. Hier sollen deshalb nur die für die Thematik relevanten und diskursgeschichtlich wichtigsten Positionen genannt werden, für ausführlichere Darstellungen siehe: Glasenapp [Anm. 870], Glasenapp [Anm. 902], Glasenapp [Anm. 74], Völpel [Anm. 846], Völpel [Anm. 14] und: Völpel, Annegret: Jüdische Kinder- und Jugendliteratur bis 1945, in: Geschichte der deutschen Kinder- und Jugendliteratur, hg. v. Otto Brunken, Reiner Wild, 3., vollständig überarb. und erw. Aufl., Stuttgart 2008, S. 260–275.

sie stellen jedoch kein in sich homogenes Phänomen dar, sondern sind in Stoffwahl, Stil, Illustration, Akkommodation und ihrer Gestaltung und Einordnung des Märchenwunderbaren überaus differenziert und heterogen. Um diese Vielheit der Märchen im Sinne des gewählten *socio-historic approachs*, also eines kulturwissenschaftlich ausgerichteten Zugangs, einordnen und sie für eine detailliertere Analyse kategorisieren und systematisieren zu können, bietet das in der einschlägigen Forschung bereits ausgiebiger behandelte deutschsprachigjüdische kinderliterarische Subsystem erste Orientierungsmöglichkeiten. Anhand der im Folgenden kurz umrissenen Strömungen und Neuerungen der deutsch-jüdischen Kinder- und Jugendliteratur im ersten Drittel des 20. Jahrhunderts soll hier nun der Versuch unternommen werden, für die Thesenstellung fruchtbare und ebenso den Eigen- und Besonderheiten der Märchen entsprechende Kategorien zu finden. Diese wiederum werden die Basis der Untergliederung und Textanalysen der folgenden Kapitel sein und zeigen am Ende die Einbindung der jüdischen Märchen in die deutschsprachige Märchenkultur, die deutschsprachig-jüdische Kultur- und Literaturgeschichte sowie auch in das deutschsprachig-jüdische kinderliterarische Subsystem auf.

Zur Heterogenität deutschsprachiger jüdischer Kinder- und Jugendschriften vor 1938

Bis zur ersten Hälfte der 1920er Jahre griff die jüdische Kinder- und Jugendliteraturpädagogik immer noch vornehmlich auf bereits vorhandene Texte des jüdischen literarischen Gesamtprogramms zurück. Erst um 1925 setzte ein auf den politischen und sozialen Gegebenheiten und das prosperierende Verlagswesen basierender Produktionsschub ein, der »zu einer immensen Ausweitung« des jüdischen jugendliterarischen Bereiches führte.[1051] Quantitativ machten dabei die unterhaltenden Kinder- und Jugendschriften des liberal-reformierten Judentums den größten Anteil aus. Dies lag neben der schieren Anzahl auch an der prosperierenden wirtschaftlichen Lage des liberalen Judentums in Städten wie Berlin und Wien sowie ihrem hohen Grad an Bürgerlichkeit und Teilhabe am literarischen System.[1052]

Neue jugendliteraturpädagogische Konzepte kamen in dieser Zeit dagegen vornehmlich von Seiten der Zionisten. Während reformierte Jugendschriften bereits etabliert waren und deren Vertreter in Publikationsforen wie dem *Wegweiser für die Jugendliteratur* bereits vor 1914 eine mehr oder weniger gültige Vorstellung über das hatten, was eine gute jüdische Kinder- und Jugendliteratur

---

1051 Völpel [Anm. 14], S. 163.
1052 Vgl. Völpel [Anm. 1050], S. 265.

zu leisten habe, entfaltete sich eine zionistische Kinder- und Jugendliteraturpädagogik und -produktion größtenteils erst zur Zeit der Weimarer Republik.[1053] Aufgrund der veränderten Situation nach Ende des ersten Weltkrieges, der Enttäuschung über die gescheiterte überkonfessionell-deutsche »Volksgemeinschaft« während des Krieges und der Zunahme antisemitischer Äußerungen und Übergriffe wurden von vielen eine neue Haltung, die Rückkehr zur jüdischen Idee im Sinne von Bubers »jüdischer Renaissance« und Rosenzweigs »Erziehung zum Judentum«, die den lange Zeit gehegten Akkulturationsbestrebungen entgegen standen, sowie damit einhergehend neue pädagogische und jugendliterarische Entwürfe gefordert. Die Zielsetzung deutschsprachiger jüdischer Kinder- und Jugendliteratur musste infolgedessen erstmals die seit der Haskala geltenden Prämissen der »emanzipatorischen Entghettoisierung« und »jüdischen Kulturwahrung«[1054] hin zu einer »selbstbewussten Betonung der Eigenständigkeit und Gleichwertigkeit der jüdischen (nun nicht mehr vornehmlich religiös definierten) Kultur«[1055] weiterentwickeln.

Zudem zeigten die wenigen Befragungen unter jüdischen Jugendlichen, dass die bisher geschaffene deutsch-jüdische Kinder- und Jugendliteratur kaum und nicht-jüdische Werke vornehmlich gelesen wurden. Sowohl die Antworten einer Befragung in der Zeitschrift des zionistischen *Jung-Jüdischen Wanderbundes* als auch die orthodoxe Zeitschrift *Esra*[1056] führen beispielsweise auf, dass trotz vorhandener jüdischer Kinder- und Jugendbücher die Heranwachsenden dennoch nichtjüdischen Werken, von Goethe über Dostojewski, Tolstoi und Andersen, den Vorrang gaben.[1057] Nach dem 1. Weltkrieg versuchten jüdische Li-

---

1053 Vgl. Glasenapp [Anm. 74], S. 116. Völpel [Anm. 846], S. 275. Die bei Glasenapp und Völpel zu findende Aussage, zionistische Kinder- und Jugendschriften seien in großer Zahl erst nach 1918 entstanden, trifft auf zionistische Märchen nicht unbedingt zu. Heinrich Loewes erstes Märchen entstand noch vor 1900, das zweite erschien 1913 und Simon Neumanns Märchen von der Nationalfondsbüchse 1915. Die bekannteste zionistische Märchensammlung, *Tams Reise durch die jüdische Märchenwelt* von Siegfried Abeles, wurde allerdings erst 1922 publiziert.
1054 Völpel [Anm. 14], S. 160.
1055 Ebd.
1056 Vgl. Noack, Fritz: Was liest man im J.J.W.B.?, in: Rundschreiben Jung-jüdischer Wanderbund, 1926, S. 8; Merzbach, Arnold: Was lesen unsere Mädels?, in: Führer-Blätter des Esra 3, 1925/26, S. 74. Beides aufgrund nicht verfügbarer Ausgaben zit. n. Glasenapp [Anm. 870], S. 617.
1057 Vgl. Glasenapp [Anm. 74], S. 127. Dies war ein Umstand, der sich wahrscheinlich auch unter nationalsozialistischer Herrschaft nicht umfassend änderte, hatten insbesondere die aus akkulturierten Verhältnissen stammenden jüdischen Kinder doch meist kaum mehr Bezüge zur und vor allen Dingen kein Interesse an der jüdischen Religion und Kultur. Erst durch die Zuweisung zum Judentum von außen nach 1933 und den für Juden beschränkten Zugang zum (inter)nationalen Buchmarkt, änderte sich das Lektüreverhalten (und damit auch die jüdische Kinder- Jugendliteratur) etwas, dazu: Völpel, Annegret: Jüdische Kinder- und Jugendliteratur unter nationalsozialistischer Herrschaft, in: Deutsch-jüdische

teraturpädagogen der unterschiedlichen innerjüdischen Richtungen auf diese Herausforderungen zu reagieren und sich – so Bettina Bannasch – mithilfe unterschiedlicher »*Argumentationsstrategien*« »*im Spannungsfeld von Assimilation und Abgrenzung*« [Herv. i. Orig.][1058] zu positionieren. Bis zum endgültigen Unterbinden jüdischer Kultur- und Verlagstätigkeit im Jahr 1938 stellte so insbesondere die Weimarer Zeit eine Zeit der Neufindung und Neu-Konstituierung jüdischer Identität im Bereich der deutschsprachigen jüdischen Kinder- und Jugendliteratur dar.

In der Frühzeit des Zionismus bestand dessen Einfluss auf die jüdische Kinder- und Jugendliteratur vor allen Dingen in der »Suche nach einer genuin jüdischen Literatur mit spezifisch jüdischen Inhalten«,[1059] eine differenzierte Auseinandersetzung über eine theoretische literaturpädagogische Bestimmung dezidert zionistischer Jugendschriften kam allerdings nie auf.[1060] Nach Gabriele von Glasenapp lässt sich vielmehr feststellen, dass die »Intensivierung jüdischer Identität durch einschlägige Lektüre […] demnach hier wie dort oberste Zielsetzung« war.[1061] Das Programm der zionistischen Jugendzeitschrift *Bar Kochba*, die zwischen 1919 und 1921 erschienen ist, bleibt so auch relativ vage:

> Diese Blätter sollen euch gehören. Ihr sollt in ihnen finden, was Euch Freude macht, und was Ihr in Büchern und Zeitschriften, die Ihr lest, nicht findet: J ü d i s c h e s ! Aus diesen Geschichten und Erzählungen, Märchen und Sagen, Berichten und Rätseln soll Euch immer wieder das jüdische Leben entgegenblicken, sodaß Ihr es immer besser kennen und immer mehr lieben lernt.[1062]

Diese scheinbar einhellige Konzentration auf »Jüdisches« in der Kinder- und Jugendliteratur machte sich insbesondere in der Wahl der Lektüre in der Zeit nach 1918 bemerkbar, bei der sich, interessanterweise, neo-orthodoxe und zionistische Lektürekonzepte stark in ihrem Plädoyer zur Bibellektüre annäherten. Als Gegenposition zur jüdischen Jugendschriftenbewegung, die anregte, neue, originäre jüdische Kinder- und Jugendliteratur zu schaffen, sahen beide Lager in der Lektüre der Bibel wieder ein probates Mittel, wie jüdischen Kindern die jüdische Religion und Kultur vermittelt werden könne: »Uns hat die Er-

---

Kinder- und Jugendliteratur. Ein literaturgeschichtlicher Grundriss, hg. v. Annegret Völpel, Zohar Shavit, Ran HaCohen, Stuttgart 2002, S. 341–414, hier: S. 350.
1058 Bannasch [Anm. 36], S. 66.
1059 Glasenapp [Anm. 74], S. 122.
1060 Wissenswert erscheint jedoch, dass zionistische Periodika wie *Der Jude* reformpädagogische Ansätze und Modelle, eine Erziehung auch außerhalb der bürgerlichen Kleinfamilie, propagierten und so auch ein neues, sehr positiv gewendetes und eigenständiges Kindheits- und vor allem Jugendbild transportierten. Vgl.: Lappin, Eleonore: Überlegungen zu jüdischer Erziehung in Martin Bubers Monatsschrift *Der Jude*, in: Menora. Jahrbuch für deutsch-jüdische Geschichte 12, 2001, S. 259–284, hier: S. 273 f.
1061 Glasenapp [Anm. 74], S. 125.
1062 Klötzel, C. Z.: Liebe Jungen und Mädel, in: Bar Kochba, 1919, 1, S. 1.

fahrung durchaus bestätigt, daß die Bibel das Buch schlechthin für Kinder ist.«[1063] In den religiösen jüdischen Stoffen lag zudem, wie in Kap. 3 ersichtlich wurde, nicht nur religiöser Inhalt, sondern auch kulturelle Identität im Zeichen einer jüdischen Volksliteratur.

Wenn sich auch ein eigenes theoretisch ausformuliertes zionistisches Jugendliteraturkonzept weder in diesem Festhalten an der Bibellektüre noch programmatisch manifestierte, so zeigen die zionistischen Werke für Kinder und Jugendliche doch sehr gut, wie sehr der Zionismus zur Schaffung neuartiger Kinder- und Jugendschriften anregte. Beeinflusst von der kulturzionistischen Erneuerungsbewegung wie auch vom rein »politischen«, religiös annähernd säkularen Zionismus Theodor Herzls, entstanden in den 1920er Jahren vergleichsweise viele Werke, die Palästina, das biblische Leben dort oder die Auswanderung per se thematisierten. Der Ort des Jüdischen war dabei nicht mehr – entgegen den Jugendliteraturvorstellungen Moritz Spaniers und der um Akkulturation bemühten Judenheit – auf die Geschichte und den akkulturiertjüdischen Kontext der Feiertage und rituellen Vorgänge begrenzt, sondern lag in vielen Fällen topographisch außerhalb Deutschlands, in der als historisch gesetzten Heimstätte Palästina, und zeitlich eher in einer zukünftigen bis utopischen oder eben auch märchenhaften Dimension. In den Augen der Zionisten hatte das jahrhundertelange Leben in der Diaspora die Juden von sich selbst »entfremdet«, entzweit und »verrenkt«,[1064] ihr Ziel war es, den vielfach akzeptierten »Status als Exiljude«[1065] zu revidieren, einen neuen jüdischen Menschen insbesondere in der Jugend und dessen Aufbau der neuen alten Heimat Palästina zu propagieren. Als Konstitutum zionistischer Kinder- und Jugendliteratur kann so eine stark zukunftsweisende Funktionalisierung und auch Situierung der Erzählhandlungen gelten. Nach Bettina Bannasch wird in der zionistischen Kinder- und Jugendliteratur »gewissermaßen der Zukunftsaspekt« einer »gegenwartsbezogenen Erinnerungsleistung« manifest.[1066] Emil Bernhard Cohn, der vor allem als Herausgeber des *Jüdischen Kinderkalenders* bzw. *Jüdischen Jugendkalenders* oder *-buches*[1067] bekannt ist und selbst zionistisch überzeugt war, forderte in diesem Sinne in einem Aufsatz von 1929, entgegen der Mode

---

1063 Bernfeld [Anm. 912], S. 108.
1064 Buber [Anm. 134], S. 10.
1065 Glasenapp [Anm. 870], S. 618.
1066 Bannasch [Anm. 36], S. 68.
1067 In Cohns *Jüdischem Kinderkalender* bzw. *Jugendkalender* bzw. *Jüdischem Jugendbuch* wurden zwischen 1927 und 1936 jüdische Kinder- und Jugendgeschichten jedweder innerjüdischen Couleur abgedruckt. Annegret Völpel attestiert ihm, es sei ein »ausgesprochen modern gestaltetes Spätwerk«, das mit viel Humor und Illustrationen wesentliche Neuerungen im Bereich der jüdischen Kinderliteratur enthalte und zudem »in nuce eine Mischung der für die jüdische Kinder- und Jugendliteratur der Weimarer Republik wichtigsten literaturpädagogischen Konzepte« enthalte: Völpel [Anm. 14], S. 157.

realitätsfremder Kinder- und Jugendliteratur müsse die »Jugendschrift von heute« »rechnen mit der Zeit«.[1068] Nicht Eskapismus, sondern die Aufforderung, sich an der Welt zu beteiligen, eine dezidierte Gegenwartsorientierung, solle Jugendliteratur leisten. Wichtig war für ihn neben einer aktuellen und humoristisch ansprechenden Seite der Jugendliteratur auch,[1069] dass sie »Volkserzählung«[1070] sei, also den Kern der zionistischen Botschaft einer jüdischen Einheit im nationalen Sinne verbreite. Zionistische Bücher sollten die jungen Leserinnen und Leser sowohl mit ihrer jüdischen Tradition als auch mit einer Zukunft in Palästina vertraut machen; ihnen Land und Gepflogenheiten über die Phantasiewelt der Lektüre vorführen und den Aufbau einer neuen jüdischen Heimat damit für kommende Zeiten möglich machen.

In vielen zionistischen Werken kommt zudem gerade den kindlichen oder jugendlichen Protagonisten – und übertragen damit auch den jungen Lesern – eine große Verantwortung und Aufgabe zu. Alleine reisen sie in fremde Länder, erkunden neue Gebiete, entdecken jüdische Traditionen, treffen jüdische Helden,[1071] pflanzen Bäume, bestellen brache Länder, füllen die blaue Nationalfondbüchse und bauen insgesamt – finanziell oder mit Kraft ihrer Hände – eine neue Heimat auf. Der Zionismus setzte seine Hoffnungen nicht auf die Eltern-, sondern ganz gezielt die jüngere Generation und schrieb ihr die »Aufforderung zur Erinnerungstätigkeit und zur Rückbesinnung auf die eigene Tradition« zu.[1072] Nicht selten wurde dabei jedoch das Jüdisch-Nationale stark überhöht, arabische Palästinenser diskreditiert und ein militaristisch-jüdischer Selbsthilfepathos beschworen.[1073]

1068 Cohn [Anm. 886], S. 191.
1069 Cohn nimmt in dieser Position als Zionist eine ganz eigene Stellung ein, war die Forderung nach und Förderung von Humor in der Kinder- und Jugendliteratur nicht gerade selbstverständlich in der jüdischen Auseinandersetzung. Hermann Cohen lehnte den Humor angesichts der leidvollen jüdischen Geschichte und Gegenwart ab und auch andere Zionisten wie Martin Buber konzentrierten sich auf einen Entwurf des Jüdischen, der groß, erhaben und neu sein sollte, als andere als humorvoll. Umso deutlicher tritt Emil Bernhard Cohns modernes und kindgemäßes Literaturverständnis zutage, das zwar weniger an der sozial-historischen Dimension der jüdischen Gemeinschaft, dafür jedoch vielmehr an den Bedürfnissen der jüdischen Kinder ausgerichtet war.
1070 Ebd., S. 190–192.
1071 Vgl. Glasenapp [Anm. 870], S. 626: Es waren nach Glasenapp vor allem Buber und Schocken, die ein neues jüdisches Heldentum v. a. in der Jugendliteratur etablieren wollten.
1072 Bannasch [Anm. 36], S. 80.
1073 Vgl. Völpel [Anm. 846], S. 308. Ein solches Urteil sollte jedoch keinesfalls pauschalisiert werden, beweisen doch mehrere Kinder- und Jugendbücher auch aus dem Umkreis der frühen Siedlerbewegung, dass ein friedliches Miteinander in Palästina Ziel und Hoffnung vieler war. Ein Beispiel dafür ist Irma Singers Buch *Kelle und Schwert. Aus den Heldentagen von Dagania*. Hierzu auch: Neubauer, Rahel Rosa: Die Sozialisation der Autorin Irma (Miriam) Singer im Umfeld der Prager KulturzionistInnen als Entstehungshinter-

In literarästhetischer Hinsicht zeugen eine Vielzahl der neuen zionistischen Texte, so beispielsweise Cheskel Zwi Klötzels Geschichten, *Benni fliegt ins gelobte Land* von Irma Singer oder Siegfried Abeles' Märchensammlung, von literarischer Innovationsfreudigkeit und stilistischem Feingefühl. In vielen Fällen handelt es sich nämlich nicht um bloße politisch-agitatorische »Tendenz«-Literatur, sondern durchaus um den Versuch, unter Rückgriff auf zeitgenössisch populäre literarische Topoi, wie beispielsweise dem der Großstadtliteratur, der Technikbegeisterung oder der Individualisierung, das Genre der jüdischen Jugendliteratur zu aktualisieren und literarisieren.[1074] Zusammengenommen trug der Zionismus damit vor allem in seiner Hochphase der 1920er und 30er Jahre »wesentlich zu einer Säkularisierung und Politisierung«[1075] sowie auch Poetisierung der deutschsprachigen jüdischen Kinder- und Jugendliteratur bei.

Neue Positionsbestimmungen im Diskurs über jüdische Kinder- und Jugendschriften kamen im frühen 20. Jahrhundert daneben insbesondere von neo-orthodoxer Seite. Die neo-orthodoxe Kinder- und Jugendliteratur wollte die kindlichen Leserinnen und Leser vor allen Dingen zu einer an den von der Religion vorgeschriebenen Gesetzen ausgerichteten Lebensführung anhalten, dabei jedoch auch Neuerungen im literarischen Feld einführen.[1076] Die Erzählungen Frieda Weißmanns, die als Märchenautorin später noch genauer in den Fokus gerückt werden soll, und Maurice Aschers erzählen zum Beispiel meist biblische Legenden nach oder propagieren ein religionsgesetzestreues Leben jugendlicher Heldinnen und Helden. Für die Theorie orthodoxer Kinder- und Jugendliteratur lieferte insbesondere Marcus Elias, ein Religionslehrer, der sich auch am Diskurs über das jüdische Märchen beteiligt hatte, neue Impulse. Er forderte im Sinne der Reformpädagogik eine Literatur vom Kinde aus, eine an den Bedürfnissen und Entwicklungsstufen des Kindes ausgerichtete Literatur.[1077] Er übertrug so – wie auch Siegfried Bernfeld oder Charlotte Bühler – entwicklungspsychologische Überlegungen auf seine jugendliterarische Positionierung, die in der Abkehr von den Richtlinien der Jugendschriftenbewegung

---

grund ihrer jüdischen Märchen. Exposé des Dissertationsprojektes an der Universität Wien für das 12. Münchner Bohemisten-Treffen, 2008, http://www.gelsenzentrum.de/Rahel_Rosa_Neubauer.pdf, zuletzt geprüft am: 26.10.2016, S. 2.

1074 Vgl. Glasenapp [Anm. 74], S. 137. Insbesondere Cheskel Zwi Klötzel zeigt in seinen Werken die Symbiose der Weimarer Zeit mit zionistischen Inhalten. In seinem Buch *Moses Pipenbrinks Abenteuer* verwebt er beispielhaft die Erfahrungen von Antisemitismus und Auswanderung mit denen eines Waisenkindes in der Großstadt, das sich selbst und seine (jüdische) Identität erst noch finden muss. Klötzel, C. Z.: Moses Pipenbrinks Abenteuer. Die seltsamen Erlebnisse eines kleinen jüdischen Jungen, Berlin 1920.

1075 Völpel [Anm. 14], S. 162.

1076 Annegret Völpel sieht diese Modernisierungsbestrebungen der Orthodoxen allerdings als gescheitert an, da das »Primat der Religionsvermittlung« literarische Interessen letztendlich verhindert habe: Völpel [Anm. 846], S. 310.

1077 Vgl. Elias [Anm. 1044], S. 44. Vgl. dazu: Glasenapp [Anm. 74], S. 139.

einen Wandel der theoretischen Bestimmung der (deutsch-jüdischen) Kinder- und Jugendliteratur einleiteten.[1078] Wie Marcus Elias 1930 in der Zeitschrift *Jeschurun* schrieb, bilde sich »Vom Buch her [...] seine [=jugendlicher Leser] Persönlichkeit, sein Ideal und sein Irrtum«[1079]. Elias plädierte in seinem Aufsatz daher für ein Jugendbuch, »in welchem jüdische Vergangenheit und Gegenwart, jüdische Pflichten und Gemeinschaftsleben, Freud und Leid, Kampf und Sieg in einer den verschiedensten Altersstufen faßbaren Form gestaltet wird.«[1080] Diese Auswahl der Lektüre dem Alter gemäß und damit einhergehend die Differenzierung in Kinder- *und* Jugendliteratur – wohingegen Wolgast sogar die Differenz zwischen Jugend- und Erwachsenenliteratur zumindest vom poetischen Standpunkt her minimieren wollte – widersprach bereits der Forderung der Jugendschriftenbewegung, die einzig wichtige Maxime sei der ästhetische Wert der Kinder- und Jugendliteratur. Darüber hinaus konstatierte Elias jedoch auch, es müsse festgestellt werden,

> daß von einer entscheidenden Stellung der ästhetischen Kunstform um der ästhetischen Genußfähigkeit willen in der Jugendlektüre keine Rede mehr sein kann. [Herv. i. Orig.] Pädagogische und psychologische Richtungen begegnen sich heute in der Ueberzeugung, daß die Jugendschrift in erster Linie eine Frage der Erziehung ist und bleibt.[1081]

Wolgasts Buch habe – so Elias – »heute nur mehr historische Bedeutung«.[1082] An Stelle der ästhetischen Maxime setzten Elias und die neo-orthodoxe Jugendliteraturkritik »volksbildende und volkszusammenschmiedende Werte« und eine »Erziehung zur jüdisch-religiösen Volkskultur, die auf der Thora beruht«.[1083] Im

---

1078 Zu Beginn der 1920er Jahre hatte sich, ausgehend von den empirischen Studien Bühlers und Walter Quasts, die Annahme durchgesetzt, dass Kinder und Jugendliche sich je nach Alter, Bildungsklasse und Geschlecht für unterschiedliche Stoffe und Gattungen interessierten. Nach Charlotte Bühlers berühmtem und viel rezipiertem Werk *Das Märchen und die Phantasie des Kindes* folgt auf das Struwwelpeter- das Märchenalter, danach die Kunstmärchen-, Abenteuer- und Robinson- bzw. Backfischzeit. Erst ab einem Alter von ca. 12 Jahren wären Jugendliche für die Lektüre anspruchsvollerer Gattungen wie Dramen und Balladen bereit. Vgl. Bühler [Anm. 403], S. 5. Die Literaturproduktion differenzierte sich in der Folge stärker in kinderliterarisches einerseits und jugendliterarisches Schreiben andererseits aus und brach damit mit der Richtlinie, Jugendliteratur habe zuallererst ein poetisches Kunstwerk zu sein. Vgl.: Völpel [Anm. 846], S. 278. Es ging nun vielmehr darum, dass sich die Bücher in Aufmachung, Illustration, Inhalt und insbesondere der sprachlichen Gestaltung nach dem Alter der Zielgruppe richteten, also kind- oder jugendgemäß waren. Oftmals teilten sie bereits im Titel oder Untertitel mit, für welche Altersgruppe sie bestimmt waren.
1079 Elias [Anm. 1044], S. 32.
1080 Ebd., S. 34.
1081 Ebd., S. 37.
1082 Ebd., S. 36.
1083 Ebd., S. 39.

Zentrum standen rein religiöse Stoffe, die dazu dienen konnten, ein im religiösen Sinne jüdisches Volksbewusstsein in Abgrenzung zum stärker und lauter werdenden »Deutschtum« zu erzeugen.[1084] Das orthodoxe Ideal eines spezifisch jüdischen Jugendbuchs enthält somit nach Elias eine »schnell fortschreitende und ergreifende Handlung«, es solle »der Phantasie Nahrung und eine den Kindern eigentümliche verständliche Darstellung geben«. Zudem müsse es »die Handlung seelisch folgerichtig« entwickeln, »die Phantasie aus der Tiefe der dichterischen Seele und nicht aus dem trüben Wasser der Leidenschaft und dem Tierischen« schöpfen, »hohe, reine Gefühle« auslösen und »dem kindlichen Geiste entsprechende anschauliche Darstellung« bieten.[1085] Nach Gabriele von Glasenapp formulierte Marcus Elias zusammengenommen stellvertretend für die Literaturanschauung der Neo-Orthodoxie eine Legitimierung tendenzhaltiger jüdischer Kinder- und Jugendliteratur. Darüber hinaus sei es den Vertretern der neo-orthodoxen Literaturpädagogik in Elias' Überlegungen zu einer altersgemäßen Literaturauswahl und -produktion gelungen, sich in »den allgemeinen literaturpädagogischen Diskurs der Epoche«[1086] um Lesealter und Gattungszuordnungen einzuschreiben.

Mit der Machtergreifung der Nationalsozialisten in Deutschland 1933 formierten sich zusätzlich zu den umrissenen neo-orthodoxen, zionistischen und liberal-jüdischen Kinder- und Jugendschriften neue jüdische Kinder- und Jugendbücher, die sich der Lebenshilfe, der Vermittlung von Hoffnung und Empathie, verschrieben hatten. Bereits in den letzten Jahren der Weimarer Regierung, vor allem aber seit Hitlers Machtübernahme und dem Anschluss Österreichs war jüdisches Leben und jüdische Kulturtätigkeit im deutschsprachigen Raum immer schwieriger, ja unmöglich geworden. Ausgeschlossen aus Reichsschrifttumskammer und Reichskulturkammer mussten sich jüdische Kulturtätige im Jüdischen Kulturbund zwangsorganisieren. Bis 1940 konnten so zwar noch einige jüdische Schriften und auch jüdische Kinderliteratur erscheinen, jedoch waren diese einer starken Zensur unterworfen. Auch das jüdische Verlags- und Zeitungswesen wurde größtenteils unterdrückt, ab August 1937 war nur mehr ein sog. »Ghetto-Buchhandel« zugelassen,[1087] der auch die letzten Verbindungen von deutscher und jüdischer Kulturtätigkeit kappen sollte.

1084 Wobei der Volksbegriff hier, im orthodoxen Kontext, nicht im Sinne einer zionistisch-nationalen Idee verstanden werden sollte, sondern vielmehr korrespondierend zur Selbstauffassung der orthodoxen Juden als eine Gemeinschaft in der Religion und dem Glauben.
1085 Ebd., S. 40.
1086 Glasenapp [Anm. 870], S. 635.
1087 Vgl. Glasenapp [Anm. 902], S. 175, sowie: Schoor, Kerstin: Vom literarischen Zentrum zum literarischen Ghetto. Deutsch-jüdische literarische Kultur in Berlin zwischen 1933 und 1945, Göttingen 2010.

Für die weitere Veröffentlichung jüdischer Kinder- und Jugendliteratur fehlten unter diesen Umständen meistens die finanziellen Mittel.[1088] Als nach den Novemberpogromen 1938 der jüdische Buchhandel in Deutschland unterbunden wurde, bedeutete dies auch für die deutschsprachige jüdische Kinder- und Jugendliteratur ein vorläufiges Ende.

Insgesamt betrachtet ist jeglicher jüdischer Kinder- und Jugendliteratur, die zwischen 1933 und 1938 erschienen und heute noch erhalten und zugänglich ist, eine entschiedene Betonung der jüdischen Selbstbehauptung und eine zunehmend kritische Sichtweise auf die deutsch-jüdische Existenz eigen. Interessanterweise könne insgesamt für diesen Zeitraum sogar – so Annegret Völpel – von einer »zweiten Hochphase« der jüdischen Kinder- und Jugendliteratur in Deutschland gesprochen werden.[1089] Dies lag vor allen Dingen an den zahlreichen zionistischen Schriften, die für die Auswanderung warben, doch wie auch zu Zeiten der Weimarer Republik war das Spektrum der Gattungen vielfältig. Im Zentrum der in diesem Zeitraum veröffentlichten jüdischen kinderliterarischen Werke lag der Wille, angesichts der judenfeindlichen Politik und antisemitischen Propaganda in Deutschland sowie des zunehmenden Ausschlusses der Juden aus dem öffentlichen Leben, Heranwachsende in ihrem Selbstbehauptungswillen, ihrem Umgang mit den Zeitumständen und ihrem Widerstand gegen die politischen Gegebenheiten zu unterstützen.[1090] Wie zahlreiche Zeitzeugenberichte belegen, war für viele jüdische Kinder nach 1933 bereits allein der Gang aus dem Haus ein Gang in »Feindesland«, ganz unabhängig davon, ob sie vorher bewusst als Juden gelebt hatten oder sogar aus konvertierten Familien stammten. Jüdische Kinder litten unter ständigen Ausgrenzungen und Beleidigungen in der Schule und auf der Straße, sie mussten miterleben wie sich Lehrer, Freunde und völlig Fremde grundlos von ihnen abwandten und ihnen das Gefühl gaben, »Untermenschen« zu sein.[1091] In dieser und der Folgezeit, da der deutschsprachigen und europäischen Judenheit jegliche Rechte und Ansprüche abgesprochen wurden, sie in Ghettos und KZs unter menschenunwürdigen Bedingungen, ihrer bisherigen Heimstatt und vieler Angehörigen beraubt, leben

---

1088 Eine Ausnahme bildete der Berliner Schocken Verlag, der bis zu seiner Zwangsschließung 1938 noch über die Mittel verfügte, jüdische Kinder- und Jugendliteratur weiterhin zu verlegen. Siehe dazu: Belke, Ingrid: In den Katakomben. Jüdische Verlage in Deutschland; 1933–1938; [für die Ausstellung von Februar bis Juni 1983 im Schiller-Nationalmuseum, Marbach am Neckar], Marbach 1983.
1089 Völpel [Anm. 1057], S. 348.
1090 Vgl. ebd., S. 350.
1091 Vgl. Fritsche, Michael/ Peper, Ulrike: Jüdische Kindheit im Schatten des Holocaust, in: Jüdisches Kinderleben im Spiegel jüdischer Kinderbücher. Eine Ausstellung der Universitätsbibliothek Oldenburg mit dem Kindheitsmuseum Marburg; Katalog zur 17. Ausstellung der Universitätsbibliothek im Rahmen der Oldenburger Kinder- und Jugendbuchmesse 1998, hg. v. Helge-Ulrike Hyams, Oldenburg 1998, S. 115–124, hier: S. 120.

mussten, benötigten jüdische Kinder umso dringender Ablenkung, Ermunterung und Identifikationsmedien,[1092] Hoffnung, wo kaum mehr Hoffnung war.

Zur Systematisierung der deutschsprachigen jüdischen Kindermärchen

Der Diskurs über das jüdische Märchen regte im ersten Drittel des 20. Jahrhunderts nicht nur zur Schaffung neuer originärer Kindermärchen an, sondern brachte wie beschrieben auch eine theoretische Fundierung und Charakterisierung des jüdischen Märchens mit sich. Als originäres, möglichst ästhetisch wertvolles Kinder- und Kunstmärchen und Narrativ jüdischen *nation buildings* sollte es nun seinen kinderliterarischen Siegeszug beginnen. In Betrachtung der auffindbaren deutschsprachigen jüdischen Märchensammlungen aus der Zeit zwischen 1900 und 1945 wird jedoch schnell ersichtlich, dass diese diskursive Festsetzung bei Weitem keine Allgemeingültigkeit beanspruchen kann. Als »jüdische Märchen« und Märchen aus dem deutschsprachigen jüdischen Kulturkreis liegen uns heute eine obschon durch die Zerstörungswut der Nationalsozialisten sicherlich dezimierte Vielzahl und Vielheit an Texten vor, die in Analogie zur allgemeinen deutsch-jüdischen Kinder- und Jugendliteratur äußerst heterogen ist und längst nicht in allen Fällen die Anforderungen der jüdischen Jugendschriftenbewegung, wie sie im *Wegweiser* formuliert worden waren, erfüllen. Um eine definitorische Einengung – und damit auch eine selektive Betrachtung – des »neuen« jüdischen Märchens zu verhindern, wurde daher, wie in der Einleitung bereits angedeutet, für die hier getroffene Textauswahl eine eher pragmatische Definition gewählt: Das zu analysierende Korpus konstituiert sich aus deutschsprachigen Texten, die sich selbst als »jüdische Märchen« bezeichnen und Märchen, die explizit an jüdische Kinder adressiert sind oder sich nachweislich in den deutsch-jüdischen Kulturkreis und Diskurs einschreiben.[1093] Im Gegensatz zum jüdischen Märchen des 19. Jahrhunderts ist ihnen allen ihre kinder- oder jugendliterarische Ausrichtung, zumindest ein *All-Age*-Charakter, gemeinsam, welche im Paratext, an Motivik, Stil, Erzählhaltung und insbesondere auch der Illustrierung der Märchenbücher sichtbar werden.[1094]

1092 Beleg dafür sind die in vielen Internierungs- und manchen Konzentrationslagern geführten Bibliotheken oder auch die Kindertheateraufführungen im Ghetto Theresienstadt, vgl. Völpel [Anm. 1057], S. 408.
1093 Siehe hierzu Kap. 5.2.
1094 Die sehr vereinzelt auftretenden dezidiert erwachsenenliterarischen jüdischen Märchen können aufgrund ihrer verzerrenden Verwendung des Gattungsbegriffs »Märchen« als Satire oder ironische Erzählung oder auch ihrer erotisch-phantastischen Dimension für die hier angelegte Fragestellung vernachlässigt werden.

Um diese Heterogenität und Vielheit des jüdischen Märchens darstellen und analysieren zu können, ist es notwendig, eine Kategorisierung und Systematisierung der Märchen vorzunehmen. Die wenigen bisher existierenden Systematisierungsversuche jüdischer Märchen richten sich in der Forschung im volksliterarischen Bereich meist nach Motiven, Stoffen oder deren Herkunft.[1095] Im Bereich der Kindermärchen, sofern überhaupt vorhanden, nach pädagogisch-didaktischen Maßstäben, ihrer politischen und religiösen Zugehörigkeit oder ihrem Grad an »Literarisierung«.[1096] Einheitliche Kategorien zur Unterscheidung fehlen allerdings noch. Um das Forschungsvorhaben einer Rekonstruktion und Analyse der deutsch-jüdischen Märchen in ihrer Gesamtheit erfüllen sowie die These, die jüdischen Märchen seien Spiegel und Antwort auf ihre Entstehungszeit sowie Ausweis der transkulturellen deutsch-jüdischen kulturellen Entwicklung, beantworten zu können, erscheint es damit unerlässlich, neue Kategorien zur Systematisierung der Märchen zu finden und diese dementsprechend zu untersuchen.

Ein erster Schritt gelang bereits in der Auffindung und Darstellung der jüdischen volksliterarischen Märchen. Im Gegensatz zu den bisherigen Annahmen kann so nämlich bereits eine Grobgliederung in deutsch-jüdische Volksmärchen – wie sie basierend auf der aggadischen und diasporischen Volksliteratur im 19. Jahrhundert und dann in den Anthologien und Sammlungen Bubers und Berdyczewskis veröffentlicht wurden – und die in Folge des Märchendiskurses entstandenen deutschsprachigen Märchen für jüdische Kinder als Kunstmärchen unternommen werden.

Die Basis für deren weitere Untergliederung bildet nun die soeben dargestellte Ausdifferenzierung der deutsch-jüdischen Kinder- und Jugendschriften in zionistische, neo-orthodoxe, liberal-akkulturierte und die zur NS-Zeit entstandenen kinderliterarischen Werke. Diese Einteilung wiederum rekurriert auf die von Andreas Kilcher für die deutsch-jüdische Literatur im Allgemeinen angewandte Untergliederung in assimilatorisch, (kultur)zionistisch und diasporisch.[1097] Allein dies – so die These – reicht aber noch nicht aus, um alle wichtigen Aspekte der Gattung Märchen auch in der Systematisierung zu repräsentieren. Auch der Grad an *nation building* des Märchens, also jenes Zusammenspiels aus

---

1095 Vgl. die bisher einschlägige Untergliederung von Israel Zwi Kanner in: Kanner [Anm. 457]. Sowie Kanner, Israel Zwi: Neue jüdische Märchen, Orig.-Ausg., 21.–23. Tsd, Frankfurt a. M. 1983.
1096 Die ausführlichste Systematisierung liefert bisher Annegret Völpel im Grundlagenwerk *Deutsch-jüdische Kinder- und Jugendliteratur*: sie unterscheidet in religionspädagogische und religiös-moralische Märchen, in literarische Naturmärchen und zionistische Märchen, Kinderlegenden sowie »moderne literarische Kindermärchen«. Doch auch sie folgert, dass »hinsichtlich des jüdischen Kindermärchens« noch »erhebliche Forschungslücken zu verzeichnen« seien. Völpel [Anm. 15], S. 246f. Völpel [Anm. 846], S. 320ff.
1097 Vgl. Kilcher [Anm. 10], S. XV.

nationaler Identitätskonstruktion, die auch im Bereich des deutschen Volksmärchens des 19. Jahrhunderts vorzufinden ist, und dem spezifisch jüdischen Anteil des Zionismus, soll in der Kategorisierung der Märchen mit beachtet werden. Insgesamt handelt es sich bei dem hier angelegten Systematisierungsversuch also um eine Verbindung aus Parametern der deutsch-jüdischen Kulturgeschichte, der deutschsprachig-jüdischen Kinder- und Jugendliteratur sowie der Theorie vom Märchen als Narrativ des *nation buildings*, womit insgesamt dem hier angelegten *socio-historic approach* zur Systematisierung und Bestimmung des deutsch-jüdischen Märchens im 20. Jahrhundert Rechnung getragen wird.

Das Kapitel 5.2. widmet sich in diesem Sinne zunächst den im Umkreis des akkulturierten Judentums entstandenen »postakkulturierten« Märchen für Kinder, die nur kaum merkliche religiös-, kulturell-, oder national-jüdische Bezüge aufweisen und sich vielmehr in eine im deutschsprachigen Raum des frühen 20. Jahrhunderts vorherrschende Zeit der Märchenmode einschreiben. In Kapitel 5.3. sind darauffolgend jene Märchen zusammengefasst, die im Sinne der Neo-Orthodoxie, aber auch des reformierten und kulturzionistischen Judentums à la Rosenzweigs »Erziehung zum Judentum« dezidiert an jüdische Kinder gerichtet sind und deren jüdisches Selbstverständnis stärken wollen, ohne dabei eine national-jüdische Komponente zu enthalten. Diese tritt in Kapitel 5.4. in den zionistischen Kindermärchen zutage. Hierunter werden jene Märchen gezählt, die jüdisches *nation building* im politischen, geographischen oder auch ethnischen Sinne beinhalten, bei denen der religiöse Inhalt jedoch weniger wichtig oder sogar ganz abgelöst wird. Kapitel 5.5. widmet sich abschließend Märchen für jüdische Kinder, die unter der Herrschaft der Nationalsozialisten angesichts der Ausgrenzung und Vernichtung der europäischen Judenheit gänzlich neue Positionierungen im Sinne von »Mutmach- und Hoffnungsmärchen« einzunehmen versuchen. Natürlich differieren die Märchen und Märchensammlungen auch innerhalb dieser Kategorien stark und sind meist von Werk zu Werk, zum Teil auch wieder innerhalb dessen, in Funktionalisierung, Motivik und ihrer literarischen und auch visuellen Gestaltung äußerst unterschiedlich. In den Unterkapiteln wird versucht, dieser Binnendifferenzierung Rechnung zu tragen und anhand von Beispielanalysen das breite Spektrum der deutschsprachigen jüdischen Märchen für Kinder aufzuzeigen.

5.2. »Postakkulturierte« Märchen – Transformationen des romantischen Volks-, Kinder- und Kunstmärchens deutschsprachig-jüdischer Autorinnen

In der deutschsprachigen Kinder- und Jugendliteratur war es in den bereits dargestellten neuen Kindheits- und Kunstdiskursen der Jahrhundertwende »zu einer neuen Auslegung und Hochschätzung von Traditionen märchenhafter und fantastischer Erzählprosa«[1098] gekommen und »die ›Gattung Grimm‹ zum unangefochtenen und unhinterfragten Medium vaterländischer wie auch literarästhetischer Erziehung avanciert«[1099]. Das Märchen entfaltete sich im ersten Drittel des 20. Jahrhunderts als »verbreitetste kinderliterarische Gattung«[1100] nun zahlreicher und vielfältiger als jemals zuvor; neben Neu- und Wiederauflagen altbekannter Volks- und Kunstmärchen von den Grimms bis Andersen entstanden neue Pflanzen-, Feen- und Tiermärchen, Weihnachts- und Alltagsmärchen sowie moralische, didaktische, religiöse, völkisch-nationale, expressionistische und sozialistische Märchen, die den Zeitraum zwischen der Jahrhundertwende und dem Beginn der NS-Herrschaft literaturgeschichtlich zu einer Zeit der kinderliterarischen Märchenmode und neoromantischen Märchenblüte machten.

Die in den folgenden Kapiteln vorgestellten Märchen deutsch- oder österreichisch-jüdischer Autoren und Autorinnen waren ganz unabhängig von ihrer religiösen, politischen oder ethnischen Zugehörigkeit Teil dieser Märchenmode und erweitern das Spektrum des deutschsprachigen Märchens um eine in der germanistischen Märchenforschung viel zu lange Zeit übersehene, in sich wiederum äußerst vielfältige kulturelle Ausprägung. Ein Großteil der deutschsprachig-jüdischen Kindermärchen wurde jedoch – anders als bisher angenommen – nicht erst im Zuge des in Kapitel 4.4. dargestellten Diskurses über ein dezidiert jüdisches Kindermärchen in deutscher Sprache geschaffen, sondern, von den Auseinandersetzungen und Fragestellungen in den jüdisch-literaturpädagogischen Zeitschriften unabhängig,[1101] bereits ab der Jahrhundertwende. Urheber dieser Märchen waren Autorinnen, die meist dem säkularen, akkulturierten, bürgerlichen Milieu angehörten.[1102] Ihnen ging es – im Gegensatz zu den

---

1098 Wilkending [Anm. 431], S. 191.
1099 Karrenbrock [Anm. 428], S. 360.
1100 Ebd., S. 361. Annegret Völpel führt als Gründe hierfür die Aufnahme des Märchens in den Schulkanon, den wachsenden Kinderbuchmarkt und die Märchenbefürwortung durch die Jugendschriftenbewegung an: Völpel [Anm. 846], S. 321.
1101 Ersichtlich wird in den Märchen dieser Kategorie am ehesten die jüdische Jugendliteraturtheorie wie sie Louis Meyer in Anlehnung an die Thesen Wolgasts verfasste, vgl. dazu Kap. 4.2.
1102 Vgl. zu dieser Gruppe bspw. den Brief Kurt Tucholskys an Arnold Zweig: Tucholsky:

Vorgaben für ein jüdisches Märchen, wie sie im *Wegweiser* dargelegt worden waren – mit einer Ausnahme[1103] nicht darum, ein speziell *jüdisches* Märchen, sondern – wie viele andere deutschsprachige AutorInnen der Zeit[1104] – neue, der allgemeinen Jugendschriftenbewegung und psychoanalytischen Literaturpädagogik entsprechende Märchen zu schaffen. Im Rahmen der »Verbürgerlichung der deutschen Juden« hatte eine »Verhäuslichung und verstärkte Separierung der Kindheit von der Erwachsenenwelt«[1105] eingesetzt, die nun dem Einzug phantastisch-kindgerechter Literatur, frei von jeglicher religiöser Tendenz, in die jüdisch-bürgerlichen Haushalte den Weg bereitete.

Die im transkulturellen Gefüge und Geiste der vollzogenen Akkulturation der jüdischen Bevölkerung entstandenen »postakkulturierten«[1106] Märchen zeichnet die Lust am (neoromantischen) Märchenwunderbaren, das freie literarische Spiel in einer der komplexen Gegenwart »durchausentgegengesetzten« Märchenwelt und die Aktualisierung und Transformierung des romantischen Volks- und Kunstmärchens in einer sowohl dem Kind als LeserIn als auch aktuellen literarischen Tendenzen des Jugendstils, des Naturalismus, Symbolismus und auch Expressionismus zugewandten Schreibweise aus. Es ging darin gerade nicht um jüdisches oder deutsches *nation-building*, sondern, im Geiste der postemanzipatorischen und post-akkulturierten Zeiten, eine De-Nationalisierung des Märchens im Märchenwunderbaren; einseitige Positionsbestimmungen im deutsch-jüdischen Diskurs wurden vermieden. Zentral ist ihnen dagegen die kinderliterarische Aufwertung. Der/die kindliche AdressatIn rückt genauso in den Mittelpunkt wie die erzählende Vermittlerinstanz. Das Märchen schwebt nicht mehr isoliert im Erzählraum, sondern spielt mit der eigenen Formelhaftigkeit, lässt die Figuren deutlicher zu Wort kommen, wendet sich an ein »Märchen-Du« und bezieht auch die außerfiktionale Wirklichkeit, die umbruchhafte Situation im frühen 20. Jahrhundert, mit ein.

Eine eindeutige Zuteilung dieser Märchen zum hier untersuchten Textkorpus deutschsprachiger *jüdischer* Märchen ist allerdings problematisch, weisen diese

---

Tucholskys letzte Erkenntnisse. Brief an Arnold Zweig. 15.12.1935, in: Ordo. Halbmonatsschrift; Organ des Comité Juif d'Études Politiques, 1938, 11, S. 18–20.

1103 Schott, Clara: Gan Eden. Orientalisches Märchen, in: Wegweiser für die Jugendliteratur 8, 1912, 6, S. 139–141.

1104 Am bekanntesten sind neben Waldemar Bonsels wahrscheinlich Sophie Reimer und Wilhelm Matthiessen und deren Märchenerzählungen, vgl.: Karrenbrock [Anm. 428], S. 364ff.

1105 Völpel [Anm. 846], S. 321.

1106 Mit »postakkulturiert« soll zum einen auf die innerjüdische Strömung des weitgehend säkular lebenden Judentums, zum anderen auch auf die postemanzipatorischen und postassimilatorischen Zeitumstände verwiesen werden; auf eine Zeit der bereits vollzogenen Akkulturation einerseits und angesichts der Zuweisung zu einer mehrheitlich abgelegten Kultur von außen anbrechenden Reflexion über die eigene deutsch- oder österreichisch-jüdische Identität und »in-betweenness« andererseits.

Märchensammlungen deutschsprachig-jüdischer Autorinnen auf den ersten Blick doch keinerlei Hinweise auf einen jüdischen Kulturkreis, eine Adressatenorientierung an dezidiert jüdische Kinder oder gar eine konfessionelle Zuweisung auf. Sie sind in den allermeisten Fällen frei von religiösen oder jüdisch-politischen Implikationen und Ausrichtungen. Das darin enthaltene Märchenwunderbare ist durchweg aus sich selbst heraus gewirkt und kein religiöser Ursprung vorhanden – zumindest auf der Textebene sind die Märchen dieser Kategorie damit zunächst *nicht* als *jüdische* Märchen zu bezeichnen. Dazu kommt in vielen Fällen wie beispielsweise Helene Scheu-Riesz' oder Hermine Hanels ein nicht geklärtes Selbstverständnis als Jüdin angesichts von Konversion und Akkulturation und einem Leben als Schriftstellerin in einem mehrheitlich christlich bestimmten Umfeld und Buchmarkt.

Die Märchensammlungen und Autorinnen,[1107] die im Fokus dieses Kapitels stehen, müssen aber trotz der genannten und durchaus zu betonenden Problematiken zum untersuchenden Gesamtkorpus deutschsprachig-jüdischer Märchen gezählt werden. Sie sind zum einen Ausdruck eines Teils der deutsch-jüdischen Kultur zu dieser Zeit, dem des akkulturierten Judentums in Deutschland und Österreich – der in den ersten Jahrzehnten des 20. Jahrhunderts immer noch größten Gruppierung der jüdischen Bevölkerung in Deutschland –, und dies oftmals gerade aufgrund ihrer Auseinandersetzung und Problematisierung der eigenen jüdischen Herkunft oder religiösen Indiffe-

---

1107 Die in dieser Gruppe anzutreffende große Anzahl weiblicher Märchenautorinnen – tatsächlich handelt es sich bei den im Zuge der Recherchen Aufgefundenen um Autor*innen* – hängt neben der im jüdischen Kulturkreis nachweisbar höheren Bildung und künstlerischen Tätigkeit von Frauen – in der Forschung ist hier die Rede vom »Topos der jüdischen ›neuen Frau‹« (Glasenapp, Gabriele von: »Was sollen unsere Töchter lesen?«. Die jüdische Journalistin und Literaturpädagogin Regina Neisser, in: ›Not an essence but a positioning‹. German-Jewish women writers (1900–1938), hg. v. Andrea Hammel, Godela Weiss-Sussex, München, London 2009, S. 33–54, hier: S. 34.) – auch damit zusammen, dass sich seit Mitte des 19. Jahrhunderts die Autorschaft kinder- und jugendliterarischer Werke zunehmend verändert hatte. Der noch in Aufklärung und Romantik gängige Typus des männlichen, oftmals geistlichen Kinderschriftsteller-Pädagogen in Tradition Johann Joachim Campes war bereits von Lohn- und Vielschreibern des florierenden Kinderbuchmarktes des 19. Jahrhunderts verdrängt worden und wurde zur Jahrhundertwende durch zunehmend spezialisierte Berufsschriftsteller und autodidaktische Schriftsteller*innen* ersetzt. Gerade Frauen bot der Kinder- und Jugendbuchmarkt sehr gute Möglichkeiten, innerhalb fester bürgerlicher Traditionen und Weiblichkeitsentwürfe zu beruflichem, literarischem und finanziellem Erfolg zu kommen Vgl. Hurrelmann, Bettina, Pech, Klaus-Ulrich, Wilkending, Gisela: Entwicklungsdimensionen und -prozesse, in: Handbuch zur Kinder- und Jugendliteratur. Von 1850 bis 1900, hg. v. Otto Brunken, Stuttgart, Weimar, S. 7–90, hier: S. 42–45. Das Märchen als »kleine Gattung« war zudem bereits in der Preziösenkultur in Frankreich im 17. Jahrhundert vornehmlich von Frauen geschaffen worden und diente so als »Frauenliteratur« nun auch im 20. Jahrhundert vielen Schriftstellerinnen als Eingangstür in den literarischen Markt. Vgl. Kroll [Anm. 709], S. 43.

renz.[1108] Die ausgewählten Autorinnen der Märchen schrieben sich des Weiteren über ihre Herkunft hinaus selbst in das deutsch- bzw. österreichisch-jüdische »kulturelle System« ein[1109] bzw. äußerten sich in anderen Werken wie beispielsweise Clara Schott oder Franziska Bloch-Mahler sogar ausdrücklich für die Belange der jüdischen Gemeinschaft.[1110] Nicht zuletzt, und dieses Argument ist gerade mit Blick auf die kinder- und jugendliterarische Ausrichtung der Märchen von Bedeutung, wurden die meisten dieser Märchen in jüdischen Zeitschriften oder von jüdischen Institutionen als Lektüre für jüdische Kinder empfohlen und damit zumindest zu intendierten jüdischen Kindermärchen. Mit Gabriele von Glasenapp können nämlich all jene »im deutschen Sprachraum erschienenen [...] Texte« als jüdische Kinder- und Jugendliteratur gelten, »denen jüdische Vermittler, Autoren und Verlage die Eigenschaft zusprachen, als potentielle Lektüre für jüdische Kinder und Jugendliche zu dienen.«[1111] 1996 hatten von Glasenapp und Völpel diese Definition noch etwas umfangreicher und mit folgendem Zusatz formuliert: »und die dazu bestimmt waren, zur Weckung bzw. Wahrung einer jüdischen Identität beizutragen«.[1112] Die Betonung der »Wahrung der jüdischen Identität« rekurriert dabei auf die von Moritz Spanier im Umkreis der jüdischen Jugendschriftenbewegung neu konzipierte Theorie jüdischer Jugendliteratur, die sich einer »spezifisch jüdischen Jugendschriftenliteratur« verpflichtet sah im Sinne eines Akts »der Selbsterhaltung und des Selbstbewußtseins«.[1113] Der Wegfall dieses Zusatzes ist für die Charakterisierung der Gesamtheit deutsch-jüdischer Kinder- und Jugendliteratur, im Speziellen der deutschsprachig-jüdischen Märchen, von der Haskala bis 1945 aber existenziell, fielen doch ansonsten viele der Werke für jüdische Kinder und Jugendliche des akkulturiert-liberalen Judentums, die sich vor allen

---

1108 So war es in vielen akkulturiert-jüdischen bürgerlichen Familien beispielsweise üblich, Weihnachten, in den Worten Gershom Scholems, »Weihnukka«, zu feiern, oder auch andere christliche Bräuche und Feiertage zu begehen. Scholem, Gershom: Von Berlin nach Jerusalem. Jugenderinnerungen, [4. Aufl.], Frankfurt a. M. 1993, S. 32. Miriam Gebhardt führt dazu aus, dass die »teilweise Übernahme christlichen Brauchtums [...] jedoch nicht automatisch mit Indifferenz dem Judentum gegenüber gleichgesetzt werden« kann. »Offene Identitätsentwürfe und eine Sinnverschiebung religiöser Rituale erlaubten es, Chanukka und Weihnachten gleichzeitig zu zelebrieren. In den jüdischen Familien herrschte freie Wahl im rituellen Angebot solange es nur dem bürgerlichen Familienleben nützte.« Gebhardt, Miriam: Das Familiengedächtnis. Erinnerung im deutsch-jüdischen Bürgertum 1890 bis 1932, Stuttgart 1999, S. 129.
1109 Vgl. ebd., S. 29.
1110 Als Zusatzkriterium wurde hier außerdem auch die nachträgliche wissenschaftliche Zuordnung der Texte und Autorinnen, sofern vorhanden, zum Feld der deutschsprachig-jüdischen Literatur herangezogen.
1111 Glasenapp [Anm. 902], S. 174.
1112 Glasenapp, Völpel [Anm. 879], S. 51.
1113 S[panier [Anm. 957].

Dingen um die Eingliederung in die nicht-jüdische Mehrheitsgesellschaft und Emanzipation bemüht hatten, aus dem Korpus heraus und damit auch ein ganz wesentlicher Teil deutschsprachig-jüdischer Literatur im Gesamten. Die Märchensammlungen von Autorinnen wie Clara Schott, Elisabeth Dauthendey, Franziska Bloch-Mahler, Hermine Hanel, Helene Scheu-Riesz und Antoinette von Kahler weisen so zwar meistens keine oder nur metaphorische textimmanente Zuschreibungen zum jüdischen Kulturkreis auf, sie können aufgrund ihrer nachträglichen Intendierung oder der Einschreibung der Autorin in den größeren deutsch- oder österreichisch-jüdischen Diskurs in diesem Sinne dennoch als deutschsprachige jüdische Märchen, als Märchen für jüdische Kinder und Märchen aus der deutsch- oder österreichisch-jüdischen Transkulturalität verstanden werden.[1114]

Neoromantische Kindermärchenvielfalt deutsch-jüdischen Ursprungs – Die Märchenautorin Clara Schott und ihre Märchensammlung *Im Feenreich* (1908)

Clara Schott, auch Clara Caroline Schachne (1858–1942), war eine bekannte Journalistin sowie Kinderbuch- und Märchenautorin, deren Werke bis hinein in die 1930er Jahre immer wieder Neuauflagen erfuhren.[1115] Sie wohnte bis zu ihrer Deportation nach Theresienstadt 1942 in Leipzig und schrieb zahlreiche kinderliterarische Werke, darunter die unter deutsch-jüdischen AutorInnen wohl größte Anzahl an Märchensammlungen:[1116] *Neues aus der Märchenwelt* (1890), *Die Märchentante* (1891), *Märchenhain im Goldenen* (1894), *Aus dem Zauberlande* (1895), *Im Märchenreich* (1896), *Die Märchenfee* (1899), *Im Feenreich* (1908), *Am Märchenbrunnen* (1918), *Märchenbuch* (1921), *Im Zauberstübchen* (1926), *Das verzauberte Schloß (1927)* und *Die Schmiede am See (1927)*. Zudem findet sich auch eine Bearbeitung der Märchen aus 1001 Nacht aus dem Jahr 1922

1114 Des Weiteren könnten hier auch noch Amanda Sonnenfels, Clara Ernestine Ries, Wilma Popper und Hermine von Sonnenthal angeführt werden, wobei von ihnen keine zeitgenössischen Erwähnungen aus dem deutsch- bzw. österreichisch-jüdischen Diskurs aufgefunden werden konnten.

1115 Die Biographie Clara Schotts wurde erst kürzlich im Zuge der Vergabe eines Stolpersteins in Leipzig neu erforscht, vgl.: Koschnick, Annett, Trettner, Barbara: Ein Stolperstein für Clara Schott, in: Dialog mit Bibliotheken, 2008, 1, S. 53. Held, Steffen: Die Leipziger Stadtverwaltung und die Deportation der Juden im NS-Staat, 2009, http://www.qucosa.de/fileadmin/data/qucosa/documents/7155/Deportationen_Leipzig.pdf, zuletzt geprüft am: 08.02.2018, S. 26–28.

1116 Vgl. Jarvis, Shawn C.: Literary legerdemain and the Märchen tradition of nineteenth century German women writers. Dissertation University Minnesota, Ann Arbor, Mich. 1990, S. 188. Klotz, Aiga: Kinder- und Jugendliteratur in Deutschland 1840–1950. Gesamtverzeichnis der Veröffentlichungen in deutscher Sprache. Band IV (R-S), Stuttgart, Weimar 1996, S. 298f.

von ihr. Clara Schotts Märchensammlungen in Buchform weisen im Gegensatz zu ihrem im *Wegweiser für die Jugendliteratur* publizierten einzigen jüdischen Märchen »Gan Eden«[1117] – soweit sie im Rahmen dieser Dissertation eingesehen werden konnten – keine konfessionelle Zuteilung auf. In ihrer 1908 im Verlag Samuel Lucas erschienenen Märchensammlung *Im Feenreich* versammelt sie beispielsweise neoromantische Volksmärchen- und Sagenmotive mit Natur- und Tiermärchen, wie sie um 1900 weit verbreitet waren. Die Märchen sind vor allen Dingen an Kinder und junge Frauen adressiert und durch viele Adjektive, Farben- und Zahlenmetaphorik, direkte Reden und historisierende naturalistische Illustrationen von H. Tiedemann[1118] ausgeschmückt. Die Bildsprache der ganzseitigen Illustrationen weist in einer detailreichen mimischen Figurengestaltung einen erhöhten Grad an Dramatik und Figurenpsychologisierung auf und trägt darin zur Anschaulichkeit der Märchentexte bei (Abb. 1).

Clara Schotts Märchen zeichnen sich daneben durch das Auftreten von Allegorien, der Personifikation abstrakter Sachverhalte, aus und damit einer kindgerechten Umschreibung schwer fassbarer, abstrakter Vorkommnisse. So muss sich im programmatischen, an Wilhelm Hauffs »Märchen als Almanach«[1119] angelehnten Märchen »Märchenzauber« das Märchen höchst selbst als schöne Fee gegen den grausamen Eskapismus-Vorwurf wehren und die Kinder wieder mit ihren Erzählungen erfreuen.[1120] In »Schön-Goldchen« belastet Goldchen nach dem Verschwinden ihres Mannes die Anwesenheit der traurig drein blickenden »Frau Sehnsucht«[1121] und in »Zwitas Schönheit« sind deren

---

1117 Das als »orientalisches« Märchen bezeichnete »Gan Eden« trägt als einziges ihrer Märchen eine dezidiert jüdische Komponente. Darin erscheint dem aus talmudischen Exempla und auch dem *Ma'assebuch* bekannten Rabbi Elieser in Zeiten des Krieges ein Engel, der baldigen Frieden verspricht, ihm aber auch seinen Tod voraussagt. Auf die Fragen Rabbi Eliesers und dessen Frau hin gewährt der Engel ihnen Einblick in das himmlische Geschehen und berichtet von den dort herrschenden unermesslichen Schönheiten und Wundern. Das Märchen endet jedoch offen. Während der Rabbi ehrfurchtsvoll auf der Erde verbleibt, verschwindet der Engel. In diesem Rückgriff auf jüdisches religiöses Schrifttum nähert sich Clara Schott, ganz im Gegensatz zu ihren Märchensammlungen, der (deutschsprachigen) jüdischen Volksmärchentradition wie sie im 19. Jahrhundert etabliert worden war, an und verwendet bekannte religiöse Motive, bspw. die immer wieder anzutreffende Todeskunde, und Figuren, um sie jüdischen Kindern im 20. Jahrhundert in neuer Form und neuem Gewand, (wieder) vertraut zu machen. Das Märchen »Gan Eden« erfüllt damit die von der Jugendschriftenkommission im *Wegweiser* etablierten Merkmale eines jüdischen Märchens als originäres, dennoch »volksliterarisches«, jüdisches Märchen für Kinder. Vgl. Schott [Anm. 1103] und [Anm. 574], S. 325ff.
1118 H. Tiedemann hat im Verlag Samuel Lucas ansonsten vor allem Abenteuer- und Kolonialromane illustriert.
1119 Vgl. Hauff [Anm. 229], S. 7–12.
1120 Schott, Clara: Im Feenreich. Zwölf Märchen. Mit Illustrationen von H. Tiedemann, Elberfeld [1908], S. 48ff.
1121 Ebd., S. 69.

Abbildung 1: »Prinzessin Goldhaar«, aus: Clara Schott: Im Feenreich. Zwölf Märchen. Mit Illustrationen von H. Tiedemann, Elberfeld 1908, S. 13.

magische »Helfer« »die Hinterlist«, »die Habgier« und »die Falschheit«, die alle zusammen die Göttin Fortuna, das personifizierte Glück, von Zwita fernhalten.[1122]

Innerhalb dieser neoromantischen Kinder-Märchenwelt verwebt Clara Schott jedoch durchaus zeitgenössische politische Fragen, wie sie insbesondere für die Judenheit in Deutschland aktuell waren. Im Däumelinchen-Märchen »Klein-Mietzi« verzichtet die gleichnamige Protagonistin, die aufgrund ihrer kleinen Gestalt von ihrer Nachbarin als »Mißgeburt« beschimpft wird und daraufhin von zu Hause fortzugehen beschließt, auf die ihr im weiteren Geschehen angetragene Ehe mit dem Prinzen Wotan. Denn auch im Reich Wotans, dem Land des Überflusses, sehnt sie sich nach ihrer »ureigenen Heimat«: »Lieber will ich Generalin in einem Lande von meinesgleichen sein, als Prinzessin in einem Lande, wo die Menschen über mich wegsehen. Lange schon wollte ich in meine

---

1122 Ebd., S. 143.

ureigene Heimat.«[1123] Möchte man das Märchen und Klein-Mietzis Auswanderung in das Land der Liliputaner in diesem Sinne interpretieren als Plädoyer für die Ausreise in die »ureigene Heimat« der Juden *Eretz Israel* und den angesichts mangelnder sozialer Gleichstellung und Anerkennung notwendig gewordenen Verzicht auf ein »bequemeres« und gesicherteres Leben in Deutschland, so kommt dann auch dem Ende besondere Bedeutung zu: Hier wird, als Klein-Mietzi bereits im Land ihrer Träume angekommen ist, berichtet, dass sie »nur vom Prinzen Wotan« nie spräche, »denn ihr Gewissen sagte ihr, daß sie zu ihm undankbar gewesen und nicht recht an ihm gehandelt hatte.«[1124] Prinz Wotan mit dem sprechenden germanisch-nordischen Namen kann als Stellvertreter der Deutschen und deren Nation gelesen werden, die zu verlassen Klein-Mietzi schwer gefallen ist. Es wäre so die Zerrissenheit des liberalen Judentums zwischen ihrer deutschen und jüdischen Nationalität, die, hervorgerufen durch das Scheitern der Emanzipationsbewegung und angesichts von Antisemitismus und zunehmender gesellschaftlicher Ausgrenzung zu Beginn des 20. Jahrhunderts, hier im Märchen sichtbar wird. Anders als den HeldInnen in zionistischen Märchen fällt es Klein-Mietzi nicht leicht, Prinz Wotan, gleichsam Deutschland, zu verlassen. Allzu tief ist die gegenseitige Verbundenheit.

Von einer solch engen transkulturellen Verwebung der jüdischen mit der deutschen Kultur zeugen auch weitere Märchen in der Sammlung *Im Feenreich* von Clara Schott. Im Eröffnungsmärchen »Prinzessin Goldhaar« beispielsweise sucht der Herrscher eines reichen und mächtigen Landes nach einer Frau, die durch ihr langes, goldblondes Haar ausgezeichnet ist. Sogleich erinnert das einerseits an den Zyklus um Rabbi Chanina in der jüdisch-volksliterarischen Sammlung *Ma'assebuch* andererseits aber genauso an die Tristan-Sage, an den treuen Johannes und Rapunzel. Auch das Märchen »Ein Königskind« weist viele Parallelen zur romantischen Märchentradition, hier dem Aschenputtel-Märchen auf: eine schöne Prinzessin wird von ihrer Stiefmutter und Stiefschwestern verstoßen, vom Wind in ein fernes Land, den Orient getragen, dort jedoch verliebt sich ein Sultan in sie und kehrt mit ihr als wunderhübscher Braut in ihr Königreich zurück.[1125] Das Märchen »Die Rheinnixe« erinnert an die Loreley-Sage und verarbeitet den volksliterarischen Themenkreis um das Naturwesen Undine, wie er auch bereits in der Sammlung *Sippurim* und bei Andersen auftauchte. Hier verliebt sich Nixia, die jüngste von sieben Rheinnixen, an Land in einen Jäger, der sie jedoch, als er von ihrer wahren Fischgestalt erfährt, verstößt. Nixia wird daraufhin von einem Schneemännchen aufgelesen und in sein Reich

---

1123 Ebd., S. 39.
1124 Ebd., S. 40.
1125 Ebd., S. 109–129.

gebracht, wo sie jedoch bereits in der ersten Nacht in der Kälte erfriert.[1126] Der Auszug in die fremde Welt, weg von ihresgleichen, hat für Nixia tragische Folgen. Da jedoch auch die Wasserwesen an sich und Nixias Loreley-ähnliche Schwestern im Speziellen im Märchen als trügerisch und verderbenbringend gezeichnet werden, ist Nixias Position zwischen den Welten eine aussichtslose und ihr Tod scheinbar unausweichlich.

Die Tragik ist damit ein weiteres Merkmal von Clara Schotts Märchenwelt, auch das letzte Märchen der Sammlung, »Augentrost« endet unversöhnlich:

> Die Wasserflut, die Augentrost, so lange sie lebte, vergeblich gelockt, bekam das schöne Mädchen nun doch. Von Müdigkeit, Angst und Schrecken überwältigt, fiel das arme Ding in den hohen Schnee, der die Flut deckte und erfror in derselben Nacht. Großmütterlein wartete und wartete vergeblich auf die Heimkehr ihres Lieblings. Wartete und wartete Nacht und Tag und konnte nicht suchen gehen, sie war zu alt und zu schwach ... Als nach Jahren einmal Wanderer an der Hütte anklopften, rief keine Stimme: Herein. Und als sie dennoch eindrangen, fanden sie die Leiche der alten Frau. Auf dem Tisch lag das aufgeschlagene Gebetbuch und darin ein Zettel, auf dem mit zittriger Hand geschrieben war: ›Augentrost, mein Augentrost!‹[1127]

Warum Clara Schott aber gerade an diese Position kein Märchen-Happy End, sondern den Tod einer guten, schönen und magischen Märchenheldin und die Verzweiflung ihrer Großmutter gesetzt hat, erscheint rätselhaft, zu traurig ist das Ende. Die Märchenheldin hat kein Verbot übertreten, keinem Wesen Schaden zugefügt und sich lediglich danach gesehnt, mehr von der Welt zu sehen. Bereits bei ihrem ersten Ausflug zum Fluss wurde ihr dies zum Verhängnis. Ob die Märchen so insgesamt vor einem übereilten Verlassen der Heimat und der Familie warnen, die Schwierigkeiten und Gefahren eines neuen Lebensschrittes wiedergeben oder einfach den Tod und die Traurigkeit als ebensolche Bestandteile des Lebens wie Liebe und Freude im Stile Andersens ihren kindlichen und jugendlichen Lesern vorstellen möchten, kann nicht entschieden werden.

Im Feenreich und andere Märchensammlungen Clara Schotts übersetzten das romantische Volks- und Kunstmärchen insgesamt gekonnt in die Literatursprache und kinderliterarische Märchenmode des frühen 20. Jahrhunderts und bezogen mit den angesprochenen Topoi zum Teil auch die deutsch-jüdische Wirklichkeit mit ein. Positiven Anklang fanden sie daher vor allem in der jüdischen Öffentlichkeit. Im *Wegweiser* aus dem Jahr 1913 ist beispielsweise zu lesen, Clara Schott sei eine »vorzügliche Erzählerin, die tief in des Kindes Seele geschaut und anmutige Märchen und Erzählungen geschrieben hat«[1128] und auch die Israelitische Gemeinde Frankfurt empfahl in ihrem Katalog ihre

---

1126 Ebd., S. 145–156.
1127 Ebd., S. 199.
1128 O. A.: Notizen allgemeinen Inhalts, in: Wegweiser für die Jugendliteratur 9, 1913, 1, S. 6.

Werke.[1129] Clara Schotts Märchensammlung *Im Feenreich* konnte so – bis zur Machtergreifung der Nationalsozialisten – »in ungewöhnlich hoher Auflage Verbreitung« finden.[1130]

Gattungsübergreifende Märchenvielfalt – Elisabeth Dauthendeys *Die Märchenwiese* (1912)

Die nächste Ausgabe des *Wegweisers für die Jugendliteratur,* des Organs zur Schaffung einer neuen jüdischen Jugendliteratur, stellte sogleich ein weiteres Märchenbuch, die 1912 in Friedrich Düsels Reihe *Lebensbücher für die Jugend* erschienene Sammlung *Die Märchenwiese* von Elisabeth Dauthendey, vor. Mit den Worten »Diese duftenden Märchenblüten werden nicht nur von unserer Jugend, sondern auch von Erwachsenen mit Interesse gelesen«,[1131] wurde sie (jüdischen) Kindern, Jugendlichen und Erwachsenen gleichermaßen – unabhängig ihrer religiösen und kulturellen Zugehörigkeit – empfohlen. Von Elisabeth Dauthendey (1854–1943), deren Halbbruder der Dichter Max Dauthendey war, sind Romane, Novellen, Gedichte und Märchen erhalten,[1132] darunter vier Märchensammlungen: *Märchen (1910), Die Märchenwiese (1912), Akeles Reise in den goldenen Schuhen und andere Märchen* (1922) und *Märchen von heute* (1920). 1976 gab der Nachlassverwalter Elisabeth Dauthendeys, Michael Gebhardt, ein weiteres Märchenbuch heraus, das sie selbst aufgrund ihres Veröffentlichungsverbots als Halbjüdin nicht mehr drucken lassen konnte. In seinem Geleitwort stellt Gebhardt Elisabeth Dauthendey als eine der »bedeutendsten Märchenerzählerinnen seit der Romantik« vor,[1133] deren umfangreiches Märchenwerk mitgeholfen habe, die Gattung des Märchens im 20. Jahrhundert mit neuem Leben zu füllen – unter anderem stamme die erste Märchenoper, »Die Teeprinzessin«, vertont von Bonifaz Rauch und Simon Breu, aus ihrer Feder.[1134]

1129 Vgl. Israelitische Gemeinde Frankfurt: Katalog der Gemeindebibliothek, in: Frankfurter Israelitisches Gemeindeblatt 8, 1930, 10, S. 417–422.
1130 O. A. [Anm. 1128].
1131 O. A.: Notizen allgemeinen Inhalts, in: Wegweiser für die Jugendliteratur 9, 1913, 2, S. 14–16, hier: S. 15.
1132 Biografie und Werk der bis vor Kurzem noch unbekannten Schriftstellerin Elisabeth Dauthendey bereitete Walter Roßdeutscher in mehreren Arbeiten auf, vgl.: Roßdeutscher, Walter: Elisabeth Dauthendey. 1854–1943. Lebensbild – Werkproben. Zusammengestellt aus Äußerungen von Zeitzeugen und ausgewählt aus Büchern, Zeitschriften und Zeitungsartikeln, Würzburg 1998. Sowie: Roßdeutscher, Walter: Elisabeth Dauthendey rettet ihre Märchen vor 60 Jahren über die NS-Zeit, in: Frankenland 49, 1997, 6, S. 367–370, hier: S. 370.
1133 Gebhardt, Michael: Zum Geleit, in: Elisabeth Dauthendey: Märchen, hg. v. Michael Gebhardt, Gerabronn [u. a.] 1976, S. 9–14, hier: S. 14.
1134 Vgl. ebd., S. 13.

Seit 1898 war die Tochter des erfolgreichen Daguerrotypisten Karl Dauthendey und einer deutschen Rabbinertochter schriftstellerisch tätig, zuvor arbeitete sie als Lehrerin einer Familie in London. Darüber hinaus setzte sie sich auch für die Emanzipation der Frau ein; 1901 erschien ihr nur kurze Zeit später mit einem Vorwort Ellen Keys versehenes Werk *Vom neuen Weib und seiner Liebe* und als sich die ersten Frauen um den Besuch der Universität in ihrem Wohnort Würzburg bemühten, war sie unter den Antragsstellerinnen.[1135]

Ihre im *Wegweiser für die Jugendliteratur* empfohlene Märchensammlung *Die Märchenwiese* ist, im Gegensatz zu ihren später entstandenen Märchenbüchern, eindeutig kinderliterarisch. Sie besteht, stellvertretend für ihr mannigfaltiges Œvre, aus Märchen, Gedichten und einem Märchenspiel in drei Akten. Friedrich Düsel, der Herausgeber der Reihe *Bücher für die Jugend* des Westermann Verlags, beschreibt die darin enthaltenen Märchen in seinem Vorwort als einen neuen Weg »zu neuer Märchenschönheit«, der nicht nur »nötig«, »nein auch im Tiefsten erwünscht und ersehnt« gewesen sei:[1136]

> Gleich anfangs bei der Begründung dieser ›Lebensbücher der Jugend‹ war es unser sehnlicher Wunsch und unsre redliche Absicht, einen Märchenband in sie einzureihen. Aber es sollte einer mit neuen, eigenerfundenen Märchen sein; denn unsre klassischen deutschen Märchen, die der Brüder Grimm und der Romantiker, die von Hauff und von Andersen, durften wir doch wohl für so allgemein bekannt erachten, daß eine neue Sammlung oder Auswahl sich erübrigte. Doch solche Namen brauchten nur aufzutauchen, und die Verpflichtung, ihren Schöpfungen – wir sagen nicht Ebenbürtiges, aber immerhin einigermaßen Würdiges an die Seite zu stellen, erhob sich mit so einschüchterndem Ernst, daß wir den Plan immer wieder vertagten. Wenn wir uns endlich nun doch entschließen, ein solches Buch unsrer Sammlung einzuverleiben, die jungen Leser, Knaben und Mädchen miteinander, auf diese ›Märchenwiese‹ von Elisabeth Dauthendey zu laden, so nehmen wir den entscheidenden Mut dazu aus der Überzeugung, daß es eine mit Phantasie und poetischer Gestaltungskraft begabte Dichterin geschrieben hat [...]«, die »ihr Bestes, Wahrstes und Heiligstes in dieses Kinderbuch gelegt hat[1137].

Den neuen Weg »zu neuer Märchenschönheit« gestaltet Elisabeth Dauthendey in ihrer Sammlung *Die Märchenwiese* durch einen kreativen und spielerischen Umgang mit dem romantischen Märchenerbe. Auch ihre Märchen sind zwar oftmals in mittelalterlich anmutenden Märchenwelten situiert, die Helden und

---

1135 Vgl. https://www.literaturportal-bayern.de/autorenlexikon?task=lpbauthor.default&pnd =116034637, zuletzt geprüft am 26.02.2018.
1136 Düsel, Friedrich: Vorwort, in: Elisabeth Dauthendey: Die Märchenwiese. Märchen, Geschichten und Gedichte, Braunschweig 1918, o. S.
1137 Ebd. Das längere Zitat wurde an dieser Stelle auch ausgewählt, da es anschaulich wiederzugeben vermag, wie groß der Stellenwert der romantischen Märchen im ersten Drittel des 20. Jahrhundert und wie schwer die Einführung neuer Märchen auf dem Buchmarkt war.

Heldinnen tragen sprechende Namen, es gilt eine Prinzessin von ihrem Fluch zu erlösen und böse Hexen oder Zauberer zu besiegen – doch variiert Elisabeth Dauthendey dies zu neuen, modernen Kindermärchen. So endet das erste Märchen von den Brüdern »Heute« und »Morgen« nicht mit der in Aussicht gestellten Erlösung der schönen, schlafenden Prinzessin und der Moral, dass ein vorbildhafter Held sie gewinnt, während ein anderer durch negative Eigenschaften sein Glück verspielt, sondern mit dem Versagen und der Einsicht beider, alleine nicht zum Ziel zu kommen und nur zusammen stark zu sein. Die schöne Prinzessin aber schläft weiterhin ihren tausendjährigen Schlaf. Der starre, unveränderliche Wesenszug des romantischen, vor allem grimmschen, Volksmärchens wird damit gleich im Eingangsmärchen aufgebrochen und eine neue Märchenart vorgestellt, die damit spielt, gängige Erzählmuster der Gattung zu variieren. Das Märchen »Das Zauberauge« – eine Mischung aus »Hänsel und Gretel« und E.T.A. Hoffmanns *Sandmann* – stellt in diesem Sinne gleich zu Beginn die eherne »Zauberformel« des Märchens, »Es war einmal«, auf den Kopf: »Es war einmal - - - - - Ja, was war denn schnell? – Richtig! Ein kleiner Knabe und ein kleines Mädchen lebten hoch oben im Norden [...]«.[1138] Elisabeth Dauthendey spielt darin sowohl mit der Evokation der mündlichen Erzähltradition des Volksmärchens als auch mit dessen gängigen, von den Brüdern Grimm, Hauff und Andersen etablierten Motiven. Neoromantisch verwebt sie diese mit ästhetizistischen – starre Edelsteingärten in »Die beiden Junker« und »Das Zauberauge« – und modernen Natur-, Jugendstil- und Technikelementen.[1139] Insbesondere aber rückt sie, Ellen Keys *Jahrhundert des Kindes* entsprechend, den kindlichen Adressaten und dessen Erfahrungshorizont in den Mittelpunkt. Ihre kindlichen Märchenheldinnen und -helden sind keine flachen »Papierfiguren«, sondern Protagonisten mit Tiefe, mit Gefühlen, mit Fragen, mit Fehlern und Freude an der Märchenwelt. Der kleine Knabe im Märchen »Der himmlische Sämann« beispielsweise muss lernen, mit der neuen Familiensituation nach dem Hinzukommen seiner kleinen Schwester klarzukommen:

> Die ganze Stube war heute ganz anders als sonst. Etwas Geheimnisvolles fühlte man darin: dieses Schwesterchen, das gestern noch nicht da war und jetzt so plötzlich ganz selbstverständlich hier neben Mütterchen lag, als sei es immer dagewesen, und alles im Hause ging auf Zehen, vorsichtig und flüsternd, und alle schienen nur noch für das kleine Schwesterchen da zu sein, keiner hatte Zeit und Gedanken mehr für ihn. Er kam sich plötzlich so einsam vor.[1140]

1138 Dauthendey, Elisabeth: Die Märchenwiese. Märchen, Geschichten und Gedichte, [2. Aufl.], Braunschweig 1918, S. 17.
1139 Vgl. das Märchen »Engel und Teufel am Telefon«: ebd., S. 100–107.
1140 Ebd., S. 59.

Grimms Märchen »Die Sterntaler« aufgreifend wird im weiteren Verlauf erklärt, dass die Schwester als Stern vom Himmel direkt in das Herz der Mutter gefallen sei und nun geboren wurde. Dauthendey versucht so, mithilfe ihrer Sternenkinder oder auch personifizierter Seelen wie im Märchen »Die Harfe des Spielmanns« Erklärungsversuche der Welt anzubieten – vor allem für Kinder sollte die Gattung Märchen nun eine dichterische Bewältigung der Welt sein.[1141] Eine religiöse Zuordnung der Märchen wird dabei meist vermieden, vereinzelt treten, wie im Märchen »Der goldene Regen«, »Engel und Teufel am Telefon« oder dem abschließenden »Weihnachtsmärchen« allenfalls christliche Figuren oder Elemente, der heilige Petrus, Weihnachten oder der Teufel, auf, jedoch dies in einem relativ indifferenten Umgang frei von einer bestimmten religiösen Moral.[1142] Die nachträgliche Adressierung an deutsch-jüdische Kinder im *Wegweiser* war so nicht mit Problemen verbunden und stand, angesichts der Verwurzelung des akkulturierten Judentums in und mit der christlichen Mehrheitsgesellschaft und deren Feiertagen und Bräuchen, wohl in keinem Gegensatz zu ihrem Weltbild.

Illustriert ist Elisabeth Dauthendeys *Märchenwiese* mit Zeichnungen der Gräfin Luise von Egmond-Geldern. In ihrer spätromantisch-historisierenden[1143] clair-obscure-Gestaltung erinnern diese entfernt an Gustave Doré und Walter Crane, zum Teil greifen sie jedoch auch eher kindertümlich-flächenhafte Darstellungsweisen und die Bebilderungskunst des Jugendstils auf. Die Illustrationen konzentrieren sich auf die Darstellung einzelner Erzählhöhepunkte und geben Schlüsselstellen der Märchen symmetrisch, also dem Text entsprechend, wieder. Auch sie bilden den Fokus auf ein Erzählen vom Kinde aus ab und stellen – sofern dies handlungsbedingt möglich ist – die kindlichen ProtagonistInnen in den Bildmittelpunkt (Abb. 2).

Elisabeth Dauthendeys Werk ist heute trotz einer relativ hohen Auflagenzahl zu Lebzeiten und der dargestellten gelungenen Modernisierung der Gattung Märchen fast vollständig vergessen. Wie das Werk vieler anderer deutsch-jüdischer Schriftsteller und Schriftstellerinnen brach der Erfolg der Werke Elisabeth Dauthendeys mit der Machtergreifung der Nationalsozialisten jäh ein, verarmt musste sie ihre letzten Lebensjahre in Würzburg verbringen.[1144]

1141 Vgl. Lüthi [Anm. 29], S. 78f.
1142 Wie oben bereits angeführt, war gerade die Feier des Weihnachtsfestes in akkulturierten jüdischen bürgerlichen Familien sehr häufig, vgl. Gebhardt [Anm. 1108], S. 128f.
1143 Vgl. Freyberger, Regina: Märchenbilder – Bildermärchen. Illustrationen zu Grimms Märchen 1819–1945: über einen vergessenen Bereich deutscher Kunst, Oberhausen 2009, S. 315.
1144 Vgl. Roßdeutscher [Anm. 1132], S. 367.

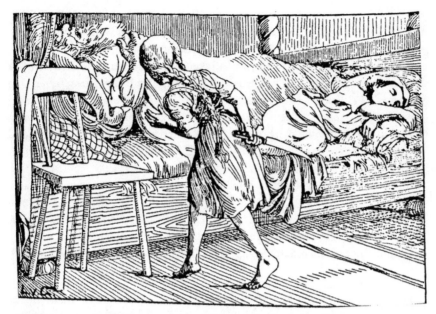

Abbildung 2: »Das Zauberauge«, aus: Elisabeth Dauthendey: Die Märchenwiese. Märchen, Geschichten und Gedichte, Braunschweig 1918, S. 26 [Illustration von Luise von Egmond-Geldern].

Märchen der Emanzipation und Märchen für Kinder in Hermine Hanels *Das Rätsel der Sphinx* (1909) und *Was der Kalender erzählt* (1919)

Hermine Hanel (1874–1944),[1145] eine Prager (Märchen)Autorin, Essayistin und Illustratorin, steht im Gegensatz zu einer bei Clara Schott und Elisabeth Dauthendey hervorgetretenen stärker kinderliterarischen Ausrichtung eher in der Tradition Fanny Lewalds und Hedwig Dohms. Sie schuf mehrere, auch autobiographische, Novellen, Romane, Bilderbücher und Märchen,[1146] die zunächst weniger kinderliterarisch, meist eher als Lektüre für Jugendliche und Erwachsene gedacht waren und im Zeichen der Frauenemanzipation standen. Sie selbst kämpfte in ihrem Leben um Selbstbestimmung, sie trug Hosen und Socken (!),

---

1145 Zur Biografie vgl. Northey, Anthony: Mizi Hanel, Marie Gibian und andere Randgestalten der Kafka-Zeit, in: Juden zwischen Deutschen und Tschechen. Sprachliche und kulturelle Identitäten in Böhmen; 1800–1945, hg. v. Marek Nekula, München 2006, S. 173–201, hier: S. 181 ff. Iggers, Wilma A.: Frauenleben in Prag, [s.l.] 2000, S. 195 ff. Insgesamt sind Leben und Werk dieser schillernden Persönlichkeit – wie auch das der meisten in diesem Kapitel vorgestellten Frauen – jedoch kaum erforscht und harren noch ihrer Entdeckung.
1146 Vgl. Hanel, Hermine: Die Geschichte meiner Jugend, Leipzig [1930], S. 252.

studierte in München, ließ sich von ihrem ersten Ehemann scheiden und bemängelte, dass nach einer Lesung ihrer Märchen in Prag weniger ihr schriftstellerisches Können, denn ihr äußeres Erscheinungsbild besprochen worden sei.[1147] Die Ungleichheit und Ungerechtigkeit zwischen den Geschlechtern war ihr bereits in jungen Jahren bewusst; der »große Schmerz« ihres Lebens, so schrieb sie 1930 aus der Retrospektive in ihrer Autobiographie, sei es gewesen, »kein Junge zu sein.«[1148] Sie haderte – trotz oder gerade aufgrund ihrer in ganz Prag und Wien bekannten Schönheit[1149] – mit ihrem Schicksal als Mädchen und Frau und schrieb ihre Sichtweise der unausgeglichenen Geschlechterverhältnisse auch ihrer Literatur ein.[1150]

In ihren Werken, vor allem den Romanen, aber auch einzelnen Märchen, versuchte Hermine Hanel, gegen ein solches Bild der Frau anzuschreiben und falsche Moral und die Ungleichheit zwischen den Geschlechtern abzubilden. Das Märchen »Des Nordmeers König und die stille Haide« in der vornehmlich erwachsenenliterarischen Sammlung *Das Rätsel der Sphinx* beispielsweise stellt

---

1147 Ebd., S. 199. Im *Prager Tagblatt* ist zu lesen: »Das allgemeine Urtheil fiel sehr gut aus: sie sah entzückend aus«. o. A.: Vortrag, in: Prager Tagblatt 24, 13.04.1900 (Nr. 102), Morgen-Ausgabe, S. 3.
1148 Hanel [Anm. 1146], S. 58.
1149 Vgl. Northey [Anm. 1145], S. 181.
1150 Insbesondere in der autobiografischen Beschreibung ihres Lebenswegs in *Die Geschichte meiner Jugend* aus dem Jahr 1930 stellt sie diese Schwierigkeiten eines selbstbestimmten und erfolgreichen weiblichen, noch dazu künstlerischen, Lebensentwurfs hervor: Als Schriftstellerin und Illustratorin sei es ihr »wie vielen Frauen« ergangen, »Meine Bücher erschienen in einem kleinen Verlag und wurden aus Mangel an Reklame im Publikum zu wenig bekannt, obwohl sie in der Presse viel beachtet wurden.« Hanel [Anm. 1146], S. 252. Neben der künstlerischen Missachtung schmerzte sie aber vor allem die ungerechte Behandlung durch das andere Geschlecht. Nur ein Beispiel unter vielen aus ihrer Autobiografie – aufgrund der Bekanntheit der beiden Männer aber ein äußerst anschauliches – sind ihre Bemerkungen zu Arthur Schnitzler und Theodor Herzl, die sie in Wien kennen lernte. Von Schnitzler berichtet sie, er habe »mißtrauisch [...] in der Frau das verantwortungslose Triebwesen, das Weibchen« gesehen (ebd., S. 196.), gebildete, selbstbewusste Frauen aber unattraktiv, uninteressant gefunden. Dass er damit kein Einzelfall war, zeigt ihre Anekdote über den Begründer des Zionismus, Theodor Herzl: »Wer nahm eine Frau im allgemeinen und in Österreich im Besonderen ernst? Eine Persönlichkeit wie Theodor Herzl, der Redakteur der ›Neuen Freien Presse‹, dem ich Artikel für sein Blatt brachte, fragte lächelnd: ›Wenn man Sie ansieht, gnädige Frau, braucht man doch nicht zu arbeiten?‹ Er wollte mir eine Schmeichelei sagen, die ich als Beleidigung empfand,« (ebd., S. 199.) Diesen fortschrittlichen Positionen stehen aber auch konservative, sich gegen Ende der Autobiographie, also vor Beginn ihrer zweiten Ehe und Mutterschaft, verstärkende Geschlechts- und Weiblichkeitsentwürfe gegenüber. So erscheint ihr der bisherige selbstbestimmte Lebensweg nun auch als »Egoismus« und »Selbstsucht«, »Das Endziel der Entwicklung« sei »nicht das Eigenwohl, sondern der Wunsch, die bereicherte Persönlichkeit zu verschenken [...] Die natürliche Teilung aber für eine Frau ist, Leben zu erschaffen, die Erhaltung der Art. Das Einzelwesen vergeht, die Rasse lebt! [...] Fehlt einem Weib nicht das letzte ohne Mutterschaft?«, ebd., S. 278 f.

einem männlichen, »mächtige[n] König« nur weibliche Nixen, die als »ergeben und demutsvoll« beschrieben werden, entgegen. Erst ein neuer Frauentypus, die personifizierte Natur an Land, ist ihm ebenbürtig und behauptet ihre Eigenständigkeit: »magst du auch jetzt sanft scheinen und mild. Du würdest mich in deiner Umarmung vernichten«.[1151] Rekurrierend auf die schwierige Zeit nach ihrer Scheidung kritisierte sie des Weiteren in einer am Ende ihrer Autobiographie positionierten metadiegetischen und übertragen autobiografischen Märchenerzählung über eine »Wildkatze« falsche moralische Wertmaßstäbe. Die Trennung nach einem Aufeinandertreffen von »Katze« und »Panther« sei nur den »Männchen« erlaubt und »nur beim Weibchen Sünde.« Die logische Inkongruenz dabei werde völlig missachtet und allein die Meinung der Männer gehört: »Also behaupten die Katerherren der Schöpfung, und darum ward es Naturgesetz!«[1152]

Innerhalb deutsch-jüdischer Fragestellungen bezeichnete sich Hermine Hanel in ihrer Autobiographie als »zwischen zwei Rassen stehend«,[1153] als »unbestimmte[s] clair-obscure der Rassenkreuzung«[1154]. Als Tochter einer jüdischen Mutter, die für die Ehe ihre Religion aufgegeben und einen katholischen Mann geheiratet hatte,[1155] fühlte sie sich niemals weder ganz als Jüdin noch als Christin. Zwar wuchs sie nach dem frühen Tod ihrer Mutter bei ihren jüdischen Großeltern mütterlicherseits auf, jedoch war auch dort Religion eine große Mixtur der Kulturen und eine jüdische Identität zu ihrem Bedauern angesichts jahrelanger Akkulturation an die christliche Mehrheitsgesellschaft kaum mehr vorhanden:

> Ich bedaure, daß ich die alttestamentarischen Feste, die Heinrich Heine in seiner ›Prinzessin Sabbath‹ besingt, nicht kennenlernte und die alten Bräuche frommer Familien bei uns nicht gepflogen wurden. Wir knabberten wohl zu Ostern das ungesäuerte Brot, das die Israeliten in der Wüste gespeist, doch feierten wir nur die Feste der Kirche. Der heilige Nikolaus erschien mit Bischofsmütze und Krummstab und verteilte seine süßen Gaben [...] Am heiligen Abend strahlte die Tanne im Lichterglanz.[1156]

1151 Vgl. Hanel, Hermine: Das Rätsel der Sphinx. Aus dem Reich der Märchen und der Liebe. Mit Buchschmuck von der Verfasserin, München 1909, S. 29–35.
1152 Hanel [Anm. 1146], S. 285.
1153 Ebd., S. 16.
1154 Ebd., S. 81. Anthony Northey deutet dieses »Clair-obscure« als »Gegenargument zur Rassenreinheitsopropaganda der Nazis«: Northey [Anm. 1145], S. 184.
1155 In ihrer Autobiographie berichtet Hermine Hanel, die Eheschließung ihrer Eltern sei die erste Ziviltrauung zwischen zwei Andersgläubigen gewesen. Ihre Mutter hatte jedoch zeitlebens mit ihrer Stellung als »Heidin« innerhalb der katholischen Familie ihres Mannes zu kämpfen und konnte erst auf päpstlichen Dispens hin, gegen den Willen der Prager Bevölkerung, neben ihrem verstorbenen Sohn begraben werden. Hanel [Anm. 1146], S. 15–17.
1156 Ebd., S. 40f.

Sie selbst sah sich als Heidin an, zwischen den Kulturen deutsch, tschechisch und jüdisch und den Religionen und Konfessionen katholisch, protestantisch und jüdisch stehend. Für ihre Ehe mit Theodor Stein, von dem sie sich nach nicht allzu langer Zeit wieder scheiden ließ, trat sie, die bis dahin keiner Glaubensrichtung offiziell angehörte, in die jüdische Glaubensgemeinschaft ein.[1157] Da sie sich aber, wie sie in ihrer Autobiographie ausführt, am engsten dem Katholizismus und der »weihrauchdurchwehte[n] Mystik der katholischen Dome« verbunden fühlte,[1158] konvertierte sie nach ihrer Scheidung zum katholischen Glauben.

In ihren Werken setzte sie sich aus diesem Bewusstsein, der Hochschätzung beider Religionen und der in sich begriffenen Vermischung, heraus mit der jüdisch-assimilierten Identitätsproblematik auseinander, so beispielsweise in ihrem Roman *Aus einer alten Stadt*. Dort sinniert die Figur des Rudi Löw, ein assimilierter Jude, darüber »Ein Österreicher und dennoch ohne Heimat« zu sein, »ein Mensch mit den allgemeinen Leidenschaften, Schwächen, Fehlern der übrigen, nur ein ganz klein wenig anders – nenn' es jüdisch.«[1159]

In ihren Märchen findet sich eine derartige Auseinandersetzung kaum wieder, religiöse Fragestellungen oder Zuschreibungen werden darin vermieden. Sie sind vielmehr der Welt entrückte phantastische Geschichten, in ihrer Motivwahl an Andersen und die Märchen der Romantik angelehnt. Märchen des 19. Jahrhunderts waren für Hermine Hanel nämlich nicht nur, neben der Bibel, ihre bevorzugte Jugendlektüre, sondern auch der Beginn ihrer schriftstellerischen Karriere überhaupt:

> Vor allem aber erschloss sich mir die Märchenwelt. Unsere deutschen Volksmärchen, irische Elfenmärchen, Andersen und die Fabelwelt der Romantiker sind auch heute noch meine treuesten Freunde. Jeder Mensch, der sich Kindersinn bewahrt, taucht immer wieder in den Jungbrunnen der Märchenwelt hinab. Ich hatte ein rechtes Märchenherz; und als ich selbst zu gestalten versuchte, da habe ich als Märchendichterin und Malerin mein Eigenstes gegeben.[1160]

Wie das Zitat belegt, hatte ihre Märchensozialisation auf Basis der bekannten deutschen und europäischen Volksmärchen stattgefunden, jüdische Erzähl- und Sagentraditionen blieben ihr dagegen fremd.[1161] Eine Rezension im *Prager Tagblatt* berichtet über eine Lesung Hermine Hanels und den Charakter ihrer

---

1157 Vgl. Northey [Anm. 1145], S. 183.
1158 Hanel [Anm. 1146], S. 213.
1159 Hanel, Hermine: Aus einer alten Stadt, zitiert nach: Northey [Anm. 1145], S. 187.
1160 Hanel [Anm. 1146], S. 58.
1161 Im Zuge der Recherchen konnten leider keine Besprechungen oder Rezensionen Hermine Hanels in den einschlägigen literaturpädagogischen Zeitungen der jüdischen Öffentlichkeit ausfindig gemacht werden, was Hermine Hanels Märchen somit auch aus der Reihe der intendierten jüdischen Kinder- und Jugendliteratur ausschließt.

dort vorgestellten Märchen, es herrsche dort eine »liebenswürdige Naivetät«, ihre Märchen seien

> theils ernsten, theils heiteren Charakters, deren harmloser Inhalt allerdings ein auf stärkere Eindrücke gespanntes Publicum nicht zu fesseln vermag, die aber durch den poetischen Hauch, der sie durchweht und den feinen Humor, der ihnen innewohnt, behaglich und anheimelnd wirken.[1162]

Erst später, in den 1920er Jahren nach der Geburt ihrer Kinder und ihrem Umzug nach München, verfasste sie Märchensammlungen, die nun auch kinderliterarisch entworfen und zum Teil von ihr selbst für Kinder illustriert worden waren.[1163] Hier vereinte sie nun die »beiden Schwesterkünste« und war – was sie sich vorher immer gewünscht hatte – Illustratorin und Schriftstellerin zugleich.[1164] In den schlicht eindimensional gehaltenen filigranen Zeichnungen erwachen ihre phantastischen kindlichen MärchenheldInnen und die unterschiedlichsten Fantasiewesen zum Leben, kleine Baumkätzchenkinder, Sternenkinder an der Tafel von »Vater Mond« sowie See- und andere Ungeheuer.[1165] Ihre Märchensammlung *Was der Kalender erzählt* widmete sie ihren eigenen Kindern und schrieb sich selbst, bzw. die aus ihrer Autobiographie bekannte Erzählinstanz »Miezi«, in die Märchen ein. Das erste als programmatischer Rahmen entworfene Märchen »Im Januar« stellt diese als Mutter und Märchenerzählerin für zwei Kinder vor: »Und als Miezi erwachsen war und selbst eine Mutter geworden, da erzählte sie ihren Kindern die Märchen, die sie einst in den Bildern des Feuermännleins erblickt. Alles ist wie damals, als die große Mama noch eine kleine Miezi gewesen ist«.[1166] Märchen werden so zur Inszenierung von Kindheit und auch Tradierung von Kindheitsbildern benutzt, allerdings geht es Hermine Hanel auch darum, das Alte zu erneuern, »ein ganz neues Märchenbuch« zu erschaffen, »nicht Dornröschen, Schneewittchen, Rotkäppchen und die anderen«.[1167] »Was der Kalender erzählt« möchte so nicht alte, überlieferte Erzählungen neu erzählen, sondern von den Kindern ausgehend und mit deren Hilfe neue Märchen vorstellen, die allerdings wiederum auf das Repertoire der bekannten Volks- und Kunstmärchen, insbesondere denen Hans Christian Andersens, zurückgreifen. Hermine Hanels Märchensammlung springt so immer wieder zwischen den Erzählebenen, die metadiegetischen Märchenerzählungen sind von der diegetischen Ebene, dem Alltag und dem

---

1162 O. A. [Anm. 1147].
1163 Northey [Anm. 1145], S. 188. Vgl. Hanel [Anm. 1146], S. 256 a.
1164 Ebd., S. 199.
1165 Ebd., S. 272 a.
1166 Hanel, Hermine: Was der Kalender erzählt. Ein deutscher Märchenkranz. Mit Bildern von Hans Baluschek, Erstes bis zehntes Tausend, Berlin-Grunewald [1919], S. 9.
1167 Ebd., S. 2.

Jahresverlauf der Kinder stark geprägt. Traummärchen, Geburtstagsmärchen, Natur-, Spielzeug- und Tiermärchen sind auf die kindlichen AdressatInnen zugeschnitten, dabei jedoch durchaus auch tiefgründig. So plädiert das Märchen »Das Geburtstagbuch«, das vom Auszug und der Heimkehr eines schwarzen Jungen, Kokolo, handelt, beispielsweise für Toleranz und Akzeptanz, Offenheit und ein positives Selbstbild: »So wie der liebe Gott einen erschaffen hat, soll man bleiben, vor Gott sind schwarze und weiße Menschen gleich.«[1168] Ein Bekannter Hermine Hanels urteilte über die Märchen, sie enthielten »a fresh elfish mood, with a motherly longing in the background«.[1169] Dies bestätigt vor allem der Erzählduktus von *Was der Kalender erzählt*; er ist dem einer Mutter nachempfunden und stark akkommodiert. Diminutive, viele anschauliche Adjektive, wörtliche Reden, Anthropomorphisierungen und Animisierungen sowie Märchenfiguren mit psychologischer Tiefe weisen die Märchen in ihrer Sprach- und Figurengestaltung als eindeutig kinderliterarisch aus. In ihrer märchenhaften Vielfalt verweisen sie darüber hinaus auch auf ihre Entstehungszeit, Einflüsse der Neoromantik, des Jugendstils, des Impressionismus und Symbolismus werden in der motivischen Gestaltung, den Elfen- und Dingmärchen, den Erzählungen über Prinzessinnen, Könige und Herolde und in den vielen Natur-, Jahreszeiten- und Kindermärchen sichtbar. Die Jugendstil-Illustrationen des *Peterchens-Mondfahrt*-Illustrators Hans Baluschek verleihen der Sammlung darüber hinaus einen verspielt-verzauberten Nimbus. Neben schwarz-weiß Zeichnungen am Ein- und Ausgang zu den einzelnen metadiegetischen Märchenwelten finden sich auch kolorierte Einschubbilder, in deren farbiger und motivisch üppiger Anlage die kindlichen Märchenfiguren wie auch BetrachterInnen völlig aufgehen.[1170] Baluschek unterstreicht damit das Bild einer kindlich-animisierten Märchenwelt, in der vom Spielzeug bis zur Wolke alles lebt und erzählt (Abb. 3).

Hermine Hanels Leben und Werk stellen insgesamt besehen ein Beispiel postemanzipatorischen akkulturierten Judentums und den Ausdruck der Suche nach einer zugleich deutsch-jüdischen wie auch selbstbestimmten weiblichen Identität im frühen 20. Jahrhundert dar. Ihre Kindermärchen ordnen sich in die zeitgenössische Märchenmode des Jugendstils und der Neoromantik ein und verweisen auf die Emanzipation der Kindheit im Kunstmärchen. Mit der Machtergreifung der Nationalsozialisten war Hermine Hanels literarischem Schaffen ein Ende gesetzt, bis zu ihrem Tod 1944 in München konnte sie keine Werke mehr veröffentlichen.

1168 Ebd., S. 41.
1169 Hanel [Anm. 1146], S. 224.
1170 Vgl. zu Hans Baluschek: Freyberger [Anm. 1143], S. 331.

Abbildung 3: »Die Himmelsschnur«, aus: Hermine Hanel: Was der Kalender erzählt. Ein deutscher Märchenkranz. Mit Bildern von Hans Baluschek, Erstes bis zehntes Tausend, Berlin-Grunewald [1919], o. S.

Neue »Weltmärchen« in Helene Scheu-Riesz' *Märchen aus dem All* (1919)

Eine weitere zu Beginn des 20. Jahrhunderts schreibende, im Unterschied zu den anderen aber von der Forschung bereits in Auszügen »entdeckte« österreichisch-jüdische Märchenautorin war Helene Scheu-Riesz. Sie wurde 1880 im mährischen Olmütz geboren und wuchs in einem »assimilierten liberalen, bildungsorientierten, gutbürgerlichen Elternhaus« im österreichischen Kaiserreich auf.[1171] Sie ging, als Mädchen in dieser Zeit noch relativ selten, auf ein Wiener Mädchengymnasium und galt allgemein als gebildete und intelligente Frau. Noch vor ihrer Ausreise in die USA 1937 konvertierte sie zum Protestantismus, ihre Familie war jedoch auch zuvor nur oberflächlich dem Judentum zugehörig und verstand sich vornehmlich als österreichisch. Verheiratet mit

---

1171 Die Biografie Helene Scheu-Riesz wurde im Zuge der österreichischen Frauenbiografieforschung umfassender erforscht, bspw. im hier zitierten, von Susanne Blumesberger herausgegebenen Band: Stumpf-Fischer, Edith: Wer war Helene Scheu-Riesz? Eine Antwort aus Literatur und Familienerinnerungen, in: Helene Scheu-Riesz (1880–1970). Eine Frau zwischen den Welten, hg. v. Susanne Blumesberger, Wien 2005, S. 13–29, hier: S. 16.

dem Sozialdemokraten und späteren Wiener Stadtrat Georg Scheu bewegte sie sich auch als erwachsene Frau in einem ausgewiesen bildungsbürgerlichen und sozialdemokratischen Umfeld; sie unterhielt in Wien einen Salon, in dem unter anderen Alban Berg und Oskar Kokoschka verkehrten und engagierte sich für die Rechte der Frau und die Emanzipation des Kindes in der Reformerziehungsbewegung.[1172] Sie war selbst Schriftstellerin und Herausgeberin und als Gründerin des Sesam-Verlags 1923 eine Pionierin weiblicher Verlegerschaft.[1173] Im Bereich der Kinderliteratur ging es ihr vor allen Dingen darum, Kindern aus allen Schichten im Sinne der Jugendschriftenbewegung ästhetisch anspruchsvolle Weltliteratur zugänglich zu machen. Retrospektiv beschrieb sie das Programm des von ihr gegründeten Sesam-Verlags mit: »*to help book-starved people in many lands, and to plant the seed of international understanding in the minds of children who will enjoy these stories with the adults*«.[1174] Ab 1910 gab sie die Reihe *Konegens Kinderbücher* heraus, die nach dem Vorbild William Thomas Steads *Books for the Bairns* eine Kinderbibliothek der Weltliteratur sein sollte und später als Sesam-Bücher neu aufgelegt wurden.[1175] Dieses der zeitgenössischen nationalen kinderliterarischen Aufrüstung entgegengesetzte Ziel der Internationalisierung und Globalisierung der Kinderliteratur zeigt sich sowohl in der Auswahl der bei Konegen als auch der später in ihrem eigenen Sesam-Verlag erschienenen Werke.[1176] In den 1920er Jahren übersetzte sie als eine der ersten Lewis Carrolls *Alice*-Romane ins Deutsche und gab als Teil der Sesam-Bücher verschiedenste Volksmärchen-Sammlungen heraus, bei denen es jedoch nicht um eine nationale Selbstvergewisserung, sondern die Darstellung von Vielfalt und globaler Heterogenität ging. In den 1912 als 32. und 33. Band der *Konegens Kinderbücherei* veröffentlichten *Österreichischen Volksmärchen* verwies sie in einem kurzen Vorwort zum Beispiel zwar auf die »österreichische Fassung« der Märchen, doch dennoch auch auf die Tatsache, dass »die alten Stoffe [...] in den Märchen aller Zeiten und Völker immer wieder auftauchen.«[1177] Neben ihrer Verlagstätigkeit schuf sie auch selbst kinderliterarische bzw. mehrfachadres-

---

1172 Ebd., S. 19–21.
1173 Ebd., S. 22.
1174 Zit. nach: Blumesberger, Susanne: Helene Scheu-Riesz und die Vision einer modernen Bibliothek, in: Helene Scheu-Riesz (1880–1970). Eine Frau zwischen den Welten, hg. v. Susanne Blumesberger, Wien 2005, S. 57–78, hier: S. 59.
1175 Vgl. Heller, Friedrich C.: W.T. Steads ›Books for the Bairns‹ – das Vorbild für die Sesam-Bücher, in: Helene Scheu-Riesz (1880–1970). Eine Frau zwischen den Welten, hg. v. Susanne Blumesberger, Wien 2005, S. 43–56, hier: S. 53. Einen Großteil der *Konegens Kinderbücherei* machen Märchensammlungen, von den Brüdern Grimm, Andersen, Brentano, Paul Heyse und Theodor Storm, aus.
1176 Vgl. zur Werkauswahl: Blumesberger [Anm. 1174], S. 70ff.
1177 Scheu-Riesz, Helene: Österreichische Volksmärchen. Ausgesucht und bearbeitet. Erster Teil, Wien [1912], S. 2.

sierte Bücher wie ihr bekanntestes Jugendbuch *Gretchen discovers America* oder die Märchensammlung *Märchen aus dem All* aus dem Jahr 1919.[1178] Ihre Konzentration auf eine globale, anti-nationalistische Sichtweise prägt auch diese Werke.

Das Titelbild (Abb. 4) der Märchensammlung ziert eine kolorierte Tuschezeichnung des namhaften Wiener Bildhauers und Illustrators Anton Endstorfer, die in der Gestaltung der Welle an Katsushika Hokusais »Great Wave« aus dem Jahr 1831 erinnert und darin sowie in der Einfügung eines weiblichen Oberkörpers und eines bunt schillernden Drachenfischs sowohl die fernöstliche als auch phantastische Sphäre der Märchen eröffnet. Wien war zu Beginn des 20. Jahrhunderts ein Zentrum innovativer Kinderbuchillustration. Hier »beschäftigte man sich [...] mehr in pragmatischer Weise mit den Aufgabenstellungen, die das neue ›Jahrhundert des Kindes‹ (Ellen Key) als faszinierende Provokation mit sich brachte.«[1179] In Wien bemühte man sich in neuen, jungen Künstlerkreisen wie beispielsweise der »Wiener Werkstätte« deutlicher als in Hamburg, Leipzig, Berlin oder Paris, nicht nur künstlerisch wertvolle Literatur, sondern auch künstlerisch wertvolle Buchkunst für Kinder zu schaffen.[1180]

Das Titelbild gehört thematisch zum ersten Märchen der Sammlung, »Die Welle«, in der eine kleine, noch junge Welle, in der Illustration anthropomorphisiert als Welle mit Frauenoberkörper dargestellt, auf der Suche nach ihrer Zugehörigkeit und Identität ist:

> Endlich aber fragte die kleine Welle: ›Wer bin ich?‹ ›Du bist ein Teil des Meeres‹, sagte der Balken. ›Vom Meere kommst du, zum Meere kehrst du zurück.‹ Das konnte sie nicht verstehen. ›Wo ist das Meer?‹ fragte sie. ›Ich sehe es nicht. Ich sehe Wellen, Fische, Muscheln, Tang, Korallen und Vögel. Was heißt das, das Meer? – wie sieht es aus?‹ ›Du kannst es nicht sehen, und ich auch nicht‹ sagte der Balken. ›Es ist zu groß.‹[1181]

In den Fragen nach ihrer Herkunft und größerer existenzieller Zusammenhänge rekurriert die Welle auf das in der Kindheit erwachende Verlangen, die Natur, das eigene Dasein, das Weltall, Geburt und Tod zu verstehen. Fern von nationaler Sinnsuche, wie dies stellvertretend andere Wellen vorstellen, erkennt die nun alt gewordene Welle hingegen, dass alles und alle aus einer »großen Unendlichkeit«

1178 Vgl. Blumesberger [Anm. 1174], S. 66f.
1179 Heller, Friedrich C.: Das künstlerisch illustrierte Kinderbuch in Wien um 1900, in: Die Bilderwelt im Kinderbuch. Kinder- und Jugendbücher aus fünf Jahrhunderten, hg.v. Albert Schug, Köln 1988, S. 40–41, hier: S. 40.
1180 Zu sehen ist dies auch heute noch, wenn beispielsweise eine der wenigen noch vorhandenen Ausgaben von Antoinette von Kahlers *Tobias Immerschneller* mit Illustrationen von Richard Teschner aus der »Wiener Werkstätte« mehrere Tausend Euro bei einer Auktion erzielt.
1181 Scheu-Riesz, Helene: Märchen aus dem All. Bilder und Umschlag von Anton Endstorfer, Wien, Leipzig [1919], S. 5.

Abbildung 4: Titelbild, aus: Helene Scheu-Riesz: Märchen aus dem All. Bilder und Umschlag von Anton Endstorfer, Wien, Leipzig [1919].

entspringen – »aus der die kleinen Wellen alle kommen und in die sie alle zurückkehren, die sie eigentlich nie wirklich verlassen, und die sie doch nicht kennen.«[1182] Nach diesem tiefergehenden ontologischen Märchen greift Helene Scheu-Riesz in »Prinzessin Tränenlos« auf volksliterarische Motive, eine durch die Tränenlosigkeit der Prinzessin gestörte Familiensituation, die nur durch eine siebenjährige Wanderung der Königin beendet werden kann, zurück. Anders als im grimmschen Märchen »Die goldene Gans« muss die Königstochter hier aber nicht das oberflächliche Lachen lernen, sondern tiefe Gefühle zulassen und sich für das Leid anderer und das eigene öffnen. Die folgenden Märchen sind von eher pädagogisch-moralischem Charakter und weisen auf gute und weniger gute charakterliche Eigenschaften bei den kindlichen ProtagonistInnen hin. Das letzte Märchen, »Christkindls Weihnachtstraum« ist ein in seiner Herkunft christliches Märchen, auf die religiöse Botschaft wird allerdings nicht oder kaum eingegangen, sondern das Christkind als den anderen magischen Märchenhelden beigeordnet vorgestellt. Es wirkt, ganz unabhängig seiner religiösen Bindung an einen christlichen Gott, Märchenwunder, die allgemein humanis-

---

1182 Ebd., S. 11.

tische und menschliche Werte repräsentieren. Helene Scheu-Riesz zeigt mit ihrer kleinen Märchensammlung somit die Bandbreite des Kindermärchens und deren mögliche philosophische und ontologische Tiefe jenseits religiöser oder nationaler Inanspruchnahmen auf.

»Märchenflüstern im Zauberwald« (1923) bei Franziska Bloch-Mahler

Säkulare Märchenspiele aus dem »Zauberwald« und dennoch im größeren deutsch- bzw. österreichisch-jüdischen Diskurs verhaftet sind auch die Märchen der 1884 im böhmischen Deutschbrod geborenen Franziska Bloch-Mahler. Neben ihrer Tätigkeit als Erzieherin war sie Schriftstellerin und schrieb als Journalistin für die österreichische zionistische Zeitschrift *Die Stimme*.[1183] Darin erschien am 26.3.1935 folgende Beschreibung:

> Vor kurzem feierte die auch unseren Lesern bekannte Schriftstellerin Franziska Bloch-Mahler, eine Verwandte Gustav Mahlers, ihren 50. Geburtstag. Seit ihrem 10. Lebensjahre Dichterin, entstammen zahlreiche jüdische Prosamärchen, Legenden und Balladen, über 1000 sonstige Prosamärchen, ebensoviele Kindergedichte, Balladen, zahlreiche Märchenspiele, zirka 2000 Buchsprüche usw. ihrer Feder. Demnächst hält sie in Wien und Prag neuerdings jüdische Vortragsabende ab. Aus Anlaß ihres Geburtstages wurde Frau Bloch-Mahler und ihr dichterisches Schaffen in zahlreichen Zeitungen des In- und Auslandes gewürdigt.[1184]

Als dezidert jüdisch werden somit einige ihrer Märchen nachträglich von der jüdisch-zionistischen Öffentlichkeit ausgewiesen. Im Zuge der möglichen Recherchen konnten textimmanent kaum Bezugnahmen auf die jüdische Kultur oder Religion ausgemacht werden. Einzig der »Glücksstern« im folgend zitierten Gedicht verweist womöglich auf den Mazal, jenen schon in der rabbinischen Literatur immer wieder erwähnten Stern des Glücks, aus dem sich später das Wort »Mazel« abgeleitet hat.[1185] Diese kaum gezeigte Zugehörigkeit zur jüdischen Literatur war innerhalb zionistischer Kreise keine Seltenheit, legte man darin in Teilen doch keinen besonders großen Wert auf religiöse Rückbesinnung, wie später auch an den Märchen Max Nordaus ersichtlich werden wird.[1186]

1183 FRONTIER-Projekt »Schreiben im Holocaust«. Schriftsteller und Wissenschaftler im Getto Lodz/Litzmannstadt. Forschungsprojekt der Germanistischen Sprachwissenschaft Universität Heidelberg, http://www.gs.uni-heidelberg.de/forschung/frontierprojekt_schriftsteller_ghetto.html, zuletzt geprüft am: 08.02.2018.
1184 O.A.: Kunst-Chronik. Schriftstellerin Franziska Bloch-Mahler 50 Jahre alt, in: Die Stimme. Jüdische Zeitung, 1935, 437, S. 5.
1185 Vgl. Talmud Sabbat 156a): Darin verweist Rabbi Chanina auf die Bedeutung der Sterne.
1186 Möglich ist natürlich, dass Franziska Bloch-Mahler dezidiert jüdische Märchen geschrieben hat, diese jedoch heute nicht mehr erhalten oder zumindest nicht mehr auffindbar sind.

Bloch-Mahlers Kindermärchen als zionistische Märchen zu bezeichnen, erscheint – abgesehen von der nachträglichen Intendierung – allerdings dennoch kaum angebracht, war doch der Fokus der Märchen ein anderer: Gleich das Eingangsgedicht der 1923 veröffentlichten Märchensammlung *Märchenflüstern im Zauberwald* stellt dies klar:

> Horcht, wie es flüstert in der Nacht
> Im Zauberwald von Märchenpracht,
> Da schwingt sich heimlich still und leis
> Bei Mondenschein der Elfenkreis.
> Da werden Märchenträume wahr,
> So herrlich und so wunderbar,
> Der Glücksstern hoch am Himmel blinkt,
> Der Englein Schar euch freundlich winkt.
> Für alle steht das Glück bereit,
> Wenn sie gewartet eine Zeit,
> Es windet euch den schönsten Kranz
> Im Märchenschein, im Zauberglanz.
> Es glänzt aus eurem Kinderblick
> Das tiefste und das reinste Glück,
> Das euch so still das Paradies
> Auf Erden hier schon finden ließ.[1187]

Franziska Bloch-Mahler ging es in ihren Märchen weniger um eine politische oder religiöse Vermittlung, sondern vielmehr darum, Kinder, egal welcher Religion oder kulturellen Zugehörigkeit, durch Märchen glücklich zu machen. Ihre Märchensammlung *Märchenflüstern im Zauberwald* vereinigt in diesem Sinne die unterschiedlichsten Texte: Naturmärchen von anthropomorphisierten Pflanzen, Bäumen, Elfen und Zwergen (»Vom Herzerlstrauch«, »Das Veilchen-Elfchen«, »Wie ein Elfchen den Zwergenkönig heiraten sollte«) mit neoromantischen volksmärchenhaften Erzählungen (»Das schönste Gewebe«, »Die sieben Prinzen«, »Michels Brautgeschenk«) sowie Kindermärchen im Stile Andersens (»Die Nixe als kurzer Erdengast«, »Ein Glasmärchen«). In Stil und Motivik reihen sie sich dabei einerseits in die zeitgenössische kinderliterarische Natur- und Tier-Märchenmode, andererseits auch in die neoromantische Märchenmode ein. Neben *Märchenflüstern im Zauberwald* schrieb Franziska Bloch-Mahler noch zwei weitere Märchen: das Märchenspiel *Das Elfenspieglein* (1925) und das Märchen *Wie das Märchen zu den Menschen kam* (1919).

Auch Franziska Bloch-Mahler wurde von den Nationalsozialisten aus Prag in das Ghetto Lodz deportiert und starb dort wenige Tage nach der Ermordung

---

1187 Bloch-Mahler, Franziska: Märchenflüstern im Zauberwald. Märchen, Cassel 1923, S. 5.

ihres Sohnes.[1188] Ihr kinderliterarisch durchaus bedeutsames Werk versank wie das vieler anderer mit der NS-Herrschaft in Vergessenheit.

Pazifistische (Anti)Märchen – Antoinette von Kahlers *Märchen aus der schlimmen Zeit* (1922)

Ein letztes, etwas anders gelagertes Beispiel neuer, »postakkulturierter« Kindermärchen einer deutschsprachig-jüdischen Autorin aus dem ersten Drittel des 20. Jahrhunderts findet sich in der Märchensammlung *Märchen aus der schlimmen Zeit*[1189] der österreichisch-jüdischen Schriftstellerin Antoinette von Kahler.[1190] Als Antoinette Schwarz wurde sie 1862 in Brünn in eine großbürgerliche jüdische Familie geboren und verbrachte ihre Kindheit[1191] als Tochter eines Unternehmers bis zu ihrer eigenen arrangierten Ehe behütet im elterlichen Hause. Jüdische Feiertage und religiöse Verpflichtungen wurden darin zwar beachtet, dem Glauben wurde jedoch keine größere Beachtung zuteil; die Kinder der Familie bekamen jüdischen Religionsunterricht, lernten Hebräisch und feierten dem Großvater zuliebe den jüdischen Neujahrstag,[1192] genauso aber auch Weihnachten – eine Mixtur, die für das akkulturierte jüdische Bildungsbürgertum im deutschen und österreichischen Kaiserreich typisch war. Dieser österreichisch-jüdischen Lebenswirklichkeit entgegen kam Antoinette von Kahler nach Angaben in ihrer Autobiografie *Kinderjahre* bereits in ihrer Kindheit mit Antisemitismus und Antijudaismus und der Ausgrenzung durch die christliche Gesellschaft in Berührung. Wie absurd sich dies bisweilen im alltäglichen Leben äußerte, zeigt von Kahler in einer Anekdote in *Kinderjahre*. Die Gouvernante Antoinettes, hier »Tinis«, »Mademoiselle«, fällt darin bei einem starken Gewitter »vor dem Wachsstock auf die Knie« und beschwört »alle Heiligen«, »sie nicht zu strafen, weil sie sich in einem juedischen Hause aufhalte.«[1193]

1188 [Anm. 1183].
1189 Antoinette von Kahlers Werke sind kaum mehr erhalten. Umso dankbarer bin ich dem Leo Baeck Institute New York für die unkomplizierte Bereitstellung des Werks aus dem Nachlass der Familie von Kahler.
1190 Zur Biografie und Kindheit Antoinette von Kahlers vgl. Lichtblau, Albert: Als hätten wir dazugehört. Österreichisch-jüdische Lebensgeschichten aus der Habsburgermonarchie, Wien 1999, S. 269–287.
1191 Von Antoinette von Kahler sind aus dieser Zeit unveröffentlichte autobiografische Aufzeichnungen in den Archiven des Leo Baeck Instituts New York erhalten: Kahler, Antoinette von: Kinderjahre, Leo Baeck Institute Archives New York ME 778, S. 1–87. Dazu auch: Gebhardt [Anm. 1108].
1192 Kahler [Anm. 1191], S. 9.
1193 Ebd., S. 19.

Nach ihrer Heirat mit Rudolf Kahler, der 1911 von Kaiser Franz Joseph I. geadelt worden war, zog Antoinette von Kahler mit ihrer eigenen Familie zunächst von Prag nach Wien um.[1194] Nach der Machtergreifung der Nationalsozialisten und dem Anschluss Österreichs verließ sie 1938, kurz vor Ausbruch eines weiteren Krieges, Europa und bezog zusammen mit ihrem Sohn Erich von Kahler[1195] und später auch ihrem »Wahl-Sohn«, dem Kulturphilosophen Hermann Broch, ein Haus in Princeton, wo sie 1951 starb.

Antoinette von Kahler ist der Forschung heute vor allen Dingen als Briefpartnerin bekannter Männer, darunter Thomas Mann, Albert Einstein und Hermann Broch sowie auch ihres Cousins, Richard Beer-Hofmanns, bekannt.[1196] Neben diesem – zum Teil gedichteten – Briefaustausch war sie aber auch selbst schriftstellerisch, vor allem für Kinder und Jugendliche, tätig und verfasste (unveröffentlichte) Theaterstücke, eine Novelle, Märchen für Kinder und ein Jugendbuch, *Tobias Immerschneller*.[1197] Vier Kriege erlebte Antoinette von Kahler Zeit ihres Lebens, die deutschen Einigungskriege in ihrer Kindheit, den 1. Weltkrieg als Frau und Mutter in Wien und den 2. Weltkrieg im Exil in den Vereinigten Staaten. Als Schriftstellerin wandte sie sich gegen die Gräuel des menschenverachtenden und menschenvernichtenden Kriegsgeschehens und nationale Kriegstreiberei.

Ihre zu Beginn der 1920er Jahre publizierte Märchensammlung *Märchen aus der schlimmen Zeit* verarbeitet die Eindrücke des 1. Weltkriegs und dessen verheerende Folgen für Europa. Zwei Märchen, »Das Ungeborene« und »Eieriana« erschienen zunächst in der nur von 1918–1919 verlegten pazifistischen Wiener Zeitschrift *Der Friede*, zwei weitere, »Sorgen« und »Das Testament« in der Frankfurter Zeitschrift *Das illustrierte Blatt* – Letzteres erhielt dort sogar den ersten Platz im Preisausschreiben für die beste kleine Erzählung.[1198] Der Krieg schwebt als Grundmotiv über jedem der zwölf Märchen der Sammlung, wie ein

---

1194 Handbuch österreichischer Autorinnen und Autoren jüdischer Herkunft. 18. bis 20. Jahrhundert, hg. v. Susanne Blumesberger, Berlin [u. a.] 2011, S. 625.
1195 Heuer, Renate: Lexikon deutsch-jüdischer Autoren. Band 13, München [u. a.] 2005, S. 174 f. Erich von Kahler gehörte in Prag dem von Martin Bubers Kulturzionismus beeinflussten zionistischen Verein »Bar Kochba« an, zu dem u. a. auch Irma Singer, die Autorin der Märchensammlung *Das verschlossene Buch*, gehörte, vgl. Kap. 5.4.
1196 Vgl. die Archivauswertung Jeffrey Berlins in: Berlin, Jeffrey B.: Der unveröffentlichte Briefwechsel zwischen Antoinette von Kahler und Hermann Broch unter Berücksichtigung einiger unveröffentlichter Briefe von Richard Beer-Hofmann, Albert Einstein und Thomas Mann, in: Modern Austrian Literature 27, 1994, 2, S. 39–76, hier: S. 41 f.
1197 Das Buch erschien in einer nur sehr geringen Auflage 1909 in der Produktionsgemeinschaft »Wiener Werkstätte« und ist mit elf Farblithografien des Wiener Künstlers Richard Teschner ausgestattet. Es handelt von dem Jungen Tobias, der die unterschiedlichsten Fahrzeuge und den technischen Fortschritt nutzt, um sich immer schneller fortzubewegen.
1198 Kahler, Antoinette von: Märchen aus der schlimmen Zeit, München 1922, Vorsatzblatt.

Rahmen fügen sich das erste, »Das Ungeborene«, und das letzte, »1920«, in ihrer an der Menschheit zweifelnden Stimmung zusammen. »Das Ungeborene« stellt den Konflikt einer Frau mit ihrem nur als »Gedankenfunke« existierendem Kind dar. Letzteres will leben, »leben und allein mein Los tragen«,[1199] die zukünftige Mutter jedoch (ver)zweifelt am Leben: »Sieh, das Leben ist schwer und peinvoll, du wirst hungern und frieren und elend sein. Du wirst dich mühen müssen ums tägliche Brot, du wirst in den Krieg ziehen und fallen von Feindes Hand. [...] Verlange nicht töricht, auf diese schreckliche Welt zu kommen!«[1200] Letztendlich gewinnt aber das Leben des Kindes: »Es war nun da auf der schlechtesten der Welten.«[1201] In »1920« wird daran anschließend der Konflikt Gottes mit seiner Schöpfung, dieser schlechtesten aller Welten, geschildert und nur im letzten Augenblick der alles vernichtende Blitz abgewendet mit den Worten: »Noch einmal Geduld«.[1202] Bereits daran wird deutlich, in welch großem Gegensatz Kahlers Märchen zu den bisher behandelten phantastisch-neoromantischen stehen. Es handelt sich nun, und auch bei den anderen Märchen der Sammlung, um keine sorgenfreien wunderbaren Spiele aus einer »durchausentgegengesetzten Welt«, sondern vielmehr um Märchen aus dem Kriegs-Alltag, um Märchen, welche die ganz reale Not der Menschen und die Absurdität des Krieges aufgreifen, sie jedoch dennoch märchenhaft-phantastisch fortspinnen. Das Märchenwunderbare lässt so den Riesen Rübezahl in Zeiten großer Not Rüben verteilen, Schnee zu Zucker und Zeit zu Diamanten werden, Hühner über den Wert ihres Eis deklamieren und Glocken zum Leben erwachen. Doch fehlt den meisten Märchen die märchenhafte bzw. utopische Hoffnung auf eine Besserung der Welt. Das Schicksal und der sehnliche Wunsch einer Glocke, einmal in Rom zu läuten, endet hier beispielsweise im Schmelzofen des Krieges: die Kirchenglocke wird zunächst zur Munition eingeschmolzen, verformt aus den toten Körpern der italienischen Feinde geholt, wieder eingeschmolzen und letztendlich zu Sterbeglöckchen für die Gefallenen des Krieges in Rom aufgehängt.[1203] Auch in »Wunder« wird der Wunsch eines durch die Lebensmittelrationierungen ausgehungerten Jungen, der fallende Schnee möge Zucker sein, zunächst wahr, erweist sich am Ende jedoch als Traum. Das einzige biblische Märchen – und damit auch Anknüpfungspunkt an die deutsch-jüdische Volksmärchentradition des 19. Jahrhunderts – behandelt noch dazu den im Tanach im Buch Genesis enthaltenen Stoff um Lot und die Zerstörung Sodom und Gomorrhas. Auch hier herrscht, wie im Krieg, Vernichtung, Vertreibung und Hoffnungslosigkeit, doch Lot und seiner Familie wird von Gott ein Ausweg aufgezeigt, eine

---

1199 Ebd., S. 6.
1200 Ebd., S. 6f.
1201 Ebd., S. 8.
1202 Ebd., S. 51.
1203 Vgl. ebd., S. 9–12.

blühende Zukunft in den Bergen. Im Gegensatz zu Lot und den Töchtern kann seine Frau, entgegen dem göttlichen Gebot, ihre Vergangenheit aber nicht einfach hinter sich lassen, »ihr Sinn erstarrte im Gedächtnis an Vergangenes, nie Wiederkehrendes, Unersetzliches!«[1204] Und auch die Zukunft Lots und seiner Töchter erweist sich, wie in der biblischen Vorlage, als trügerisch: »Lot aber und seine Töchter eilten offenen, hoffnungsfrohen Auges in ferne, trügerische Zukunft und zeugten in Rausch und Blutschande ein neues, sündiges Geschlecht.«[1205]

Das Märchenwunderbare leidet in diesen *Märchen aus der schlimmen Zeit* an der scheinbaren Ausweglosigkeit und Not des Krieges, es will nicht in andere Dimensionen flüchten, sondern die Realität im Märchen, mit allen Absurditäten und Gräueln, abbilden. Die heile Märchenwelt des Volksmärchens ist angesichts des Krieges entzwei gebrochen. Antoinette von Kahler greift darin Motive des politischen, expressionistischen (Erwachsenen-) Märchens auf,[1206] übernimmt dessen ontologische Positionen aber nicht. Denn im Märchenhaften »Es war einmal« wird hier nicht zuletzt doch ein Funken Hoffnung aufgezeigt: Wenn im Märchen »Sorgen« zum Beispiel der perfide Plan der titelgebenden personifizierten Menschen-aussaugenden Vampirwesen vereitelt wird, indem – märchenhaft – ein großes Durcheinander entsteht und die Sorgen nicht zu ihren ursprünglichen Eigentümern finden. Menschen haben nun Einblick in die Sorgen anderer und verstehen einander über die verfeindeten Lager des Krieges hinweg:

> Als all die Menschen, Sprossen ferner, feindseliger Völker, einander am Morgen im Frühstückszimmer trafen, da musterten sie einer den anderen, um sie, die sich fremd waren durch Sprache, Gesittung und Wohnort, lasen, einer aus dem bekümmerten Antlitz des Nächsten dessen Sorge und Kümmernis und vergaßen der eigenen. Und es entstand aus Unglück, Übelwollen und Bedrückung siegreich die Nächstenliebe![1207]

Zusammengenommen appellieren Antoinette von Kahlers moderne Märchen an ihre Leser- und Hörerschaft, mehr Nächstenliebe, mehr Klugheit (in der Politik), mehr Empathie und mehr Frieden zu wagen. Sowohl Erwachsene als auch besonders die nachwachsende Generation der Kinder können deshalb als Adressatinnen und Adressaten ihrer *All-Age*-Märchen angenommen werden. Es sind keine eindeutig kinderliterarischen neoromantischen Anderswelten, sondern im Zeichen der Zeit und des Krieges gedichtete märchenhafte Abbilder der ins Ungleichgewicht geratenen Welt.

1204 Ebd., S. 35.
1205 Ebd., S. 36.
1206 Vgl. Geerken, Hartmut: Zur Märchendichtung im 20. Jahrhundert, in: Märchen des Expressionismus, hg. v. Hartmut Geerken, Frankfurt a. M. 1979, S. 11–32.
1207 Kahler [Anm. 1198], S. 39.

5.3. Märchen der *Admonitio Judaica*[1208] – Jüdisch-religiöse Kindermärchen

Das fünfte Heft des *Wegweiser für die Jugendliteratur* rief, wie in Kap. 4.4. dargestellt, zur Schaffung von Märchen, »die der jüdischen Gedankenwelt entsprossen und durch die Kunst der Darstellung das Gemüt der jüdischen Kinder fesseln und auf Grund der gewonnenen Anschauungen die treue Anhänglichkeit an unsere Religion befestigen« auf.[1209] Diese im Zeichen der jüdischen Jugendschriftenbewegung wiederentdeckte *Admonitio Judaica*, das Erinnern an und die Ermahnung zum Judentum, die Evokation einer verloren geglaubten oder vergessenen jüdischen Identität im Rückgriff auf deren religiöse und literarische Traditionen, bildet das Zentrum der zweiten Gruppe deutschsprachig-jüdischer Kindermärchen. Von den Märchen der ersten Kategorie unterscheidet sie ihre ausgewiesen religiöse und kulturelle Zuschreibung zum Judentum, von den zionistischen Märchen der dritten Kategorie der Mangel an *nation building* in jüdisch-nationaler Hinsicht. Die Märchen der *admonitio judaica* eint der Versuch, im Kindermärchen jüdische Identität, die Zugehörigkeit zur jüdischen Religionsgemeinschaft oder Kultur zu fördern und jüdische Kinder in ihrer Religion und auch allgemein humanistischen Werten zu unterweisen. Im Sinne von Franz Rosenzweigs »Erneuerung des Judentums«[1210] versuchen sie, jüdische Heranwachsende wieder in deren »eigene jüdische Sphäre«[1211] zurückzuführen und jüdische Kinder in ihrer religiösen Zugehörigkeit zu bestärken. Die Märchen sind religiös gefärbt, berichten von jüdischen Feiertagen und der jüdischen Geschichte. Sie klären zum Teil in einer Art Register über fremdgewordene religiöse Begrifflichkeiten auf und erzählen die Handlung um biblische Figuren oder Ereignisse neu. Anhand der Darstellung von jüdischer Tradition und Geschichte in einem kindgemäßen und modernen Medium sollte so der deutschen Märchentradition der Brüder Grimm eine neue, dezidiert jüdische Märchentradition an die Seite gestellt werden. Dem Umfang nach handelt es sich bei den

---

1208 Den Begriff der *admonitio judaica* etablierte Hans Otto Horch im Aufsatz: Horch [Anm. 892].
1209 Spanier [Anm. 1].
1210 Franz Rosenzweig wollte dies insbesondere mithilfe eines neuen jüdischen Religionsunterrichts erreichen, seine Forderungen sind aber sehr gut auf das jüdische Kindermärchen dieser Kategorie übertragbar: »Das Rückgrat des Unterrichts [...] wird dann jene Ordnung sein, in der sich die Selbständigkeit der jüdischen Welt heute am sinnfälligsten ausdrückt: der jüdische Kalender, das eigene ›Kirchenjahr‹. Indem das Kind in die jüdische Woche und das jüdische Festjahr eingeführt wird, kann ihm hier anschließend eine Reihe der wichtigsten kultischen Gebräuche erklärt werden und wieder im unmittelbaren Anschluß an diese eine Darstellung der biblischen Geschichte in ganz frei aus Schrift und *Aggada* geschöpften Einzelbildern folgen.« Rosenzweig [Anm. 157], S. 59.
1211 Ebd., S. 57. Vgl. Kap. 1.2.

jüdischen Kindermärchen der *admonitio judaica* aufgrund der in Kap. 4.4. dargestellten Vorbehalte des religiösen und orthodoxen Judentums gegenüber der Gattung Märchen zwar um die kleinste Gruppe, in ihrer Bedeutung für die Geschichte des jüdischen Märchens, gerade mit Blick auf die *Sammlung preisgekrönter Märchen,* aber umso gewichtigeren.

Die Märchen Jacob Levys, Else Urys und Heinrich Reuß' in der *Sammlung preisgekrönter Märchen und Sagen* der Jugendschriftenkommission der Großloge Unabhängiger Orden Bnai Brith (1909)

Der »Unabhängige Orden Bnai Brith« gründete 1898 nicht nur die »Gesellschaft für jüdische Volkskunde«, die sich der Sammlung jüdischer Volksliteratur und Volksmärchen widmen sollte, sondern zu Beginn des 20. Jahrhunderts auch eine Jugendschriftenkommission zur Schaffung neuer jüdischer Jugendliteratur. Beide Einrichtungen versuchten, jüdische Identität und Kultur zu fördern und das Judentum in Zeiten gescheiterter Emanzipation und stetig wachsenden Antisemitismus zu erneuern. Die Jugendschriftenkommission wollte darüber hinaus aber auch ästhetisch ansprechende Literatur, Kunst für die Jugend, fördern und die in der Jugendschriftenbewegung und der Reformpädagogik neu aufgekommenen literaturpädagogischen Maßstäbe umsetzen. Die Ausrufung zur Schaffung einer neuen, originären Märchensammlung im Diskurs über Märchen für jüdische Kinder steht damit einerseits im Zusammenhang mit den parallel verlaufenden Bemühungen von Grunwald und Co, ein jüdisches Märchen, Märchen für das jüdische Volk, zu etablieren; andererseits aber auch in dem, den deutschen *Kinder- und Hausmärchen* eine an neuen ästhetischen und literaturpädagogischen Ansprüchen ausgerichtete jüdische Märchensammlung entgegen zu stellen. Die Bedeutung der aus dem »Preisausschreiben« im *Wegweiser für die Jugendliteratur* resultierenden *Sammlung preisgekrönter Märchen und Sagen,* die die besagte Jugendschriftenkommission 1909 in erster Auflage herausgegeben hat, kann somit mit Blick auf die Geschichte des jüdischen Märchens in deutscher Sprache kaum hoch genug eingeschätzt werden und markiert nach Annegret Völpel »den Durchbruch zur zuvor theoretisch umstrittenen Anerkennung des Märchens in der jüdischen Jugendliteraturkritik«.[1212]

Das von Mary Rosenbaum ausgelobte und zwischenzeitlich von der Großloge

---

1212 Völpel, Annegret: Grobet, H[ermann] (Ill.): Sammlung preisgekrönter Märchen und Sagen, in: Deutsch-jüdische Kinder- und Jugendliteratur von der Haskala bis 1945. Die deutsch- und hebräischsprachigen Schriften des deutschsprachigen Raumes: ein bibliographisches Handbuch, hg. v. Zohar Shavit, Hans-Heino Ewers, Annegret Völpel u. a., Stuttgart 1996, S. 410–411, hier: S. 411.

auf 500 Mark erhöhte Preisgeld für die beste Sammlung jüdischer Märchen konnte nach Angaben Ismar Elbogens im *Wegweiser* keiner der zehn eingesandten Märchensammlungen exklusiv zugesprochen werden. Stattdessen teilte man das Preisgeld unter der Sammlung *Morgenröte* des Kölner Autors Jacob Levy und einzelnen Märchen der AutorInnen Heinrich Reuß und Else Ury auf.[1213] Die *Sammlung preisgekrönter Märchen* setzt sich damit aus sieben Märchen Jacob Levys, vier Märchen Heinrich Reuß' und einem Märchen aus der Feder der *Nesthäkchen*-Autorin Else Ury zusammen.

Den Beginn bilden die Märchen Jacob Levys.[1214] Es sind durchweg neue kinderliterarische Märchenerzählungen, welche die deutsche Volksmärchentradition im formelhaften »Es war einmal« und »Und wenn sie nicht gestorben sind, dann leben sie noch heute«[1215] genauso wie in ihrer Motivik die jüdische *Aggada* zwar teilweise aufgreifen, diese aber im Rückgriff auf eine stärker historische, kulturelle und lokale Festschreibung und eine ausdifferenzierte Figurengestaltung in neue deutsch-jüdische Kinder- und Kunstmärchen umwandeln. Die Handlung der Märchen setzt meist an einem jüdischen Fest- oder Feiertag, am Sabbat, dem Sederabend, Chanukka oder dem Purimfest ein und spielt entweder in deutschen oder märchenhaft-orientalischen Stätten. Oftmals stehen kindliche, männliche Märchenhelden im Mittelpunkt des Geschehens, die wie Max in »Durch den Erdball«, David in »Die Kamee« oder Joseph in »Die Wunder des Lichts« am Übergang zum Erwachsensein und damit auch noch vor einer ausgereiften eigenen und speziell jüdischen Identität stehen. Der auktoriale Erzähler berichtet aus Kindessicht, schildert deren Gefühls- und Erfahrungswelt und bietet den kindlichen und jugendlichen LeserInnen damit einerseits viel Identifikationspotential, andererseits auch ein Vorbild und eine Anleitung zum richtigen moralischen, solidarischen und insbesondere religiösen Lebenswandel. So beispielsweise im Märchen »Die Hawdolohwunder«: Albert, dem in einer wundersamen Erscheinung der Geist seines Vorfahren erschienen war und ihm gezeigt hatte, dass sein Elternhaus bald in Flammen stünde, eilt voller Sorgen nach Hause:

> Albert spürte nichts von der Kälte. Die Angst vor dem, was er vorhin wie einen Schatten gesehen, wuchs immer mehr. In seinem Herzen pochte und hämmerte es; er dachte unaufhörlich: ›Gott schickte mir seinen Boten, ich muß zu Vater und Schwester, ich muß eilen.‹ Und mit der schweren Last der Krüge eilte er voran, aber plötzlich schrie er

---

1213 Vgl. Elbogen, I.: Der Erfolg des märchendichterischen Wettbewerbs in No. 5 des Wegweisers (September 1905), in: Wegweiser für die Jugendliteratur IV, 1908, 1, S. 1.
1214 Auch ausgedehnte Recherchen brachten leider keine Hintergrundinformationen zu diesem Autor.
1215 Levy, Jacob: Durch den Erdball, in: Sammlung preisgekrönter Märchen und Sagen. Mit 12 Ill. von H. Grobet, hg. v. Jugendschriften-Kommission des U. O. Bnei Briß, Stuttgart 1909, S. 20–44.

auf; der Gedanke erwachte in ihm: ›Wenn ich zu spät komme!‹ Aber da ward es ihm, als ob ihn ein kühler Luftzug streife. Ein weißes Gewand umhüllte ihn plötzlich, die weichen Falten schmiegten sich an alle seine Glieder, bedeckten seine Haare, seine Augen. Er spürte, wie er emporgehoben und mit Sturmeseile fortgerissen wurde.[1216]

Neben dieser starken Adressatenorientierung steht in den Märchen Jacob Levys die Vermittlung jüdisch-religiöser Traditionen in der gesamten sprachlichen und motivischen Gestaltung im Vordergrund: Die Märchen sind in den jüdischen Kalender eingebettet, Gebete und die Befolgung religiöser Abfolgen, zum Beispiel an der Sabbatfeier, werden im Detail erwähnt und zahlreiche Begriffserklärungen dem Text in Fußnoten beigegeben. Jüdische Festtage, hebräische Begriffe aus dem jüdischen Ritus, Speisebezeichnungen und religiöse Utensilien, wie etwa »T'fillin«, »Chanukkoh«, Hawdoloh« oder »Tallis« werden dort erklärt und die hebräischen Lettern in lateinische Buchstaben transliteriert.

Die jüdische Sphäre erscheint in dieser fast wissenschaftlich anmutenden Darstellung zunächst als etwas Fremdgewordenes, nicht mehr Vertrautes – eine Wunderwelt, zu der der/die kindliche LeserIn erst wieder einen Zugang finden muss. Gleichzeitig aber wird die jüdische Religion, das Judentum an sich, als wundersames Band zwischen den einzelnen Gläubigen einer- und Mensch und Gott andererseits dargestellt. Nur mit ihm können die kindlichen Märchenhelden aus Not und Kummer errettet und bei der Suche nach der eigenen Identität und Zugehörigkeit unterstützt werden. So beispielsweise, wenn Max in »Durch den Erdball« in einem magischen Strudel ans andere Ende der Welt gespült wird, dort die Sprache nicht versteht und wieder nach Hause zu seinen Eltern finden möchte. Das Aufeinandertreffen mit einem jüdischen Reiter und dessen Familie in einem phantastischen jüdischen Land ist ihm eine erste Zuflucht: »Jetzt fühlte sich Max geborgen. Er sah an allem, daß er bei frommen Juden war und freute sich, daß die Religion und deren Ausübung ein Band war, das ihn mit seinen gütigen Wirten vereinte.«[1217] Ähnlich wie in Richard Beer-Hofmanns *Schlaflied für Mirjam* wird hier eine unsichtbare, doch umso wirkmächtigere Verbindung im und zwischen allen Juden ausgemalt: »In uns sind alle, wer fühlt sich allein? Du bist ihr Leben – ihr Leben ist dein«[1218] – ein Zusammenhalt, der insbesondere für junge Menschen und deren Identitätsausbildung wichtig und existenziell sein konnte.

Levys Märchen sind *jüdische* Märchen im religiösen Sinne. Alles Märchenwunderbare geht hier nun ganz im Gegensatz zu den in Kapitel 5.2. dargestellten

---

1216 Levy, Jacob: Die Hawdolohwunder, in: Sammlung preisgekrönter Märchen und Sagen. Mit 12 Ill. von H. Grobet, hg. v. Jugendschriften-Kommission des U. O. Bnei Briß, Stuttgart 1909, S. 45–56, hier: S. 54.
1217 Levy [Anm. 1215], S. 32.
1218 Beer-Hofmann [Anm. 147].

Märchen immer von Gott oder dessen Helfern, dem Propheten Eliah und den aufgrund ihrer Frömmigkeit wundertätigen Rabbis wie in »An den drei Eichen«[1219] aus und ist damit märchenhafte *magia licita*. So auch im Märchen »Die Wunder des Lichts«, in dem Gott drei Märchenwunder an einer gläubigen Familie wirkt und sie damit vor Unheil bewahrt:

> Die Familie Müller hatte von alledem nichts gemerkt. Alle saßen friedlich beisammen, freuten sich des Chanukkohfestes und wußten nicht, welch schreckliche Gefahr ihnen gedroht, und in welch wunderbarer Weise Gott sie beschützt hatte.[1220]

Alle Märchenhelden zeichnen sich meist durch einen starken Glauben und Gottvertrauen aus und »verdienen« sich damit die Hilfe Gottes im Märchen. Salomon Breit in »Die Hawdolohwunder« wird als »gottesfürchtiger, frommer Mann«[1221] beschrieben, Isaak, der Protagonist des ersten Märchens, muss zwar erst durch eine Begegnung mit dem Propheten Eliah von seiner Hybris, besser als Gott »Tallis«, also Gebetmäntel, weben zu können, befreit werden, aufgrund seiner Hilfsbereitschaft und Gesetzestreue verhilft ihm Gott im weiteren Geschehen aber zu Reichtum und Ansehen. Und auch Max, der Held in »Durch den Erdball« zeichnet ein unerschütterliches Vertrauen in Gott aus:

> Die wunderbaren Ereignisse zogen an seinem Geiste vorüber. Jetzt war er in einer fremden Welt, so weit von seinen Eltern, als ob er auf einem fernen Stern wäre. Das Heimweh fiel ihn mit verdoppelter Kraft an, Tränen flossen über seine Wangen. Dann aber bedachte er, wie der Höchste ihn bis jetzt beschützt hatte, und die Hoffnung stieg in ihm auf, daß er doch noch zu seinen Eltern zurückkehren werde.[1222]

Wie in den in Kap. 3 vorgestellten jüdischen Volksmärchen kommt der Frömmigkeit der Märchenhelden und -heldinnen damit eine große Bedeutung zu. Sie ist die Voraussetzung für das Märchenwunderbare und Grund des Wunder-Wirkens Gottes. Dieses wird als höchste Auszeichnung verstanden. Am Märchenende steht kaum je ein aus dem grimmschen Volksmärchen bekannter rasanter sozialer Aufstieg, die Heirat mit einer Königstochter oder unermesslicher Reichtum, sondern meist »nur« die mit Gottes Hilfe erlangte Abwendung von Armut und Hunger und eine, am Beispiel »Die Kamee« besonders anschaulich gestaltete, gefestigte jüdische Existenz und Identität.[1223] Die Mär-

---

1219 Levy, Jacob: An den drei Eichen, in: Sammlung preisgekrönter Märchen und Sagen. Mit 12 Ill. von H. Grobet, hg. v. Jugendschriften-Kommission des U. O. Bnei Briß, Stuttgart 1909, S. 88–98, hier: S. 93.
1220 Levy, Jacob: Die Wunder des Lichts, in: Sammlung preisgekrönter Märchen und Sagen. Mit 12 Ill. von H. Grobet, hg. v. Jugendschriften-Kommission des U. O. Bnei Briß, Stuttgart 1909, S. 8–19, hier: S. 14.
1221 Levy [Anm. 1216], S. 46.
1222 Levy [Anm. 1215], S. 33.
1223 David, der bei einem deutschen Christen aufgewachsen war, findet am Ende seine jüdischen Eltern wieder, wird Rabbi und führt ein glückliches Leben. Levy, Jacob: Die Kamee,

chenhelden bleiben bodenständige, fromme Handwerker oder Rabbis, die das, was sie im Überfluss haben, mit anderen, Bedürftigeren, teilen.

Wie im alten jüdischen Schrifttum ist das Märchen hier in einer eindeutig religiösen, aber dennoch wunderbaren Sphäre situiert, die zugleich von Wunderwesen wie Gespenstern, fliegenden Schammes-Lichtern, leuchtenden Bäumen und nie versiegenden Krügen wie auch biblischen magischen Wesen und Figuren wie dem Fisch-Gott Leviathan oder dem Propheten Eliah bevölkert ist. Alles Übernatürliche geht allein von Gott und seinen Helfern aus, ein religiöser Wahrheitsanspruch wird jedoch im Märchenwunderbaren aufgehoben.

Die Märchen Jacob Levys dienen damit zusammen besehen ganz eindeutig der *admonitio judaica,* der Erinnerung an und der Ermahnung zu einem jüdisch-religiösen Leben, zur jüdischen Identität. Beinahe ebenso viel Gewicht legen sie aber auch auf ihre transkulturelle, deutsch-jüdische Verquickung. Sie sind meist in deutschen Dörfern und Gebieten altehrwürdiger jüdischer Gemeinden angesiedelt, in Trier, am Rhein oder in der fränkischen Maingegend, und erzählen, wie in »Das Haus zu den zwei Löwen«, Märchen aus der deutsch-jüdischen Diaspora.[1224] Es geht jedoch nie um eine Rückkehr nach Israel, nie um Emigration und Exil, nie um Zionismus. Auch wenn die Märchenhelden wie beispielsweise in »Durch den Erdball« in ein fernes jüdisches Land reisen, bleibt Deutschland das Land, in dem Familie und Heimat liegen. Max lernt in dem märchenhaft-abgeschotteten jüdischen Land am anderen Ende des Erdballs so zwar Hebräisch, er bringt seinen Freunden dort aber auch Deutsch bei und freut sich über ein paar Worte in seiner »Muttersprache«.[1225] Am Ende seiner wundersamen Reise gelangt er überglücklich wieder »im heimischen Erdteil« Deutschland an.[1226] Darüber hinaus rüttelt auch die Darstellung antisemitischer Ausschreitungen oder Bemerkungen, wie beispielsweise in »Die Kamee«,[1227] nicht an der starken deutsch-jüdischen Verbindung in Levys Märchen. Antijudaismus wird entweder als etwas Historisches, Zurückliegendes oder etwas,

---

in: Sammlung preisgekrönter Märchen und Sagen. Mit 12 Ill. von H. Grobet, hg. v. Jugendschriften-Kommission des U. O. Bnei Briß, Stuttgart 1909, S. 72–88, hier: S. 88.

1224 Die Gattungsgrenzen werden hierbei oftmals überschritten, handelt es sich gerade bei Letzterem eigentlich um eine Sage.

1225 Vgl. Levy [Anm. 1215], S. 36.

1226 Ebd., S. 41.

1227 »Die Zeit verging, David war jetzt achtzehn Jahre alt und groß und stark geworden. Mehrmals hatte er bereits Gelegenheit gehabt, seinen jüdischen Brüdern beizustehen, wenn die beraubt oder sonst vergewaltigt werden sollten, denn in jener zügellosen Zeit waren die Juden schutz- und rechtlos.« Levy [Anm. 1223], S. 82. Antijudaismus und Antisemitismus werden daneben auch in Levy [Anm. 1219], S. 89. Und in »Durch den Erdball« geschildert: »Da sah er einen armen, alten Hausierer, der mit Mühe seinen schweren Kasten schleppte. Der Greis trug eine seltsam hohe Mütze und hatte über jedem Ohr eine Locke hängen. Die Buben lachten ihn seines sonderbaren Aussehens wegen aus und verhöhnten ihn«, Levy [Anm. 1215], S. 20.

gegen das es sich aufzulehnen gilt, dargestellt. Die transkulturelle deutsch-jüdische Symbiose wird im Märchen aufrecht erhalten und Deutschland als Heimat der jüdischen Märchenhelden, als »unser liebes Deutschland«,[1228] bezeichnet und damit eindeutig auf den sowohl deutschen als auch jüdischen Charakter der Märchen verwiesen.

Auf die Märchen Jacob Levys folgt in der *Sammlung preisgekrönter Märchen und Sagen* das Märchen »Im Trödelkeller« der vor allem für ihre *Nesthäkchen*-Reihe bekannten Autorin Else Ury. Als Kinderbuchautorin war Else Ury überaus erfolgreich. Bücher wie *Nesthäkchen*, *Trotzkopf* oder *Goldblondchen* wurden in hoher Auflagenzahl gedruckt und noch Ende des 20. Jahrhunderts sogar verfilmt.[1229] Als Verfasserin von Märchen, speziell jüdischer Märchen oder überhaupt von jüdischer Literatur ist sie dagegen weniger bekannt, wurde sie doch lange Zeit als *die* Autorin dezidiert deutscher und auch deutsch-nationaler Mädchen- bzw. »Backfisch«literatur der Vor- und Zwischenkriegszeit rezipiert,[1230] die in Werken wie *Nesthäkchen und der Weltkrieg* (1916/1922) und *Jugend voraus!* (1933) nicht nur den 1. Weltkrieg, sondern anfänglich auch die Machtergreifung Adolf Hitlers begrüßte.[1231] Erst vor einigen Jahren entdeckte die deutsch- und englischsprachige Kinder- und Jugendliteraturforschung Else Ury – bis dahin »unbelastet und geschichtslos«[1232] – für sich und richtete den Blick nun auch auf unbekannte bzw. überlesene Aspekte innerhalb ihres Lebens und Werks.[1233]

1228 Levy, Jacob: Das Haus zu den zwei Löwen, in: Sammlung preisgekrönter Märchen und Sagen. Mit 12 Ill. von H. Grobet, hg. v. Jugendschriften-Kommission des U. O. Bnei Briß, Stuttgart 1909, S. 57–71, hier: S. 57. Oder auch ebd., S. 58.
1229 Vgl. Redmann, Jennifer: Nostalgia and Optimism in Else Ury's *Nesthäkchen* Books for Young Girls in the Weimar Republic, in: The German Quarterly 79, 2006, 4, S. 465–483, hier: S. 465.
1230 Vgl. Lüke, Martina: Else Ury – A Representative of the German-Jewish Bürgertum, in: ›Not an essence but a positioning‹. German-Jewish women writers (1900–1938), hg. v. Andrea Hammel, Godela Weiss-Sussex, München, London 2009, S. 77–93, hier: S. 82.
1231 Vgl. ebd., S. 86. Wie Else Urys deutsch-nationales Engagement zu bewerten ist, ob als Taktik als Schriftstellerin zu überleben oder tiefe Überzeugung, darüber ist sich die Forschung bis heute, auch aufgrund sich teilweise widersprechender Aussagen ihrer Nachfahren und innerhalb ihres Werks, nicht einig. Wahrscheinlich ist jedoch, dass Else Ury sehr viel an ihrem akkulturiert-bürgerlichen Status lag und sie überaus patriotisch eingestellt die nationalistische Propaganda und Kriegstreiberei in einem erhöhten Bedürfnis nach nationaler Einigkeit übernahm. Vgl. dazu auch: Asper, Barbara, Kempin, Hannelore, Münchmeyer-Schöneberg, Bettina: Wiedersehen mit Nesthäkchen. Else Ury aus heutiger Sicht, Berlin 2007, S. 53f. Lüke [Anm. 1230], S. 87.
1232 Brentzel, Marianne: Nesthäkchen kommt ins KZ. Eine Annäherung an Else Ury 1877–1943, Zürich 1992, S. 19.
1233 Eine Vorreiterin war die Biografie Marianne Brentzels: ebd., die vor Kurzem eine Neuauflage erfuhr: Brentzel, Marianne: Mir kann doch nichts geschehen. Das Leben der Nesthäkchen-Autorin Else Ury, Berlin 2015. Urys jüdische Märchen wurden allerdings erst von Barbara Asper und Theodor Brüggemann entdeckt: Asper, Barbara/ Brüggemann,

Else Ury wurde 1877 in ein wohlhabendes, bildungsbürgerliches akkulturiertjüdisches Berliner Elternhaus geboren,[1234] in dem, wenn auch nicht ganz wie Marianne Brentzel folgerte »das Wort Jude nicht zum Alltagssprachgebrauch gehörte«,[1235] so aber doch der Einhaltung religiöser Vorschriften und Bekenntnisse vermutlich wenig Priorität zukam. Urys Vater hatte sich schon früh von den religiösen Vorschriften des Großvaters – dem Vorsteher der Berliner Alten Synagoge Heidereutergasse – gelöst und allenfalls die höchsten jüdischen Feiertage wie Jom Kippur mit seiner Familie begangen.[1236] Zeitlebens blieb jedoch eine *Mesusa*, ein Schutzsymbol jüdischer Familien in Form einer am Türpfosten befestigten Schriftkapsel, an der Tür des Familienhauses in der Kantstraße in Berlin befestigt und gemahnte an die Wurzeln der Familie.[1237] Um 1900 begann Else Ury unter Pseudonym für die *Vossische Zeitung* zu schreiben,[1238] 1905 erschien ihr erstes Kinderbuch, *Was das Sonntagskind erlauscht*, 1906 *Studierte Mädel*, das von Kritikern und Lesern begeistert aufgenommen wurde und sie in der Öffentlichkeit bekannt machte.[1239] Zu ihren frühesten Schriften zählen aber auch zwei in der *Sammlung preisgekrönter Märchen* und dem *Wegweiser für die Jugendliteratur* publizierte jüdische Märchen. Zu diesem Zeitpunkt, noch vor Ausbruch des 1. Weltkriegs, konnte und wollte sie demnach als deutsch-jüdische Schriftstellerin auftreten und die Ziele der jüdischen Jugendschriftenbewegung sowie die Bewahrung der jüdischen Religion in der nachwachsenden Generation innerhalb ihres Werks oder zumindest eines Teils davon umsetzen. Wie sie vom »Preisausschreiben« im *Wegweiser* erfahren hat, konnte leider nicht eruiert werden, wahrscheinlich ist aber, dass die Veröffentlichung ihres zweiten Märchens, »Die erste Lüge«, im *Wegweiser* aus der erfolgreichen Zusammenarbeit in der Märchensammlung entstanden ist. Beide Märchen belegen, dass Ury mit dem jüdischen Ritus und Brauchtum nicht nur vertraut war, sondern sich selbst »als zum Judentum zugehörig empfand«[1240] und der jüdischen Religion insbesondere im Familienleben eine hohe Bedeutung zuerkannte.

Else Urys preisgekröntes Märchen in der Sammlung der Jugendschriftenkommission zeigt eine Szene »Im Trödelkeller«. Die unterschiedlichsten aus-

---

Theodor: »Im Trödelkeller«. Über eine frühe Erzählung von Else Ury, in: Beiträge Jugendliteratur und Medien 47, 1995, 4, S. 221–224.
1234 Vgl. Lüke [Anm. 1230], S. 84.
1235 Brentzel [Anm. 1232], S. 23.
1236 Vgl. ebd., S. 40ff.
1237 Vgl. Asper, Kempin, Münchmeyer-Schöneberg [Anm. 1231], S. 51.
1238 Vgl. Brentzel [Anm. 1232], S. 77.
1239 Vgl. ebd., S. 88.
1240 Wilkending, Gisela: Spuren deutsch-jüdischer Vergangenheit in den kinder- und mädchenliterarischen Werken Else Urys, in: »Hinauf und Zurück in die herzhelle Zukunft«. Deutsch-juedische Literatur im 20. Jahrhundert. Festschrift für Birgit Lermen, hg. v. Birgit Lermen, Michael Braun, Bonn 2000, S. 177–188, hier: S. 177.

rangierten Möbel, Kleidungsstücke und andere merkwürdige Dinge stehen dort beieinander und streiten um die besten Plätze. All die scheinbar wert- und leblosen Sachen sind animisiert bis anthropomorphisiert, sie sprechen miteinander, haben Gefühle und erzählen sich Geschichten aus ihrer Vergangenheit, »denn Geschichten hörten sie in ihrer Weltabgeschiedenheit alle gern«.[1241] Die metadiegetische Erzählung eines alten Sacks stellt den Bezug zur deutsch-jüdischen Sphäre her und eröffnet die Familiengeschichte des jüdischen Hausierers Joseph, den der Sack früher bei seiner Arbeit von Tür zu Tür begleitete. Ein Kaufmann habe den als gütig, fromm und gottesfürchtig beschriebenen Joseph aufgenommen und ihm seine Tochter zur Frau gegeben. Joseph gründete eine Familie und habe ihn, den Sack stets in Ehren gehalten. Die Erzählung wird von einer alten Silberborte, die einstmals an Josephs Kippa befestigt gewesen war, weitergeführt. Sie erzählt von den vielen Feiertagen in Josephs Familie und dessen glücklichem Leben im Kreise seiner Familie, bis sie eines Tages, am Todestag Josephs, von der Mütze abgetrennt wurde, da der Verstorbene nur die Mütze, jedoch keinen Reichtum mit ins Grab nehmen durfte. Den letzten Teil der Familiengeschichte erzählt abschließend eine alte Messingrolle, die *Mesusa*, die das *Sch'ma Jisrael*, das ›Höre Israel‹, im Haus von Josephs Sohn aufbewahrte. Sie berichtet allerdings vom religiösen Abfall, dem schleichenden Vergessen religiöser Bräuche und der Säkularisierung der gleichzeitig reicher werdenden Familie der nächsten Generation:

> An die Tür zum Kinderzimmer nagelte man mich. Aber auch dort wurde mein Herz nicht froher, die armen Kinder dauerten mich. Da wuchsen sie nun auf, ohne Frömmigkeit, ohne Ehrfurcht vor den Geboten ihrer Religion. Das Schönste im Leben eines Kindes, das noch im späten Alter die vergangene Jugendzeit mit goldenem Märchenzauber umwebt, das innige jüdische Familienleben und die Weihe der Festtage, lernten sie nicht kennen.[1242]

Auf den religiösen Verfall sei nicht lange danach der finanzielle Ruin gefolgt. Die Familie habe viele Dinge verkaufen und den Hausstand auflösen müssen, so kamen der Sack, die Silberborte und die Messingrolle in den Trödelkeller. Nach Beendigung der metadiegetischen Erzählungen werden Sack, Silberborte und

---

1241 Ury, Else: Im Trödelkeller, in: Sammlung preisgekrönter Märchen und Sagen. Mit 12 Ill. von H. Grobet, hg. v. Jugendschriften-Kommission des U. O. Bnei Briß, Stuttgart 1909, S. 99–106, hier: S. 99.

1242 Ebd., S. 105. Ob Else Ury, die darin eigentlich ihre eigene Kindheit schilderte, wahres Bedauern über den Mangel an religiöser Bindung in ihrer Familie äußern wollte oder das jüdische Märchen eher aus publizistischem Kalkül, wie dies Annegret Völpel folgert, geschrieben hat, kann nicht mit Sicherheit bestimmt werden. Vgl. Völpel, Annegret: Ury, Else: Die erste Lüge, in: Deutsch-jüdische Kinder- und Jugendliteratur von der Haskala bis 1945. Die deutsch- und hebräischsprachigen Schriften des deutschsprachigen Raumes: ein bibliographisches Handbuch, hg. v. Zohar Shavit, Hans-Heino Ewers, Annegret Völpel u. a., Stuttgart 1996, S. 1013–1014, hier: S. 1014.

Lumpen vom Trödler in die Papiermühle gebracht, nur die *Mesusa* wird von ihm gerettet und an der Zarge der Kellertür befestigt, »da« – so die Ansprache der Erzählinstanz an die LeserInnen – »könnt ihr sie noch heute sehen!«[1243]

Else Ury schrieb noch ein weiteres Märchen, wenngleich dieses nie so benannt wird: »Die erste Lüge«, erschienen 1911 im *Wegweiser für die Jugendliteratur*.[1244] Es handelt sich dabei um ein »Traummärchen«, das wunderbare Geschehen ist in das Innenleben des kindlichen Protagonisten Rudi verlagert. Dieser hat seinen Großvater am Laubhüttenfest belogen und wird von im Traum zum Leben erwachten rituellen Gegenständen des Laubhüttenfests, einem Paradiesapfel und einem Feststrauß, belehrt, so dass er am Ende seine Lüge gesteht und reinen Herzens zusammen mit anderen Kindern fröhlich das Laubhüttenfest begehen kann. Den Kern beider Märchen bildet die Ermahnung und Erinnerung an »das innige jüdische Familienleben«, an jüdische Feste und Feiertage, die sich wie ein »goldener Märchenzauber«, über die (Erinnerungen an) die Kindheit legen. *Admonitio judaica* – sie wird in Urys Märchen vor allen Dingen zur Erinnerung und Ermahnung an ein Familienleben, wie es im akkulturierten Judentum oftmals nicht mehr vorhanden war, zu einer Rückbesinnung auf religiöse und familiäre Werte angesichts eines zunehmend kapitalistischen und säkularen Lebensstils. Anders als in den Märchen Levys und Reuß' sind Urys Märchen in einer durchweg märchenhaften Dimension angesiedelt, das Wunderbare liegt in allen Gegenständen und wird nicht erst von Gott gewirkt. Es handelt sich bei Else Urys Märchen demnach nicht nur um jüdische Märchen, sondern um eine Art pantheistische Sichtweise des Judentums als Märchen, welches das Leben, speziell in der Familie und der Kindheit zu verzaubern vermag. Insbesondere »Im Trödelkeller« trägt dabei aber einen wehmütigen, an E.T.A. Hoffmanns *Nußknacker und Mausekönig* oder Hans Christian Andersens *Zinnsoldaten* erinnernden nostalgischen Ton – das Bewusstsein der Vergänglichkeit und Vergangenheit der jüdischen Sphäre. Das, was bleibt, ist die alte *Mesusa*, das Symbol für das Judentum in der Familie an sich.[1245] Ihr bleibt nun nur mehr der Platz an der Kellertüre eines Trödlers, als letzte Ermahnung und Erinnerung an eine scheinbar längst vergangene Zeit: eine *admonitio judaica*.

Nach dem 1. Weltkrieg verbannte Else Ury ihre jüdische Herkunft aus ihrem Werk. Ihre später entstandenen, überaus erfolgreichen Bücher wiesen nun keine

---

1243 Ury [Anm. 1241], S. 106. Inwieweit hier auch autobiographische Reflexionen Urys über das eigene Leben und die Stellung der Religion darin hineinspielen, kann nur gemutmaßt werden. Die zentrale Stellung der *Mesusa*, des nach aktuellen Forschungen einzig verbleibenden jüdisch-religiösen Relikts im Hause Ury, lässt jedoch darauf schließen, dass durchaus Parallelen zwischen dem Märchen und Urys Leben bestehen könnten.
1244 Ury, Else: Die erste Lüge, in: Wegweiser 1911, 4, S. 27–29.
1245 Vgl. Asper, Barbara/ Brüggemann, Theodor [Anm. 1233], S. 224.

konfessionelle oder jüdisch-kulturelle Zuweisung mehr auf.[1246] Vielmehr schilderte sie in ihrer zwischen 1913 und 1925 publizierten *Nesthäkchen*-Reihe und anderen kinderliterarischen Werken den idealisierten Lebenswandel deutscher, bürgerlicher Mädchen und glückliche, unbeschwerte Kindheiten.[1247] Antisemitismus und die anwachsende Ausgrenzung der Juden aus der bürgerlichen Gesellschaft kommen darin mit keinem Wort vor, vielmehr wird, wie beispielsweise im umstrittenen *Nesthäkchen und der Weltkrieg*, eine deutsch-patriotische und nationale Vaterlandsliebe propagiert. Jennifer Redmann sieht in Annemarie Braun, der Protagonistin der *Nesthäkchen*-Bücher, Else Urys »German-Jewish dream of assimilation«. Ihr eigenes Leben habe letztendlich aber die ganze Tragik dieses Traums und dem der gesamten Assimilations-Bewegung aufgezeigt.[1248] Auch nach 1935, den Nürnberger Rassegesetzen und ihrem Ausschluss aus der Reichsschrifttumskammer wollte Else Ury Deutschland, ihre Heimat, nicht verlassen. Noch 1938 kehrte sie sogar von einem Auslandsaufenthalt bei ihrem Neffen in London nach Berlin zurück, doch froh darüber, die nächste Generation in Sicherheit zu wissen.[1249] Anfang 1939 musste sie ihr Haus am Kaiserdamm in Berlin verlassen und in eines der »Judenhäuser« ziehen, von wo sie Anfang Januar 1943 nach Auschwitz deportiert wurde.

Heinrich Reuß' Märchen, und damit die dritte Gruppe der in der *Sammlung preisgekrönter Märchen* enthaltenen Texte, sind im Gegensatz zu Else Urys, aber auch denen Jacob Levys, wieder völlig anderer Gestalt und verweisen in ihrer religiösen Ausrichtung bereits auf die kurz danach publizierten neo-orthodoxen Märchen Hermann Schwabs und Frieda Weißmanns. Zwei Märchen, »Salomo und das Heimchen« und »Der Riese Og«, verarbeiten biblische bzw. talmudische Quellen, »Ammi und Ruchamah« behandelt die Geschichte des jüdischen Volkes in der Diaspora und »Bär Schofarbläser« widmet sich der Ausgestaltung des jüdisch-rituellen Schofar-Blasens. Alle Märchen sind in Motivik und Stilistik weniger an Neukonzeptionen der Kinderliteratur als vielmehr an der Vermittlung religiösen Wissens ausgerichtet. Allein »Bär Schofarbläser« fällt im Rückgriff auf sprechende Tiere und die zum Teil humoristisch gestaltete Bären-Art aus dem ansonsten aufrecht erhaltenen religiösen Duktus heraus.

Im Zentrum der Märchen Reuß' steht die Vermittlung eines Zugehörig-

---

1246 Gisela Wilkending betont aber, dass in den Werken Urys keine eindeutige Zuweisung zum Christentum stattfindet, sich auch jüdische Figuren in *Nesthäkchen* wiederfinden – wenn diese so auch nie bezeichnet werden – und die Betonung des ausgewiesenen »Deutschtums« der Annemarie Braun in *Nesthäkchen* auch als »Sehnsucht der Autorin dazuzugehören« und Ausdruck der »schmerzhafte[n] Erfahrung des Andersseins« verstanden werden kann. Wilkending [Anm. 1240], S. 181.
1247 Vgl. Brentzel [Anm. 1232], S. 32.
1248 Vgl. Redmann [Anm. 1229], S. 481.
1249 Brentzel [Anm. 1232], S. 174f.

keitsgefühls zum jahrtausendealten Volk der Juden, zu einer Religionsgemeinschaft mit einer gemeinsamen Geschichte und einem gemeinsamen Traum von der Zusammenführung des Volkes Israel im gelobten Land. Heinrich Reuß selbst lebte von ca. 1862–1924 und war als Religionslehrer an jüdischen Schulen, Pädagoge und Prediger vor allem in Niedersachsen und Berlin tätig.[1250] Ausgehend von seiner Biographie sind seine Märchen weniger zionistisch als vielmehr orthodox geprägt. Die Heimführung des jüdischen Volkes ist für ihn und in seinen Märchen nur durch die Hilfe Gottes oder eine zweite Mose-Figur wie im Märchen »Ammi und Ruchamah« möglich und nicht durch selbsttätige, mutige Kinder wie etwa bei Siegfried Abeles, Irma Singer oder Ilse Herlinger. Der Literaturpädagoge Marcus Elias formulierte in der Formel »Erziehung zur jüdisch-religiösen Volkskultur, die auf der Thora beruht«[1251] in der neo-orthodoxen Zeitschrift *Jeschurun* erst 1930 die Ziele neo-orthodoxer Literaturpädagogik; Heinrich Reuß' Märchen gestalten sie in Auszügen bereits in der ersten jüdischen Kindermärchensammlung aus, jedoch noch nicht mit dem Zusatz, die Entwicklungsstufen der kindlichen AdressatInnen zu beachten. Reuß steht noch in Tradition der Jugendschriftenbewegung und lehnt eine originäre Kinderliteratur ab. Es geht ihm vielmehr darum, jüdische Kinder und Jugendliche in seinen Märchen an jüdisch-religiöses Schrifttum heranzuführen. Reuß bildet, wie dies später Elias fordern sollte, »jüdische Vergangenheit und Gegenwart, jüdische Pflichten und Gemeinschaftsleben, Freud und Leid, Kampf und Sieg«[1252] im jüdischen Jugendbuch ab. Im ersten Märchen »Salomo und das Heimchen« greift er dabei auf die im Tanach, den Apokrypha und der *Aggada* vielfältig bearbeitete Geschichte König Salomos und dessen wundersamen Tempelbau, also altjüdische Geschichte und altjüdisches religiöses Schrifttum, zurück. Er verbindet die biblische Handlung, ähnlich wie im Märchen »Bär Schofarbläser«, darüber hinaus mit metadiegetischen moralischen Erzählungen zur religiösen Belehrung der kindlichen und erwachsenen Leserinnen und Leser. Salomo beispielsweise weiß in Reuß' Märchen erst einmal nicht, wo er den Tempel Gottes in Jerusalem erbauen soll. Doch hilft ihm seine Weisheit und Einsicht weiter:[1253] In Anlehnung an die magischen Fähigkeiten König Salomos im Buch der Weisheit (Weish 7,17–21) versteht Salomo hier – wie viele Märchenhelden der christlichen und jüdischen Tradition nach ihm – die Sprache der Tiere.[1254] Vögel und Sterne können ihm jedoch auch nicht den Standort des

---

1250 Vgl. o. A.: Personalien, in: Der Israelit 65, 4. 12. 1924, S. 5.
1251 Elias [Anm. 1044], S. 39.
1252 Ebd., S. 34.
1253 Vgl. 1 Kön 5, 10–11.
1254 Im griechischen Mythos waren es Melampos und Teiresias, in der nordischen Sagenwelt der *Edda* Sigurd, die die Sprache der Tiere verstanden. In der europäischen Märchentradition ist vor allem ATU 673, KHM 17: »Die weiße Schlange« bekannt für das Motiv des

Tempels verraten, erst ein Heimchen, eine Grille, erzählt ihm die Geschichte zweier Brüder, die aufgrund ihrer beider Güte und Liebe just das Feld, auf dem sich Salomo, das Heimchen und ein Ölbaum befinden, zum Tempelort geweiht hätten. Salomo kauft den Brüdern den Acker ab und errichtet darauf den Tempel.[1255] Auch im letzten Märchen der Sammlung, »Der Riese Og« verwebt Reuß biblische Fakten zu einem Märchen. Hier nimmt er die Darstellung des Amoriterkönigs von Baschan, Og, in Dtn 3, 11 ff. wörtlich und stellt ihn als märchenhaft große Riesengestalt dar, den das Volk Israel bei seinem Auszug aus Ägypten mit der Hilfe Gottes und dessen magischer Wolken besiegen kann.[1256]

In »Ammi und Ruchamah« dagegen verarbeitet Heinrich Reuß unter Rückgriff auf Motive des tanachischen Buchs Hosea[1257] nicht mehr die biblische, sondern die diasporische Geschichte der Juden. Ammi, übersetzt ›Mein Volk‹, Sohn eines lange kinderlosen Ehepaares, begegnet auf seinem Lebensweg Verfolgungen und Judenpogromen, Blutopferbeschuldigungen und Brunnenvergiftungsgerüchten; seine Eltern sterben durch die Hände eines blutwütigen christlichen Mobs. Ammi selbst, die Personifikation des Volkes Israel, soll zwangsgetauft werden, kann sich jedoch mit Hilfe Gottes befreien und wird zu einem wundertätigen Retter seines Volkes. Er hört Gottes Klage über das Leiden des jüdischen Volkes im Galuth, »Wehe, wehe! Wie leid tut es mir um meine Kinder, die in der Fremde leiden! [...] Wann kommt ein zweiter Mose und führt meine Kinder in das befreite Land?«,[1258] und nimmt die Aufgabe an, dessen Wunsch mithilfe des Propheten Elijah zu erfüllen. Als Helfer aller Juden zieht er

---

tiersprachkundigen Menschen. Vgl. Johns, Andreas: Tiersprachkundiger Mensch, in: Enzyklopädie des Märchens. Handwörterbuch zur historischen und vergleichenden Erzählforschung, hg. v. Rolf Wilhelm Brednich, Berlin [u. a.] 2010, S. 642–649.

1255 Reuß, Heinrich: Salomo und das Heimchen, in: Sammlung preisgekrönter Märchen und Sagen. Mit 12 Ill. von H. Grobet, hg. v. Jugendschriften-Kommission des U. O. Bnei Briß, Stuttgart 1909, S. 106–109. In seiner erstmals 1913, in zweiter erweiterter Auflage 1921, veröffentlichten Märchen-Monographie *Jüdische Märchen und Sagen,* erzählt Reuß die weitere Geschichte des Tempelbaus wie sie auch im aggadischen Schrifttum immer wieder erzählt wird: die Abwesenheit von Hämmern und Sägen beim Bau, stattdessen die übernatürliche Hilfe des Zauberwurms Schamir und die Überlistung des Dämons Aschmodai: Reuß, Heinrich: Jüdische Märchen und Sagen, 2., vielfach verm. Aufl., Berlin 1921, S. 13–20.

1256 Vgl. Reuß, Heinrich: Der Riese Og, in: Sammlung preisgekrönter Märchen und Sagen. Mit 12 Ill. von H. Grobet, hg. v. Jugendschriften-Kommission des U. O. Bnei Briß, Stuttgart 1909, S. 142–144.

1257 Die Namen der Figuren des Märchens gehen zurück auf den Propheten Hosea. Dieser hatte, auf Weisung Gottes hin, mit einer »Dirne« zwei Kinder, Lo-Ammi, ›Nicht Mein Volk‹, und Lo-Ruchamah, ›Nicht Erbarmen‹, womit die Abkehr des Volks Israel vom Glauben verdeutlicht werden sollte. In der Heilsbotschaft erfolgt in Hos 2,3 aber die Rück- und Umbenennung von »Lo-Ammi« in »Ammi«, also »Mein Volk«.

1258 Reuß, Heinrich: Ammi und Ruchamah, in: Sammlung preisgekrönter Märchen und Sagen. Mit 12 Ill. von H. Grobet, hg. v. Jugendschriften-Kommission des U. O. Bnei Briß, Stuttgart 1909, S. 109–124, hier: S. 115.

so um die Welt. Der daran anschließende zweite Teil der Märchenhandlung, der nun volksmärchenhafter gestaltet ist, beginnt mit Ammis Einsamkeit und seinem Wunsch nach einer Familie. Gott zeigt ihm seine zukünftige Frau, die er jedoch erst noch aus den Fängen eines bösen christlichen Grafen erretten muss. Mit List und der Hilfe Gottes kann Ammi seine Braut befreien und Ruchamah, so der Name der Frau, übersetzt ›Erbarmen‹, nach Jerusalem führen. Dort gründen sie eine Familie und leben glücklich und von Gott behütet bis an ihr Lebensende.

»Ammi und Ruchamah« ist damit einerseits eine Darstellung der langen und tausendjährigen Leidens- und Schicksalsgemeinschaft der Judenheit in der Diaspora. Deutschland, Spanien und andere Exil-Länder sind hier keine Heimat und Zuflucht mehr, wie etwa noch in den Märchen Jacob Levys, sondern ein ständiger Gefahrenherd. Die nichtjüdische Umgebung wird durchweg negativ und Christen als »Mordbuben« und »böse Leute« gezeichnet:[1259]

> Da begann ein Morden und Plündern in der Judengasse und ein Wehklagen erscholl, daß sich die Steine hätten darob erbarmen mögen. Aber ohne Erbarmen waren die Henkersknechte. Mit wilder Wut fielen Hunderte über die wehrlosen und unschuldigen Juden her und töteten Mann und Weib, Greis und Kind. Auch in das Haus der Eltern Ammis drangen sie. Sie stachen mit ihren Messern die schwachen Alten nieder und hörten nicht eher auf, als bis die Klagen verstummt waren. Das Blut der Unschuldigen vermischte sich und bedeckte den Fußboden. Das Feuer der brennenden Häuser leuchtete den Mördern bei ihrem blutigen Handwerk. Sie suchten nach Gold und Silber und nahmen, was sie fanden.[1260]

Andererseits ist »Ammi und Ruchamah« vor allem im zweiten Teil auch eine märchen- und jüdisch-volksliterarische Erzählung über die Errettung, Brautwerbung und wundersame Hilfe Gottes in Zeiten der Not. Die AdressatInnen des Märchens sind eher jugendliche LeserInnen. Erzählt wird von der grausamen und wie oben zitiert blutigen jüdischen Geschichte, eine kinderliterarische Akkommodation findet im gesamten Märchen kaum statt.

Das Märchen »Bär Schofarbläser« ist strukturell ähnlich angelegt und behandelt ebenfalls die Mannwerdung und Rollenfindung eines jungen jüdischen Helden, also den Eingang eines jüdischen Kindes in die jüdische Gemeinschaft, allerdings lockern die sprechenden, zum Teil lustigen Bären das ernste Geschehen auf und machen das Märchen auch für jüngere LeserInnen attraktiv. Hier wird einem Elternpaar auf Pilgerreise nach Jerusalem ihr einziger Sohn von einem Bären entführt. Die Bärenfamilie, der er fortan als »Hauslehrer und Hausfreund« dienen soll, ist jedoch in Wahrheit eine verzauberte Königsfamilie. Durch Zufall erlernt der Junge die Kunst, das Schofar, ein im Judentum rituell gebrauchtes Tierhorn, zu blasen. Er erlöst dadurch die Königsfamilie und kehrt

---

1259 Ebd., S. 112, 116.
1260 Ebd., S. 112.

mit ihr zusammen nach Jerusalem zurück. Das Bärenkind wird zur Prinzessin und diese seine Frau, der Junge der offizielle Schofarbläser der »Zionsburg«. Unterbrochen ist die Märchenhandlung von moralisch-religiösen metadiegetischen Erzählungen des Jungen, die kontrastiv moralisch verwerflichen Bärenerzählungen entgegengestellt werden. Erst in Menschengestalt mit religiöser Tiefe kann die verzauberte Königsfamilie die Lehren des Jungen wieder verstehen, zu ihrer wahren Bestimmung finden und würdige Herrscher über das jüdische Volk sein. Auch hier stehen damit die Vermittlung der wahren religiösen Lehre und die Abgrenzung von der nichtmenschlichen bzw. nichtjüdischen Umgebung bzw. deren Überwindung im Mittelpunkt des wundersamen Geschehens.

Heinrich Reuß veröffentlichte 1913 eine weitere Märchensammlung, die 1921 in 2., erweiterter Auflage erschien.[1261] Seine traditionell religiös ausgerichteten Märchen waren zu Beginn des 20. Jahrhunderts demnach durchaus erfolgreich und trafen den Märchengeschmack der deutschsprachigen Juden. Innerhalb der *Sammlung preisgekrönter Märchen und Sagen* bilden sie allerdings einen starken Kontrast zu der ansonsten eher transkulturellen Ausrichtung der Märchen sowie den liberal-reformorientierten Zielsetzungen der jüdischen Jugendschriftenbewegung im *Wegweiser*. In dieser heterogenen Zusammenstellung der *Sammlung preisgekrönter Märchen* zeigt sich aber der Versuch, ein möglichst breites Publikum für die neu zu begründende jüdische Kindermärchentradition zu begeistern und die Formenvielfalt des jüdischen Märchens, von jüdisch-volksliterarischen Erzählungen über neoromantische Familienmärchen bis hin zu einem modernen, transkulturellen deutsch-jüdischen Märchen, aufzuzeigen.

Die den Märchen beigegebenen monoszenischen Illustrationen Hermann Grobets unterstreichen in ihrer zu Beginn des 20. Jahrhunderts keineswegs üblichen Existenz die kinderliterarische Ausrichtung der Sammlung, sie sind aber in ihrer künstlerischen Gestaltung weniger »kindertümlich« als andere dezidiert kinderliterarische Werke der Zeit. Im Gegensatz zur zeitgenössischen Mode, Illustrationen für Kinder möglichst flächenhaft eindimensional zu gestalten – beispielsweise bei Gertrud Caspari, Tom Seidmann-Freud oder Paul Scheurich[1262] sind Grobets Bilder historisch-realistisch ausgerichtet und versuchen vor allem, den im Wolgastschen Sinne verstandenen Kinder-Kunstwerk-Gedanken zu unterstreichen und zudem auch eine größere Adressatengruppe aus Kindern und Jugendlichen anzusprechen. Im Zentrum stehen die noch jungen Märchenprotagonisten. Auch im Bild finden sich so die Adressatinnen und Adressaten wieder, wird das Identifikations- und Erinnerungspotential,[1263]

1261 Reuß [Anm. 1255].
1262 Vgl. Freyberger [Anm. 1143], S. 308f.
1263 Vgl. Bannasch [Anm. 36], S. 71.

die *admonitio judaica*, gesteigert und ein »Ein-Sehen in eine auch ikonographisch nachvollziehbare jüdische Tradition« gefördert.[1264]

In ihrer realistisch-naturalistischen Darstellungsweise tragen die Illustrationen dabei allerdings kaum zur Untermalung des märchenhaft-wunderbaren Geschehens bei. Grobet, der ansonsten eher Abenteuerromane illustriert hatte, wählt nur zwei Motive, Isaak der Tallisweber mit Eliah über der Erde fliegend und die riesenhafte Gestalt Og (Abb. 5), aus, an denen er die übernatürliche Märchendimension einzufangen versucht. Das in fast allen Fällen von Gott gewirkte Wunderbare – fliegende Schammes-Leuchter, Geistererscheinungen, sprechende Säcke und Stühle, anthropomorphisierte Bären – findet in der visualisierten Darstellung somit kaum Berücksichtigung. Auch dies lag aber vermutlich im Sinne der Herausgeber, musste das jüdische Publikum wie im Diskurs über das jüdische Märchen ersichtlich geworden war, doch erst noch an das Märchen und dessen Wesenskern des Wunderbaren herangeführt werden. Die in den Märchen mit Ausnahme des Uryschen »Im Trödelkeller« beibehaltene *magia licita* erschafft dies berücksichtigend zwar eine wunderbare Dimension, jedoch immer noch im für ein religiöses Lesepublikum zulässigen Rahmen.

Die Märchensammlung war überaus erfolgreich, auf die Erstauflage im Stuttgarter Loewes Verlag von 1909 folgten 1910 eine »Volksausgabe« sowie 1920 und 1925 eine zweite und dritte Auflage im Wiener Verlag Richard Löwit.[1265] Auch bei jüdischen Kritikern und Literaturvermittlern, den Multiplikatoren, war die erste Zusammenstellung jüdischer Märchen für Kinder sehr beliebt; begrüßt wurde vor allem die jüdische Ausrichtung der Märchen ohne eine zu starke moralische Tendenz sowie die Akkommodation der jüdischen Stoffe an junge Leserinnen und Leser.[1266] In gleich mehreren Zeitschriften und Verzeichnissen wurde die Sammlung besprochen oder zumindest erwähnt.[1267] Am ausführlichsten im *Wegweiser* und noch 1926 in der *Jüdischen Schulzeitung*:

1264 Ebd., S. 75.
1265 Vgl. Völpel [Anm. 1212], S. 411.
1266 »Es fehlt ihnen das, was so manchen Pädagogen dahin führte, Märchen als eine ungeeignete Speise für die Kinderseele zu erklären: die ausschweifende Phantastik [...] die die Phantasie der Kinder aufregt und den Sinn für die Wirklichkeit stört. Es fehlt ihnen das aufdringliche Moralisieren, das an jede Erzählung sogleich ein haec fabula docet knüpfen möchte [...]. Dabei wirkt doch die Gesinnung, die unaufdringlich und ungesucht in den Erzählungen zu Tage tritt, auf das moralische Gefühl stärkend und fördernd ein [...]. Es fehlt ferner – und das ist besonders zu begrüssen – das Wirken von Unholden, Dämonen und ähnlichen Spukgestalten, durch die das Gemüt erschreckt und geängstigt wird. Und endlich fehlt – was einen Teil der bisher vorhandenen Märchen als ungeeignet für jüdische Kinder erscheinen liess – das christliche Milieu, das Durchtränken mit Anschauungen, die dem christlichen Vorstellungskreise entnommen sind.« Fr.: Besprechungen. Sammlung preisgekrönter Sagen und Märchen, in: Wegweiser für die Jugendliteratur 5, 1909, 5, S. 41–42.
1267 Vgl. Guttmann, Erich: Bücher für die jüdische Jugend. Ein besprechendes Auswahlver-

Abbildung 5: »Der Riese Og«, aus: Sammlung preisgekrönter Märchen und Sagen. Mit 12 Ill. von H. Grobet, hg. v. Jugendschriften-Kommission des U. O. Bnei Briß, Stuttgart 1909, S. 143.

Diese Märchen verdienen auch heute noch preisgekrönt zu werden. Sie beweisen durch das Erscheinen in 3. Auflage, daß sie von den Kindern geliebt werden. Sie atmen wahrhaft jüdischen Geist, versetzen das Kind in die jeweilige poetische Stimmung eines Chanuka-, Peßach- oder Rausch haschono-Festes und wissen die Achtung für altehrwürdige Bräuche so ungezwungen zu erwecken, daß man den Verfassern, insbesondere Herrn Jakob Levy, zurufen möchte: Mutig weiter![1268]

zeichnis, Berlin 1938; Jugendschriften-Kommission des U. O. Bnei Briß: Verzeichnis empfehlenswerter Jugendschriften, in: Wegweiser für die Jugendliteratur 6, 1910, 3, S. 24; Löwenthal, Therese, Schlesinger, Lea, Mandelbaum, Hugo: Verzeichnis jüdischer Jugendschriften, in: Erziehung und Lehre. Pädagogische Beilage zum »Israelit«, 1928, 48, S. 13–14; Preussischer Landesverband Jüdischer Gemeinden: Die Jugendbücherei des Preussischen Landesverbandes jüdischer Gemeinden. Ein besprechendes Bücherverzeichnis, Berlin 1938.

1268 B. M.: Literarisches. Sammlung preisgekrönter Sagen und Märchen, in: Jüdische Schulzeitung 2, 1926, 1, S. 8.

Neo-orthodoxe Kindermärchen: Babette Frieds *Der Wunderbecher* (1906), Hermann Schwabs *Kinderträume* (1911) und Frieda Weißmanns *Aus Ur-Vätertagen* (1923)

Die vom liberalen Judentum im *Wegweiser* geforderte *admonitio judaica* im und durch das jüdische Kindermärchen ist, wenn auch in etwas anderer Auslegung, auch Wesenskern der Märchen neo-orthodoxer Autorinnen und Autoren. Bereits 1906, noch vor Erscheinen der *Sammlung preisgekrönter Märchen*, veröffentlichte die Zeitschrift *Der Israelit*, das publizistische »Centralorgan für das orthodoxe Judentum«, mit Babette Frieds »Der Wunderbecher« das erste originäre Kindermärchen für orthodoxe jüdische Kinder.[1269] Die böhmisch-jüdische Autorin Babette Fried[1270] war zu diesem Zeitpunkt bereits als Verfasserin von kurzen Erzählungen, Ghetto- und Fortsetzungsgeschichten in diversen jüdischen Periodika bekannt. Ihre Erzählung »Während einer Mondfinsternis« und mehrere Novellen erschienen seriell in der Hamburger Lokalausgabe des *Israelitischen Familienblattes* und deren Beilage *Für unsere Frauen*. Ihre Erzählungen, die vor allem das böhmische Ghettomilieu nachzeichnen, u. a. *Tausend und eine Nacht in der Jeschiwa* oder *Der Findling*, waren im orthodoxen Judentum sofort erfolgreich und wurden zahlreich publiziert.[1271] Babette Frieds literarisches Werk entstand in jener Zeit, da sich das Judentum durch Assimilations- und Emanzipationsbestrebungen aus orthodoxer Sicht im Verfall befand. Fried, die diesem nahe stand, versuchte daher, eben jenem Verfall »literarisch-rhetorisch entgegenzuwirken«.[1272] In ihren Ghettogeschichten und auch ihrem Märchen »Der Wunderbecher« steht deshalb oft die Familie als Leuchtpunkt des traditionellen Judentums im Mittelpunkt – als »Mikrokosmos [...], in dem die alte Geschlossenheit und damit auch die alten Werte des Judentums noch vorhanden sind und so als positive Werte der aktuellen Indifferenz entgegengehalten werden« konnten.[1273]

Das Märchen »Der Wunderbecher« schildert ganz in diesem Sinne eine Familie am Sederabend. Die Hintergründe des Pessachfests und das Zeremoniell am Tisch werden für Kinder lehrhaft dargestellt:

> Die Knaben wußten das alles ganz genau, denn sie hatten in der Schule aufmerksam zugehört, als ihnen der Lehrer von der Knechtschaft der Kinder Israels in Egypten und deren wunderbaren Errettung aus dem Lande der Sklaverei erzählte, von dem zur

---

1269 Fried, Babette: Der Wunderbecher. Ein Märchen für jüdische Kinder, in: Der Israelit, 1906, 14/15, S. 11.
1270 Vgl. zu Babette Fried: Blumesberger [Anm. 1194], S. 371 f. Glasenapp, Gabriele, von [Anm. 646], S. 129 ff.
1271 Vgl. Glasenapp, Horch [Anm. 650], S. 879 f.
1272 Glasenapp, Gabriele, von [Anm. 646], S. 133.
1273 Ebd., S. 134.

Erinnerung an diese Begebenheiten eingesetzten Peßachfeste und den sinnigen Gebräuchen und Vorschriften derselben.[1274]

Die eigentliche Märchenhandlung dreht sich um einen kostbaren silbernen Becher, der trotz der der prekären finanziellen Lage einer Familie und der Erkrankung des jüngsten Sohnes Benjamin vom Familienvater nicht verkauft wird. Ein letztes Pessachfest sollte der Becher noch im Familienbesitz bleiben, da mit ihm der Glaube verbunden war, eines Tages den Propheten Elijah als Gast empfangen zu können. Der Glaube des Familienvaters zahlt sich aus, Eliah kommt als Gast am Sederabend, trinkt aus dem für ihn bereit gestellten Becher, heilt den kranken Sohn und wendet die Armut und Not der Familie ab. Der Becher ist innerhalb der Handlung eine Art Antizipation und Symbol des gesamten Geschehens. Seine Inschrift, 1 Kön 17, beinhaltet nämlich jene Szene der hebräischen Bibel, in der der Prophet Eliah den Sohn der Witwe Sarepta rettet. Der Glaube und das Festhalten an Traditionen innerhalb der Familie führen sowohl im Märchen »Der Wunderbecher« als auch in der Bibel zum Erscheinen der märchenhaft-wunderbaren Helferfigur Elijah. Das Märchenwunderbare ist damit eng in die religiösen Möglichkeiten, die *magia licita*, eingebunden und unterstützt die Lehrfunktion des Texts.

Wie hier im Märchen »Der Wunderbecher« Babette Frieds ging es im neo-orthodoxen Märchen allgemein nicht mehr allzu sehr darum, Kinder in ihrer jüdischen und religiösen Zugehörigkeit und Identität zu stärken, wurde dies bei der anvisierten Adressatengruppe doch vorausgesetzt.[1275] Das neo-orthodoxe Kindermärchen wollte darüber hinausgehend vielmehr eine an den Religionsgesetzen ausgerichtete Lebensführung, Samson Raphael Hirschs *thora-im-derech-erez*, propagieren – wie hier beispielsweise die trotz der finanziellen Not der Familie aufrecht erhaltene Bereitstellung des Bechers für den erhofften Retter Eliah – und noch dazu die religiöse Bindung und Bildung der Kinder unterstützen. Das Kindes- und Jugendalter diente in neo-orthodoxer Auffassung »primär der religiösen Unterweisung und der Vorbereitung auf das Leben eines religiös mündigen Erwachsenen« und die Familie als »halböffentlicher Erziehungsraum [...] für ein lebenslang gültiges Orientiertsein an der religiösen Lehre.«[1276] Entgegen der von orthodoxer Seite im Diskurs über ein jüdisches Kindermärchen häufig vorgebrachten Zweifel zeigen sowohl Babette Frieds »Wunderbecher« als auch die Märchensammlungen Hermann Schwabs und Frieda Weißmanns, dass gerade das Märchen als traditionell bürgerlich-familiäre, wundersame Erzählung und zugleich populäre kinderliterarische Gattung seit Aufkommen des Märchendiskurses als Träger und Vermittler dieser neo-

---

1274 Fried [Anm. 1269], S. 11.
1275 Vgl. Völpel [Anm. 846], S. 310.
1276 Völpel [Anm. 73], S. 160.

orthodoxen Ziele, als Beispiel eines modernen und zugleich orthodoxen Lebens, fungieren konnte.

Die bekannteste und wohl auch umstrittenste neo-orthodoxe Kindermärchensammlung stammt vom orthodoxen Publizisten Hermann Schwab. Der 1879 in Frankfurt geborene Schwab beschäftigte sich in seinen Schriften intensiv mit der Lehre des Stammvaters der Neo-Orthodoxie, Samson Raphael Hirsch,[1277] und lebte den Recherchen Guy Sterns zufolge selbst streng nach den orthodoxen Regeln. Schwab verschloss sich dabei aber nicht völlig der deutschen Kultur,[1278] sondern bemühte sich um eine deutsch-jüdische Lebensgestaltung nach den Gesetzen des Judentums. Als Publizist war er in der Weimarer Zeit in den unterschiedlichsten Gebieten äußerst erfolgreich, er schrieb erst nebenberuflich, ab 1928 dann als Vollzeit-Publizist für das Feuilleton der *Frankfurter Zeitung*, die jüdisch-orthodoxe Zeitschrift *Der Israelit* sowie den von ihm mitgegründeten *Jüdischen Volksschriften Verlag*. Nach seinem Berufsverbot 1934 emigrierte er nach London, wo er u.a. für das *German Bulletin* der *BBC*, den *Daily Telegraph* und die *Jewish Chronicle* tätig war.[1279]

Seine Märchensammlung *Kinderträume. Ein Märchenbuch für jüdische Kinder* erschien 1911 im Rahmen der »Jüdischen Volksbücherei« bzw. »Guggenheim Bibliothek« des *Jüdischen Volksschriftenverlags* in Frankfurt a. M., dem von ihm mitgegründeten Verlag, der »die Lust zur Lektüre jüdischer Bücher« unter jüdischen Leserinnen und Lesern wieder erwecken und »sie im traditionellen Sinne unserer Religion« beeinflussen wollte.[1280] Die Märchensammlung ist im Gesamten der Vermittlung orthodox-jüdischer Lebensführung gewidmet und unterscheidet sich in ihrer sprachlichen und motivischen Gestaltung merklich von den religiösen Märchen des liberalen Judentums. Es handelt sich zwar auch um Märchen der *admonitio judaica,* allerdings primär im Sinne einer Erinnerung und Ermahnung zur Einhaltung religiöser Lebensführung, religiöser Begrifflichkeiten und des jüdischen Jahresverlaufs. Bereits auf paratextueller Ebene wird die Adressatengruppe, jüdische Kinder, eingegrenzt. Die Struktur der Märchensammlung richtet sich nach dem jüdischen (Festtags)Kalender, das erste und das letzte Märchen behandeln »Jaum Kippur«, dazwischen handeln die Märchen von wundersamen Geschehnissen an Chanukka, »Rausch Chaudesch«, dem Sederabend, dem Frühlingsbeginn an »Chamischo-Osor« und Purim. Innerhalb der Märchen werden die Besonderheiten und religiösen Gepflogenheiten der Tage und Jahreszeiten für jüdische orthodoxe Kinder kindgemäß auf-

---

1277 Vgl. Stern, Guy: Hermann Schwab. Orthodoxer Jude, liberaler Publizist, in: Deutsche Publizistik im Exil, 1933 bis 1945. Personen – Positionen – Perspektiven: Festschrift für Ursula E. Koch, hg. v. Markus Behmer, Münster 2000, S. 95–107, hier: S. 97.
1278 Vgl. ebd., S. 100.
1279 Ebd., S. 107.
1280 O. A.: Besprechungen, in: Wegweiser für die Jugendliteratur 8, 1912, 3, S. 19.

bereitet und neu erzählt. Meist handelt es sich um Ding-Märchen – ähnlich Else Urys »Im Trödelkeller« –, in denen religiöse Gegenstände anthropomorphisiert und zum Leben erweckt werden oder Festtage wie »der Purim« personifiziert in Erscheinung treten.[1281] In diese Ding- und Feiertagsmärchen ist immer eine religiöse oder religiös-moralische Lehre über die richtige, religiöse Verhaltensweise gelegt, die sich an die kindlichen Märchen-Protagonisten und damit auch die kindlichen AdressatInnen richtet, so beispielsweise in den Märchen »Die Chanukkalichter« oder »Das sprechende Schaufor«. In Letzterem missachtet ein kleiner Junge, Ernst, heimlich das Verbot seines Vaters und bläst das Schofar-Horn, obwohl er dafür noch zu jung ist. Das anthropomorphisierte »Schaufor« berichtet in ächzenden Tönen von seiner Tat, woraufhin Ernst Besserung gelobt und damit wieder zum richtigen Ertönen des »Schaufor«-Horns beiträgt.[1282] In »Die Chanukkalichter« erwachen die titelgebenden Kerzen nachdem sie von Kindern ausgeblasen worden waren, zum Leben und berichten von ihrer Funktion und damit auch der des Festtags Chanukka insgesamt, an die Kämpfe und Leiden der Makkabäer zu erinnern. Sie ermahnen die Kinder, sie deshalb solange brennen zu lassen, bis sie von selbst erlöschen. Im längsten und letzten Märchen der Sammlung, »Die alte Tfilloh«, berichtet ein altes Gebetbuch, die »Tfilloh«, von ihrer abwechslungsreichen Lebensgeschichte, von Leid und Freude bei den verschiedensten Besitzern und dabei auch von deren religiöser Gesetzestreue. Indem der Tfilloh eine Stimme, ein Leben und auch Gefühle verliehen werden, wird sie zum Identifikationsmedium der kindlichen AdressatInnen und zum Lehrmedium in deren realem Leben:

> Da küsste Max in scheuer Ehrfurcht die alte Tfilloh, und plötzlich – er erschrak und fuhr bestürzt zurück – begannen die zerfetzten Blätter eigentümlich zu rascheln, zu flüstern und schliesslich zu sprechen. Müde und traurig kamen die Worte aus den Blättern hervor; zuerst ganz leise und langsam, dann laut und deutlich und schließlich beinahe froh! Es war, als ob ein Mensch, der lange hatte schweigen müssen, endlich einen anderen Menschen trifft, dem er von sich und seinem Weh erzählen kann.[1283]

In Stil und sprachlicher Gestaltung unterstreichen die Märchen Schwabs ihre kinderliterarische Adressatenorientierung, wobei diese durch die Verwendung ausdrücklich orthodoxer Benennungen wie beispielsweise »Schaufor« oder »Jaum Kippur« – anstelle von »Schofar« und »Jom Kippur« – für ein eindeutig orthodoxes Publikum stark eingeschränkt ist. Diese streng orthodoxe Ausrichtung war in der jüdischen Öffentlichkeit auch Hauptkritikpunkt an der

---

1281 Vgl. das Märchen »Ein Purim-Gast«: Schwab, Hermann: Kinderträume. Ein Märchenbuch f. jüd. Kinder von 6–9 Jahren, Frankfurt a. M. 1911, S. 47 ff.
1282 Ebd., S. 20–26.
1283 Ebd., S. 54 f.

relativ breit rezipierten Märchensammlung Schwabs. Der *Wegweiser für die Jugendliteratur* schrieb zum Beispiel:

> Das elegant ausgestattete Büchlein enthält [...] 9 Märchen für Kinder, aber, wie gleich hinzugefügt werden soll, für Kinder orthodoxer Eltern. Schon die Aussprachebezeichnung hebräischer Worte (Rausch Chaudesch, Schaufor, Seferthauro, T'fillaus, Machsaurim) mutet uns fremd an, auch manche Stoffe wie Chamischo-Osor und andere sind unserer Jugend nicht allgemein bekannt. Einige dieser Märchen erinnern stark an gewisse Aufsatzthemen, wie: Was uns die Schneeflocke (der Taler etc.) erzählt, aber es muss doch betont werden, dass der Verfasser stellenweise einen echt poetischen Ton, den rechten Märchenton getroffen hat. Das Buch ist für Kinder von 6–9 Jahre geschrieben, dürfte aber für den weitaus grösseren Teil unserer Jugend aus den oben angeführten Gründen unlesbar sein. [...] Die in dem Werkchen enthaltenen 9 Erzählungen sind durchweg in kindlichem Tone gehalten und würden pädagogisch wertvoll sein, wenn sie nicht fast durchweg eine zu aufdringliche religiöse und moralische Tendenz zeigten. [...] Das fortwährende Moralisieren verfehlt den Zweck der sittlichen Bildung.[1284]

Einerseits wurde in Rezensionen wie diesen Schwabs »Märchenton« und Kindgemäßheit gelobt, andererseits im Sinne der jüdischen Jugendschriftenbewegung die zu starke Tendenzhaltigkeit zumindest von Seiten des liberalen Judentums abgelehnt.[1285] Die diskursive Auseinandersetzung und Formation des jüdischen Märchens wie sie seit 1905 in der Theorie vollzogen worden war, äußerte sich damit in einem Deutungskampf um das »richtige« jüdische Märchen. *Admonitio judaica* und religiöse Unterweisung waren – zumindest im *Wegweiser* –gewollt und erlaubt, jedoch nicht auf Kosten einer jüdisch-liberalen Auslegung.

Dabei muss jedoch erwähnt werden, dass Schwab in seinen Märchen durchaus versuchte, religiöse Kinder in ihrem Alltag abzuholen, zeit- und kindgemäß zu schreiben und damit auch im Bereich der neo-orthodoxen Kinder- und Jugendliteratur neue Wege zu eröffnen. Das Märchenwunderbare entspringt hier den religiösen Gegenständen an sich, die religiöse Dimension ist der kindlichen Animierungsphantasie entsprechend wunderbar belebt und spricht zu den AdressatInnen. Die abstrakte göttliche Entität wird durch Helferfiguren wie den Propheten Elijah oder Purim ersetzt, dass das Wunderbare aber religiös motiviert ist, steht in keinem Falle außer Frage. Schwab ging es zusammengenommen nicht nur um die Ermahnung zur Einhaltung religiöser Gebote, sondern auch die Ausprägung eines positiven jüdischen kindlichen

---

1284 O. A.: Besprechungen, in: Wegweiser für die Jugendliteratur 6, 1910, 2, S. 15.
1285 Jugendschriften-Kommission der Vereinigung israelitischer Religionslehrer und Lehrerinnen: Besprechungen. 87. Hermann Schwab, »Kinderträume«, in: Wegweiser für die Jugendliteratur 1910, 2, S. 15; Dr. Heinemann: Zu der Märchensammlung Kinderträume von G. Schwab, in: Wegweiser für die Jugendliteratur 6, 1910, 3, S. 23; o. A. [Anm. 1280].

Selbstbildes in Zeiten gescheiterter Emanzipation und Antisemitismus. Die »Tfilloh«, das anthropomorphisierte jüdische Gebetbuch und Protagonist des letzten Märchens, schildert so auch die Erschwernisse des Lebens in einer antijüdischen Gesellschaft und propagiert eine trotz allem aufrecht zu erhaltende positive Selbstsicht:

> Des Hausierers Mühe war groß. Ich war Zeuge von den vielen Widerwärtigkeiten, die ihm sein Beruf brachte; ich hörte mit Mitleid, wie die Leute ihn verspotteten und ihm auf Straße ›Jud‹ nachriefen, aber er ließ sich nicht entmutigen. Wußte er doch, daß man ihm mit diesem Namen eine große Ehre antat, und daß die Geschichte seines Volkes die älteste und wunderbarste aller Völker sei.[1286]

Die »Märchen und Legenden« der 1880 in Oberschlesien geborenen Kinderbuchautorin Frieda Weißmann, nach Annegret Völpel die führende kinderliterarische Stimme der Neo-Orthodoxie in der Weimarer Zeit,[1287] legen ihren Schwerpunkt dagegen auf die Vermittlung und Näherbringung der biblischen Geschichten. Frieda Weißmann war zunächst Religionslehrerin in ihrem Heimatort Kieferstädtel, ab 1933 dann Bibliothekarin in Breslau. In der noch zu ihrer Zeit als Lehrerin 1923 im Verlag des Pascheles-Nachfolgers Jakob B. Brandeis erschienenen Märchen- und Legendensammlung *Aus Urväter-Tagen* führt sie kindliche Leserinnen und Leser in märchenhaft gestalteten Erzählungen in die Zusammenhänge biblischer Geschehnisse ein. In Tradition rabbinischer Auslegung der heiligen Schrift werden darin wie in einer Art Zusatzkapitel Fragen zu Hintergründen beantwortet, so etwa, warum Isaak erblindet ist[1288] oder »Warum der heilige Tempel auf dem Berg Morijah steht.«[1289] Auch über Randfiguren wie beispielsweise Moses' Ziehmutter »Bathia« oder Jakobs Enkelin »Asnath« wird Auskunft gegeben.[1290] Im Zentrum stehen die HeldInnen der hebräischen Bibel, Adam und Eva, Abraham, Isaak, Jakob, Mose und Salomo und deren zentrale Werke oder Taten, allerdings aus Sicht der »volksliterarischen«, aggadischen Überlieferung. Viele der von Weißmann behandelten Stoffe stammen nicht (nur) aus religiösen Texten, sondern der jüdischen Volksmärchen und Volksliteratur.[1291] Der Gattungsbegriff »Märchen« wird dabei sehr weit

---

1286 Schwab [Anm. 1281], S. 67 f.
1287 Vgl. Völpel [Anm. 846], S. 311. Frieda Weißmann emigrierte 1939 nach Palästina und starb 1967 in Jerusalem.
1288 Weissmann, Frieda: Aus Urväter-Tagen. Biblische Legenden und Märchen, Breslau 1923, S. 18 ff.
1289 Ebd., S. 35 ff. Hier greift Frieda Weißmann, wie Heinrich Reuß in der *Sammlung preisgekrönter Märchen* vor ihr, auf die jüdische volksliterarische, aggadische Überlieferung der Legende der zwei Brüder zurück und nicht auf die biblische Erklärung.
1290 Ebd., S. 25 ff.
1291 So beispielsweise der Vogel Mileham aus Micha Josef Berdyczewskis Sammlung *Sagen der Juden* und der Zyklus um Salomo und den Tempelbau aus dem *Ma'assebuch* und Berdyczewskis *Born Judas*.

gefasst. Sprache und Stil versuchen, einerseits den Ton religiöser Bibelstellen wiederzugeben, andererseits aber auch in ihrer Fragen-Antwort-Struktur das Interesse kindlicher LeserInnen zu wecken. Das Märchenwunderbare liegt allein in der religiösen Dimension begründet. Frieda Weißmanns neo-orthodoxe Märchensammlung greift so zwar die Tradition der jüdischen Volksmärchen des 19. Jahrhunderts und deren Motiv- und Figurenarsenal auf, sie versucht aber, diese religionspädagogisch und kinderliterarisch zu überformen und damit für ein neo-orthodoxes Publikum und deren religiösen Hintergrund aufzubereiten.[1292]

Annegret Völpel stellt die These auf, dass Erzählungen der Neo-Orthodoxie »zwar vielfach Ansätze zum Aufgreifen zeitgenössischer Umorientierungen und neuer Darstellungsformen« beinhalteten, »jedoch blieben dies kryptische Entwicklungsansätze in einer letztlich modernisierungsabwehrenden orthodoxen Kinder- und Jugendliteratur, in der das Primat der Religionsvermittlung genuin literarische Interessen blockierte.«[1293] Dies lässt sich auch auf die Märchen der Neo-Orthodoxie übertragen. Zwar finden sich neue pädagogische und literarästhetische Ansätze in den Märchen, diese beugen sich aber in allen drei Beispielen der Intention, religionspädagogisch zu wirken, altjüdisches Schrifttum und Gesetzestreue in Erinnerung zu rufen und Kinder neo-orthodoxer Eltern in ihrer religiösen Alltagsführung zu bestärken.

Allen Märchen der *admonitio judaica* ist somit eine relativ starke Einbindung der *Aggada* und damit indirekt auch der jüdischen Volksmärchentradition des 19. Jahrhunderts gemein, allerdings wird diese durchaus neu erzählt und kinderliterarisch modifiziert. Es sind Märchen für Kinder eines jüdischen Volks, ohne dass *nation building* hier anders als im religiösen Sinne verstanden werden könnte, ein jüdisches *Volk* wird zwar impliziert, jedoch keine nationale Zielrichtung eingeschlagen. Wichtig ist ihnen die religiöse Bindung, Stärkung und Selbstvergewisserung der kindlichen LeserInnen und ZuhörerInnen in einer als zunehmend bedrohlich wahrgenommenen nicht-jüdischen Umwelt.

1292 Sehr negativ werden ihre Märchen aus diesem Grund von Hans Epstein bewertet, er kritisiert insbesondere die »tantenhafte Kindertümelei«, die mit einem wahrhaft kindlichen Stil nichts zu tun habe. Zu viele Diminutiva, positive Adjektive und »Moralin« finde sich darin. Epstein, Hans: Jüdische Jugendliteratur, in: Jugend und Gemeinde. Beilage zum Frankfurter Israelitischen Familienblatt 15, 1936, 2, S. 32–35, hier: S. 33.
1293 Völpel [Anm. 846], S. 310f.

5.4. Nation Building im Märchen – Jüdische Kindermärchen im Zeichen des Zionismus

> Noch schlummerte im Schosse des Unbekannten ein Land der Juden, noch verhüllte die Zukunft ein Geschehen, das man Wiedergeburt des Volkes nennt. Das Sicherneuern im alten Lande.[1294]

Im deutschsprachigen Raum war der Zionismus ein vornehmlich postemanzipatorisches, in den Worten Kurt Blumfelds »postassimilatorisches« Phänomen, das verstärkt als Reaktion auf den ansteigenden modernen Antisemitismus trotz Erreichen der vollen Bürgerrechte auftrat.[1295] Jedoch war sich der europäische Zionismus alles andere als einig darüber, wie mit der nun eigentlich erreichten deutsch-jüdischen Identität, wie mit Nation und Nationalität, wie mit Fragen nach Sprache, Literatur und Kultur umzugehen sei. Innerhalb des Zionismus bildeten sich so mehrere Splittergruppen, die je unterschiedliche Zielsetzungen mit dem Begriff des Zionismus verbanden.[1296] Einig war man sich anscheinend nur in der Tatsache, dass der Erziehung der nachwachsenden Generation jüdischer Kinder eine hohe, ja wenn nicht die höchste Bedeutung zukam. Das Ziel war eine Hin- und Rückführung zum Judentum, je nach zionistischer Ausrichtung in Bezug auf Sprache, Geschichte oder Religion, insbesondere aber Volk und Nation. Im und für den Zionismus sollte, so Martin Buber, ein »Volk«, ein »neues Geschlecht« erzogen werden, es gelte, die »besondere Heranbildung des Menschen, den wir brauchen«,[1297] die Hinführung zu einem neuen jüdischen Volkskörper. National-jüdische Schulen waren meist nicht vorhanden,[1298] darum kam der Erziehung innerhalb der Institution Familie nun ein erhöhter Stellenwert zu. Drängend war so die Frage, wie die Familien angesichts der eigenen Entfremdung vom jüdischen Brauchtum und religiöser Tradition »selbst einen jüdischen Lebensraum für ihre Kinder schaffen konnten«.[1299] Der sprunghafte Anstieg zionistischer Texte für Kinder und Jugendliche in den Jahren nach dem 1. Weltkrieg und der Weimarer Republik, der Zeit der endgültigen Ernüchterung und Abkehr vom Akkulturationsgedanken hin zum Zionismus, beweist, dass die Antwort auf diese Frage neben der zionistischen Jugendbewegung in der zio-

---

1294 Singer, Irma: Bäume am Wege. (Auto-Biographisches), 10./11. 1955, Irma Singer Archiv National Library Jerusalem ARC. 4* 1668 01 4, S. 1–9, hier: S. 5.
1295 Vgl. Kap. 1.
1296 Sehr gut ist dies beispielsweise an der Auseinandersetzung zwischen Martin Buber und Max Nordau über den Begriff der »Jüdischen Renaissance« auf dem V. Zionistenkongress in Basel zu sehen: Stenographisches Protokoll der Verhandlungen des V. Zionisten-Kongresses in Basel. 26., 27., 28., 29. und 30. December 1901, Wien 1901.
1297 Buber [Anm. 784], S. 155, 162.
1298 Vgl. Lappin [Anm. 1060], S. 260.
1299 Ebd., S. 261.

nistischen Kinder- und Jugendliteratur gesehen wurde.[1300] Diese war eine stark auf die Zukunft ausgelegte Unterkategorie der sonst eher historisch ausgerichteten Kinder- und Jugendliteratur mit dem Ziel der Kinder- und Jugendalijah,[1301] also der Auswanderung der jungen Generation in den jüdischen Staat und dessen Aufbau. Der »Heimatbegriff jüdischer Kinder« sollte so nach und nach von den antisemitisch durchtränkten Ländern Deutschland und Österreich »auf Palästina übertragen«[1302] werden. Im Bereich des jüdischen Kinder*märchens* – darin ist sich die bisher erschienene Forschung einig – nahm die zionistische Kinder- und Jugendliteratur nun eine »Vorreiterrolle« ein.[1303] Der Grund dafür lag sicherlich auch an der Tatsache, dass die »noch junge Bewegung [...] bei der Mehrheit der hier lebenden Juden keineswegs auf Akzeptanz stieß« und darum »am stärksten darum bemüht sein musste, Kindern und Jugendlichen in ihrem Sinne adäquate literarische Angebote zur Verfügung zu stellen.«[1304] Dies allein kann jedoch nicht die im Folgenden vorgestellte große Anzahl zionistischer Kindermärchen, an Märchen – dieser in der deutschsprachigen Literaturgeschichte doch so besonderen und im deutschsprachigen Judentum so umstrittenen Gattung[1305] –, die zionistische Gedanken und Ziele transportierten, erklären. Es muss meines Erachtens vielmehr der Gattung und deren im deutschsprachigen Raum im 19. Jahrhundert etabliertem Spezifikum des literarischen, narrativen *nation buildings,* dem nationalitäts-, volks- und identitätsstiftenden Potential der Märchen, Beachtung geschenkt und gerade darin die Gründe der Blüte zionistischer Kindermärchen im ersten Drittel des 20. Jahrhunderts gesehen und gesucht werden.

Theodor Herzl deklamierte in *Altneuland,* dass ein eigenes Land der Juden möglich wäre, sofern nur genügend Menschen daran mitarbeiteten – »Wenn ihr wollt, ist es kein Märchen«.[1306] In Bezug auf zionistische Kindermärchen möchte man dieses berühmt gewordene Zitat umdeuten in: Wenn ihr wollt, bleibt es kein Märchen. Zionistische Märchen können als ein zentrales Instrument jüdischen *nation buildings* verstanden werden und dies sogar in einem weitergehenden

---

1300 Zur Jüdischen Jugendbewegung zählen bspw. der Jugend- und Wanderbund »Blau-Weiß«, der »Jung-Jüdische Wanderbund«, der Bund »Makkabi Hazair sowie die »Werkleute«.
1301 Die Kinder- und Jugend-Alijah wurde von Recha Freier 1932 ins Leben gerufen und unterstützte ab 1933 die Auswanderung jüdischer Kinder und Jugendlicher nach Palästina: Bomhoff, Hartmut: Retterin der Kinder. Vor 120 Jahren wurde Recha Freier geboren, in: Jüdische Allgemeine, 1.11.2012. Vgl. Kap. 5.1.
1302 Völpel [Anm. 14], S. 168.
1303 Glasenapp [Anm. 870], S. 629.
1304 Glasenapp [Anm. 599], S. 197.
1305 Vgl. Kap. 4.4.
1306 Herzl, Theodor: Altneuland, in: Theodor Herzl: Wenn ihr wollt, ist es kein Märchen. Altneuland/Der Judenstaat, hg. v. Julius H. Schoeps, Kronberg/Ts. 1978, S. 17–192, hier: Titelblatt.

Sinne als diejenigen Volks-Epen der nichtjüdischen Tradition, deren wichtigste Eigenschaft im Zusammenhang des *nation buildings* nach Heinrich Detering und Thomas Taterka »ihre bloße Existenz« gewesen sei: »Sie sind vor allem dazu da, da zu sein.«[1307] Zionistische Kindermärchen sollten auch gelesen werden und mussten dies sogar. Das Ziel des politischen Zionismus war nämlich nicht nur ein kollektiv-kulturelles Volksbewusstsein im Sinne des romantischen *nation buildings* zu schaffen, sondern eben auch eine ganz reale Nation im Sinne des Staates Israel. Eine neue Generation sollte – wie viele MärchenheldInnen der deutschsprachigen Volks- und Kunstmärchentradition oftmals eigenständig – ausziehen, ihre bis dahin gewohnte Heimstatt verlassen und nun ein Land, eine Nation, einen gesamten Lebensraum, *Eretz Israel*, aufbauen bzw. sich für den Auszug anderer, vor allem bedürftiger Juden und Jüdinnen aus Osteuropa, einsetzen und die »kraftlos gewordene Elterngeneration mit der Aufforderung zur Erinnerungstätigkeit und zur Rückbesinnung auf die eigene Tradition« wieder neu beleben.[1308] Auf das Leben als *Chaluzim*, als Siedlungs-Pioniere, musste die noch junge und oftmals von ihrer eigenen jüdischen Identität, Kultur und Religion entfremdete Generation jedoch erst vorbereitet und ermutigt,[1309] ihr Volksbewusstsein noch geweckt werden.

Autorinnen und Autoren zionistischer Kinder- und Jugendliteratur versuchten daher, ein neues Kindheitsbild zu propagieren. In der neuen zionistischen Kinder- und Jugendliteratur und allen voran den zionistischen Märchen musste zunächst ein *empowerment* des Kindes im und für den Zionismus stattfinden. Maria Nikolajeva führt in ihrer Studie *Power, voice and subjectivity in literature for young readers* unter Rückgriff auf Michail Bachtin dazu aus, dass Kinder gewöhnlich durch erwachsene Normgebung »oppressed and powerless« seien.[1310] Allerdings zeige die Kinder- und Jugendliteratur Möglichkeiten auf, diese von ihr als »aetonormativity«[1311] bezeichneten Normen zu durchbrechen und dem Kind zu Macht, Einfluss und Gestaltungswillen zu verhelfen:

1307 Detering, Hoffmann, Pasewalck u. a. [Anm. 362], S. 13.
1308 Bannasch [Anm. 36], S. 80.
1309 Vgl. Müller-Kittnau, Julia: Deutsch-jüdische Kinder- und Jugendliteratur als Identitätsschlüssel, in: Medaon – Magazin für jüdisches Leben in Forschung und Bildung 11, 2017, 20, S. 1–8, hier: S. 4. Das zionistische Kindermärchen ist in seiner Zielsetzung damit dem sozialistischen bzw. proletarischen Märchen der Weimarer Republik nicht unähnlich. Beide versuchten in den von ihnen evozierten wunderbaren Märchenwelten gleichzeitig Zukunftsoptionen aufzuzeigen und ihre jugendlichen und kindlichen ProtagonistInnen – und damit verdeckt auch LeserInnen – unabhängig von ihren Eltern auf den Weg zu einer neuen und besonders veränderbaren Zukunft zu schicken. Märchenkinder werden ähnlich zu den nach Palästina auswandernden »Helden der Kwuzah« zu »Pionieren«, zu zukünftigen »Erbauer[n] einer sozialistischen Zukunft« Karrenbrock [Anm. 428], S. 375.
1310 Nikolajeva, Maria: Power, voice and subjectivity in literature for young readers, 1st issued in pbk, New York, London 2012, S. 10.
1311 Ebd., S. 8.

> Yet paradoxically enough, children are allowed, in fiction written by adults for the enlightenment and enjoyment of children, to become strong, brave, rich, powerful, and independent – on certain conditions and for a limited time. The most important condition is the physical dislocation and the removal, temporary or permanent, of parental protection, allowing the child protagonist to have the freedom to explore the world and test the boundaries of independence [...] All these conditions empower the fictional child, and even though the protagonist is most frequently brought back to the security of home and parental supervision, the narratives have a subversive effect, showing that the rules imposed on the child by the adults are in fact arbitrary.[1312]

Übertragen auf die zionistischen Zielsetzungen bedeutet *empowerment* des Kindes somit die Darstellung eines neuen, von Eltern und Erwachsenen unabhängigen Kindes, das sich mutig und stark, selbstsicher und alleine auf eine Reise begeben und ein neues Land aufbauen wird, wenn auch nicht vollständig losgelöst von den »Normen« und Vorgaben der Erwachsenen.

Für zionistische Autorinnen und Autoren war es von zentraler Bedeutung, die Vermittlung des neuen, modernen jüdischen Menschen fest in eine dezidiert jüdische Tradition zu stellen. Jüdische Geschichte, jüdische Bräuche, jüdische Kultur und Sprache, jüdisches Volksbewusstsein galten als Schlüssel zu einem neuen jüdischen jugendlichen, zionistischen Menschen, einem *empowered child*. Im Gegensatz zu den Märchen der *admonitio judaica* legte das zionistische Kindermärchen dabei aber weniger Gewicht auf eine religiös-kulturelle Verwurzelung des Judentums als vielmehr, wie dies Michael Berkowitz pointiert beschreibt, eine historisch-völkische und national-kulturelle:

> In its totality, the Zionist movement strove to establish an important Jewish presence in Palestine and to do away with Jewish subordination to European national cultures. It also aspired to preserve the cultural assets that Jewry had inherited from contact with the non-Jewish world. An attempt was made to replace the Jews' exilic condition with respectable, dignified, self-assured, autonomous and cohesive Jewry, united by common vision of a present and future Jewish national life in Palestine.[1313]

Zionistische Kindermärchen wollten in diesem Sinne Ausweis einer Volkskultur, *Volks*märchen für ein in Palästina neu bzw. wieder zu begründendes jüdisches Volk sein und ein nach außen abgeschlossenes und in sich zusammengehöriges Volk ab- und vor allem ausbilden helfen – worin sie sich in national-völkische und jugendbündische Bewegungen der Zeit einschrieben. In Teilen leiteten sie darüber hinausgehend im literarischen Motiv der Reise auch zu einem ganz realen *nation building* an, zeigten, ob direkt oder indirekt, den Weg aus dem

---

1312 Ebd., S. 10.
1313 Berkowitz, Michael: Art in Zionist Popular Culture and Jewish National Self-Consciousness. 1897–1914, in: Art and its uses. The visual image and modern Jewish society, hg. v. Ezra Mendelsohn, Richard I. Cohen, New York 1990, S. 9–42, hier: S. 9f.

Exil, nach Palästina und die Gründe, dorthin zu reisen auf. Heinrich Detering formulierte für die grimmschen *Kinder- und Hausmärchen*, »Nationale Epen brauchen Schauplätze, an den[en] die Nation ihren Spuren nachgehen kann, in denen Text und Territorium endlich eins werden.«[1314] Übertragen auf das zionistische Kindermärchen wurde dieser neue nationale Schauplatz, in dem Text und Territorium zu einer Einheit finden, nun Palästina, *Eretz Israel*.

Doch nicht nur politisch, auch literarästhetisch und literaturpädagogisch gingen die Autorinnen und Autoren zionistischer Kindermärchen oftmals neue Wege. Literarische Strömungen der Moderne, Technik- und Reisemotivik, neue Kindheitsbilder, eine neue kindgemäße Einfachheit[1315] und auch der Mut, das Märchen mit dem modernen Alltag der jüdischen Kinder zu vernetzen, zeichnen einige der zionistischen Märchen aus. Dass auf der anderen Seite bei einer sehr national-literarischen Ausrichtung und Funktionalisierung der literarische und poetische Gehalt gegenüber dem Primat der Volkserziehung aber auch leicht ins Hintertreffen zu geraten drohte, zeigt anschaulich ein extremes Beispiel didaktischer Instrumentalisierung im zionistischen Kindermärchen: Simon Neumanns *Das Märchen von der Nationalfondbüchse*. Das Märchenbuch wurde vom Hauptbüro des »JNF«, des Jüdischen Nationalfonds, der für den finanziellen Aufbau des neuen Staates zuständig war, vermutlich 1915 herausgegeben und handelt von einem kleinen Jungen, Josef, der im Traum von seiner Nationalfondbüchse nach Palästina geflogen wird und dort erkundet, was die Münzen, die er in ebendieser sammelt, alles bewirken können:

> Und wie Josef sich wieder umsieht, da stehen überall im ganzen Lande blaue Büchsen, die ganz genau so aussehen wie die seine, und aus allen hüpfen und springen zahllose Geldstücke, die Pfennige rasch und schnell wie Straßenjungen, das Nickelgeld schon feiner, und das Silber springt gar zierlich und vornehm vom Rande der Büchse und klingelt gar hell, wenn es auf den Boden aufschlägt. Dann rollen alle eine Weile, bis sie ihren Platz gefunden haben, graben sich in den Boden und siehe da – überall, wo sie sich in die Erde vergraben haben, da sproßt und grünt es, und zarte Hälmchen und Stämmchen heben verwundert ihre Köpfchen empor, wachsen rasch in die Höhe und bald taucht hier ein wogendes goldenes Kornfeld auf, da rauscht ein mächtiger Wald,

---

1314 Detering [Anm. 284], S. 124.
1315 Mit kindgemäßer Einfachheit ist hier die Kategorie der Einfachheit Maria Lypps gemeint. Texte, die durch einen »zugespitzten Ausdruck« und eine »Intensität ihres Verweisungscharakters« (Lypp, Maria: Einfachheit als Kategorie der Kinderliteratur, Frankfurt a. M. 1984, S. 152f.) literarische Verdichtung, eine »ästhetische Komprimierung literarischer Komplexität« erzeugen. (Thiele, Jens: Das Bilderbuch. Ästhetik – Theorie – Analyse – Didaktik – Rezeption, 2. erw. Aufl., Oldenburg 2003, S. 41.) Vgl. auch: Dingelmaier, Theresia: Erläuternde ›Erhellungen‹ und komplexe Wechselverhältnisse von Bild und Text. Bilderbuch und illustriertes Buch, in: Kinder- und Jugendliteratur. Historische, erzähl- und medientheoretische, pädagogische und therapeutische Perspektiven, hg. v. Bettina Bannasch, Eva Matthes, Münster 2018, S. 87–106, hier: S. 3, 7.

dort sind Gemüsegärten, und da haben sich Pfennig- und Marktstücke in schmucke Häuschen verwandelt.[1316]

Das Frontispiz des Märchens ziert ein mit »Golus« untertiteltes Bild ostjüdischer Flüchtlinge, die, wie Josef von seiner Mutter im Märchen lernt, eine neue Heimat in Palästina benötigen und auf Josefs Wohltätigkeit angewiesen sind. Ganz am Ende werden Photographien zweier Medaillen, die den Lohn für Spenden in der Nationalfondbüchse darstellen, abgedruckt.[1317] Kindern wird im Märchen damit ganz klar Zweck, Wirkung und Ergebnis ihres Handelns in der außerfiktionalen Wirklichkeit dargelegt. Das Märchen dient allein zur Belehrung und Werbung für kindliche Geldspenden. Im Rekurs auf die populärste kinderliterarische Gattung Märchen sollten so gerade Kinder verstärkt erreicht werden. Um die Schaffung eines neuen jüdischen Volks- oder Kindermärchens ging es hier vermutlich – da das wunderbare Geschehen auch von Beginn an in Josefs Traum verlagert ist – weniger.

Von der großen Nähe des Zionismus zum Märchen zeugt neben den im Folgenden vorgestellten zahlreichen Märchensammlungen der Kategorie »zionistische Kindermärchen« zum einen die Tatsache, dass, wie Archivrecherchen ergaben, neben Martin Buber auch fast alle anderen Führungspersönlichkeiten des Zionismus, Theodor Herzl, Max I. Bodenheimer, Max Nordau und auch Lina Wagner-Tauber, Märchen der unterschiedlichsten Gestalt verfassten.[1318] Zum

---

1316 Neumann, Simon: Der Traum von der Nationalfondsbüchse. Ein Märchen für Kinder, Cöln 1915, S. 9f.
1317 Vgl. Berkowitz [Anm. 1313], S. 31.
1318 Theodor Herzl schrieb und veröffentlichte dabei zwar keine ausgewiesenen Kindermärchen, jedoch geht aus seinem Gedicht *Eure eigenen Märchen*, Herzl, Theodor: Euere eigenen Märchen, 1894, Central Zionist Archive, Jerusalem H1\613-4, S. 1, hervor, dass er – wie auch Max Nordau – Märchen für beziehungsweise zusammen mit seinen Kindern erfand: »Kinder! Ihr meint in kommenden Tagen, | Dass ich Eure eigenen Märchen erfand! | Von Frau Bribri, vom Schwan, der getragen | Die fliehenden Kinder ins Schwanenland, | Vom trunkenen Hampelmann Bibdibob, | Vom Holzhauer, dessen Stimme so grob, | Von Woelfen und Eseln und Wundertieren, | Die Kindern beggnen, wenn sie sich verlieren, | Und noch viel anderes Grausen und Lachen, | Freundliche Feen und schreckliche Drachen, | Ganze Waelder von Maerchenbaeumen, | Farbige Kugeln aus Seifenschaeumen, | Schloesser in Wolken, Bauten aus Sand – | Kinder, ihr meint, dass ich es erfand!.. | Ach ja, ich glaubte es anfangs auch, | Und sah's erstaunt – wie im Winter den Hauch | Wir unseren Lippen entsteigen sehen – | Ich sah dieses sichtbare Wallen und Wehen, Und ahnte nicht gleich, was es wirklich war... | Jetzt!.. Trudel geht in ihr zweites Jahr | und wuenscht beinahe drohend noch immer | Das Bribrimaerchen, von dessen Schimmer | Ihr Groesseren abgekommen seid, | Pauline und Hans! Schon seid ihr zu stolz – | Euch schnitz' ich Figuren aus anderem Holz | Und steck' sie in manch funkelndes Kleid | ....Jetzt hab' ich endlich in lieblichen Stunden | Von Euren Maerchen den Sinn gefunden | Ich suchte nur Spiele und fand mein Sinnen. | – Kinder! Wie selig war mein Beginnen. | Den Inhalt, der meinen Worten gefehlt, | Ihn hat mir der Glanz Eurer Augen erzaehlt.« Diese leider nicht publizierten Märchen können zum einen natürlich rein als pädagogische Praxis elterlichen Geschichtenerzählens verstanden werden. Angesichts Herzls Position und Agitation

anderen war die Gattung Märchen auch in den bekanntesten zionistischen Zeitschriften und Zeitungen omnipräsent. Die in vielen dieser Fälle, wie auch in Simon Neumanns *Traum von der Nationalfondbüchse*, anzutreffende beinah willkürlich gesetzte Gattungsbezeichnung kann selbst wiederum als Indiz dafür gelten, dass die Gattung Märchen im Zionismus zu einem literaturpädagogischen Trend geworden war, zu *der* literarischen, zionistischen Gattung, die unabhängig ihrer literaturtheoretischen Bestimmungen für die unterschiedlichsten, meist aber zukunftsweisenden, Themen und Motive bemüht wurde. Nur einige Beispiele: In der Zeitschrift *Ost und West* findet sich im Heft zwei (Januar 1903) ein »Märchen für Grosse« von Dr. Emil Simonson, »Der Lebensquell«, und in der ebenfalls zionistischen Zeitschrift *Die Welt* publizierten in Heft 14 des Jahres 1901 Theodor Zlocisti das Märchen-Gedicht »Märchen vom Stein«, in Heft 49 Josef Stutzin »Die Kinder des Adlers: ein Märchen« sowie in Heft eins 1903 David Rothblum »Die Märchen meiner Mutter«.

In der zionistischen Jugendzeitschrift *Bar Kochba* erschienen weitere Märchen, so etwa das Märchen *Die zwei Brüder* des Herausgebers Cheskel Zwi Klötzel. Die Märchenbezeichnung muss aber auch in dieser kinderliterarischen Ausrichtung als sehr frei bezeichnet werden, da sich im gesamten Geschehen keinerlei magisches oder übernatürliches Handeln zeigt. Das einzig Transzendente ist die bloße Existenz Gottes, der zwei Brüder bei ihren Wohltaten beobachtet.[1319] Das zweite Märchen, *Vom ersten Menschenpaar* der zionistisch engagierten Autorin Nanny Margulies-Auerbach, ist weder dezidiert zionistisch noch streng religiös, sondern vielmehr eine Emanzipationsgeschichte. Es handelt sich um die Nacherzählung der Sündenfall-Sage, jedoch nimmt die Darstellung des Bisses vom Apfel der Sünde einen anderen Ausgang. Mit dem

---

für den Zionismus kann jedoch vielleicht auch die These gewagt werden, dass er einerseits ganz bewusst neue jüdische Märchen aus dem und für den Geist der noch jungen Generation, der Generation, die das jüdische Volk in ein neues Zeitalter und eine neue Heimstätte führen sollte, schaffen wollte. Andererseits erfand er so auch eine Märchentradition fernab der deutsch-mitteleuropäischen und eine wenn auch nicht unbedingt dezidiert jüdische, so doch neue und seinem eigenen Geist entsprungene Erzähltradition. Sein zweites Märchen, *Der Status Quo. Ein politisches Märchen*, Herzl, Theodor: Der Status Quo. Ein politisches Märchen, 7.X.1886, Central Zionist Archive, Jerusalem H1\355–3/4, stellt dagegen eine satirische Auseinandersetzung mit dem als kränklich und schwächlich bezeichneten »Knaben« »Status Quo« und der Schuld von dessen Eltern »Diplomatie« und »Berliner Vertrag« und damit eine Märchensatire und Kritik an der europäischen Behandlung der jüdischen Bevölkerung dar. Das *Märchen vom Schuh* Max I. Bodenheimers, Bodenheimer, Max I.: Das Märchen vom Schuh, Central Zionist Archive, Jerusalem A15\39; A15\1000–9, ist ähnlich gestaltet. Es enthält formale Volksmärchenelemente, den Es-war-einmal-Eingang, sprechende Dinge und eine einfache Sprache, der Inhalt deutet jedoch auch auf eine kritisch-politische Dimension des Märchens im Schatten eines nur scheinbaren Kindermärchens hin.

1319 Vgl. Klötzel, Cheskel Zwi: Die beiden Brüder. Ein jüdisches Märchen, in: Bar Kochba, 1919, 2, S. 23.

Auszug aus dem Paradies, hier der Ort der Kindheit, und dem Sündenfall wird eine Adoleszenz- und Emanzipationsgeschichte beschrieben: Eva, die ihre Langeweile im Paradies überwindet und nach dem Biss endlich Mensch wird. Adam, dem bewusst wird, dass er nun ein Mann ist, ausziehen, für sich selbst sorgen und arbeiten muss. Alle Taten der MärchenheldInnen Adam und Eva kommen von ihnen selbst, Gott dagegen ist abwesend.[1320]

Besondere Beachtung verdient im Rahmen der Untersuchung dagegen ein einzeln im 5. Jahrgang des von Emil Bernhard Cohn und Else Rabin herausgegebenen *Jüdischen Jugendkalenders*[1321] publiziertes Märchen. Es greift die Gattungscharakteristika des europäischen Volksmärchens auf und macht daraus ein neues, volksliterarisch-jüdisches Kindermärchen innerhalb der anfangs reformpädagogisch, zu diesem Zeitpunkt, 1935, aber bereits zionistisch ausgerichteten periodisch erscheinenden Jugendanthologie:[1322] »Die Prinzessin und der Küchenjunge« von Ilse Rubner. Es handelt von drei Brüdern, die von zuhause ausziehen, um ihre Bestimmung zu finden. Die älteren beiden, ein Schriftgelehrter und ein Goldschmied, dachten »mehr an den eigenen Ruhm als an Gottes Ehre«,[1323] der Jüngste dagegen, naiv, fromm und selbstlos, möchte seiner Umwelt die Weisheit Gottes näher bringen. An einer Weggabelung treffen alle drei auf den magischen Märchenhelfer Eliah, der ihnen allen einen Wunsch erfüllt. Der Älteste bekommt wertvolle Schriften, der zweite wertvolle Gegenstände, der Jüngste einen wertvollen Rat aus den weisen Schriften Salomos: Er solle die Zunge des Menschen als kostbarstes und zugleich gefährlichstes Gut hochschätzen. Alle drei gehen danach in die Stadt Palmyra und finden dort ihre berufliche Bestimmung, nur der Jüngste wird vorerst Küchenjunge. Als der König Palmyras ein Rätsel mit dem Preis seiner Tochter, einer furchtbar gelangweilten und dadurch böswilligen Prinzessin, verlautbaren lässt, versuchen alle drei Brüder ihr Glück. Doch nur der Jüngste kann sie, indem er den Ratschlag Eliahs befolgt, mit der Lösung überzeugen, von ihrem Missmut erlösen und wird ihr Mann.

1320 Vgl. Margulies-Auerbach, Nanny: Vom ersten Menschenpaar. Ein Märchen, in: Bar Kochba 1, 1919, 23, S. 354–356.
1321 Jüdisches Jugendbuch. Fünfter Jahrgang des jüdischen Jugendkalenders, hg.v. Emil Bernhard Cohn, Else Rabin, Berlin 1935. Zu *Das jüdische Jugendbuch* vgl.: Völpel, Annegret: Cohn, Emil Bernhard [...] Jüdisches Jugendbuch, in: Deutsch-jüdische Kinder- und Jugendliteratur von der Haskala bis 1945. Die deutsch- und hebräischsprachigen Schriften des deutschsprachigen Raumes: ein bibliographisches Handbuch, hg.v. Zohar Shavit, Hans-Heino Ewers, Annegret Völpel u.a., Stuttgart 1996, S. 261–264.
1322 Ilse Rubners Erzählung ist dabei nicht das einzige Märchen im *Jüdischen Jugendbuch*. Im ersten Jahrgang findet sich beispielsweise gleich ein Märchenspiel und Chanukkamärchen: »Jomi mit dem Sack« von Magda Nachman-Acharya.
1323 Rubner, Ilse: Die Prinzessin und der Küchenjunge, in: Jüdisches Jugendbuch. Fünfter Jahrgang des jüdischen Jugendkalenders, hg.v. Emil Bernhard Cohn, Else Rabin, Berlin 1935, S. 89–99, hier: S. 89.

Ilse Rubners Märchen weist insgesamt besehen keine eindeutigen Hinweise auf den Zionismus auf, innerhalb der Anthologie ist es allerdings von Beiträgen wie »Arbeitende jüdische Frauen in Palästina« oder »Aus den Memoiren eines jüdischen Meisterboxers« eingerahmt, welche sowohl die Betonung körperlicher Arbeit in der neu zu besiedelnden Heimat Palästina und den Besitz und die Kultivierung des eigenen Landes, als auch Nordaus »Muskeljudentum« aufgreifen und damit einen Gegensatz zu dem als »kränklich« wahrgenommenen Juden in der Diaspora eröffnen. Mit diesem Rahmen erhalten nun auch die Lokalisierung des Märchens in Hebron und Palmyra, also Palästina, vor allen Dingen aber der eigenständige und mutige Auszug des jugendlichen Märchenhelden und dessen mithilfe Eliahs und Gottes in der Fremde gefundenes Glück eine andere Bedeutung. Die zionistische Kinder- und Jugendliteratur versuchte, junge Leserinnen und Leser für sich und die Idee eines jüdischen Staates in Palästina zu gewinnen. Sie wollte darum jugendgemäßer und moderner sein als neo-orthodoxe oder liberal-jüdische Erzählungen dies oftmals waren.[1324] Doch auch der Bezug zur eigenen Geschichte, die enge Verklammerung mit der jüdischen Vergangenheit, sollte dabei nicht zu kurz kommen.[1325] Ilse Rubners Märchen belegt diese Ansprüche, indem es, stärker als dies zuvor erschienene jüdische Märchen taten, einerseits das populäre deutschsprachige Volksmärchen und dessen Struktur à la »Tischlein Deckdich« oder »Goldene Gans« an modernen kinderliterarischen Maßstäben ausrichtet und aktualisiert, diese andererseits aber mit dezidiert jüdischen Inhalten füllt:

> Als er das ein dutzendmal in einer Stunde wiederholt hatte, sagte die Prinzessin mürrisch: ›Herr Vater, Ihr bringt mir immer dasselbe. Eure goldene Maus könnt Ihr der Frau Mutter ins Bett setzen und Eure Ringe dem Unhold Asmodai an den Hühnerfuß hängen. Ich mag sie nicht! Die Sachen sind alle soooo langeweilig!‹ Darauf gähnte sie fünf Minuten lang, oder sie tat wenigstens so.[1326]

Der Autorin gelingt in dieser humorvollen Umsetzung eine außergewöhnliche Mixtur aus zeitgenössischem, volksliterarischem Kindermärchen einer- und jüdisch-moralpädagogischer Erzählung andererseits, die unter vielen jüdischen Märchen ihresgleichen sucht. Das Märchen greift europäische und jüdische Volksmärchen-Motive – die standardisierten Figuren, den Auszug dreier Brüder, die Brauteroberung durch Lösung eines Rätsels, den Dämon Aschmodai, den magischen Helfer Eliah, die Lokalisierung in Palästina – auf, verjüngt, akkommodiert und erfrischt sie aber mit Blick auf kindliche AdressatInnen. Die Prinzessin ist so gelangweilt, dass sie erst fünf, dann sogar zehn Minuten lang

---

1324 Vgl. Glasenapp [Anm. 902], S. 188.
1325 Vgl. ebd., S. 190.
1326 Rubner [Anm. 1323], S. 93.

gähnt – »oder sie tat wenigstens so«[1327] – und der Küchenjunge heuert mit dem Argument beim Küchenchef des Königs an, dass er »recht gut mit fertiggekochtem Essen umgehen«[1328] könne. Auch der ansonsten im *Jüdischen Jugendkalender* üppig gestaltete Buchschmuck zeugt von dieser kreativen Neugestaltung der volksmärchenhaft-mittelalterlichen Überlieferung.

Die ornamental gehaltenen Drucke Marianne Brodskys sind stark reduziert und greifen in Initiale und Vignette auf eine Illustrationspraxis mittelalterlicher Inkunabeln zurück, variieren diese in der künstlerischen Ausgestaltung allerdings. Auf Altehrwürdig-Überliefertes wird also Bezug genommen, dies gleichzeitig aber modernisiert. Bei der Figureninitiale der Prinzessin am Märchenbeginn bildet der Buchstabe »I« den Körper der Prinzessin, die hell-dunkle Zeichnung um die Type wirkt jedoch, anders als in der Buchillumination, wie nachträglich von Kinderhand darum herum gemalt (Abb. 6). In der Schlussvignette des Küchenjungen wird der ornamental-orientalische schwarz-weiße Hintergrund von der Figur des Küchenjungen, der seine lange Zunge den Betrachtenden entgegenstreckt, humorvoll aufgebrochen.

Abbildung 6: Titelinitiale, aus: Ilse Rubner: Die Prinzessin und der Küchenjunge, in: Jüdisches Jugendbuch. Fünfter Jahrgang des jüdischen Jugendkalenders, hg. v. Emil Bernhard Cohn, Else Rabin, Berlin 1935, S. 89–99, hier: S. 89 [Illustration von Marianne Brodsky].

Ilse Rubners Märchen zeigt zusammengenommen viele Eigenschaften und Charakteristika des zionistischen Kindermärchens auf: Die Konzentration auf

---

1327 Ebd., S. 89–99.
1328 Ebd., S. 92.

Vermittlung jüdischer Inhalte zur »Intensivierung jüdischer Identität«[1329] und Schaffung eines neuen jüdischen Menschen, die Modifikation des Volksmärchens hin zu einem neuen jüdischen Kindermärchen, eine an neuen literaturpädagogischen Bestimmungen orientierte Akkommodation sowie die Konzentration auf das jüdische Volk als nationale und kulturelle Einheit und damit zusammenhängend der Entwurf eines neuen jüdischen kinderliterarischen Märchens als Narrativ jüdischen *nation buildings*.

Ein »jüdisches Märchenbuch mit Motiven aus der jüdischen Volksseele« – Die zionistischen (Kinder)Märchen Heinrich Loewes

Theoretisch fundiert und breitenwirksam entwickelte sich eine zionistische Kinder- und Jugendliteratur in deutscher Sprache erst zur Zeit der Weimarer Republik.[1330] Zionistische Kindermärchen fallen jedoch aus dieser zeitlichen Eingrenzung heraus. Schon seit der Jahrhundertwende und damit eigentlich seit der Geburtsstunde des Zionismus in Mitteleuropa entstanden zionistische Kindermärchen und unterstreichen damit ihre Bedeutung für die jüdisch-nationale Bewegung. Nicht nur aufgrund von Theodor Herzls berühmt gewordenem Ausspruch ist der Zionismus im deutschsprachigen Raum somit eng mit der Gattung Märchen verbunden. Die Autoren dieser frühen zionistischen Kindermärchen, Heinrich Loewe und Max Nordau, nehmen innerhalb der zionistischen Bewegung auch wichtige Führungsrollen ein und können, im Falle Heinrich Loewes, als Impulsgeber der jüdischen Kindermärchentradition und deren diskursiver Formierung überhaupt angesehen werden.

Heinrich Loewe (1869–1951) zählt, so Andreas Kilcher, zu den ersten deutschen Zionisten.[1331] Er suchte bereits als Student in Berlin Anschluss an die frühen, damals noch rein osteuropäischen, zionistischen Zirkel und »war 1892 einer der Gründer des Vereins Jung Israel«.[1332] Loewes zionistisches Engagement richtete sich auf eine Rehabilitation des »Jüdischen«. Innerhalb kultureller zionistischer Auseinandersetzungen gehörte er zu jener Fraktion, für die eine jüdische (National)Literatur nur als hebräischsprachige denkbar war,[1333] und in seinen Studien beschäftigte er sich insbesondere mit jüdischer Volkskunde und

---

1329 Glasenapp [Anm. 74], S. 125.
1330 Vgl. Kap. 5.1.
1331 Kilcher [Anm. 10], S. XVII.
1332 Schlöffel, Frank: Zionismus und Bibliophilie. Heinrich Loewe und die neuen ›Soncinaten‹, in: Soncino – Gesellschaft der Freunde des jüdischen Buches. Ein Beitrag zur Kulturgeschichte, hg. v. Karin Bürger, Ines Sonder, Ursula Wallmeier, Berlin 2014, S. 25–40, hier: S. 26.
1333 Vgl. Kilcher [Anm. 10], S. XVII.

Folklore. In seinem Nachlass in den Central Zionist Archives befinden sich beispielsweise viele kurze Dokumente, Literaturvermerke oder Zeitungsartikel, die seine Sammeltätigkeit von jüdischen Märchenstoffen – Dämonen, Riesen, Apokrypha, »altjüdische Zauberwesen« und Zaubersprüche – belegen.[1334] Heinrich Loewes Buchmärchen *Der Ring des Propheten Elijahu* (1906) und *Eine Fahrt ins Geisterland* (1913) greifen diese jüdische Volksliteraturtradition auf und machen daraus, wie er selbst in seinem Artikel »Hänsel und Gretel« gefordert hatte, ein »jüdisches Märchenbuch mit Motiven aus der jüdischen Volksseele«[1335] – jüdische Märchen, die dem zionistischen Gedanken entsprechend an die zukünftige Generation gerichtet waren und gleichzeitig mithelfen sollten, die Geschichte und Kultur des jüdischen Volks in Palästina wiederzubeleben.

Loewe partizipierte außerdem am »kulturalistischen« zionistischen Programm, das neben der hebräischen Sprache auch das jüdische Bücher- und Bibliothekswesen aus der Diaspora in einen jüdischen Nationalstaat holen wollte. Er unterstützte als einer der Hauptinitiatoren die Gründung der Jüdischen National- und Universitätsbibliothek in Jerusalem[1336] und war langjähriger Vorsitzender der jüdischen bibliophilen Soncino-Gesellschaft – zu deren Mitgliedern u. a. auch Martin Buber und Franz Rosenzweig gehörten.[1337] Zu seinen Herausgeberschaften zählt mitunter *das* zionistisch-publizistische Organ, die *Jüdische Rundschau*. Und auch im Kinderbuchbereich blieben seine beiden Märchen nicht die einzigen Betätigungen, zusammen mit Moritz Steinhardt und dem bekannten zionistischen Kinderbuchautor Cheskel Zwi Klötzel fungierte er als Mitherausgeber des *Jüdischen Jugendbuchs*. Seit 1905 war er bis zu seiner Emigration nach Palästina 1933 Bibliothekar der Königlichen Universitätsbibliothek zu Berlin und nach seiner Ankunft in Israel Direktor der Tel Aviver Stadtbibliothek.

Im Vorwort des Märchens *Der Ring des Propheten Elijahu* äußerte Heinrich Loewe die Annahme, dass das Märchen aufhöre Märchen zu sein, »soweit das Märchen nichts weiter ist als ein unerfüllter Wunsch. Die Wirklichkeit und die historische Entwicklung« habe sich »immer noch viel phantasiereicher gezeigt, als die Phantasie des Märchenerfinders auszuspinnen« vermochte.[1338] Das Märchen müsse, wie der Zionismus, demnach mehr sein als bloße Utopie und seine Erfüllung nicht im phantastischen Nirgendwo, sondern in naher Zukunft liegen. Für Loewe und andere Zionisten war das Märchen – in Analogie zum

---

1334 Loewe, Heinrich: Articles by Heinrich Loewe and notes mainly on questions of the Jewish race, nationality and folklore, A146\88.
1335 Loewe [Anm. 996], S. 439.
1336 Vgl. Kilcher [Anm. 10], S. XVII. Schlöffel [Anm. 1332], S. 27.
1337 Vgl. ebd., S. 25.
1338 Loewe, Heinrich: Der Ring des Propheten Elijahu. Ein Märchen, Berlin 1906, S. VI.

Märchenforscher Max Lüthi – damit dichterische Bewältigung, darüber hinaus aber auch Veränderung der Welt. Dem zionistischen Märchen war damit eine ganz reale politische Intention eingeschrieben; die Märchenwelt, die es darstellte, war nicht nur eine Welt, die in Ordnung war, sondern auch eine Welt, die so geschaffen werden könnte und sollte. Verständlicherweise lehnte Heinrich Loewe so auch jegliche Forderungen nach Tendenzfreiheit im Märchen ab und kritisierte damit auch die Überlegungen der jüdischen Jugendschriftenbewegung um Moritz Spanier: »Tendenz im Märchen dürfte kaum Freunde finden. Man merkt die Absicht, und die Verstimmung ist da. Wenn gar die Tendenz eine jüdische ist, und diese jüdische Tendenz sich nicht einmal schüchtern verbirgt und sittsam versteckt, so ist man doppelt verstimmt.«[1339] Zionistische Kinder- und Jugendliteratur musste, nicht nur für Heinrich Loewe, zwangsläufig Tendenzliteratur sein.[1340]

Heinrich Loewes Märchen sind dem entsprechend als jüdische Kindermärchen gestaltet, die sich der Neuerzählung jüdischer volksliterarischer Stoffe und damit der Schaffung eines neuen jüdischen »Volksmärchens« verschrieben haben. In seinem in der *Jüdischen Rundschau* veröffentlichten Artikel forderte er,

> dass das Uebermass, was unsere Knaben und Mädchen von fremdem Volkstum in sich aufnehmen müssen, durch eine gewisse Portion jüdischen Gemütes und jüdischen Geisteslebens ausgeglichen wird. Eine ganze jüdische Renaissance wächst heran und will seiner schönen Blüte entgegengehen, aber das wichtigste Gebiet, das Gebiet der Jugendliteratur, ist unberührt geblieben [...] Wir wollen kein Volk von Greisen, kein Volk, das seine Jugenderinnerungen im fremden Volkstume hat. Und wenn wir unsere Jugend bei unserem Volke erhalten wollen, wenn wir ihr die Ideale geben wollen, zu dem wir uns zum Teil in schwerem Lebenskampfe durchgerungen haben, so müssen wir dafür sorgen, dass wir Bücher haben, die in der Kinderstube gelesen werden, wie Hänsel und Gretel.[1341]

Loewes Buchmärchen waren ein erster Versuch, diese Forderungen in literarische Realität umzusetzen: ein Märchenbuch mit jüdischem Inhalt und damit ein Kindermärchen zu schaffen, das zugleich auch »Volksmärchen«, ein Märchen zum *nation building* sein konnte. In seinen Märchen verwendete er neben den bekannten apokryphen und aggadischen Elementen, alten jüdischen Sagen-, Wunder- und Zauberstoffen, auch interkulturell bekannte Gattungsmerkmale und signifikante Motive und Symbole[1342] und ließ damit den populären Mär-

---

1339 Ebd., S. V.
1340 Vgl. Glasenapp [Anm. 74], S. 123.
1341 Loewe [Anm. 996], S. 39 f.
1342 Zum Beispiel versucht das Mädchen in *Eine Fahrt ins Geisterland* dreizehnmal Nahum die Blume im Traum zu übergeben, dreimal soll er daran riechen, um sich wieder zu erinnern

chenrahmen bestehen. Thematisch füllte er diesen mit eindeutig national-zionistischen, assimilationskritischen, volksliterarischen oder jüdisch-historischen Stoffen. Dem Primat der Vermittlung eines nationalen und religiösen Volksbewusstseins musste die literarästhetische und gattungskonforme Gestaltung dabei oftmals weichen. Sein bereits 1894 erstmals in der *Jüdischen Volkszeitung* erschienenes Märchen *Der Ring des Propheten Elijahu* handelt so zum Beispiel von der Zeitreise Ben Jekutiels, der in Jerusalem unter einem bösen, vermutlich römischen König der vorchristlichen Zeit lebte und davon überzeugt war, dass die Zukunft dem Volk der Juden Glück und Frieden bescheren würde. Mit Hilfe Elijahus und dessen Gabe eines magischen Ringes reist er 1900 Jahre in die Zukunft und landet im jüdischen Ghetto in Frankfurt am Main, wo die Juden zwar ihrer Meinung nach im Vergleich noch glücklich, jedoch in den Augen Ben Jekutiels von den Christen unterdrückt leben. In einer nur 60-jährigen Zukunft trifft er daraufhin auf Ahasver, den ewigen Juden, der ihm von der bisherigen langen und leidvollen Vergangenheit der Judenheit erzählt.[1343] Der thematische Schwerpunkt des Märchens liegt damit allein auf der im Zionismus zu überwindenden Leidensgeschichte des Volkes Israel und dessen deprimierenden Situation in der Diaspora.

Sein im Gegensatz dazu deutlicher an Kinder adressiertes Märchen *Eine Fahrt ins Geisterland* zeigt dagegen optimistischere Züge. Auf der einen Seite geht es darin um einen schönen und unschuldigen Knaben Nahum, der vom Geisterkönig Aschmodai,[1344] weniger aus Bosheit als vielmehr aus Liebe und Einsamkeit, in dessen Palast entführt wird und dort sein bisheriges Leben und die Welt, wie sie eigentlich ist, vergisst. Nur im Traum erscheint ihm immer wieder ein junges Mädchen, das ihn auf eine blaue Blume hinweist, die ihm seine Erinnerungen zurückgeben könnte:

> Vor ihm aber stand im Traume eine wunderbar schöne Jungfrau, die ihn freundlich anlächelte und ihm eine blaue Blume hinhielt und sagte: ›Lieber Nahum, wenn dich einmal nach Hause verlangt, so suche nur diese blaue Blume, die im Lebenstal wächst. Wenn du dreimal an ihr riechst, so kannst du dich an alles erinnern, was du je gesehen und erlebt hast‹.[1345]

In diesem Verweis auf die blaue Blume aus Novalis' *Heinrich von Ofterdingen* steckt dabei mehr als nur eine Referenz auf die phantastisch-märchenhafte Literatur der Romantik.[1346] Die blaue Blume wird hier, wie auch für Novalis'

---

und sieben Tage weilt Aschmodai außerhalb des Palastes. Loewe, Heinrich: Eine Fahrt ins Geisterland. Ein Märchen. Aus: Jung-Juda, Berlin 1913, S. 20, 30f.
1343 Loewe [Anm. 1338].
1344 Vgl. zur Figur des Dämons Aschmodai Kap. 3.1.: Magie, Zauber und Märchen im jüdischen Schrifttum.
1345 Loewe [Anm. 1342], S. 20.
1346 Vgl. u. a. Malaguti, Simon: Die Suche nach dem Glück in der deutschen Literatur. Zur

Heinrich, zum Auslöser von Nahums Wanderschaft, zum Sehnsuchtsbild nach Veränderung, nach Auszug aus der »falschen Heimat« und einer neuen Welt – die blaue Blume der Romantik wird zionistisch umgedeutet.

Auf der anderen Seite beleuchtet das Märchen auch das Schicksal von Nahums Mutter Hadassah.[1347] Aus Sorge und Kummer über Nahums Verschwinden wendet sie sich an den Propheten Amittai, und begibt sich auf die Wanderung und Suche nach Nahum. In die Beschreibung dieser Reise flicht Heinrich Loewe Schilderungen der »fleißigen hebräischen Bauern«[1348] ein, die das Land Galiläa mit »unermüdlichem Fleiße« bestellen und zeigt immer wieder auf, wie nur Gottvertrauen Hadassah zu ihrem Sohn führt und sie aus allen Gefahren errettet.[1349] Am Höhepunkt der Handlung fließen beide Erzählstränge, der von Nahum und der von Hadassah, im Tal des Lebens nahe der blauen Blume zusammen. Nahum, der sich schließlich auf die Suche nach seiner Erinnerung gemacht hat, wandert durch das grausig-schöne Reich Aschmodais, bis er schließlich von einem weißen Phoenix zur blauen Blume geführt wird und durch sie seine Erinnerungen wiedererlangt. Nahum und seine Mutter treffen sich und werden von der schönen Jungfrau aus Nahums Traum, dem »Schutzgeist des jüdischen Volkes«,[1350] zu seinen Spielgefährten geführt. Nahum befreit alle und Hadassah überwältigt mithilfe des Rings Salomos Aschmodai, der ihnen am Ende noch ein Säckchen mit wertvollen Edelsteinen mitgibt. Beide übergeben den Schatz aber an Amittai und den Tempel in Jerusalem, wo Nahum am Ende Amittais Schüler und später ein gottesfürchtiger und beliebter Prophet wird.

Das Märchen vereint damit typische volksmärchenhafte Strukturen und Elemente mit jüdischen volksliterarischen Stoffen und neuen zionistischen Gedanken zur Besiedelung Palästinas. Das jüdische Volk wird als ein auserwähltes und von Gott besonders beschütztes dargestellt; alles Wunderbare geht auch hier wieder von Gott oder dessen Helfern, den Propheten und Engeln, aus. Besondere Beachtung verdient allerdings die Gestaltung des Dämons Aschmodai. Er wird, den volksliterarischen Überlieferungen entsprechend zwar mit Hühnerfuß und als Kindesentführer und Antagonist eindeutig negativ ge-

---

Bedeutung der blauen Blume in Novalis' Heinrich von Ofterdingen, in: Pandaemonium Germanicum – São Paulo: Humanitas Publicações 9, 2005, S. 207–225.
1347 Auch Heinrich Loewes Tochter hieß Hadassah, Hadassah Bertha Loewe (*1902).
1348 Loewe [Anm. 1342], S. 43.
1349 Ebd., S. 43–58.
1350 Ebd., S. 66. Interessant ist an dieser Stelle die Aussage der Schutzengelgestalt, sie könne die anderen Knaben nicht befreien, das hätten die Schutzgeister der anderen Völker tun sollen, diese hätten sich aber nicht darum gekümmert: »Aber die Schutzgeister der andern Völker haben sich nicht um ihre Schutzbefohlenen bekümmert, wie ich mich um dich.« Loewe schreibt dem Gott des Judentums so eine exklusive Schutzherrschaft über die Kinder des Volkes Israel zu. Seine Spielkameraden muss Nahum mithilfe der blauen Blume selbst befreien.

zeichnet, jedoch entschuldigt ihn sein Motiv, aus Liebe und Einsamkeit zu handeln. Das Dämonische im jüdischen Volksglauben wird damit für Kinder gemäß gebrochen und akkommodiert.

Das 1914 entstandene Buchmärchen mit dem Psalmentitel *Und tausend Jahre sind ihm wie ein Tag...*[1351] greift thematisch auf rabbinische Volkserzählungen der ostjüdisch-mittelalterlichen Tradition und damit auch auf die im 19. Jahrhundert gesammelten jüdischen Volksmärchen zurück. Wunderbares wird hier wie beispielsweise auch in der Prager *Sammlung Sippurim* von Rabbis, insbesondere dem historisch belegten Prager Rabbi Löw, hier Loew, ben Bezalel, dem die Erschaffung des Golems zugeschrieben wird, und Kabbalisten, die Sandzeichnungen zum Leben erwecken und verschlossene Tore öffnen können, gewirkt. Im Mittelpunkt des Märchens steht aber der noch junge Rabbi Jizchak, der zu Rabbi Loew nach Prag kommt und sich von diesem die Beantwortung seiner Frage, wie das »biblische Wort, daß Gott erhaben über Raum und Zeit sei und daß ihm tausend Jahre wie ein kurzer Tag wären«,[1352] zu verstehen sei, erhofft. Das Märchen selbst versucht damit – in rabbinischer Tradition – ein Märchen und zugleich eine Auslegung des Titel-Psalms zu sein. Rabbi Loew wendet seine Zauberkraft an und versetzt Jizchak in eine Wüste, wo er zunächst mit einer Kaufmannskarawane und einer Tuaregbande leben muss, von der er von reichen Juden aus dem Orient freigekauft wird. Die Judenheit des Landes lebt in einem unterirdischen Dorf, wo Jizchak zum Schüler des alten *Chacham* (= rabbinisch Gelehrter) Elischa wird, der ihn nach einiger Zeit wieder auf den Heimweg zu Rabbi Loew schickt. Auf seiner Rückreise auf hoher See lässt sich Jizchak aber während eines Sturms, den er mit seinem Zweifel an der Allmacht Gottes begründet, ins Meer werfen. Er wird jedoch von einem großen Delphin gerettet und von diesem an die Küste Israels gebracht. Dort angekommen wird Jizchak Zeuge kabbalistischer Zauberkunst[1353] und gelangt schließlich nach Jerusalem, wo er sich mit seiner Frage nach Gottes Macht über Raum und Zeit an Rabbi Schelomo Luria wendet. Dieser versetzt ihn wiederum in Hypnose und bringt Jizchak damit erneut nach Prag zu Rabbi Loew. Zurück in seiner Ausgangsposition erschließt sich Jizchak schließlich der Psalm wie ganz von selbst: kaum weg und schon wieder da, konnte er in dieser kurzen Zeitspanne jedoch kraft der göttlichen und rabbinischen Macht sprichwörtlich tausend Jahre wie einen Tag erleben.[1354]

Das Märchen ist insgesamt zwar weniger kinderliterarisch, aber nicht minder volksliterarisch gestaltet. Viele Wunderrabbis der jüdischen Geschichte werden

---

1351 Loewe, Heinrich: Und tausend Jahre sind ihm wie ein Tag. Ein Märchen, Berlin 1914. Der Titel ist ein Zitat aus dem Buch der Psalmen, dem *Sefer Tehillim*, Psalm 90,4.
1352 Ebd., S. 18.
1353 Vgl. ebd., S. 60 ff.
1354 Vgl. ebd., S. 38–68.

einbezogen und auf die Wundertätigkeit und märchenhafte Kraft des jüdischen Glaubens verwiesen. Rabbi Jizchak, der immer wieder als »jung« beschrieben wird, steht dabei für die junge jüdische Generation in der Diaspora, die Zweifel an der göttlichen Wundertätigkeit, Zweifel an der Rückkehr nach Palästina hegt, letztendlich jedoch im und durch das Wunderbare im jüdischen Märchen dazu gebracht werden soll, daran zu glauben und selbst dafür zu kämpfen:

> Es ist jetzt nicht die Zeit dazu, über Gottes Worte Zweifel zu hegen. Wir müssen auf die Erkenntnis des Volkes einwirken und in dieser trüben Zeit die niedergedrückten Gemüter unseres Volkes aufrichten, damit sie nicht an der Ewigkeit ihres eigenen Volkes zweifeln. Unser Wissen ist Stückwerk und unsere Kenntnis ist ganz gering. Aber unser Gemüt soll reich sein und wir sollen alle Kraft daran setzen, das Rechte zu tun, die Hungernden zu speisen, die Gebeugten aufzurichten und unserm Volke die Hoffnung neu zu geben, die es in dieser Not und Bedrängnis nötig hat. Du junger Rabbi Jizchak hast vieles gelernt. Du sollst nie vergessen, daß dein Volk deiner bedarf. So lebe denn für dein Volk.[1355]

Assimilationskritik und empowerment im zionistischen Naturmärchen – Max Nordaus Märchensammlung für seine Tochter Maxa (1910)

Märchen ganz anderer Gestalt schrieb zur selben Zeit der 1849 unter dem Namen Simon Maximilian Südfeld in Pest geborene Publizist, Kulturkritiker, Arzt, Schriftsteller und Mitbegründer der zionistischen Bewegung Max Nordau. Die 1873 vollzogene Namensänderung und -übertragung seines deutsch-jüdischen Namens in einen dem Klang nach nordisch-deutschen (›Süd-Feld‹ → ›Nord-Au‹)[1356] steht stellvertretend für seine zunächst areligiöse, das »Judesein« und sein orthodoxes Elternhaus zugunsten eines überzeugten »Deutschtums« (und aussichtsreicheren schriftstellerischen Erfolgsaussichten) ablehnenden Einstellung. In Paris arbeitete er als Auslandskorrespondent der Berliner *Vossischen Zeitung* und war einer der gefragtesten europäischen Feuilletonisten deutscher Sprache. Neben seiner Tätigkeit als Arzt in Paris erlangte er mit kulturkritischen, den Nerv der Zeit treffenden Werken wie *Die conventionellen Lügen der Kulturmenschheit* und der für die Geschichte avantgardistischer Kunst so folgenschweren *Entartung*[1357] noch vor der Jahrhundertwende Weltruhm[1358] und

---

1355 Ebd., S. 69.
1356 Vgl. hierzu: Ujvári, Hedvig: Doppelte Karriere zwischen Pest und Paris. Der Arzt, Zionist und Kulturkritiker Max Nordau, in: Mit Feder und Skalpell. Grenzgänger zwischen Medizin und Literatur, hg. v. Harald Salfellner, Mitterfels 2014, S. 199–214, hier: S. 202 f.
1357 Vgl. dazu: Pross, Caroline: Zeichen der Zeit. Neue Forschungsbeiträge über den Schriftsteller und Kritiker Max Nordau, 2006, URL: <http://iasl.uni-muenchen.de/rezensio/liste/Pross0801867401_1577.html>, zuletzt geprüft am: 28.02.2017.
1358 Zur Biographie und der Kulturkritik Max Nordaus vgl.: Schulte, Christoph: Nordau, Max,

gilt heute, trotz seiner *Entartungs*-Thesen, als »Wegbereiter der modernen Kulturkritik par excellence«.[1359] Die zunehmend antisemitische europäische Stimmung, seine Freundschaft mit Theodor Herzl und zuletzt auch die Dreyfus-Affäre in seinem Wohnort Paris ließen ihn jedoch an der Schwelle zum 20. Jahrhundert neu zu seiner jüdischen Herkunft finden: Zusammen mit Theodor Herzl wurde er zu einem der Mitbegründer der zionistischen Bewegung und unterstützte dessen »Vision eines modernen, säkularen, industrialisierten und europäisch zivilisierten Judenstaates«.[1360] Entgegen kulturzionistischer Entwürfe Achad Ha'ams oder Martin Bubers ging es Max Nordau aber nicht um eine »Jüdische Renaissance« im Sinne einer wieder- bzw. neuerwachenden jüdischen Kultur und Tradition, um keine »geistige«, sondern eine wirtschaftliche, körperliche – Max Nordau prägte hier den Begriff des »Muskeljudenthums« – und schließlich nationale »Erhebung« des jüdischen Volks.[1361] In seiner Rede auf dem V. Zionistenkongress in Basel 1901 sprach er davon, dass die wichtigste Aufgabe des Zionismus zunächst die wirtschaftliche Stärkung und die Zugänglichmachung einer »eigenen Scholle« für das jüdische Volk sei.[1362] Die »geistige Erhebung« sei dem nachgeordnet. In einer Entgegnung auf Martin Bubers »Jüdische Renaissance« bündelte er diese Auffassung nochmals und schrieb:

> Dieses neue ist etwas Grosses. Der Zionismus wird aber noch grösseres tun. Gelingt es ihm, ein jüdisches Volk au[f] alt jüdischem Boden zu versammeln und national zu organizieren, so werden unseren Talenten aus tiefen Wurzeln wunderbare Saefte zuströmen, die in herrlichen Werken au[f]blühen werden. Eine ›Renaissance‹ wird auch dies nicht sein, denn auch ein nationales Judentum, wird sich nie einkapseln, seinen Zusammenhang mit der allgemeinen Kultur der Zeit nie unt [sic!] in keinem Punkt aufgeben. Aber es wird in den Kristall der Civilisation eine Neue Facette mit neuen Licht- und Farbeneffecten einschleifen.[1363]

Schriftstellerisch beschäftigte er sich spätestens ab Mitte der 1890er Jahre mit dem Schicksal und der Situation der Judenheit in Europa; 1898 veröffentlichte er die Tragödie *Doktor Kohn*, in der ein junger jüdischer Mathematiker den Tod im

---

in: Metzler Lexikon der deutsch-jüdischen Literatur. Jüdische Autorinnen und Autoren deutscher Sprache von der Aufklärung bis zur Gegenwart, hg. v. Andreas B. Kilcher, 2., aktual. und erw. Aufl., Stuttgart 2012, S. 392–394; Zudrell, Petra: Der Kulturkritiker und Schriftsteller Max Nordau. Zwischen Zionismus, Deutschtum und Judentum, Würzburg 2003.

1359 Ujvári [Anm. 1356], S. 199.
1360 Schulte [Anm. 1358], S. 394.
1361 Nordau, Max: Fragen der körperlichen, geistigen und wirtschaftlichen Hebung der Juden, in: Stenographisches Protokoll der Verhandlungen des V. Zionisten-Kongresses in Basel. 26., 27., 28., 29. und 30. December 1901, Wien 1901, S. 99–115, hier: S. 111.
1362 Ebd., S. 109.
1363 Nordau [Anm. 139], S. 4.

Duell wählt, um der komplizierten Lage als Jude in der Gesellschaft zu entgehen. Nordaus Frau Anna und seine Tochter Maxa konstatierten in ihrer 1943 verfassten Biographie für die Zeit des ausgehenden 19. Jahrhunderts: »The fathomless Jewish problem had opened like an abyss before Nordau and was to determine the whole direction it deserved to be painted in a gloomy picture, in a drama in which each of the characters would represent one phase, one side of the shattering debate.«[1364]

Max Nordaus politisches Engagement und seine Schriften über Politik, Kultur, den Zionismus und die Kunst ließen dabei nicht vermuten, dass er auch Märchen, speziell Kindermärchen, geschrieben hat. Mit seinen 1910 in deutscher Sprache erschienenen *Märchen* liegt uns jedoch eine Sammlung vor, die bis heute noch Übersetzungen und Neuausgaben erfährt und zu Beginn des 20. Jahrhunderts vor allem in der deutsch-jüdischen Öffentlichkeit große Beachtung gefunden hatte.[1365] Aus dem Jahr 1905 ist heute die früheste schriftliche Version erhalten, allerdings in englischer Sprache und mit dem Verweis der Übersetzung, es musste also noch eine ältere Version, vermutlich auf französisch, existiert haben.[1366] Die deutschsprachige Erstausgabe *Märchen. Seiner Maxa von ihrem vierten bis zu ihrem siebenten Jahre erzählt* von 1910 mit Illustrationen Hans Neumanns erfuhr ebenfalls mehrere Neuauflagen und Übersetzungen; 1912 und posthum 1923 erschien sie im Jüdischen Verlag in hebräischer Übersetzung,[1367] 1924 nochmals in Deutschland, 1929 in französischer Sprache mit einem Vorwort und farbigen Illustrationen seiner als Malerin in Paris tätigen Tochter Maxa Nordau (1897–1991) und nochmals 1963 mit Schwarz-Weiß-Zeichnungen von Maxa Nordau. Aus Briefen in den Central Zionist Archives in Jerusalem ist darüber hinaus ersichtlich, dass auch polnische, kroatische, niederländische und dänische Übersetzungen der Märchen angedacht waren.[1368] 1938 erschienen Einzelausgaben der Märchen *Die Brille des Zwerges* und *Das Kopfwasser*. Als einzige Sammlung deutsch-jüdischer Märchentexte aus dem ersten Drittel des 20. Jahrhunderts wurden Max Nordaus

---

1364 Nordau, Anna, Nordau, Maxa: Max Nordau. A biography. Translated from the French, New York 1943, S. 381.
1365 Meyer, Herrmann: Max Nordau, in: Soncino-Blätter I, 1925/26, S. 139; F.: Max Nordau: Märchen seiner Maxa erzählt, in: Menorah. Jüdisches Familienblatt für Wissenschaft, Kunst und Literatur, 1925, 2, S. 43; Gut [Anm. 756].
1366 Vgl. Nordau, Max: The dwarf's spectacles and other fairy tales. Told by Max Nordau to His Maxa from the Fourth to Her Seventh Birthday. Translated by M.J. Safford; illustrated by H.A. Hart, F.P. Safford, and R. McGowan, New York 1905.
1367 Nordau, Max: אגדות [Agadot. Märchen], Berlin 1923.
1368 Vgl. Boghandel, V. Pios: Brief an Verlag Otto Hendels, 10. 01. 1911, Central Zionist Archive, Jerusalem A119\78-2, S. 1. Lederer, Agronom Heinrich: Brief an Verlag von Otto Hendel, 10. Jauer 1911, Central Zionist Archive, Jerusalem A119\78-3, S. 1; Hendel, Otto: Brief an Max Nordau, 30. Juni 1911, Central Zionist Archive, Jerusalem A119\78-5, S. 1.

Märchen auch im 21. Jahrhundert neu aufgelegt, 2013 in der Reihe *Desván de Hanta* des spanischen Verlags Biblok[1369] und 2017 in der britischen Reihe *Forgotten Books*.[1370] Ungewiss bleibt, ob Max Nordau die Märchen zunächst auf Deutsch erzählt oder sie nur in deutscher Sprache veröffentlicht hat – schließlich lebten er und seine Familie bereits seit 1880 dauerhaft in Paris. In den französischen Ausgaben von 1929 und 1963 ist leider kein bibliographischer Vermerk zu etwaigen Übersetzungen oder Übersetzern zu finden. Demzufolge müsste Max Nordau die Märchen sowohl in deutscher als auch in französischer Sprache geschaffen haben, was auch mit den Erinnerungen seiner Tochter übereinstimmt, nach denen er die Märchen zunächst mündlich auf Französisch erzählte.

Laut Titelinformationen entstanden die Märchen zwischen Maxas 4. und 7. Lebensjahr, also zwischen 1901 und 1904. Bereits vorher hatte sich Max Nordau allerdings mit Märchen und Märchenstoffen auseinandergesetzt, so beispielsweise in den 1898 erschienenen *Arabischen Märchen* und, wie folgendes im *Israelitischen Familienblatt* veröffentlichtes Gedicht zeigt, auch mit der deutschsprachigen Volks- und Kunstmärchentradition:[1371]

> Schön ist jegliche Geschichte,
> Die dein Märchenbuch erzählt:
> Von dem Wolf, dem Bösewichte,
> Der Rotkäppchen garstig quält.
>
> Von Dornröschen, von Schneewittchen
> Und dem kleinen Wichtelmann,
> Von der Hexe, deren Hüttchen
> Aufgebaut aus Marzipan.
>
> In dem Hänsel-Gretel-Pärchen
> Irrend in Waldeinsamkeit –
> Doch das schönste aller Märchen
> Kind, ist deine Kinderzeit.[1372]

Es kann daher ausgeschlossen werden, dass Nordau erst durch die Ausschreibung im *Wegweiser* oder die Debatten in publizistischen Medien zu seinen Märchen angeregt wurde. Vielleicht verfolgte er die Diskurse, wahrscheinlicher ist aber, dass er seine Märchen zum einen in seiner Rolle als Vater als märchenhafte literarische Spiele für und aus der »Kinderzeit« verfasste. Zum an-

---

1369 Vgl. Nordau, Max, Burgos, Carmen de: Cuentos a Maxa, [Barcelona] 2013.
1370 Vgl. Nordau, Max Simon: The Dwarf's Spectacles and Other Fairy Tales. Told by Max Nordau to His Maxa from the Fourth to Her Seventh Birthday 2017.
1371 Neben den *Kinder- und Hausmärchen* der Brüder Grimm (Schneewittchen, Wolf, Dornröschen, Hänsel und Gretel) zitiert Nordau hier in der »Waldeinsamkeit« auch Tiecks *Blonden Eckbert* an.
1372 Nordau, Max: Das schönste aller Märchen, in: Für die Junge Welt. Beilage zum Israelitischen Familienblatt 7, 1904, 23, S. 14.

deren argumentiert er darin auch von einem humanistischen Standpunkt aus für die Emanzipation des Kindes und der Kindheit sowie das kindliche Nachdenken über die Welt. Darüber hinaus nahm aber sicherlich auch Max Nordaus ungefähr zeitgleiches »Jewish Awakening« Einfluss auf seine Märchenautorschaft. Für die ersten beiden Lesarten spricht zunächst die in den Märchen stilisierte mündliche Erzählsituation und Einbindung der kindlichen Adressatin in den Text: Gleich im ersten Märchen beispielsweise, »Wie der Rosenstrauch zu seinen Dornen kam«, richtet sich die Erzählinstanz an »Maxachen«[1373], ja macht deren Erinnerungen sogar zum Auslöser der Märchenerzählung:

> Erinnerst du dich noch, wie die Nachtigall in den Maiennächten sang, wenn der Mond hell schien und die Rosen dufteten und im Rasen die Glühwürmchen funkelten? Das klang wie eine laute Klage, manchmal fast wie Schluchzen, so daß du ganz wehmütig wurdest und uns fragtest: ›Was hat die kleine Nachtigall nur, daß sie so traurig singt?‹ Ich will es dir jetzt erzählen, da der Abend lang ist und wir Zeit haben. Es war einmal eine Nachtigall […].[1374]

Das gesamte Märchen, und im Weiteren auch die gesamte Märchensammlung, gehen von einem »Märchen-Du« Maxa und deren realer Entsprechung aus. Dabei richtet sich nicht nur der Erzählmodus, sondern auch die Märchenmotivik nach der kindlichen Erfahrungswelt Maxas. ProtagonistInnen sind neben Mädchen in Maxas Alter vor allem der kindlichen Erfahrungs- und Phantasiewelt entsprechende anthropomorphisierte Tiere, Eulen, Mäuse, Fliegen, Hunde und Käfer sowie naturgeisterhafte Elfen und Feen. Lediglich die Märchen »Die Brille des Zwerges«, »Das Kopfwasser« und »Der Herzfaden« entsprechen in Motivik und Erzählweise eher romantischen Volksmärchen.[1375] Im programmatischen Märchen »Der Meister« wird Maxa schließlich ganz zu einer Märchenfigur, der es als »Sonntagskind« – dieses Motiv behandelte bereits Fanny Lewald – gegeben sei, zu »sehen, was für die anderen immer unsichtbar bleibt«.[1376] So sieht sie das Werk eines »Meister«-Malers – hier hat sich Max Nordau vermutlich selbst metaleptisch in sein Werk eingeschrieben –, der die Welt mit seiner Kunst verändern und gestalten und Wesen schaffen kann. Maxa geht bei ihm in die Lehre und lernt, mit ihrer Kunst ebenfalls lebende Geschöpfe zu erschaffen – wie der Meister, so wird auch sie zum demiurgischen Schöp-

---

1373 Nordau, Max: Märchen. Seiner Maxa von ihrem vierten bis zu ihrem siebenten Jahre erzählt. Mit 10 kolorierten und 4 schwarzen Vollbildern sowie vielen Text-Ill. von Hans Neumann, Halle an der Saale 1910, S. 1.
1374 Ebd., S. 1 f.
1375 Die darin zentralen Motive eines magischen Gegenstands, das den Märchenhelden zum Happy End führt, des wundersam nachwachsenden, goldenen Haars und des die Figuren auf wunderbare Weise verbindenden Herz(ens)fadens sind so auch in den *Kinder- und Hausmärchen* der Brüder Grimm oder den Märchen Andersens anzutreffen.
1376 Ebd., S. 127.

fer.[1377] Nordau verwirklicht in der thematischen und stilistischen Gestaltung seiner Märchen insgesamt und dieser zur schaffenden Künstlerin gereiften Maxa-Figur im Speziellen Ellen Keys Forderung eines am Kind ausgerichteten erzieherischen, hier erzählerischen Handelns. Das Kind ist nicht mehr nur Zuhörer und passiver Adressat, sondern im »Jahrhundert des Kindes« auch »emanzipiert«. Es wird in den einzelnen Märchen »empowered«, mit einem durchaus schöpferischen Potential ausgestattet und als Impulsgeber und Urheber wunderbarer Welten und Wesen dargestellt.

Der kinderliterarischen Adressatenorientierung entsprechend werden die Märchen Max Nordaus von zahlreichen überaus unterschiedlichen Illustrationen des Jugendstil-Künstlers Hans Neumann auf visueller Ebene ergänzt und erweitert.[1378] Die Illustrierung folgt jedoch keiner einheitlichen Linie. In abwechselnd ein- und zweidimensional gestalteten, mal farbig, mal schwarz-weiß gehaltenen Zeichnungen, Holzschnitten und teils historisch-neoromantisch, teils jugendstilistisch anmutenden Farbdrucken wird das Märchengeschehen an ausgewählten Stellen mono- und pluriszenisch illustriert.[1379] Auch Größe und Position der Bebilderungen wechseln stark ab, von ganzseitigen Einschubbildern mit größerer narrativer Aussage bis hin zu eher dekorativen kleinen, im Text positionierten Zeichnungen. Die stilistische Gestaltung wechselt zwischen einer stärker kindadressierten, eindimensionalen, »flachen« Darstellung der anthropomorphisierten Tier- und Pflanzenmärchen und einer stärker an den ästhetischen Idealen des Jugendstils ausgerichteten, mehrdimensionalen ab. Unter den Illustrationen ragt vor allen Dingen der Farbholzschnitt zum Märchen »Elfenkind« heraus (Abb. 7), der pluriszenisch mit floralem Seerosen-Rahmen den Tanz der Elfen und den Zauber des Märchenwaldes wiederzugeben und Nordaus Märchen in die naturmagische Märchenmode der Jahrhundertwende einzuordnen vermag.[1380]

Bei einer 1929 in Paris erschienenen Auflage der Märchen stammen die Illustrationen nicht mehr von Hans Neumann, sondern von Max Nordaus Tochter, extradiegetischen Adressatin der Märchen und Künstlerin Maxa Nordau. Diese Illustrierung bietet einen höheren ästhetischen Anspruch, alle Bilder sind in leuchtenden Farben koloriert und im Stil der Neuen Sachlichkeit bis hin zum Magischen Realismus gehalten. Bilder der Eule, des goldenen Haares, der Mäuse und Feen schleichen sich darin zwischen die Buchstaben, lockern den Text auf, ziehen die Aufmerksamkeit auf sich und bieten in ihrer organischen interme-

---

1377 Vgl. ebd., S. 137.
1378 Vgl. zur Problematik des Jugendstil-Begriffs für die Märchenillustration des 20. Jahrhunderts: Freyberger [Anm. 1143], S. 318.
1379 Vgl. zur Gestaltung illustrierter Bücher: Dingelmaier [Anm. 1315].
1380 Nordau [Anm. 1373], S. 85.

Nation Building im Märchen – Jüdische Kindermärchen im Zeichen des Zionismus   333

Abbildung 7: »Elfenkind«, aus: Max Nordau: Märchen. Seiner Maxa von ihrem vierten bis zu ihrem siebenten Jahre erzählt. Mit 10 kolorierten und 4 schwarzen Vollbildern sowie vielen Text-Ill. von Hans Neumann, Halle an der Saale 1910, o. S.

dialen Zwiesprache mit dem Text geradezu »erleuchtende Erhellungen«.[1381] Im Märchen »Das Kopfwasser« beispielsweise übernimmt hier der lange, goldene Haarschopf der Protagonistin die Oberherrschaft über die Buchseite (Abb. 8). Quer verlaufend von links oben nach rechts unten dominiert er das ganze Bild, verdrängt den narrativen Text regelrecht und zeigt dem/r Betrachtenden das im Märchen beschriebene Haarwunder in nur einem Bild auf.[1382]

Im Vorwort zu dieser posthum veröffentlichten französischen Ausgabe von 1929 belegt Maxa Nordau die These, die Märchenimagination und -kreation Max Nordaus sei vordergründig einer kindlichen Lust am Fabulieren und des Erzählens für seine Tochter Maxa entstanden:

1381 Dingelmaier [Anm. 1315].
1382 Contes pour Maxa. Illustrations en couleurs de Maxa Nordau, hg. v. Max Nordau, Paris 1929, S. 100 f.

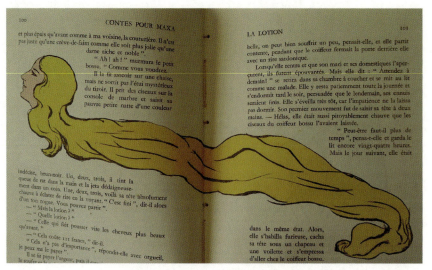

Abbildung 8: »Das Kopfwasser«, aus: Contes pour Maxa. Illustrations en couleurs de Maxa Nordau, hg. v. Max Nordau, Paris 1929, S. 100 f.

Il imagina alors de raconter à sa petite Maxa des histoires, des contes, qui l'amuseraient follement, lui feraient voir sous un jour tout nouveau, tout éclairé de fantaisie, la vie des animaux autour d'elle, les événements quotidiens ou plus exceptionnels. Et au-dessous, comme un bourgeon bien masqué par les feuilles, ils contiendraient, non pas des enseignements moraux, qui ennuient, mais la plus profonde sagesse, une philosophie stoïque, une adoration de la justice avec toutes ses duretés et sa seule vraie récompense: la satisfaction intérieure. Et voilà comment naquirent les *Contes pour Maxa*.[1383]

Diese Sichtweise wurde auch in der jüdischen Öffentlichkeit geteilt. Herrmann Meyer wies so beispielsweise in den *Soncino-Blättern* »auf ein wieder neu aufgelegtes Werk Nordaus«, seine *Märchen,* hin und bemerkte dazu: »Da sind die Tiere mit ihren traurigen und lustigen Erlebnissen, da wird anmutig und frei von allen Fesseln der Tendenz aus reinster Lust am Fabulieren geplaudert und der rechte Ton getroffen, der Kindern zu Herzen geht.«[1384]

In Maxa Nordaus rezeptionsästhetischen Beobachtungen klang aber bereits

---

1383 »Dann stellte er sich vor, seiner kleinen Maxa Geschichten zu erzählen, Geschichten, die sie wahnsinnig amüsieren würden, die ihn in ein ganz neues Licht rücken würden, allesamt mit Fantasie erleuchtet, das Leben der Tiere um sie herum, die täglichen oder außergewöhnlicheren Ereignisse. Und unten, wie eine Knospe, die gut von den Blättern verdeckt ist, würden sie nicht langweilige moralische Lehren enthalten, sondern die tiefste Weisheit, eine stoische Philosophie, eine Anbetung der Gerechtigkeit mit all ihren Härten und ihrem einzig wahren Lohn: der inneren Zufriedenheit. Und so wurden die Geschichten für Maxa geboren.« Nordau, Maxa: Préface, in: Contes pour Maxa, hg. v. Max Nordau, Paris 1929, S. I–III, hier: S. I f.
1384 Meyer [Anm. 1365], S. 139.

an, wie sehr es dem kritischen Beobachter seiner Zeit Max Nordau ebenso um die Vermittlung allgemein humanistischer Werte, die »satisfaction intérieure« und eine moderne humanistische Ethik ging.[1385] Innerhalb seiner *Märchen* eröffnete Max Nordau somit nicht nur einen Dialog zwischen kindlicher/m HörerIn und Märchenerzähler, sondern auch jenen zwischen Erwachsener/m und Philosoph:

> Je les ai relus grande et je les ai compris autrement. Peu à peu, le sens profond à peine deviné par un inconscient, se dégageait; la fable était toujours aussi belle, aussi prenante; mais comme la petite fille discutait l'anecdote avec le fabuliste, la femme discutait avec le philosophe.[1386]

Die Kinder- und Kindheitsmärchen Max Nordaus sind von philosophischen und ontologischen Gedanken des Kulturkritikers Nordau durchwoben.[1387] Die vom ewigen Leben träumende Fliege Summ-Summ gesteht sich im Märchen »Die Fliege vom vorigen Jahr« beispielsweise ein, dass sie doch »alt geworden« sei und »nicht in die neue Welt« passe. Voller Todessehnsucht stürzt sie sich danach in den rauchenden Kamin und »war im nächsten Augenblick ein kleines Häufchen Asche auf den glühenden Kohlen«.[1388] Im Märchen »Der Herzfaden« wird auf anschauliche Weise die enge und komplex-psychologische familiäre Bindung von Mutter und Tochter dargestellt und ganz am Ende resümiert der weise Rabe im Märchen »Vom Leben und vom Tode« im Sinne Epikurs: »Lang leben – kurz leben – das bedeutet nichts. Schön leben. Das ist das Glück«.[1389]

Für Anna und Maxa Nordau waren die Märchen somit nicht nur ein Anhängsel seiner bedeutsameren kulturkritischen Arbeit, sondern ein wichtiger Aspekt seines literarischen Schaffens und »delicate jewels«[1390] innerhalb seines Werks – ein Urteil das auch von der umfassenden Publikations- und Rezepti-

---

1385 Vgl. Völpel, Annegret: Nordau, Max/ Neumann, Hans (Ill.): Märchen, in: Deutsch-jüdische Kinder- und Jugendliteratur von der Haskala bis 1945. Die deutsch- und hebräischsprachigen Schriften des deutschsprachigen Raumes: ein bibliographisches Handbuch, hg. v. Zohar Shavit, Hans-Heino Ewers, Annegret Völpel u. a., Stuttgart 1996, S. 802–803, hier: S. 803.
1386 »Ich las sie noch einmal und verstand sie anders. Nach und nach tauchte die tiefe Bedeutung auf, die von einem unbewussten Menschen kaum erraten wurde; die Fabel war immer noch so schön, so einnehmend; aber als das kleine Mädchen mit dem Dichter über das Märchen sprach, sprach die Frau mit dem Philosophen.« Nordau [Anm. 1383], S. III.
1387 Rassistisch fallen dabei allerdings die Märchen »Vom dankbaren Spatzen«, in dem eine durchweg pejorativ konnotierte »Zigeunerbande« versucht, die kindliche Protagonistin zu entführen, und das Märchen »Der Meister« auf, in dem sich der Maler zwei stumme »Negerfrauen« herbeimalt, die »zur Bedienung« da seien. Nordau [Anm. 1373], S. 27ff. Ebd., S. 131.
1388 Ebd., S. 11.
1389 Ebd., S. 188.
1390 Nordau, Nordau [Anm. 1364], S. 388.

onsgeschichte bestätigt wird.[1391] Annegret Völpel folgert sogar, Max Nordau sei in seinen Märchen nicht nur »eine fortschreitende Modernisierung und Individualisierung des Kunstmärchens« gelungen, sondern auch deren im Kern anzutreffende »Politisierung«.[1392]

Diese zu Beginn des Kapitels als These vorgestellte politische Dimension der Märchen Max Nordaus hängt eng mit dessen »Jewish Awakening« und seinem Engagement für den Zionismus zusammen. Dies darf aber nicht mit einer kulturzionistischen Zielsetzung im Sinne von Bubers jüdischer Erneuerung im Märchen aufgefasst werden, verzichten Nordaus Märchen doch auf jegliche konfessionelle Zuordnung. Sie weisen jedoch in ausgewählten Stücken auf zentrale Argumente des Herzlschen, also politischen, Zionismus hin. Dies geschieht allerdings – im Unterschied zu Heinrich Loewes oder Siegfried Abeles' Märchen – zudem weit weniger offensiv, eher subtil und zweideutig.

Das Märchen »Vom Goldkäfer, der auf Reisen ging« beispielsweise beginnt im unberührt-arkadischen Idyll des brasilianischen Dschungels mit einer artenübergreifenden Liebesbeziehung zwischen einem prächtigen Goldkäfer und einem Atlasfalter. Als der Atlasfalter von einem Europäer entführt wird, bricht der Goldkäfer auf, sie zu retten. Die europäischen Goldkäfer, auf die er dort trifft, erscheinen ihm »klein und hatten nur einige bescheidene Goldpünktchen«, »während dieser südamerikanische Vetter wohl viermal so groß war wie sie und am ganzen Leibe ohne eine Lücke in gleißendem Golde prangte.«[1393] Voller Neid und Missgunst schicken sie und ein gekränktes Pfauenauge eine Mannschaft »Bombardierkäfer« auf ihn, um ihn zu töten. Er entgeht dem Anschlag, wird jedoch von einem Menschen gefangen und ins naturkundliche Museum gebracht. Dort trifft er endlich auf seine ausgestellte Verlobte, die glücklicherweise nur angeklebt und nicht tot ist. Als sie ihren geliebten Goldkäfer hört, befreit sie sich unter Verlust eines Beins und kann mit ihm zusammen fliehen. Am Ende kehren beide glücklich vereint zurück nach Brasilien.

Das Leben der Goldkäfer in Europa wird also als degeneriert einer- und bedrohlich andererseits, vor allem aber als unsolidarisch beschrieben. Noch dazu scheint eine artenübergreifende Liebesbeziehung und eine optimale körperliche Entwicklung in Europa nicht möglich zu sein – Nordaus zionistische Rede auf dem Basler Zionistenkongress schwingt hier hörbar im Hintergrund mit. Noch stärker klingen Nordaus politische Ansichten, seine Kritik an der Assimilationspolitik des liberalen Judentums und die Überhöhung nationaler Einheit und Identität im Märchen »Der zahme Löwe« an: Der als Welpe gefan-

---

1391 Zeitgenössische Rezensionen und Empfehlungen finden sich u. a. bei: F. [Anm. 1365]; Gut [Anm. 756]; Meyer [Anm. 1365].
1392 Völpel [Anm. 1385], S. 803.
1393 Nordau [Anm. 1373], S. 59.

gene Löwe Samson fühlt sich darin in Vergessenheit seiner eigentlichen Herkunft ganz wie ein Mitglied der Menschenfamilie »und hing an den Personen, die er für seine Angehörigen hielt, mit der ganzen Wärme seines Löwenherzens.«[1394] Alle Warnungen der Hauskatze, er solle »den Menschen gegenüber« mehr auf seine »Würde eines Königsohns bedacht sein« überhört er: »›Geben Sie Ihr Herz nicht an sie hin. Sie werden Ihre Liebe doch mit Undank belohnen‹ […] ›Ich gehöre zu ihnen und sie gehören zu mir, wir sind ein Fleisch und Blut, ich habe meinen anerkannten Platz in ihrer Familie und nichts kann uns trennen‹.«[1395] Selbst als sich Samsons Situation bei den Menschen verschlechtert, er ohne Grund aus den Schlafgemächern verwiesen, von den Kindern verschmäht und gefürchtet, an Ketten gelegt und sogar von den Tieren gedemütigt wird, versucht er noch, das Verhalten der anderen zu entschuldigen: »Samson wollte es nicht bemerken. Er machte sich selbst weis, daß all das ohne Absicht geschah.«[1396] Seine Mutter aber hatte ihren »verlorene[n] Sohn«[1397] nicht vergessen und schickt Samsons Bruder, ihn zu befreien. Bei diesem Treffen kumuliert Samsons Identitätsproblematik jedoch vollends in der Negation der eigenen Herkunft und Art: »Ich bin kein Löwe, sondern ein Schloßeingesessener, meine Brüder sind die Söhne der Schloßherrschaft und andere Brüder habe ich nicht«.[1398] Auch seine Mutter, die auf »die Stimme seines Blutes« hofft, kann ihn nicht umstimmen. Aus Verwirrung und wahnhafter Aufrechterhaltung einer »widernatürlichen« Identität verrät Samson seine Familie zuletzt und geht auf die Jagd nach ihnen. Er selbst wird dort jedoch zum Gejagten und von den Jägern seines »Herrn« getötet. Dramatischerweise eilt ihm seine Mutter noch zur Hilfe, sie erliegt jedoch ebenfalls den Bluthunden der Menschen.

An Samsons tragischem Schicksal und diesem so gar nicht mehr märchenhaften Ende zeigt Nordau seiner Tochter und anderen, vornehmlich erwachsenen (Vor-)LeserInnen, wie groß seiner Ansicht nach die Gefahren der Akkulturationspolitik und wie verkehrt die Negation der eigenen Herkunft ist.[1399] Mit keinem Wort wird dabei auf das Judentum oder eine andere Religion oder Nation verwiesen; Nordaus doppeladressierte Nachricht ist jedoch dennoch nicht zu überlesen. Diesem ähnelt darin auch das Märchen »Von den Katzen, die nicht mausen wollten«. Der aus dem Wunsch nach Brüderlichkeit zwischen allen Tieren entsprungene Verzicht einer jungen Katzenbande auf das Fressen von

---

1394 Ebd., S. 167.
1395 Ebd., S. 168.
1396 Ebd., S. 169.
1397 Ebd., S. 170.
1398 Ebd., S. 171.
1399 Ähnlich muss auch im Märchen »Gleich und gleich« die kindliche Protagonistin lernen, dass man, so sehr man sich auch bemüht, »nur mit seinesgleichen« glücklich werden kann. Vgl. ebd., S. 17.

Mäusen führt darin zu einem sehr kurzweiligen Bündnis zwischen Mäusen und Katzen. Die Proklamation der Katzen, »ohne feindliche Absicht zu kommen«, »keine Mäusejäger« mehr zu sein, »all das Böse, das die Unsrigen euch zugefügt haben« zu bereuen und sogar »das tausendjährige Unrecht«[1400] sühnen zu wollen, wird kurzerhand als idealistischer Unsinn verworfen und sich wieder auf das Mäusejagen verlegt. Die Hoffnung der Mäuse, in Frieden mit den Katzen leben zu können, erweist sich als todbringender Trugschluss. Der Kulturkritiker Nordau bringt darin erneut seine Zweifel an der Integration und Emanzipation eines Volks innerhalb eines anderen zum Ausdruck und kreidet diejenigen an, die auch angesichts größter Bedrohung noch voller Zuversicht auf »Brüderlichkeit« und einem friedvollen Miteinander beharren.

Weniger politisch, aber nicht minder zionistisch gestaltet sich das Märchen »Von dem kleinen Mädchen, das im großen Schiff reiste«. Anders als die beiden soeben beschriebenen Märchen ist dieses allerdings weniger doppeladressiert, die zionistischen Elemente sind dezidiert kinderliterarisch gestaltet. Das Märchen handelt von einem Mädchen, Rieke, dessen Eltern »es daheim in Mecklenburg nicht gut gegangen war« und deshalb zusammen mit ihrer Tochter nach Argentinien auswandern.[1401] Riekes Vater hofft als Landwirt in der neuen Heimat sein eigenes Land bestellen zu können – und verkörpert damit ein weiteres Ziel in Nordaus Zionismus. Da Rieke ein erfreuliches, angenehmes Wesen hat, ist sie bald schon ein willkommener Gast unter der gesamten Schiffsgemeinde. Der Matrose, das ganze anthropomorphisierte Schiff bis hinein zu den wunderbaren Lebewesen des Meeres haben Freude mit und an ihr. Auch die Fahrgäste erster Klasse genießen ihre unverbildete Gesellschaft, was ihrem Vater nicht zuletzt eine Anstellung in Argentinien und der ganzen Familie eine Fahrkarte in der ersten Klasse einbringt. Dort hilft Rieke noch dazu dem Direktor eines Völkerkundemuseums Artefakte zu identifizieren, die »um tausend Jahre älter als das Christentum«[1402] sind und bringt auch in die gesamte restliche Schiffsgesellschaft Frieden und eine willkommene kindliche Abwechslung. Rieke ist zusammen besehen ein »Heilsbringer« für die gesamte Gemeinschaft und sorgt mit ihrer Reise für ein glückliches Schicksal vieler Erwachsener. Wie in anderen kinderliterarischen zionistischen Werken kommt hier also dem Kind eine hohe Verantwortung, Bedeutung und auch Macht zu. Kinder bringen – so der Kern des Märchens – Menschen zu einer Gemeinschaft zusammen und sorgen für die eigene Zukunft und die der Erwachsenen. Kindlichen Leserinnen und Lesern wird aufgezeigt, wie gewinnbringend eine Reise in die neue Welt sein kann und welche Chancen und Hoffnungen auf ihnen liegen. In Analogie zu den Werken

---

1400 Ebd., S. 76.
1401 Ebd., S. 106.
1402 Ebd., S. 111.

Cheskel Zwi Klötzels spielt das Märchen dabei mit den Elementen der modernen Großstadtliteratur und einer technisierten Welt der großen, hier jedoch anthropomorphisierten Maschinen, im Kern jedoch zeigt es die Macht eines Kindes für die Gemeinschaft auf, speziell für eine Gemeinschaft auf dem Weg in eine neue Welt und Zukunft. Das Ende bildet bezeichnenderweise eine rhetorische, an die kindliche Leser- und Zuhörerschaft gerichtete Frage: »War das nicht eine denkwürdige Reise?«[1403], die bereits auf den Vorbildcharakter von Riekes Reise, ihren *Chaluz*-Charakter, hindeutet.

Zusammengenommen stellt Nordaus Märchensammlung damit ein zwar säkulares, jedoch stark national-partikularistisches und zionistisches Kinder- und Jugendbuch dar, in dessen Kern auf die Missstände der Assimilationspolitik und die Situation eines Volks ohne Heimat hingewiesen wird, insbesondere aber ebenso ein *empowerment* des Kindes und der Kindheit stattfindet, das dieses zur zionistischen Zukunftshoffnung und eigenverantwortlichen Schöpferfigur heranwachsen lässt.

Ein Märchenbuch als »Schlüssel(erlebnis)« zum Zionismus – Irma Singers *Das verschlossene Buch* (1918)

> Bestimmt habe ich später bedeutendere und wohl auch schönere jüdische Bücher gelesen, aber keines hat einen so tiefen und nachhaltigen Eindruck hinterlassen wie dieses erste jüdische Buch, das in meine Kindertage eine Ahnung von der großen leidvollen Vergangenheit und den brennenden Träumen meines Volkes brachte.[1404]

Der Autor dieser Sätze, der deutsch-jüdische Religionswissenschaftler und Publizist Schalom Ben-Chorin, spricht hier über seine Lektüre der Märchensammlung *Das verschlossene Buch* von Irma Singer. Die Märchenwelt dieses Buches, so Ben-Chorin weiter, habe in ihm erst »die Liebe zum jüdischen Schrifttum« angeregt, »welche für mein späteres Leben von entscheidender Bedeutung wurde.«[1405] Dies ist ein äußerst rares Dokument zeitgenössischer kindlicher Rezeption jüdischer Märchen, das als Exempel dafür stehen kann, wie groß doch die Bedeutung und Wirkkraft der hier besprochenen Texte unter jüdischen Kindern gewesen sein musste.

Die Verfasserin der Märchen, Irma Singer, später auch Miriam Singer oder Irma Mirjam Berkowitz, war eine deutsch-tschechisch-jüdische Autorin, die als eine der wenigen hier vorgestellten Autorinnen von der kulturwissenschaftli-

---

1403 Ebd., S. 116.
1404 Schalom Ben-Chorin: Das verschlossene Buch, zit. nach: Neubauer [Anm. 7], S. 224.
1405 Ebd. Vgl. auch Ben-Chorins Beschreibung seiner Begegnung mit Irma Singers *Verschlossenem Buch* in: Ben-Chorin, Schalom: Jugend an der Isar, München 1993, S. 28.

chen Forschung bereits »entdeckt« und, u. a., in einer 2016 veröffentlichten Dissertationsschrift eingehender untersucht wurde.[1406] Irma Singer hatte relativ großen Erfolg als Schriftstellerin von Märchen und Kindererzählungen in Europa und später auch Israel.[1407] Sie wurde nach eigenen Angaben am 1. 3. 1898 »in einem böhmischen Dorfe«[1408] geboren. Sechsjährig zog sie mit ihrer Mutter und ihren drei Brüdern nach Prag, wo sie Eingang in das deutsche Sprach- und Kulturleben fand. Das Deutsche wurde zwar ihre Schriftsprache, jedoch haderte sie – zumindest aus der Retrospektive – mit der Verwurzelung in einem Sprachsystem, das nicht ihre Muttersprache war.[1409] Irma Singer verstand sich zunächst als nicht religiös und wollte in ihrer Jugend sogar mit dem Judentum brechen, da sie innerhalb ihrer Familie keine positiven Identifikationsfiguren für sich finden konnte.[1410] Eine »schicksalshafte« Begegnung mit ostjüdischen Flüchtlingskindern in Prag bewirkte erst ihre religiöse Reorientierung und zugleich auch das Erwachen ihrer Märchenautorschaft: »Eine innere Quelle öffnete sich und aus dieser begannen nun selbstgedichtete Märchen zu sprudeln, die sie – damals siebzehnjährig – diesen Kindern, die nur von Philanthropie lebten, mit viel Liebe erzählte.«[1411]

In Prag fand Irma Singer Zugang zum Kreis um Franz Kafka, Felix Weltsch und Max Brod,[1412] zum Prager Kulturzionismus[1413] und auch zur zionistischen

---

1406 Vgl. Neubauer [Anm. 7]. Rahel Rosa Neubauer stellt in ihrer Dissertationsschrift eine umfangreich rekonstruierte Biografie Irma Singers und deren Verortung im Prager Kulturzionismus vor. Zu Irma Singer forschte außerdem Schreiber, Birgit: Singer, Irma, in: Killy Literaturlexikon. Autoren und Werke des deutschsprachigen Kulturraumes, hg. v. Wilhelm Kühlmann, Walther Killy, Achim Aurnhammer, 2., vollständig überarb. Aufl., Berlin 2011, S. 28–29.
1407 Davon zeugen nicht nur mehrere Auflagen ihrer Kinderbücher, sondern auch zahlreiche positive Rezensionen in zeitgenössischen Publikationen, vgl. bspw.: Meyer, B.: Literarisches. Irma Singer, in: Jüdische Schulzeitung 1, 1925, 2, S. 8; Gut [Anm. 756]; Klötzel, Cheskel Zwi: Empfehlenswerte Bücher, in: Bar Kochba, 1919, 10, S. 157.
1408 Singer, Irma: Ein Lebenslauf, [ca. 1951], Irma Singer Archiv National Library Jerusalem ARC. 4* 1668 01 2a, S. 1–6, hier: S. 1.
1409 Singer, Miriam [=Irma]: Daten meines Lebens, 17. 11. 1946, Irma Singer Archiv National Library Jerusalem ARC. 4* 1668 01, S. 1.
1410 Singer [Anm. 1408], S. 2.
1411 Ebd.
1412 In den archivalisch überlieferten Begegnungen mit Kafkah erzählt Irma Singer von den ersten – noch vor Bekanntwerden Kafkas – Begegnungen mit Max Brod, den mit Kafka gemeinsamen Hebräischprivatunterricht bei Jiri Langer (zus. mit Felix Weltsch), einem gemeinsamen Spaziergang mit dem Ende »Kafka auf der Kohlenkiste« vor Irma Singers Wohnung sowie ihrem letzten Aufeinandertreffen. Kafka sei damals – so Singer – bereits vom »Todesengel« gezeichnet gewesen und habe ihr eine Ausgabe seines »Landarztes«, mit der Bemerkung, sie sei zu gesund um es zu verstehen, überreicht. Kafka starb zwei Jahre danach. Singer, Irma: Begegnungen mit Kafkah, ohne Datum, Irma Singer Archiv National Library Jerusalem ARC. 4* 1668 01 68, S. 1–2.
1413 Vgl. Kilcher [Anm. 197], S. 111 f. Neubauer [Anm. 7], S. 53 ff.

Jugendbewegung; 1916 trat sie in den jüdischen Jugendbund »Blau-Weiss« ein, der, so Singer, »zwei Ziele verfolgte: Zurück zum Judentum und zurück zur Natur«.[1414] In einer kurzen autobiographischen Erzählung, die sich im Archiv der National Library in Jerusalem befindet, beschreibt sie dieses »zionistische] Erweckungserlebnis« sehr eindringlich:

> Eines Tages hisste irgendwer eine blau-weisse Flagge. Da fiel die Fackel in mein Leben. Die Fackel, die die grosse Flamme entzündete. Mit einemmale wusste ich, dass ich nicht nur Baum sein will, um mich zu strecken und zu wachsen – mit einemmale wusste ich, dass ein Baum auch verwurzelt sein muss. – Jemand wies mir den Weg zur alten Erde.. Es war kein leichter Weg.[1415]

Vom »Bewussten Judentum zum Zionismus und seiner Verwirklichung«[1416] dauerte es nicht mehr lange, Irma Singer wanderte am 3. Mai 1920 zusammen mit der ihr befreundeten Familie des Philosophen und Prager Kulturzionisten Hugo Bergmann nach Palästina aus, wo sie als eine der ersten Siedlerinnen aus Mitteleuropa überhaupt in der *Kwuzah*, in einem damals kleinen Kibbuz namens Degania, lebte und arbeitete und weitere Märchen, zionistisch gefärbte Kinderbücher und Erzählungen schrieb. Die bekanntesten darunter sind wohl die Gedichtsammlung *Licht im Lager. Gedichte aus dem Lande Israel* und das Kinderbuch *Benni fliegt ins gelobte Land*, in dem ein Junge mithilfe eines selbstgebauten Flugzeugs alleine von Berlin nach Israel fliegt. Doch auch *Kelle und Schwert, aus den Heldentagen von Dagania* ist bemerkenswert, da darin für ein friedliches Miteinander von jüdischer und arabischer Bevölkerung in Israel plädiert wird.[1417] Anfangs konnten ihre Erzählungen nur in Europa verlegt werden, der Zugang zur »Sprache der Väter«, Hebräisch, fiel ihr lange Zeit schwer.[1418] Sie wurde so »zu der ersten Erzählerin [...], die dem jüdischen Publikum des Westens von den Freuden und den Entbehrungen der damaligen Zeiten berichtete«[1419] und damit zu einer der ersten und wichtigsten zionistischen Stimmen in Europa. Später kamen ihre Schriften in Übersetzung auch in Israel zu einiger Bekanntheit. In ihrer kurzen Lebensbeschreibung schreibt sie dazu: »Von diesem gewagten Tage an druckte man sie – trotz Uebersetzung überall, wohin sie ihre literarischen Arbeiten sandte.«[1420]

1414 Singer [Anm. 1408], S. 2.
1415 Singer [Anm. 1294], S. 7.
1416 Singer [Anm. 1408], S. 2.
1417 Vgl. Singer, Irma: Kelle und Schwert. Zeichnungen von Otte Wallisch, Jerusalem, Tel Aviv 1935, S. 32.
1418 Pazi, Margarita: Zur deutschsprachigen Literatur Israels, in: Deutsch-jüdische Exil- und Emigrationsliteratur im 20. Jahrhundert, hg. v. Itta Shedletzky, Hans Otto Horch, Tübingen 1993, S. 81–94, hier: S. 86.
1419 Singer [Anm. 1408], S. 5.
1420 Ebd.

In Degania war Irma Singer bis zu ihrem Tod 1989 unter anderem als Kindergärtnerin, Schneiderin, in der Landwirtschaft und als Schriftstellerin tätig, sie heiratete einen der Gründer Deganias, den *Chaluz* Jakob Berkowitz, und hatte zwei Söhne. Doch zeugen ihre Lebensbeschreibungen aus Degania trotz aller Erfüllung von dem »emotionelle[n] Problem«, »das diese Autoren auch in den folgenden Jahrzehnten belasten und beschweren sollte: ein neues reiches Leben, das von Erinnerungen und Sorge um die Zurückgebliebenen überschattet« war.[1421] Sie war die einzige einer weitverzweigten Familie, die als Zionistin nach Israel ausgewandert war, der Rest ihrer Familie fiel den Nationalsozialisten zum Opfer.

> Den Todestag meiner Mutter, der mir bekannt ist, machte ich zum Tage des Erinnerns an das ganze Haus, das verloren ging. Ausser diesem einen Todestage weiss ich kein Datum – nur das weiss ich – dass niemand übriggeblieben ist .. kein einziger.. An diesem Tage pflege ich in den Briefen meiner Brüder und Verwandten zu lesen, , suche nach dem unerklärlichen w a r u m und bleibe ohne Antwort..[1422]

Die von Schalom Ben-Chorin so eindrücklich erinnerte Märchensammlung konnte 1918, auf Betreiben und mit der Unterstützung Max Brods hin,[1423] kurz vor Irma Singers Ausreise nach Palästina im Verlag R. Löwit[1424] veröffentlicht werden. Ursprünglich erzählte sie diese Märchen für galizische Flüchtlingskinder, denen die westeuropäischen Volksmärchen völlig fremd waren,[1425] nach ihrer Publikation wurden sie jedoch in der gesamten deutschsprachig-jüdischen Öffentlichkeit und darüber hinaus breit rezipiert: *Das verschlossene Buch* erfuhr noch zwei weitere Auflagen, 1920 mit Illustrationen von Jakob Löw und 1925 mit Illustrationen von Rosel Gibson, sowie Übersetzungen ins Polnische und Französische.[1426]

Das erste Märchen, das als Rahmenerzählung die diegetische Märchenwelt Irma Singers eröffnet und alle folgenden Märchen in sich metadiegetisch vereinigt, handelt von der Suche nach einem »Schlüssel«, der das verschlossene

---

1421 Pazi [Anm. 1418], S. 86.
1422 Singer, Irma: Den Todestag meiner Mutter, Irma Singer Archiv National Library Jerusalem ARC. 4* 1668 01, S. 1.
1423 Vgl. Neubauer [Anm. 7], S. 25 ff. Rahel Rosa Neubauer hebt die besondere Bedeutung Max Brods und dessen zusammen mit Martin Buber und Salman Schocken betriebenes Engagement für neue jüdische Jugendbücher im Detail hervor.
1424 Dessen Geschäftsführer Mayer Präger verlegte später auch Irma Singers bekanntestes Werk *Benni fliegt ins gelobte Land*. In einem Brief an Irma Singer berichtet er in dieser Zeit allerdings bereits vom schwierigen Buchmarkt in Deutschland. Mayer Präger wurde 1939 ins KZ Buchenwald deportiert und dort ermordet.
1425 Vgl. Pazi [Anm. 1418], S. 86.
1426 Einige Märchen der Sammlung wurden auch einzeln neu publiziert, so bspw. »Adam und Eva« im *Israelitischen Familienblatt* unter der Rubrik »Für die Junge Welt«: Singer, Irma: Adam und Eva, in: Blätter für Erziehung und Unterricht. Beilage zum Israelitischen Familienblatt 21, 1919, 28, S. 10.

(Märchen)Buch des »Kindchens«, einer wunderbaren Helferfigur, öffnen kann. Das autodiegetisch erzählende Ich befindet sich zu Beginn auf einer Frühlingswiese, als es das »Kindchen« entdeckt und von diesem auf die zum Leben erwachende Natur hingewiesen wird. Steine, Blumen und sogar der Zaun verwandeln sich in magische, zum Teil anthropomorphisierte Wesen. Einige Objekte werden dabei durch die Erzählungen des Kindchens aus ihrer scheinbar belanglosen Existenz als Steine oder Blumen zu wunderbaren Dingen, zu Tränen einer Rose, zum Auge eines magischen Fisches. In dieses idyllisch-kindhafte Märchen-Arkadien tritt mit dem Auftauchen des »schwarzen Buches« eine Mangelsituation ins »Reich« des Kindchens:

> [...] zuletzt brachte es ein schwarzes Buch, das hatte ein goldenes Schloß. Und es reichte mir das verschlossene Buch und sagte traurig: ›hier ist ein Buch, das mir Vater und Mutter gaben, doch es ist verschlossen mit einem goldenen Schlosse. Ich aber möchte so gerne wissen, was darin steht. Wenn du mich lieb hast‹, sagte das Kindchen und seine Augen flehten so warm zu mir, ›dann bringe mir aus der weiten Welt den Schlüssel zu diesem Buche‹.[1427]

Im folgenden Handlungsverlauf sucht das erzählende Ich nun nach dem Schlüssel, bei Riesen, Zwergen und Zauberern, bekommt bei den »Sorglosen« den entscheidenden Hinweis auf ein Volk, das »seiner vielen Bücher wegen«[1428] berühmt sei, es geht über »sieben Berge und durch sieben Städte« und gelangt schließlich zum Buch-Volk, nach Jerusalem:

> Da ging ich aus dem schönen Lande der Sorglosen und ich ging über sieben Berge und durch sieben Städte und kam an eine wunderschöne Stadt, die an einem silbernen Flusse lag. Als ich mich umsah in dieser Stadt und in diesem Lande, da konnte ich meinen Augen nicht glauben. Denn denkt Euch nur, ich war in unserem alten Judenlande und die Stadt, das war Jerusalem![1429]

Dort wird ihm auf dem Tempelberg Salomos der Schlüssel offenbart. Die Erzählinstanz kehrt zum Kindchen zurück und gemeinsam können sie das Buch öffnen und dessen hebräische Märchen lesen.[1430] Das Symbol des Schlüssels steht

---

1427 Singer, Irma: Das verschlossene Buch. Jüdische Märchen. Mit Nachwort von Max Brod und vier Textbildern von Agathe Löwe, Wien, Berlin 1918, S. 9.
1428 Ebd., S. 10.
1429 Ebd.
1430 Eine in der dritten Auflage der Märchensammlung abgebildete Illustration stellt den Zusammenhang nochmals zusammengefasst dar: Im Vordergrund ist ein schwarzes, nicht näher beschriebenes, aber mit einem großen Vorhängeschloss verschlossenes Buch zu sehen. Im Hintergrund erscheint in sakral-religiöser Aura vor einer Wolke und darum herum ausstrebenden Sonnenstrahlen ein Schlüssel mit einem Davidstern als Kopf. Das Märchen wie die Illustration unterstreichen also nochmal den jüdischen Charakter sowohl des Schlüssels, also des Zugangs und der Befähigung zum Lesen und Verstehen der Märchen, als auch des Buches und weisen damit auch die Adressatengruppe als eine eindeutig jüdische aus.

damit für den Zionismus. Erst die Rückkehr in das Land der Juden, *Eretz Israel*, und nach Jerusalem mit dem Tempelberg macht auch die Rückkehr zur jüdischen Märchenwelt, zur jüdischen Geschichte und sagenhaft-wunderbaren Vergangenheit, möglich.

Wie später die Märchensammlung Ilse Herlingers, wird Irma Singers Sammlung mit diesem Eingang von einem programmatischen Märchen eröffnet. Im Erzählmodell des »Buchs im Buch«, im »verschlossenen Buch« des titelgebenden Märchens, wird die jüdische Märchenwelt in dessen metadiegetischer Erzählebene offenbart. Das Motiv des Buchs im Buch eröffnet dabei eine metafiktionale Dimension, in der sich das eigene Medium Buch und die extradiegetische Erzähl- und Lesesituation in einer Narration spiegeln und die so zu einer Illusionssteigerung des zionistischen Inhalts und einem selbstreflexiven Leseerlebnis beiträgt. Den AdressatInnen des Märchenbuchs von Irma Singer, also sowohl den unbekannten zukünftigen LeserInnen als auch den ostjüdischen Flüchtlingskindern in einem Prager Waisenhaus, sollte im Eröffnungsmärchen bewusst werden, dass es sich beim »verschlossenen Buch« des Kindchens um *ihr* non-fiktionales Märchenbuch handelt; also auch sie im Lesen und Hören der Märchen den Zugang zu einem längst vergessenen Märchenland, *Eretz Israel*, und dessen jüdischer Geschichte finden. Die auf das Buch-im-Buch-Märchen folgenden Märchen erscheinen dann als die zu Beginn lange nicht zugänglichen Märchen, zu denen der »Schlüssel« erst im Lande Israel gefunden werden muss(te). Das metafiktionalen Spiel des Märchens ermöglicht somit insgesamt eine eindeutig zionistische Lesart der gesamten Sammlung: Den kindlichen AdressatInnen wird Israel als Märchenland ausgemalt, als »Schlüssel« zum vollen Verständnis der »jüdischen Märchenwelt«. Die hebräischen Buchstaben des verschlossenen Buches, in denen Irma Singer selbst zeitlebens nie geschrieben hat, sind so auch nur übertragen zu sehen, als Ausdruck eines vermeintlich altjüdischen, ursprünglich religiösen Charakters der Märchen.

Die darauf folgenden 18 Märchen der Sammlung lassen sich in Fortführung dessen als größtenteils volksliterarische Kindermärchen, als Märchen für ein jüdisches Volk, verstehen, die ein Gegengewicht zur in der Diaspora dominanten deutsch-christlichen Märchentradition der »Gattung Grimm« bilden wollten:

> Sind doch diese Geschichten Fleisch von unserem Fleisch und Bein von unserem Bein. Warum sollen wir nach den deutschen Grimms Märchen greifen – ich sage nicht dass wir sie ganz verwerfen müssen wenn unsere Volksart einen ihr eigenen Sagenkreis um die Dinge wob, die die Welt unseres Landes ausfüllen. Wie könnte auf fremden Fluren ein Märchen entstehen, dessen Fluch: Dornen und Disteln in sich birgt! Nur unseres Landes brache Sommerfelder gaben zum Entstehen eines solchen Märchens ihren Stoff.[1431]

1431 Singer, Mirjam [=Irma]: Warum erzähle ich den Kindern Bibelgeschichten. 21. Mai 1946, Irma Singer Archiv National Library Jerusalem ARC. 4* 1668 01 180, S. 1–7, hier: S. 1–2.

Gleich die beiden Genesis-Märchen zu Beginn, »Von der Erschaffung des Menschen« und »Von Adam und Eva«, sind ausgeschmückte kindgemäße Nach- und Neuerzählungen der biblischen Schöpfungsgeschichte, jenes uralten Versuchs der Menschheit, »unserer Existenz einen Sinn zu verleihen«.[1432] Auch das Märchen »Wohin der Tod die Königin Esther entführte« hat eine eindeutig biblische Stoffgeschichte, beruft sich in einer durchweg adressatenorientierten Sprache und einer konzeptionellen Mündlichkeit aber darüber hinaus auch auf eine religionspädagogische Tendenz des Märchens:

> Von der Königin Esther haben wir schon Vieles gehört. Wir haben sie auch alle recht gerne, die gute, schöne Königin, die für ihr Volk gelebt hat. Aber wieso kommt es, daß wir eine Königin, die vor so langer, langer Zeit gestorben ist, so lieb haben können? Nun, das kommt daher, daß die Königin Esther lebt. Ja, sie lebt wirklich.[1433]

Singers Umgang mit den biblischen Stoffen ist sehr frei, es werden von ihr nur einzelne, gerade für Kinder zentrale Figuren oder Geschehnisse ausgewählt und um diese kindgemäßen Geschichten gesponnen. Max Brod beschrieb in seinem Nachwort zu Irma Singers Märchen diese einerseits in Anlehnung an Jacob Grimm als »etwas Gewachsenes, Naturhaft-Gewordenes, gleichsam Unwillkürliches«,[1434] andererseits habe Irma Singer in der mündlichen Märchenerzählung für ostjüdische Flüchtlingskinder immer weiter »fortspinnen« und schließlich entdecken müssen, »daß ihr das freie Erzählen ihrer eigenen Schöpfungen, die sich nur leicht an Bibel und sonstige jüdische Tradition anlehnen [...] mehr Freude macht und leichter von der Hand geht als das Erzählen fremder, bereits völlig umgrenzter Gebilde.«[1435] Wie bei vielen anderen hier besprochenen jüdischen Kindermärchen handelt es sich also um Kunst- und Kindermärchen, die jüdisch-volksliterarische Stoffe aufgreifen und kindgemäß um- und neuerzählen. So wird Adam beispielsweise nicht nur in einem kurzen Absatz aus Lehm geformt, sondern erhält seinen Charakter und Augenfarbe durch drei in ihn wandernde und wohnende Gestalten namens Herz, Seele und Verstand.[1436] Und Königin Esther, die eng mit dem Kinderfest Purim verbunden ist, lebt immer noch, da sie, für Menschen unsichtbar geworden, so lange die Tränen des jüdischen Volkes als Perlenkette auffädelt, bis diese versiegen und die Juden in ihr Land zurückkehren werden. Biblische Stoffe und zionistische Positionierungen

---

1432 Greenblatt, Stephen: Die Geschichte von Adam und Eva. Der mächtigste Mythos der Menschheit. Aus dem Englischen von Klaus Binder, München 2018, S. 12.
1433 Singer [Anm. 1427], S. 18.
1434 Brod, Max: Wie diese Märchen entstanden sind. Ein Nachwort von Max Brod, in: Irma Singer: Das verschlossene Buch. Jüdische Märchen, Wien, Berlin 1918, S. 93–95, hier: S. 93.
1435 Ebd., S. 94.
1436 Vgl. Singer [Anm. 1427], S. 13–14.

gehen dabei Hand in Hand und eröffnen, im Gegensatz zu den Märchen der *admonitio judaica*, hier eine neue religiös-zionistische Lesart:

> Aber es wird nicht mehr lange dauern, dann wird sie die letzte Tränenperle auffädeln und wird eine prachtvolle Perlenkette haben. Zu der wird sie eine goldene Spange fügen, auf der das Wort ›Freiheit‹ stehen wird. Und an diesem Tage werden die Juden einziehen in ihr Land, in das schöne Land, in dem die Väter der Königin Esther gelebt haben [...] Und in das Land der Juden wird Freude und Singen, Lachen und Luft einziehen, die Tränen werden zu fließen aufhören.[1437]

Neben solcherart biblischen Märchen stehen in Irma Singers Märchensammlung aber auch Natur- und Feiertagsmärchen, Märchen aus dem jüdischen Prager Sagenstoff und jüdische Heldenmärchen,[1438] von denen die meisten ebenfalls die Hoffnung auf Heimkehr der Juden nach Israel ausdrücken. Das Chanuka-Märchen »Von den vielen Lichtelein« beispielsweise erzählt, wie die Judenheit »zum erstenmal nach vielen tausend Jahren in ihrem Lande das Chanukafest, das ist ein Fest der Befreiung«, feiert,[1439] und das den Prager Sippurim-Stoff aufgreifende Golem-Märchen endet in *Eretz Israel:* »Wisset Ihr, Brüder, wo wir sind? Wir sind ja in dem Lande, wo Milch und Honig fließt, wir sind in dem Lande unserer Väter und die Burg dort, das ist Zion«.[1440] Das jüdische Volks- und Kindermärchen erfährt bei Irma Singer somit eine eindeutig zionistische Ausrichtung, ja wird beinah zum zionistischen Programm, wenn beispielsweise in »Von der Zionsliebe« durch Mose dazu aufgerufen wird, »viele, viele Juden«, die »hinausgezogen aus ihrem Lande«, die »zerstreuten Brüder«, wieder einzusammeln und nach Israel zurückzubringen: »sammelt sie und kehret mit allen zurück!«.[1441] Die AdressatInnen der Märchen sollten zur Auswanderung, zum Aufbau des scheinbar verwaist liegenden Heimatlandes und zur Werbung für die zionistische Idee animiert, jüdisches *nation building* im Märchen vorangetrieben werden.

Die Illustrationen der Erstauflage, vier Linolschnitte Agathe Löwes, binden in ihrem Verweis auf den Holzschnitt, »die volkstümlichste aller Drucktechniken«, die Märchensammlung Irma Singers einerseits in die europäische Märchentradition und deren lange Tradition des Holzschnitts im 19. Jahrhundert ein,[1442] andererseits unterstreichen sie in ihrer abstrahierten, expressionistischen Ausführung auch den modernen, programmatischen und zukunftsweisenden Charakter von Irma Singers Märchen. In der im Holz- bzw. Linolschnitt na-

---

1437 Ebd., S. 20.
1438 Vgl. Neubauer [Anm. 7], S. 114ff.
1439 Singer [Anm. 1427], S. 22.
1440 Ebd., S. 44.
1441 Ebd., S. 71.
1442 Zum Holz- und Linolschnitt vgl. Freyberger [Anm. 1143], S. 380.

turhaft angelegten »vergröberten Formensprache« fand für Expressionisten insbesondere das »Primitive« der Volkskunst seinen künstlerischen Ausdruck,[1443] wurde das Kindliche und Ursprüngliche, wie im Märchen, visuell dargestellt. In Analogie dazu beginnt auch Irma Singers Märchensammlung beim Ursprung allen Seins. Adam und Eva sind nur aus Linien angedeutet, das dazugehörige Bild dominiert die Natur. Dem Kindheitszustand der Welt entspricht die kindliche Visualisierung. Aus wenigen, einfachen Wechseln zwischen hell und dunkel ergeben sich, wie im Märchen, Bilder einer wunderbaren Welt, welche die zentralen Figuren der Märchen abbilden. Die Illustrationen verdeutlichen somit den ausgewiesen volksliterarischen Charakter der Märchen. Sie sind einfach, gewollt »primitiv« und abstrakt und heben zudem die düstere Welt der Diaspora im »Friedhof in Prag« hervor (Abb. 9). Visualisierungen der Zukunft in *Eretz Israel* fehlen dagegen.

Bei Archivarbeiten in Jerusalem konnte noch eine zweite, nur handschriftlich vorliegende Märchensammlung ebenfalls mit dem Titel *Das verschlossene Buch* aufgefunden werden.[1444] Diese zweite Sammlung entstand direkt im Anschluss

---

1443 Ebd.
1444 Außerdem liegen im Archiv der *National Library of Israel* auch noch weitere einzelne als Märchen bezeichnete Dokumente, die jedoch meist stark autobiographisch geprägt ihr Leben in Degania, ihre landwirtschaftliche Arbeit und Kindergärtnerinnentätigkeit behandeln. Der Märchenbegriff wird von Irma Singer dabei immer wieder im Zusammenhang mit dem Zionismus und dessen Wirkung verwendet, verschiebt sich jedoch immer weiter hin zur historischen Erzählung über die Staatengründung Israels und die »Wunder« der Kwuzah. So schreibt sie beispielsweise in »Eine Handvoll Erinnerungen«: »dennoch ists wie ein Märchen, was bisher geschaffen wurde.« Singer, Irma: Eine Handvoll Erinnerungen, 23. Feber 1938, Irma Singer Archiv National Library Jerusalem ARC. 4* 1668 01 112, S. 1–2, hier: S. 1. Die Kultivierung, Begründung, Bebauung und Urbarmachung der Wüsten Palästinas und die Heimkehr nach *Eretz Israel* wurden für Irma Singer – nun in Degania – immer mehr selbst zum Märchen. Die Erzählung »Das Märchen eines Menschenlebens«, Singer, Mirjam [=Irma]: Das Märchen eines Menschenlebens, ohne Datum, Irma Singer Archiv National Library Jerusalem ARC. 4* 1668 01 130, S. 1–7, widmet sich beispielsweise der Gründung des Kibbuz Degania. Zunächst wird (autobiographisch) von einem Sabbatausflug mit Kindergarten- und Schulkindern erzählt. Dies bildet die Rahmenerzählung für das »Märchen eines Menschenlebens«: In dieser metadiegetischen Erzählung geht es um Josef, der im Galuth in allen Augen der Juden schwarze Flecken entdeckt, und eine tiefe Sehnsucht nach dem sonnigen und immergrünen Land Israel empfindet. Die Begegnung mit einem Bauern im Galuth, der strahlende, leuchtende und klare Augen hat, überzeugt ihn, dass auch die Juden ihren eigenen Boden bebauen müssen, um leuchtende Augen und ein erfülltes Leben zu bekommen. 18-jährig reist er mit vielen anderen Flüchtlingen, die schweres Leid aus ihren Ländern vertrieben hat, nach Israel. Dort angekommen lässt die Erfahrung von ungleich verteilter Arbeit und Wohlstand Josef von Gleichheit und gerechter Verteilung von Land und Geld träumen – ein Verweis auf das kommunistische Ideengut in der frühen Kibbuzbewegung. Er sucht sich einen Boden, den *Keren Kajemeth*, der allen gehören sollte, und bebaut ihn. Ein Traum vom grünen, sprießenden und gerechten Leben der Kwuzah Degania lässt Josef den Entschluss fassen, auf dem trockenen, wüsten Boden die Siedlung zu gründen. »Seit jenem Traume glänzten

Vom Prager jüdischen Friedhof

Abbildung 9: »Vom Prager jüdischen Friedhof«, aus: Irma Singer: Das verschlossene Buch. Jüdische Märchen. Mit Nachwort von Max Brod und vier Textbildern von Agathe Löwe, Wien, Berlin 1918, o. S.

an die erste Sammlung noch in Prag zwischen März 1918 und Sommer 1919. Warum sie von Singer nie in Druck gegeben wurde, kann allerdings nur vermutet werden. Da sie nach eigener Auskunft keine Probleme hatte, ihre Kinderschriften veröffentlichen zu lassen, liegt die Vermutung nahe, dass sie diese Märchen nie drucken lassen wollte. Vielleicht änderte sich mit Singers Umzug in

---

Josefs Augen wie der Frühlingshimmel in der Morgenstunde« (S. 5). Josef gründet Degania, kümmert sich um Waisenkinder nach dem Krieg, bekommt dann aber Malaria und stirbt noch geschwächt von der Krankheit bei einem Unwetter auf dem See Kinereth [=Genezareth]. Zurück in der Rahmenerzählung bleiben die Kinder nach dieser Geschichte zwar traurig zurück, sie bemerken aber doch, dass Josefs Traum am Ende Wirklichkeit geworden ist und Degania so schön und grün, wie es sich Josef erträumt hatte: »Ein Traum der Wirklichkeit« (S. 7). Etwas abweichend davon handelt es sich bei Irma – bzw. Mirjam, wie sie seit ihrem Umzug nach Degania genannt wurde – Singers »Märchen von der blauen Büchse« um ein »Märchen« im Stile Simon Neumanns. Auch hier wird die märchenhafte Geschichte einer Nationalfondbüchse erzählt und zu deren Füllen aufgerufen: Singer, Irma: Das Märchen von der blauen Büchse, 1932, Irma Singer Archiv National Library Jerusalem ARC. 4* 1668 01 30.

die *Kwuzah* Degania auch ihre Einstellung den Märchen gegenüber, sind doch ihre dort entstandenen Werke von andersartigem Charakter und bedienen auch ein ganz anderes Kindheitsbild, weg von verträumten Phantasiewesen hin zu praktisch agierenden, landwirtschaftlich tätigen Kindern und Erwachsenen.[1445] Als Märchen zählte nun die für sie Realität gewordene Besiedelung und Bebauung des Landes Israel, märchenhafte Anders- und Wunderwelten waren nicht mehr vonnöten. Im Nachhinein, bereits als *Chaluza* im Kibbuz Degania, äußerte sich Irma Singer über ihre noch im Galuth entstandene Märchensammlung dementsprechend kritisch:

> Noch in meinen ersten Arbeitsjahren, als mir das Märchen und die Geschichte, die ich dem Kinde zu erzählen habe, mehr am Herzen lag, als menschliche Gestaltung, noch jenseits des Meeres, in den fremden Gebieten einer jetzt ganz entfremdeten Welt, nahm ich immer und immer wieder das schwarze, schwere Buch zur Hand, das die Wunder der Volksentstehung Israels und seine ersten Kindersagen birgt.. Ich versuchte mich an Bearbeitungen und zehnmal missglückt, zog es mich immer wieder zu den Volkssagen hin. Vieles war für mich ein Buch mit verschlossenen, versiegelten Seiten, denn man muss auf den Schollen jenes Landes stehen und gehen, aus dessen Säften diese Geschichten entsprossen sind.[1446]

Auf dem fliegenden Teppich in die wunderbare »Märchenwelt« Eretz Israels – Siegfried Abeles' Märchensammlung *Tams Reise durch die jüdische Märchenwelt* (1922)

Fünfzehn Jahre nach dem ersten Märchen-Preisausschreiben im *Wegweiser für die Jugendliteratur* veröffentlichte das Kulturamt des jüdischen Hochschulausschusses in Wien in der *Freien Jüdischen Lehrerstimme* ein Preisausschreiben für »jüdische Kindermärchen«, welche – ganz den Zielen zionistischer Kinder- und Jugendliteratur entsprechend – im jüdischen Kind »die Liebe zu seinem Volk erwecken« und »ihm ein wahres Bild echt jüdischen Lebens« bieten sollten.[1447] Als Sieger dieses Preisausschreibens ging der Wiener Pädagoge, Religionslehrer und Kinderbuchautor Siegfried Abeles hervor:

1445 Zu sehen ist dies beispielsweise auch an der Märchenreplik »Es war einmal«: Singer, Irma: Es war einmal…, ohne Datum, Irma Singer Archiv National Library Jerusalem ARC. 4* 1668 01 87, S. 1–7. Es handelt sich dabei um einen Bericht über die anstrengende, aber dennoch beglückende Arbeit in der Kwuzah, der Aufschluss über Singers gewandelten Märchenbegriff gibt: War das Wunderbare vor ihrer Reise nach Palästina literarisch verortet, so fand sie es in Palästina in der gemeinsamen Arbeit im Kibbuz.
1446 Singer [Anm. 1431], S. 1.
1447 O.A.: Preisausschreiben, in: Freie Jüdische Lehrerstimme 9, 1920, 4–6, S. 42.

In Würdigung der Wichtigkeit der Märchen für die Erziehung des Kindes und in Erkenntnis des Umstandes, daß dem jüdischen Kinde nur Märchen aus fremden Kulturkreisen geboten werden müssen, sah sich das Kulturamt des Jüdischen Hochschulausschusses, um einem vielfach ausgesprochenen Wunsche jüdischer Erzieher nachzukommen, veranlaßt, ein Preisausschreiben für jüdische Märchen zu erlassen. Auf den im vorigen Jahr erfolgten Aufruf sind mehrere jüdische Märchen eingelaufen, darunter auch eine geschlossene Märchensammlung des in pädagogischen Kreisen längst gewürdigten Herrn Siegfried Abeles, der seine eingereichten Märchen bereits mit großem Erfolg in jüdischen Kinderheimen vorgetragen hat. Die Jury hat von den eingereichten Märchen bloß die Sammlung des Herrn Abeles für preiswert anerkannt und folgende Märchen preisgekrönt: ›Der lahme Josef‹ mit dem 1. Preis von 1000 Kronen, ›Das Schrätlein‹ mit dem 2. Preis von 600 Kronen, ›Mordechai lebt‹ mit dem 3. Preis von 400 Kronen.[1448]

Das Preisausschreiben zeigt zum einen, dass die bis dahin entstandenen neuen jüdischen Kindermärchen noch nicht die gewünschte Popularität unter jüdischen Heranwachsenden im gesamten deutschsprachigen Raum erlangt hatten, beziehungsweise ihre Verbreitung nicht so hoch war, wie anfänglich von der Großloge des Bnai Brith und der jüdischen Jugendschriftenbewegung erwünscht. Deutschsprachige jüdische Literaturpädagogen stellten zu Beginn der 1920er Jahre immer noch ein Defizit im Bereich des jüdischen Märchens fest. Zum anderen zeigt es jedoch auch die zu diesem Zeitpunkt anhaltende und nach Ende des 1. Weltkriegs sogar noch gesteigerte Popularität der Gattung Märchen und deren wachsende Bedeutung innerhalb der zionistischen Bewegung auf.

Der Sieger des Preisausschreibens, Siegfried Abeles, wurde nach Angaben Salomon Winingers 1884 in Wien geboren und arbeitete bis zu seinem frühzeitigen Tod 1937 in Wien sowohl als Publizist für mehrere Zeitschriften als auch Lehrer an unterschiedlichen Schulen und Einrichtungen in Österreich.[1449] Gabriele von Glasenapp verweist im 2010 veröffentlichten ersten und bisher einzigen wissenschaftlichen Beitrag zu Siegfried Abeles darauf,[1450] dass seine be-

---

1448 Preisgekrönte jüdische Märchen, in: Wiener Morgenzeitung 3, 20. 3. 1921, S. 9. Die Märchen Rata Schneiders, denen in diesem Zuge vom Kulturamt »die Anerkennung ausgesprochen« worden war, konnten auch nach intensiven Recherchen leider nicht aufgefunden werden.
1449 Wininger, S[alomon]: Große jüdische National-Biographie. Ein Nachschlagewerk für das jüdische Volk und dessen Freunde. Mit mehr als 8000 Lebensbeschreibungen namhafter jüdischer Männer und Frauen aller Zeiten und Länder. Erster Band: Abarbanel – Ezobi, Nachdr. d. Ausg. Czernowitz, 1925, Nendeln/Liechtenstein 1979, S. 10–11.
1450 Daneben behandeln auch Bettina Bannasch (Bannasch [Anm. 36], S. 80) und Annegret Völpel (Völpel, Annegret: Abeles, Siegfried/ Kosak, F.V. (Ill.): Tams Reise durch die jüdische Märchenwelt, in: Deutsch-jüdische Kinder- und Jugendliteratur von der Haskala bis 1945. Die deutsch- und hebräischsprachigen Schriften des deutschsprachigen Raumes: ein bibliographisches Handbuch, hg. v. Zohar Shavit, Hans-Heino Ewers, Annegret Völpel u. a., Stuttgart 1996, S. 68–69) die Märchensammlung Siegfried Abeles'.

ruflichen Stationen wie auch seine publizistische Tätigkeit von einer »eindeutigen Nähe« zur »(kultur)zionistisch ausgerichtete[n]«[1451] Bewegung zeugen und sich diese auch in seinen kinder- und jugendliterarischen Werken, darunter auch seiner Märchensammlung *Tams Reise durch die jüdische Märchenwelt*, zeigt. Siegfried Abeles schrieb nicht nur Märchen, sondern äußerte sich auch im Diskurs über das jüdische (Volks)Märchen zu dessen Möglichkeit, Beschaffenheit und Herkunft und trug darin zur Formulierung eines theoretischen Programms jüdischer (zionistischer) Märchen bei. In einem programmatischen Artikel aus seinem 1930 publizierten Erzählband *Durch Welt und Zeit* plädierte er beispielsweise in der Ansprache an eine intendierte kindliche Leserschaft für die Aufrechterhaltung und Erinnerung eines jüdischen Volksmärchens:

> Habt ihr schon einmal jüdische Märchen gelesen? Ja? Dann meint Ihr gewiß jüdische Märchen, die irgend ein Dichter geschrieben hat. Von diesen spreche ich nicht. Ich denke an Märchen, die sich die Leute schon vor tausend und mehr Jahren erzählten und die immer wieder von den Eltern den Kindern erzählt wurden. Da hat wohl mancher Vater, manche Mutter ein wenig daran geändert oder dazu gedichtet. So sind diese wundersamen Geschichten wirklich vom Volk gedichtet worden und heißen Volksmärchen. Solche haben Deutsche, Franzosen, Engländer, Türken, Chinesen, aber auch die Neger und Indianer, kurz, alle Völker. Nur die Juden sollen angeblich keine besitzen. Ist denn das möglich? Viele von den Juden in der Wüste, viele Juden zur Zeit der Richter, ja auch noch später, waren gewiß einfache Menschen, die sich gerne einmal Märchen erzählten. Mehrere gelehrte Männer haben sich bemüht, diese alten Märchen wieder zu finden. Und als sie in alle Winkel der ältesten hebräischen Bücher hineinguckten, da haben sie da und dort ein Restchen von ihnen gefunden.[1452]

»In der Bibel, dem heiligsten und ältesten der Bücher« würde allerdings, so Siegfried Abeles, »nirgends ein Märchen erzählt«.[1453] Religiöses Schrifttum dürfe demnach nicht einfach in Märchen umbenannt werden. Abeles' Märchenentwurf beinhaltet demzufolge einerseits die Abgrenzung jüdischer Märchen von der zentralen religiösen Lehre in der hebräischen Bibel, andererseits aber auch die Manifestation und Reanimation einer anderen Nationalliteraturen und fremdkulturellen Volksmärchen ebenbürtigen jüdischen Volksmärchentradition, die sich von jeher in den aggadischen Schriften offenbart habe und vom jüdischen Volk – hier wird wieder einmal die große Nähe zur (*nation buil-*

1451 Glasenapp [Anm. 6], S. 113.
1452 Abeles, Siegfried: Durch Welt und Zeit. Jüdisches Jugendbuch, Wien 1930, S. 56.
1453 Ebd. In einem 1921 im *Jüdischen Nationalkalender* veröffentlichten Artikel zu »Altjüdischen Märchenmotiven« hatte er sich bereits ein paar Jahre zuvor ähnlich kritisch geäußert: »unserem Volke ist schon frühzeitig die Erkenntnis eines einzigen, allmächtigen Gottes erwachsen. Ein solcher Glaube war dem Märchen mit seinen verschiedenen wunderkräftigen Mächten feind und mußte es zu bekämpfen und zu unterdrücken suchen [...] Ausschließlich Gott ist das Wunder zu eigen. – Damit zerschellt das jüdische Märchen.« Abeles [Anm. 466], S. 131.

ding-)Programmatik der grimmschen *Kinder- und Hausmärchen* sichtbar – tradiert und schließlich von »mehreren gelehrten Männern« aus »hebräischen Büchern« gesammelt worden sei. Nationale Identität wird aus der jüdischen Geschichte heraus in eine neue volksliterarische jüdische Märchentradition transferiert, jüdisches Volksbewusstsein, das des Volks der Bücher, aus alten in neue Bücher für die jüdische Jugend verlagert. Das zionistische Kindermärchen sollte somit auch weniger »deutsch-jüdisch« als das jüdische Volksmärchen des 19. Jahrhunderts sein. Zionisten wie Siegfried Abeles, aber auch vor ihm bereits Heinrich Loewe, beriefen sich nun auf den hebräischen Ursprung der Märchen- und Sagenstoffe. Der Ausweis eines transkulturellen deutsch- oder österreichisch-jüdischen Ursprungs und damit natürlich auch das Akkulturationsbestreben gerieten im zionistischen Programm immer weiter in den Hintergrund.

Siegfried Abeles' eigene 1922 im Brandeis-Verlag veröffentlichte Sammlung von »Fünfundzwanzig Kindermärchen nach jüdisch-volkstümlichen Motiven«,[1454] *Tams Reise durch die jüdische Märchenwelt,* setzt sowohl diesen Volksmärchen-Gedanken als auch neue literaturpädagogische und zionistische Überlegungen um. Gabriele von Glasenapp nennt Siegfried Abeles' Märchen »ebenso zeittypisch wie innovativ«.[1455] »Zionistisches Gedankengut« werde darin »in ein märchenhaftes Umfeld eingebettet« und erhalte in der Vermischung mit jüdischer Tradition einen auch für nicht-zionistische jüdische Kinder und Jugendliche »polyvalenten Charakter«.[1456] Gleich das Titelbild von F. Viktor Kosak (Abb. 10), einem polnisch-wienerischen Illustrator und Maler, zieht den/die Betrachtende/n in eine wunderbar-orientalisch-jüdische Märchenwelt. Die Titelfigur Tam sitzt darin auf einem fliegenden Teppich, wie ihn nach rabbinisch-midraschischer Überlieferung bereits König Salomo besessen hatte.[1457] Unter ihm öffnet sich der Blick auf eine von Kuppeln und Minaretten geprägte Stadt vor einer Berglandschaft. Aus dem 19. und frühen 20. Jahrhundert bekannte Orientdarstellungen europäischer Künstler wie Delacroix, Kandinsky, Matisse und Klee verbinden sich so mit der altjüdischen Sagenwelt und einer kinderliterarischen Adressatenorientierung und greifen damit die wich-

---

1454 Abeles, Siegfried: Tams Reise durch die jüdische Märchenwelt. Fünfundzwanzig Kindermärchen nach jüdisch-volkstümlichen Motiven. Illustriert von F. V. Kosak, Breslau 1922, Titelblatt.
1455 Glasenapp [Anm. 6], S. 119.
1456 Ebd., S. 121f.
1457 Vgl. Goldberg, Christine: Teppich, in: Enzyklopädie des Märchens. Handwörterbuch zur historischen und vergleichenden Erzählforschung, hg. v. Rolf Wilhelm Brednich, Berlin [u. a.] 2010, S. 361–363, hier: S. 361. In den Geschichten aus 1001 Nacht dagegen fliegt Aladin in den originalen und den ersten Übersetzungen auf keinem fliegenden Teppich, dies war vermutlich erst Zugabe Disneys. Der fliegende Teppich ist damit ein aus der jüdischen Märchen- und Sagenwelt stammendes wunderbares Motiv, das Eingang in den internationalen Märchen-Motiv-Korpus gefunden hat.

tigsten Merkmale der Sammlung und das zentrale Motiv der (zionistischen) Reise visuell auf.

Abbildung 10: Titelbild, aus: Siegfried Abeles: Tams Reise durch die jüdische Märchenwelt. Fünfundzwanzig Kindermärchen nach jüdisch-volkstümlichen Motiven. Illustriert von F. V. Kosak, Breslau 1922.

Wie in *Das verschlossene Buch* Irma Singers kommt auch in *Tams Reise durch die jüdische Märchenwelt* dem ersten (und letzten) Märchen der Sammlung besondere Bedeutung zu. Es stellt die Rahmenerzählung und zugleich das zionistische Programm der daraufolgenden metadiegetischen Bibel-, Parabel- und Feiertagsmärchen dar. In ihm begibt sich Tam, das dritte von fünf Kindern mit sprechendem Namen (Tam ~ hebr. ›Ungebildeter, Einfältiger‹),[1458] nach einer Begegnung und den Erzählungen des Propheten Eliah, der als Fremder am Sederabend bei Tams Familie zu Gast war, alleine und selbstbestimmt auf eine Reise nach Palästina: »›Wie schön muß es im Land unserer Väter sein‹ dachte er. ›Morgen will ich nach Palästina gehen.‹ ›Aber ich kann nicht dorthin gehen‹,

---

1458 Vgl. Glasenapp [Anm. 6], S. 120.

dachte er dann wieder, ›ich weiß ja nicht, wo unser Land ist.‹«[1459] Mithilfe sprechender und magischer aus der jüdischen Märchen- und Sagenwelt bekannter Tiere macht sich der junge und – typisch für das Volksmärchen – einfältige aber gute Tam schließlich auf in Richtung Osten. Eine Taube bringt ihm den Zauberwurm Schamir, der für ihn ein unüberquerbares Gebirge spaltet, und ein Walfisch, ein Untertan des Fischgottes Leviathan, stattet ihn mit einem Stück aus Salomos fliegendem Wunderteppich aus, der ihn sowohl sicher über das Meer bringt als auch mit ihm über das Land seiner Väter, Palästina, fliegt. Die wunderbaren Märchenhelfer von Tams Reise, und damit die des jüdischen *nation buildings*, entstammen eindeutig der jüdischen volksliterarischen, religiösen Märchen- und Sagenwelt. Noch dazu leiten nicht Erwachsene den Jungen zur Reise gen Osten an, sondern aus der aggadischen Literatur bekannte Wundertiere. Das Märchenwunderbare ist demnach auch hier religiös konnotiert und aus dieser Sicht *magia licita*.

In Palästina angekommen kann Tam dies jedoch erst einmal nicht glauben, zu fremd erscheinen ihm sowohl die muslimische Bevölkerung[1460] als auch die Landschaft. Erst als ihm Städte, Orte, Flüsse und Tiere zurufen: »"Hier ist Dein Land. Dein Land, wo Milch und Honig fließt"«, und er auf die jüdische Familie des Bauern Jehuda trifft, »wußte er: ›Ich bin wirklich in unserem Lande!‹«.[1461] Jehuda, ein Beispiel für eine »geglückte Realisierung zionistischer Siedlungstätigkeit«,[1462] weist Tam darauf hin, dass er auf seiner abenteuerlichen Reise nach Palästina »durch ein großes Stück der jüdischen Märchenwelt gereist«[1463] sei und er, und damit auch die AdressatInnen der Märchensammlung, wichtige Figuren daraus bereits kennen gelernt hätten. Da aber auch Jehuda seltene Einblicke in die jüdische Märchenwelt habe, beschließt er, Tam nun jeden Abend ein weiteres Märchen daraus zu erzählen und eröffnet damit die metadiegetische Ebene der Märchensammlung.

Das schriftliche Medium Buch steht so, wie beinahe 100 Jahre zuvor in der

---

1459 Abeles [Anm. 1454], S. 6.
1460 Im Gegensatz zu Irma Singer unterstreicht Siegfried Abeles hier die Besitzansprüche der jüdischen Bevölkerung auf Palästina gegen die fremd und unheimlich anmutende muslimische Bevölkerung: »Da erblickte er in der Ferne einige Frauen, die hatten das Gesicht ganz mit Schleiern verhüllt. Auch einige Männer sah er. Die hatten dunkle Gesichter und trugen statt Kappen bunte Tücher um den Kopf gewunden.« Ebd., S. 9. Gesteigert wird diese Stelle noch durch die Beschreibung der arabischen Bevölkerung als »diebisch« am Ende der Sammlung, Tam fürchtet, dass »Jehudas Haus« von Arabern ausgeraubt werden könnte: ebd., S. 96. Übertragen kann in der Angst um das Haus, die Heimat, die Angst vor einem erneuten Verlust Israels an die arabische Bevölkerung gesehen werden, der nur durch die Hilfe Gottes abgewendet werden könnte. Der bis heute andauernde Konflikt in Nahost und die Problematik des Zionismus wird damit bereits vorgezeichnet.
1461 Ebd., S. 10.
1462 Völpel [Anm. 846], S. 324.
1463 Abeles [Anm. 1454], S. 10.

Märchensammlung Abraham Tendlaus, einer konzeptionellen Mündlichkeit der metadiegetischen Märchenebene gegenüber, die im Text durch viele wörtliche Reden und Hinwendungen an das kindliche Märchen-Du unterstrichen wird.[1464] Die Adressatenorientierung ist in Siegfried Abeles' Märchensammlung dabei paratextuell im Zusatz »Kindermärchen« von Beginn an festgelegt, sie wird jedoch auch in der sprachlichen, stilistischen und motivischen Gestaltung der nun folgenden Märchen sichtbar. Der erwachsene intradiegetische Erzähler Jehuda wendet sich in Ausrufen immer wieder an sein kindliches Märchen-Du Tam, die meisten Märchen-Protagonisten sind Kinder und männlich,[1465] Tiere und Dinge der jüdischen Märchenwelt sind anthropomorphisiert und animisiert, der Satzbau ist in einem einfachen, volksmärchenhaften Stil gehalten. Der Schrifttext ist zudem immer wieder von kleineren Zeichnungen Viktor Kosaks unterbrochen, die das Gehörte oder Gelesene für die kindliche Aufmerksamkeit visuell illustrieren.

Die metadiegetische Binnenhandlung der preisgekrönten Märchensammlung stellt drei Kategorien jüdischer Märchen, zunächst »Märchen, die der Bauer Jehuda beim Lesen der Bibel gesehen hat«, darauffolgend »Märchen, die der Bauer Jehuda im alltäglichen Leben gesehen hat«, und zuletzt auch »Märchen, die der Bauer Jehuda an Festtagen gesehen hat«, vor. Die einzelnen der Bibel entsprungenen Märchen sind kurze Nach- und fiktive Neuerzählungen um bekannte biblische Motive und Figuren, wie Adam und Eva, Noah, den Turmbau zu Babel, das goldene Kalb, Josef, Rebekka oder das Exil in Ägypten, wie sie bereits seit der Haskala als jüdische Jugendlektüre üblich waren und auch in vielen anderen jüdischen Märchensammlungen zu finden sind.[1466] Die »Alltags-Märchen« stellen der Entstehungszeit entsprechende moralpädagogische Erzählungen um jüdische Kinder und Fabelwesen wie in »Das Schrätlein« dar, in denen die jugendlichen männlichen Protagonisten durch Mitgefühl, einen guten Charakter und Glaube geheilt oder von einem Fluch befreit werden. In den Feiertagsmärchen werden schließlich die jeweiligen Tage und dazugehörigen

---

1464 In Anlehnung an Zohar Shavit nennt Hans-Heino Ewers dieses Merkmal den »ambivalenten Status« von Kinder- und Jugendliteratur, d. h. es findet sowohl eine Adressierung an kindliche Zuhörer als auch an erwachsene Vorleser statt: Ewers, Hans-Heino: Theorie der Kinderliteratur zwischen Systemtheorie und Poetologie. Eine Auseinandersetzung mit Zohar Shavit und Maria Lypp, in: Kinderliteratur im interkulturellen Prozess. Studien zur allgemeinen und vergleichenden Kinderliteraturwissenschaft, hg. v. Hans-Heino Ewers, Gertrud Lehnert, Emer O'Sullivan, Stuttgart 1994, S. 16–26, hier: S. 18.
1465 Dass gerade im zionistischen Märchen vornehmlich Jungen angesprochen wurden, lag vermutlich am politischen Ziel der Märchen, die neue, vor allen Dingen körperlich kräftige, männliche Generation, zum Auszug und Aufbau Palästinas bewegen zu wollen. Die zionistische Zukunft wurde so, insbesondere bei Siegfried Abeles, doch in die Hände der männlichen Jugend gelegt.
1466 Vgl. Glasenapp [Anm. 6], S. 121.

Bräuche sowie deren Geschichte und Tradition in eine wundersame Begebenheit, wie den Kauf eines neuen, wunderbaren Schofarhorns oder sprechende Äpfel und Menorahleuchter, eingeflochten, vorgestellt und für Kinder ansprechend neu erzählt.

Bemerkenswert ist dann wieder die Rahmung der metadiegetischen Ebene am Ende, hier wird nun die zionistische Inanspruchnahme der Märchen deutlich sichtbar. Zunächst erklärt die extradiegetische Erzählinstanz, wie sich Tam überhaupt mit Jehuda verständigen konnte, spricht man in Palästina doch Hebräisch – eine für Tam wie auch die meisten im deutschsprachigen Raum aufgewachsenen jüdischen Kinder nur schwer erlernbare Sprache: »kaum aber hatte er Palästina betreten, da war es ihm, als könnte man in diesem Lande nicht anders reden als hebräisch und er sprach es sogleich schön und geläufig.«[1467] Abeles griff damit ganz reale Ängste und Bedenken über den Zionismus der kindlichen AdressatInnen auf und zeigt am Beispiel Tams, wie leicht der Aufbau der neuen alten Heimat in *Eretz Israel* fallen könnte und welche Aufgaben die Kinder zu meistern hatten. Tam ist in dem als belebte Märchenwelt dargestellten Palästina glücklicher und klüger als zuvor, »hier aber sprach auch jede Blume und jeder Stein zu ihm«, »fröhlich wanderte er zwischen wogenden Getreidefeldern und großen Weingärten dahin.«[1468] Die in der Diaspora lange ersehnte Bestellung des eigenen Bodens wird nun Wirklichkeit und gegen die Bedrohung durch »diebische Araber« – erneut wird hier Abeles' abschätzige, rassistisch gefärbte Sichtweise der arabischen Bevölkerung offenbar – schützt die heimgekehrten Juden das Märchenland selbst. Eine letzte, schwere Probe muss Tam schließlich aber doch noch bestehen. Asmodai, der Dämonenfürst, der Herrscher über alle bösen Geister und die Urgestalt jüdischer Sagenwelt, erscheint ihm und bietet ihm an, ihn zurück zu seiner Familie zu bringen, also die von allen kindlichen Leserinnen und Lesern nachvollziehbare Sehnsucht nach den Eltern und einem umsorgten Leben zu stillen. Tam durchschaut aber dessen bösen Plan, ihn und die Judenheit wieder zurück ins Exil zu bringen, widersteht diesem so verlockenden Angebot und schreibt stattdessen einen Brief an seine Familie in Deutschland. Seine Eltern und sein jüngster Bruder erwerben daraufhin ein Stück Land in Palästina und ziehen zu ihm. Sein ältester Bruder Chacham kommt, nachdem er noch einige weitere Juden zur Heimkehr nach *Eretz Israel* bewegen konnte, nach, nur der »böse« Bruder Rascha, die Verkörperung des assimilierten, seines eigenen Volkes entfremdeten Juden, ignoriert die Aufrufe: »So oft sie ihm auch schrieben, niemals sandte er ihnen eine Antwort, denn er wollte von seiner Familie in Palästina nichts wissen. Auch wir haben nie etwas von ihm gehört, aber obwohl er ein böser Mensch ist, wollen wir

---

1467 Abeles [Anm. 1454], S. 96.
1468 Ebd.

ihm nicht böse sein und wünschen, daß es auch ihm gut gehe.«[1469] Die noch jungen AdressatInnen sollten so zur Ausreise geradezu verpflichtet werden. Nur der Zionismus wird als Lösung der Probleme der Juden in der Diaspora und als Zeichen des Mitgefühls und Hilfe für das gesamte jüdische Volk gewertet. Vor allem aber wird Israel als Märchenland dargestellt. »Nirgends«, so die Erzählinstanz am Ende, »leben die Menschen so glücklich wie dort.«[1470]

Siegfried Abeles' Märchensammlung stellt somit im Gesamten besehen eine Zusammenstellung von sowohl neuen zionistischen Kindermärchen als auch altjüdischen Volksmärchenmotiven dar, die auf den Aufbau einer neuen alten jüdischen Heimat in der »Märchenwelt« *Eretz Israels* abzielte. Gekonnt verwebt sie, ähnlich wie *Das verschlossene Buch* Irma Singers, volksmärchenhafte Elemente mit kindgemäßen und politisch-zionistischen und zeigt darin eine weitere Spielart des deutschsprachig-jüdischen Märchens auf, in der jedoch in der dualistischen Darstellung von Juden und Arabern in Palästina erste Anzeichen des noch heute währenden Nahostkonflikts zu finden sind.

»Des jüdischen Volkes Wunderblume« – Neues (zionistisches) Erzählen für jüdische Kinder bei Ilse Herlinger

Gegen Ende der 1920er und Anfang der 1930er Jahre waren Diskursbeiträge über das jüdische Märchen seltener geworden und die Gattung nun ein wichtiger und etablierter Teil deutschsprachig-jüdischer Kinder- und Jugendliteratur. Fernab allzu starker einseitiger politischer Instrumentalisierungen konnte es sich so nun endlich freier und literarisch wagemutiger entfalten, neue Wege jüdischwunderbaren Erzählens wagen. Irma Singers und Siegfried Abeles' Märchen wiesen bereits auf neue moderne literarische Gestaltungsmöglichkeiten des jüdischen Kindermärchens voraus, vollends umgesetzt wurden sie nun in den Märchenerzählungen Ilse Herlingers, die zur Hochblüte deutsch-jüdischer Kulturtätigkeit Ende der 1920er Jahre entstanden waren. Die zionistische bzw. politische Instrumentalisierung der kinderliterarischen Texte findet sich bei ihr wie später auch bei Ludwig Strauß nur mehr am Rande, im Zentrum steht nun das (jüdische) Kind und dessen literarästhetische, wunderbare Unterhaltung.

Ilse Herlinger, später Ilse Weber, war eine 1903 in Witkowicz, einer kleinen Stadt bei Mährisch-Ostrau, geborene Kinderbuch- und Hörfunkautorin, Lyrikerin, Kindergärtnerin, Musikerin und nach ihrer Vertreibung und Deportation Kinderkrankenschwester in Theresienstadt. Sie wuchs in einem vom kulturellen Mit- und Nebeneinander von Tschechen, Polen, Deutschen und Juden geprägten

---

1469 Ebd., S. 98.
1470 Ebd.

Umfeld in einer bürgerlich-jüdischen Familie auf. Literatur, Sprachen und Musik zählten schon früh zu ihren Beschäftigungen; seit Kindertagen las sie Märchen – ihr Lieblingsbuch war der neoromantische Märchenroman *Das letzte Märchen* des Breslauer Schriftstellers Paul Keller[1471] – und schrieb eigene literarische Stücke.[1472] Politisch war sie seit Jugendtagen an zionistisch und kommunistisch engagiert, sah sich selbst, so ihre »Entdeckerin« Ulrike Migdal, jedoch nie als eine »Aktionistin« – »politischer wie auch religiöser Eifer war ihre Sache nicht«.[1473] Die jüdische Religion hatte in Ilse Herlingers Familie eine zentrale Stellung inne, und auch später, als Ilse selbst Kinder hatte, legte sie Wert auf ein lebendiges religiöses Familienleben.[1474]

Aus Ilse Herlingers schriftstellerischem Werk ist die jüdische Religion und deren Alltag nicht wegzudenken. Religiöses Leben in der Synagoge und an Feiertagen und deren Wirkung und Rezeption auf und von Kindern waren Inspiration für viele ihrer Werke und auch ihrer *Märchen* für jüdische Kinder. 1928 erschienen diese im Verlag Dr. Robert Färber in Mährisch Ostrau. Es handelt sich um Märchen, die, so ein Rezensent in der Prager Zeitschrift *Selbstwehr*, das Kind »leise und mit großem Zartgefühl und Verständnis [...] in alle menschlichen und jüdischen Erlebnissphären des jüdischen Geistes«[1475] führen könnten:

> Einfach erklärt liegt der Gegensatz vor ihm von Eigensucht und Nächstenliebe, Gut und Böse, Aufbau und Niedergang, Mut und Verzweiflung, und keinen Augenblick ist die erzieherische Kraft des Buches zweifelhaft, die das Kind zur Entscheidung für das

---

1471 Vgl. Migdal, Ulrike: Zu Ilse Weber und ihren Gedichten, in: Ilse Weber: Wann wohl das Leid ein Ende hat. Briefe und Gedichte aus Theresienstadt, hg. v. Ulrike Migdal, München 2008, S. 271–327, hier: S. 302. Vgl. dazu auch: Müller-Kittnau, Julia: »...mit geheimen Banden ans Judentum geknüpft«. Ilse Herlingers Jüdische Kindermärchen, in: Münchner Beiträge zur jüdischen Geschichte und Kultur 9, 2015, 1, S. 79–91, hier S. 84f.
1472 Vgl. Migdal [Anm. 1471], S. 293.
1473 Ebd., S. 298.
1474 Davon zeugen Berichte aus Ilses Briefen an Lilian von Löwenadler, die im Yad Vashem Archiv in Jerusalem überliefert sind. So beschreibt sie darin beispielsweise einmal ihre Chanukahfeier: »Am 29. Nov. hatten wir eine Chanukahfeier. Du weisst doch, was ›Chanukah‹ ist? Unser Makkabäerfest, bei welchem durch acht Tage Lichter gezündet werden. Ich hatte zehn Kinder eingeladen, die in Begleitung von 29 Erwachsenen kamen. Es kam unser Ernst, als ›Prophet Eliahu‹ verkleidet und brachte Geschenke, und es war sehr schön. Die Kinder waren durchaus von der himmlischen Herkunft des Propheten überzeugt, sehr andächtig und sehr herzig. [...] er hatte sich ›drei Soldaten zu Pferde, mit Gewehren‹ gewünscht, aber Eliahu brachte ihm ein Schachspiel und sagte, dass der liebe Gott es nicht gerne hätte, wenn Krieg gespielt würde. Am Nikolaustage bekam nun sein Freund Jenek [...] Soldaten und nun stellte Hannerle an mich heikle Fragen, wie z. B. ›Wieso darf Eliahu keine Soldaten bringen und der Nikolo ja?‹ – ›Gibt es einen jüdischen Gott und einen christlichen?‹ oder ›Warum haben die Christen den Krieg gerne und die Juden nicht?‹ – Ich weiss sehr oft nicht die richtige Antwort«, Weber (Herlinger), Ilse: Brief an Lilian, 6. 12. 1937, Yad Vashem Archives Documentation of Ilse (Herlinger) Weber, [2].
1475 Zit. nach: Herlinger, Ilse: Die Geschichten um Mendel Rosenbusch. Erzählungen für Jüdische Kinder, Mährisch-Ostrau [1929], Rezensionen am Ende des Buches.

Schöne und Gute führt. Alte Sitten und Gebräuche haben ihr neues Volksgewand, Vergangenheit und Geschichte sind zu einem Bilde gestaltet, das so ganz ist, als der Umfang des Buches zuläßt. Dieses Buch scheint mir eine Mahnung an alle jüdischen Eltern: Nimm mich und lege mich deinem Kind in die Hand, denn damit gibst du ihm einen kleinen Schlüssel zu sich selbst, hilfst an der Befestigung und inneren Ruhe seines Wesens mitbauen...[1476]

Ilse Herlingers paratextuell markierte »jüdische Kindermärchen« verarbeiten jüdische Geschichte und Volksliteratur, jüdische Feiertage, Gegenstände aus dem jüdischen Ritus und, nun neu, auch Stationen im alltäglichen Leben jüdischer Kinder zu kind- und zeitgemäßen, wunderbaren Erzählungen. Schauplätze sind meist nicht näher genannte Gebiete im polnisch-tschechisch-mährischen Raum oder auch Dörfer und Städte im historischen Palästina. Jüdische Vergangenheit und Gegenwart, Leid und Freude, Diaspora und *Eretz Israel* werden im wunderbaren Anderswo und Anderswann, im volksmärchenhaft-unbestimmten »Es war einmal« und »Einst«-»in einem Lande« auf kunstvolle Weise vereint. Jugendliche und kindliche MärchenheldInnen müssen sich beweisen, mit Hilfe des Propheten Elijah, der die »starke Bindung Gottes an sein Volk« personifiziert,[1477] Aufgaben und Abenteuer bestehen und ihre Eltern, Geschwister oder heilige Gegenstände retten. Immer wieder wendet sich die Erzählinstanz an die kindlichen AdressatInnen und bezieht sie in die Märchenerzählungen mit ein, so dass der Eindruck einer mündlichen Erzählsituation im schriftlichen Medium evoziert wird.

Illustrationen finden sich zu den einzelnen Märchen des Kindermärchenbuchs keine, jedoch sind die Umschlagzeichnung und das Titelblatt kindgemäß eindimensional von Ire Edelstein gestaltet. Der Umschlag zeigt eine kolorierte Illustration der Märchenblüte aus dem programmatischen Eingangsmärchen »Das Märchen vom Märchen« (Abb. 11), die allerdings durch die dahinter hervorlugenden sieben Kinderköpfe zum jüdischen Symbol, zu einer Menorah, wird. Das Titelblatt ist von einer filigran gezeichneten, lebhaften Rahmung umgeben. Sie gibt Natur-, Alltags- und Kinderszenen aus mehreren der Märchen wie beispielsweise eine Szene aus »Der kleine Handelsmann« wieder. Kinder musizieren und tanzen um die Titelinitiale, die jüdische Herkunft und Adressierung der Märchen ist durch die Darstellung des neunarmigen Chanukkaleuchters aus »Wie Avrom Bildschnitzer wurde« und des »Sederbechers« mit Davidstern nochmals deutlich hervorgehoben und paratextuell-visuell markiert (Abb. 12).

Das auch für diese Arbeit titelgebende »Märchen vom Märchen«, eine programmatische, selbstreflexive und metafiktionale Erzählung über die Gattung

---

1476 Ebd., Rezension am Ende des Buches.
1477 Müller-Kittnau [Anm. 1471], S. 89.

Abbildung 11: Umschlagbild, aus: Ilse Herlinger: Märchen. Umschlagzeichnung und Titelblatt von Ire Edelstein, 2. Aufl., Mährisch-Ostrau 1932.

Märchen, hier in Gestalt einer »wunderschönen Blume«, eröffnet Ilse Herlingers Märchenbuch. Das »jüdische Märchen« wird darin im Bewusstsein aller bis dahin geführten diskursiven Bestimmungsversuche zu einem Symbol, das eng mit jüdischer Geschichte und jüdischer Zukunft verknüpft ist und in der Gegenwart allein kinderliterarisch möglich erscheint.[1478] Die Märchenblume, einst »in jenem Lande, wo fast das ganze Jahr tiefblauer Himmel auf fruchtbare Felder hinabsieht«[1479], dem märchenhaft verklärten historischen *Eretz Israel*, erblüht und zugleich Abbild der »großen Wunder, durch welche der Allmächtige sein auserwähltes Volk vor allen andern Völkern ausgezeichnet hatte«,[1480] wird eines Tages von einem nicht näher genannten »Feind« zusammen mit Land, Tempel und Herrlichkeit niedergetreten und vertrieben. Im Ghetto als »kranke Blüte« wieder erwacht, beginnt sie auch dort »von Tränen getränkt, von Schmerz gespeist« eine neue Blüte auszubilden, die alle »leidvolle] Schönheit«, »alle Sehnsucht und allen Schmerz des gequälten Volkes wiederspiegelte.«[1481] Die

---

1478 Vgl. hierzu auch: Hadassah Stichnothe: Moses fährt nach Amerika. Deutsch-jüdische Kinderbücher erlebten in den 20er- und 30er-Jahren eine kurze Blüte, in: Jüdische Allgemeine, 26.01.2014.
1479 Herlinger, Ilse: Märchen. Umschlagzeichnung und Titelblatt von Ire Edelstein, 2. Aufl., Mährisch-Ostrau 1932, S. 5.
1480 Ebd.
1481 Ebd., S. 6.

Abbildung 12: Titelblatt, aus: Ilse Herlinger: Märchen. Umschlagzeichnung und Titelblatt von Ire Edelstein, 2. Aufl., Mährisch-Ostrau 1932.

herrliche, ungetrübte biblische und aggadische Märchentradition wird zum zwar leidvollen, aber dennoch schönen Ghettomärchen der Zeit der Diaspora,[1482] dem es allerdings an »Sonne und Licht« fehlte und das daher »viele, sehr viele Jahre« lang nie zur vollen Entfaltung kommen konnte.[1483] Erst als »einmal« Kinder die Ghettomauer mit ihren Fäusten zum Einstürzen brachten und sich und die Märchenblume aus dem Schatten befreiten, sahen sie »in atemloser Freude, wie sich die Blume herrlicher und leuchtender entfaltete, und auch die Erwachsenen ließen die Hände von den lichtentwöhnten Augen sinken, um zu sehen, wie das Märchen, des jüdischen Volkes Wunderblume, in neuer Schönheit

---

1482 Ob Ilse Herlinger die Märchen Abraham Tendlaus, der *Sammlung Sippurim* oder auch die Ghettomärchen Leopold Komperts kannte, konnte leider nicht ausfindig gemacht werden, es erscheint in dieser Beschreibung der Geschichte des jüdischen Märchens aber durchaus als wahrscheinlich.
1483 Ebd.

erblühte.«[1484] Die Geschichte des jüdischen Märchens wird im »Märchen vom Märchen« Ilse Herlingers in nuce nachgezeichnet und eng mit dem Schicksal des jüdischen Volkes verbunden. Nach der Vertreibung aus Palästina durch Kaiser Titus und dem jahrhundertelangen Leben in der Diaspora konnte bzw. könne erst mit dem Fall der übertragen zu sehenden Ghettomauer, dem Ende des Exils und einem freien Leben des jüdischen Volkes auch das jüdische Märchen als nun neues Kindermärchen ebenso strahlend wieder entstehen, wie in biblischen Zeiten. Das programmatische Eingangsmärchen versucht damit, ein neues, der jüdisch-aggadischen Tradition entsprechendes kinderliterarisches Märchenzeitalter auszurufen, das sowohl Kinder als auch Erwachsene in ihrer Zugehörigkeit zum jüdischen Volk bestärken und erfreuen und darüber hinaus eine sowohl soziale als auch kulturelle Blüte unter der alten jüdischen Sonne *Eretz Israels*, also im Zionismus, in Aussicht stellen sollte.

Das zweite der 24 Märchen Ilse Herlingers, »Der Ring des Propheten« schließt thematisch daran an. Levi, der Sohn eines Trödlers, wird aufgrund seines Buckels und seiner jüdischen Herkunft von der nichtjüdischen Gesellschaft in der Diaspora beschimpft und gemieden. Wie die Märchenblume so erscheint auch Levi in der Diaspora kränklich und schwach, ja deformiert, seiner natürlichen Gestalt enthoben. Erst mit Hilfe des Propheten Elijah, der ihm einen Wunschring schenkt, und aufgrund Levis eigener Güte – er gebraucht alle drei Wünsche des Ringes für andere – wird er geheilt und kann in Ruhe und Frieden leben. In ganz ähnlicher Weise behandeln auch die Märchen »Zwi der Geiger«, »Der kleine Handelsmann«, »Auf der Aschenwiese«, »Jossel mit der Fiedel« und »Die Mesuse« die schwierige Lage der Judenheit in der Diaspora und den Antisemitismus der nichtjüdischen Mehrheitsgesellschaft. Alle, wie Schmule und sein Enkel Rafael in »Der kleine Handelsmann«, werden Opfer von antisemitischen Angriffen und stereotypen Vorurteilen und führen ein »entsagungsreiches Leben«[1485] bis ihre Frömmigkeit und Güte schließlich vom Propheten Elijah, anderen magischen und tierischen Helfern wie sprechenden Vögeln oder Engeln oder auch durch bloßes Glück belohnt wird. Die Darstellung jüdischen Leidens im Exil schließt dabei einerseits an früher entstandene Märchen wie denen von Samuel Tauber oder Heinrich Reuß in der *Sammlung preisgekrönter Märchen* an, die Thematisierung des Alltagsantisemitismus, dem die kindlichen und jugendlichen MärchenprotagonistInnen ausgesetzt sind, zeigt jedoch auch die Aktualität und Gegenwartsdiagnose von Ilse Herlingers Märchen auf und schlägt eine Brücke zum Erfahrungshorizont der AdressatInnen. Ihnen soll in den Märchen Hoffnung und Bewältigungsstrategien geboten werden, die diasporische Mangelsituation ist stärker als in den genannten Märchen aus dem

---

1484 Ebd., S. 7.
1485 Ebd., S. 18.

19. Jahrhundert nur Ausgangslage und Antrieb zur selbsttätigen Besserung und Auswegsuche. So beispielsweise im Märchen »Der Schützer der Thora«. Darin »waren für das jüdische Volk« »bange Tage« gekommen, »Haß und Neid verfolgten es und ahnungsvoll sah es größeres Elend hereinbrechen«.[1486] Doch ein »Knabe«, Josef, wird mit der wunderbaren Unterstützung Gottes zum Retter der jüdischen Gemeinschaft. Er versteckt als Baum getarnt die Thorarolle, kann sie vor Angreifern schützen und schließlich in Gestalt eines Adlers wieder zurück bringen.[1487] Das schwere Schicksal des jüdischen Volkes bleibt damit wie im programmatischen Eingangsmärchen kein Grundtenor der Märchen, sondern wird mit Initiative der MärchenheldInnen, der märchenhaften Unterstützung Gottes bzw. dessen Helfers Elijah und nicht zuletzt mit Blick auf eine neue alte Heimat in *Eretz Israel* überwunden.

Märchenwunderbares wie hier die Verwandlungen Josefs in einen Baum bzw. Adler ist in den Märchen Ilse Herlingers in den allermeisten Fällen religiös, als *magia licita*, konnotiert und entspringt darin einer wundersam-jüdischen Dimension. Dies wird auch in eher volksmärchenhaften und neoromantischen Märchen wie »Zwi der Geiger« und »Der Pessachknödel« aufrechterhalten. Malvi, ein kleines, selbstsüchtiges Mädchen verfolgt beispielsweise in »Der Pessachknödel« einen fliegenden Pessachknödel, verliert daraufhin zunächst den Weg und schließlich sich selbst, bzw. ihr eigenes selbstsüchtiges Ich, und wird am Ende in dem zur silbernen Kutsche mutierten Pessachknödel wie Perraults *Cendrillon* nachhause gefahren. Ursprung des wunderbaren Geschehens um den magischen Pessachknödel ist aber auch hier Gott bzw. Malvis moralische Besserung und ihr Gebet um Hilfe:

> Und sie faltete die Hände und bat Gott, er möchte sie doch heimführen zu den Eltern, und versprach, brav und eine gute Tochter und Schwester zu sein. Da rollte auf einmal eine große Kugel die Straße herab und blieb zu Malvis Füßen liegen. Malvi bückte sich und erkannte den Pessachknödel, der noch ebenso aussah wie damals, als er vom Winde geraubt worden war. Er wuchs und wuchs, und als er so groß war wie Malvi, fiel er auseinander und ein wunderschöner silberner Wagen stand da. Und vom Himmel fielen große Flocken und wurden zu vier schimmernden Pferden mit großen, weißen Fittichen, und zuletzt saß ein leuchtender Engel am Kutschbock, der zu Malvi sagte: ›Du hast deine Selbstsucht gebüßt, Malvi. Jetzt darfst du wieder heim zu deinen Eltern!‹[1488]

In stärker an den Erfahrungshorizont der AdressatInnen angelehnten »Alltagsmärchen« Ilse Herlingers ist das Märchenwunderbare allerdings oftmals kaum mehr als »magisch« zu erkennen und häufig in die kindliche Wahrneh-

---

1486 Ebd., S. 100.
1487 Ebd., S. 101f.
1488 Ebd., S. 17.

mung des Alltagsgeschehens eingebettet. Die Gattungsbezeichnung »Märchen« wird so auch hier über die eigentlich üblichen Definitionsgrenzen ausgedehnt. In »Auf der Aschenwiese« beispielsweise findet Tobi Ehrenfried, der »kleine König von Aschenland« eine Perlenkette, mit deren Finderlohn er sich und seine Familie aus großer Not befreien kann. Die märchenhaft anmutende Bezeichnung »König von Aschenland« entpuppt sich im Laufe des »Märchens« als Euphemismus für ein Leben als Abfallsammler in einer Aschenwiese; magisches oder wunderbares Geschehen könnte allenfalls in der wundersamen Auffindung der Kette in Zeiten größter Not gesehen werden.

Viele der Märchen Ilse Herlingers sind im eng umgrenzten Mikrokosmos des jüdischen Familienlebens angesiedelt, mit allen Feiertagen und Schicksalsschlägen, die auch den kindlichen AdressatInnen der Märchen bekannt waren. Mithilfe der wunderbaren Helferfigur des Propheten Elijah, der eigenen Güte und dem Beistand Gottes oder der Künstlerwerdung der kindlichen Protagonistinnen und Protagonisten, wie beispielsweise in »Jubal der Musikant« oder »Wie Avrom Bildschnitzer wurde«, muss das jüdische Familienleben in den Märchen immer wieder aufs Neue im Fortbestand gesichert werden. Einen Gegenpol zu diesem Familien-Zentrismus der Märchen bildet in anderen das Motiv der Reise der kindlichen Figuren. Malvi in »Der Pessachknödel«, Uriel in »Der Sederbecher«, Zwi in »Zwi der Geiger«, Wilhelm in »Schwarze Steine«, sie alle ziehen – in Tradition typisierter VolksmärchenheldInnen – alleine von zuhause aus und suchen in der Ferne ihr Glück, ihre Bestimmung, ein Mittel zur Rettung der Familie oder ihr eigenes besseres Ich. Die kindlichen MärchenprotagonistInnen werden während dieser Reisen selbstständig und zum Teil auch erwachsen, sie lassen ihre kindliche Abhängigkeit hinter sich und werden zu verantwortungsbewussten Gestaltern der jüdischen Gemeinschaft. Die Reise trägt zu ihrem *empowerment* bei und zeigt ihnen darüber hinaus, ganz den Zielen des Zionismus entsprechend, ein Verantwortungsbewusstsein gegenüber der eigenen Familie und dem jüdischen Volk auf. Die von Vladimir Propp definierte Struktur des Zauber- und Volksmärchens[1489] überlagert sich so mit zionistischen Zielen und führt im Bereich des jüdisch-zionistischen Kindermärchens zu einem zionistisch-motivierten Auszug der Märchenhelden. Am deutlichsten wird dies im Traummärchen »Ein kleiner Knabe reist nach Erez Israel«: Isi, eigentlich Isidor Ruhmann, »ein Jude«,[1490] wird von seinen nichtjüdischen Mitschülern darauf hingewiesen, dass er als Jude kein »Vaterland« habe, seine Mutter aber weiht ihn daraufhin in die lange leidvolle Geschichte des

---

[1489] Propp erarbeitete in seiner Studie zur Morphologie des Zaubermärchens ein bestimmtes Schema der Struktur eines idealisierten und typisierten Märchens, in dem der Sequenz des Auszugs, hier »↑«, des Helden eine zentrale Position zukommt: »ABC↑SchHZW {KPMSLö} L↓V – RXUEÜTStH*« Propp [Anm. 28], S. 104.

[1490] Herlinger [Anm. 1479], S. 85.

jüdischen Volkes und dessen Verlust Palästinas ein. Nachts, in Betrachtung des Sternbildes großer Wagen, fällt dieser dann als goldener fliegender Wagen vom Himmel und mit ihm ein als Prophet Elijah identifizierbarer alter Mann, der Isi mit auf eine Reise nach Palästina nimmt. Auf dem Weg dorthin sehen sie »Chaluzim [...], mutige, junge Juden, die in ihr Vaterland zurückkehren, um dort als Ackerbauern zu leben«,[1491] und Isi wird klar, dass er also doch ein »Vaterland« in *Eretz Israel* habe. Eliah zeigt ihm im Flug die geographischen Eigenheiten dieses Landes, Libanon, Hermon und Judäa, fruchtbare Täler und karge Wüsten, »Feigen, Granatäpfel Pistazien« und »Weingärten am Karmel«.[1492] Schließlich kommen sie nach Jerusalem und Isi fleht: »O, laß mich hierbleiben [...] so schön ist es da, so wunderschön in meinem Vaterland«.[1493] Im Gegensatz zu Simon Neumann oder Siegfried Abeles verschiebt Ilse Herlinger aber die kindliche Auswanderung auf das Jugendalter; Isi, so Elijah, müsse erst »groß« werden, bevor er selbstständig in sein Vaterland reisen könne. Dass er dieses aber nun habe, darüber ist sich Isi »am nächsten Morgen« sicher: »und mit einem Male erwachte wieder das heilige, schöne Gefühl in seinem Herzen: der Stolz, ein Vaterland zu haben.«[1494] Deutlicher als die anderen Märchen des Buches zeigt Ilse Herlinger hier Nutzen und Notwendigkeit des Zionismus auf. Den AdressatInnen wird anschaulich von der Existenz und der möglichen Zukunft von und in ihrem Vaterland berichtet, eine Reise dorthin als erstrebenswertes Ziel in Aussicht gestellt. Ihr Märchenbuch kann insgesamt aber nicht nur als moderne Umsetzung des deutschsprachigen jüdischen Märchens und dessen zionistische Variation angesehen werden, sondern auch als Kindermärchensammlung, die versucht, den Alltagsantisemitismus der Zwischenkriegszeit im und durch das Märchen zu »bewältigen«. Ilse Herlingers Märchen ordnen sich zwischen den Kategorien »Zionistische Kindermärchen« und »Märchen im Zeichen der Hoffnung« ein und deuten in ihrer Darstellung des oftmals beschwerlichen Kinderalltags auf die Märchen der Jahre 1933–38 voraus.

26-jährig hatte Ilse Herlinger mit ihren jüdischen *Märchen*, den *Geschichten um Mendel Rosenbusch* und dem *Trittroller-Wettrennen* bereits drei Kinderbücher und einige Hörfunkbeiträge erfolgreich veröffentlicht, allein ihre Märchensammlung erhielt drei Auflagen. 1930 heiratete sie Willi Weber, einen aufgrund einer Erkrankung zurückgekehrten Zionisten, und bekam zwei Kinder. Ihre Karriere als Schriftstellerin musste in dieser Zeit pausieren. In zahlreichen Briefen an ihre von Kindheitstagen an bekannte Brieffreundin Lilian von Löwenadler, später Treen, wurde Ilse Herlinger in dieser schriftstellerisch ruhi-

---

1491 Ebd., S. 88.
1492 Ebd., S. 89.
1493 Ebd., S. 91.
1494 Ebd.

geren Zeit aber zur hellsichtigen Zeitdiagnostin und -dokumentaristin. Ausgehend von ihrer eigenen familiären Situation schilderte sie in ihren Briefen auf bewegende Weise die Veränderungen und Repressionen seit der Machtübernahme der Nationalsozialisten und der deutsch-nationalen Bewegung im österreichischen Vielvölkerstaat und wie sehr das Leben ihrer und das vieler anderer jüdischen Familien ab Mitte der 30er Jahre davon überschattet war:

> wenn sich alles rings um einen plötzlich so verwandelt, wenn alles mit einem Male Feindseligkeit und Grausamkeit wird, dann verliert man den Glauben an alles. […] Lilian, ich bin seit drei Wochen krank, seelisch und körperlich krank, in einer Art, wie ich sie nicht an mir kenne. Ich kann nicht lesen, nicht schreiben, nichts arbeiten, es hält mich nichts zu Hause, ich treibe mich ziel- und rastlos auf den Strassen herum, was sehr nachteilig für mich ist, weil ich da Leuten begegne, denen es genau so geht, wie mir und die, genau wie ich selbst, kein anderes Thema haben, als: was nun?!? Du darfst nicht vergessen, dass bei uns Deutsche leben, Deutsche, mit denen wir in Frieden und Freundschaft gelebt haben, die aber seit Beginn der Henleinbewegung zusehends weniger friedlich und freundschaftlich geworden sind, die plötzlich der Ansicht sind, benachteiligt, bedroht zu sein, und die – mehr oder weniger verhüllt – alle Hitleranhänger sind. […] und am ärgsten sind wir Juden dran. Wie sehr muss Hitler uns fürchten, dass er uns so verfolgt! Ich habe bis heute an Gott geglaubt, aber wenn Er uns nicht bald einen Beweis seines Daseins gibt, kann ich es nicht mehr. Diese Verfolgung der Juden ist unmenschlich. Was sollen wir tun, wo sollen wir hin?[1495]

1939 gelang es Ilse, ihren ältesten Sohn Hanuš zu ihrer Freundin Lilian nach London zu schicken. Die in Tschechien verbleibenden Familienmitglieder mussten 1940 zunächst nach Prag umsiedeln. Im Frühjahr 1942 wurden Ilse, ihr Sohn Tommy und Willi Weber nach Theresienstadt deportiert. Bemerkenswert ist, dass Ilse Webers schriftstellerische und musikalische Tätigkeit dort, umgeben von Leid, Trauer und Tod, neu auflebte und mit ihren Gedichten und Liedern aus Theresienstadt künstlerische Dokumente aus einer der dunkelsten Epochen deutsch-jüdischer Geschichte vorliegen. Als Kinderkrankenschwester umsorgte sie ihre Schützlinge und erzählte und sang ihnen auf wundersame Weise erhaltene Gedichte und Lieder vor. Märchen, wunderbare Geschichten voller Hoffnung aus dem jüdischen Alltag wie zuvor, entstanden nun allerdings nicht mehr. Ruth Elias, die mit Ilse zusammen ein Zimmer in Theresienstadt bewohnte, berichtete im Nachhinein:

> Ilse war ein ernster, zurueckhaltender Mensch, der eine ganz strenge Tageseinteilung einhielt. Ein unbeschreibliches Pflichtbewusstsein, ihrer Familie und Kinder-Patienten gegenueber, liess sie nie zur Ruhe kommen. Von einem inneren Drang getrieben fing sie zuerst zu arbeiten, dann zu schaffen an. Erst heute, nach so vielen Jahren, kann ich mir

---

1495 Weber (Herlinger), Ilse: Brief an Lilian, 28.3.1938, Yad Vashem Archives Documentation of Ilse (Herlinger) Weber.

eine Erklaerung dafuer abgeben. Ilse wollte wahrscheinlich – unbewusst – fuer die kommenden Generationen etwas hinterlassen.[1496]

Willi Weber hatte die von Ilse Weber verfassten Theresienstädter Gedichte und Lieder bei Bauarbeiten unter einer Mauer versteckt, dort überstanden sie die Vernichtungswut der Nationalsozialisten und konnten posthum, zuletzt in der kommentierten Ausgabe Ulrike Migdals 2008, veröffentlicht werden.[1497] Ilse Weber selbst meldete sich, als die Kinder ihrer Krankenstation nach Auschwitz deportiert wurden, freiwillig zu deren Begleitung und starb 1944 zusammen mit ihrem Sohn Tommy und anderen Kindern in den Gaskammern des Konzentrationslagers Auschwitz.

Kindermärchen als Abbilder der »Schönheit der jüdischen Poesie« – Lina Wagner-Taubers *Jüdische Märchen und Sagen* (1930)

Die zuletzt entstandenen eindeutig zionistischen Märchen stammen von einer auch außerhalb ihres literarischen Schaffens politisch engagierten Zionistin, der 1874 geborenen Lina Wagner-Tauber. Sie war die »Schöpferin der jüdisch-nationalen und zionistischen Frauenbewegung in Deutschland«,[1498] eine führende zionistische Persönlichkcit und Autorin religiöser und zionistischer jüdischer Kindermärchen. Als Gründerin des ersten zionistischen Frauen- und Mädchenvereins, der *Jüdisch-Nationalen Frauenvereinigung*[1499] und dessen langjährige Vorsitzende sowie als eine der ersten gewählten Repräsentantinnen der jüdischen Gemeinde in Berlin überkreuzten sich in ihrem Leben und Wirken Frauenemanzipation und jüdisch-nationale Emanzipation im Sinne des Zionismus. In der *Jüdischen Rundschau* formulierte sie 1911:

> Während der Mann der praktische, soziale, politische Zionist ist, soll die Frau bestrebt sein, den kulturellen und geistigen Zionismus zu pflegen und in schöner harmonischer Weise beide zu vereinen und ergänzen. Niemand ist geeigneter als die Frau den zionistischen Gedanken ins Volk zu tragen, weil die Frau die Erziehung der Jugend und somit die Erziehung des ganzen Volkes in der Hand hat. Die geistige und die körperliche. Die geistige, indem sie Kurse für jüdische Geschichte, für jungjüdische Literatur

---

1496 Elias, Ruth: ohne Titel. Memoirs of Ruth Elias regarding her experiences in Theresienstadt, Documentation of Ilse (Herlinger) Weber, Yad Vashem Archives 2453, S. 1–6, hier S. 4f.
1497 Vgl. Weber, Ilse: Wann wohl das Leid ein Ende hat. Briefe und Gedichte aus Theresienstadt, hg. v. Ulrike Migdal, München 2008.
1498 Loewe, Heinrich: Lina Wagner-Tauber. Ein Nachruf von Professor Dr. Heinrich Loewe (Tel Awiw), in: Gemeindeblatt der jüdischen Gemeinde zu Berlin 26, 1936, 1, S. 15.
1499 Die Vereinigung sah sich vor allem als wohltätige Institution und soziales Hilfswerk für bedürftige Jüdinnen und Juden und engagierte sich zudem für jüdisch-nationale Erziehungsaufgaben.

gründet, indem sie sich mit der Schönheit der jüdischen Poesie vertraut macht, die hebräische Sprache nicht als eine tote Wissenschaft, sondern als eine moderne, notwendige Sprache betrachtet. In Kindergärten, Kinderhorten, Volksküchen, Mädchenklubs, Toynbelhallen soll die zionistische Frau den wahrhaft nationalen Geist hineintragen.[1500]

Diese Pflege des »kulturellen und geistigen Zionismus« in der Erziehung der jüdischen Jugend spricht auch aus ihrer 1930 im vor allem für religiöse Literatur bekannten Verlag Moses Wolf Kaufmann erschienenen Märchensammlung. Im Gegensatz zu anderen neuen jüdisch-zionistischen Kindermärchen orientierte sich Lina Wagner-Tauber aber wieder an jüdisch-volksliterarischen, religiösen Stoffen, an »der Schönheit der jüdischen Poesie«, und erzählte darin jüdische Märchen und Sagen aus dem Midrasch nach.[1501] In der Konzentration auf religiöse Belehrung näherte sie sich darin den Märchen, insbesondere den orthodoxen, der *admonitio judaica* an. Im Zentrum steht in ihren jüdischen Märchen jedoch immer der Aufruf an die kindlichen und auch erwachsenen AdressatInnen, eine jüdische Nation in *Eretz Israel* zu gründen:

> Und Abba Judan ließ große, prächtige Gebäude errichten. Einige sollen sogar bis auf den heutigen Tag stehen geblieben sein. Wenn ihr sie sehen wollt, so reist nur hin. Denn nur dort werdet ihr das Wort unserer Weisen und unserer Propheten am besten verstehen. ›**Denn von Zion geht die Lehre aus und das Gotteswort von Jerusalem**‹. [Herv. i. Orig.][1502]

In ihrer Märchensammlung begegnen sich damit zwei wirkmächtige Strömungen der jüdischen Kindermärchentradition, *admonitio judaica* und Zionismus, und werden einander angenähert. Einerseits werden so biblische und diasporische Höhepunkte kinderliterarisch aufbereitet nacherzählt, wie etwa die Erschaffung der Menschen, die Geschichte Moses, das Wirken Rabbi Chaninas oder Rabbi Eliesers, andererseits wird in dieser Rückschau immer auch auf die Zukunft des Judentums in nationaler Hinsicht verwiesen. Von den orthodoxen Märchen, etwa Frieda Weißmanns, unterscheidet Lina Wagner-Taubers Märchen neben dieser nationalen Komponente eine viel stärker kinderliterarische Aufbereitung sowie auch eine weitergehende Fiktionalisierung und Literarisierung der aggadischen Quellen. Rabbi Chanina beispielsweise tritt im Märchen »Das schönste Geschenk« zur besseren Identifikation der kindlichen LeserInnen und HörerInnen nur als kleiner Junge auf, der jedoch bereits zu diesem Zeitpunkt aufgrund seines Gottvertrauens wundertätige Kräfte hat. Im Märchen

---

1500 Wagner-Tauber, Lina: Zionistische Frauenarbeit, in: Jüdische Rundschau 16, 1911, 29, S. 333–334, hier: S. 333.
1501 Wagner-Tauber, Lina: Jüdische Märchen und Sagen. Dem Midrasch nacherzählt, Leipzig 1930.
1502 Ebd., S. 46.

»Die neugierige Dina« ist Rabbi Chanina dann zwar erwachsen, die Märchenhandlung um einen wundersam gefüllten Ofen und die Bestrafung der missgünstigen Nachbarin Dina ist aber im Rückgriff auf die bekannte Volks- und Kindermärchentradition im Gegensatz zu den jüdischen Volksmärchen des 19. Jahrhunderts und Weißmanns orthodoxen Nacherzählungen der *Aggada* wesentlich kindgemäßer gestaltet. Der gefüllte Ofen erinnert an »Frau Holle« und Dinas wachsende Nase an »Pinocchio« und »Zwerg Nase«. Auch sprachlich versucht Lina Wagner-Tauber den religiösen Erzählduktus kinderliterarisch zu akkommodieren: In Anlehnung an die formelhafte, mündliche Volksmärchentradition finden sich gereimte Passagen, Gedichte und Lieder in der Sammlung:

> Kommt, ihr Kinder, seht nur, seht,
> Wie's der bösen Frau hier geht,
> Wie die Nase ist so lang,
> Und an der Spitze ist sie blank.
> Tanzt, ihr Kinder, dideldum,
> Um die böse Frau herum.
> Heidi, heidi, heidideldum,
> Um die böse Frau herum.[1503]

Und auch die Erzählinstanz tritt viel stärker hervor und wendet sich in extradiegetischen Metalepsen immer wieder an die kindlichen AdressatInnen, so beispielsweise im Märchen »Das erste jüdische Lied«: »Einmal aber, da sang das ganze Volk Israel ein Lied, so schön, so zaubervoll, mit solch süßem Klange und solcher Kraft, wie es noch kein Mensch auf der ganzen Welt gesungen hat. Und wie dieses erste Lied entstanden ist, das will ich euch, meine lieben Freunde, erzählen.«[1504] Ähnlich wendet sich die Erzählinstanz auch im Märchen, »Simchas Thora«, das von der Verkündigung der Gebote an das Volk Israel handelt, an das kindliche Märchen-Du bzw. -Ihr:

> Daß Gott den Menschen nach seinem Ebenbilde geschaffen hat, das weiß jetzt jedes Kind. Ja, natürlich ihr wißt es alle, weil ihr schon das göttliche Gesetz empfangen habt. Ihr könnt edel und gut sein, brav und wahr. Ihr könnt das Göttliche in Euch immer größer und größer werden lassen, und wie auf Flügeln könnt ihr euch zur Sonne emporschwingen.[1505]

Wie in anderen zionistischen Märchen wird in dieser Apostrophe den kindlichen AdressatInnen der Horizont, die Möglichkeiten für die eigene Entfaltung geöffnet und das Kind »empowered«, die Zukunft des jüdischen Volkes mitzubestimmen. Lina Wagner-Tauber sah, wie oben zitiert, in der Erziehung der Jugend auch die Erziehung des Volkes. Kindheitsemanzipation, *empowerment* des

---

1503 Ebd., S. 50 f.
1504 Ebd., S. 8.
1505 Ebd., S. 73.

Kindes, religiöse Unterweisung und Zionismus gehen in ihrer Märchensammlung deshalb Hand in Hand. Die Märchen sind durchweg von einem starken Volksgedanken geprägt, der hier jedoch auch dezidiert religiös verstanden wird: »Wir müssen in unserm Element bleiben, selbst wenn einige dabei zu Grunde gehen. Was ist ein einzelner gegen die große Masse? Die Hauptsache ist, daß das ganze jüdische Volk mit seinen Lehren und Gesetzen in seiner Ursprünglichkeit erhalten wird.«[1506]

Lina Wagner-Tauber selbst emigrierte 1933 nach Palästina, wo sie 1936 starb. Ihre Märchensammlung wurde vielfach beachtet[1507] und kann in ihrem Plädoyer für das Judentum und eine national-jüdische Sichtweise als Teil der Jugendalijah gesehen werden, die jungen jüdischen Menschen die Migration nach Palästina erleichtern sollte. Der Begründer und Impulsgeber der deutsch-jüdischen Kindermärchen, Heinrich Loewe, schrieb zusammenfassend in einem Nachruf über sie:

> Mit Frau Lina Wagner-Tauber ist ein Stück Geschichte des Zionismus in Deutschland verschwunden. Denn diese einzigartige Frau, die ein ganzer und geschlossener Mensch gewesen ist, und die bis zum letzten Atemzuge am lebendigen Judentum und an der Entwicklung alles jüdischen Lebens tätigen Anteil genommen hat, war eine führende Gestalt im Zionismus in Deutschland gewesen von ihrer Jugend an [...] Lina Tauber war in Deutschland die erste Frau, die sich der zionistischen Arbeit mit froher Begeisterung hingab und in ihr mit großem organisatorischem Talent wirkte. Mit Recht wurde sie schon damals von Herzl, Wolffsohn und andern zionistischen Führern geschätzt. Auf die Jugend übte sie allezeit einen tiefen und nachhaltigen Einfluß aus. Keine Arbeit war ihr zu schwer und lästig, wenn man Menschen helfen oder wenn man für das Judentum und zumal für den Zionismus wirken konnte. Ihre kleinen jüdischen Gedichte, ihre Kinderspiele, ihre Märchen blieben nicht tote, geschriebene Buchstaben. Sie wußte sie zu beleben und hat damit jahrein, jahraus Kinder für jüdische Dinge erwärmt. Ihre Nachdichtungen von Aggadot und Midraschim haben auf gewisse Kreise jüdischer Jugend einen großen erzieherischen und jüdischen Einfluß ausgeübt.[1508]

1506 Ebd., S. 16.
1507 Genannt und empfohlen wurde Lina Wagner-Taubers Märchensammlung von Krämer, Clem.: Jüdische Märchen und Sagen, in: Bayerische israelitische Gemeindezeitung 6, 1930, 2, S. 18. Sowie in der *Zeitschrift für die Geschichte der Juden in Deutschland*, (1930), 1 und *Der Morgen : Monatsschrift der Juden in Deutschland*, (1930), 6. Außerdem findet sich eine Nennung in der *Jüdischen Schulzeitung*, Heft 4, 1930, S. 7, in Guttmann [Anm. 1267] und beim Preußischen Landesverband Jüdischer Gemeinden [Anm. 1267].
1508 Loewe [Anm. 1498].

5.5. Märchen im Zeichen der Hoffnung – Jüdische Kinder- und Kunstmärchen als (Über)Lebenshilfe unter nationalsozialistischer Herrschaft

Jüdische Kinder- und Jugendbücher, die im Zeitraum 1933 bis zum Verbot jüdischer Buchproduktion im Dezember 1938 im »separierten jüdischen Kulturkreis«[1509] erschienen sind, zeugen vom Wunsch nach Bewahrung und stellvertretendem Leben einer Kindheit und Jugend, die in Deutschland, Österreich und vielen osteuropäischen Ländern für jüdische Kinder immer unmöglicher wurde.[1510] Auch wenn sie den von Ausgrenzungen und Entrechtungen geprägten Alltag der jüdischen Bevölkerung nur verdeckt schildern konnten,[1511] verleihen sie dem Wunsch nach Veränderung und Aufbruch, der Hoffnung auf eine ungetrübte Kindheit, Ausdruck. Während Annegret Völpel gemessen an den veränderten Zeitumständen für die moderne jüdische Kinder- und Jugendliteratur, insbesondere die zionistischen Kinder- und Jugendbücher,[1512] eine »zweite Hochphase« konstatieren kann,[1513] stagnierte die Anzahl neuer jüdischer Märchen in den 1930er Jahren stark. Nur mehr zwei Märchenbücher, Frieda Mehlers *Feiertags-Märchen* und Ludwig Strauß' *Zauberdrachenschnur* sowie einige wenige einzeln in Periodika abgedruckte jüdische Volks- und Kunstmärchen wurden in diesem Zeitraum erstpubliziert. Es scheint, als habe das deutschsprachige jüdische Märchen angesichts der immer weiter fortschreitenden Absage an den Glauben an ein deutsch-jüdisches Miteinander seine Existenzberechtigung verloren. Eine auch kulturell als deutsch- bzw. europäisch-jüdisches Kompositum verstandene Gattung, die zudem oftmals als eskapistisch missverstanden wurde, wirkte nun wohl selbst nur mehr wie ein Märchen, eine phantastische Erzählung aus einer anderen, nun utopisch gewordenen Welt.

1509 Schoor [Anm. 1087], S. 11.
1510 Ein Beispiel dafür ist Meta Samsons *Spatz macht sich:* Samson, Meta: Spatz macht sich, Berlin 1938. Die Autorin Meta Samson lebte alleinerziehend mit ihren drei Kindern in Berlin, noch vor dem Ausreiseverbot für Juden in Deutschland gelang den beiden ältesten die Emigration nach Palästina und in die USA. In der Folgezeit lebte Meta Samson alleine mit ihrer Tochter Marlene, 1942 wurden beide nach Auschwitz deportiert. Ihr Kinderbuch *Spatz macht sich* verarbeitet Lebensumstände ihrer Tochter Marlene und deren Kindheit unter nationalsozialistischer Herrschaft. Mikota, Jana: Jüdische Schriftstellerinnen – wieder entdeckt.»Sollte sich Spatz freuen oder traurig sein, daß die großen Geschwister so weit fort waren?« Die Schriftstellerin, Journalistin und Pädagogin Meta Samson, in: Medaon 6, 2010, 4, S. 1–7, hier: S. 2.
1511 Vgl. Schoor [Anm. 1087], S. 11.
1512 Das zionistische Jugendbuch wendet sich in dieser Zeit vor allem der Abenteuererzählung zu. Im Zentrum dieser standen meist junge jüdische Männer, die in Palästina jüdische Siedlungen bauten oder verteidigten, so etwa Salo Böhms *Helden der Kwuzah*. Vgl. Völpel [Anm. 1057], S. 367ff.
1513 Ebd., S. 348.

Diejenigen jüdischen Märchen, welche unter nationalsozialistischer Herrschaft entstanden sind, versuchten aber, das Potential des Märchens – in der Darstellung einer »durchausentgegengesetzten Welt« dichterische Bewältigung von Welt zu sein – auszunutzen. Es ging zum einen darum, in der wundersamen Anderswelt des Märchens die real immer repressiver werdenden Umstände vergessen zu machen und Auswege, Hoffnungen und ein positives Kindheitsbild ungeachtet aller Schrecken im wirklichen Leben aufzuzeigen. Die Märchen griffen dazu auf einen modernen und unmittelbaren, an der Entwicklung des Kindes orientierten Erzählmodus, die Rücknahme der »erziehenden« auktorialen Erzählinstanz[1514] und gleichzeitig die Betonung der Kindheitsautonomie sowie die Einbeziehung sowohl bekannter deutscher und jüdischer Volksmärchenmotive als auch zeitgenössischer moderner Technik- und Naturphänomene zurück. Zum anderen sollte gerade nun, in Zeiten verstärkter Zuschreibung zum Judentum von außen, »im Spannungsfeld von Fremdbestimmung und Identitätssuche«,[1515] die eigene jüdische Identität und eine positive jüdische Selbstwahrnehmung im märchenhaft-literarischen Spiel gestärkt werden – und dies über alle innerjüdischen Divergenzen von Orthodoxen, Liberalen und Zionisten hinweg. Neuen jüdischen Kinder- und wiederaufgelegten Volksmärchen zwischen 1933 und 1942 kam die Aufgabe zu, ihre Leserinnen und Leser in zum Teil längst vergessenen Traditionen und Bräuchen zu unterweisen[1516] und den Glauben an ein jüdisches Volk zu stärken. Noch Ende 1942 druckte das *Jüdische Nachrichtenblatt*, eines der letzten existierenden jüdischen Periodika, drei Volksmärchen aus dem *Ma'assebuch*, »Die sieben Glücksjahre«, »Drei Lehren« und »Die Hornisse und der König David«[1517] sowie das anonym erschienene »Das Märchen vom reichen Manne« ab[1518] und empfahl die Märchensammlungen von Lina Wagner-Tauber und Frieda Mehler.[1519] In allen wird jüdisches Gemeinschafts- und Volksbewusstsein gestärkt und im Märchenwunderbaren der Gattung Hoffnung vermittelt.

Eine letzte Funktion des jüdischen Märchens ab 1933 wird abschließend im teleologischen »Märchen von den vier Brüdern«, das im Juni 1938 in der Zeitschrift *Der Morgen* erschienen ist, erkennbar. Es handelt sich dabei einschränkend weder um ein ausgewiesen kinderliterarisches noch jüdisches Märchen, paratextuelle Zuweisungen fehlen. Die Adressierung an die jüdische Gemein-

---

1514 Vgl. ebd., S. 365.
1515 Schoor [Anm. 1087], S. 179.
1516 Vgl. Völpel [Anm. 1057], S. 351.
1517 O.A.: Aus den Märchen der Juden, in: Jüdisches Nachrichtenblatt 1942, 18.12.1942, 51, o.S.
1518 O.A.: Das Märchen vom reichen Manne, in: Jüdisches Nachrichtenblatt 1942, 27.11., 48, S. 1–2.
1519 Vgl. unten.

schaft ist jedoch durch das Publikationsforum *Der Morgen. Monatsschrift der Juden in Deutschland* gegeben. In Struktur und Figurenkonstellation ist das Märchen an das deutschsprachige Volksmärchen angelehnt und erinnert an Grimms Märchen »Die vier kunstreichen Brüder«. Allerdings formuliert die bis dahin vor allem für ihre Gedichte geschätzte deutsch-jüdische Autorin Marianne Rein[1520] die volksmärchenhafte Ausgangssituation in eine philosophische und ontologische Erzählung über die Suche nach dem Sinn des Lebens um. Vier Brüder wenden sich im Märchen dazu einem jeweils anderen Element, der erste dem Feuer, der zweite der Luft, der dritte dem Wasser und der vierte der Erde, zu. Drei gehen auf brutale Weise zugrunde, der älteste Bruder findet zwar das »Reich der feurigen Flamme«,[1521] doch anstelle einer Antwort auf seine Frage nach dem Sinn des Lebens »ward er zur Flamme und brannte lautlos«[1522]. Ähnlich ergeht es dem zweiten und dritten Bruder, beide werden vom Wind bzw. dem Wasser zu Tode gebracht. Der jüngste Bruder wartet derweil, »hin- und hergeschleudert zwischen Zuversicht und Befürchtung«, voller Hoffnung auf die Heimkehr seiner Brüder. »Er suchte nicht nach dem verbotenen Sinn«,[1523] sondern »lebte seine Menschentage und tat seine Arbeit«.[1524] Nach und nach fällt ihm das Wissen um den Sinn des Lebens zu, nicht plötzlich, sondern »wie eine schöne Fernsicht«: »Das Nächste immer galt es zu tun, zu leben, zu schauen, zu schaffen, und als Gnade winkte am Ende die Einsicht, daß Aufgabe und Sinn ineins verschmolzen.«[1525] Wie später in Theodor W. Adornos *Negativen Dialektik,* so scheint auch hier wahre Erkenntnis weder objektiv, noch subjektiv möglich zu sein, die Suche nach dem Sinn und Zweck des Lebens wird als »verboten« geschildert: »Leben das Sinn hätte, fragte nicht danach [...] die These, das Leben habe keinen [Sinn], wäre als positive genauso töricht, wie ihr Gegenteil falsch

---

[1520] Marianne Rein, 1911 in Genua geboren, war eine judisch-deutsche Lyrikerin und Schriftstellerin. Früh verlor sie ihren Vater an eine Krankheit und lebte fortan mit ihrer Mutter in Würzburg. Ende der 30er Jahre begann sie eine Liebesbeziehung mit dem Dichter Jacob Picard, der sie mit dem Zirkel um Kurt Pinthus, Nelly Sachs und Gertrud Kolmar bekannt machte. 1940 wurden einige ihrer Gedichte neben denen Nelly Sachs' und Gertrud Kolmars auf einem Rezitationsabend des Jüdischen Kulturbunds in Berlin vorgetragen. Ein Jahr später deportierten sie die Nationalsozialisten nach Riga, wo sie vermutlich Ende 1941, Anfang 1942 ermordet wurde. Zur Biografie: Vgl. Raim, Edith: Marianne Rein – eine vergessene jüdische Dichterin aus Würzburg, in: Mainfränkisches Jahrbuch für Geschichte und Kunst 59, 2007, S. 335–375. Vgl. zu Leben und Werk Marianne Reins auch: Rein, Marianne Dora: Das Werk, hg. v. Rosa Grimm, Würzburg 2011.
[1521] Rein, Marianne: Märchen von den vier Brüdern, in: Der Morgen. Monatsschrift der Juden in Deutschland 14, 1938, 3, S. 121–124, hier: S. 122.
[1522] Ebd.
[1523] Ebd., S. 124.
[1524] Ebd.
[1525] Ebd.

ist.«[1526] Sinnerkenntnis wird im Märchen Marianne Reins als (göttliche) Gnade zuteil, kann also nur metaphysisch, nicht in den irdischen Elementen erreicht werden. Erst am Ende, im Ineinswerden mit der »Erde, aus der einst Gott den Menschen schuf«,[1527] sei Erkenntnis möglich.

Das »Märchen von den vier Brüdern« stellt in all dem eine Sichtweise des Lebens als Anvertrauen und Hingeben an eine metaphysische Macht, an die göttliche Gnade vor. In der Suche nach Sinn läge nur Sinnlosigkeit, im unhinterfragten, hoffnungsvollen Leben aber Erkenntnis. Übertragen auf die Zeit um 1938 versucht dieses Märchen so, Trost, Hoffnung und Sinn im Vertrauen auf einen göttlichen Heilsplan in Aussicht zu stellen und dies nicht nur an Kinder gerichtet, sondern, in Zeiten allgemeiner Ausgrenzung und beginnender Verfolgung der europäischen Judenheit, an das gesamte jüdische Volk.

»Nein, das war kein Traum« – Mutmacher-Märchen für jüdische Kinder in Frieda Mehlers *Feiertags-Märchen* (1935)

Exemplarisch für jüdische Selbstbehauptung und Lebenshilfe im deutsch-jüdischen Kindermärchen der Zeit ab 1933 steht das Werk der Autorin Frieda Mehler. Über ihr Leben ist nicht sehr viel überliefert. Als Frieda Sachs wurde sie 1871 in Halberstadt geboren, zwischen 1879 und 1894 lebte sie bei ihrer Großmutter im Posener Wongrowitz, später in Köln und Berlin. 1939 emigrierte sie in die Niederlande, von wo sie jedoch zunächst in das Lager Westerbork und 1943 in das Vernichtungslager Sobibor deportiert und schließlich ermordet wurde.[1528] Frieda Mehler engagierte sich für die Emanzipation von Frauen genauso wie die von Kindern. Ihre in der Zeit nach 1933 publizierten Gedichte zeugen außerdem von ihrem Engagement für die jüdische Gemeinschaft. Zu ihrem 65. Geburtstag veröffentlichten die *Posener Heimatblätter* eine Würdigung ihrer Person, große Bekanntheit hat sie über einen engeren Wirkungskreis jedoch vermutlich nie erlangt:

> Eine ihrer schönsten Märchengestalten ist sie sicherlich selbst; denn ihr Leben bleibt eine Legende der Güte. Sie dichtet nicht nur von wundertätigen Feen und ständiger Opferbereitschaft, sie lebt wie eine treue Magd des Herrn ihren Grundsätzen vorbildlich nach [...] Wenn treue Hingabe an die erzieherischen Kräfte unseres Judentums

---

1526 Adorno, Theodor W.: Negative Dialektik, in: Theodor W. Adorno: Negative Dialektik. Jargon der Eigentlichkeit, hg.v. Rolf Tiedemann, Frankfurt a. M. 1973, S. 7–400, hier: S. 369f.
1527 Rein [Anm. 1521], S. 124.
1528 Vgl. Mache, Beata: Frieda Mehler, 2016, https://phdj.hypotheses.org/456#more-456, zuletzt geprüft am: 19.04.2018.

eine erlauchte Art edlen Menschentums bleibt, dürfen wir die Dichterin als jüdischen Menschen in der vollgültigen Bedeutung jedes dieser Worte feiern.[1529]

Frieda Mehler veröffentlichte zwei Gedichtbände, *Vom Wege* (1934), aus dem im selben Jahr einige Gedichte bei einem Rezitationsabend des Jüdischen Kulturbundes in Berlin vorgelesen worden waren,[1530] und *Wir* (1937). Während *Wir* die Frauenemanzipation in den Fokus stellt und das weiblich-schöpferische Potential unterstreicht,[1531] spiegelt sich im Zentrum von *Vom Wege* jüdisches Leben unter nationalsozialistischer Herrschaft. Insbesondere die Gedichte des Mittelteils rufen zu Zusammenhalt, Glaube und Hoffnung in der jüdischen Gemeinschaft auf[1532] und bezeugen den Willen zum innerjüdischen Aufbegehren gegen den nationalsozialistischen Antisemitismus. Geschichte und Schicksalsgemeinschaft des jüdischen Volkes werden zur Stütze des Individuums, jüdische Identität – wie einige Jahrzehnte zuvor im Gedicht Richard Beer-Hofmanns – zum Schlüssel ewigen Fortlebens:

Jude bist Du, Kraft von ewiger Kraft,
Unsterblichkeit Dein Teil, das Gott Dir gab.
Es stirbt der Einzelne, das Ganze lebt,
Und in dem Ganzen lebst auch Du unsterblich weiter.
Stelle Dein Leben nur hinein in das Gesetz,
Nimm a u f die Last, und Deine Kräfte sind unendlich.
Ein Tropfen bist Du in dem großen Meer,
Ein Körnchen Staub im Winde.
Und doch — das Meer, es wäre nicht ohne Dich,
Und die, die v o r Dir waren.
Nimm einen, einen einzigen aus der Kette
Des Seins, und alles, alles schwindet hin, Ist nichts.
Trage die Kette wie eine Krone,
Nicht wie eine Last, die drückt und wuchtet.
Hebe Dein H a u p t zu den Sternen,
Und auf der E r d e stehe Dein Fuß sicher und fest.
Bindeglied bist Du zwischen Ewigkeit und Vergänglichkeit.
D u b i s t , was ewig s t i r b t und doch ewig l e b t ,
Mensch u n d Jude. [Herv. i. Orig.][1533]

1529 Silbergleit, Artur: Frieda Mehler, in: Blätter des Verbandes jüdischer Heimatvereine 10, 1936, 9, S. 55.
1530 Vgl. Schoor [Anm. 1087], S. 133.
1531 Vgl. Kaplan, Marion A.: Die jüdische Frauenbewegung in Deutschland. Organisation und Ziele des Jüdischen Frauenbundes 1904–1938, Hamburg 1981, S. 179f.
1532 Vgl. Schoor [Anm. 1087], S. 176. 1938 wurde *Vom Wege* auf die »Liste des schädlichen und unerwünschten Schrifttums« der NSDAP gesetzt.
1533 Mehler, Frieda: Vom Wege. Gedichte, Berlin 1934, S. 9.

Frieda Mehlers lyrisch-politischer Betätigung gingen mehrere kinderliterarische, vor allen Dingen dramatische Werke voraus. Bereits 1910 veröffentlichte sie mit *Ein Chanuka-Traum* und *Die Megilla* zwei Festtags-Spiele, 1914 und 1930 folgten weitere Sammlungen an Chanukka-Dramen für Kinder.[1534] Mit ihren 1935 in erster Auflage erschienenen *Feiertags-Märchen*[1535] erweiterte sie ihr Gattungsspektrum. Obgleich auch hier der jüdische Festtagskalender im Mittelpunkt steht, verkörpern Frieda Mehlers im Paratext jüdischen, »unseren Kindern« gewidmete Märchen sowohl aus erzählerischer wie auch thematischer Sicht mehr als bloße religionspädagogische Vermittlungsarbeit.

Alle Märchen sind eng an den Alltag der kindlichen AdressatInnen bzw. der Kinder in Frieda Mehlers Leben angelehnt[1536] und weisen Elemente des Lebens in der Stadt, technische Errungenschaften wie den »Schienenzepp« und »Flugzeuge«[1537] sowie die Panke in Berlin,[1538] auf. Die Figuren sind keine papierenen, flachen Figuren, sondern moderne kindliche Individuen. Mirjam und Peter beispielsweise reden im Soziolekt von Berliner Großstadtkindern und erzählen sich die Geschichte vom »ollen Pharaoh«.[1539] Auch Geschlechterrollen und -bilder werden neu verhandelt, so beteiligt sich Peter ganz selbstverständlich, »wie immer, auch am Puppenspiel«. Er »war Puppenvater, es leuchtete ihm durchaus nicht ein, daß es nur immer Puppenmütter geben sollte.«[1540] In dieser in Teilen stark sozialrealistischen Ausrichtung der Märchen gewinnt die Kategorie des Wunderbaren jedoch eine andere Funktion, mutiert das Märchen zur phantastischen Erzählung. Manche Märchen, wie beispielsweise gleich das erste, »Die Mosespuppe« verzichten ganz auf übernatürliches Geschehen, in den meisten anderen fällt das Märchenwunderbare erst im Verlauf der Erzählung in den »normalen« Alltag ein. Da erscheinen plötzlich und zum Erstaunen der ProtagonistInnen Lichtgeister, Bäume beginnen zu erzählen, Blumen zu sprechen, Käfer werden zu Edelsteinen und Öllämpchen zu kleinen Männern mit Goldkrone. Diese stärker realistisch gestaltete Einbindung des Märchenhaften erhöht das Identifikationspotential und damit auch den Beispiel- und Vorbildcharakter der Erzählungen für die kindlichen AdressatInnen und erweckt den

---

1534 Vgl. Völpel [Anm. 15], S. 229 ff.
1535 Unverändert wurde das Buch 1937 in zweiter Auflage verlegt: Mehler [Anm. 493].
1536 Die These liegt nahe, dass sie in den beiden in mehreren Märchen auftauchenden Figuren »Mirjam und Peter« ihre eigenen Kinder, oder zumindest Kinder, die ihr nahe standen, eingeschrieben hat.
1537 Ebd., S. 39.
1538 Ebd., S. 6.
1539 Ebd; Völpel, Annegret: Mehler, Frieda. Feiertags-Märchen, in: Deutsch-jüdische Kinder- und Jugendliteratur von der Haskala bis 1945. Die deutsch- und hebräischsprachigen Schriften des deutschsprachigen Raumes: ein bibliographisches Handbuch, hg. v. Zohar Shavit, Hans-Heino Ewers, Annegret Völpel u. a., Stuttgart 1996, S. 755.
1540 Mehler [Anm. 493], S. 5.

Eindruck, auch im schwierigen Alltag jüdischer Kinder in den 1930er Jahren könnte plötzlich ein Märchenwunder geschehen.

Alles Wunderbare ist dabei auch hier immer religiös konnotiert, es handelt sich um Engel, Propheten oder Naturphänomene, die der Einhaltung der jüdischen Feste oder der Hilfe und Unterstützung der jüdischen Kinder dienen sowie um anthropomorphisierte und animisierte religiöse Gegenstände wie Kidduschbecher oder Thorarollen. Im Gegensatz zu anderen Festtagsmärchen, beispielsweise denen Frieda Weißmanns, steht hier aber meist nicht die biblische Geschichte hinter den Feiertagen im Vordergrund, sondern die Bräuche und Traditionen, wie sie jüdische Kinder im religiösen Jahresverlauf im 20. Jahrhundert erlebten. Hebräische Begriffe werden dazu immer erläutert und empathisch von der Schwierigkeit der hebräischen Sprache für deutschsprachig aufgewachsene Kinder berichtet: Für den »kleinen Josef« im »Pessachmärchen« beispielsweise ist Hebräisch »schrecklich schwer zu lernen, die ganzen Buchstaben mit den Häkchen und Schwänzchen tanzten immer durcheinander«.[1541]

Die Erzählinstanz nimmt hier oftmals die Perspektive der kindlichen MärchenheldInnen ein und lässt sie zu Wort kommen, die auktoriale Sprechsituation rückt in den Hintergrund. Kinder schildern ihre Ängste, Sorgen, Gedanken und auch Widersprüche mit der Erwachsenenwelt. So wundert sich Josef im »Pessachmärchen«, dass »der Vater erklärt: ›Ho lach-moh anjo ist das Brot des Elends‹. Josef findet das gar nicht, er ißt Mazzoth sehr gern.«[1542]

Auch die Illustrationen Dodo Bürgners – eigentlich Dörte Clara Wolff, eine 1907 in gutbürgerlicher jüdischer Familie geborene Illustratorin und Karikaturistin der Zeitschrift ULK sowie Modeschöpferin[1543] – stellen die kindlichen ProtagonistInnen und deren Lebenswelt in den Mittelpunkt: Spielzeug, Lichtgeister und personifizierte jüdische Artefakte tummeln sich da in den meist eindimensionalen einfachen Strichwelten. Stilistisch zwischen Jugendstil, Neuer Sachlichkeit und Art Déco changierend unterstreichen Dodos mit filigraner Linie gemalte Zeichnungen die Modernität von Frieda Mehlers jüdischen Kindermärchen. Mehrdimensionale Zeichnungen, wie die zum »Pessachmärchen« (Abb. 13) oder »Kolnidre« sind phantastisch verzerrt, sodass Elijahs Treppe vom Mond direkt in das Zimmer Josefs wandern kann oder der Schatten der Lichtgeister deutlich wird. In den eindimensionalen und einfachen Bildern tritt neben

---

1541 Ebd., S. 10.
1542 Ebd.
1543 Vgl. zu Biografie und Werk Dodos: Dodo. Leben und Werk/life and work: 1907–1998, hg. v. Renate Krümmer, Ostfildern 2012. Sowie: Karich, Swantje: Endlich dürfen wir sie sehen. Die Zeichnerin Dodo in Berlin, 2012, http://www.faz.net/aktuell/feuilleton/die-zeichnerin-dodo-in-berlin-endlich-duerfen-wir-sie-sehen-11713276.html, zuletzt geprüft am: 19.04.2018.

blockhaften, kubistischen Formen die weiche Linienführung der Menschen und Pflanzen hervor, wird jüdisches Leben lebendig.

Abbildung 13: »Pessachmärchen«, aus: Frieda Mehler: Feiertags-Märchen. Zeichnungen von Dodo Bürgner, 2. Aufl., Berlin 1937, S. 11.

Die in den Märchen erzählten wunderbaren Dimensionen werden als nur den Kindern zugänglich beschrieben; als jüdische Märchenreiche, die für Erwachsene und deren rationales Weltbild längst verloren gegangen sind. Mirjam und Peter beschließen zum Beispiel, nachdem sie miterleben durften, wie zahlreiche Thorarollen in der Nacht vor »Simchas Thauroh« in der Synagoge zum Leben erwacht waren, ihre märchenhaften Erlebnisse zu verheimlichen: »›Geträumt, Peter? Nein, das war kein Traum. Sieh, hier an meinem Arm kannst du noch sehen, wie mich die schwere Thora gedrückt hat. Aber wir wollen es niemand erzählen, sie glauben uns doch nicht.‹ ›Da hast du recht‹, sagte Peter, ›sie glauben uns Kindern nie so etwas.‹«[1544] Eine Ausnahme bilden aber märchen- bzw. geschichtenerzählende Frauen und Mütter, die in den Märchen oftmals als Vermittlerinnen der wunderbaren Welten vorgestellt werden. So beispielsweise die »alte Sarah«, die Mirjam und Peter von den Chanukah-Lichtgeistern berichtet[1545] oder Mirjams und Peters Mutter, die Märchen des Geschichtenbaums hört.[1546]

1544 Mehler [Anm. 493], S. 31.
1545 Ebd., S. 32.
1546 Ebd., S. 13.

Diesen geschichtenerzählenden Frauen ist die Märchenwelt wie den Kindern zugänglich und Märchenautorschaft damit dezidiert weiblich besetzt. Vielleicht schreibt sich Frieda Mehler als unter Umständen extradiegetische Mutter Mirjams und Peters damit aber auch selbst in ihr Märchenbuch ein.

Ursprung des Märchenwunderbaren ist auch bei Frieda Mehler die jüdische Welt an sich. Bildhaft wird dies im Märchen »Rosch Haschonoh« anhand der Metapher der Schutzgeister illustriert und eine für Erwachsene oftmals unsichtbare, jüdische Kinder umgebende phantastische Dimension beschrieben. Jedem Kind ist darin ein Geist beigegeben, der auf dessen Taten achtet und ihn oder sie an der Barmizwah besonders segnet.[1547] Jüdischen Kindern wurde in diesem Bild der wunderbaren jüdischen Märchenwelt eine »trostvolle religiöse Grundorientierung vermittelt« und ihr Gemeinschaftsgefühl bestärkt; »die Kinderschrift stellte sich erzählend auf die Seite ihrer Leser und erfüllte so die seit 1933 drastisch zur Überlebenshilfe veränderte Funktion jüdischer Kinderliteratur.«[1548]

Der Alltag der Kinder in Frieda Mehlers Märchen ist oftmals gar nicht märchenhaft und von Armut, Krankheit oder Einsamkeit geprägt. Im »Rosch Haschonoh«-Märchen beispielsweise wird der Tod eines einsamen Findelkindes beschrieben und in »Kolnidre« die Beeinträchtigungen eines kranken, gelähmten Mädchens, das erst durch das Märchenwunderbare, aber auch im Bewusstsein der eigenen Güte »von Schmerz und Krankheit«[1549] erlöst werden kann: »Nimm auf die Last, und Deine Kräfte sind unendlich«. Auffällig oft sind Kinder und deren Familien aber auch von Armut geprägt, der Grund dafür wird in »Wie die kleine Esther die Sukkoh schmückte« deutlich benannt:

> Sie saß allein in der Wohnung, die Mutter war gegangen, um noch etwas Arbeit auszutragen. Sie wollte die Feiertage mit dem Kinde etwas zu essen haben. Im vorigen Jahre war es ihnen noch gut gegangen; wenn der Vater auch schon lange tot war, hatte die Mutter doch eine gute Stellung in einem Geschäft gehabt und für sich und das kleine Mädchen sorgen können. Nun war sie aber schon ein Jahr abgebaut, weil sie Jüdin war, und es war immer schlechter bei ihnen gegangen. Die Mutter machte allerlei Handarbeiten, die gerade modern waren, aber die Geschäfte zahlten sehr wenig und Privatleute, die etwas bestellten, wurden immer weniger. Und Esther hatte nichts, nicht einen einzigen Groschen gehabt, um Perlen oder buntes Papier oder auch nur ein bißchen buntes Garn zu kaufen [...] Dann wollte sie auch in diesem Jahre die Sukkoh gar nicht ansehen, und darum saß sie nun in ihrer Ecke und weinte. Als sie aber die Mutter kommen hörte, nahm sie schnell ein Tuch und schlüpfte hinaus, damit die

---

1547 Vgl. ebd., S. 16–20.
1548 Völpel [Anm. 1539], S. 755.
1549 Mehler [Anm. 493], S. 22.

> Mutter denken sollte, sie wäre in der Synagoge, und sich nicht grämen sollte über die Tränen der kleinen Esther.[1550]

Nicht nur wird hier die schwierige Lage der Judenheit in Deutschland, die Herausdrängung aus Berufen und die soziale und finanzielle Ausgrenzung eingeflochten, sondern auch auf die Folgen daraus für das Leben innerhalb der jüdischen Familien, speziell für jüdische Kinder, eingegangen. Esther ist einerseits traurig, dass sie aufgrund der Arbeitslosigkeit der Mutter keinen Beitrag zum Schmücken der Sukkoh leisten kann, andererseits möchte sie aber auch stark sein und ihrer Mutter nicht noch mehr Sorgen bereiten. Sie selbst verbietet sich damit in Zeiten der Not einen egozentrischen, kindlichen Blick auf die Welt und nimmt erwachsene Rollenmuster in der sich sorgenden Tochter an. In den Märchen Frieda Mehlers wird so ein Abbild der kindlich-komplexen Gefühlswelt sichtbar und für jüdische Kinder eine Möglichkeit zur Identifikation, Empathie und Verständnis aufgezeigt. Am Beispiel der kleinen Esther, die letztendlich auch ohne Geld, dafür mithilfe der Natur und des Märchenzaubers den schönsten Sukkoh-Schmuck überhaupt vollbringt, zeigt das Märchen Hoffnung im Glauben und neue Lösungswege auf.

Zwischen Aachen und Palästina – Ludwig Strauß' Märchensammlung *Die Zauberdrachenschnur* (1936)

> Aber alle seine Freunde redeten ihm von der Wanderung ab, denn es war lange nicht mehr vorgekommen, daß einer aus Anakia in die Welt hinaus gegangen war. Die Menschen waren immer mächtiger geworden, sie hatten Maschinen und Eisenbahnen und Autos, Flugzeuge und Kanonen und Gewehre, so konnten die Riesen keine Macht mehr über sie haben. Und nun fürchteten sie, die Menschen würden sie fortjagen, wenn sie kämen, oder sie würden sie fangen und für sich arbeiten lassen, oder sie würden sie wegen ihrer Länge verspotten. Ratapomms Freunde sagten ihm das alles und sagten ihm noch dazu: ›Wie willst du dich auch in der weiten Welt zurechtfinden? Nur die Menschen wissen in ihr Bescheid, und die sind uns nicht freund und werden dir nicht helfen.‹ Aber Ratapomm ließ sich nicht bange machen und ging in die Welt hinaus.[1551]

Das Zitat entstammt dem Märchen »Das ungleiche Paar« aus dem 1936 erschienenen Märchenbuch *Zauberdrachenschnur* des deutsch-jüdischen Autors Ludwig Strauß. Ratapomm, ein Riese aus Anakia, macht sich darin entgegen aller Ratschläge auf, das Mädchen seiner Träume zu finden. Er reist nach Palästina, überquert das Gebirge Juda und gelangt in den Libanon, wo er seine zukünftige Frau, die Zwergin Biridini, und deren Eltern kennenlernt. Mithilfe

---

1550 Ebd., S. 25.
1551 Strauß, Ludwig: Die Zauberdrachenschnur. Märchen für Kinder, Berlin 1936, S. 16.

des Zauberers Madualo, dem sie zunächst zur Wiedergewinnung seines Zauberschlosses verhelfen müssen, erlangen beide in Menschengröße ihre angestrebte Gleichheit und lassen sich in Palästina, wo sie ein Haus mit Feldern und Garten vom Bruder des Zauberers geerbt haben, unter Menschen nieder: »Und sie bebauten sein Feld und wohnten in seinem Haus und wurden so glücklich, wie ers ihnen gewünscht hatte«.[1552] Wie der Riese Ratapomm, so reiste auch der Autor des Märchens, Ludwig Strauß, zu Beginn des Jahres 1935 von Aachen – das eine große onomatopoetische Ähnlichkeit mit »Anakia« hat – nach Palästina, um dort zusammen mit seiner Frau Eva Buber, der Tochter Martin und Paula Bubers, ein neues Leben zu beginnen.[1553] Im Märchen spiegeln sich seine eigene Auswanderung und die Schwierigkeiten als Ungleicher unter gleichen Menschen, als Jude unter Deutschen zu leben, wieder.[1554] In seiner Märchensammlung *Zauberdrachenschnur* vermischen sich solcherart zionistische Elemente mit sowohl Kunst- und Volksmärchenmotiven als auch neuen Kind- und Kindheitsbildern und führen insgesamt zu einer kaum kategorisierbaren Mixtur der verschiedensten Elemente. Alle Märchen sind von einem hoffnungsvollen, spielerischen und utopischen Märchenton geprägt, von einer »Hoffnung auf eine universale Versöhnung der Gegensätze«,[1555] die sie zum Zeitpunkt ihres Erscheinens vor allen Dingen zu einer Lebenshilfe für jüdische Kinder werden ließ.

Ludwig Strauß war sowohl Germanist als auch Judaist,[1556] Hölderin, Goethe, die Romantiker,[1557] Kleist und Heine begeisterten ihn ebenso wie altjüdische Stoffe. Er war 1892 in Aachen geboren, studierte Germanistik und Philosophie in Berlin und München und diente im 1. Weltkrieg im deutschen Heer.[1558] Ende der 1920er Jahre promovierte er über Hölderlin und begann eine Tätigkeit als Pri-

---

1552 Ebd., S. 42.
1553 Vgl. Horch, Hans Otto: Strauß, Ludwig, in: Metzler Lexikon der deutsch-jüdischen Literatur. Jüdische Autorinnen und Autoren deutscher Sprache von der Aufklärung bis zur Gegenwart, hg. v. Andreas B. Kilcher, 2., aktual. und erw. Aufl., Stuttgart 2012, S. 487–489, hier: S. 488.
1554 Vgl. Mach [Anm. 5], S. 118.
1555 Horch, Hans Otto: Nachwort des Herausgebers, in: Ludwig Strauss: Gesammelte Werke. Prosa und Übertragungen, hg. v. Hans Otto Horch 1998, S. 566–603, hier: S. 588.
1556 Vgl. Rübner, Tuvia: Vorwort, in: Martin Buber, Ludwig Strauss: Briefwechsel 1913–1953, hg. v. Tuvia Rübner, Dafna Mach, Frankfurt a. M. 1990, S. 9–14, hier: S. 12.
1557 Im Archiv der National Library in Jerusalem konnten mehrere Notizzettel, handschriftliche Blätter zu einzelnen Romantikern und deren Schriften und Essenzen gesichtet werden. Unter anderem beschäftigte sich Ludwig Strauß dabei mit den Brüdern Schlegel, Novalis, darunter auch mit dessen Märchen und *Heinrich von Ofterdingen*, Achim von Arnim, Eichendorff, Ludwig Tieck und Wackenroder: Strauß, Ludwig: Zur deutschen Romantik. Mehrere handschriftliche Notizblätter, Ludwig Strauss Archive National Library Jerusalem ARC. Ms. Var. 424 04 72.
1558 Rübner, Tuvia: Ludwig Strauß – Gestalt und Werk. Biographische Skizzen, in: Ludwig Strauss, 1892–1992. Beiträge zu seinem Leben und Werk. Mit einer Bibliographie, hg. v. Hans Otto Horch, Tübingen 1995, S. 7–26, hier: S. 8.

vatdozent für Literaturwissenschaft an der TH Aachen. Hans Otto Horch schreibt über Ludwig Strauß, er habe »sich von Jugend an – im Sinn einer völligen Gleichrangigkeit der Bestandteile des Begriffs – als deutsch-jüdischer Dichter und Wissenschaftler verstanden«.[1559] Seine Person und sein literarisches wie auch wissenschaftliches Œvre seien einem »dialogischen Apriori«[1560] verpflichtet und darin Ausweis einer deutsch-jüdischen Transkulturalität, wie sie nur selten anzutreffen war.

Im Zuge der von Martin Buber ausgerufenen »Jüdischen Renaissance« und der von Moritz Goldstein angeregten »Kunstwart-Debatte« entdeckte Ludwig Strauß, wie dies Itta Shedletzky herausgearbeitet hat,[1561] den Zionismus für sich. 1912 äußerte er im *Kunstwart*, es sei die wichtigste Aufgabe, »die wurzellose Judenheit Deutschlands wieder in den Boden jüdischen Geistes zu verwurzeln«.[1562] Zwischen Assimilation und »Absonderung« positionierte er sich in einem »Dazwischen«, tendierte jedoch für die Zukunft für eine (kultur)zionistische Lösung, die sich u. a. auch in der Wahl zur neuhebräischen Sprache als seine Schriftsprache ausdrückte:

1559 Horch, Hans Otto: Einleitung, in: Ludwig Strauss, 1892–1992. Beiträge zu seinem Leben und Werk. Mit einer Bibliographie, hg. v. Hans Otto Horch, Tübingen 1995, S. 1–5, hier: S. 1.
1560 Horch [Anm. 1555], S. 588.
1561 Vgl. Shedletzky, Itta: Fremdes und Eigenes. Zur Position von Ludwig Strauß in den Kontroversen um Assimilation und Judentum in den Jahren 1912–1914, in: Ludwig Strauss, 1892–1992. Beiträge zu seinem Leben und Werk. Mit einer Bibliographie, hg. v. Hans Otto Horch, Tübingen 1995, S. 173–184.
1562 Strauß, Ludwig, als: Quentin, Franz: Aussprache zur Judenfrage, in: Kunstwart 25, 1912, 22, S. 236–244, hier: S. 243. Zwei Jahre später führt er seine Gedanken weiter aus, und verhandelt – wie seine ganze Generation berauscht vom Beginn des 1. Weltkrieges – in seinem vielbeachteten Aufsatz »Reichstreue und Volkstreue«, der im Oktober 1914 in der *Jüdischen Rundschau* erschien, das Zusammengehen von Reichstreue gegenüber dem deutschen Kaiserreich und Nationaljudentum im Sinne einer jüdisch-zionistischen Idee: »Wenn wir Nationaljuden Deutschlands bisher erklärten, daß wir ebensogute Patrioten seien wie die Nationaldeutschen, obwohl wir uns offen und entschieden zu unserem eigenen Volkstum bekennen, glaubte man an unseren Patriotismus nicht. Nun man diesen unseren deutschen Patriotismus am Werke sehen muß, hält man unseren jüdischen Nationalismus für Trug und Phrase. Weil man nicht begreift, daß ein Patriotismus aus reiner Staatstreue ohne die Unterstützung nationalistischer Triebe leben kann [...] Denn wir jüdischnationalen Bürger und Soldaten des Deutschen Reiches, die gesonnen sind, alles zur Verteidigung ihres bedrohten Staates hinzugeben, ziehen hinaus, ohne das Geringste von unserem jüdischen Volksgefühl verloren zu haben, ohne die geringste Absicht, uns und unsere jüdische Sonderart der Assimilation an andere hinzugeben. Frei neben Freien kämpfen wir für das gemeinsame Reich, bekämpfen geschlossen den allgemeinen Feind, ohne daß wir es deshalb nötig hätten, unsere Besonderheiten und unsere jüdische Freiheitssehnsucht aufzugeben.« Strauß, Ludwig: Reichstreue und Volkstreue, in: Juedische Rundschau XIX, 1914, 41/42, S. 1.

> Es wäre lächerlich, das Deutsche, das sich mit uns verwoben hat, zu leugnen. Soweit in uns aber das Jüdische überwiegt, müssen wir es bewußt und bestimmt in den Mittelpunkt unseres Lebens und Schaffens stellen, um etwas Ganzes zu werden.[1563]

Während seiner Zeit in Aachen beschäftigte er sich neben seinen Studien zu Hölderlin und George auch intensiv mit deutscher und jüdischer Volksliteratur. Tuvia Rübner, der Ludwig Strauß' Werk und Person zuletzt durch eine kommentierte Werkausgabe zusammen mit Hans Otto Horch einer breiteren Öffentlichkeit bekannt gemacht hat, hebt dabei insbesondere Strauß' Zweisprachigkeit hervor, sein Changieren zwischen dem Hebräischen und Deutschen. Strauß sei »in beiden Sprachen lebend, in beiden daheim« gewesen und »dadurch nicht nur im deutschen Schrifttum, sondern auch im hebräischen seinem Rang nach eine Ausnahmeerscheinung«[1564]. In seinem literarischen und wissenschaftlichen Schaffen nutzte er diese Mehrsprachigkeit für neue Übersetzungen und Neuausgaben der hebräischen und jiddischen jüdischen Volksliteratur. Er übersetzte die *chassidischen Erzählungen* Jizchak Leib Perez', die Erzählung *Das Wünschfingerlein* von Mendele Moicher Sforim – beides Klassiker der jiddischen Literatur – und gab 1934 mit seinem *Geschichtenbuch* eine Auswahl an Erzählungen des *Ma'assebuchs* heraus. In dessen Nachwort schreibt er, er habe »die übersetzten talmudischen Stücke weniger berücksichtigt«, als vielmehr die »ausgesprochene Volkserzählung« der deutsch-jüdischen Tradition vorgezogen, wie beispielsweise den Sagenzyklus um den Regensburger Rabbi Schmuel den Frommen,[1565] der wiederum mit dem in Kapitel 3 ausführlicher dargestellten Stoffkreis um Rabbi Chanina und dessen Brautfahrt verbunden ist.[1566] Im Jiddischen des Ostjudentums sah Strauß, wie sein Schwiegervater Martin Buber, eine Bereicherung und die Quelle eines ursprünglich-volksliterarischen Stoffes, die dem von Assimilation, Reformjudentum und Emanzipation enttäuschten deutschen Judentum zur Mitte der 1930er Jahre neuen inneren Halt und eine eigene jüdische Kultur- und Tradition in der Folklore, in Texten aus dem jüdischen Volk eröffnen sollte.

Gerade diese starke bi- und transkulturelle Ausrichtung, »diese tiefe Positi-

---

1563 Strauß, Ludwig, als: Quentin, Franz [Anm. 1562], S. 244. Vgl.: Shedletzky [Anm. 1561].
1564 Rübner [Anm. 1558], 7f. Vgl. dazu auch: Matveev, Julia: Ludwig Strauss: An Approach to His Bilingual »Parallel Poems«, Boston u. Berlin 2018.
1565 Strauß [Anm. 562], S. 74. Die meisten Geschichten handeln auch in der Sammlung Strauß' von den Abenteuern und wunderbaren Geschehnissen um Rabbis, einige parabelhafte auch vom moralisch guten Handeln reicher oder armer, aber immer frommer Männer. Wiederkehrende Themen sind dabei die Prüfung des Glaubens, die Einhaltung religiöser Gesetze und der Ehetreue sowie auch der Todesengel, die Ausbildung zum Schriftgelehrten sowie die Abwendung von weltlichen und die Hinwendung zu geistigen Gütern. Frommes Handeln wird auch in Strauß' Bearbeitung immer mit Reichtum, einer glücklichen Ehe und u. U. dem Eingreifen eines wunderbaren Helfers belohnt.
1566 Vgl. ebd., S. 14–23.

vität« beiden Sprachen und Kulturen gegenüber, die mit den politischen Veränderungen in Deutschland und Strauß' Ausreise nach Palästina ein abruptes Ende finden musste,[1567] hatte ihn aber, so Tuvia Rübner, zeitlebens sowohl von deutsch-christlichen und assimilierten als auch zionistisch-hebräischen Zeitgenossen entfremdet.[1568] 1933, infolge der nationalsozialistischen antisemitischen Gesetzgebung und Denunziationen durch die Studentenschaft, verlor Ludwig Strauß seine Lehrberufung an der TH Aachen und wanderte mit seiner Familie nach Palästina, seiner »alt-neuen Heimat«[1569] aus. Dort arbeitete er nach einer kurzen Zeit in Jerusalem und dem Kibbuz Hasorea als Pädagoge und Lehrer im Kinderdorf Ben Shemen, war weiterhin literarisch, nun sowohl auf Deutsch als auch Hebräisch, tätig und lehrte zuletzt bis zu seinem Tod 1953 an der Hebrew University Vergleichende Literaturwissenschaften.[1570]

Ludwig Strauß gehört im hier behandelten Gesamtkorpus neben Max Nordau zu den bekanntesten und am besten untersuchten Autoren. Zu seinem literarischen Werk zählen vor allem Gedichte, aber auch Essays, Erzählungen, Aufzeichnungen und zwei Dramen[1571] sowie – was in den meisten der bisher erschienenen Biographien und Untersuchungen zu Ludwig Strauß immer wieder vernachlässigt wurde –[1572] Märchen für Kinder. Die Märchen Ludwig Strauß' entstanden zum Großteil noch in Deutschland. Bereits 1931 las er im WDR zwei von ihnen vor.[1573] Das Märchen »Die Zauberdrachenschnur« hatte Ludwig Strauß im gleichen Jahr für seine Nichte Judith Buber binden lassen und eigenhändig illustriert.[1574] 1932 erschien eine Ausgabe der ersten acht Märchen im Privatdruck, gegenüber der Schocken-Ausgabe von 1936 fehlten darin noch »Wellenkind«, »Der alte Krug« und »Das ungleiche Paar«.[1575] Letztere sind erst in den Jahren 1933 und 1934 in Auseinandersetzung mit Strauß' Übersiedelungsprozess nach Palästina[1576] und unter dem Eindruck erschwerter Lebensverhält-

---

1567 Vgl. Horch [Anm. 1555], S. 566f.
1568 Vgl. Rübner [Anm. 1558], S. 7f.
1569 Horch [Anm. 1553], S. 488.
1570 Vgl. ebd. Die Arbeit an seiner Märchensammlung bzw. seine Beschäftigung mit Märchen setzte er nach seinem Umzug in Palästina fort (Brief (Nr. 234) an Martin Buber vom 1. 11. 1936). Es entstand das Märchen »Der verflogene Bach«, das allerdings nicht mehr publiziert wurde und nur mehr im Ludwig-Strauß-Archiv in Jerusalem einsehbar ist.
1571 Vgl. Horch [Anm. 1555].
1572 Eine Ausnahme bildet: Mach [Anm. 5].
1573 Eine Aufnahme dieser Lesung ist nach Angaben des WDR leider nicht erhalten.
1574 Strauß, Ludwig: Die Zauberdrachenschnur. Schreibmaschinentext mit Widmung (»Ein Märchen für Judith vom Onkel Ludwig Chanukah 1931«) und drei handschriftlichen Bleistiftzeichnungen, 1931, Ludwig Strauss Archive National Library Jerusalem ARC. Ms. Var. 424 02 49a.
1575 Vgl. Strauß, Ludwig: Die Zauberdrachenschnur. Märchen für Kinder, Berlin 1932.
1576 1924 und 1934 hatte Strauß bereits Reisen nach Palästina unternommen, 1935 emigrierten

nisse der jüdischen Bevölkerung in Deutschland entstanden. Sie thematisieren als einzige innerhalb der Sammlung dezidiert jüdische Inhalte[1577] und ersetzen damit ein Vorwort, das Strauß' Auffassung von »Märchen für Kinder« bzw. Märchen für *jüdische* Kinder unter den seit 1933 vehement veränderten Zeitumständen neu zu definieren versucht hätte: In einem Brief an Martin Buber vom 15. April 1934, vermutlich zur Zeit der Entstehung des Märchens »Der alte Krug«, schrieb Ludwig Strauß, er könne »ein Einleitungsmärchen oder sonst eine Einführung, die dem Ganzen eine spezifisch jüdische Note gäbe, nicht ohne Gewaltsamkeit, also nicht, machen«.[1578]

Alle elf Märchen erschienen 1936 als *Zauberdrachenschnur. Märchen für Kinder* in der Reihe »Bücherei des Schocken Verlags« des Zionisten Salman Schocken. In den 1930er Jahren hatte sich diese zur »umfangreichsten und erfolgreichsten jüdischen Literaturserie« entwickelt[1579] und versucht, ungeachtet aller sich ab 1933 verstärkenden nationalsozialistischen Repressionen und Restriktionen, jüdische Identität und Volksbewusstsein weiterhin zu fördern und »den Reichtum jüdischer Literatur vor Augen [zu] führen«.[1580] Auch wenn, wie dies Hans Otto Horch feststellt, Ludwig Strauß' Märchenbuch insgesamt »weit mehr aus deutschen und gemeineuropäischen als aus jüdischen Quellen und Modellen«[1581] schöpft, erfüllt es durch die nachträgliche Hinzufügung und Voranstellung zweier eindeutig jüdischer Märchen sowie einer ausgeprägten Hinwendung an die nächste Generation und den hoffnungsvoll-transkulturellen Unterton das Programm Schockens.

Das aus der Sammlung herausragende Eingangsmärchen »Der alte Krug« führt die Leserinnen und Leser in eine von Märchenzauber umgebene jüdische Vorwelt: »Vor mehreren hundert Jahren« in »Jerusalem« leidet eine jüdische Familie darin unverschuldet finanzielle Not. Jerachmiel, der Vater und Töpfer, verkauft aufgrund allgemeiner Armut zu wenige Waren. Um den drohenden Wohnungsverlust der Familie zu verhindern, bleibt Jerachmiel nur, eine Kopie eines alten Kruges anzufertigen, die ihm aber nicht gelingen mag. Zum Glück weiß Menachem, sein Sohn,[1582] den Weg zum Eingang ins Totenreich, wo ihnen

---

er und seine Familie endgültig. Vgl. zur Ausgabengeschichte: Strauss, Ludwig: Gesammelte Werke. Prosa und Übertragungen. Band 1, hg. v. Hans Otto Horch 1998, S. 550 f.
1577 Ludwig-Strauss-Archiv Akademie der Künste Berlin: Findbuch.
1578 Strauß, Ludwig: Brief Nr. 196. 15. 4. 1934. Prien am Chiemsee, in: Martin Buber, Ludwig Strauss: Briefwechsel 1913–1953, hg. v. Tuvia Rübner, Dafna Mach, Frankfurt a. M. 1990, S. 181 f.
1579 Völpel [Anm. 1057], S. 401.
1580 Ebd., S. 402.
1581 Horch [Anm. 1555], S. 586.
1582 Die Protagonisten des Märchens »Der alte Krug«, Jerachmiel und Menachem, haben der Handlung entsprechende Namen: Jerachmiel bedeutet so viel wie ›mit dem Gott Mitleid hat‹, Menachem ist ›der Tröster‹. Die Namen der Protagonisten sind also nicht nur die der

der »Prophet Elijahu« begegnet und sie zu jenem Töpfer bringt, der den Originalkrug angefertigt hatte, und dies nun auch Jerachmiel zeigt.[1583] Wie in der von Strauß übersetzten Geschichte des *Ma'assebuchs* um die Brautfahrt Rabbi Chaninas und vielen anderen jüdisch-volksliterarischen Märchen tritt auch in »Der alte Krug« der »Prophet Elijahu« als magischer Helfer auf und löst scheinbar unlösbare Aufgaben. Er, beziehungsweise die göttliche Macht, in deren Diensten er steht, ist derjenige, der das Märchenwunderbare hervorruft und wirkt. Anders als in den auf dieses Märchen folgenden Texten Ludwig Strauß' handelt es sich beim wunderbaren Helfer nicht um einen Zauberer, sondern eine Figur aus der jüdischen Religion und Volksliteratur. Elijah wird von Jerachmiel und Menachem explizit um Beistand angerufen, da ihnen dessen Wundertätigkeit, Trost, Rat und Hilfe aus »vielen Geschichten« bereits bekannt war.[1584] In einer Besprechung des Werkes seiner Schwiegermutter Paula Buber beschreibt Ludwig Strauß »Volksliteratur« weniger als »Vergangenheit«, als vielmehr »ewige Vorwelt, das unerschöpfliche Moment des Ursprungs, das in [...] verschollenen Mächten unsere geordnete Welt umschweift«.[1585] Im intertextuellen Verweis auf eine solcherart begriffene jüdische volksliterarische Tradition des Märchens holt Ludwig Strauß den wunderbaren Märchenhelfer Elijah in das Kinderzimmer der 1930er Jahre. Das Märchen endet nämlich mit einer extradiegetischen Apostrophe an den/die LeserIn: »Möge er auch uns begegnen, wenn wir uns verirrt haben, und uns helfen, wenn wir in Not sind, wie Jerachmiel und den Seinen!«[1586] Dass er gerade dieses Märchen in seiner Ausgabe von 1936 an die erste Stelle setzte, zeigt, dass es ihm, entgegen der Erstausgabe im Privatdruck von 1932, darum ging, seiner Märchensammlung nun, auf der Schwelle zwischen Aachen und seiner »alt-neuen« Heimat Palästina, eine dezidiert jüdische und jüdisch-volksliterarische Ausrichtung zu geben.

Das bereits zitierte zweite Märchen der Sammlung, »Das ungleiche Paar«, das Ratapomms bzw. Ludwig Strauß' Reise in die neue Heimat Palästina vorstellt, ist im Gegensatz dazu intertextuell eher mit der deutschen und europäischen Volksliteratur und -märchentradition verbunden. Riesen, Zwerge und Zauberer treffen auf geflügelte Schuhe, denen Hermes' oder den Siebenmeilenstiefeln Peter Schlemihls ähnlich, eine an das Nibelungenlied erinnernde Tarnkappe sowie ein Zaubernetz, das alle, die es umgibt, wie Musäus' gleichnamige Liebes-

---

individuellen Figuren, sondern, ähnlich wie »Gernegut«, »Aschenputtel« oder »Schneewittchen«, volksmärchenhaft sprechende Namen.
1583 Vgl. Strauß [Anm. 1551], S. 5–14.
1584 Ebd., S. 10f.
1585 Strauß, Ludwig: Georg Munk. [1928/29], in: Ludwig Strauss: Schriften zur Dichtung. Gesammelte Werke Band 2, hg. v. Tuvia Rübner, Hans Otto Horch, Göttingen 1998, S. 318–328, hier: S. 328.
1586 Strauß [Anm. 1551], S. 14.

und Frauenmetapher, bewegungslos macht.[1587] Auch das ebenfalls noch nicht im Privatdruck enthaltene Märchen »Wellenkind« ist in Motivik, Gestaltung und Struktur dem europäischen Volksmärchen ähnlich und verarbeitet unter Rückgriff auf lyrische Passagen und formelhafte Wendungen den volksliterarischen Wassergeist- und Undinen-Erzählstoff. Ein Fischerpaar, das sich schon seit langem ein Kind gewünscht hatte, findet darin eines Tages einen Jungen im Fischernetz. Dieser ist jedoch nicht ganz Mensch, ein »Wellenkind«, und wird im Laufe des Märchens immer mehr vom Meer und dessen halbmenschlichen Bewohnern angezogen. Seine menschlichen Pflegeeltern »sannen und sannen, was sie denn tun sollten, damit Wellenkind ganz ihnen gehörte und ganz ein Mensch würde wie sie«.[1588] Aus Angst ihn zu verlieren, begeben sie sich auf eine gefährliche Reise zu Meerkönig und -königin und bitten ihren Jungen frei. Im Gegensatz zum häufig tragisch endenden Erzählstoff endet Strauß' Wellenkind-Märchen aber gut: Aufgrund ihrer großen Opferbereitschaft wird der Wunsch des Fischerpaares gewährt und das »Wellenkind« ganz »Menschenkind«.[1589] Die Verpflanzung des Kindes von einem Lebensraum in einen anderen glückt.

Die zuvor entstandenen und im Privatdruck veröffentlichten Märchen, von »Gernegut und sein Wecker« bis »Tag und Nacht«, greifen ebenfalls zum Teil volksliterarische Motive und Strukturen auf, eine jüdisch-kulturelle Ausrichtung fehlt hier allerdings bzw. wird nur zwischen den Zeilen thematisiert. Im Zentrum seiner frühen Märchensammlung sollte ein tendenzfreies Erzählen für und die Unterhaltung von Kindern stehen. Nach Angaben Martin Emanuel Strauß', Ludwig Strauß' älterem Sohn, seien die meisten Märchen zunächst mündlich, in kommunikativem Austausch mit seinen beiden Söhnen, »zum Teil durch Anreize der Landschaft oder unsere] Kinderfragen«[1590] entstanden:

> Martin zum Vater: ›Vati, wie hast du die Geschichte vom Schweigenland erkannt?‹ Der Vater: ›Weisst du nicht mehr? Wir haben vom Schweigen gesprochen, und da hast du mich gefragt: bist du denn aus Schweigenland? und da ist mir die Geschichte eingefallen.‹ Martin: ›Warum?‹ Der Vater: ›Das weiss ich nicht, sie ist mir eben eingefallen.‹ Martin: ›Schweigenland gibt es garnicht richtig. - - - Hast du jetzt die Geschichte wieder vergessen?‹ (November 1931)[1591]

Die Märchen bilden Strauß' Erzähltechnik vom Kinde aus ab. In ihnen fließen seine Beobachtungen über kindliche Weltwahrnehmung und naive Poesie zu-

---

1587 Vgl. ebd., S. 33.
1588 Ebd., S. 91.
1589 Ebd., S. 97.
1590 Strauß, Emanuel [=Martin Emanuel]: Von Aachen nach Jerusalem. Vortrag gehalten in Aachen am 12. Oktober 1992, Ludwig Strauss Archive National Library Jerusalem ARC. Ms. Var. 424 7 83, S. 1–6, hier: S. 6.
1591 Strauß, Ludwig: Martin. 8 Blätter, 1926–1932, Ludwig Strauss Archive National Library Jerusalem ARC. Ms. Var. 424 04 157.

sammen. Wie aus Dokumenten aus dem Ludwig-Strauß-Archiv der National Library in Jerusalem hervorgeht, sammelte er parallel zu seiner volksliterarischen Beschäftigung nämlich auch Sprüche, Taten, häufig verwendete Namen und Begriffe, Träume und Gedanken aus dem Kinderalltag seiner Söhne.[1592] Die Märchen sind dementsprechend von liedhaften Sequenzen, Reimen, Personifizierungen, Animisierungen und Anthropomorphisierungen durchzogen und Naturphänomene wie Bäume, Flüsse, Wolken und Gestirne märchenhaft belebt.

Zu mutmaßen wäre also, dass sich Strauß' Märchen an der Schnittstelle seiner Studien über Kindheit und seiner Beschäftigung mit den Schriften und der Epoche der Romantik konstituierten. Sie stellen neue Bearbeitungen volksliterarischer Stoffe unter einem neuen pädagogischen und dem Kinde zugewandten, märchenhaften Erzählen dar. So beispielsweise das titelgebende Märchen »Die Zauberdrachenschnur«: Es stand ursprünglich, in der Ausgabe im Privatdruck von 1932, an erster Stelle. Es handelt von einem unbekümmert-naiven aber mutigen Kasper, der auf einem Kirschbaum sitzend und Kirschen naschend, einem darunter schlafenden Zauberer das Leben rettet, indem er den Wolf, der diesen fressen wollte, mit einem Stecken und Kirschkernen verjagt. Als Dank kann sich Kasper im Zauberschloss eine magische Gabe aussuchen. Er hat die Wahl zwischen einer Zauberangelschnur, einer Zauberhundeschnur und eben jener Zauberdrachenschnur. Seinem kindlichen Charakter entspricht die Wahl der Zauberdrachenschnur, mit deren Hilfe er jeden beliebigen Gegenstand in der Luft schweben lassen kann. Nachdem er dies am Zauberer ausgetestet hat, kehrt Kasper in sein Dorf zurück, rettet eine Bauersfamilie und deren Besitz vor einem drohenden Steinschlag, zähmt den Wolf und dessen Familie und verpflanzt schließlich den Kirschbaum der Eingangsszene in seinen eigenen Garten. Struktur, Namensgebungen, Motivik und literarische Gestalt, der einfache Satzbau sowie die Einstreuung gereimter Verspartien entsprechen hier dem mitteleuropäischen Volksmärchen. Mit Kasper, den sprechenden Tieren Wolf und Fink und dem Zauberer treten typisierte, in den Worten Max Lüthis, »papierene«, »flache« Märchenfiguren auf, die wenig bis kein individuelles Potential besitzen. Wolf, Zauberer und die Verdreifachung der magischen Gaben sind darüber hinaus aus Volksmärchen wie »Rotkäppchen«, »Der gestiefelte Kater« oder »Tischlein deck' dich« bekannt.

Daneben zeigen sich demgegenüber die Einflüsse der Reformpädagogik. Held des Märchens ist ganz eindeutig ein Kind, kein Jüngling, Müllerssohn oder Prinz. Seine kindliche Lust an der im Gegensatz zu den anderen Wahlmög-

---

1592 Vgl. ebd. Wie Martin beispielsweise mit anderen Religionsformen umgeht (Teufelsglaube im Kindergarten), welche Gedichte er sich merkt und erfindet, wie er die Natur wahrnimmt (die Sonne freut sich über das Sonnenlied der Kinder und beginnt deshalb zu scheinen) und welche Funktionen, Mächte und Eigenarten Gott aus Sicht eines Kindes zugeschrieben werden.

lichkeiten weniger brauchbar-rationalen Gabe der Zauberdrachenschnur, sein unbekümmerter Charakter sowie auch sein Verhalten dem ihm eigentlich wohltätigen Zauberer gegenüber, weisen ihn als regelrechten »Kasper« aus; als moralisch guten, jedoch nicht unbedingt besonnenen oder nachdenklichen Zeitgenossen. Kindheit bedeutet eben auch, nicht immer vernünftig zu handeln, sondern vor allem das zu tun, was Spaß macht, was Freude bereitet, was »am lustigsten«[1593] ist. Das Märchen stellt eine ausgewiesene Kindlichkeit und Kindheitsautonomie in den Mittelpunkt, der pädagogische Impetus ist sehr zurückgestellt. Auch die Erzählperspektive und -haltung unterstreichen noch die Hinwendung an eine kindliche Leserschaft. Die abschließend gestellte Frage: »Und was hättest du gewählt?«[1594] holt den/die LeserIn in die Geschichte, macht ihn/sie zum Gefährten des unbekümmerten Kaspers und regt die Phantasie und Lust an der Märchenwelt an.

Die kompromisslose Ausrichtung an der kindlichen Leserschaft wird auch in »Dampfreiterchen«, ein kurzer Text über einen anthropomorphisierten Dampflokomotivenrauch, »Wolkentochter«, einer Neuerzählung des Ikarusstoffes, sowie den stärker pädagogisch-moralisch entworfenen Märchen »Gernegut und sein Wecker« und »Brautfahrt nach Schweigeland« deutlich.[1595] Das Märchen »Warum die Ruhr so große Bögen macht« greift die Kommunikationssituation von Vater und Kind auf und wird zur Volksmärchen-Ätiologie, in der Zwerge und Pflanzengeister und letztendlich der Fluss selbst seinen Verlauf erklären.[1596]

Hintergründiger gestalten sich die Märchen »Vom Baum, der laufen wollte« und »Tag und Nacht«. In beiden kann ein Verweis auf die Situation der jüdischen Gemeinschaft in Deutschland und die Frage nach deren Zukunft gesehen werden. »Vom Baum, der laufen wollte« zeigt den Weg eines Tannenbaums, dem von einem Zauberer Füße verliehen werden, damit er sich einen neuen, nicht mehr so einsamen Wohnort suchen kann. Als Baum mit Füßen, als weder ganz Baum noch ganz Mensch, muss er jedoch schnell lernen, dass er nirgendwo dazu zu gehören scheint: »Die Bäume schicken mich fort, weil ich ein Baum mit Füßen bin, die Menschen laufen vor mir fort, weil ich mit Füßen ein Baum bin.«[1597] Hans Otto Horch sieht hierin »(auch) das Entfremdungsproblem der jüdischen Diaspora« und eine Kritik am allzu »optimistischen Zionismus«.[1598] Als vermenschlichter Baum kann die Tanne nicht einfach zu den anderen in den Tannenhain umsiedeln, er muss erst seine im übertragenen Sinn zu verstehenden

---

1593 Strauß [Anm. 1551], S. 65.
1594 Ebd.
1595 Vgl. dazu auch: Mach [Anm. 5], 12, 14 f; Horch [Anm. 1555], S. 587.
1596 Vgl. Strauß [Anm. 1551], S. 66–72.
1597 Ebd., S. 81 f.
1598 Horch [Anm. 1555], S. 587.

»Wurzeln« wiederfinden, um Teil der Gemeinschaft zu werden. Das letzte Märchen der Straußschen Sammlung thematisiert abschließend die Trennung der himmlischen Familie Mutter Sonne, Vater Mond und Sternenkinder. In ewiger Suche begriffen wandeln sie, wie Ahasver, der ewige Jude, um die Welt. Erst an einem utopischen, märchenhaften Tag, werden sie einander finden und, wie das Volk Israel in messianischer Hoffnung, wieder vereint strahlen:[1599]

> Ganz ebenso liefen nun die Mutter hinter den Kindern und dem Vater, und der Vater mit den Kindern und der Dunkelheit hinter der Mutter her am Himmelsgewölbe, immer um die Erde herum, immer um die Erde herum. Jedes sieht den Schein vom Licht der andern und hat Heimweh danach, daß wieder alle beisammen wären. Aber weil sie gleich schnell laufen und keines bleibt stehn und keines kehrt sich um, so wandern sie heute noch einander nach um die Erde. Wenn sie aber doch einmal sich wiederfinden, dann ist der schönste Tag. Dann scheinen Sonne, Mond und Sterne zu gleicher Zeit.[1600]

In Rückbindung an den Beginn des Märchenbuches spannt sich, so Dafna Mach, ein »Bogen von der Existenzbedrohtheit von Juden, aus der sie nur das wunderbare Eingreifen des göttlichen Boten zu retten vermag, bis in eine utopische Zukunft«.[1601] Strauß' erstes und letztes Märchen verbinden sich zu einer messianischen, auf Hoffnung ausgerichteten Rahmung der Märchensammlung, in der die volksmärchenhaften, autobiographischen und die der transkulturellen Verflechtung mit der deutschen Kultur entsprungenen Kindermärchen eingebettet sind. Das Märchenbuch *Zauberdrachenschnur* setzt sich so besehen mit der Situation der Juden in Europa zur Mitte der 1930er Jahre auseinander. In den Märchen wird insgesamt der Versuch deutlich, Antworten und Bewältigungsstrategien für jüdische Kinder im Vertrauen auf die jüdische Religion, in der Proklamation eines positiven, autonomen Kindheitsbildes sowie in der Darstellung einer utopischen, märchenhaften Zukunft im Zionismus aufzuzeigen.

Ludwig Strauß' *Zauberdrachenschnur* wurde breit und äußerst positiv rezipiert.[1602] Rezensionen, die bereits nach Erscheinen der Privatausgabe 1932 veröffentlicht worden waren, unterstrichen das sowohl kinderliterarische als auch volksliterarische Potential:

> Dieses Märchen für Kinder ist in seiner eigentümlichen Gestalt Volksdichtung und Volksgut. Nur wenigen Dichtern war es bisher vorbehalten, Märchen zu schaffen, die

---

1599 Vgl. ebd., S. 587f.
1600 Strauß [Anm. 1551], S. 111.
1601 Mach [Anm. 5], S. 119.
1602 Vgl. dazu Völpel, Annegret: Strauß, Ludwig: Die Zauberdrachenschnur, in: Deutsch-jüdische Kinder- und Jugendliteratur von der Haskala bis 1945. Die deutsch- und hebräischsprachigen Schriften des deutschsprachigen Raumes: ein bibliographisches Handbuch, hg. v. Zohar Shavit, Hans-Heino Ewers, Annegret Völpel u. a., Stuttgart 1996, S. 984–985.

sich ebenbürtig an die Seite der Volksmärchen stellen können. Es ist Ludwig Strauß gelungen, die glückliche Gelassenheit in Stoffwahl und Erzählungston zu finden, die das echte, weitererzählbare Märchen auszeichnet, das Märchen, an dem Kinder und Erwachsene ihre innige Freude haben.[1603]

Nach 1945 wurde die Märchensammlung als eine der wenigen noch mehrmals verlegt. Zweimal in hebräischer Sprache, 1960 und 1987, in den USA 1967 und in Deutschland 1982, diesmal unter dem Titel *Die Brautfahrt nach Schweigenland*. Darin fanden sieben Märchen der ursprünglich elf der *Zauberdrachenschnur* Eingang. Es kamen keine neugeschriebenen Märchen hinzu, jedoch wurde das einzige Märchen der Erstausgabe, das einen ausdrücklich jüdischen Bezug hatte, »Der alte Krug«, gestrichen. Nur mehr am Rande taucht in »Das ungleiche Paar« die jüdische Welt im örtlichen Rahmen der Erzählung auf. Ansonsten lässt die neue Ausgabe der Märchen Ludwig Strauß' nicht mehr auf einen jüdischen Autor oder die Entstehungszusammenhänge schließen. In den meisten in Deutschland und der Schweiz in den 1980er Jahren erschienenen Rezensionen zu dieser Sammlung wurde Ludwig Strauß so auch nicht als deutsch-jüdischer Schriftsteller vorgestellt und ebenso wenig erwähnt, dass die Märchensammlung einst in einem anderen Kontext und umfangreicher erschienen war. Ludwig Strauß wird lediglich als »großer Schriftsteller« umschrieben, der mit dem Büchlein *Brautfahrt nach Schweigenland* nun »neu entdeckt« werden könne.[1604] Allen Rezensionen gemein ist jedoch eine überaus positive Aufnahme und Besprechung, »Poesievoller« sei, so die Rezensenten, »in unserer Literatur selten erzählt worden.«[1605]

1603 O. A.: Rezension: Ludwig Strauß: Die Zauberdrachenschnur, in: Nachrichten-Blatt des Saarlandes, 11.12.1936, Ludwig Strauss Archive National Library Jerusalem ARC. Ms. Var. 424 05 194. Weitere Besprechungen der Märchen Ludwig Strauß' finden sich bspw. in o. A.: [Rezension zu Ludwig Strauß' Zauberdrachenschnur], in: Gemeindeblatt Aachen, 1937, 19 (1. März); o. A.: Ludwig Strauß. Die Zauberdrachenschnur, in: Gemeindeblatt Leipzig, 1936, 49 (4. Dez.); N.: Ludwig Strauß. Die Zauberdrachenschnur, in: Gemeindeblatt Hamburg, 1936, 12 (18.12.).
1604 Vgl. bspw. o. A.: »Die Brautfahrt nach Schweigenland«, in: Katholischer Kirchenanzeiger Rosenheim, 1982, 38, Archivgut des Ludwig Strauss Archivs, National Library Jerusalem. Eine Ausnahme bildet die Rezension der Landshuter Zeitung, dort werden zumindest einige biographische Daten von Ludwig Strauß geliefert: o. A.: Sieben Zaubermärchen, in: Landshuter Zeitung, 15.10.1982, Archivgut im Ludwig Strauss Archive, National Library Jerusalem.
1605 Ebd.

Resumée

Am Beginn der Untersuchung deutschsprachiger jüdischer Märchen stand die Frage »nach der Verwobenheit von Kultur und Literatur, genauer von kollektiver Erfahrungswirklichkeit und literarischen Formen«.[1606] Wenn nun am Ende der Versuch eines Fazits, ein Resumée, erfolgen soll, so möchte ich dieses mit einem Forschungsausblick einleiten. Ausgehend von einer solchen Zielsetzung stellt sich nämlich die Frage, ob die Geschichte des deutschsprachigen jüdischen Märchens auch selbst ein Märchen, »märchenhaft«, war. Wie ist die Rezeption der Märchentexte verlaufen? Wie hoch war ihr Verbreitungsgrad, wie prägend waren sie für die zionistische Jugend, wie erhellend für die Orthodoxie, wie aufbauend in Zeiten wachsender Ausgrenzung und Verfolgung? Eine Untersuchung aus einem rezeptionsästhetischen Blickwinkel konnte und sollte hier allerdings nicht erfolgen. Zukünftigen Forschungen bleibt es überlassen, zu klären, ob und welche Märchen »den Weg zum Herzen«[1607] jüdischer Kinder und

---

1606 Erll, Roggendorf [Anm. 25], S. 79.
1607 1928, zur Zeit gerade erblühender deutschsprachiger jüdischer Kinder- und Jugendliteratur und des deutsch jüdischen Kindermärchens, veröffentlichte Erich Klibansky, der ehedem den Vorschlag zur Schaffung einer Jugendschriftenkommission in der Großloge des Ordens Bnai Brith vorgebracht hatte, ein Memorandum zur Lage der jüdischen Jugendliteratur. Er kommt allerdings resignativ zu dem Schluss, dass die Ziele der jüdischen Jugendschriftenbewegung nicht erreicht worden seien: »Die vorliegenden Versuche, diesem Wollen zu entsprechen, sind aber fast ausnahmslos nur Versuche geblieben. Sie haben nicht auf die Dauer den Weg zum Herzen unserer Kinder und reisenden Jugend zu finden vermocht.« Besonders mit den jüdischen Märchen geht er dabei sehr hart ins Gericht: Diese seien »gutgemeinte, aber leider ›ungedurfte‹ Andeutungen von Märchen«. »Das kleine Kind: gewöhnt an Andersens unvergeßliche Monderzählungen oder Leanders ›Träumereien‹ fühlt schon ganz deutlich die tiefe Kluft, selbst wenn es nur als Festvorbereitung die hierfür vorhandenen ›Märchen‹, oft von dilettierender Laienhand verfaßt, anhören muß.« Anhand dieser Kritik wird die Problematik des liberalen Judentums und der jüdischen Jugendschriftenbewegung abschließend sichtbar. Einerseits wollte man Jugendschriften, die das jüdische Kind in seiner religiösen und kulturellen Zugehörigkeit stärkten, andererseits hatte man stets das (romantische) Ideal vor Augen, das allerdings zu Beginn des 20. Jahrhunderts weder den Ansprüchen an neue Kindheitsbilder noch denen

Erwachsener gefunden haben und welche Rolle die jüdische Kinder- und Jugendliteratur in jüdischen Kindheiten in den deutschsprachigen Gebieten eingenommen hat.

Diese Arbeit versuchte dagegen, die Quellen und Gründe, die Implikationen und Hoffnungen, die Adaptionen und Wechselwirkungen aufzufinden, welche den jüdischen Märchentexten eingeschrieben sind und in ihnen spür- und lesbar werden. Es ging darum, das »Phänomen« jüdisches Märchen aus literaturwissenschaftlicher, gattungstheoretischer, kulturgeschichtlicher sowie diskursanalytischer Sicht zu beleuchten und dessen transkulturelles und identitätsstiftendes narratives Potential offen zu legen. Mit der Zusammenstellung der Textbestände aus dem 19. und 20. Jahrhundert, sowohl den jüdischen Volks- als auch Kindermärchen, ist zum ersten Mal eine umfassende Rekonstruktion des Textkorpus erfolgt. Anhand der Einbeziehung der historischen und gattungstheoretischen Kontexte sowie der Neuformulierung der Unterscheidung von Volks- und Kunstmärchen als Märchen für ein Volk einerseits und autorenbasierter Aktualisierung volksmärchenhafter Bestände andererseits konnten die wichtigsten Parameter zur Herausbildung der Gattung deutschsprachiger jüdischer Märchen im 19. und vor allen Dingen frühen 20. Jahrhundert herausgearbeitet werden.

Die Untersuchung deutschsprachiger jüdischer Volksliteratur und jüdischer Volksmärchen des 19. Jahrhunderts in den Sammlungen Abraham Tendlaus', Wolf Pascheles', Leopold Komperts, Max Grunwalds und Ludwig Philippsons hat die Erkenntnis gebracht, dass sich im jüdischen Kulturkreis hervorgehend aus talmudischen und midraschischen *Aggadot*, mittelalterlicher rabbinischer Literatur sowie verstärkt auch aus den Erzählungen des aschkenasischen Raums und des jüdischen Ghettos in jiddischen Geschichtensammlungen wie dem *Ma'assebuch* ein umfangreiches Korpus an deutsch-jüdischer Volksliteratur etabliert hat, das über Jahrhunderte in der deutschsprachigen Diaspora in zahlreichen Sammlungen immer wieder neu bearbeitet, tradiert und lebendig gehalten worden war. Diese jüdische Volksliteratur im Sinne einer Literatur als Narrativ jüdisch-kultureller Identitätsbewahrung im Zeitalter der Emanzipation blieb dabei jedoch nicht »fest«, sondern trat in einen lebendigen Austausch mit der sie in der Diaspora umgebenden europäischen, speziell deutschen Volksliteratur. Basierend darauf fand auch die Gattung des Märchens früher Eingang in den deutsch-jüdischen Kulturkreis als bisher angenommen. Nicht erst das jüdische Kindermärchen des 20. Jahrhunderts bildete den Anfang, sondern, wie im gesamten deutschsprachigen Raum, das »Volksmärchen«, das im Zuge des erwachenden Nationalismus und einer historisch-kulturellen Rückbesinnung in

---

der jüdischen Erneuerungsbewegungen entsprach. Klibansky, Erich: Zur Frage unserer Jugendliteratur, in: Bayerische israelitische Gemeindezeitung, 1928, 8, S. 124.

der Romantik neu »entdeckt« worden war. Das deutsch-jüdische Volksmärchen, wie es in den besprochenen Sammlungen erstmals auftrat, positionierte sich dabei immer im Zwiegespräch von jüdischer und deutscher Kultur einerseits und am Schnittpunkt von Akkulturation, Emanzipation und erwachenden jüdisch-nationalen Strömungen andererseits. Als transkulturelle literarische Ausformung war es dennoch in jeglicher Ausführung in Analogie zu den *Kinder- und Hausmärchen* der Brüder Grimm weniger Literatur aus dem Volk, als vielmehr Märchen *für* das, hier im Speziellen, jüdische Volk. Das jüdische Volksmärchen kann darin, ungeachtet der in bis dahin allen Märchensammlungen auftretenden gattungsbegrifflichen Unschärfen, allein aufgrund seiner bloßen Existenz als emanzipierte kulturpolitische Geste angesehen werden. Im Gegensatz zum nichtjüdischen Märchen der deutschen Romantik errang das jüdische Volksmärchen des 19. Jahrhunderts im deutschsprachigen Raum aber nie dessen Bekanntheitsgrad. Erst Martin Buber, Micha Josef Berdyczewski und natürlich das jüdische Kindermärchen als »des jüdischen Volkes Wunderblume« machten das deutschsprachige jüdische Märchen auch der Nachwelt bekannt.

Waren diese jüdischen Volksmärchen – wenngleich durchaus mit einem Zukunftsauftrag versehen – wie die Märchen und Sagen der Romantiker Herder, Grimm und Musäus vornehmlich narrative Akte der Erinnerungskultur im Sinne von *anamnesis* und *memoria,* so gewann das im Märchen mitschwingende Ziel der Identitätswahrung, die Bildung kollektiver, dezidiert jüdischer Sinnwelten und das nun auch real politisch verstandene narrative Potential des Märchens zum *nation building* im 20. Jahrhundert an Gewicht. Neue Kunstmärchen wurden dazu auf Basis der bekannten jüdischen Volksmärchenstoffe von Autorinnen und Autoren aller innerjüdischen Strömungen geschaffen. Das deutschsprachige jüdische Märchen sollte nun als Narrativ eines jüdischen *nation buildings* zum Urheber einer kollektiven jüdischen Identität und als »volksliterarisches«, originäres, ästhetisch wertvolles Kinder- und Kunstmärchen die Zukunft der jüdischen Gemeinschaft in der Diaspora und *Eretz Israel* positiv beeinflussen.

Eine Sonderrolle und in gewisser Hinsicht auch Ausnahme bildeten dabei die als Märchen der »Postakkulturation« bezeichneten Textbestände, die Märchensammlungen der deutsch- oder österreichisch-jüdischen Autorinnen Clara Schott, Elisabeth Dauthendey, Hermine Hanel, Helene Scheu-Riesz, Franziska Bloch-Mahler und Antoinette von Kahler. Sie alle wollten zwar auch neue, der allgemeinen Jugendschriftenbewegung und psychoanalytischen Literaturpädagogik entsprechende Märchen schaffen, eine dezidiert jüdische Ausrichtung war für sie jedoch nicht von Interesse. Entstanden im transkulturellen Miteinander der postemanzipatorischen deutsch- beziehungsweise österreichisch-jüdischen Gesellschaft, schrieben sich diese Märchen in die allgemeine Märchenmode zwischen Jahrhundertwende und Weimarer Zeit ein. Aktuelle literarische Tendenzen des Jugendstils, des Naturalismus, Symbolismus und auch Expressionismus verbanden sich darin mit neuen Kindheitsbildern zu neoromantisch-märchenhaft durchwirkten Gebilden. Wie die Analysen von Clara Schott, Helene Scheu-Riesz oder auch Antoinette von Kahler zeigten, stand im Mittelpunkt der »postakkulturierten« Märchen oftmals das Plädoyer für eine weltoffene, kindgerechte und märchenhafte Gesellschaft. Einseitige Positionsbestimmungen im deutsch-jüdischen Diskurs waren ihnen fremd. Frei von religiöser oder politischer Tendenz stehen sie vielmehr für eine die oftmals als einseitig wahrgenommene Akkulturationsbewegung ablösende, postakkulturierte neue transkulturelle Existenz.

Die Kindermärchen der *admonitio judaica* dagegen wollten die durch »Assimilation« und Akkulturation von ihrer eigenen jüdischen Herkunft entfremdeten Adressatinnen und Adressaten wieder in ihrer jüdischen Identität und Religionszugehörigkeit stärken – sie im Sinne von Rosenzweigs »Erneuerung des Judentums« wieder in ihre »eigene jüdische Sphäre«[1608] zurückführen. Unter ihnen finden sich mit der *Sammlung preisgekrönter Märchen* ebenso Texte aus dem liberalen Judentum um die jüdische Jugendschriftenbewegung wie auch neo-orthodoxe Märchen von Hermann Schwab und Frieda Weißmann. In allen Märchen der Kategorie *admonitio judaica* konnte eine religiöse Färbung in Form von Feiertagsmärchen, Märchen über Figuren und Ereignisse aus der jüdischen Geschichte oder Gegenstände aus dem jüdischen Ritus festgestellt werden. Die jüdische Religion und eine religiöse Gemeinschaftszugehörigkeit bildeten immer das Zentrum des märchenhaft-wunderbaren Geschehens.

Die größte Anzahl neuer jüdischer Kindermärchen stammte von dem Zionismus nahestehenden Autorinnen und Autoren. Siegfried Abeles, Irma Singer, Heinrich Loewe, Max Nordau, Lina Wagner-Tauber, Ilse Herlinger, Ilse Rubner – sie alle schrieben ihre Märchen im Bewusstsein, die nächste Generation jüdischer Kinder zu einer Heimat in *Eretz Israel*, einem neuen nationalen Bewusstsein und einem selbstbestimmten Leben zu befähigen. Zionistische Märchen wiesen damit den höchsten Grad an *nation building*, aber auch die größten literarischen und gattungstheoretischen Neuerungen auf. Die wunderbare Märchenwelt war oftmals Wunschbild und Anleitung zum Auszug aus der Diaspora, hin zu einem neuen Leben der jüdischen Gemeinschaft in *Eretz Israel*. Die Märchen mussten und sollten mehr als die der *admonitio judaica* oder die märchenhaften, neoromantischen Anderswelten der Postakkulturation zeitgemäß sein, das Leben jüdischer Kinder und deren Alltag aufgreifen. Das jüdische Kind sollte unter Rückgriff auf ein neues autonomes Kindheitsbild zum Aufbau eines jüdischen Lebens und einer neuen jüdischen Gemeinschaft und Nation ermächtigt werden. Das zionistische Kindermärchen war damit – trotz einiger

---

1608 Rosenzweig [Anm. 157], S. 57.

zum Teil nachweisbarer nationaler und nationalistischer Überformungen – immer auch ein Märchen zum *empowerment* des Kindes und der Kindheit.

Letzteres wurde auch von zum Teil ebenfalls zionistisch ausgerichteten Märchen aus der Zeit der NS-Herrschaft aufgegriffen. Ludwig Strauß, Frieda Mehler und Marianne Rein versuchten in ihren Texten, dem jüdischen Kind beziehungsweise allen Leserinnen und Lesern Hoffnung und Wege aus der immer bedrohlicher werdenden Lage aufzuzeigen. Sei dies in ontologischen oder ätiologischen Weltbetrachtungen, im Besinnen auf den jüdischen Jahresverlauf und den Zusammenhalt innerhalb der jüdischen Gemeinschaft oder eben in der Hoffnung auf die Kindheit als utopische Dimension menschlichen Seins.

Die aufgefundenen deutschsprachigen jüdischen Märchen sind im Gesamten besehen nicht nur in ihrer religiösen und kulturellen Zugehörigkeit, sondern auch ihrer narrativen Gestaltung, ihrer Behandlung und Besetzung des Märchenwunderbaren, ihrer Motivik, ihrem Kindheitsbild, ihrer Illustrierung und ihrer Struktur äußerst heterogen. War das Märchenwunderbare im 19. Jahrhundert und den Märchen der *admonitio judaica* meist *magia licita* und damit religiös besetzt, so konnte in den zionistischen, vor allen Dingen aber den postakkulturierten Märchen das Märchenwunderbare aus sich selbst heraus entspringen. Wunderwirkende fromme Rabbis und Propheten – allen voran Elijah –, Dämonen – am prominentesten der aus dem Erzählkreis um König Salomo bekannte Aschmodai und die Dämonenmutter Lilith –, ein göttlicher Märchenhelfer, zauberhafte Tiere aus der biblischen und apokryphen Überlieferung und animisierte und anthropomorphisierte Dinge aus dem jüdischen Ritus stehen so neben Zauberern, Feen, Naturgeistern und Werwölfen, die keiner eindeutig religiösen Welt entspringen. Bei einigen war das altjüdische Schrifttum und die jüdische Volksliteratur Quelle und Bereicherung in motivischer und stilistischer Hinsicht, andere wiederum orientierten sich an der deutschsprachigen Märchentradition oder dem Alltagsleben jüdischer Kinder.

Das, was ein jüdisches Märchen im Kern ausmacht, muss somit – insgesamt betrachtet – in jedem Text neu definiert und ausgelegt werden. Die Positionierung des deutschsprachigen jüdischen Märchens im deutsch- und auch österreichisch-jüdischen Dialog erfolgte, dies beachtend, auf die unterschiedlichsten Weisen. Transkulturelle Volksmärchen, neoromantische Kindermärchen und national-jüdisch aufgeladene zionistische Märchen blicken im Verlauf des 19. und 20. Jahrhunderts je unterschiedlich auf die These einer symbiotischen Beziehung. Im Gesamten besehen belegen die jüdischen Märchen unter Rückgriff auf die Gattungsbezeichnung Märchen und ihre im 20. Jahrhundert vollzogene kinderliterarische Ausrichtung aber sowohl die transkulturelle Verschmelzung der deutschen und jüdischen Welt als auch den Willen, in und mit der Literatur eine neue jüdische Identität im Zeichen von Akkulturation, jüdischer Renaissance oder Zionismus auszubilden. Den jüdischen Märchen wurde über alle innerjüdischen Strömungen hinweg die Macht zugeschrieben, als »durchaus entgegengesetzte Welt der Welt« eine dichterische Bewältigung und Veränderung der Welt und ihrer Geschichte möglich zu machen.

Dank

Diese Forschungsarbeit wurde ermöglicht durch ein Promotionsstipendium der Bischöflichen Studienförderung Cusanuswerk, dem und deren Mitarbeiterinnen und Mitarbeitern ich herzlich für ihre Unterstützung danken möchte. An der Universität Augsburg trugen viele Gespräche und Personen zum Gelingen meiner Studie bei, allen voran meine Doktormutter Prof. Dr. Bettina Bannasch, die mein Projekt sowohl fachlich als auch persönlich begleitet, durch zahlreiche Hinweise und Ratschläge bereichert und unerlässlich unterstützt hat. Daneben auch mein Zweitbetreuer Prof. Dr. Günter Butzer und meine Drittgutachterin Prof. Dr. Eva Matthes, denen ich für ihr Engagement und ihre hilfreichen Anmerkungen zu meiner Arbeit sehr dankbar bin. Eine große Hilfe war auch die Arbeitsgruppe »Jüdische Emanzipationsdiskurse« und darin insbesondere Prof. Dr. Itta Shedletzky, die mich auf viele interessante Zusammenhänge hingewiesen hat. Frau Prof. Dr. Gabriele von Glasenapp von der Universität Köln danke ich für ihre Unterstützung am Beginn meiner Untersuchung und Herrn Prof. Dr. Gerhard Langer von der Universität Wien für seine bereichernden Hinweise zu jüdischen volksliterarischen Motiven in der Überarbeitungsphase.

Für die Hilfe und Unterstützung bei meinen Archivarbeiten möchte ich dem Büro für Chancengleichheit der Universität Augsburg für die Mitfinanzierung meines Israel-Aufenthalts, der National Library of Israel in Jerusalem, den Mitarbeitern und Mitarbeiterinnen der Central Zionist Archives in Jerusalem, dem Yad Vashem-Archiv in Jerusalem sowie dem Leo Baeck Institute in New York danken. Darüber hinaus möchte ich auch der Arbeitsstelle für Kinder- und Jugendmedienforschung der Universität zu Köln (aleki) für die Bereitstellung zentraler Digitalisate und Abbildungen meinen Dank aussprechen.

Zuletzt möchte ich auch aus ganzem Herzen meinen Eltern, meinem Mann und dessen Familie für ihre Geduld, ihre Unterstützung und ihre Hilfe beim Lektorieren danken.

Literaturverzeichnis

I. Quellen

a) Unveröffentlichte Archivalien

Bodenheimer, Max I.: Das Märchen vom Schuh, Central Zionist Archive, Jerusalem A15\39; A15\1000-9.
Boghandel, V. Pios: Brief an Verlag Otto Hendels, 10.01.1911, Central Zionist Archive, Jerusalem A119\78-2, S. 1.
Elias, Ruth: ohne Titel. Memoirs of Ruth Elias regarding her experiences in Theresienstadt, Documentation of Ilse (Herlinger) Weber, Yad Vashem Archives 2453, S. 1-6.
Hendel, Otto: Brief an Max Nordau, 30. Juni 1911, Central Zionist Archive, Jerusalem A119\78-5, S. 1.
Herzl, Theodor: Der Status Quo. Ein politisches Märchen, 7.X.1886, Central Zionist Archive, Jerusalem H1\355-3/-4.
- Euere eigenen Märchen, 1894, Central Zionist Archive, Jerusalem H1\613-4, S. 1.
Kahler, Antoinette von: Kinderjahre, Leo Baeck Institute Archives New York ME 778, S. 1-87.
Lederer, Agronom Heinrich: Brief an Verlag von Otto Hendel, 10. Jauer 1911, Central Zionist Archive, Jerusalem A119\78-3, S. 1.
Loewe, Heinrich: Articles by Heinrich Loewe and notes mainly on questions of the Jewish race, nationality and folklore, A146\88.
Ludwig-Strauss-Archiv Akademie der Künste Berlin: Findbuch.
Nordau, Max: Aufsatz über »Jüdische Renaissance«, 23.11.1910, National Library Jerusalem ARC. Ms. Var. 350 11 33, S. 1-4.
Singer, Irma: Begegnungen mit Kafkah, ohne Datum, Irma Singer Archiv National Library Jerusalem ARC. 4* 1668 01 68, S. 1-2.
- Den Todestag meiner Mutter, Irma Singer Archiv National Library Jerusalem ARC. 4* 1668 01, S. 1.
- Es war einmal..., ohne Datum, Irma Singer Archiv National Library Jerusalem ARC. 4* 1668 01 87, S. 1-7.
- Das Märchen von der blauen Büchse, 1932, Irma Singer Archiv National Library Jerusalem ARC. 4* 1668 01 30.

- Eine Handvoll Erinnerungen, 23. Feber 1938, Irma Singer Archiv National Library Jerusalem ARC. 4* 1668 01 112, S. 1-2.
- Ein Lebenslauf, [ca. 1951], Irma Singer Archiv National Library Jerusalem ARC. 4* 1668 01 2a, S. 1-6.
- Bäume am Wege. (Auto-Biographisches), 10./11. 1955, Irma Singer Archiv National Library Jerusalem ARC. 4* 1668 01 4, S. 1-9.

Singer, Miriam [=Irma]: Daten meines Lebens, 17.11.1946, Irma Singer Archiv National Library Jerusalem ARC. 4* 1668 01, S. 1.
- Das Märchen eines Menschenlebens, ohne Datum, Irma Singer Archiv National Library Jerusalem ARC. 4* 1668 01 130, S. 1-7.
- Warum erzähle ich den Kindern Bibelgeschichten, 21. Mai 1946, Irma Singer Archiv National Library Jerusalem ARC. 4* 1668 01 180, S. 1-7.

Strauß, Emanuel [=Martin Emanuel]: Von Aachen nach Jerusalem. Vortrag gehalten in Aachen am 12. Oktober 1992, Ludwig Strauss Archive National Library Jerusalem ARC. Ms. Var. 424 7 83, S. 1-6.

Strauß, Ludwig: Zur deutschen Romantik. Mehrere handschriftliche Notizblätter, Ludwig Strauss Archive National Library Jerusalem ARC. Ms. Var. 424 04 72.
- Martin. 8 Blätter, 1926-1932, Ludwig Strauss Archive National Library Jerusalem ARC. Ms. Var. 424 04 157.
- Die Zauberdrachenschnur. Schreibmaschinentext mit Widmung (»Ein Märchen für Judith vom Onkel Ludwig Chanukah 1931«) und drei handschriftlichen Bleistiftzeichnungen, 1931, Ludwig Strauss Archive National Library Jerusalem ARC. Ms. Var. 424 02 49a.

Weber (Herlinger), Ilse: Brief an Lilian, 6. 12. 1937, Yad Vashem Archives Documentation of Ilse (Herlinger) Weber.
- Brief an Lilian, 28.3.1938, Yad Vashem Archives Documentation of Ilse (Herlinger) Weber.

b) Veröffentlichte Schriften

Abeles, Siegfried: Altjüdische Märchenmotive, in: Jüdischer Nationalkalender, 1921, S. 121-133.
- Durch Welt und Zeit. Jüdisches Jugendbuch, Wien 1930.
- Tams Reise durch die jüdische Märchenwelt. Fünfundzwanzig Kindermärchen nach jüdisch-volkstümlichen Motiven. Illustriert von F. V. Kosak, Breslau 1922.

Andersen, Hans Christian: Das Märchen meines Lebens, in: Hans Christian Andersen: Reiseskizzen und Märchen meines Lebens, Leipzig 1853, S. 213-357.
- Die kleine Meerjungfrau, in: Hans Christian Andersen: Märchen und Geschichten, hg. v. Heinrich Detering, Stuttgart 2012, S. 56-82.

Arnim, Achim von: Aufforderung, in: Kaiserlich privilegierter Reichs-Anzeiger, 1805, 339, S. 4305-4306.

Augustinus, Aurelius: Vom Gottesstaat (De civitate Dei). Vollständige Ausgabe in einem Band. Buch 1 bis 10, Buch 11 bis 22. Eingeleitet und kommentiert von Carl Andresen, München 2007.

B. M.: Literarisches. Sammlung preisgekrönter Sagen und Märchen, in: Jüdische Schulzeitung 2, 1926, 1, S. 8.
Baeck, Leo: Romantische Religion, in: Leo Baeck: Aus drei Jahrtausenden 2000, S. 59–129.
Beer-Hofmann, Richard: Schlaflied für Mirjam, in: Ost und West II, 1902, 4, S. 239–240.
Ben-Chorin, Schalom: Jenseits von Orthodoxie und Liberalismus. Versuch über die jüdische Glaubenslage der Gegenwart, 3. Aufl., Tübingen 1991.
- Jugend an der Isar, München 1993.
Benjamin, Walter: Aussicht ins Kinderbuch, in: Walter Benjamin: [Kleine Prosa, Baudelaire-Übertragungen]. Band IV,2, hg. v. Tilman Rexroth, Rolf Tiedemann, Hermann Schweppenhäuser, Frankfurt a. M. 1972, S. 609–615.
- Brief an Ludwig Strauss. Berlin 10.10.1912, in: Walter Benjamin: Gesammelte Briefe. Band I: 1910–1918, hg. v. Christoph Gödde, Henri Lonitz, Frankfurt a. M. 1995, S. 69–73.
Bernfeld, Siegfried: Das jüdische Volk und seine Jugend, Berlin 1919.
- Kinderheim Baumgarten. Bericht über einen ernsthaften Versuch mit neuer Erziehung, Berlin 1921.
Bin Gorion, Micha Josef: Der Born Judas, hg. v. Emanuel Bin Gorion, Wiesbaden 1959.
- Dihon und die Tochter des Asmodäus, in: Micha Josef Bin Gorion: Der Born Judas, hg. v. Emanuel Bin Gorion, Wiesbaden 1959, S. 365–380.
- Vorbemerkungen des Sammlers, in: Micha Josef Bin Gorion: Der Born Judas. Zweiter Teil, hg. v. Emanuel Bin Gorion, Frankfurt a. M. 1973, S. 7–10.
Bin Gorion, Micha Josef, Bin Gorion, Emanuel: Quellenangaben und Anmerkungen, in: Micha Josef Bin Gorion: Der Born Judas. Zweiter Teil, hg. v. Emanuel Bin Gorion, Frankfurt a. M. 1973, S. 535–632.
Bloch-Mahler, Franziska: Märchenflüstern im Zauberwald. Märchen, Cassel 1923.
Brod, Max: Wie diese Märchen entstanden sind. Ein Nachwort von Max Brod, in: Irma Singer: Das verschlossene Buch. Jüdische Märchen, Wien, Berlin 1918, S. 93–95.
Brüder Grimm: Kinder- und Hausmärchen gesammelt durch die Brüder Grimm, Berlin 1812/15.
- Vorrede zu den Kinder- und Hausmärchen. 1812, in: Romantik I, hg. v. Hans-Jürgen Schmitt, Stuttgart 2008, S. 134–144.
- Kinder- und Hausmärchen. Band 1. Märchen Nr. 1–86, Stuttgart 2010.
Buber, Martin: Jüdische Renaissance, in: Ost und West, 1901, 1, S. 7–10.
- Referat über »Jüdische Kunst«, in: Stenographisches Protokoll der Verhandlungen des V. Zionisten-Kongresses in Basel. 26., 27., 28., 29. und 30. December 1901, Wien 1901, S. 151–170.
- Antwort, in: General-Anzeiger für die gesamten Interessen des Judentums 4, 1905, 37, o. S.
- Eingesandt, in: General-Anzeiger für die gesamten Interessen des Judentums 4, 1905, 36, o. S.
- Jüdische Märchen, in: General-Anzeiger für die gesamten Interessen des Judentums 4, 1905, 35, S. 5.
- Die Geschichten des Rabbi Nachman. Ihm nacherzählt von Martin Buber, Frankfurt a. M. 1906.
- Die Legende des Baal-Schem, Frankfurt a. M. 1908.
- Drei Reden über das Judentum, 3. und 4. Tausend, Frankfurt a. M. 1916.

- Volkserziehung als unsere Aufgabe, in: Martin Buber: Werkausgabe. Band 8: Schriften zu Jugend, Erziehung und Bildung, hg. v. Juliane Jacobi, Gütersloh 2005, S. 155-164.
- Werkausgabe. Band 8: Schriften zu Jugend, Erziehung und Bildung, hg. v. Juliane Jacobi, Gütersloh 2005.
- 3. Rede: Die Erneuerung des Judentums, in: Martin Buber: Werkausgabe. Frühe jüdische Schriften 1900-1922, hg. v. Barbara Schäfer, Gütersloh 2007, S. 238-256.
- Die jüdische Mystik, in: Martin Buber: Werkausgabe. 2.1 Mythos und Mystik. Frühe Religionswissenschaftliche Schriften, hg. v. David Groiser, Gütersloh 2013, S. 114-123.
- Der Chassidismus und der abendländische Mensch, in: Martin Buber: Werkausgabe. Band 17: Chassidismus II – Theoretische Schriften, hg. v. Susanne Talabardon, Gütersloh 2016, S. 304-314.
- Mein Weg zum Chassidismus, in: Martin Buber: Werkausgabe. Band 17: Chassidismus II – Theoretische Schriften, hg. v. Susanne Talabardon, Gütersloh 2016, S. 41-52.

Buber, Martin, Bernfeld, Siegfried, u. a.: Ost und West, in: Ost und West. Illustrierte Monatsschrift für Modernes Judentum, 1901, 1, S. 1-4.

Bühler, Charlotte: Das Märchen und die Phantasie des Kindes, 2., unveränd., mit einem Nachtr. vers. Aufl., Leipzig 1925.

Büttner, Daniel, Zum Felde, Albert: Magiologia seu Disputatio de Magia Licita et Illicita. Quam Favente S. Sancta Trinitate, Hamburgi 1693.

Campe, Joachim Heinrich: Wörterbuch der Deutschen Sprache. Zweiter Teil: F-K, Braunschweig 1808.

Canetti, Elias: Masse und Macht, Frankfurt a. M. 1992.

Cohn, Emil Bernhard: Jugendschriften, in: Festnummer zum Ordenstage. Das Jüdische Buch, hg. v. Grossloge für Deutschland VIII. U.O.B.B., Berlin 1929, S. 190-192.

Jüdisches Jugendbuch. Fünfter Jahrgang des jüdischen Jugendkalenders, hg. v. Emil Bernhard Cohn, Else Rabin, Berlin 1935.

Dauthendey, Elisabeth: Die Märchenwiese. Märchen, Geschichten und Gedichte, 2. Aufl., Braunschweig 1918.

Der Born Judas. Erster Band. Von Liebe und Treue. Gesammelt von Micha Josef Bin Gorion, übertragen von Rahel Ramberg, hg. v. Micha Josef Bin Gorion, 3. Aufl., Leipzig 1924.

Die Jugendschriften-Kommission: Besprechungen von Jugendschriften, in: Blätter für Erziehung und Unterricht. Beilage zum Israelitischen Familienblatt 17, 1915, 2, S. 11.

Die Redaktion: Nachschrift der Redaction, in: Wegweiser für die Jugendliteratur, 1905, 5, S. 19.
- Die Jugendschriftenfrage auf dem 5. Lehrerverbandstage in Frankfurt a. M., in: Wegweiser für die Jugendliteratur 7, 1911, 2, S. 13-15.

Döblin, Alfred: Reise in Polen, Olten, Freiburg im Breisgau 1968.
- Schicksalsreise, in: Alfred Döblin: Autobiographische Schriften und letzte Aufzeichnungen, hg. v. Edgar Pässler, Olten 1977, S. 103-426.

Doctor, Max: Gedanken über Jugendlektüre, in: Wegweiser für die Jugendliteratur, 1905, 2, S. 5.
- Ueber die Verwendbarkeit jüdischer Sagenstoffe für die Jugendliteratur, in: Wegweiser für die Jugendliteratur [1], 1905, 4, S. 13-14.

Dohm, Christian Wilhelm: Ueber die bürgerliche Verbesserung der Juden, in: Christian Wilhelm von Dohm: Ausgewählte Schriften, hg. v. Heinrich Detering, Detmold 1988, S. 66–88.

Dohm, H[edwig]: Das zerbrochene Spielzeug, in: Die Lachtaube. Illustrierte Kinder-Zeitung 4, 1870, 19, S. 146–148.
- Blumenduft, https://www.emma.de/artikel/hedwig-dohm-blumenduft-1870-313075, zuletzt geprüft am: 15.01.2018.
- Lotte Murrkopf, in: Der Märchen-Wundergarten. Eine Sammlung enthaltend die schönsten Märchen aus aller Welt, hg. v. Ernst Berger, Berlin 1892, S. 76–79.
- Schicksale einer Seele. Roman. Mit einem Nachwort von Ruth-Ellen Boetcher Joeres, München 1988.
- Briefe aus dem Krähwinkel, hg. v. Nikola Müller, Isabel Rohner, Berlin 2009.
- Blumenduft, in: Im Reich der Wünsche. Die schönsten Märchen deutscher Dichterinnen, hg. v. Shawn C. Jarvis, München 2012, S. 263–274.

Dr. Heinemann: Zu der Märchensammlung Kinderträume von G. Schwab, in: Wegweiser für die Jugendliteratur 6, 1910, 3, S. 23.

Dr. Seligmann: Einige Gedanken über alte jüdische Märchen und Sagen und ihre moderne Wiedergabe, in: Wegweiser für die Jugendliteratur, 1906, 9, S. 33–34.

Düsel, Friedrich: Vorwort, in: Elisabeth Dauthendey: Die Märchenwiese. Märchen, Geschichten und Gedichte, Braunschweig 1918, o. S.

Elbogen, I.: Der Erfolg des märchendichterischen Wettbewerbs in No. 5 des Wegweisers (September 1905), in: Wegweiser für die Jugendliteratur IV, 1908, 1, S. 1.

Elias, Marcus: Was geben wir der Jugend zu lesen und was liest sie? Ein Beitrag zur jüdischen Erziehung, in: Jeschurun 17, 1930, 1/2, S. 31–55.

Epstein, Hans: Jüdische Jugendliteratur, in: Jugend und Gemeinde. Beilage zum Frankfurter Israelitischen Familienblatt 15, 1936, 2, S. 32–35.

F.: Max Nordau: Märchen seiner Maxa erzählt, in: Menorah. Jüdisches Familienblatt für Wissenschaft, Kunst und Literatur, 1925, 2, S. 43.

Feuchtwanger, Lion: Bin ich deutscher oder jüdischer Schriftsteller? 1933, in: Lion Feuchtwanger: Ein Buch nur für meine Freunde, Frankfurt a. M. 1984, S. 362–364.

Fichte, Johann Gottlieb: Erste Rede, in: Johann Gottlieb Fichte: Reden an die deutsche Nation, hg. v. Fritz Medicus, Hamburg 1955, S. 11–26.

Fr.: Besprechungen. Sammlung preisgekrönter Sagen und Märchen, in: Wegweiser für die Jugendliteratur 5, 1909, 5, S. 41–42.

Fried, Babette: Der Wunderbecher. Ein Märchen für jüdische Kinder, in: Der Israelit, 1906, 14/15, S. 11.

Lesebuch für jüdische Kinder. Mit den Beiträgen Moses Mendelssohns. Wieder aufgefunden und mit einer Einleitung versehen von Moritz Stern, hg. v. David Friedländer, Berlin 1927.

Friedländer, David: Sendschreiben an Seine Hochwürden, Herrn Oberconsistorialrath und Probst Teller zu Berlin, von einigen Hausvätern jüdischer Religion. Berlin 1799, in: David Friedländer: Ausgewählte Werke, hg. v. Uta Lohmann, Köln, Weimar, Wien 2013, S. 185–212.

G. W.: Die Sagen der Juden, in: Wegweiser für die Jugendliteratur 9, 1913, 4, S. 32.

Gaster, Moses: Beiträge zur vergleichenden Sagen- und Märchenkunde. Einleitung, in: Monatsschrift für Geschichte und Wissenschaft des Judentums, 1880, 1, S. 35–40.

- Geleitwort, in: Jakob Meitlis: Das Ma'assebuch, seine Entstehung und Quellengeschichte, zugleich ein Beitrag zur Einführung in die altjiddische Agada, hg. v. Jakob Meitlis, Berlin 1933, S. IX–XIV.
Geiger, Ludwig: Die Deutsche Literatur und die Juden, Berlin 1910.
Glagau, Otto: Der Börsen- und Gründungs-Schwindel in Deutschland. Zweiter Theil von »Der Börsen- und Gründungs-Schwindel in Berlin«, Leipzig 1877.
Goethe, Johann Wolfgang: Allgemeine Betrachtungen zur Weltliteratur. 1827–30, in: Johann Wolfgang Goethe: Gedenkausgabe der Werke, Briefe und Gespräche. Schriften zur Literatur, Zürich 1964, S. 908–909.
- Unterhaltungen deutscher Ausgewanderten, hg. v. Leif Ludwig Albertsen, Stuttgart 2012.
Goldschmidt, Alfred: Der Deutsche Distrikt des Ordens Bne Briss, in: Zum 50jährigen Bestehen des Ordens Bne Briss in Deutschland. Mit einer Einleitung von Leo Baeck, hg. v. Independent Order of B'nai B'rith, Frankfurt a. M. 1933, S. 1–118.
Goldstein, Moritz: Deutsch-jüdischer Parnass, in: Kunstwart 25, 1912, 11, S. 281–294.
Goltz, Bogumil: Das deutsche Volksmärchen und sein Humor, in: Bogumil Goltz: Vorlesungen, Bd. 2, Berlin 1869.
Grimm, Jacob: Gedanken: wie sich die Sagen zur Poesie und Geschichte verhalten, in: Zeitung für Einsiedler, 1808, 19, S. 152.
- Poesie im Recht, in: Jacob Grimm: Kleinere Schriften. VI: Recensionen und vermischte Aufsätze, Hildesheim 1965, S. 152–191.
Grimm, Jacob, Grimm, Wilhelm: Vorrede, in: Deutsche Sagen. Herausgegeben von den Brüdern Grimm, hg. v. Heinz Rölleke, Frankfurt a. M. 1994, S. 11–24.
- Der Froschkönig oder der Eiserne Heinrich, in: Jacob Grimm, Wilhelm Grimm: Kinder- und Hausmärchen, gesammelt durch die Brüder Grimm. Vollständige Ausgabe auf der Grundlage der dritten Auflage (1837), hg. v. Heinz Rölleke, Frankfurt a. M. 2007, S. 23–26.
- Der Jude im Dorn, in: Jacob Grimm, Wilhelm Grimm: Kinder- und Hausmärchen, gesammelt durch die Brüder Grimm. Vollständige Ausgabe auf der Grundlage der dritten Auflage (1837), hg. v. Heinz Rölleke, Frankfurt a. M. 2007, S. 466–470.
- Frau Holle, in: Jacob Grimm, Wilhelm Grimm: Kinder- und Hausmärchen, gesammelt durch die Brüder Grimm. Vollständige Ausgabe auf der Grundlage der dritten Auflage (1837), hg. v. Heinz Rölleke, Frankfurt a. M. 2007, S. 128–130.
- Kinder- und Hausmärchen, gesammelt durch die Brüder Grimm. Vollständige Ausgabe auf der Grundlage der dritten Auflage (1837), hg. v. Heinz Rölleke, Frankfurt a. M. 2007.
- Vorrede, in: Jacob Grimm, Wilhelm Grimm: Kinder- und Hausmärchen, gesammelt durch die Brüder Grimm. Vollständige Ausgabe auf der Grundlage der dritten Auflage (1837), hg. v. Heinz Rölleke, Frankfurt a. M. 2007, S. 12–22.
- Deutsches Wörterbuch. 16 Bde. in 32 Teilbänden. Leipzig 1854–1961, Online-Version vom 24.08.2017, http://woerterbuchnetz.de/cgi-bin/WBNetz/wbgui_py?sigle=DWB &mode=Vernetzung&lemid=GL03345#XGL03345.
Grunwald, Max: Einleitung, in: Mitteilungen der Gesellschaft für jüdische Volkskunde, 1898, 1, S. 3–15.
- Märchen und Sagen deutscher Juden, in: Mitteilungen der Gesellschaft für jüdische Volkskunde, 1898, 2, S. 1–4, 63–76.

- Die Gesellschaft für jüdische Volkskunde zu Hamburg E.V., in: Mitteilungen zur Jüdischen Volkskunde 20, 1917, 1-2, S. 2.
- Monistische Märchen. Aus einem Briefwechsel, Berlin, Wien 1921.
- Zur vergleichenden Märchenkunde, in: Monatsschrift für Geschichte und Wissenschaft des Judentums 76, 1932, 1, S. 16-33.

Gut, E[lias]: Unsere Stellung zu den Jugendschriften-Bestrebungen. Referat, gehalten in der Nebenversammlung des 5. Lehrerverbandstages von E. Gut, Frankfurt a. M., in: Blätter für Erziehung und Unterricht. Beilage zum Israelitischen Familienblatt 13, 1911, 30, S. 9-10.
- Verzeichnis jüdischer Jugendschriften, in: Jüdische Schulzeitung. Monatsschrift für Pädagogik und Schulpolitik 5, 1929, 6, S. 1-5.
- Zur Geschichte der jüdischen Jugendliteratur, in: Jüdische Schulzeitung 6, 1930, 12, S. 2-6.

Guttmann, Erich: Bücher für die jüdische Jugend. Ein besprechendes Auswahlverzeichnis, Berlin 1938.

Hanel, Hermine: Das Rätsel der Sphinx. Aus dem Reich der Märchen und der Liebe. Mit Buchschmuck von der Verfasserin, München 1909.
- Was der Kalender erzählt. Ein deutscher Märchenkranz. Mit Bildern von Hans Baluschek, Erstes bis zehntes Tausend, Berlin-Grunewald [1919].
- Die Geschichte meiner Jugend, Leipzig [1930].

Hauff, Wilhelm: Sämtliche Märchen, hg. v. Hans-Heino Ewers, Stuttgart 2010.

Heine, Heinrich: Ludwig Börne. Eine Denkschrift, in: Heinrich Heine: Ludwig Börne. Eine Denkschrift und Kleinere politische Schriften, hg. v. Helmut Koopmann, Hamburg 1978, S. 9-132.

Herder, Johann Gottfried: Vom Geist der Ebräischen Poesie. Eine Anleitung für die Liebhaber derselben, und der ältesten Geschichte des menschlichen Geistes, Deßau 1782.
- Blätter der Vorzeit. Dichtungen aus der Morgenländischen Sage <Auswahl>, in: Johann Gottfried Herder: Volkslieder - Übertragungen - Dichtungen, hg. v. Ulrich Gaier, Frankfurt a. M. 1990, S. 725-741.
- Vorrede: Alte Volkslieder. 1774, in: Johann Gottfried Herder: Volkslieder - Übertragungen - Dichtungen, hg. v. Ulrich Gaier, Frankfurt a. M. 1990, S. 15-68.
- Briefe zur Beförderung der Humanität, hg. v. Hans Dietrich Irmscher, Frankfurt a. M. 1991.
- Über die Legende, in: Johann Gottfried Herder: Schriften zur Literatur und Philosophie. 1792-1800, hg. v. Hans Dietrich Irmscher, Frankfurt a. M. 1998, S. 173-184.

Herlinger, Ilse: Die Geschichten um Mendel Rosenbusch. Erzählungen für Jüdische Kinder, Mährisch-Ostrau [1929].
- Märchen. Umschlagzeichnung und Titelblatt von Ire Edelstein, 2. Aufl., Mährisch-Ostrau 1932.

Herrmann, Hugo: Erziehung im Judentum, in: Vom Judentum. Ein Sammelbuch, hg. v. Verein Jüdischer Hochschüler Bar Kochba in Prag, Leipzig 1913, S. 186-191.

Herzberg, I[saak]: Warum gibt es keine jüdischen Märchen?, in: Wegweiser für die Jugendliteratur, 1905, 2, S. 5-6.
- Divan des Jehuda Halevi, in: Blätter für Erziehung und Unterricht. Beilage zum Israelitischen Familienblatt 10, 1907, 45, S. 10.

[Herzberg-Bromberg]: Notizen, in: Wegweiser für die Jugendliteratur, 1905, 6, S. 24.
Herzl, Theodor: Altneuland, in: Theodor Herzl: Wenn ihr wollt, ist es kein Märchen. Altneuland/Der Judenstaat, hg. v. Julius H. Schoeps, Kronberg/Ts. 1978, S. 17–192.
- Der Judenstaat. Versuch einer modernen Lösung der Judenfrage, Zürich 2006.
Hess, Moses: Rom und Jerusalem. Die letzte Nationalitätenfrage. Briefe und Noten, 2. unveränderte Aufl., Leipzig 1899.
Hirsch, Br. Alex: Das jüdische Märchen, in: Wegweiser für die Jugendliteratur, 1905, 4, S. 14.
Hirsch, Samson Raphael: Von dem Zusammenwirken des Hauses und der Schule, in: Einladungsschrift zu der öffentlichen Prüfung der Unterrichtsanstalten der Israelitischen Religions-Gesellschaft (Elementarschule, Realschule 2. D. und höheren Töchterschule) zu Frankfurt am Main welche am 15. 16. 17. September 1874 im Schulgebäude stattfindet, hg. v. Israelitische Religions-Gesellschaft, Frankfurt a. M. 1874, S. 1–19.
Märchenstrauß. Eine Sammlung von schönen Märchen, Sagen und Schwänken. Mit 4 Bildern in Farbdruck von Ludwig Burger, hg. v. J[ulie] Hirschmann, Stereotyp-Aufl. [1890].
Honigmann, David: Die deutsche Belletristik als Vorkämpferin für die Emancipation der Juden (1844), in: Ghettoliteratur. Eine Dokumentation zur deutsch-jüdischen Literaturgeschichte des 19. und frühen 20. Jahrhunderts, hg. v. Gabriele von Glasenapp, Hans Otto Horch, Tübingen 2005, S. 3–19.
Israelitische Gemeinde Frankfurt: Katalog der Gemeindebibliothek, in: Frankfurter Israelitisches Gemeindeblatt 8, 1930, 10, S. 417–422.
Im Reich der Wünsche. Die schönsten Märchen deutscher Dichterinnen, hg. v. Shawn C. Jarvis, München 2012.
Jean Paul: Flegeljahre. Eine Biographie, Orig.-Ausg, Frankfurt a. M. 2008.
Jonge, M[oritz] de: Die Märchenreinheit des Judentums, in: General-Anzeiger für die gesamten Interessen des Judentums 4, 1905, 3, o. S.
- Noch einmal: die Märchenreinheit des Judentums!, in: General-Anzeiger für die gesamten Interessen des Judentums 4, 1905, 37, o. S.
- Und abermals: das Märchen ist antijüdisch, in: General-Anzeiger für die gesamten Interessen des Judentums 4, 1905, 38, o. S.
Jugendschriften-Kommission der Vereinigung israelitischer Religionslehrer und Lehrerinnen: Besprechungen. 87. Hermann Schwab, »Kinderträume«, in: Wegweiser für die Jugendliteratur 1910, 2, S. 15.
Jugendschriften-Kommission des U. O. Bnei Briß: Verzeichnis empfehlenswerter Jugendschriften, in: Wegweiser für die Jugendliteratur 6, 1910, 3, S. 24.
Jugendschriften-Kommission des Verbandes der jüdischen Lehrer-Vereine im deutschen Reiche: Erstes Verzeichnis empfehlenswerter Jugendlektüre, in: Blätter für Erziehung und Unterricht. Beilage zum Israelitischen Familienblatt 6, 1903, 52, S. 9.
Kahler, Antoinette von: Märchen aus der schlimmen Zeit, München 1922.
Kaiser Wilhelm I., Bismarck, Otto von: Kaiserliche Botschaft vom 17.11.1881, http://germanhistorydocs.ghi-dc.org/pdf/deu/428_Wilhelm%20I_Sozialpolitik_129.pdf, zuletzt geprüft am: 16.11.2015.
Kant, Immanuel: AA IX: Logik. Pädagogik. Elektronische Kanttexte, 2008, https://korpora.zim.uni-duisburg-essen.de/Kant/, zuletzt geprüft am: 01.12.2017.

- AA XVIII: Handschriftlicher Nachlaß. Metaphysik Zweiter Theil. Elektronische Kanttexte, 2008, https://korpora.zim.uni-duisburg-essen.de/Kant/, zuletzt geprüft am: 01.12.2017.

Karpeles, Gustav: Unter Palmen. Literaturbilder, Berlin 1871.
- Literarische Jahresrevue, in: Jahrbuch für jüdische Geschichte und Literatur 9, 1906, 1, S. 22–58.

Kellner, Leon: Der chassidische Ossian, in: Ost und West. Illustrierte Monatsschrift für Modernes Judentum VII, 1907, 2, S. 111–114.

Key, Ellen: Das Jahrhundert des Kindes. Studien von Ellen Key. Autorisierte Übertragung von Francis Maro, 8. Aufl., Berlin 1905.

Klibansky, Erich: Zur Frage unserer Jugendliteratur, in: Bayerische israelitische Gemeindezeitung, 1928, 8, S. 124.

Klötzel, C[heskel] Z[wi]: Liebe Jungen und Mädel, in: Bar Kochba, 1919, 1, S. 1.
- Moses Pipenbrinks Abenteuer. Die seltsamen Erlebnisse eines kleinen jüdischen Jungen, Berlin 1920.
- Die beiden Brüder. Ein jüdisches Märchen, in: Bar Kochba, 1919, 2, S. 23.
- Empfehlenswerte Bücher, in: Bar Kochba, 1919, 10, S. 157.

Kohn, Abraham: Die Nothwendigkeit religiöser Volks- und Jugendschriften, in: Wissenschaftliche Zeitschrift für jüdische Theologie 4, 1839, 1, S. 26–35.

Kohn, Hans: Geleitwort, in: Vom Judentum. Ein Sammelbuch, hg.v. Verein Jüdischer Hochschüler Bar Kochba in Prag, Leipzig 1913, S. V–IX.

Kompert, Leopold: Legenden aus dem Ghetto, in: Sonntagsblätter 6, 5.9.1847, S. 455–458.
- Aus dem Ghetto. Mährchen von der Zerstörung Jerusalems, in: Sonntagsblätter 6, 19.9.1847, S. 486–489.
- Aus dem Ghetto, in: Sonntagsblätter 7, 12.3.1848, S. 124–126.
- Mährchen aus dem Ghetto, in: Leopold Kompert: Aus dem Ghetto. Geschichten, Leipzig 1850, S. 351–370.
- Das Märchen in der »Gasse«. Vergessene Geschichten. [Vorwort, I. Unberufen], in: Die Neuzeit. Wochenschrift für politische, religiöse und Cultur-Interessen 2, 3.1.1862, 1, S. 6–8.
- Das Mährchen in der »Gasse«. Vergessene Geschichten. II. Die zersprungene Glocke, in: Die Neuzeit. Wochenschrift für politische, religiöse und Cultur-Interessen 2, 17.1.1862, S. 31–32.
- Das Mährchen in der »Gasse«. Vergessene Geschichten. III. Der Witz einer Mutter, in: Die Neuzeit. Wochenschrift für politische, religiöse und Cultur-Interessen 2, 24.1.1862, S. 44–45.

Krämer, Clem.: Jüdische Märchen und Sagen, in: Bayerische israelitische Gemeindezeitung 6, 1930, 2, S. 18.

Lehmann, Emil: Aus dem Ghetto. Geschichten (1848), in: Ghettoliteratur. Eine Dokumentation zur deutsch-jüdischen Literaturgeschichte des 19. und frühen 20. Jahrhunderts, hg.v. Gabriele von Glasenapp, Hans Otto Horch, Tübingen 2005, S. 549–552.

Levy, Jacob: An den drei Eichen, in: Sammlung preisgekrönter Märchen und Sagen. Mit 12 Ill. von H. Grobet, hg.v. Jugendschriften-Kommission des U. O. Bnei Briß, Stuttgart 1909, S. 88–98.

- Das Haus zu den zwei Löwen, in: Sammlung preisgekrönter Märchen und Sagen. Mit 12 Ill. von H. Grobet, hg. v. Jugendschriften-Kommission des U. O. Bnei Briß, Stuttgart 1909, S. 57–71.
- Die Hawdolohwunder, in: Sammlung preisgekrönter Märchen und Sagen. Mit 12 Ill. von H. Grobet, hg. v. Jugendschriften-Kommission des U. O. Bnei Briß, Stuttgart 1909, S. 45–56.
- Die Kamee, in: Sammlung preisgekrönter Märchen und Sagen. Mit 12 Ill. von H. Grobet, hg. v. Jugendschriften-Kommission des U. O. Bnei Briß, Stuttgart 1909, S. 72–88.
- Die Wunder des Lichts, in: Sammlung preisgekrönter Märchen und Sagen. Mit 12 Ill. von H. Grobet, hg. v. Jugendschriften-Kommission des U. O. Bnei Briß, Stuttgart 1909, S. 8–19.
- Durch den Erdball, in: Sammlung preisgekrönter Märchen und Sagen. Mit 12 Ill. von H. Grobet, hg. v. Jugendschriften-Kommission des U. O. Bnei Briß, Stuttgart 1909, S. 20–44.

Lewald, Fanny: Meine Lebensgeschichte. Zweiter Band: Leidensjahre, hg. v. Ulrike Helmer, Frankfurt a. M. 1989.
- Modernes Märchen, in: Im Reich der Wünsche. Die schönsten Märchen deutscher Dichterinnen, hg. v. Shawn C. Jarvis, München 2012, S. 209–222.

Lilienthal, Regina: Das Kind bei den Juden, in: Mitteilungen zur Jüdischen Volkskunde 11, 1908, 25, 26, S. 1–24; 41–45.

Loewe, Heinrich: Hänsel und Gretel, in: Jüdische Rundschau IX, 1904, 50, S. 439–440.
- Der Ring des Propheten Elijahu. Ein Märchen, Berlin 1906.
- Eine Fahrt ins Geisterland. Ein Märchen. Aus: Jung-Juda, Berlin 1913.
- Und tausend Jahre sind ihm wie ein Tag-. Ein Märchen, Berlin 1914.
- Lina Wagner-Tauber. Ein Nachruf von Professor Dr. Heinrich Loewe (Tel Awiw), in: Gemeindeblatt der jüdischen Gemeinde zu Berlin 26, 1936, 1, S. 15.

Loewenberg, J[akob]: Ueber jüdische Jugendlektüre, in: Wegweiser für die Jugendliteratur, 1905, 1, S. 2–3.

Loewenthal, Erich: Eine Märchennovelle zweier jüdisch-deutscher Erzählerinnen, in: Der Morgen. Monatsschrift der Juden in Deutschland 13, 1937, 7, S. 302–305.

Löwenthal, Therese, Schlesinger, Lea, Mandelbaum, Hugo: Verzeichnis jüdischer Jugendschriften, in: Erziehung und Lehre. Pädagogische Beilage zum »Israelit«, 1928, 48, S. 13–14.

Das Ma'assebuch. Altjiddische Erzaehlkunst. Vollständige Ausgabe ins Hochdeutsche übertragen, kommentiert und hg. v. Ulf Diederichs, München 2003.

Margulies-Auerbach, Nanny: Vom ersten Menschenpaar. Ein Märchen, in: Bar Kochba 1, 1919, 23, S. 354–356.

Mehler, Frieda: Vom Wege. Gedichte, Berlin 1934.
- Feiertags-Märchen. Zeichnungen von Dodo Bürgner, 2. Aufl., Berlin 1937.

Meitlis, Jakob: Das Ma'assebuch, seine Entstehung und Quellengeschichte, zugleich ein Beitrag zur Einführung in die altjiddische Agada, hg. v. Jakob Meitlis, Berlin 1933.

Mendelssohn, Moses: Briefwechsel. II,2. Bearbeitet von Alexander Altmann, Stuttgart, Bad Cannstatt 1976.

Merzbach, Arnold: Was lesen unsere Mädels?, in: Führer-Blätter des Esra 3, 1925/26, S. 74.

Meyer, B.: Literarisches. Irma Singer, in: Jüdische Schulzeitung 1, 1925, 2, S. 8.

Meyer, Herrmann: Max Nordau, in: Soncino-Blätter I, 1925/26, S. 139.
Meyer, Louis: Die Jugendschriften-Frage, in: Blätter für Erziehung und Unterricht. Beilage zum Israelitischen Familienblatt 5, 1902, 19, S. 10-11.
- Die Jugendschriften-Frage. Fortsetzung [1], in: Blätter für Erziehung und Unterricht. Beilage zum Israelitischen Familienblatt 5, 1902, 20, S. 10.
- Die Jugendschriften-Frage. Fortsetzung [3], in: Blätter für Erziehung und Unterricht. Beilage zum Israelitischen Familienblatt 5, 1902, 22, S. 10.
- Die Jugendschriften-Frage. Schluß, in: Blätter für Erziehung und Unterricht. Beilage zum Israelitischen Familienblatt 5, 1902, 23, S. 10.
Mommsen, Theodor: Auch ein Wort über unser Judenthum, in: Der Berliner Antisemitismusstreit, hg. v. Walter Boehlich, Frankfurt 1965, S. 210-225.
Musäus, Johann Karl August: Volksmärchen der Deutschen, München 1976.
N.: Ludwig Strauß. Die Zauberdrachenschnur, in: Gemeindeblatt Hamburg, 1936, 12 (18.12.).
Neubürger, H.: Das graue Männchen. Ein Mährchen, in: Album Anhaltischer Schriftsteller. Eine Festgabe, hg. v. Friedrich Gehricke, Deßau 1860, S. 137-167.
Neumann, Simon: Der Traum von der Nationalfondsbüchse. Ein Märchen für Kinder, Cöln 1915.
Noack, Fritz: Was liest man im J.J.W.B.?, in: Rundschreiben Jung-jüdischer Wanderbund, 1926, S. 8.
Nordau, Anna, Nordau, Maxa: Max Nordau. A biography. Translated from the French, New York 1943.
Nordau, Max: Fragen der körperlichen, geistigen und wirtschaftlichen Hebung der Juden, in: Stenographisches Protokoll der Verhandlungen des V. Zionisten-Kongresses in Basel. 26., 27., 28., 29. und 30. December 1901, Wien 1901, S. 99-115.
- Das schönste aller Märchen, in: Für die Junge Welt. Beilage zum Israelitischen Familienblatt 7, 1904, 23, S. 14.
- The dwarf's spectacles and other fairy tales. Told by Max Nordau to His Maxa from the Fourth to Her Seventh Birthday. Translated by M.J. Safford; illustrated by H. A. Hart, F.P. Safford, and R. McGowan, New York 1905.
- Märchen. Seiner Maxa von ihrem vierten bis zu ihrem siebenten Jahre erzählt. Mit 10 kolorierten und 4 schwarzen Vollbildern sowie vielen Text-Ill. von Hans Neumann, Halle an der Saale 1910.
- אגדות [Agadot. Märchen], Berlin 1923.
- Contes pour Maxa. Illustrations en couleurs de Maxa Nordau, hg. v. Max Nordau, Paris 1929.
Nordau, Max, Burgos, Carmen de: Cuentos a Maxa, [Barcelona] 2013.
Nordau, Max Simon: The Dwarf's Spectacles and Other Fairy Tales. Told by Max Nordau to His Maxa from the Fourth to Her Seventh Birthday 2017.
Nordau, Maxa: Préface, in: Contes pour Maxa, hg. v. Max Nordau, Paris 1929, S. I-III.
Novalis: Blüthenstaub, in: Novalis: Schriften. Die Werke Friedrich von Hardenbergs, hg. v. Richard Samuel, Hans-Joachim Mähl, Gerhard Schulz, Stuttgart, Berlin, Köln, Mainz 1981, S. 413-471.
- Das Allgemeine Brouillon. Materialien zur Enzyklopädistik 1798/99, in: Novalis: Schriften. Die Werke Friedrich von Hardenbergs, hg. v. Richard Samuel, Darmstadt 1983, S. 207-478.

- Fragmente und Studien 1799–1800, in: Novalis: Schriften. Die Werke Friedrich von Hardenbergs, hg. v. Richard Samuel, Darmstadt 1983, S. 556–696.
- o. A.: Das Märchen vom reichen Manne, in: Jüdisches Nachrichtenblatt 1942, 27.11., 48, S. 1–2.
- In Sachen der Schullesebibliotheken, in: Allgemeine Zeitung des Judenthums 16, 28.6. 1852, S. 316–317.
- Jüdische Schüler-Bibliothek, in: Allgemeine Zeitung des Judenthums 53, 10.1.1889, S. 31.
- Nachschrift der Redaction, in: Allgemeine Zeitung des Judenthums 53, 4.4.1889, S. 210–211.
- Eine jüdische Vereins-Bibliothek, in: Allgemeine Zeitung des Judenthums 59, 22.2. 1895, S. 88–89.
- Vortrag, in: Prager Tagblatt 24, 13.04.1900 (Nr. 102), Morgen-Ausgabe, S. 3.
- Bericht über die Thätigkeit des Verbandes der jüdischen Lehrervereine im Deutschen Reiche im Jahre 1902, in: Blätter für Erziehung und Unterricht. Beilage zum Israelitischen Familienblatt 6, 1903, 3, S. 11.
- Das Märchen von Babele-Bibele, in: Israelitisches Familienblatt. Purim-Beilage 6, 1903, 11, S. 4.
- Zur Frage jüdischer Märchen, in: Wegweiser für die Jugendliteratur, 1906, 8, S. 29–30.
- Besprechungen, in: Wegweiser für die Jugendliteratur 6, 1910, 2, S. 15.
- Nicht empfehlenswert, in: Wegweiser für die Jugendliteratur 6, 1910, 1, S. 8.
- Besprechungen, in: Wegweiser für die Jugendliteratur 8, 1912, 3, S. 19.
- Notizen allgemeinen Inhalts, in: Wegweiser für die Jugendliteratur 8, 1912, 3, S. 18–19.
- Notizen allgemeinen Inhalts, in: Wegweiser für die Jugendliteratur 9, 1913, 1, S. 6.
- Notizen allgemeinen Inhalts, in: Wegweiser für die Jugendliteratur 9, 1913, 2, S. 14–16.
- Preisausschreiben, in: Freie Jüdische Lehrerstimme 9, 1920, 4–6, S. 42.
- Personalien, in: Der Israelit 65, 4.12.1924, S. 5.
- Kunst-Chronik. Schriftstellerin Franziska Bloch-Mahler 50 Jahre alt, in: Die Stimme. Jüdische Zeitung, 1935, 437, S. 5.
- Ludwig Strauß. Die Zauberdrachenschnur, in: Gemeindeblatt Leipzig, 1936, 49 (4. Dez.).
- Rezension: Ludwig Strauß: Die Zauberdrachenschnur, in: Nachrichten-Blatt des Saarlandes, 11.12.1936, Ludwig Strauss Archive National Library Jerusalem ARC. Ms. Var. 424 05 194.
- [Rezension zu Ludwig Strauß' Zauberdrachenschnur], in: Gemeindeblatt Aachen, 1937, 19 (1. März).
- Aus den Märchen der Juden, in: Jüdisches Nachrichtenblatt 1942, 18.12.1942, 51, o. S.
- »Die Brautfahrt nach Schweigenland«, in: Katholischer Kirchenanzeiger Rosenheim, 1982, 38, Archivgut des Ludwig Strauss Archivs, National Library Jerusalem.
- Sieben Zaubermärchen, in: Landshuter Zeitung, 15.10.1982, Archivgut im Ludwig Strauss Archive, National Library Jerusalem.

Philippson, Ludwig: Jüdische Mährlein, in: Ludwig Philippson: Saron. Erster Theil: Novellenbuch, Leipzig 1856, S. 359–440.
- Saron. Erster Theil: Novellenbuch, 2 Bände, 2., gänzl. umgest. und verm. Ausg., Leipzig 1856.

- Die letzten Juden. Verschollene Ghetto-Märchen (1853), in: Ghettoliteratur. Eine Dokumentation zur deutsch-jüdischen Literaturgeschichte des 19. und frühen 20. Jahrhunderts, hg. v. Gabriele von Glasenapp, Hans Otto Horch, Tübingen 2005, S. 657–658.

Pinsker, Lev: Autoemanzipation. Mahnruf an seine Stammesgenossen von einem russischen Juden. Mit einer Vorbemerkung von Achad Haam, Berlin 1917.

Popper-Lynkeus, Josef: Fürst Bismarck und der Antisemitismus, Wien, Leipzig 1925.

Prahn, Hermann: Ueber Märchenbücher, in: Jugendschriften-Warte, 1893, 2, S. 5.
- Ueber Märchenbücher. (Schluß), in: Jugendschriften-Warte, 1893, 4, S. 13.

Preisgekrönte jüdische Märchen, in: Wiener Morgenzeitung 3, 20.3.1921, S. 9.

Preussischer Landesverband Jüdischer Gemeinden: Die Jugendbücherei des Preussischen Landesverbandes jüdischer Gemeinden. Ein besprechendes Bücherverzeichnis, Berlin 1938.

Regensburger, N[orbert]: Was sollen und wollen die jüdischen Jugendvereine, in: Wegweiser für die Jugendliteratur 5, 1909, 3, S. 19–20.

Rein, Marianne: Märchen von den vier Brüdern, in: Der Morgen. Monatsschrift der Juden in Deutschland 14, 1938, 3, S. 121–124.

Rein, Marianne Dora: Das Werk, hg. v. Rosa Grimm, Würzburg 2011.

Reuß, Heinrich: Ammi und Ruchamah, in: Sammlung preisgekrönter Märchen und Sagen. Mit 12 Ill. von H. Grobet, hg. v. Jugendschriften-Kommission des U. O. Bnei Briß, Stuttgart 1909, S. 109–124.
- Der Riese Og, in: Sammlung preisgekrönter Märchen und Sagen. Mit 12 Ill. von H. Grobet, hg. v. Jugendschriften-Kommission des U. O. Bnei Briß, Stuttgart 1909, S. 142–144.
- Salomo und das Heimchen, in: Sammlung preisgekrönter Märchen und Sagen. Mit 12 Ill. von H. Grobet, hg. v. Jugendschriften-Kommission des U. O. Bnei Briß, Stuttgart 1909, S. 106–109.
- Jüdische Märchen und Sagen, 2., vielfach verm. Aufl., Berlin 1921.

Rosenzweig, Franz: Zeit ist's. Gedanken über das jüdische Bildungsproblem des Augenblicks. Brief an Hermann Cohen (1917), in: Franz Rosenzweig: Kleinere Schriften, hg. v. Edith Rosenzweig, Berlin 1937, S. 56–78.

Rubner, Ilse: Die Prinzessin und der Küchenjunge, in: Jüdisches Jugendbuch. Fünfter Jahrgang des jüdischen Jugendkalenders, hg. v. Emil Bernhard Cohn, Else Rabin, Berlin 1935, S. 89–99.

Salten, Felix: Neue Menschen auf alter Erde. Eine Palästinafahrt, Königstein/Ts. 1986.

Samson, Meta: Spatz macht sich, Berlin 1938.

Schlegel, August Wilhelm: Altdeutsche Wälder, herausg. durch die Brüder Grimm, in: August Wilhelm Schlegel: Sämtliche Werke. XII: Vermischte und kritische Schriften, hg. v. Eduard Böcking, Hildesheim, New York 1971, S. 383–426.

Scheu-Riesz, Helene: Österreichische Volksmärchen. Ausgesucht und bearbeitet. Erster Teil, Wien [1912].
- Märchen aus dem All. Bilder und Umschlag von Anton Endstorfer, Wien, Leipzig [1919].

Scholem, Gershom: Martin Bubers Deutung des Chassidismus, in: Gershom Scholem: Judaica I, Frankfurt a. M. 1981, S. 165–206.
- Wider den Mythos vom deutsch-jüdischen Gespräch, in: Gershom Gerhard Scholem: Judaica 2, Frankfurt a. M. 1982.

- Von Berlin nach Jerusalem. Jugenderinnerungen, 4. Aufl., Frankfurt a. M. 1993.
- Die jüdische Mystik. in ihren Hauptströmungen, Frankfurt a. M. 2004.

Schott, Clara: Im Feenreich. Zwölf Märchen. Mit Illustrationen von H. Tiedemann, Elberfeld [1908].
- Gan Eden. Orientalisches Märchen, in: Wegweiser für die Jugendliteratur 8, 1912, 6, S. 139–141.

Schrattenholz, Josef: Die Emanzipationsfrage, in: Israelitisches Familienblatt 4, 1901, 32, S. 1–2.

Schüngel-Straumann, Helen, Zenger, Erich: Tobit. Übersetzt und ausgelegt, Freiburg im Breisgau [u. a.] 2000.

Schwab, Hermann: Kinderträume. Ein Märchenbuch f. jüd. Kinder von 6–9 Jahren, Frankfurt a. M. 1911.

Seidmann-Freud, Tom, Andersen, Hans Christian, Grimm, Jacob u. a.: Eśer śīḥōt lī-lādīm, Berlin, Jerusalem 1923.

Silbergleit, Artur: Frieda Mehler, in: Blätter des Verbandes jüdischer Heimatvereine 10, 1936, 9, S. 55.

Singer, Irma: Das verschlossene Buch. Jüdische Märchen. Mit Nachwort von Max Brod und vier Textbildern von Agathe Löwe, Wien, Berlin 1918.
- Adam und Eva, in: Blätter für Erziehung und Unterricht. Beilage zum Israelitischen Familienblatt 21, 1919, 28, S. 10.
- Kelle und Schwert. Zeichnungen von Otte Wallisch, Jerusalem, Tel Aviv 1935.

Sippurim: eine Sammlung jüdischer Volkssagen, Erzählungen, Mythen, Chroniken, Denkwürdigkeiten und Biographien berühmter Juden aller Jahrhunderte, insbesondere des Mittelalters. Unter Mitwirkung rühmlich bekannter Schriftsteller. Zweite Sammlung, hg. v. Wolf Pascheles, Prag 1853.

S[panier, Moritz]: Jüdische Jugendschriften, in: Wegweiser für die Jugendliteratur, 1907, 17, S. 65.

Spanier, M.: Die praktischen Ergebnisse der kunstpädagogischen Bewegung, in: Blätter für Erziehung und Unterricht. Beilage zum Israelitischen Familienblatt 6, 1903, 25, S. 11–12.
- Preisausschreiben, in: Wegweiser für die Jugendliteratur, 1905, 5, S. 17.
- Zur Einführung, in: Wegweiser für die Jugendliteratur, 1905, 1, S. 1–2.
- Die praktischen Ergebnisse der kunstpädagogischen Bewegung. Schluß, in: Blätter für Erziehung und Unterricht. Beilage zum Israelitischen Familienblatt 6, 1903, 26, S. 11–12.

Steig, Reinhold: Achim von Arnim und Jacob und Wilhelm Grimm, Nachdr. der Ausg. Stuttgart 1904, Bern 1970.

Steinschneider, Moritz: Jüdische Literatur, in: Allgemeine Encyclopädie der Wissenschaften und Künste in alphabetischer Folge von genannten Schriftstellern bearbeitet und herausgegeben, hg. v. J[ohann] S[amuel] Ersch, J[ohann] G[ottfried] Gruber, Leipzig 1850, S. 357–471.

Stenographisches Protokoll der Verhandlungen des V. Zionisten-Kongresses in Basel. 26., 27., 28., 29. und 30. December 1901, Wien 1901.

Stern, Moritz: [Einleitung], in: Lesebuch für jüdische Kinder. Mit den Beiträgen Moses Mendelssohns, hg. v. David Friedländer, Berlin 1927, S. 5–22.

Strauß, Ludwig: Reichstreue und Volkstreue, in: Juedische Rundschau XIX, 1914, 41/42, S. 1.
- Die Zauberdrachenschnur. Märchen für Kinder, Berlin 1932.
- Geschichtenbuch. Aus dem jüdisch-deutschen Maaßebuch ausgewählt und übertragen, Berlin 1934.
- Die Zauberdrachenschnur. Märchen für Kinder, Berlin 1936.
- Brief Nr. 196. 15.4.1934. Prien am Chiemsee, in: Martin Buber, Ludwig Strauss: Briefwechsel 1913–1953, hg. v. Tuvia Rübner, Dafna Mach, Frankfurt a. M. 1990.
- Georg Munk. [1928/29], in: Ludwig Strauss: Schriften zur Dichtung. Gesammelte Werke Band 2, hg. v. Tuvia Rübner, Hans Otto Horch, Göttingen 1998, S. 318–328.
- Gesammelte Werke. Prosa und Übertragungen. Band 1, hg. v. Hans Otto Horch 1998.

Strauß, Ludwig, als: Quentin, Franz: Aussprache zur Judenfrage, in: Kunstwart 25, 1912, 22, S. 236–244.

Susman, Margarete: Vom geistigen Anteil der Juden im deutschen Raum, in: Der Morgen. Monatsschrift der Juden in Deutschland, 1935, 3, S. 107–116.

Tauber, Josef Samuel: Die letzten Juden. Verschollene Ghetto-Märchen. Erster Theil, Leipzig 1853.
- Die letzten Juden. Verschollene Ghetto-Märchen. Zweiter Theil, Leipzig 1853.
- Der Traum ein Leben. Verschollene Ghetto-Märchen, Prag [ca. 1895].

Tendlau, Abraham: Fellmeiers Abende. Mährchen und Geschichten aus grauer Vorzeit, Frankfurt a. M. 1856.

Tendlau, Abraham M[oses]: Das Buch der Sagen und Legenden jüdischer Vorzeit. Nach den Quellen bearbeitet nebst Anmerkungen und Erläuterungen, Stuttgart 1842.

Tieck, Ludwig: Ueber Shakspeare's Behandlung des Wunderbaren, in: Ludwig Tieck: Sämmtliche Werke. 9. Band: Der Sturm. Ein Schauspiel von Shakspear für das Theater bearbeitet, Berlin, Leipzig 1799, S. 1–44.
- Der blonde Eckbert, in: Ludwig Tieck: Phantasus, hg. v. Manfred Frank, Frankfurt a. M. 1985, S. 126–148.

Die Tora. Die Fünf Bücher Mose und die Prophetenlesungen (hebräisch-deutsch). In der revidierten Übersetzung von Rabbiner Ludwig Philippson, hg. v. Walter Homolka, Hanna Liss, Rüdiger Liwak, Freiburg im Breisgau 2015.

Treitschke, Heinrich von: Noch einige Bemerkungen zur Judenfrage, in: Der Berliner Antisemitismusstreit, hg. v. Walter Boehlich, Frankfurt 1965, S. 77–90.
- Unsere Aussichten, in: Der Berliner Antisemitismusstreit, hg. v. Walter Boehlich, Frankfurt 1965, S. 5–12.

Tucholsky: Tucholskys letzte Erkenntnisse. Brief an Arnold Zweig. 15.12.1935, in: Ordo. Halbmonatsschrift; Organ des Comité Juif d'Études Politiques, 1938, 11, S. 18–20.

Ucko, Siegfried: Geistesgeschichtliche Grundlagen der Wissenschaft des Judentums. Motive des Kulturvereins vom Jahre 1819, in: Zeitschrift für die Geschichte der Juden in Deutschland V, 1935, 1, S. 1–34.

Ury, Else: Die erste Lüge, in: Wegweiser 1911, 4, S. 27–29.
- Im Trödelkeller, in: Sammlung preisgekrönter Märchen und Sagen. Mit 12 Ill. von H. Grobet, hg. v. Jugendschriften-Kommission des U. O. Bnei Briß, Stuttgart 1909, S. 99–106.

Verband der jüdischen Lehrervereine im deutschen Reiche: Verzeichnis empfehlenswerter Jugendschriften, Hamburg 1916.

Wagner-Tauber, Lina: Zionistische Frauenarbeit, in: Jüdische Rundschau 16, 1911, 29, S. 333–334.
- Jüdische Märchen und Sagen. Dem Midrasch nacherzählt, Leipzig 1930.
Weber, Ilse: Wann wohl das Leid ein Ende hat. Briefe und Gedichte aus Theresienstadt, hg. v. Ulrike Migdal, München 2008.
Weisel, L[eopold]: Sagen der Prager Juden, in: Gallerie der Sipurim. Eine Sammlung jüdischer Sagen, Märchen und Geschichten, als ein Beitrag zur Völkerkunde, hg. v. Wolf] [Pascheles, Prag 1847, S. 50–81.
Weissmann, Frieda: Aus Urväter-Tagen. Biblische Legenden und Märchen, Breslau 1923.
Wieland, Christoph Martin: Dschinnistan oder auserlesene Feen- und Geistermärchen. Herausgegeben von Siegfried Mauermann, in: Christoph Martin Wieland: Gesammelte Schriften, hg. v. Fritz Homeyer, Bd. 1,18, Hildesheim 1987.
Winkler, Paula: Die jüdische Frau. II., in: Die Welt 5, 1901, 46, S. 6–7.
Wolgast, Heinrich: Grossobuch oder nationale Dichtung? Erstmals erschienen im Dresdner Anzeiger, Monatsbeilage 1901, 48, in: Heinrich Wolgast: Vom Kinderbuch. Gesammelte Aufsätze, Leipzig, Berlin 1905, S. 60–67.
- Das Elend unserer Jugendliteratur. Ein Beitrag zur künstlerischen Erziehung der Jugend, 7. Aufl., Worms 1951.
Zunz, [Leopold]: Gesammelte Schriften. Erster Band, hg. v. Curatorium der ›Zunzstiftung‹, Berlin 1875.
- Die Jüdische Literatur (1845), in: [Leopold] Zunz: Gesammelte Schriften. Erster Band, hg. v. Curatorium der ›Zunzstiftung‹, Berlin 1875, S. 41–59.
Zweig, Arnold: Der Jude im Dorn, in: Ost und West. Beiträge zu kulturellen und politischen Fragen der Zeit 2, 1948, 11, S. 58–65.
Zweig, Stefan: Die Welt von gestern. Erinnerungen eines Europäers, Ungekürzte Ausg., 40. Aufl., Frankfurt a. M. 2013.

II. Forschungsliteratur

Adorno, Theodor W.: Negative Dialektik, in: Theodor W. Adorno: Negative Dialektik. Jargon der Eigentlichkeit, hg. v. Rolf Tiedemann, Frankfurt a. M. 1973, S. 7–400.
Alon, Alexander: Deutsch-jüdische Literatur und die aggadische Erzählliteratur, in: Handbuch der deutsch-jüdischen Literatur, hg. v. Hans Otto Horch, Berlin 2015, S. 463–478.
Anders, Werner: Der Jude im Märchen. Vorbemerkungen zu Arnold Zweigs Der Jude im Dorn in: Antisemitismus und Holocaust. Ihre Darstellung und Verarbeitung in der deutschen Kinder- und Jugendliteratur; [Katalog zur Ausstellung im Rahmen der 14. Oldenburger Kinder- und Jugendbuchmesse 1988 im Stadtmuseum Oldenburg …], hg. v. Werner Anders, Oldenburg 1988, S. 29–38.
Anderson, Benedict: Die Erfindung der Nation. Zur Karriere eines folgenreichen Konzepts, 2., um ein Nachwort von Thomas Mergel erw. Aufl. der Neuausgabe 1996, Frankfurt a. M. 2005.
Anz, Heinrich: »Aber das ist ja gar kein Märchen!« Überlegungen zu Hans Christian Andersens Märchenpoetik, in: Hans Christian Andersen zum 200. Geburtstag. »Mein

Leben ist ein schönes Märchen, so reich und glücklich!«, hg. v. Svenja Blume, Sebastian Kürschner, Hamburg 2005, S. 35–56.

Arendt, Dieter: Christoph Martin Wielands Märchen ›Pervonte oder die Wünsche‹ oder: Ein Aufklärer und Didaktiker als Märchenerzähler, in: Orbis Litterarum 57, 2002, 2, S. 81–102.

Asper, Barbara, Kempin, Hannelore, Münchmeyer-Schöneberg, Bettina: Wiedersehen mit Nesthäkchen. Else Ury aus heutiger Sicht, Berlin 2007.

Asper, Barbara/ Brüggemann, Theodor: »Im Trödelkeller«. Über eine frühe Erzählung von Else Ury, in: Beiträge Jugendliteratur und Medien 47, 1995, 4, S. 221–224.

Balmer, Susanne: Der weibliche Körper als Pflanze: Evolution und weibliche Individuation bei Gabriele Reuter und Hedwig Dohm, in: Organismus und Gesellschaft. Der Körper in der deutschsprachigen Literatur des Realismus (1830–1930), hg. v. Christiane Arndt, Silke Brodersen, Bielefeld 2011, S. 153–178.

Bannasch, Bettina: Sehnsucht »nach der alten großen jüdischen Melodie«. Erinnerung des »Jüdischen« im Kinderbilderbuch um 1900, in: Populäre Konstruktionen von Erinnerung im deutschen Judentum und nach der Emigration, hg. v. Yotam Hotam, Joachim Jacob, Göttingen 2004, S. 55–81.

– Der Traum vom Glauben ohne Aberglauben. Jüdische Perspektiven auf die Gründung des Neuen deutschen Reichs 1870/71, in: Reichsgründung 1871. Ereignis – Beschreibung – Inszenierung, hg. v. Michael Fischer, Münster 2010, S. 59–79.

Bausinger, Hermann: Formen der »Volkspoesie«, 2. verb. und verm. Aufl., Berlin 1980.

– Märchen, in: Enzyklopädie des Märchens. Handwörterbuch zur historischen und vergleichenden Erzählforschung, hg. v. Rolf Wilhelm Brednich, Berlin, New York 1999, S. 250–274.

Becker, Michael: Wunder und Wundertäter im frührabbinischen Judentum. Studien zum Phänomen und seiner Überlieferung im Horizont von Magie und Dämonismus, Tübingen 2002.

Behm, Britta L.: Moses Mendelssohn und die Transformation der jüdischen Erziehung in Berlin, Münster, München [u. a.] 2002.

Belke, Ingrid: In den Katakomben. Jüdische Verlage in Deutschland; 1933–1938; [für die Ausstellung von Februar bis Juni 1983 im Schiller-Nationalmuseum, Marbach am Neckar], Marbach 1983.

Ben-Amos, Dan: The Seven Strands of Tradition. Varieties in its meaning in American Folklore Studies, in: Journal of Folklore Research 21, 1984, 2, S. 97–131.

– Foreword, in: Eli Yassif: The Hebrew folktale. History, genre, meaning, Bloomington, Ind. 1999, S. VII–XVIII.

Ben-Amos, Dan, Frankel, Ellen: Introduction to Volume 2, in: Tales from Eastern Europe, hg. v. Dan Ben-Amos, Dov Noy, Ellen Frankel, Philadelphia 2007, S. XVII–XXX.

Tales from Eastern Europe, hg. v. Dan Ben-Amos, Dov Noy, Ellen Frankel, Philadelphia 2007.

Bergmann, Werner: Deutschland, in: Handbuch des Antisemitismus. Judenfeindschaft in Geschichte und Gegenwart, hg. v. Wolfgang Benz, München 2008, S. 84.

Berkowitz, Michael: Art in Zionist Popular Culture and Jewish National Self-Consciousness. 1897–1914, in: Art and its uses. The visual image and modern Jewish society, hg. v. Ezra Mendelsohn, Richard I. Cohen, New York 1990, S. 9–42.

Berlin, Jeffrey B.: Der unveröffentlichte Briefwechsel zwischen Antoinette von Kahler und Hermann Broch unter Berücksichtigung einiger unveröffentlichter Briefe von Richard Beer-Hofmann, Albert Einstein und Thomas Mann, in: Modern Austrian Literature 27, 1994, 2, S. 39–76.

Beutin, Lorenz Gösta: »Vox populi, vox Dei«. Zur romantischen Judenfeindschaft in den Märchen Wilhelm Hauffs, in: Aufklärung, Demokratie und die Veränderung der gesellschaftlichen Verhältnisse. Texte über Literatur und Politik in Erinnerung an Walter Grab (1919–2000), hg. v. Johann Dvořak, Walter Grab, Frankfurt a. M., New York 2011, S. 49–63.

Bhabha, Homi K.: Unpacking My Library Again, in: Journal of the Midwest Modern Language Association 28, 1995, 1, S. 5–18.

Bin Gorion, Emanuel: Der Verfasser und sein Werk, in: Micha Josef Bin Gorion: Der Born Judas, hg. v. Emanuel Bin Gorion, Wiesbaden 1959, S. 767–782.

- Zum Abschluss der Neu-Ausgabe, in: Micha Josef Bin Gorion: Der Born Judas. Zweiter Teil, hg. v. Emanuel Bin Gorion, Frankfurt a. M. 1973, S. 533–534.

- Bin Gorion, Micha Josef, in: Enzyklopädie des Märchens. Band 2: Be-Chri, hg. v. Kurt Ranke, Berlin [u. a.] 1979, S. 384–386.

Blackwell, Jeannine: The Historical Context of German Women's Fairy Tales, in: The queen's mirror. Fairy tales by German women 1780–1900, hg. v. Shawn C. Jarvis, Lincoln 2001, S. 1–9.

Blaschke, Olaf: Das 16. Jahrhundert und das 19. Jahrhundert: Zwei konfessionelle Zeitalter? Ein Vergleich, in: »Das Wichtigste ist der Mensch«. Festschrift für Klaus Gerteis zum 60. Geburtstag, hg. v. Klaus Gerteis, Angela Giebmeyer, Helga Schnabel-Schüle, Mainz 2000, S. 117–138.

Bloch, Ernst: Das Märchen geht selber in der Zeit. (1930), in: Ernst Bloch: Literarische Aufsätze, Frankfurt a. M. 1977, S. 196–199.

Blömer, Ursula/ Garz, Detlef: Jüdische Kindheit in Deutschland am Ende des 19. und Anfang des 20. Jahrhunderts, in: Jüdisches Kinderleben im Spiegel jüdischer Kinderbücher. Eine Ausstellung der Universitätsbibliothek Oldenburg mit dem Kindheitsmuseum Marburg; Katalog zur 17. Ausstellung der Universitätsbibliothek im Rahmen der Oldenburger Kinder- und Jugendbuchmesse 1998 ., hg. v. Helge-Ulrike Hyams, Oldenburg 1998, S. 67–80.

Blum, Lothar: Märchen, in: Metzler Lexikon Literatur. Begriffe und Definitionen, hg. v. Günther Schweikle, Dieter Burdorf, Irmgard Schweikle u. a., Stuttgart 2010, S. 472–474.

Blumesberger, Susanne: Helene Scheu-Riesz und die Vision einer modernen Bibliothek, in: Helene Scheu-Riesz (1880–1970). Eine Frau zwischen den Welten, hg. v. Susanne Blumesberger, Wien 2005, S. 57–78.

Bockwoldt, Gerd: Das Bild des Juden in den Märchen der Brüder Grimm, in: Zeitschrift für Religions- und Geistesgeschichte 63, 2011, 3, S. 234–249.

Bodenheimer, Alfred: Jüdische (Un-)Heilsvisionen. Theodor Herzls Judenstaat und Die Protokolle der Weisen von Zion, in: Alfred Bodenheimer: In den Himmel gebissen. Aufsätze zur europäisch-jüdischen Literatur, München 2011, S. 42–51.

Bodenheimer, Alfred, Kilcher, Andreas B.: Else Lasker-Schüler, in: Metzler Lexikon der deutsch-jüdischen Literatur. Jüdische Autorinnen und Autoren deutscher Sprache von der Aufklärung bis zur Gegenwart, hg. v. Andreas B. Kilcher, Stuttgart 2012, S. 327–331.

Boehlich, Walter: Nachwort, in: Der Berliner Antisemitismusstreit, hg. v. Walter Boehlich, Frankfurt 1965, S. 237–263.

Boerner, Maria-Christina: Neuromantik, in: Metzler Lexikon Literatur. Begriffe und Definitionen, hg. v. Günther Schweikle, Dieter Burdorf, Irmgard Schweikle u. a., Stuttgart 2010, S. 541.

Bohak, Gideon: Conceptualizing Demons in Late Antique Judaism, in: Demons and Illness from Antiquity to the Early-Modern Period, hg. v. Siam Bhayro, Catherine Rider, Leiden, Boston 2017, S. 111–133.

Bomhoff, Hartmut: Retterin der Kinder. Vor 120 Jahren wurde Recha Freier geboren, in: Jüdische Allgemeine, 1.11.2012.

Borchmeyer, Dieter: Globalisierung und Weltliteratur – Goethes Altersfuturismus, in: Liber Amicorum. Katharina Mommsen zum 85. Geburtstag, hg. v. Andreas Remmel, Paul Remmel, Bonn 2010, S. 79–91.

Bottigheimer, Ruth B.: Fairy tales. A new history, Albany, N.Y. 2009.

Brämer, Andreas: Der lange Weg von der Duldung zur Emanzipation (1650–1871), in: Die Geschichte der Juden in Deutschland, hg. v. Arno Herzig, Cay Rademacher, Hamburg 2013, S. 80–97.

Braun, Peter: Reiseschatten. Peter Schlemihls wundersame Geschichte von Adelbert von Chamisso, in: Schwellentexte der Weltliteratur, hg. v. Reingard M. Nischik, Caroline Rosenthal, Konstanz 2002, S. 143–164.

Brenner, Michael: Einführung, in: Deutsch-jüdische Geschichte in der Neuzeit. Band II Emanzipation und Akkulturation 1780–1871, hg. v. Michael Brenner, Stefi Jersch-Wenzel, Michael A. Meyer, München 1996, S. 9–14.

– Jüdische Kultur in der Weimarer Republik, München 2000.

– Politischer Zionismus und Kulturzionismus, 2008, http://www.bpb.de/internationales/asien/israel/44945/politischer-und-kulturzionismus, zuletzt geprüft am: 02.12.2015.

Brentzel, Marianne: Nesthäkchen kommt ins KZ. Eine Annäherung an Else Ury 1877–1943, Zürich 1992.

– Mir kann doch nichts geschehen. Das Leben der Nesthäkchen-Autorin Else Ury, Berlin 2015.

Breuer, Mordechai: Prolog. Das jüdische Mittelalter, in: Deutsch-jüdische Geschichte in der Neuzeit. Band I: Tradition und Aufklärung 1600–1780, hg. v. Mordechai Breuer, Michael Graetz, München 1996, S. 19–84.

Brittnacher, Hans Richard, May, Markus: Romantik. Deutschland, in: Phantastik. Ein interdisziplinäres Handbuch, hg. v. Hans Richard Brittnacher, Markus May, Stuttgart, Weimar 2013, S. 59–66.

Busch, Peter: Das Testament Salomos. Die älteste christliche Dämonologie, kommentiert und in deutscher Erstübersetzung, Berlin, New York 2006.

Conti, Luisa: Vom interkulturellen zum transkulturellen Dialog. Ein Perspektivenwechsel, in: Transkulturalität, Transnationalität, Transstaatlichkeit, Translokalität. Theoretische und empirische Begriffsbestimmungen, hg. v. Melanie Hühn, Berlin, Münster 2010, S. 173–190.

Davis, Joseph M.: Solomon and Ashmedai (*bGittin* 68a-b), King Hiram, and Procopius: Exegesis and Folklore, in: The Jewish Quarterly Review 4, 2016, 106, S. 577–585.

Davidowicz, Klaus Samuel: Gershom Scholem und Martin Buber. Die Geschichte eines Missverständnisses, Neukirchen 1995.

Daxelmüller, Christoph: Gaster, Moses, in: Enzyklopädie des Märchens. Handwörterbuch zur historischen und vergleichenden Erzählforschung, hg. v. Rolf Wilhelm Brednich, Hermann Bausinger, Wolfgang Brückner u. a., Berlin, New York 1987, S. 735–739.
- Grunwald, Max, in: Enzyklopädie des Märchens. Handwörterbuch zur historischen und vergleichenden Erzählforschung, hg. v. Kurt Ranke, Rolf Wilhelm Brednich, Hermann Bausinger u. a., Berlin 1990, S. 271–273.
- Volkskunde – eine antisemitische Wissenschaft?, in: Judentum, Antisemitismus und deutschsprachige Literatur vom Ersten Weltkrieg bis 1933/1938. Judentum, Antisemitismus und deutschsprachige Literatur, hg. v. Hans Otto Horch, Horst Denkler, Tübingen 1993, S. 190–226.

Detering, Heinrich: Das Nationalepos im Kinderzimmer. Die »Kinder- und Hausmärchen« der Brüder Grimm, in: Nationalepen zwischen Fakten und Fiktionen. Beiträge zum komparatistischen Symposium, 6. bis 8. Mai 2010 an der Univ. Tartu, hg. v. Heinrich Detering, Tartu 2011, S. 114–126.
- Nachwort, in: Hans Christian Andersen: Märchen und Geschichten, hg. v. Heinrich Detering, Stuttgart 2012, S. 498–508.

Detering, Heinrich, Hoffmann, Torsten, Pasewalck, Silke u. a.: Nationalepen zwischen Fakten und Fiktionen. Zur Einführung, in: Nationalepen zwischen Fakten und Fiktionen. Beiträge zum komparatistischen Symposium, 6. bis 8. Mai 2010 an der Univ. Tartu, hg. v. Heinrich Detering, Tartu 2011, S. 9–19.

Dethloff, Klaus: Theodor Herzl oder Der Moses des Fin de siècle, Wien 1986.

Diederichs, Ulf: Nachwort, in: Das Ma'assebuch. Altjiddische Erzaehlkunst, hg. v. Ulf Diederichs, München 2003, S. 793–805.
- Vorwort, in: Das Ma'assebuch. Altjiddische Erzaehlkunst, hg. v. Ulf Diederichs, München 2003, S. 7–11.

Dingelmaier, Theresia: Erläuternde ›Erhellungen‹ und komplexe Wechselverhältnisse von Bild und Text. Bilderbuch und illustriertes Buch, in: Kinder- und Jugendliteratur. Historische, erzähl- und medientheoretische, pädagogische und therapeutische Perspektiven, hg. v. Bettina Bannasch, Eva Matthes, Münster 2018, S. 87–106.

Dollerup, Cay: Das Miteinander der Märchen. Wie Grimms und Andersens Märchen einander dienlich waren, in: Sinn und Form 58, 2006, 1, S. 95–105.

Dolle-Weinkauff, Bernd: Mit Grimm in den Klassenkampf. Zur Rezeption der KHM im ›Proletarischen Märchen‹ des frühen 20. Jahrhunderts, in: Märchen, Mythen und Moderne. 200 Jahre Kinder- und Hausmärchen der Brüder Grimm, hg. v. Claudia Brinker-von der Heyde, Holger Ehrhardt, Hans-Heino Ewers, Frankfurt 2015, S. 825–836.

Drewermann, Eugen: Märchen und Religion. »Schneeweißchen und Rosenrot« – tiefenpsychologisch gedeutet, in: Märchen, Märchenforschung, Märchendidaktik, hg. v. Günter Lange, Baltmannsweiler 2004, S. 51–91.

Dubbels, Elke: Figuren des Messianischen in Schriften deutsch-jüdischer Intellektueller 1900–1933, Berlin [u. a.] 2011.

Eberhardt, Sören: Geburt zum Tod – Leben durch das Judentum. Zu Beer-Hofmanns Schlaflied für Mirjam, in: Richard Beer-Hofmann (1866–1945). Studien zu seinem Werk, hg. v. Norbert Otto Eke, Günter Helmes, Würzburg 1993, S. 99–115.

Eckardt, Georg: Entwicklungs- und Pädagogische Psychologie. Zentrale Schriften und Persönlichkeiten, Wiesbaden 2013.

Ecker, Hans-Peter: Legende, in: Enzyklopädie des Märchens. Handwörterbuch zur historischen und vergleichenden Erzählforschung, hg. v. Rolf Wilhelm Brednich, Berlin, New York 1996, S. 855–868.

Ego, Beate: Die Vertreibung des Dämons Asmodäus. »Magie« in der Tobiterzählung, in: Zauber und Magie im antiken Palästina und seiner Umwelt. Kolloquium des Deutschen Vereins zur Erforschung Palästinas, 14.-16.11.2014, hg. v. Jens Kamlah, Mainz 2017, S. 381–408.

Ehret, Ramona: Gebrüder Grimm, in: Handbuch des Antisemitismus. Judenfeindschaft in Geschichte und Gegenwart, hg. v. Wolfgang Benz, Berlin 2009, S. 270–271.

Elyada, Aya: Bridges to a bygone Jewish past? Abraham Tendlau and the rewriting of Yiddish folktales in nineteenth-century Germany, in: Journal of Modern Jewish Studies 16, 2017, 3, S. 419–436.

Enzenbach, Isabel: Hauff, Wilhelm, in: Handbuch des Antisemitismus. Judenfeindschaft in Geschichte und Gegenwart, hg. v. Wolfgang Benz, Berlin 2009, S. 338–340.

Erll, Astrid, Roggendorf, Simone: Kulturgeschichtliche Narratologie: Die Historisierung und Kontextualisierung kultureller Narrative, in: Neue Ansätze in der Erzähltheorie, hg. v. Ansgar Nünning, Vera Nünning, Trier 2002, S. 73–114.

Ewers, Hans-Heino: Theorie der Kinderliteratur zwischen Systemtheorie und Poetologie. Eine Auseinandersetzung mit Zohar Shavit und Maria Lypp, in: Kinderliteratur im interkulturellen Prozess. Studien zur allgemeinen und vergleichenden Kinderliteraturwissenschaft, hg. v. Hans-Heino Ewers, Gertrud Lehnert, Emer O'Sullivan, Stuttgart 1994, S. 16–26.

- Themen-, Formen- und Funktionswandel der westdeutschen Kinderliteratur seit Ende der 60er, Anfang der 70er Jahre, in: Zeitschrift für Germanistik Neue Folge 5, 1995, 2, S. 257–278.
- Eine folgenreiche, aber fragwürdige Verurteilung aller »spezifischen Jugendliteratur«. Anmerkungen zu Heinrich Wolgasts Schrift Das Elend unserer Jugendliteratur von 1896, in: Theorien der Jugendlektüre. Beiträge zur Kinder- und Jugendliteraturkritik seit Heinrich Wolgast, hg. v. Bernd Dolle-Weinkauff, Weinheim, München 1996, S. 9–25.
- Romantik, in: Geschichte der deutschen Kinder- und Jugendliteratur, hg. v. Otto Brunken, Reiner Wild, Stuttgart 2008, S. 96–130.
- Erfahrung schrieb's und reicht's der Jugend. Geschichte der deutschen Kinder- und Jugendliteratur vom 18. bis zum 20. Jahrhundert: gesammelte Beiträge aus drei Jahrzehnten, Frankfurt a. M. 2010.
- Kinder- und Jugendliteratur. Begriffsdefinitionen, in: Kinder- und Jugendliteratur der Gegenwart. Ein Handbuch., hg. v. Günter Lange, Baltmannsweiler 2011, S. 3–12.
- Literatur für Kinder und Jugendliche. Eine Einführung in Grundbegriffe der Kinder- und Jugendliteraturforschung, 2., überarb. und aktual. Aufl., Paderborn 2012.

Feiner, Shmuel: Haskala, in: Enzyklopädie jüdischer Geschichte und Kultur. Band 2: Co – Ha, hg. v. Dan Diner, Stuttgart 2012, S. 544–554.

Fissenebert, Hannah, Sass, Hartmut von: Märchenhafte Aneignung. Das Volksmärchen als Säkularisat und Substitut der Religion, in: Zeitschrift für Kulturphilosophie, 2016, 1, S. 101–121.

Foucault, Michel: Archäologie des Wissens, Frankfurt a. M. 1973.

Frank, Armin Paul: Zum Begriff der Nationalliteratur in Herders abweichender Antwort auf Lowth, in: Urpoesie und Morgenland. Johann Gottfried Herders »Vom Geist der Ebräischen Poesie«, hg. v. Daniel Weidner 2008, S. 299–326.

Frenschkowski, Marco: Religiöse Motive, in: Enzyklopädie des Märchens. Band 11: Prüfung-Schimäremärchen, hg. v. Rolf Wilhelm Brednich, Kurt Ranke, Berlin [u. a.] 2004, S. 537–551.

Freyberger, Regina: Märchenbilder – Bildermärchen. Illustrationen zu Grimms Märchen 1819–1945 : über einen vergessenen Bereich deutscher Kunst, Oberhausen 2009.

Friesel, Evyatar: From self-defense to self-affirmation. The transformation of the German-Jewish »Centralverein«, in: Die kulturelle Seite des Antisemitismus. Zwischen Aufklärung und Shoah, hg. v. Andrea Hoffmann, Tübingen 2006, S. 277–290.

Fritsche, Michael, Peper, Ulrike: Jüdische Kindheit im Schatten des Holocaust, in: Jüdisches Kinderleben im Spiegel jüdischer Kinderbücher. Eine Ausstellung der Universitätsbibliothek Oldenburg mit dem Kindheitsmuseum Marburg; Katalog zur 17. Ausstellung der Universitätsbibliothek im Rahmen der Oldenburger Kinder- und Jugendbuchmesse 1998., hg. v. Helge-Ulrike Hyams, Oldenburg 1998, S. 115–124.

Fröhlich, Ida: Demons and Illness in Second Temple Judaism: Theory and Practice, in: Demons and Illness from Antiquity to the Early-Modern Period, hg. v. Siam Bhayro, Catherine Rider, Leiden, Boston 2017, S. 81–96.

FRONTIER-Projekt »Schreiben im Holocaust«. Schriftsteller und Wissenschaftler im Getto Lodz/Litzmannstadt. Forschungsprojekt der Germanistischen Sprachwissenschaft Universität Heidelberg, http://www.gs.uni-heidelberg.de/forschung/frontierprojekt_schriftsteller_ghetto.html, zuletzt geprüft am: 08.02.2018.

Frühwald, Wolfgang: Das Gedächtnis der Frömmigkeit. Religion, Kirche und Literatur in Deutschland vom Barock bis zur Gegenwart, Frankfurt a. M. 2008.

Gaier, Ulrich: Herders Volksbegriff und seine Rezeption, in: Herder im Spiegel der Zeiten. Verwerfungen der Rezeptionsgeschichte und Chancen einer Relektüre, hg. v. Tilman Borsche, München 2006, S. 32–57.

Gay, Peter: Begegnung mit der Moderne. Deutsche Juden in der deutschen Kultur, in: Juden im Wilhelminischen Deutschland 1890–1914. Ein Sammelband, hg. v. Werner E. Mosse, Tübingen 1976, S. 241–312.

Gebhardt, Michael: Zum Geleit, in: Elisabeth Dauthendey: Märchen, hg. v. Michael Gebhardt, Gerabronn [u. a.] 1976, S. 9–14.

Gebhardt, Miriam: Das Familiengedächtnis. Erinnerung im deutsch-jüdischen Bürgertum 1890 bis 1932, Stuttgart 1999.

Geerken, Hartmut: Zur Märchendichtung im 20. Jahrhundert, in: Märchen des Expressionismus, hg. v. Hartmut Geerken, Frankfurt a. M. 1979, S. 11–32.

Gellner, Ernest: Nationalismus und Moderne, Berlin 1991.

Glasenapp, Gabriele, von: Aus der Judengasse. Zur Entstehung und Ausprägung deutschsprachiger Ghettoliteratur im 19. Jahrhundert, Tübingen 1996.

– Von der Neo-Orthodoxie bis zum Dritten Reich. Teil II, in: Das jüdische Jugendbuch. Von der Aufklärung bis zum Dritten Reich, hg. v. Gabriele von Glasenapp, Michael Nagel, Stuttgart 1996, S. 79–161.

– From Text to Edition. Process of Scholarly Thinking in German-Jewish Literature in the Early Nineteenth Century, in: Modern Judaism and historical consciousness. Identities,

encounters, perspectives, hg. v. Andreas Gotzmann, Christian Wiese, Leiden, Boston 2007, S. 368–390.
- Popularitätskonzepte jüdischer Folklore. Die Prager Märchen, Sagen und Legenden in der Sammlung Sippurim, in: Populäres Judentum. Medien Debatten Lesestoffe, hg. v. Christine Haug, Franziska Mayer, Madleen Podewski, Tübingen 2009, S. 19–45.
- »Was sollen unsere Töchter lesen?«. Die jüdische Journalistin und Literaturpädagogin Regina Neisser, in: ›Not an essence but a positioning‹. German-Jewish women writers (1900–1938), hg. v. Andrea Hammel, Godela Weiss-Sussex, München, London 2009, S. 33–54.
- »Für die jüdische Jugendliteratur neue Wege gehen«. Die Märchenerzählungen des österreichischen Kinderbuchautors Siegfried Abeles, in: Kindheit, Kindheitsliteratur, Kinderliteratur. Studien zur Geschichte der österreichischen Literatur: Festschrift für Ernst Seibert, hg. v. Gunda Mairbäurl, Ernst Seibert, Wien 2010, S. 112–127.
- Traditionsbewahrung oder Neubeginn? Aspekte jüdischer Jugendliteratur in Deutschland in den Jahren zwischen 1933 und 1942, in: Zwischen Rassenhass und Identitätssuche. Deutsch-jüdische literarische Kultur im nationalsozialistischen Deutschland, hg. v. Kerstin Schoor, Göttingen 2010, S. 171–194.
- Jüdische Kinder- und Jugendliteratur, in: Die Kinder- und Jugendliteratur in der Zeit der Weimarer Republik. Teil 2, hg. v. Norbert Hopster, Frankfurt a. M. 2012, S. 609–647.
- »Das Buch, das wir sind?«. Zur jüdischen Rezeption der Grimm'schen Kinder und Hausmärchen, in: Märchen – (k)ein romantischer Mythos? Zur Poetologie und Komparatistik von Märchen, hg. v. Claudia Maria Pecher, Baltmannsweiler 2013, S. 183–210.
- Jüdische Kinder- und Jugendliteratur, in: Handbuch der deutsch-jüdischen Literatur, hg. v. Hans Otto Horch, Berlin 2015, S. 527–538.

Glasenapp, Gabriele von, Horch, Hans Otto: Ghettoliteratur. Eine Dokumentation zur deutsch-jüdischen Literaturgeschichte des 19. und frühen 20. Jahrhunderts. Teil II: Autoren und Werke der Ghettoliteratur, Tübingen 2005.

Das jüdische Jugendbuch. Von der Aufklärung bis zum Dritten Reich, hg. v. Gabriele von Glasenapp, Michael Nagel, Stuttgart 1996.

Glasenapp, Gabriele von, Völpel, Annegret: Positionen jüdischer Kinder- und Jugendliteraturkritik innerhalb der deutschen Jugendschriftenbewegung, in: Theorien der Jugendlektüre. Beiträge zur Kinder- und Jugendliteraturkritik seit Heinrich Wolgast, hg. v. Bernd Dolle-Weinkauff, Weinheim, München 1996, S. 51–76.

Goldberg, Christine: Teppich, in: Enzyklopädie des Märchens. Handwörterbuch zur historischen und vergleichenden Erzählforschung, hg. v. Rolf Wilhelm Brednich, Berlin [u. a.] 2010, S. 361–363.

Goldberg, Sylvie-Anne: Exil, in: Enzyklopädie jüdischer Geschichte und Kultur. Band 2: Co – Ha, hg. v. Dan Diner, Stuttgart 2012, S. 295–304.

Goldin, Simha: Juden und die Welt der Bücher in den Jahren 1100–1700. »Schriften für Kinder« und »Kinderbücher« bei den Juden in Deutschland, in: Deutsch-jüdische Kinder- und Jugendliteratur. Ein literaturgeschichtlicher Grundriss, hg. v. Annegret Völpel, Zohar Shavit, Ran HaCohen, Stuttgart 2002, S. 6–23.
- Near the end of the thirteenth century, a body of literatur emerges to help acquaint children with the texts and traditions of Judaism, in: Yale companion to Jewish writing

and thought in German culture, 1096–1996, hg. v. Sander L. Gilman, Jack Zipes, New Haven 1997, S. 35–41.

Graetz, Michael: Jüdische Aufklärung, in: Deutsch-jüdische Geschichte in der Neuzeit. Band I: Tradition und Aufklärung 1600–1780, hg. v. Mordechai Breuer, Michael Graetz, München 1996, S. 251–358.

Grätz, Manfred: Kunstmärchen, in: Enzyklopädie des Märchens. Handwörterbuch zur historischen und vergleichenden Erzählforschung, hg. v. Rolf Wilhelm Brednich, Berlin, New York 1996, S. 611–622.

Graubner, Hans: Epos, Volksepos, Menschheitsepos – Zum Epos-Konzept bei Herder, in: Nationalepen zwischen Fakten und Fiktionen. Beiträge zum komparatistischen Symposium, 6. bis 8. Mai 2010 an der Univ. Tartu, hg. v. Heinrich Detering, Tartu 2011, S. 73–92.

Graus, František: Pest – Geissler – Judenmorde. Das 14. Jahrhundert als Krisenzeit, Göttingen 1987.

Greenblatt, Stephen: Die Geschichte von Adam und Eva. Der mächtigste Mythos der Menschheit. Aus dem Englischen von Klaus Binder, München 2018.

Habermas, Jürgen: Die postnationale Konstellation. Politische Essays, Frankfurt a. M. 1998.

HaCohen, Ran: Einleitung, in: Martin Buber: Werkausgabe. Band 18.1: Chassidismus III. Die Erzählungen der Chassidim, hg. v. Ran HaCohen, Paul Mendes-Flohr, Bernd Witte, Gütersloh 2015, S. 15–35.

Hadassah Stichnothe: Moses fährt nach Amerika. Deutsch-jüdische Kinderbücher erlebten in den 20er- und 30er-Jahren eine kurze Blüte, in: Jüdische Allgemeine, 26.01.2014.

Hammer, Almuth: Erwählung erinnern. Literatur als Medium jüdischen Selbstverständnisses; mit Fallstudien zu Else Lasker-Schüler und Joseph Roth, Göttingen 2004.

Handbuch österreichischer Autorinnen und Autoren jüdischer Herkunft 18. bis 20. Jahrhundert, hg. v. Susanne Blumesberger, Berlin [u. a.] 2011.

Harries, Elizabeth Wanning: Twice upon a time. Women writers and the history of the fairy tale, 2nd ed., Princeton, N.J., Woodstock 2003.

Hárs, Endre: Herder und die Erfindung des Nationalen, 2008, http://www.kakanien-revisited.at/beitr/theorie/EHars3.pdf, zuletzt geprüft am: 03.08.2016.

Heinsohn, Kirsten: Juden in der Weimarer Republik, in: Die Geschichte der Juden in Deutschland, hg. v. Arno Herzig, Cay Rademacher, Hamburg 2013, S. 170–179.

Held, Steffen: Die Leipziger Stadtverwaltung und die Deportation der Juden im NS-Staat, 2009, http://www.qucosa.de/fileadmin/data/qucosa/documents/7155/Deportationen_Leipzig.pdf, zuletzt geprüft am: 08.02.2018.

Helfer, Martha B.: The fairy tale Jew, in: Neulektüren. Festschrift für Gerd Labroisse zum 80. Geburtstag, hg. v. Norbert Otto Eke, Christopher Balme, Gerd Labroisse, Amsterdam [u. a.] 2009, S. 31–42.

Heller, Friedrich C.: Das künstlerisch illustrierte Kinderbuch in Wien um 1900, in: Die Bilderwelt im Kinderbuch. Kinder- und Jugendbücher aus fünf Jahrhunderten, hg. v. Albert Schug, Köln 1988, S. 40–41.

– W.T. Steads ›Books for the Bairns‹ – das Vorbild für die Sesam-Bücher, in: Helene Scheu-Riesz (1880–1970). Eine Frau zwischen den Welten, hg. v. Susanne Blumesberger, Wien 2005, S. 43–56.

Hense, Martin, Müller-Tamm, Jutta: Poetik der Seelenwanderung. Zur Einführung, in: Poetik der Seelenwanderung, hg. v. Martin Hense, Jutta Müller-Tamm, Freiburg i. Br. 2014, S. 7-27.
Heuer, Renate: Lexikon deutsch-jüdischer Autoren. Band 13, München [u. a.] 2005.
Hippler, Jochen: Gewaltkonflikte, Konfliktprävention und Nationenbildung – Hintergründe eines politischen Konzepts, in: Nation-Building. Ein Schlüsselkonzept für friedliche Konfliktbearbeitung?, hg. v. Jochen Hippler, Bonn 2004, S. 14-30.
Nation-Building. Ein Schlüsselkonzept für friedliche Konfliktbearbeitung?, hg. v. Jochen Hippler, Bonn 2004.
Höfer, Hannes: Deutscher Universalismus. Zur mythologisierenden Konstruktion des Nationalen in der Literatur um 1800, Heidelberg 2015.
Hoffmann, Daniel: Heimann, Moritz, in: Deutsch-jüdische Literatur. 120 Porträts, hg. v. Andreas B. Kilcher, Stuttgart 2006, S. 84-87.
Hoffmann, Daniel, Tarantul, Elijahu: Ost-West-Passagen der Tradition. Micha Josef Bin Gorion und Samuel Joseph Agnon, in: Handbuch zur deutsch-jüdischen Literatur des 20. Jahrhunderts, hg. v. Daniel Hoffmann, Paderborn 2002, S. 55-78.
Holbek, Bengt: Interpretation of fairy tales. Danish folklore in a European perspective, Helsinki 1987.
Honko, Lauri: Gattungsprobleme, in: Enzyklopädie des Märchens. Handwörterbuch zur historischen und vergleichenden Erzählforschung, hg. v. Rolf Wilhelm Brednich, Hermann Bausinger, Wolfgang Brückner u. a., Berlin, New York 1987, S. 744-769.
Horch, Hans Otto: Admonitio Judaica. Jüdische Debatten über Kinder- und Jugendliteratur im 19. und beginnenden 20. Jahrhundert, in: Das Bild des Juden in der Volks- und Jugendliteratur vom 18. Jahrhundert bis 1945, hg. v. Heinrich Pleticha, Würzburg 1985, S. 85-102.
- Auf der Suche nach der jüdischen Erzählliteratur. Die Literaturkritik der »Allgemeinen Zeitung des Judentums« (1837-1922), Frankfurt a. M., New York 1985.
- ›Auf der Zinne der Zeit‹. Ludwig Philippson (1811-1889) – der Journalist des Reformjudentums. Aus Anlaß seines 100. Todestages am 29. Dezember 1989, in: Bulletin des Leo Baeck Instituts 86, 1990, S. 5-21.
- Einleitung, in: Ludwig Strauss, 1892-1992. Beiträge zu seinem Leben und Werk. Mit einer Bibliographie, hg. v. Hans Otto Horch, Tübingen 1995, S. 1-5.
- Nachwort des Herausgebers, in: Ludwig Strauss: Gesammelte Werke. Prosa und Übertragungen, hg. v. Hans Otto Horch 1998, S. 566-603.
- Strauß, Ludwig, in: Metzler Lexikon der deutsch-jüdischen Literatur. Jüdische Autorinnen und Autoren deutscher Sprache von der Aufklärung bis zur Gegenwart, hg. v. Andreas B. Kilcher, Stuttgart 2012, S. 487-489.
Hufenreuter, Gregor: Rassenantisemitismus, in: Handbuch des Antisemitismus. Judenfeindschaft in Geschichte und Gegenwart, hg. v. Wolfgang Benz, Berlin 2010, S. 272-273.
Hurrelmann, Bettina, Pech, Klaus-Ulrich, Wilkending, Gisela: Entwicklungsdimensionen und -prozesse, in: Handbuch zur Kinder- und Jugendliteratur. Von 1850 bis 1900, hg. v. Otto Brunken, Stuttgart, Weimar, 7-90.
Hurwitz, Siegmund: Lilith die erste Eva. Eine Studie über dunkle Aspekte des Weiblichen, 2. Aufl., Zürich 1983.
Iggers, Wilma A.: Frauenleben in Prag 2000.

Jarvis, Shawn C.: Literary legerdemain and the Märchen tradition of nineteenth century German women writers. Dissertation University Minnesota, Ann Arbor, Mich. 1990.
The queen's mirror. Fairy tales by German women 1780–1900, hg. v. Shawn C. Jarvis, Lincoln 2001.
Jensen, Uffa, Schüler-Springorum, Stefanie: Einführung: Gefühle gegen Juden. Die Emotionsgeschichte des modernen Antisemitismus, in: Geschichte und Gesellschaft 39, 2013, 4, S. 413–442.
Johns, Andreas: Tiersprachkundiger Mensch, in: Enzyklopädie des Märchens. Handwörterbuch zur historischen und vergleichenden Erzählforschung, hg. v. Rolf Wilhelm Brednich, Berlin [u. a.] 2010, S. 642–649.
Jolles, André: Einfache Formen. Legende, Sage, Mythe, Rätsel, Spruch, Kasus, Memorabile, Märchen, Witz, 2. Aufl., Darmstadt 1958.
Kagan, Zipora: Homo Anthologicus. Micha Joseph Berdyczewski and the Anthological Genre, in: Prooftexts 19, 1999, 1, S. 41–57.
Kalmin, Richard: Migrating Tales. The Talmud's narratives and their historical context, Oakland 2014, S. 95–129.
Kanner, Israel Zwi: Jüdische Märchen, Frankfurt a. M. 1977.
– Neue jüdische Märchen, Orig.-Ausg., 21.–23. Tsd, Frankfurt a. M. 1983.
Kaplan, Marion A.: Die jüdische Frauenbewegung in Deutschland. Organisation und Ziele des Jüdischen Frauenbundes 1904–1938, Hamburg 1981.
Karich, Swantje: Endlich dürfen wir sie sehen. Die Zeichnerin Dodo in Berlin, 2012, http://www.faz.net/aktuell/feuilleton/die-zeichnerin-dodo-in-berlin-endlich-duerfen-wir-sie-sehen-11713276.html, zuletzt geprüft am: 19. 04. 2018.
Karrenbrock, Helga: Märchenkinder – Zeitgenossen. Untersuchungen zur Kinderliteratur der Weimarer Republik, Stuttgart 1995.
Karrenbrock, Helga: Märchen, in: Die Kinder- und Jugendliteratur in der Zeit der Weimarer Republik. Teil 1, hg. v. Norbert Hopster, Frankfurt a. M. 2012, S. 359–384.
Katz, Jacob: Die Anfänge der Judenemanzipation, in: Zur Assimilation und Emanzipation der Juden. Ausgew. Schriften, hg. v. Jacob Katz, Darmstadt 1982, S. 83–98.
– The Term »Jewish Emancipation«: Its Origin and Historical Impact, in: Zur Assimilation und Emanzipation der Juden. Ausgew. Schriften, hg. v. Jacob Katz, Darmstadt 1982, S. 99–123.
Kauders, Anthony D.: Weimar Jewry, in: Weimar Germany, hg. v. Anthony McElligott, Oxford 2011, S. 234–259.
Kawan, Christine Shojaei: Tierbraut, Tierbräutigam, Tierehe, in: Enzyklopädie des Märchens. Handwörterbuch zur historischen und vergleichenden Erzählforschung, hg. v. Rolf Wilhelm Brednich, Berlin [u. a.] 2010, S. 555–565.
Kestenberg-Gladstein, Ruth: Wolf Pascheles (1814–1857), in: Ruth Kestenberg-Gladstein: Heraus aus der »Gasse«. Neuere Geschichte der Juden in den Böhmischen Ländern, hg. v. Dorothea Kuhrau-Neumärker, Münster, Hamburg 2002, S. 14–24.
Kilcher, Andreas B.: ›Jewish Literature‹ and ›World Literature‹. Wissenschaft des Judentums and its Concept of Literature, in: Modern Judaism and historical consciousness. Identities, encounters, perspectives, hg. v. Andreas Gotzmann, Christian Wiese, Leiden, Boston 2007, S. 299–328.

- Einleitung, in: Metzler Lexikon der deutsch-jüdischen Literatur. Jüdische Autorinnen und Autoren deutscher Sprache von der Aufklärung bis zur Gegenwart, hg. v. Andreas B. Kilcher, Stuttgart 2012, S. VI-XXVII.
- Jüdische Renaissance und Kulturzionismus, in: Handbuch der deutsch-jüdischen Literatur, hg. v. Hans Otto Horch, Berlin 2015, S. 99-121.
- Judentum, in: Handbuch Literatur und Religion, hg. v. Daniel Weidner, Stuttgart 2016, S. 92-100.

Klotz, Aiga: Kinder- und Jugendliteratur in Deutschland 1840-1950. Gesamtverzeichnis der Veröffentlichungen in deutscher Sprache. Band IV (R-S), Stuttgart, Weimar 1996.

Klotz, Volker: Das europäische Kunstmärchen. Fünfundzwanzig Kapitel seiner Geschichte von der Renaissance bis zur Moderne, 3., überarb. und erw. Aufl, München 2002.

Knodt, Eva M.: »Negative Philosophie« und dialogische Kritik. Zur Struktur poetischer Theorie bei Lessing und Herder, Tübingen 1988.

Köbler, Verena: Bearbeitungen volksliterarischer Genres und populärer Lesestoffe für Kinder, für die Jugend und für ›Jugend und Volk‹, in: Handbuch zur Kinder- und Jugendliteratur. Von 1850 bis 1900, hg. v. Otto Brunken, Stuttgart, Weimar 2008, S. 726-743.
- Literarische Märchen für Kinder, in: Handbuch zur Kinder- und Jugendliteratur. Von 1850 bis 1900, hg. v. Otto Brunken, Stuttgart, Weimar 2008, S. 355-371.

Koschnick, Annett, Trettner, Barbara: Ein Stolperstein für Clara Schott, in: Dialog mit Bibliotheken, 2008, 1, S. 53.

Koselleck, Reinhart: Einleitung, in: Geschichtliche Grundbegriffe. Historisches Lexikon zur politisch-sozialen Sprache in Deutschland, hg. v. Otto Brunner, Werner Conze, Reinhart Koselleck, Stuttgart 1972, S. XIII-XXVII.

Koselleck, Reinhart, [u. a.]: Volk, Nation, Nationalismus, Masse, in: Geschichtliche Grundbegriffe. Historisches Lexikon zur politisch-sozialen Sprache in Deutschland, hg. v. Otto Brunner, Werner Conze, Reinhart Koselleck, Stuttgart 1992, S. 141-432.

Kremer, Detlef, Kilcher, Andreas B.: Romantik. Lehrbuch Germanistik, 4., aktual. Aufl., Stuttgart, Weimar 2015.

Krochmalnik, Daniel: Buber und Rosenzweig als Erzieher, in: Dialog, Frieden, Menschlichkeit. Beiträge zum Denken Martin Bubers, hg. v. Wolfgang Krone, Thomas Reichert, Meike Siegfried, Berlin 2011, S. 185-210.

Kroll, Renate: Autorin, weibliche Autorschaft, Frauenliteratur. Betrachtungen zu schreibenden und »geschriebenen« Frauen, in: Genderstudies in den Geisteswissenschaften. Beiträge aus den Literatur-, Film- und Sprachwissenschaften, hg. v. Corinna Schlicht, Duisburg 2012, S. 39-53.

Dodo. Leben und Werk/life and work: 1907-1998, hg. v. Renate Krümmer, Ostfildern 2012.

Lacoue-Labarthe, Philippe, Nancy, Jean-Luc: Der Nazi-Mythos, in: Das Vergessen(e). Anamnesen des Undarstellbaren, hg. v. Elisabeth Weber, Georg Christoph Tholen, Wien 1997, S. 158-190.

Langer, Gerhard: Midrasch, Tübingen 2016.

Langer, Gerhard: Solomon in Rabbinic Literature, in: The figure of Solomon in Jewish, Christian and Islamic Tradition, hg. v. Joseph Verheyden, Leiden 2012, S. 127-142.

Lappin, Eleonore: Der Jude 1916-1928. Jüdische Moderne zwischen Universalismus und Partikularismus, Tübingen 2000.

- Überlegungen zu jüdischer Erziehung in Martin Bubers Monatsschrift Der Jude, in: Menora. Jahrbuch für deutsch-jüdische Geschichte 12, 2001, S. 259–284.
Lichtblau, Albert: Als hätten wir dazugehört. Österreichisch-jüdische Lebensgeschichten aus der Habsburgermonarchie, Wien 1999.
Livnat, Andrea: Martin Buber und der Chassidismus. Zu Martin Bubers Verständnis des Chassidismus und seiner Kontroverse mit Gershom Scholem…, 2015, http://www.hagalil.com/2015/06/martin-buber/print/, zuletzt geprüft am: 08.12.2015.
Lorenzen, Malte: »Denkt an die Arbeit der Brüder Grimm« – Die Jugendbewegung und das Märchen, in: Märchen, Mythen und Moderne. 200 Jahre Kinder- und Hausmärchen der Brüder Grimm, hg. v. Claudia Brinker-von der Heyde, Holger Ehrhardt, Hans-Heino Ewers, Frankfurt 2015, S. 813–824.
Lowenstein, Steven M.: Das religiöse Leben, in: Umstrittene Integration. 1871–1918, hg. v. Steven M. Lowenstein, Paul Mendes-Flohr, Peter Pulzer u. a., München 2000, S. 101–122.
- Ideologie und Identität, in: Umstrittene Integration. 1871–1918, hg. v. Steven M. Lowenstein, Paul Mendes-Flohr, Peter Pulzer u. a., München 2000, S. 278–301.
Lüke, Martina: Else Ury – A Representative of the German-Jewish Bürgertum, in: ›Not an essence but a positioning‹. German-Jewish women writers (1900–1938), hg. v. Andrea Hammel, Godela Weiss-Sussex, München, London 2009, S. 77–93.
Lüthi, Max: Das europäische Volksmärchen. Form und Wesen, 11. Aufl., Tübingen, Basel 2005.
Lüthi, Max, Röhrich, Lutz: Es war einmal… Vom Wesen des Volksmärchens, 8., neu bearbeitete Aufl., Göttingen 1998.
Lüthi, Max, Rölleke, Heinz: Märchen, 10., aktual. Aufl., Stuttgart 2004.
Lutz, Violet: Romancing the Baal Shem tov. Martin Buber's appropriation of hasidism in his two early hasidic books, Die Geschichten des Rabbi Nachman (1906) and Die Legende des Baalschem (1908) 2006.
Lypp, Maria: Einfachheit als Kategorie der Kinderliteratur, Frankfurt a. M. 1984.
Mach, Dafna: Von der deutschen zur jüdisch-hebräischen Kultur: Die Märchen für Kinder von Ludwig Strauß, in: Deutsch-jüdische Exil- und Emigrationsliteratur im 20. Jahrhundert, hg. v. Itta Shedletzky, Hans Otto Horch, Tübingen 1993, S. 111–120.
Mache, Beata: Frieda Mehler, 2016, https://phdj.hypotheses.org/456#more-456, zuletzt geprüft am: 19.04.2018.
- Isaak Herzberg – Literatur und Ideologie, 2016, https://phdj.hypotheses.org/404, zuletzt geprüft am: 23.1.2018.
Malaguti, Simon: Die Suche nach dem Glück in der deutschen Literatur. Zur Bedeutung der blauen Blume in Novalis' Heinrich von Ofterdingen, in: Pandaemonium Germanicum – São Paulo : Humanitas Publicações 9, 2005, S. 207–225.
Matuschek, Stefan: Mythos, in: Metzler Lexikon Literatur. Begriffe und Definitionen, hg. v. Günther Schweikle, Dieter Burdorf, Irmgard Schweikle u. a., Stuttgart 2010, S. 524–525.
Matveev, Julia: Ludwig Strauss: An Approach to His Bilingual »Parallel Poems«, Boston u. Berlin 2018.
Mayer, Mathias: Natürliche und künstliche Nachtigall. Zum Verhältnis von Volks- und Kunstmärchen, in: Märchenwelten. Das Volksmärchen aus der Sicht verschiedener Fachdisziplinen, hg. v. Kurt Franz, Baltmannsweiler 2008, S. 33–45.

Mayer, Mathias, Tismar, Jens: Kunstmärchen, 3., völlig neu bearbeitete Aufl., Stuttgart, Weimar 1997.

McCallum, Robin: Approaches to the literary fairy tale, in: The Oxford Companion to Fairy Tales. Second Edition, hg. v. Jack Zipes, Oxford, New York 2015, S. 18-23.

Mendels, Doron: Diaspora, in: Enzyklopädie jüdischer Geschichte und Kultur. Band 2: Co – Ha, hg. v. Dan Diner, Stuttgart 2012, S. 129-134.

Mendes-Flohr, Paul: Fin de Siècle Orientalism, the Ostjuden and the Aesthetics of Jewish Self-Affirmation, in: Divided passions. Jewish intellectuals and the experience of modernity, hg. v. Paul R. Mendes-Flohr, Detroit 1991, S. 77-132.

- Einführung, in: Deutsch-Jüdische Geschichte in der Neuzeit. Band IV: Aufbruch und Zerstörung 1918-1945, hg. v. Avraham Barkai, Paul Mendes-Flohr, München 1997, S. 9-14.
- Jüdisches Kultur- und Geistesleben, in: Deutsch-Jüdische Geschichte in der Neuzeit. Band IV: Aufbruch und Zerstörung 1918-1945, hg. v. Avraham Barkai, Paul Mendes-Flohr, München 1997, S. 125-153.
- Neue Richtungen im jüdischen Denken, in: Umstrittene Integration. 1871-1918, hg. v. Steven M. Lowenstein, Paul Mendes-Flohr, Peter Pulzer u. a., München 2000, S. 333-355.
- Vorbemerkung, in: Martin Buber: Werkausgabe. Band 18.1: Chassidismus III. Die Erzählungen der Chassidim, hg. v. Ran HaCohen, Paul Mendes-Flohr, Bernd Witte, Gütersloh 2015, [S. 11-12].

Mergner, Gottfried: Jüdische Jugendschriften im Umfeld der deutschen Jugendbewegung vor und nach dem ersten Weltkrieg: Zwischen Diskriminierung und Identitätssuche, in: Jüdisches Kinderleben im Spiegel jüdischer Kinderbücher. Eine Ausstellung der Universitätsbibliothek Oldenburg mit dem Kindheitsmuseum Marburg; Katalog zur 17. Ausstellung der Universitätsbibliothek im Rahmen der Oldenburger Kinder- und Jugendbuchmesse 1998, hg. v. Helge-Ulrike Hyams, Oldenburg 1998, S. 81-100.

Meyer, Michael A.: Jüdische Gemeinden im Übergang, in: Deutsch-jüdische Geschichte in der Neuzeit. Band II Emanzipation und Akkulturation 1780-1871, hg. v. Michael Brenner, Stefi Jersch-Wenzel, Michael A. Meyer, München 1996, S. 96-134.

- Jüdisches Selbstverständnis, in: Deutsch-jüdische Geschichte in der Neuzeit. Band II Emanzipation und Akkulturation 1780-1871, hg. v. Michael Brenner, Stefi Jersch-Wenzel, Michael A. Meyer, München 1996, S. 135-176.
- Die Anfänge des modernen Judentums. Jüdische Identität in Deutschland 1749-1824, München 2011.

Meyer, Thomas: Identitätspolitik. Vom Missbrauch kultureller Unterschiede, 2. Aufl., Frankfurt a. M. 2015.

Migdal, Ulrike: Zu Ilse Weber und ihren Gedichten, in: Ilse Weber: Wann wohl das Leid ein Ende hat. Briefe und Gedichte aus Theresienstadt, hg. v. Ulrike Migdal, München 2008, S. 271-327.

Mikota, Jana: Jüdische Schriftstellerinnen – wieder entdeckt. »Sollte sich Spatz freuen oder traurig sein, daß die großen Geschwister so weit fort waren?« Die Schriftstellerin, Journalistin und Pädagogin Meta Samson, in: Medaon 6, 2010, 4, S. 1-7.

Mosse, George L.: Germans and Jews, New York 1970.

Müller, Ernst: Sippurim, in: Jüdisches Lexikon. Ein enzyklopädisches Handbuch des jüdischen Wissens in vier Bänden, hg. v. Georg Herlitz, Bruno Kirschner, Berlin 1930, 445–446.

Müller-Kittnau, Julia: »...mit geheimen Banden ans Judentum geknüpft«. Ilse Herlingers Jüdische Kindermärchen, in: Münchner Beiträge zur jüdischen Geschichte und Kultur 9, 2015, 1, S. 79–91.

– Deutsch-jüdische Kinder- und Jugendliteratur als Identitätsschlüssel, in: Medaon – Magazin für jüdisches Leben in Forschung und Bildung 11, 2017, 20, S. 1–8.

Nachama, Andreas, Homolka, Walter, Bomhoff, Hartmut u. a.: Basiswissen Judentum, Freiburg [u. a.] 2015.

Nagel, Michael: Jüdische Lektürepädagogik im deutschsprachigen Raum von der Berliner Haskala bis zur Neo-Orthodoxie: Literarische Programme und Kontroversen für die Jugend einer Minderheit. Teil I, in: Das jüdische Jugendbuch. Von der Aufklärung bis zum Dritten Reich, hg. v. Gabriele von Glasenapp, Michael Nagel, Stuttgart 1996, S. 1–78.

– Motive der deutschsprachigen jüdischen Kinder- und Jugendliteratur von der Aufklärung bis zum Dritten Reich, in: Zeitschrift für Religions- und Geistesgeschichte 48, 1996, 3, S. 193–214.

Neubauer, Rahel Rosa: Die Sozialisation der Autorin Irma (Miriam) Singer im Umfeld der Prager KulturzionistInnen als Entstehungshintergrund ihrer jüdischen Märchen. Exposé des Dissertationsprojektes an der Universität Wien für das 12. Münchner Bohemisten-Treffen, 2008, http://www.gelsenzentrum.de/Rahel_Rosa_Neubauer.pdf, zuletzt geprüft am: 26. 10. 2016.

– »Hedad – auf geht's!«. Die jüdischen Märchen Irma Singers vor dem Hintergrund des Prager Kulturzionismus. Dissertation, Wien 2016.

Neuhaus, Stefan: Märchen, Tübingen [u. a.] 2005.

– Micha Josef Berdyczewski, in: Kindler Kompakt: Märchen, hg. v. Stefan Neuhaus, Heidelberg 2017, S. 165–166.

Nikolajeva, Maria: Power, voice and subjectivity in literature for young readers, New York, London 2012.

Nipperdey, Thomas: Auf der Suche nach der Identität: Romantischer Nationalismus, in: Thomas Nipperdey: Nachdenken über die deutsche Geschichte. Essays, München 1986, S. 110–125.

Nix, Angelika: Märchen, für Kinder erzählt? Warum Hans Christian Andersen der »König unter den Kinderbuchautoren« wurde, obwohl er es nicht sein wollte, in: Hans Christian Andersen zum 200. Geburtstag. »Mein Leben ist ein schönes Märchen, so reich und glücklich!«, hg. v. Svenja Blume, Sebastian Kürschner, Hamburg 2005, S. 57–72.

Northey, Anthony: Mizi Hanel, Marie Gibian und andere Randgestalten der Kafka-Zeit, in: Juden zwischen Deutschen und Tschechen. Sprachliche und kulturelle Identitäten in Böhmen; 1800–1945, hg. v. Marek Nekula, München 2006, S. 173–201.

Oesterle, Günter: Einheit in der Differenz. Kunstmärchen versus Volksmärchen in der Romantik, in: Romantik. Jahresgabe, hg. v. Ortsvereinigung Hamburg der Goethe-Gesellschaft in Weimar, Wettin Dößel 2009, S. 9–22.

– Mythen und Mystifikationen oder das Spiel von simulatio und dissimulatio in den Kinder- und Hausmärchen der Brüder Grimm, in: Märchen, Mythen und Moderne.

200 Jahre Kinder- und Hausmärchen der Brüder Grimm, hg. v. Claudia Brinker-von der Heyde, Holger Ehrhardt, Hans-Heino Ewers u. a., Frankfurt a. M. 2015, S. 155–165.

Pailer, Gaby: Hedwig Dohm, Hannover 2011.

Pazi, Margarita: Zur deutschsprachigen Literatur Israels, in: Deutsch-jüdische Exil- und Emigrationsliteratur im 20. Jahrhundert, hg. v. Itta Shedletzky, Hans Otto Horch, Tübingen 1993, S. 81–94.

Pecher, Claudia Maria: »Ein Grundton von Religion« in den »Kinder- und Hausmärchen« der Brüder Grimm. Historisches Substrat oder Signum einer romantischen Gattung?, in: Märchen – (k)ein romantischer Mythos? Zur Poetologie und Komparatistik von Märchen, hg. v. Claudia Maria Pecher, Baltmannsweiler 2013, S. 95–121.

Petzoldt, Leander: Das Universum der Dämonen. Dämonologien und dämonologische Konzepte vom ausgehenden Mittelalter bis zur frühen Neuzeit, in: Leander Petzoldt: Tradition im Wandel. Studien zur Volkskultur und Volksdichtung, Frankfurt a. M. 2002, S. 9–31.

– Magie und Religion. Überlegungen zur Geschichte und Theorie der Magie, in: Leander Petzoldt: Tradition im Wandel. Studien zur Volkskultur und Volksdichtung, Frankfurt a. M. 2002, S. 285–301.

Pietsch, Michael: Der Prophet als Magier. Magie und Ritual in den Elischaerzählungen, in: Zauber und Magie im antiken Palästina und seiner Umwelt. Kolloquium des Deutschen Vereins zur Erforschung Palästinas, 14.-16. 11. 2014, hg. v. Jens Kamlah, Mainz 2017, S. 343–380.

Pöge-Alder, Kathrin: Märchenforschung. Theorien, Methoden, Interpretationen, Tübingen 2007.

Pornschlegel, Clemens: Allegorien des Unendlichen. Hyperchristen II: zum religiösen Engagement in der literarischen Moderne: Kleist, Schlegel, Eichendorff, Hugo Ball, Wien, Berlin 2017.

Pourshirazi, Katja: Martin Bubers literarisches Werk zum Chassidismus. Eine textlinguistische Analyse, Frankfurt a. M., New York 2008.

Propp, Vladimir: Morphologie des Märchens, München 1972.

Pross, Caroline: Zeichen der Zeit. Neue Forschungsbeiträge über den Schriftsteller und Kritiker Max Nordau, 2006, URL: <http://iasl.uni-muenchen.de/rezensio/liste/Pross 0801867401_1577.html>, zuletzt geprüft am: 28. 02. 2017.

Pulzer, Peter: Der erste Weltkrieg, in: Umstrittene Integration. 1871–1918, hg. v. Steven M. Lowenstein, Paul Mendes-Flohr, Peter Pulzer u. a., München 2000, S. 356–380.

– Die Reaktion auf den Antisemitismus, in: Umstrittene Integration. 1871–1918, hg. v. Steven M. Lowenstein, Paul Mendes-Flohr, Peter Pulzer u. a., München 2000, S. 249–277.

– Die Wiederkehr des alten Hasses, in: Umstrittene Integration. 1871–1918, hg. v. Steven M. Lowenstein, Paul Mendes-Flohr, Peter Pulzer u. a., München 2000, S. 193–248.

Raim, Edith: Marianne Rein – eine vergessene jüdische Dichterin aus Würzburg, in: Mainfränkisches Jahrbuch für Geschichte und Kunst 59, 2007, S. 335–375.

Rasumny, Wiebke: Poetics of old yiddish literature: The case of the *Maysebukh*, in: Report of the Oxford Centre for Hebrew and Jewish Studies 2011/12, S. 125–132.

Rauch, Marja: E.T.A. Hoffmanns Nußknacker und Mausekönig – ein Kindermärchen?, in: »Klassiker« der internationalen Jugendliteratur. Kulturelle und epochenspezifische

Diskurse aus Sicht der Fachdisziplinen, hg. v. Anita Schilcher, Claudia Maria Pecher, Baltmannsweiler 2013, S. 157–176.

Redmann, Jennifer: Nostalgia and Optimism in Else Ury's Nesthäkchen Books for Young Girls in the Weimar Republic, in: The German Quarterly 79, 2006, 4, S. 465–483.

Reiling, Jesko: Natur- und Kunstpoesie. Zum Fortleben zweier poetologischer Kategorien in der Literaturgeschichtsschreibung nach den Grimms, in: Märchen, Mythen und Moderne. 200 Jahre Kinder- und Hausmärchen der Brüder Grimm, hg. v. Claudia Brinker-von der Heyde, Holger Ehrhardt, Hans-Heino Ewers, Frankfurt 2015, S. 767–779.

Reinhardt, Udo: Mythen – Sagen – Märchen. Eine Einführung mit exemplarischen Motivreihen, Freiburg i. Br. 2012.

Reinke, Andreas: »Eine Sammlung des jüdischen Bürgertums«. Der Unabhängige Orden B'nai B'rith in Deutschland, in: Juden, Bürger, Deutsche. Zur Geschichte von Vielfalt und Differenz 1800–1933, hg. v. Andreas Gotzmann, Tübingen 2001, S. 315–340.

– B'nai B'rith, in: Enzyklopädie jüdischer Geschichte und Kultur. Band 1: A–Cl, hg. v. Dan Diner, Darmstadt 2011, S. 365–369.

Renger, Almut-Barbara: Zwischen Märchen und Mythos. Die Abenteuer des Odysseus und andere Geschichten von Homer bis Walter Benjamin: eine gattungstheoretische Studie, Stuttgart 2006.

Reuter, Fritz, Schäfer, Ulrike: Wundergeschichten aus Warmaisa. Juspa Schammes, seine Ma'asseh nissim und das jüdische Worms im 17. Jahrhundert, Worms 2005.

Richter, Dieter: Der Weg über die Alpen. Zur Geschichte der Aufnahme italienischer Märchen in Deutschland und deutscher Märchen in Italien, in: Studi Germanici, 2012, 1, S. 41–56.

Riemer, Nathanel: Unbekannte Bearbeitungen des Maassebuches, in: Jiddistik-Mitteilungen 38, 2007, 2, S. 1–23.

Ries, Klaus: »Romantischer Nationalismus«. Anmerkungen zu einem vernachlässigten Idealtypus, in: Romantik und Revolution. Zum politischen Reformpotential einer unpolitischen Bewegung, hg. v. Klaus Ries, Heidelberg 2012, S. 221–246.

Roemer, Nils: Outside and Inside the Nations. Changing Borders in the Study of the Jewish Past during the Nineteenth Century, in: Modern Judaism and historical consciousness. Identities, encounters, perspectives, hg. v. Andreas Gotzmann, Christian Wiese, Leiden, Boston 2007, S. 28–53.

Rölleke, Heinz: Grimms Märchen und ihre Quellen. Die literarischen Vorlagen der Grimmschen Märchen synoptisch vorgestellt und kommentiert, 2., verb. Aufl., Trier 2004.

– Grimms Märchen. Entstehungs- und Druckgeschichte, in: Jacob Grimm, Wilhelm Grimm: Kinder- und Hausmärchen, gesammelt durch die Brüder Grimm. Vollständige Ausgabe auf der Grundlage der dritten Auflage (1837), hg. v. Heinz Rölleke, Frankfurt a. M. 2007, S. 1151–1168.

– Die Brüder Grimm als Märchen- und Sagensammler in der Napoleonischen Zeit, in: Napoleon und die Romantik. Impulse und Wirkungen, hg. v. Andrea Pühringer, Marburg 2016, S. 121–132.

Rosenfeld, Hellmut: Legende, 4., verb. und verm. Aufl., Stuttgart 1982.

Roßdeutscher, Walter: Elisabeth Dauthendey rettet ihre Märchen vor 60 Jahren über die NS-Zeit, in: Frankenland 49, 1997, 6, S. 367–370.

- Elisabeth Dauthendey. 1854-1943. Lebensbild - Werkproben. Zusammengestellt aus Äußerungen von Zeitzeugen und ausgewählt aus Büchern, Zeitschriften und Zeitungsartikeln, Würzburg 1998.
Rübner, Tuvia: Vorwort, in: Martin Buber, Ludwig Strauss: Briefwechsel 1913-1953, hg. v. Tuvia Rübner, Dafna Mach, Frankfurt a. M. 1990, S. 9-14.
- Ludwig Strauß - Gestalt und Werk. Biographische Skizzen, in: Ludwig Strauss, 1892-1992. Beiträge zu seinem Leben und Werk. Mit einer Bibliographie, hg. v. Hans Otto Horch, Tübingen 1995, S. 7-26.
Rürup, Reinhard: Emanzipation und Krise. Zur Geschichte der »Judenfrage« in Deutschland vor 1890, in: Juden im Wilhelminischen Deutschland 1890-1914. Ein Sammelband, hg. v. Werner E. Mosse, Tübingen 1976, S. 1-56.
Sabel, Johannes: Die Geburt der Literatur aus der Aggada. Formationen eines deutsch-jüdischen Literaturparadigmas, Tübingen 2010.
Safranski, Rüdiger: Romantik. Eine deutsche Affäre, München 2007.
Schäfer-Hartmann, Günter: Die Grimmsche Weltanschauung. Deutsche Literaturhistoriographie im 19. Jahrhundert als »wahre« Geschichtsschreibung, in: Brüder Grimm Gedenken, hg. v. Berthold Friemel, Marburg, Stuttgart 2012, S. 273-294.
Schapkow, Carsten: »Die Freiheit zu philosophieren«. Jüdische Identität in der Moderne im Spiegel der Rezeption Baruch de Spinozas in der deutschsprachigen Literatur, Bielefeld 2001.
- Jüdische Autoren und Weimarer Kultur, in: Realistisches Schreiben in der Weimarer Republik, hg. v. Sabine Kyora, Stefan Neuhaus, Würzburg 2006, S. 99-110.
Scherf, Walter: Kindermärchen, in: Enzyklopädie des Märchens. Handwörterbuch zur historischen und vergleichenden Erzählforschung, hg. v. Kurt Ranke, Rolf Wilhelm Brednich, Berlin [u. a.] 1993.
Schlöffel, Frank: Zionismus und Bibliophilie. Heinrich Loewe und die neuen ›Soncinaten‹, in: Soncino - Gesellschaft der Freunde des jüdischen Buches. Ein Beitrag zur Kulturgeschichte, hg. v. Karin Bürger, Ines Sonder, Ursula Wallmeier, Berlin 2014, S. 25-40.
Schmitt, Rüdiger: Magie im Alten Testament, Münster 2004.
- The Problem of Magic and Monotheism in the Book of Leviticus, in: Journal of Hebrew Scriptures 8, 2008, 11, S. 1-12.
- Magie und rituelles Heilen im Alten Testament, in: Zauber und Magie im antiken Palästina und seiner Umwelt. Kolloquium des Deutschen Vereins zur Erforschung Palästinas, 14.-16.11.2014, hg. v. Jens Kamlah, Mainz 2017, S. 183-198.
Schoor, Kerstin: Vom literarischen Zentrum zum literarischen Ghetto. Deutsch-jüdische literarische Kultur in Berlin zwischen 1933 und 1945, Göttingen 2010.
Schreiber, Birgit: Singer, Irma, in: Killy Literaturlexikon. Autoren und Werke des deutschsprachigen Kulturraumes, hg. v. Wilhelm Kühlmann, Walther Killy, Achim Aurnhammer, Berlin 2011, 28-29.
Schrire, Dani: Anthropologie, Europäische Ethnologie, Folklore-Studien: Max Grunwald und die vielen historischen Bedeutungen der Volkskunde, in: Zeitschrift für Volkskunde 109, 2013, S. 29-54.
Schulte, Christoph: Nordau, Max, in: Metzler Lexikon der deutsch-jüdischen Literatur. Jüdische Autorinnen und Autoren deutscher Sprache von der Aufklärung bis zur Gegenwart, hg. v. Andreas B. Kilcher, Stuttgart 2012, S. 392-394.

Schulz, Rudolf: Märchen und Religion, dargestellt am Beispiel KHM 19 »Von dem Fischer un syner Fru«, in: Von der Wirklichkeit der Volksmärchen, hg. v. Jürgen Janning, Baltmannsweiler 2005, S. 52–63.

Schwarzbaum, Haim: Studies in Jewish and World Folklore, Berlin 1968.

Seel, Norbert M., Hanke, Ulrike: Erziehungswissenschaft. Lehrbuch für Bachelor-, Master- und Lehramtsstudierende, Berlin [u. a.] 2015.

Seibt, Gustav: Big History. Globalgeschichte versus Globalisierung, in: Süddeutsche Zeitung Digital, 24.04.2017.

Shavit, Zohar: Friedländers »Lesebuch«, in: David Friedländer: Lesebuch für jüdische Kinder, Frankfurt a. M. 1990, S. 9–42.

- Literatur für jüdische Kinder und Jugendliche im deutschsprachigen Raum. Ein Überblick, in: Deutsch-jüdische Kinder- und Jugendliteratur von der Haskala bis 1945. Die deutsch- und hebräischsprachigen Schriften des deutschsprachigen Raumes: ein bibliographisches Handbuch, hg. v. Zohar Shavit, Hans-Heino Ewers, Annegret Völpel u. a., Stuttgart 1996, S. 53–61.

Deutsch-jüdische Kinder- und Jugendliteratur von der Haskala bis 1945. Die deutsch- und hebräischsprachigen Schriften des deutschsprachigen Raumes: ein bibliographisches Handbuch, hg. v. Zohar Shavit, Hans-Heino Ewers, Annegret Völpel et al., Stuttgart 1996.

Shavit, Zohar, HaCohen, Ran: Kinder- und Jugendliteratur der Haskala und der jüdischen Reformpädagogik seit den 1770er Jahren, in: Deutsch-jüdische Kinder- und Jugendliteratur. Ein literaturgeschichtlicher Grundriss, hg. v. Annegret Völpel, Zohar Shavit, Ran HaCohen, Stuttgart 2002, S. 24–84.

Shedletzky, Itta: Existenz und Tradition. Zur Bestimmung des ›Jüdischen‹ in der deutschsprachigen Literatur, in: Deutsch-jüdische Exil- und Emigrationsliteratur im 20. Jahrhundert, hg. v. Itta Shedletzky, Hans Otto Horch, Tübingen 1993, S. 3–14.

- Einleitung, in: Gershom Scholem: Briefe I. 1914–1947, hg. v. Itta Shedletzky, München 1994, S. VII–XV.

- Fremdes und Eigenes. Zur Position von Ludwig Strauß in den Kontroversen um Assimilation und Judentum in den Jahren 1912–1914, in: Ludwig Strauss, 1892–1992. Beiträge zu seinem Leben und Werk. Mit einer Bibliographie, hg. v. Hans Otto Horch, Tübingen 1995, S. 173–184.

Shooman, Yasemin: Arnim, Achim von, in: Handbuch des Antisemitismus. Judenfeindschaft in Geschichte und Gegenwart, hg. v. Wolfgang Benz, Berlin 2009, S. 35–36.

Sieg, Ulrich: Das Judentum im Kaiserreich (1871–1918), in: Die Geschichte der Juden in Deutschland, hg. v. Arno Herzig, Cay Rademacher, Hamburg 2013, S. 122–137.

Siegert, Folker: Einleitung in die hellenistisch-jüdische Literatur. Apokrypha, Pseudepigrapha und Fragmente verlorener Autorenwerke, Berlin, Boston 2016.

Solms, Wilhelm: Was sind Kindermärchen?, in: Märchenkinder – Kindermärchen. Forschungsberichte aus der Welt der Märchen, hg. v. Thomas Bücksteeg, Heinrich Dickerhoff, München 1999, S. 98–102.

- Juden- und Zigeunerbilder in den Märchen und Volksliedtexten Clemens Brentanos, in: Deutsche Romantik. Ästhetik und Rezeption: Beiträge eines internationalen Kolloquiums an der Zereteli-Universität Kutaissi 2006, hg. v. Rainer Hillenbrand, Gertrud M. Rösch, Maja Tscholadse, München 2008, S. 110–118.

Sørensen, Bengt Algot: Der Märchenstil H. C. Andersens im Lichte deutscher Märchendichtung, in: Orbis Litterarum 60, 2005, 6, S. 432–448.

Stahl, Neta: Jewish Writers and Nationalist Theology at the Fin-de-Siècle, in: Reading the Abrahamic faiths. Rethinking Religion and Literature, hg. v. Emma Mason, London 2015, S. 75–85.

Starck-Adler, Astrid: Mayse-Bukh and Metamorphosis, in: Bulletin du Centre de recherche français à Jérusalem 8, 2001, S. 156–172.

- Das ›Maysebukh‹ (1602). Die Frau und die jiddische Literatur im europäischen Kontext, in: »Germanistik im Konflikt der Kulturen«. Band 2: Jiddische Sprache und Literatur in Geschichte und Gegenwart, hg. v. Steffen Krogh, Simon Neuberg, Gilles Rozier u. a., Bern, Berlin, Bruxelles op. 2007, S. 13–18.
- La Littérature yiddish au XVIe siècle et le premier recueil de contes, Eyn shön Mayse bukh, ›Un beau livre d'histoires‹, in: Recherches Germaniques 38, 2008, S. 103–117.

Stark, Roland: Die Fortsetzung der Kinder- und Jugendliteratur aus der Zeit vor 1918/19 in die Zeit der Weimarer Republik, in: Die Kinder- und Jugendliteratur in der Zeit der Weimarer Republik. Teil 2, hg. v. Norbert Hopster, Frankfurt a. M. 2012, S. 919–937.

Steiner, George: Our Homeland, the Text, in: Salmagundi, 1985, 66, S. 4–25.

Steinlein, Rüdiger: Märchen als poetische Erziehungsform. Zum kinderliterarischen Status der Grimmschen ›Kinder- und Hausmärchen‹, in: Zeitschrift für Germanistik V, 1995, 2, S. 301–316.

- Psychoanalytische Ansätze der Jugendliteraturkritik im frühen 20. Jahrhundert, in: Theorien der Jugendlektüre. Beiträge zur Kinder- und Jugendliteraturkritik seit Heinrich Wolgast, hg. v. Bernd Dolle-Weinkauff, Weinheim, München 1996, S. 127–149.
- Das Volksmärchen als Medium nationaler Geistesbildung in der literaturpädagogischen Diskussion des 19. Jahrhunderts, in: Kinder- und Jugendliteraturforschung 1999/2000, hg. v. Hans-Heino Ewers, Ulrich Nassen, Karin Richter u. a., Stuttgart, Weimar 2000, S. 11–25.
- Judenschädigung und -verfolgung als literarischer Lachanlass. Anmerkungen zu einigen Aspekten ihrer komischen Inszenierung in Texten der deutschen Literatur des frühen 19. Jahrhunderts und um 1960. (Brentano – Grimm – Hauff – Bobrowski – Lind), in: Erkundungen. Aufsätze zur deutschen Literatur (1975–2008), hg. v. Rüdiger Steinlein, Heidelberg 2009, S. 335–355.

Stemberger, Günter: Einleitung in Talmud und Midrasch, 9., vollst. neubearb. Aufl., München 2011.

Stephens, John: myth/mythology and fairy tales, in: The Oxford Companion to Fairy Tales. Second Edition, hg. v. Jack Zipes, Oxford, New York 2015, S. 402–406.

Stern, David: Just Stories. Fictionality and the Ma'aseh, from the Mishnah to Ma'aseh Yerušalmi, in: The faces of Torah. Studies in the texts and contexts of Ancient Judaism in honor of Steven Fraade, hg. v. Tzvi Novick, Mikhal Bar Asher Sigal, Christine Elizabeth Hayes, Göttingen 2017, S. 545–566.

Stern, Guy: Hermann Schwab. Orthodoxer Jude, liberaler Publizist, in: Deutsche Publizistik im Exil, 1933 bis 1945. Personen – Positionen – Perspektiven: Festschrift für Ursula E. Koch, hg. v. Ursula E. Koch, Markus Behmer, Münster 2000, S. 95–107.

Stumpf-Fischer, Edith: Wer war Helene Scheu-Riesz? Eine Antwort aus Literatur und Familienerinnerungen, in: Helene Scheu-Riesz (1880–1970). Eine Frau zwischen den Welten, hg. v. Susanne Blumesberger, Wien 2005, S. 13–29.

Talabardon, Susanne: Chassidismus, Tübingen 2016.
- Einleitung, in: Martin Buber: Werkausgabe. Band 17: Chassidismus II – Theoretische Schriften, hg. v. Susanne Talabardon, Gütersloh 2016, S. 11–40.
Thalheim, Hans-Günther: Natur- und Kunstpoesie. Eine Kontroverse zwischen Jacob Grimm und Achim von Arnim über die Aneignung älterer, besonders volkspoetischer Literatur, in: Weimarer Beiträge 32, 1986, II, S. 1829–1849.
Thiele, Jens: Das Bilderbuch. Ästhetik – Theorie – Analyse – Didaktik – Rezeption, 2. erw. Aufl., Oldenburg 2003.
Ujma, Christina: 200 Jahre Fanny Lewald – Leben, Werk und Forschung, in: Fanny Lewald (1811–1889). Studien zu einer großen europäischen Schriftstellerin und Intellektuellen, hg. v. Christina Ujma, Bielefeld 2011, S. 7–35.
Ujvári, Hedvig: Doppelte Karriere zwischen Pest und Paris. Der Arzt, Zionist und Kulturkritiker Max Nordau, in: Mit Feder und Skalpell. Grenzgänger zwischen Medizin und Literatur, hg. v. Harald Salfellner, Mitterfels 2014, S. 199–214.
Urban, Martina: Aesthetics of renewal, Chicago 2008.
Uther, Hans-Jörg: The types of international folktales a classification and bibliography; based on the system of Antti Aarne and Stith Thompson. Part I: Animal Tales, Tales of Magic, Religious Tales, and Realistic Tales, with an Introduction, Helsinki 2004.
Van der Toorn, Karel: The theology of demons in Mesopotamia and Israel. Popular Belief and Scholarly Speculation, in: Die Dämonen Demons. Die Dämonologie der israelitisch-jüdischen und frühchristlichen Literatur im Kontext ihrer Umwelt, hg. v. Armin Lange, Hermann Lichtenberger, K.F. Diethard Römheld, Tübingen 2003, S. 61–83.
Vietor-Engländer, Deborah: What's in a Name? What is Jewishness? New Definitions for Two Generations: Elsa Bernstein, Anna Gmeyner, Ruth Rewald and Others, in: Integration und Ausgrenzung. Studien zur deutsch-jüdischen Literatur- und Kulturgeschichte von der Frühen Neuzeit bis zur Gegenwart, hg. v. Mark H. Gelber, Tübingen 2009, S. 467–481.
Voigts, Manfred: Berliner Moderne – Expressionismus und Judentum, in: Handbuch der deutsch-jüdischen Literatur, hg. v. Hans Otto Horch, Berlin 2015, S. 283–295.
Volkov, Shulamit: Die Erfindung einer Tradition. Zur Entstehung des modernen Judentums in Deutschland, in: Historische Zeitschrift 253, 1991, 3, S. 603–628.
- Die Juden in Deutschland 1780–1918, 2., verb. Aufl., München 2000.
Völpel, Annegret: Abeles, Siegfried/ Kosak, F.V. (Ill.): Tams Reise durch die jüdische Märchenwelt, in: Deutsch-jüdische Kinder- und Jugendliteratur von der Haskala bis 1945. Die deutsch- und hebräischsprachigen Schriften des deutschsprachigen Raumes: ein bibliographisches Handbuch, hg. v. Zohar Shavit, Hans-Heino Ewers, Annegret Völpel u. a., Stuttgart 1996, S. 68–69.
- Beer-Hofmann, Richard: Schlaflied für Mirjam, in: Deutsch-jüdische Kinder- und Jugendliteratur von der Haskala bis 1945. Die deutsch- und hebräischsprachigen Schriften des deutschsprachigen Raumes: ein bibliographisches Handbuch, hg. v. Zohar Shavit, Hans-Heino Ewers, Annegret Völpel u. a., Stuttgart 1996, S. 137.
- Bin Gorion, Micha Josef [d.i. Berdyczewski, Micha Josef] / Ramberg, Rahel (Übers.). Der Born Judas, in: Deutsch-jüdische Kinder- und Jugendliteratur von der Haskala bis 1945. Die deutsch- und hebräischsprachigen Schriften des deutschsprachigen Raumes: ein bibliographisches Handbuch, hg. v. Zohar Shavit, Hans-Heino Ewers, Annegret Völpel u. a., Stuttgart 1996, S. 157–159.

- Cohn, Emil Bernhard [...] Jüdisches Jugendbuch, in: Deutsch-jüdische Kinder- und Jugendliteratur von der Haskala bis 1945. Die deutsch- und hebräischsprachigen Schriften des deutschsprachigen Raumes: ein bibliographisches Handbuch, hg. v. Zohar Shavit, Hans-Heino Ewers, Annegret Völpel u. a., Stuttgart 1996, S. 261-264.
- Grobet, H[ermann] (Ill.): Sammlung preisgekrönter Märchen und Sagen, in: Deutsch-jüdische Kinder- und Jugendliteratur von der Haskala bis 1945. Die deutsch- und hebräischsprachigen Schriften des deutschsprachigen Raumes: ein bibliographisches Handbuch, hg. v. Zohar Shavit, Hans-Heino Ewers, Annegret Völpel u. a., Stuttgart 1996, S. 410-411.
- Mehler, Frieda. Feiertags-Märchen, in: Deutsch-jüdische Kinder- und Jugendliteratur von der Haskala bis 1945. Die deutsch- und hebräischsprachigen Schriften des deutschsprachigen Raumes: ein bibliographisches Handbuch, hg. v. Zohar Shavit, Hans-Heino Ewers, Annegret Völpel u. a., Stuttgart 1996, S. 755.
- Nordau, Max/ Neumann, Hans (Ill.): Märchen, in: Deutsch-jüdische Kinder- und Jugendliteratur von der Haskala bis 1945. Die deutsch- und hebräischsprachigen Schriften des deutschsprachigen Raumes: ein bibliographisches Handbuch, hg. v. Zohar Shavit, Hans-Heino Ewers, Annegret Völpel u. a., Stuttgart 1996, S. 802-803.
- Sippurim, in: Deutsch-jüdische Kinder- und Jugendliteratur von der Haskala bis 1945. Die deutsch- und hebräischsprachigen Schriften des deutschsprachigen Raumes: ein bibliographisches Handbuch, hg. v. Zohar Shavit, Hans-Heino Ewers, Annegret Völpel u. a., Stuttgart 1996, S. 949-950.
- Strauß, Ludwig: Die Zauberdrachenschnur, in: Deutsch-jüdische Kinder- und Jugendliteratur von der Haskala bis 1945. Die deutsch- und hebräischsprachigen Schriften des deutschsprachigen Raumes: ein bibliographisches Handbuch, hg. v. Zohar Shavit, Hans-Heino Ewers, Annegret Völpel u. a., Stuttgart 1996, S. 984-985.
- Ury, Else: Die erste Lüge, in: Deutsch-jüdische Kinder- und Jugendliteratur von der Haskala bis 1945. Die deutsch- und hebräischsprachigen Schriften des deutschsprachigen Raumes: ein bibliographisches Handbuch, hg. v. Zohar Shavit, Hans-Heino Ewers, Annegret Völpel u. a., Stuttgart 1996, S. 1013-1014.
- Der Einfluß der Neo-Orthodoxie und des konservativen Judentums auf Lehrschriften und unterhaltende Kinder- und Jugendliteratur, in: Deutsch-jüdische Kinder- und Jugendliteratur. Ein literaturgeschichtlicher Grundriss, hg. v. Annegret Völpel, Zohar Shavit, Ran HaCohen, Stuttgart 2002, S. 157-197.
- Entwicklung der Lehrschriften und Entstehung deutschsprachiger erzählender Kinder- und Jugendliteratur im frühen 19. Jahrhundert, in: Deutsch-jüdische Kinder- und Jugendliteratur. Ein literaturgeschichtlicher Grundriss, hg. v. Annegret Völpel, Zohar Shavit, Ran HaCohen, Stuttgart 2002, S. 85-156.
- Jüdische Kinder- und Jugendliteratur der Weimarer Republik, in: Deutsch-jüdische Kinder- und Jugendliteratur. Ein literaturgeschichtlicher Grundriss, hg. v. Annegret Völpel, Zohar Shavit, Ran HaCohen, Stuttgart 2002, S. 271-340.
- Jüdische Kinder- und Jugendliteratur des späten 19. und frühen 20. Jahrhunderts im Zusammenhang der Jugendschriftenbewegung, in: Deutsch-jüdische Kinder- und Jugendliteratur. Ein literaturgeschichtlicher Grundriss, hg. v. Annegret Völpel, Zohar Shavit, Ran HaCohen, Stuttgart 2002, S. 198-270.

- Jüdische Kinder- und Jugendliteratur unter nationalsozialistischer Herrschaft, in: Deutsch-jüdische Kinder- und Jugendliteratur. Ein literaturgeschichtlicher Grundriss, hg. v. Annegret Völpel, Zohar Shavit, Ran HaCohen, Stuttgart 2002, S. 341–414.
- Deutschsprachige jüdische Kinder- und Jugendliteratur der Weimarer Republik, in: Helga Karrenbrock: »Laboratorium Vielseitigkeit« – zur Literatur der Weimarer Republik. Festschrift für Helga Karrenbrock zum 60. Geburtstag, hg. v. Petra Josting, Bielefeld 2005, S. 155–170.
- Religion, German Jewish Children's and Youth Literature and Modernity, in: Religion, children's literature, and modernity in Western Europe, 1750–2000, hg. v. Jan de Maeyer, Hans-Heino Ewers, Rita Ghesquière, Leuven 2005, S. 108–123.
- Jüdische Kinder- und Jugendliteratur bis 1945, in: Geschichte der deutschen Kinder- und Jugendliteratur, hg. v. Otto Brunken, Reiner Wild, Stuttgart 2008, S. 260–275.

Deutsch-jüdische Kinder- und Jugendliteratur. Ein literaturgeschichtlicher Grundriss, hg. v. Annegret Völpel, Zohar Shavit, Ran HaCohen, Stuttgart 2002.

Walk, Joseph: Kurzbiographien zur Geschichte der Juden. hrsg. vom Leo Baeck Institute, Jerusalem, München, London, New York, Paris 1988.

Wehr, Gerhard: Martin Buber. Leben – Werk – Wirkung, 1., überarb. und erw. Aufl., Gütersloh 2010.

Weidenhöffer, Jessica: Die Kinder- und Volks(?)märchen der Brüder Grimm. Märchen und nationale Identität in deutschsprachigen Diskursen des 19. Jahrhunderts, in: Literaturlinguistik. Philologische Brückenschläge, hg. v. Jochen A. Bär, Jana-Katharina Mende, Pamela Steen, Frankfurt a. M. 2015, S. 339–370.

Weidner, Daniel: Einleitung: Lektüren im Geist der Ebräischen Poesie, in: Urpoesie und Morgenland. Johann Gottfried Herders »Vom Geist der Ebräischen Poesie«, hg. v. Daniel Weidner 2008, S. 9–21.

Weinkauff, Gina, Glasenapp, Gabriele von: Kinder- und Jugendliteratur, 2. aktual. Aufl., Paderborn 2014.

Weiss, Yfaat: Schicksalsgemeinschaft im Wandel. Jüdische Erziehung im nationalsozialistischen Deutschland 1933–1938, Hamburg 1991.

Welsch, Wolfgang: Transkulturalität. Zur veränderten Verfaßtheit heutiger Kulturen, in: Zeitschrift für Kultur-Austausch, 1995, 1, S. 39–44.
- Was ist eigentlich Transkulturalität?, in: Hochschule als transkultureller Raum?, hg. v. Lucyna Darowska, Thomas Lüttenberg, Claudia Machold, Bielefeld 2010, S. 39–66.

Weltsch, Robert: Die schleichende Krise der jüdischen Identität, in: Juden im Wilhelminischen Deutschland 1890–1914. Ein Sammelband, hg. v. Werner E. Mosse, Tübingen 1976, S. 689–702.

Wienker-Piepho, Sabine: »Kindertümlichkeit« – Idee der Romantik oder märchentheoretisches Konzept?, in: Märchenkinder – Kindermärchen. Forschungsberichte aus der Welt der Märchen, hg. v. Thomas Bücksteeg, Heinrich Dickerhoff, München 1999, S. 78–97.

Wienker-Piepho, Sabine, Billerbeck, Liane von: »Das Lieblingsmärchen gibt Ihre gesamte Psyche preis«. Sabine Wienker-Piepho im Gespräch mit Liane von Billerbeck. Interview, 2017, http://www.deutschlandfunkkultur.de/sabine-wienker-piepho-ueber-maerchen-das-lieblingsmaerchen.1008.de.html?dram:article_id=401473, zuletzt geprüft am: 28.11.2017.

Wilkending, Gisela: Reformpädagogik, ›Altersmundart‹ und Dichtung ›vom Kinde aus‹, in: Theorien der Jugendlektüre. Beiträge zur Kinder- und Jugendliteraturkritik seit Heinrich Wolgast, hg. v. Bernd Dolle-Weinkauff, Weinheim, München 1996, S. 27–49.
- Spuren deutsch-jüdischer Vergangenheit in den kinder- und mädchenliterarischen Werken Else Urys, in: »Hinauf und Zurück in die herzhelle Zukunft«. Deutsch-juedische Literatur im 20. Jahrhundert. Festschrift für Birgit Lermen, hg. v. Birgit Lermen, Michael Braun, Bonn 2000, S. 177–188.
- Vom letzten Drittel des 19. Jahrhunderts bis zum Ersten Weltkrieg, in: Geschichte der deutschen Kinder- und Jugendliteratur, hg. v. Otto Brunken, Reiner Wild, Stuttgart 2008, S. 171–240.

Wininger, S[alomon]: Große jüdische National-Biographie. Ein Nachschlagewerk für das jüdische Volk und dessen Freunde. Mit mehr als 8000 Lebensbeschreibungen namhafter jüdischer Männer und Frauen aller Zeiten und Länder. Erster Band: Abarbanel – Ezobi, Nachdr. d. Ausg. Czernowitz, 1925, Nendeln/Liechtenstein 1979.

Wittemann, M. Theresia: Draussen vor dem Ghetto. Leopold Kompert und die »Schilderung jüdischen Volkslebens« in Böhmen und Mähren, Tübingen 1998.

Wührl, Paul-Wolfgang: Das deutsche Kunstmärchen. Geschichte, Botschaft und Erzählstrukturen, 3., etwas erg. Aufl., Baltmannsweiler 2012.

Wyrwa, Ulrich: Moderner Antisemitismus, in: Handbuch des Antisemitismus. Judenfeindschaft in Geschichte und Gegenwart, hg. v. Wolfgang Benz, Berlin 2010, S. 209–214.

Yassif, Eli: The Hebrew folktale. History, genre, meaning, Bloomington, Ind. 1999.

Zipes, Jack: Breaking the magic spell. Radical Theories of Folk and Fairy Tales, London 1979.
- The Grimms and the German Obsession with Fairy Tales, in: Fairy tales and society. Illusion, allusion, and paradigm, hg. v. Ruth B. Bottigheimer, Philadelphia 1986, S. 271–285.

Zudrell, Petra: Der Kulturkritiker und Schriftsteller Max Nordau. Zwischen Zionismus, Deutschtum und Judentum, Würzburg 2003.

Abbildungsverzeichnis

Abbildung 1: »Prinzessin Goldhaar«, aus: Clara Schott: Im Feenreich. Zwölf Märchen. Mit Illustrationen von H. Tiedemann, Elberfeld 1908, S. 13.

Abbildung 2: »Das Zauberauge«, aus: Elisabeth Dauthendey: Die Märchenwiese. Märchen, Geschichten und Gedichte, Braunschweig 1918, S. 26 [Illustration von Luise von Egmond-Geldern].

Abbildung 3: »Die Himmelsschnur«, aus: Hermine Hanel: Was der Kalender erzählt. Ein deutscher Märchenkranz. Mit Bildern von Hans Baluschek, Erstes bis zehntes Tausend, Berlin-Grunewald [1919], o. S.

Abbildung 4: Titelbild, aus: Helene Scheu-Riesz: Märchen aus dem All. Bilder und Umschlag von Anton Endstorfer, Wien, Leipzig [1919].

Abbildung 5: »Der Riese Og«, aus: Sammlung preisgekrönter Märchen und Sagen. Mit 12 Ill. von H. Grobet, hg. v. Jugendschriften-Kommission des U. O. Bnei Briß, Stuttgart 1909, S. 14. Quelle: Arbeitsstelle für Kinder- und Jugendmedienforschung, Universität zu Köln.

Abbildung 6: Titelinitiale, aus: Ilse Rubner: Die Prinzessin und der Küchenjunge, in: Jüdisches Jugendbuch. Fünfter Jahrgang des jüdischen Jugendkalenders, hg. v. Emil Bernhard Cohn, Else Rabin, Berlin 1935, S. 89–99, hier: S. 89 [Illustration von Marianne Brodsky].

Abbildung 7: »Elfenkind«, aus: Max Nordau: Märchen. Seiner Maxa von ihrem vierten bis zu ihrem siebenten Jahre erzählt. Mit 10 kolorierten und 4 schwarzen Vollbildern sowie vielen Text-Ill. von Hans Neumann, Halle an der Saale 1910, o. S.

Abbildung 8: »Das Kopfwasser«, aus: Contes pour Maxa. Illustrations en couleurs de Maxa Nordau, hg. v. Max Nordau, Paris 1929, S. 100f.

Abbildung 9: »Vom Prager jüdischen Friedhof«, aus: Irma Singer: Das verschlossene Buch. Jüdische Märchen. Mit Nachwort von Max Brod und vier Textbildern von Agathe Löwe, Wien, Berlin 1918, o. S. Quelle: Arbeitsstelle für Kinder- und Jugendmedienforschung, Universität zu Köln.

Abbildung 10: Titelbild, aus: Siegfried Abeles: Tams Reise durch die jüdische Märchenwelt. Fünfundzwanzig Kindermärchen nach jüdisch-volkstümlichen Motiven. Illustriert von F. V. Kosak, Breslau 1922.

Abbildung 11: Umschlagbild, aus: Ilse Herlinger: Märchen. Umschlagzeichnung und Titelblatt von Ire Edelstein, 2. Aufl., Mährisch-Ostrau 1932. Quelle: Arbeitsstelle für Kinder- und Jugendmedienforschung, Universität zu Köln.

Abbildung 12: Titelblatt, aus: Ilse Herlinger: Märchen. Umschlagzeichnung und Titelblatt von Ire Edelstein, 2. Aufl., Mährisch-Ostrau 1932. Quelle: Arbeitsstelle für Kinder- und Jugendmedienforschung, Universität zu Köln.

Abbildung 13: »Pessachmärchen«, aus: Frieda Mehler: Feiertags-Märchen. Zeichnungen von Dodo Bürgner, 2. Aufl., Berlin 1937, S. 11. Quelle: Arbeitsstelle für Kinder- und Jugendmedienforschung, Universität zu Köln.

Personen- und Figurenregister

Abeles, Siegfried   12 f., 108, 114, 125 f., 247, 251, 298, 336, 349–357, 365, 396
Abraham   309
Adam   101, 186, 194, 309, 318, 342, 345, 347, 355
Ahasver   324, 390
Aladin   352
Amittai   325
Andersen, Hans Christian   97–100, 102, 166, 170, 172, 224–226, 229, 236, 247, 258, 265 f., 268 f., 274 f., 278, 282, 296, 331, 393
Apuleius   56, 64, 166
Arnim, Achim von   43, 66, 73 f., 79 f., 86–89, 90–92, 94, 118, 174, 220, 240, 381
Arnim, Bettina von   164
Aschenputtel   265, 363, 386
Ascher, Maurice   251
Aschmodai   108 f., 111–113, 138, 195 f., 235, 241, 299, 319, 324 f., 356, 397
Äsop   104
Auerbach, Berthold   125, 167
Augustinus, Aurelius   108, 110
Avraham, Ya'akov bar   48, 52, 127

Baal-Schem Tov   s. Rabbi Israel ben Eli'eser
Baeck, Leo   36, 39, 145, 213, 220, 283, 399
Bahr, Hermann   179
Baluschek, Hans   275–277
Bamberger, Ludwig   34
Basile, Giambattista   56 f., 90, 94, 144, 167
Bassewitz, Gerdt von   104

Bechstein, Ludwig   85, 97, 102, 133, 225 f.
Beer-Hofmann, Richard   45 f., 284, 290
Ben-Chorin, Schalom   52, 339, 342
Ben Halevi, Jehuda   218
Benjamin, Walter   19, 46, 63, 305
Berdyczewski, Micha Josef   44, 53, 109, 113, 125, 132, 144, 173, 179, 187–197, 256, 309, 395
Berg, Alban   170, 278, 286, 309, 343
Bergmann, Hugo   24, 341
Berkowitz, Irma Mirjam   s. Singer, Irma
Berkowitz, Jakob   342
Bernfeld, Siegfried   42, 52, 208–210, 249, 251
Bialik, Chaim Nachman   44, 53, 225
Bin Gorion, Micha Josef   s. Berdyczewski, Micha Josef
Birnbaum, Nathan   174 f.
Bismarck, Otto von   31, 34
Bleichröder, Gerson   31
Bloch-Mahler, Franziska   261 f., 281 f., 395
Bodenheimer, Max I.   40, 53, 158, 316 f.
Böhme, Jakob   153, 177, 271
Bonsels, Waldemar   104, 259
Brandeis, Jakob B.   134, 309, 352
Brentano, Clemens   43, 55, 74, 80, 85, 92, 97, 145, 174, 220–223, 278
Breu, Simon   24 f., 267
Broch, Hermann   284
Brod, Max   31, 52, 340, 342 f., 345, 348
Brodsky, Marianne   320

Brüder Grimm   s. Grimm, Jacob und Wilhelm
Buber, Eva   381
Buber, Martin   40–42, 43f., 46f., 49–54, 76, 120, 173–189, 230, 234, 235f., 238, 240f., 247–250, 256, 284, 311, 316, 322, 328, 336, 342, 381–385, 395
Buber, Paula   186f., 230f., 235, 381, 386
Buber, Salomon   176
Bühler, Charlotte   93f., 102f., 210, 224, 234, 251f.
Bürgner, Dodo   s. Dodo

Campe, Joachim Heinrich   99, 201, 260
Canetti, Elias   71
Carroll, Lewis   278
Caspari, Gertrud   301
Caspari, Hedwig   53
Chamisso, Adelbert von   79, 92
Christkind   280
Cohen, Hermann   34, 36, 47, 49, 51, 250
Cohn, Emil Bernhard   5, 203, 249f., 318, 320
Crane, Walter   270

Dagon   139
Darwin, Charles   32, 160, 210
d'Aulnoy, Marie-Catherine   57, 60, 164
Dauthendey, Elisabeth   262, 267–271, 395
Dauthendey, Max   267
David (König)   107, 143, 372
Dehmel, Paula   104
Dihon   195f.
Döblin, Alfred   16, 47–49
Doctor, Max   203, 236f.
Dodo   114, 377f.
Dohm, Christian Wilhelm   24
Dohm, Hedwig   164, 168–172, 271
Doré, Gustave   270
Dornröschen   57, 275, 330
Düsel, Friedrich   267f.

Ebner-Eschenbach, Marie von   164
Edelstein, Ire   325, 359–361, 376
Egmond-Geldern, Gräfin Luise von   270f.
Ehrmann, Daniel   192

Eichendorff, Joseph von   79, 178, 381
Einstein, Albert   284
Elbogen, Ismar   215, 289
Elias, Marcus   242, 251–253, 298
Elias, Ruth   366f.
Elijah (Prophet)   16, 111, 113, 126f., 162, 194f., 241, 291f., 299, 302, 305, 308, 318f., 322, 324, 353, 358f., 362–365, 377, 386, 397
Elischa   326
Endstorfer, Anton   279f.
Engel   101, 109, 112, 126, 145, 263, 269f., 325, 340, 362f., 377, 383
Epstein, Hans   310
Esther   345f., 379f.
Eva   139, 232, 309, 318, 342, 345, 347, 355

Feuchtwanger, Lion   15f., 53
Fichte, Johann Gottlieb   41, 74, 80, 116, 119, 220
Franzos, Karl Emil   76, 125, 180, 351
Frau Holle   60, 171, 369
Freier, Recha   312
Freud, Sigmund   31, 210
Fried, Babette   304f.
Friedländer, David   26f., 29, 124
Friedländer, Sophie   225

Galland, Jean Antoine   57
Gaster, Moses   128–130, 158, 190
Gaumont de La Force, Charlotte   164
Geiger, Ludwig   205, 220
George, Stefan   383
Gibson, Rosel   342
Glagau, Otto   33
Goethe, Johann Wolfgang   11, 41, 55, 57f., 61, 76, 78, 117, 137, 166, 170, 182f., 214, 224, 247, 381
Goldstein, Moritz   46, 53, 382
Golem   92, 134, 136f., 151, 326, 346
Goltz, Bogumil   101f.
Görres, Joseph   80, 92
Graetz, Heinrich   24–26, 34
Grimm, Jacob und Wilhelm   11, 17, 43, 55–57, 59–62, 64–67, 69, 72, 74, 76, 80–92, 94–99, 102, 104, 118, 132f., 135f.,

141f., 144f., 154f., 160f., 163f., 171,
174f., 179, 183f., 189, 191, 193f., 199,
214, 221-226, 229, 231, 239, 242, 258,
268-270, 278, 287, 330f., 344f., 373, 395
Grimm, Ludwig Emil 96
Grobet, Hermann 288-293, 295, 299,
301-303
Grünbaum, Max 128, 132
Grunwald, Max 37, 127, 132, 158-163,
176, 179, 189f., 229f., 235, 288, 394
Gut, Elias 125, 175, 201, 216, 219

Ha'am, Achad 40, 174f., 328
Haeckel, Ernst 32, 160, 210
Hall, G. Stanley 210, 331, 333
Hamann, Johann Georg 206
Hanel, Hermine 260, 262, 271-277, 395
Hänsel und Gretel 71, 228f., 233, 236,
269, 322f., 330
Hardenberg, Friedrich von s. Novalis
Hauff, Wilhelm 58, 61, 71, 102, 147, 221-
223, 225f., 263, 268f.
Heine, Heinrich 28, 123, 142, 150, 273,
381
Heinemann 215, 308
Hendel, Otto 329
Herder, Johann Gottfried 11, 17, 55, 58,
64-66, 71, 73-78, 80f., 84, 87, 89-91, 93,
116-119, 121-123, 135, 141f., 174, 179,
189, 191, 206, 220, 229, 395
Herlinger, Ilse 13, 114, 298, 344, 357-367,
396
Herrmann, Hugo 242, 329
Herzberg, Isaak 110, 147, 218, 237f.
Herzl, Theodor 38-40, 42, 50, 158, 180,
249, 272, 312, 316f., 321, 328, 370
Hess, Moses 38
Hirsch, Br. Alex 238-240
Hirsch, Samson Raphael 30, 204f., 232f.,
242, 305f.
Hirsch, Sara 205
Hirschmann, Julie 169
Hoffmann, E.T.A. 62, 92, 97f., 166, 168f.,
269, 296
Hofmannsthal, Hugo von 31, 179, 188
Hölderlin, Friedrich 381, 383

Holländer, Ludwig 38
Homer 63, 108
Honigmann, David 25, 84
Hübner, Johannes 201
Hurwitz, Hyman 123, 139

Isaak 291, 302, 309
Isolde 163

Jacobsohn, Hugo 214
Jakob 309
Jean Paul 5, 206
Jernensky, Mose Elijahu 225
Jonge, Moritz de 182, 229, 234-236, 238
Joseph II. 28
Jülich, Marianne Adelaide Hedwig
  s. Dohm, Hedwig

Kafka, Franz 31, 53, 271, 340
Kahler, Antoinette von 262, 279, 283-286,
395f.
Kahler, Erich von 284
Kahn, Zadoc 158
Kaiser Konstantin 23
Kaiser Wilhelm I. 34
Kant, Immanuel 137, 233
Karpeles, Gustav 148f., 205f., 214-216,
218
Katharina die Große 164
Kaiserling, Meyer 124
Keller, Paul 100, 358
Kellner, Leon 186
Key, Ellen 102, 207, 234, 268f., 279, 332
Kleist, Heinrich von 79, 178, 220, 381
Klibansky, Erich 393f.
Klötzel, Cheskel Zwi 248, 251, 317, 322,
339f.
Kohn, Abraham 203f.
Kohn, Hans 43f.
Kokoschka, Oskar 278
Kolmar, Gertrud 373
Kompert, Leopold 148-150, 153-157,
162, 171, 175f., 179, 205, 230, 235, 361,
394
Königin von Saba 162
Körner, Theodor 166

Kosak, F. Viktor 350, 352f., 355
Krämer, Simon 125, 204, 370
Kraus, Karl 31
Krupnik, Chajim Ahron 225
Kuttner, Bernhard 124, 192

Landau, Leopold 51
Langbehn, Julius 211
Langer, Jiri 340
Lasker-Schüler, Else 16, 29, 53, 178
Leprince de Beaumont, Jeanne Marie 166
Lessing, Gotthold Ephraim 24, 27, 74, 140, 143, 160, 166
Letteris, Meir 134
Leviathan 113, 130, 292, 354
Levy, Jacob 13, 114, 288–293, 296f., 300, 303
Lewald, Fanny 164–170, 172, 271, 331
L'Heriter de Villandon, Marie-Jeanne 60, 164
Lichtwark, Alfred 211
Lilienthal, Regina 203, 233f.
Lilith 126, 138f., 397
List, Joel 118f., 194, 300, 375
Loewe, Heinrich 108, 228–231, 234, 236, 247, 302, 321–326, 336, 352, 367, 370, 396
Loewenberg, Jakob 236
Loewenthal, Erich 125
Loreley 265f.
Lot 285f.
Löw, Jakob 274, 292f., 336f., 342
Löwe, Agathe 343, 346, 348
Löwenadler, Lilian von 358, 365

Maimonides 128, 138
Mann, Thomas 284
Margulies-Auerbach, Nanny 317f.
Marr, Wilhelm 32
Marx, Karl 160
Matthiessen, Wilhelm 259
Mehler, Frieda 114, 371f., 374–380, 397
Meister Eckhart 177
Meitlis, Jakob 115, 128–132
Mendelssohn, Moses 24–27, 32, 74, 78, 116, 124, 143, 201

Meyer, Herrmann 329, 334, 336
Meyer, Louis 213–215, 217, 224, 258
Michael (Engel) 145
Mommsen, Theodor 34, 37, 117
Montessori, Maria 102, 207f.
Mose 40, 111, 298f., 309, 346, 360, 368, 376
Motte Fouqué, Friedrich de la 97, 166, 196
Murat, Henriette-Julie de Castelnau, Comtesse de 60
Musäus, Johann Karl August 85, 98, 133, 168, 174, 226, 386, 395

Nachman-Acharya, Magda 318
Nachmanides 162
Nachtigal, Johann Christoph 80
Nathan 138
Naubert, Benedikte 85, 164, 231
Nesthäkchen 201, 289, 293, 297
Neubürger, H. 146f.
Neumann, Hans 329, 331–333, 335
Neumann, Simon 247, 315f., 317, 348, 365
Nibelungen 163
Noah 355
Nordau, Anna 329, 335
Nordau, Max 13, 42, 104, 158, 281, 311, 316, 319, 321, 327–339, 384, 396
Nordau, Maxa 104, 327, 329, 330–335
Novalis 43, 55, 58, 79f., 88, 166, 178, 206, 229, 239, 324f., 381

Og 297, 299, 302f.
Oppenheim, Abraham 31
Otto, Berthold 207f.

Pappenheim, Bertha 51, 128, 164
Pascheles, Jakob 134
Pascheles, Wolf 123, 133–138, 143f., 146f., 159, 162, 175f., 179, 189, 235, 309, 394
Perez, Jizchak Leib 173, 191, 383
Perrault, Charles 57, 94, 164, 363
Philippson, Ludwig 111, 124f., 145–148, 152, 157, 162, 179, 189, 204f., 394
Picard, Jacob 373

Pinocchio 369
Pinsker, Lev 38, 119
Pinthus, Kurt 373
Popper, Wilma 262
Popper-Lynkeus, Josef 34
Präger, Mayer 342
Prahn, Hermann 100, 103, 237
Preyer, William Thierry 210

Quast, Walter 252

Rabbi Akiba 114, 127f.
Rabbi Chanina 127, 130, 132, 140, 143f., 163, 235, 265, 281, 368f., 383, 386
Rabbi Israel ben Eli'eser 50, 114, 176, 180, 183, 185f., 188, 263, 368
Rabbi Jakob ben Isaak Aschkenasi 153
Rabbi Jehuda 162
Rabbi Löw 114, 134, 136f., 151, 326
Rabbi Nachman 173f., 180-182, 184-187, 230, 235
Rabbi Schelomo Luria 326
Rabbi Schlomo ben Jizchak 138
Rabbi Schmuel der Fromme 383
Rabin, Else 318, 320
Rafael (Engel) 109, 362
Rapunzel 265
Rauch, Bonifaz 97, 267
Reimer, Sophie 94, 259
Rein, Marianne 373f., 397
Reuß, Heinrich 13, 113, 228, 288f., 296-299, 301, 309, 362
Richter, Ludwig 97
Ries, Clara Ernestine 262
Rosenauer, Joachim 138
Rosenzweig, Franz 47, 49, 51f., 175, 247, 257, 287, 322, 396
Rothblum, David 317
Rotkäppchen 60, 233, 275, 330, 388
Rousseau, Jean-Jacques 74, 206
Rübezahl 285
Rubner, Ilse 13, 318-320, 396
Rumpelstilzchen 139

Sachs, Frieda s. Mehler, Frieda
Sachs, Nelly 373

Salice-Contessa, Karl Wilhelm 97
Salomo (König) 108, 111-113, 127, 138, 143, 145, 176, 195f., 235, 291, 297-299, 309, 318, 325, 343, 350, 352, 354, 397
Salten, Felix 201
Samson, Meta 205, 337, 371
Saul 195
Schachne, Clara Caroline s. Schott, Clara
Scheherazade 57, 69, 195
Scheu, Georg 278
Scheu-Riesz, Helene 260, 262, 277-281, 395f.
Scheurich, Paul 301
Schiller, Friedrich 59, 80, 132, 175, 214, 224, 254
Schlegel, August Wilhelm 43, 80, 88f., 381
Schlegel, Friedrich 43, 80, 88, 178, 381
Schleiermacher, Friedrich Daniel Ernst 220
Schneewittchen 193, 275, 330, 386
Schneider, Rata 221, 350
Schnitzler, Arthur 31, 272
Schocken, Salman 250, 254, 342, 384f.
Scholem, Gershom 14, 43, 50f., 77, 120, 176, 180f., 187f., 261
Schott, Clara 13, 259, 261-267, 271, 395f.
Schreyer, Isaac 225
Schwab, Hermann 226, 297, 304-309, 396
Schwarz, Antoinette s. Kahler, Antoinette von
Seidmann-Freud, Tom 225, 301
Seligmann, Dr. 241
Sforim, Mendele Moicher 383
Shakespeare, William 60, 76
Simonson, Emil 317
Singer, Irma 13, 228, 242, 250f., 284, 298, 311, 339-349, 353f., 357, 396
Sonnenfels, Amanda 262
Sonnenthal, Hermine von 262
Spanier, Moritz 11, 215-218, 239-241, 249, 261, 287, 323
Spinoza 164, 167f.
Stead, William Thomas 278
Stein, Theodor 274
Steinhardt, Moritz 322

Steinschneider, Moritz   116–119
Stern, William und Clara   210
Stöcker, Adolf   33
Straparola, Giovanni Francesco   56, 90, 94, 132
Strauß, Ludwig   12f., 46, 77, 128f., 357, 371, 380–391, 397
Strauß, Martin   387
Stutzin, Josef   317
Susman, Margarete   14, 31

Tauber, Josef Samuel   148–153, 157, 362, 370
Tendlau, Abraham   124, 127, 132–134, 141–147, 157, 159, 162, 176, 179, 194, 230, 235, 355, 361, 394
Teschner, Richard   279, 284
Teufel   92, 132, 138, 269f.
Tieck, Ludwig   43, 55, 60, 79, 88, 92, 170, 172, 206, 330, 381
Tiedemann, H.   19, 263f., 374
Treitschke, Heinrich von   33f., 37, 179
Tristan   132, 265
Tucholsky, Kurt   258f.

Undine   139, 166, 196, 265, 387
Ury, Else   201, 288f., 293–297, 307

Varnhagen von Ense, Karl August   150
Villeneuve, Gabrielle-Suzanne de   57

Wackenroder, Wilhelm Heinrich   381
Wagner-Tauber, Lina   316, 367–370, 372, 396
Waldkirch, Konrad   127
Weber, Ilse   s. Herlinger, Ilse
Weber, Willi   365–367
Weinberg, Max   125, 192
Weisel, Leopold   134–138, 140f., 151, 166
Weißmann, Frieda   251, 297, 304f., 309f., 368f., 377, 396
Weltsch, Felix   31f., 36, 41, 340
Wengeroff, Pauline   209
Wieland, Christoph Martin   55, 57–59, 62, 64, 67
Winkler, Paula   s. Buber, Paula
Wolfner, Wilhelm   140
Wolgast, Heinrich   95, 102, 202, 207, 209–211, 213, 215, 217f., 224, 252, 258
Wyneken, Gustav   208

Zlocisti, Theodor   317
Zunz, Leopold   116–119, 135, 188
zur Mühlen, Hermynia   104
Zweig, Arnold   47, 53, 222, 258f.
Zweig, Stefan   47
Zwerg Nase   369

Poetik, Exegese und Narrative. Studien zur jüdischen Literatur und Kunst
Poetics, Exegesis and Narrative. Studies in Jewish Literature and Art
Herausgegeben von Gerhard Langer, Carol Bakhos, Klaus Davidowicz und Constanza Cordoni

Poetik – Exegese – Narrative versteht sich als eine wissenschaftliche Reihe mit kulturwissenschaftlicher Ausrichtung. In ihr wird jüdische Literatur von der Antike bis zur Gegenwart herausgegeben, analysiert, ausgelegt. Ein besonderer Schwerpunkt liegt auf Erzählungen im weiten Sinn, wozu auch Film und Medien gehören. Das Ziel ist es, Texte in ihrer literarischen und strukturellen Tiefendimension sowie ihrem über die Zeiten hinweg aktuellen Aussagegehalt zu verstehen und zu vermitteln, wobei die (sozial-)geschichtlichen, politischen und kulturellen Hintergründe mitbedacht werden.
Die Reihe richtet sich an Wissenschaftlerinnen und Wissenschaftler, an Studierende und ein an Kultur- und Literaturwissenschaft sowie an Jüdischen Studien interessiertes breites Publikum.

Weitere Bände dieser Reihe:

Band 11: Eva Plank
Ich will euch eine Zukunft und eine Hoffnung geben (Jer 29,11)
Die biblische Prophetengestalt und ihre Rezeption in der
dramatischen Dichtung *Jeremias* von Stefan Zweig
2018, 479 Seiten, gebunden, ISBN 978-3-8471-0903-7
€ 60,– D / € 62,– A

Band 10: Bettina Bannasch / Hans-Joachim Hahn (Hg.)
Darstellen, Vermitteln, Aneignen
Gegenwärtige Reflexionen des Holocaust
2018, 528 Seiten mit 55 Abbildungen, gebunden, ISBN 978-3-8471-0834-4
€ 70,– D / € 72,– A

Band 9: Edith Petschnigg / Irmtraud Fischer / Gerhard Langer (Hg.)
Hat der jüdisch-christliche Dialog Zukunft?
Gegenwärtige Aspekte und zukünftige Perspektiven in Mitteleuropa
2017, 243 Seiten, gebunden, ISBN 978-3-8471-0717-0
€ 40,– D / € 41,20 A

Band 8: Anika Reichwald
Das Phantasma der Assimilation
Interpretationen des »Jüdischen« in der deutschen Phantastik 1890–1930
2017, 374 Seiten mit 3 Abbildungen, gebunden, ISBN 978-3-8471-0703-3
€ 50,– D / € 51,50 A

Band 7: Friedemann Spicker
Wer hat zu entscheiden, wohin ich gehöre?
Die deutsch-jüdische Aphoristik
2017, 202 Seiten, gebunden, ISBN 978-3-8471-0711-8
€ 40,– D / € 41,20 A

Vandenhoeck & Ruprecht Verlage

Leseproben und weitere Informationen unter www.vandenhoeck-ruprecht-verlage.com
E-Mail: info-unipress@v-r.de | Tel.: +49 (0)551 / 50 84-308 | Fax: +49 (0)551 / 50 84-333